犬を愛した男

フィクションのエル・ドラード

犬を愛した男

レオナルド・パドゥーラ

寺尾隆吉 訳

Colección Eldorado
水声社

本書は、寺尾隆吉の編集による〈フィクションのエル・ドラード〉の一冊として刊行された。

犬を愛した男　★　目次

三〇年経っても、まだ

ルシアのために

これが起こったのは、死者たちだけがようやく憩いを見出して陽気に微笑んでいた時のことだった……

アンナ・アフマートヴァ『レクイエム』

人生は歴史より広い。

グレゴリオ・マラニョン『遺恨の歴史』

一九四〇年八月二二日、ロンドン（タス通信）本日、ロンドンのラジオ局は次のように伝えた。「メキシコシティの病院にてレフ・トロツキー死去。前日に親しい取り巻きの一人に襲われ、頭蓋骨に損傷を負っていた。」

レアンドロ・サンチェス・サラサール（LSS）：彼は何も勘繰っていなかったのか？
容疑者（D）：何も勘繰ってはいない。
LSS：相手は無防備な老人で、これが卑劣な行為だとは考えなかったのか？
D：考えることなど何もなかった。
LSS：ウサギに餌をやっていた場所から二人揃って歩き出したが、何を話していたのか？
D：話をしていたかどうかも覚えていない。
LSS：ピッケルを手にするところを見られなかったのか？
D：見られていない。

ＬＳＳ：一撃を食らった直後に彼は何をしたのか？
Ｄ：気でも狂ったように飛び上がり、狂人のような叫び声を上げた。その声を一生忘れることはあるまい。
ＬＳＳ：どんな叫び声か再現してみなさい。
Ｄ：あ……………あ……………あ……………ああ……………！　もっと強い声だが。

（メキシコシティ警察秘密捜査主任レアンドロ・サンチェス・サラサール大佐が、レフ・トロツキー殺害容疑者ジャック・モルナル・ヴァンダンドレシュないしフランク・ジャクソンに対して行った尋問、一九四〇年八月二三日金曜日夜から二四日土曜日未明にかけて）

第一部

1

二〇〇四年、ハバナ

「安らかに眠れ」これが牧師の最後の言葉だった。

　この使い古された言葉、しかもあの人物の口から発せられると猥らなほど劇的に響くこの言葉が、一度でも意味を持ったことがあるとすれば、それはまさにあの瞬間、墓掘り人たちがアナの棺を墓穴の底へ淡々と手際よく下ろしていった瞬間だった。生きることこそ最悪の地獄かもしれない、そして、あの降下とともに恐怖と痛みの重荷すべてが永久に振り払われる、そんな思いに囚われて私はさもしい安堵を感じ、最後の沈黙へ向かう妻が羨ましいような気さえしてきた。辛い人生の最後の数年間、アナは私に神への信仰を植えつけようとして果たせなかったが、彼女のような人たちにとって、死、完全な本物の死こそ神の祝福に最も近いのかもしれない。

　墓石を閉じた墓掘り人たちが友人たちの手に支えられた花冠を墓碑の上に飾り始めたところで私は踵を返し、また肩を叩かれるのはかなわないし、このような状況で常に義務感から発されるお決まりの哀悼など聞きたくもなかったから、さっさとその場を後にした。こんな時に他の言葉は何もいらない。意味があるのは牧師の呟く陳腐な常套句だけで、その言葉だけにすがっていたかった。「安らかな」「眠り」、それこそアナがようやく手にしたものであり、私が求めていたものだったのだ。

ポンティアックに乗り込んでダニエルが来るのを待ち始めると、自分が今にも気を失いかけていることがわかり、我が友がこの霊園から連れ出してくれなければ自力で生への出口を見出すことさえままならない、そう痛感した。九月の太陽が車の屋根を焼いていたが、どこへも行く気にはならなかった。残る力を振り絞って目を閉じ、疲労と迷いの眩暈をじっとこらえていると、瞼と頬から迸り出る汗が感じられ、腋からも首からも腕からも汗が滴り出ているばかりか、ビニールシートに焼かれた背中にも汗が溜まり、そのすべてが熱い流れとなって両脚を垂直に滑り落ちた後に靴の井戸へ吸い込まれていくようだった。この臭い汗と重い倦怠感はこの体の分子崩壊の予兆ではないか、あるいは、もうすぐ自分は心臓麻痺で死ぬのではないか、そんな疑問が頭をよぎり、そのほうが簡単でむしろ望ましい結末ではないかとさえ思われてきたが、友人たちにわずか三日の間に二つの葬儀に参列させるのはいかにも厚かましい話だった。

「気分が悪いのか、イバン?」窓から顔を覗かせたダニーの問いに私は不意を突かれた。「どうした、すごい汗じゃないか……」

「ここから離れたい……　いったいどうすりゃ……」

「すぐ出るから心配いらない。ちょっと待ってくれ、あの墓掘り人たちにチップぐらいやらねえと……」友の発したこの言葉が妙な現実味と生活感を帯び、不思議な、自分とまったく縁のないもののように思われた。

また目を閉じ、車が走り出すまで、汗まみれでじっとしていた。窓から入り込んでくる風がようやく爽やかに感じられ始めたところで、なんとか目を開けてみた。霊園を出る前に、最後の墓と霊廟の列を見やると、太陽と風雨と忘却に蝕まれて、ここの住人と同じ死にその姿を晒しており、またもや頭に(なぜこの瞬間にそんなことを思いついたのか、わかるようでわからない)、なぜ見知らぬ科学者たちが数ある選択肢のなかから今季九番目のハリケーンにわざわざ私の名を選んだのか、この同じ問いが舞い戻ってきた。

この歳になれば、世界に偶然などないことぐらいわかっている(というか、ほとんど無理やり頭に叩き込まれる）が、気象予報士たちが何カ月も前からあのハリケーンの名前をイバンと決めていた（スペイン語アルファベット九番目の文字で始まる男性名で、これまで使われたことのないもの）とは、あまりにできすぎた偶然ではないか。後のイバンとなる胎児は、最初こそカーボヴェルデ付近で発生した不吉な雲の集合にすぎなかったが、わずか数日であらゆる条件を満たすハリケーンとなって名前まで与えられ、その貪欲な目を我々に向けてカリブに迫ってきた……　別の嵐が私の生活を脅かしつつあったまさにその時に、史上最も強力なハリケーンの一つと言われたあの嵐が私の名で呼ばれるようになったのだから、これを邪な運命の悪戯としか受け止めることのできなかった私の心情はおわかりいただけるだろう。

　ずいぶん前から――おそらく長すぎる時間だった――アナにも私にも、彼女が余命いくばくもないことはわかっていたが、何年にもわたって病と付き合ううちに、その存在にすっかり慣れてしまっていた。だが、骨粗鬆症《こつそしょうしょう》（おそらく、九〇年代の危機の最も辛い時期に、ビタミン不足で運動神経に障害を来たしたことが原因）が悪化して骨癌になりかかっている事実を告げられると、我々は終末が目前に迫りつつあることを痛感し、私は、ほかでもないこんな病気で妻の命を蝕もうとする歪んだ運命の不吉さを改めて噛みしめた。

　年初からアナの病状は悪化の一途だったが、最期の苦しみが始まったのは、診断の確定した三カ月後、七月半ばのことだった。アナの妹ジセラがよく手伝いに来てくれたが、妻の介護のため私は事実上仕事を辞めることになり、あの数カ月をなんとか乗り切ることができたのは、ダニーやアンセルモ、フランク医師といった友人たちが、我々の住むロートン地区の小さなアパートを頻繁に訪れ、ありとあらゆる手を尽くしてもわずかしか手に入らなくなっていた生活必需品の一部を我々に差し入れてくれたからだった。ダニーはアナの介護も手伝うと何度も言ってくれたが、痛みと困窮だけは分かち合うと余計に辛くなるものであり、私は丁重にその申し出を断った。

　ひび割れたアパートの壁の内側で進行する事態はただでさえ想像もつかぬほど陰鬱だったが、そんな状況下で最も辛かったのは、すでにずたずたになっていたアナの体が、ほとんど彼女の意志に反してまで不思議な力で生命にすがりついたことだった。

　九月最初の数日、勢力を最大に伸ばしたハリケーン・イバンが大西洋を越えてグレナダ島に迫る頃、アナは一時的に冷静な思考を取り戻し、思いがけず苦痛を忘れることができた。入院を嫌がる彼女の意思を尊重して、近所に住む看護婦と我らが友フランクが自宅で点滴投与を行っており、それまでの彼女は、適量のモルヒネによっていつも夢うつつのまま怯えていた。彼女の変化を見たフランクは、これこそエピローグにほかならないと断言し、もはや点滴にこだわる必要はないから望むものだけ食べさせたほうがいい、痛みを訴えないかぎり投薬はやめて、頭のはっきりした状態で最後の数日を過ごせるようにしてやったほうがいい、と助言した。するとアナは、骨が何本も破壊されていたにもかかわらず、まるで普通の生活に戻ったように、大きく目を見開いて身の周りに関心を示すようになった。すでにグレナダを蹂躙して二〇名以上の死者を出していたハリケーンの動向を気にかけ、テレビとラジオをつけて、執拗なほどハリケーンの行方を注視した。あの数日間を通じてアナは、観測史上最も強力なハリケーンの一つとなったイバンの特徴について幾度となく思索をめぐらせ、これほどまでに巨大化した原因は地球規模の気候変動にほかならず、必要な措置を講じなければ、自然環境の変化によって人類は滅亡する、と熱を込めて語ることまであった。死を目前に控えてただでさえ痛々しい妻が人類の未来にまで思いを寄せる様子を見ると、私の胸はいっそう締めつけられた。

　ハリケーンが明らかにキューバ東部をうかがいながらジャマイカへ接近すると、アナは気象予報熱のようなものにとりつかれて厳戒態勢を取り、眠気に屈して二、三時間うとうとするとき以外はずっと緊張状態にあった。イバンの動きに合わせて彼女は一喜一憂し、後に残していく死者の数（トリニダッドで一名、ベネズエラで五名、コロンビアで一名、ドミニカ共和国で五名、ジャマイカで一五名）を歪んだ指で数え上げるばかりか、専門家の予想する円錐状の進路図のどこからキューバへ上陸するか、上陸すればどんな被害をもたらすか、躍起になって予測した。数日のうちに自らを貪って事切れる運命にあることをわきまえた二つの器官が手を取り合って合流するその頂点で、アナは宇宙交信のようなものに取り込まれ、それを見る私には、病と薬のせいで頭がおかしくなったのではないかと勘繰る瞬間さえあった。さらに言えば、ハリケーンがさっさと過ぎ去ってアナの気持ちが落ち着かなければ、先に気が狂うのはこの私かもしれないとも思った。

イバンが瞬間最大風速二五〇キロという勢力を保ったままキューバの南方海上に差し掛かると、アナの、そして当然ながらこの島の住人全員の不安は危機的レベルまで高まった。どこで北へ曲がろうか、どこで島を分断して家と人命を奪ってやろうかと意地悪な計算を張り巡らせてでもいるように、ハリケーンはしばらく悠然と物臭に動いていた。ずっと息を殺したまま、近所からの借り物のカラーテレビとラジオに全神経を集中して、片手で聖書、もう一方の手で愛犬トルーコを探りながら、アナは泣き、笑い、悪態をつき、病人に似つかわしくないほどの力を込めて祈った。アナは四八時間以上もそんな緊張状態を維持し、島から嵐をできるだけ遠ざけておくためには自分の思いと祈りが不可欠であるとでもいわんばかり、じっとイバンの緩慢な動きに目を光らせ続けていたが、その間ハリケーンはほとんど不可思議な形で西をうかがったまま停滞を続け、歴史的、気象学的、地学的、その他あらゆる見地から、間もなく北進して国を蹂躙《じゅうりん》するにちがいないと目されていたにもかかわらず、いまだ進路を決めかねている様子だった。

九月一二日の夜、気象衛星やレーダーからの情報、さらに、世界中の気象学者の一致した見解が示され、イバンの北進により、ハンマーのような強風と大波と猛烈な雨の狂喜乱舞のうちにハバナが壊滅的打撃を受ける事態は必至、との展望が明らかになると、アナは、一七年前に私が海辺で拾った黒い木の十字架（難破の十字架）がすでに朽ち果てたまま部屋の壁に掛かっていたことを思い出し、それを外してベッドの足元に置くよう私に懇願した。そして、熱いココアとバター・トーストが欲しいと言った。我々のアパートの屋根は傷んでおり、ハリケーンが来ればひとたまりもないだろうし、もちろんアナにはここを出て行く気などまったくなかったから、事態が予想どおりに進めば、これが最後の晩餐となる。ココアを飲んでしばらくトーストを齧った後、アナは難破の十字架を自分の横に寝かせるよう言って、そのまま祈祷を始めたが、天井や、辛うじて屋根を支える木材の支柱にじっと目を据え、街に迫る破局を思い描くことだけに意識を集中しているようだった。

九月一四日朝、気象予報士たちは奇跡を囃し立てた。ようやくイバンは北へ進路を向けたが、予想より遥かに西方で方向転換したため、島の西端をかすめただけで、ほとんど被害を出すことなく通過したのだ。どうやらハリケーンは、すでに災厄が溜まりすぎていた国民に同情を寄せ、このまま島を席巻するのは神意に適わないと判断したらしい。お祈りに疲れ果て、空っぽの胃が悲鳴を上げていたが、アナはこれを自分の勝利と考えて悦に入り、宇宙的気紛れのようなこの気象現象をニュースで確認した後、ようやく眠りに落ちたその顔を見ると、唇に張りついていた痙攣が解けて、微笑みらしきものが浮かび上がっていた。何日もの間荒れていたアナの呼吸はようやく静まり、トルーコの毛を撫でる指の動きと寝息だけが、残りの二日間、彼女がまだ生きている証となった。

九月一六日の夕暮れ時、すでにアメリカ合衆国領海内で衰えの兆しを見せていたハリケーンが最後の風力を失いかけていた頃、アナは愛犬を撫でる手を止め、数分後に呼吸が止まった。ようやく訪れた休息が今後もずっと続いてくれることを願うばかりだ。

しかるべき時が来れば、私と関わってはいても私の人生に関する物語ではないこの物語が、なぜこんなふうに始まるのかわかってもらえるだろう。私が誰なのか、これから何を話そうとしているのか、まだまったく不明だろうが、それでも、すでに察しのついた方はいるかもしれない。アナは私にとって大変重要な人物だった。白黒のままこの物語が存在するのは彼女のおかげだと言ってもいいだろう。

私はこれまで何度も奈落の縁をさまようことがあったが、アナと出会ったのはまさにそんな時だった。当時、栄光のソヴィエト連邦はすでに臨終の時を迎え、九〇年代に国を打ちのめすことになる危機の兆しがちらほら見え始めていた。随分前から私は獣医学雑誌の校正を担当していたが、国家が破綻すれば、当然の帰結としてまず紙やインクや電気がなくなる。ライノタイピストから編集長まで、出版社に勤める多くの労働者と同じく、私は民芸品工房へ送られ、いつまでこんなことが続くのかもわからぬまま、マクラメ織りやワニス塗りの種子の飾り物など、誰にも買えない、誰も買う気にならないものばかり作らされることになった。こんなむなしい運命に晒された三日後に私は、退職願すら出さぬまま、怒りと挫折に狂う蜂の巣と化していた職場を逃げ出し、それまで何度も原稿のチェックや書き直しを手伝ってきた友人の獣医たちの助けで、当時すでにかなり落ちぶれていたハバナ大学獣医学科診療所に便利屋のような助手職を得た。

時に私は極端なほど勘繰り深くなることがあり、あの一連の世界的、国家的、個人的決定の連鎖（二〇世紀の歴史がようやくおぼろげにわかりかけてきた段階で、「歴史の終わり」などという話を持ち出す者までいた）は、あの雨降りの夕方、ずぶ濡れのまま絶望の表情で両腕にみすぼらしいプードルを抱いて診療所に現れた若い女、腸閉塞に苦しむ犬を助けてほしいとすがってきたあの女と私が対面するためだけに起こったのだと考えてしまうことがある。すでに四時を回っており、獣医は皆退勤していたから、手の施しようがないことを女に（女も犬も寒さに震えており、その姿を見ていると声も出ないほどだった）伝えると、女はその場に泣き崩れた。話を聞けば、犬が死にかけているというのに、すでに訪れた二軒の診療所には手術用の麻酔がなく、バスがまったく走っていないので、この雨のなか、犬を抱えてアバナ・ビエハから歩いてきた、ああ神様、何とかしてくれなければ困る、という。何とか？　あの時なぜあんな思い切ったことができたのか、本当に自分の意志だったのか、今もってわからないが、ともかく、私は自分が獣医でないことを女に説明し、請願書に私の責任は一切問わない旨記して署名させた後、死にかけたタトを相手に、生まれて初めて外科手術を行った。女が口にした神様の愛が犬に注がれる瞬間があったとすれば、それはまさしくあの午後であり、何度も文書で読んでいた、そして一度ならず目にしていた手術は首尾よく成功した……

見方によって、アナはその時私が最も必要としていた女だとも言えるし、最も不都合な女だとも言えた。私より一五歳も若く、物欲は控え目、料理をすると恐ろしく無駄が多く、犬に並々ならぬ情熱を注ぐ女だったが、不思議な現実感覚を備えていて、突飛な思いつきからまったく論理的な決断を下すことがある。付き合った最初の頃から、一緒にいると、何年も前から彼女だけを追い求めていたように思われることがあった。だから、アナが友人とシェアする家にタトの点滴を携え初めて訪れたその日から、二、三週間ほど静かな性関係を堪能した後、彼女が持ち物すべてを二つのリュックサックに詰め、配給手帳も放棄して、残る荷物は本箱一つとほぼ回復したプードルだけという状態で、ロートン地区の湿気の多いうらぶれたアパートへ転がり込んできた時も、特に驚きはなかった。

空腹、停電、賃金の目減り、交通機関の麻痺、その他様々な不便が重なるなかでも、アナと私の生活は刺激に満ちていた。ただでさえ二人とも痩せていたのに、職業斡旋所で手に入れた中国製の自転車を毎日何時間も乗り回したせいで、亡霊か突然変異の人種のようになったが、それでも気力を振り絞ってセックスに臨み、服役でも果たすように長時間会話と読書――アナは詩を読み、私は久しぶりに小説を読むようになった――に耽った。あと一歩のところで原始的共同体の穴居生活に陥ることなく踏みとどまっているだけで、日々崩壊の危機に晒された常夏の緩慢な暗い国にあって、二人で過ごしたあの数年間はまるで幻だった。それでも、あの数年間、どれほどひどい欠乏を耐え忍んでいても、一緒に助かるか一緒に死ぬかのどちらかだと腹を括って綱で繋がれた遭難者のごとく、二人身を寄せ合って生きているだけでも、生活から歓喜が消えることはなかった。

空腹とありとあらゆる物質的欠乏――我々にとっては外的な不可抗力であり、自分たちの問題とは感じられなかった――を除けば、あの時期に起こった悲しいほど個人的な出来事は、アナがビタミン不足で運動神経障害を発症し始めたこと、そしてもう少し後に、一六歳にしてタトが死んだことぐらいだろう。プードルを失ってアナは深く悲しみ、二週間後に私は、何とかその埋め合わせにと、疥癬《かいせん》だらけの捨て犬を拾った。姿をくらませるのがうまいこの犬に、アナはさっそく手品《トルーコ》という名をつけ、我々が生き延びていくのに必要ななけなしの食料からなんとか餌を確保して、疥癬の手当てをしてやった。

アナと私は、すでに血を分けた兄妹のように意思疎通ができるようになっており、収まらぬ空腹と不安と暑さに停電が重なった日の夜（いつもあれほどクソ暑いというのに、月の光が弱くなったような気がするのはなぜだろう？）、まるで生理現象のように、一四年前に初めて出会った日からずっと私が「犬を愛した男」と呼び続けてきた人物との付き合いについて話を始めた。あの晩、アナに向かって何の前置きもなく唐突に話を切り出すまで、あの男とどんなことを語り合ったか、誰にも話したことはなかったし、彼に打ち明けられた話を書きたいと長年ずっと思いながらも先送りにし、抑えつけ、そして何度も忘れた、その事実さえも明かしたことはなかった。近くからあの人物と接し、彼の口から憎しみと欺瞞と死をめぐるあまりに刺激的な物語を聞いたことで、どれほど私が衝撃を受けたか、それをアナにわかってもらうため、あの時私は、かつて文章表現に無知なままただなんとなく書かずにはいられなかったノートまで見せた。読み終えるとアナは、重々しい黒い瞳――彼女の体でいつも最も生き生きしていたのはあの目だった――で皮膚が痒くなるまでじっと私を見つめた後、恐ろしいほどの迫力で言い放った。神が目の前に差し出してくれたとしか思えない物語を手にしておきながら、あなた、あなたという人は、なぜまだ本を書いていないのか、まったく理解できない。そして私は、彼女の目――今や蛆虫の餌となったあの目――をじっと見つめ返し、それまで何度もごまかしてきたが、アナを前にしてたった一つになった答えを口に出した。

「怖くて書けなかったんだ」

2

氷のような靄が最後の家並の輪郭を消し去り、再び一行は、何の目印も地平線も見えないあの不穏な白色に覆われて眩暈を感じた。その瞬間レフ・ダヴィドヴィチは、世界のこの不毛な一角に住む者たちが太古の昔から石への信仰にこだわり続けてきた理由がようやくわかった。

警官と追放者の一行は、アルマ・アタからフルンゼまで六日かけてキルギスタンの凍りつくようなステップを移動したが、その間ずっと時間や距離の観念さえなくなるほど圧倒的な白に包まれ、おかげで、人間の誇りがいかにむなしいものか、そして、宇宙の永遠が本質的に備え持つ潜在力の前で人間がいかに取るに足らない存在であるか、思い知ることになった。陽の名残が完全に消えた空から降りしきる吹雪が、その破壊的頑強さに刃向う者すべてを貪り尽くそうと脅しをかけ、逆らい難い力を見せつけてくると、もはやこれに立ち向かうことのできる人間はいない。そんな時に、広大なステップの真ん中で、木や山肌、凍りついた渓流が姿を見せれば、その存在が際立って、崇拝の対象となる。あの荒涼たる僻地の住人たちは石を称え、その辛抱強さを前に、屈することのない意志の賜物とでも言うべき力、内側にじっと隠れた力の存在を感じ取る。数カ月前、すでに追放の憂き目に遭っていたレフ・ダヴィドヴィチは、イブン・バットゥータ、東方ではシャムス・アッディーンの名で知られる賢者こそ、聖なる石に口づけする行為が精神を高揚させる歓喜をもたらすこと、そして、いつまでも唇に残るそのほのかな甘みのせいで、際限なくいつまでも口づけしていたくなることをこの地の民に教えた人物だ、という話を読んだ。だから、聖なる石が存在する場所では、希望を純粋な状態に保っておくため、戦闘や処刑を行うことが禁じられていたという。こんな掟を生み出すのは長年体に染みついた知恵だけであり、その明晰さに感銘を受けたレフ・ダヴィドヴィチは、理性と文化の偏見に毒されたヨーロッパ的頭脳には及びもつかないこの世界、独自の完璧さを備えたこの先祖伝来の秩序を歪める権利が果たして革命にあるのか、考えてみずにはいられなかった。この地でもすでに、モスクワから派遣された政治活動家たちが、流浪の民を集団農場の労働者に、野山に散らばった山羊を国有の家畜に変えようと躍起になっていたばかりか、トルクメン人やカザフ人、ウズベク人やキルギス人を相手に、ステップの石や木を崇める先祖代々の風習はマルクス主義に反する嘆かわしい行為だ、人類の進歩のためには、石は石でしかなく、寒さと疲労に体力を蝕まれた人間が、凍てついた荒野の真ん中で迷信に駆られて石に口づけしたところで、それは単なる物理的接触にすぎない、そんな話を説いて回っていた。

一週間前、レフ・ダヴィドヴィチは、自国の不透明な政治勢力図にとどまる最後のよすがとなっていた石が奪われていく様を目の当たりにした。後に記しているとおり、この日の朝彼は、悪い予感に打ちのめされて目を覚ました。体の震えが寒さのせいだけでないことは明らかであり、必死に痙攣を抑えながら、薄闇のなか、ナイトテーブル代わりに使っていたぼろぼろの椅子に手を伸ばした。なんとか眼鏡を探り当てたものの、手が震え、二度続けて金属製の弦が耳から滑り落ちた。冬の夜明けの白っぽい光を受けて、部屋の壁に掛かるカレンダーが目に入り、そこに描かれたレーニン・コムソモールの屈強の若者たちが見えた。数日前にモスクワから送られてきたものだが、彼のもとに届く書簡の封書や同封の手紙は数カ月前から予め没収されるようになっており、それが誰の取り計らいなのかはわからなかった。だが、その時だけは、カレンダーに記された明確な日付とその後ろのざらついた壁のおかげで現実感覚を取り戻し、目覚めの時に不安を感じたのは、今自分がどこにいるのか、今日が何日なのか、一瞬わからなくなったせいだと合点がいった。そして、今日は一九二九年一月二〇日、ここはアルマ・アタ、自分は今軋む簡易ベッドに寝ていて、隣で妻ナターリヤ・セドーヴァが眠っている、そのすべてを確認すると、俄かに心が落ち着いた。

藁布団を動かさぬよう気をつけながら、ようやく彼は体を起こした。するとすぐ、マヤが膝に押しつけてくる口が感じられた。愛犬の朝の挨拶であり、耳の後ろを撫でてやると、その温もりとともに、力強い生命力が感じられた。生革のマントとマフラーで体を覆っておまるに小便し、すでにランプの灯っていた食堂兼台所へ入っていくと、熱の入ったストーブの上に、専属の看守が準備したサモワールが乗っていた。彼が朝一番に飲みたいのはコーヒーだったが、アルマ・アタのみすぼらしい役人や秘密警察の番人がくれる飲み物で我慢するよりほかはなかった。テーブルのストーブに近い位置に腰を下ろして、彼の舌には青臭すぎる濃い茶を中国風茶碗から啜りながらマヤの頭を撫でたが、この時点でまだ彼は、人生も、そして死さえも自分の思い通りにはいかない、そんな恐ろしい事実を間もなく突きつけられようとは夢にも思っていなかった。

ロシア領アジアの最果て、ロシア鉄道のどの終着点より中国国境に近いこの地に彼が幽閉されたのは、ちょうど一年前のことだった。実のところ、妻と息子リョーヴァとともに、雪に覆われたトラックで旅程の最後を乗り切り、邪な策略で練られたこの流刑の終着地に降り立った瞬間から、レフ・ダヴィドヴィチは死を覚悟していた。万が一マラリアや赤痢で死ななかったとしても、遅かれ早かれ暗殺の指令が届くと思っていた（「あれほど遠くで死ねば、人に知られるのは完全に埋葬が終わった後だ」、政敵たちはそんなふうに思ったことだろう）。だが、敵たちは、それまでの時間を利用して、すでに党の管理下に置かれていた歴史と記憶から彼の名を抹殺することに精を出した。二一巻に達していた彼の著作はすべて刊行を差し止められ、書店や図書館に出回っていた本は片っ端から没収された。まず貶められ、ついで無視された彼の名は歴史文書から消され始め、オマージュや新聞記事はもちろん、写真からも痕跡が剝ぎ取られていく事態を前に、彼は自分が完全な無と化して忘却の底無し沼に沈んでいくことを痛感した。当初、レフ・ダヴィドヴィチは、自分がまだ生き長らえているのは、恐怖とスローガンと噓で歪められた国にあって、もはや良心を動かしうるものが何もなくなった状態でも、彼を殺せばそれが分裂の火種になりかねない、そう指導部が警戒しているからだと考えた。だが、沈黙を強いられた一年間、応戦もできぬまま何度もローブローを食らう一方で、かつて率いた「合同反対派」の分裂という事態を目の当たりにした彼は考えを改め、すでに道を外れたプロレタリア大革命を邪な手で専制体制へと導くためには、この自分を抹殺することがいつにもまして必要になっている、という結論に達した。

それまでにも、ツァーリ体制下の監獄や、無一文の絶望的状態でヨーロッパ各地を転々とした放浪時代など、過酷な生活を何度か経験してはいたが、あの一九二八年は間違いなく人生最悪の年だった。とはいえ、どんな不遇にあっても、革命という至上の善のために必要な犠牲とあらば、それが心の支えとなる。だが、革命が権力を握ってはや一〇年が過ぎた今、なぜ闘争を続けるのか？　その答えは日々明白になっていた。人間生活最上の理想を踏みにじろうと躍起になった反動勢力の暗い深淵から革命を救い出すためだ。そのためにはどうすればいい？　これがいまだ頭を悩ませ続ける問題であり、革命を私物化する共産主義者を許すまいとして闘ってきたはぐれ者の共産主義者という奇妙な立場からその答えをあれこれ探していると、錯綜する矛盾に頭脳が停止してしまうこともあった。

検閲で歪曲された情報をもとに政治情勢を追い続けてきたレフ・ダヴィドヴィチは、イデオロギーが少しずつ修正されていくにつれて、ただでさえ不安定だった政治理念が揺らぎ、その混乱につけこんだスターリンとその取り巻きたちが、彼の言葉と思想を奪うのみならず、党除名の憂き目に遭ってさえも貫き通した政策案を邪悪な手段で乗っ取っていく、その一部始終を目の当たりにしたのだった。

そんなことを考えていた時、凍った木材の軋む音が聞こえてドアが開き、冷気の雲を引きずるようにしてドレイッェル兵長が入ってきた。GPU監視隊の新隊長は、権力の一端をひけらかすつもりなのか、閂をつけることすら許されないドアをこのようにノックもせず開けることがよくあった。耳当てのついた帽子と革のマントを纏ったこの男は、彼のほうへ目をやることもなく体から雪を払い落とし、ソ連邦領内でひとたび命令を下せば誰も逆らうことのできない人間の伝令者にふさわしい態度を取った。

三週間前、さらなる禁止事項を携えてクレムリンから黒い使者のように送られてきたドレイツェルは、追放者集団の反対運動を煽る真似を即刻やめなければ政治生命を完全に断つ、という最後通告を彼に言い渡した。数カ月前から手紙を出すことも受け取ることもできないというのに、いったいどうやって反対運動を煽ることができるというのだろう？ 死以外の方法で彼から何を断つことができるというのだろう？ そのうえ、監視の目をもっと厳しくするつもりなのか、こんな大雪のなか誰も狩などできるはずもないのに、この使者はレフ・ダヴィドヴィチと息子のレフ・セドフに出猟を禁じ、ただ自分の意志と力を見せつけるためだけに猟銃と薬莢を没収した。

マントに積もった雪を払い終えると、ドレイツェルはサモワールに近寄って茶を注いだ。風の唸りを聞いてレフ・ダヴィドヴィチは、外は零下三〇度以下で、ところどころ石が顔を出す以外、忌まわしいステップは一面果てしない雪に覆い尽くされていることだろうと想像した。茶を一口啜った後、ようやく口を開いたドレイツェルは、シベリア熊のような声で、モスクワから手紙が届いていることを告げた。監視の目をかいくぐって届く手紙に悪い知らせ以外ありえないことは最初からわかっていたが、ドレイツェルがこの時初めて《トロツキー同志》という呼びかけを省略したことで、成り上がり者ヨシフ・スターリンの手で権力の頂点からうらぶれた流刑地へ突き落とされ、怪しい身分に成り果てた後も辛うじて保っていた最後の肩書きが失われた事実を突きつけられて、彼はさらに悪い予感に囚われた。

七月に娘ニーナが肺結核で死んだという知らせを受けて以来、レフ・ダヴィドヴィチの心には、生活苦や周りの憎悪によって身内にまた不幸が起こるのではないかと不安が重くのしかかっていた。最初の結婚で授かったもう一人の娘ジーナは神経を病み、彼女の夫プラトン・ヴォルコフは、他の反対派と同じく、すでに北極圏の強制収容所に送られていた。幸い長男リョーヴァは両親に同行し、まだ若いセリョージャは「ノンポリ」で、党派抗争から身を引いている。

その時、朝の挨拶とともに、寒さを呪うナターリヤ・セドーヴァの声が届いてきた。マヤの歓喜に迎えられて彼女が入ってくるのを待ちながら、レフ・ダヴィドヴィチは心臓が縮み上がる思いを味わっていた。愛するセリョージャの身に何かあったとしたら、その知らせをナターシャに伝える勇気があるだろうか？　両手でカップを持ちながら椅子に腰掛けた妻を、夫はじっと見つめた。まだそれなりに美しい、そう思ったことを彼は後に記している。モスクワから手紙が来ていることを知ると、妻も同じように震え上がった。

ドレイツェルはストーブの脇にカップを置いてポケットを探り、まずいトルクメニスタン煙草を取り出した後、ついでを装うように手をマントの内ポケットに入れて黄色い封筒を引っ張り出した。一瞬開封するような素振りを見せたが、テーブルの上に置くだけだった。はやる気持ちを必死に抑えながら、レフ・ダヴィドヴィチは、まず妻の顔を、続けて、彼の名前が印字されているだけで切手の貼られていない封筒を見つめ、冷めた茶を隅へ押しのけた。ポットをドレイツェルに向けて差し出すと、やむなく彼はこれを受け取り、サモワールへ戻って湯を注ぎ足した。レフ・ダヴィドヴィチはいつも芝居がかった身振りを好んだが、これほとわずかな観客を前に俳優の真似事などしても無駄だと見てとって、茶を待たず封筒を開けることにした。中身は、タイプ打ちしたGPUのレターヘッド便箋であり、日付は記されていなかった。眼鏡をかけ直し、一分とかからず文面を読み終えたが、今度は芝居抜きに長々と黙り込んだ。信じられない知らせに、呆然として声も出なかった。市民レフ・ダヴィドヴィチ・トロツキーは二四時間以内に国を離れるべし。行き先指定なしの国外追放は、適応対象無制限の最新追加条項五八の一〇に基づく決定だが、書面によれば、本件の場合、被疑者は《ソヴィエトに敵対的な非合法政党の創設を目論む反革命的活動》の罪に問われているという。黙ったまま彼は妻に紙を渡した。

粗末な木のテーブルに両手をついたまま夫を見つめるナターリヤ・セドーヴァは、僻地での凍死を認めるかわりに、暗雲のような亡命の道へ自分たちを追いやる決定の重みに体を強張《こわば》らせていた。二三年にもわたって苦楽を共にし、挫折も勝利も分かち合ってきたレフ・ダヴィドヴィチには、妻の青い瞳から透けて見える思いが手に取るようにわかった。一九〇五年には国民の心を動かし、一九一七年一〇月の蜂起を勝利へと導き、混沌とした状況のなかで軍を組織し、帝国主義の侵略と内戦の危機から革命を救った指導者が追放？ 政治的・経済的戦略をめぐる意見の不一致により国外追放？ 彼女は考えていた。これほど悲惨な境遇になければ、お笑い草にでもなりそうな指令だ。

立ち上がりながら彼は、最後に残る皮肉を振り絞ってドレイツェルのほうへ向き直り、その《非合法政党》とやらの初会合がいったいいつどこで行われるのだろうね、と問いを発したが、黒い使者は素っ気なく、受取証をいただきたい、と言っただけだった。レフ・ダヴィドヴィチは便箋の縁に《犯罪的内容と非合法形式のGPU指令、確かに受け取った、一九二九年一月二〇日》と書き、素早くサインしたうえで、汚れたナイフでこの部分を切り取った。そして、まだ呆然としたままの妻を見て、リョーヴァを起こすよう言った。書類や本をまとめる時間もないほどだ。そのまま、マヤを後に従えて、いかにも急ぐ様子で部屋へ向かったが、実際のところレフ・ダヴィドヴィチは、屈辱と嘘に打ちのめされた無念に泣き崩れる姿を見張りや妻に見せまいとして逃げたのだった。

三人は黙って朝食をとり、いつものようにレフ・ダヴィドヴィチは、テーブルに出される風味の落ちたバターをパンくずに塗ってマヤに与えた。後にナターリヤ・セドーヴァは、《その瞬間、知り合って以来初めて彼の目に諦めの暗い光を見た》と語ることになるが、確かにその時の彼の精神状態は、一年前、モスクワ追放を言い渡された際に、四人の男に担ぎ上げられて駅へ連行されながらも、革命の埋葬者となった連中に向けて大声で呪詛の言葉を吐き続けていた時とはかけ離れていた。

愛犬を従えて部屋へ戻ると、レフ・ダヴィドヴィチは、すでに準備していた箱に、もはや紙束ばかりとはいえ、自分の人生と同じくらい、それ以上の価値を持つ所持品を詰めにかかった。エッセイ、宣言、世界を変えた戦況報告や平和条約、そしてとりわけ何百、何千という手紙、その差出人は、レーニン、プレハーノフ、ローザ・ルクセンブルクほか、青春時代にいつかツァーリを倒してやろうとロマンチックな夢を見て南ロシア労働者同盟を結成して以来、ともに革命を目指して戦ってきたボリシェヴィキ、メンシェヴィキ、社会革命党の闘士たちだった。

馬に足蹴にされて窒息しかかってでもいるように、敗北の予感が胸を締めつけてきた。だからこそ、革のゲートルとフエルトの木靴を手に取って食堂へ入ると、そこで書類を整理していたリョーヴァが何のつもりかと訝るのもかまわず、素早く両方とも身に着け、ドアに掛かるマフラーを無言で摑んだ後、相変わらず犬を後ろに従えて、朝の風と雪と灰色に向かって飛び出したのだった。二日前から続く吹雪は止む気配もなく、冷気に触れただけで顔の皮膚を切られるようで、身も心も氷と靄に溶けるような感覚を味わった。そのまま彼は、晴れていれば天山山脈の端を望むことのできる通りへ向かって数歩進み、白い雲を抱くようにして靄と溶け合った。指笛でマヤを呼び、愛犬が近づいてくるのがわかると気分が落ち着いた。犬の頭を撫でながら、すでに体が雪に覆われ始めているいることに気がついた。何枚重ね着していても、一〇分か一五分で氷の塊になって、心臓も止まってしまうことだろう。それも悪くないと思った。だが、まだ執行人たちが刑を執行しようとしない以上、先回りはすまい。マヤに導かれて、家までの数メートルを引き返した。まだしばらく余命があり、まだ打つ手はある、それがレフ・ダヴィドヴィチにはわかっていた。

ナターリヤ・セドーヴァ、レフ・セドフ、レフ・ダヴィドヴィチの三人は、一家を国外へ連行する警備隊の到着を待ちながら、最後の茶を啜っていた。部屋には、篩《ふるい》にかけて比較的重要性が低いと判断された数十冊の本を除いたうえで、書類を詰め終えた箱がすでに準備されていた。その日の朝早く、警官の一人が不要とされた本を集めて小屋から運び出し、すぐにガソリンを振りまいて火を点けた。

ドレイツェルは一一時頃到着した。いつもどおりノックもせず上がり込み、出発が延期になったことを告げた。いつも実務的なことを気にかけるナターリヤ・セドーヴァが、なぜ明日になれば吹雪がおさまると判断したのか訊ねると、監視隊長は、つい先ほど気象予報が届いたうえ、すでに空気にも変化が感じられる、と説明した。そしてドレイツェルは、またもや権力を誇示したいらしく、レフ・ダヴィドヴィチに向かって、マヤは同行できないと告げた。

彼は猛反発し、その剣幕に隊長は面食らった。マヤは家族の一員であり、一緒に行けないというのなら全員ここに残る。これに対しドレイツェルは、あなたはすでに命令や脅しなどできる立場にないと言ってたしなめたが、レフ・ダヴィドヴィチは、相手の言い分を認めながらも、お前のキャリアに傷をつけるぐらいのことはまだいくらでもできる、シベリア送り、それも故郷の町でなく、GPU長官の管轄下にある強制収容所に送ってやることなど造作もない、と反論した。この言葉が効果てきめんだったと見るや、レフ・ダヴィドヴィチは相手が大変な重圧に晒《さら》されていることを察し、無駄な攻撃は止めて一気に勝負をつけることにした。シベリア出身の人間が隣人に向かってロシアのグレーハウンドを見捨てろと命じるなどありえない、凍りついたツンドラ地帯でこのマヤが狐を狩る姿を見せてやりたいところだ、そう言って彼は嘆いた。部下が開けたドアからすごすご退散しながら隊長は、それでもまだ権力の誇示にこだわり続け、飼い犬を連れて行くのは自由だが、糞の始末は自分たちでやってもらう、とだけ言い残した。

シベリア人ドレイツェルの嗅覚も天気予報もまったくあてにはならず、アルマ・アタを襲っていた吹雪は、一行がバスでステップへ乗り出した後も、止むどころか激しくなる一方だった。午後（時計を見なければ午後だとわからなかった）、コシュマンベの村に着いてみると、凍てつくような寒さのなか、起伏のない道を七時間車で走っても、三〇キロほどしか進んでいないことがわかった。

翌日、凍りついた道をバスに揺られながらクルダイ峠まで辿り着き、そこからは、一行の分乗する七台の車を牽引車で動かそうとしたものの、血のにじむ努力はまったくの徒労に終わった。警備隊員七名が凍死したほか、夥しい数の馬が犠牲になった。そこでドレイツェルは交通手段を橇《そり》に切り替え、ピシュケクが見えるまで丸二日斜面を滑って、再び平地に戻ったところで別の車に乗り込んだ。

煙突から漏れてくる羊脂の臭いに包まれたモスクの町フルンゼは、追放される者たちにも同伴者にも、命を救うオアシスに見えた。アルマ・アタを後にして以来、初めてシャワーを浴びることができたうえ、歩くのにも不自由するほど重く臭い上着を脱いでベッドで眠ることができた。困窮状態ではどんな些細なことでも贅沢に思われるというのは本当で、レフ・ダヴィドヴィチは、香りの強いトルコ風コーヒーを心臓が高鳴るまで存分に味わった。

その日の夜、寝室に引き上げる前に、イーゴリ・ドレイツェル兵長は、トロツキー一家とともにコーヒーを飲みながら、警備隊長としての任務がここで終了することを告げた。こんな横柄なシベリア男であっても、数週間生活をともにした後では馴染みの顔になっており、別れ際、レフ・ダヴィドヴィチは、彼に幸運を祈った後、こんなことまで言って聞かせた。党の総書記が誰であろうと同じだ、レーニン、スターリン、ジノヴィエフ、トロツキー、誰がその地位にあれ、ドレイツェルのような者たちは、トップのためではなく、国のために働かねばならない……　じっと聞き入った後、ドレイツェルは手を差し出し、驚いたことに、たとえこんな状況であれお知り合いになれて光栄でした、と言ってのけた。だが、もっと意外だったのは、追放者の所有する書類はすべて処分せよと命じられていたにもかかわらず、独自の判断で本を焼くだけにしておいた、そう小声で告げられた瞬間だった。この思いもよらぬ知らせをまだ消化できぬうちに、指の骨にシベリア人らしいごつい手の圧力が感じられ、ドレイツェルはそのまま反転して雪の降りしきる闇夜へ消えた。

警備隊の交代があり、ブラノフという名の新隊長が登場すると、一行は、ようやくヴェールが綻びてどこへ送られるかわかるのではないかと期待を持った。だがブラノフは、フルンゼの端にある駅から特別列車で移動すると伝えただけで、行き先には触れなかった。これほど秘密にするのは――レフ・ダヴィドヴィチは思った――、可能性は低いとはいえ、激減した彼の支持者がモスクワで抗議行動を起こす事態を恐れてのことにちがいない。あるいは、こんな手の込んだ真似は、スターリンの得意とする世論の攪乱操作の一環かもしれない。その年だけでも、すでに何度もトロツキー即時追放の噂を流しては直後に様々なニュアンスでこれを否定していたが、明らかにこれは、人々にその可能性をちらつかせて着々と準備を進め、すべてが終わったところで公表するための布石だった。

レフ・ダヴィドヴィチがスターリンの途轍もなく悪辣な手腕の恐ろしさをようやく真剣に考え始めたのは、追放を受ける数カ月前、失脚して両手を縛り上げられた時のことだった。明らかにグルジアの元神学生の悪知恵をあなどりすぎていたのであり、罠を張り巡らせるその卓越した能力、恥も外聞もなく嘘や裏取引を繰り出すその図太さがどれほどのものか、気づいた時にはすでに手遅れだった。非合法闘争のカタコンベで地下破壊活動のありとあらゆる権謀術数を身に着けたスターリンは、かつてボリシェヴィキが権力奪取のために使ったのと同じ手法を、今度は自分が権力の頂点に昇りつめるために使ったのだ。かつては恐怖とも虚栄心とも無縁に見えた男たちの恐怖と虚栄心につけ込み、計算ずくで政治勢力を一方から他方へとめまぐるしく動かしながら、レフ・ダヴィドヴィチを丸裸にして追い落とす手腕も見事といえば見事だったが、このグルジア人がこれほど完璧に勝利できたのは、誇り高きライバルが意外なほど盲目だったからだった。

スターリンの大勝利は、まず党から、次に国から政敵を追放したことよりも、トロツキーの声を革命の内側に潜む敵、国の安定とレーニンの遺産を否定する存在に仕立て上げたところにあった。レフ・ダヴィドヴィチを最終的に打ちのめしたのは、体制側の築き上げたプロパガンダの壁であり、自らも創設に関わったこの体制に対して、神聖な信念を捻じ曲げてその存続を脅かしてまで楯突くことが彼にはできなかったのだ。当時の彼にとって、打ちのめすべき敵は人間であり、党派であって、決して理念ではなかったのだが、その人間たちが思想を私物化し、国内外に向けて自分たちこそプロレタリア革命の体現だと居直っているのだから、戦う術などあろうはずもない。ようやく見えてきたこの事態について、彼は追放後もあれこれ考え続けることになった。

一行はフルンゼを後にし、鉄道での旅路が始まった。四両の車両を従えた古いイギリス製機関車が、雪のせいでスピードを落として進んだ。赤軍の先頭に立っていた時代、内戦真っただなかの国を東奔西走したレフ・ダヴィドヴィチは、鉄道の路線なら隅々までほとんど知り尽くしていた。ざっと計算してみただけでも、あの頃特別列車で走行した距離は地球五周半ぐらいにはなるだろう。そんな経験があったから、フルンゼを出発する時の彼には、この列車でソ連邦の南アジアを横断した後に、最終的に黒海のどこかの港から国を追われることになるだろうと察しがついた。どこへ追放されるのだろう？　二日後、ステップのどこかの駅に少しだけ停車したところで、ブラノフの持ってきた知らせがこの詮索を打ち切った。モスクワからの電報によれば、トルコ政府が彼に病人用ビザを発給し、特別客として受け入れるという。知らせを聞いたレフ・ダヴィドヴィチは、まるで汽車の屋根で裸のまま旅しているように不安で心臓が凍りつくのを感じた。考えうるすべての亡命地のなかで、ケマル・パシャ・アタチュルクのトルコだけはまったく想定外であり、それは油を差した綱を首に括りつけて処刑台に乗るにも等しかった。十月革命の成功以来、この南の隣国は、最もソヴィエト政府に敵対的な白系ロシア亡命人の巣窟と化しており、そんなところへ送られれば、猟人に囲まれた兎も同然になるのは間違いなかった。トルコへなど行くものか、彼はブラノフに向かって叫んだ。敵どもに乗っ取られた国から追放されるのは仕方がないとしても、国外で世界のどこへ行くべきかまで指図される覚えはない。

伝説のサマルカンドに停車すると、司令部の置かれた車両からブラノフと二人の役人が降り、駅舎になっているらしいモスク風の建物に入っていくのがレフ・ダヴィドヴィチにわかった。彼の要求を伝えてくれれば、モスクワも別の選択肢を検討するかもしれない。その日から交渉の結果をじりじりと待ち侘びることになったが、一筋縄でいかないことが明らかになると、司令部は汽車をもう一時間ほど前進させ、凍てつく荒野の真っただなかにある引込線に停車させた。それを見たナターリヤ・セドーヴァはブラノフに掛け合い、モスクワからの返事を待つ間、息子セルゲイ・セドフとリョーヴァの妻アーニャに電報を打って呼び寄せ、かつて一度認められた時と同じく、出国前の数日を一緒に過ごしたい、と願い出た。

こんな僻地に一二日間も足止めされたのが、長引く外交交渉のせいなのか、見たこともない猛吹雪でマイナス四〇度まで気温が下がることもあったせいなのか、レフ・ダヴィドヴィチにはその後もわからなかった。こんな嵐に耐えられるはずもない小さな子供たちを置いてやってきたセリョージャとアーニャを、ありったけの上着と帽子と毛布を被って一行は出迎えた。時折見張り役が睨みを利かせるなか、八日間にわたって家族は、たわいもない落ち着いた団欒とチェスの真剣勝負、それに本の朗読に耽り、その間ずっと、セルゲイの持ってきたコーヒーをまめまめしく淹れるのはレフ・ダヴィドヴィチの役目だった。周りは懐疑的だったが、監視の目を逃れるたびに、彼は揺るぎない楽観を誇示し、今後の闘争や帰国の見込みについて話した。夜、他の者たちが眠りにつくと、彼は客車の隅に陣取り、一団の間で猛威を振るい始めていた流行性感冒のせいで乱れがちな呼吸に耳を傾けながら、眠気が訪れないのをいいことに、ボリシェヴィキ中央委員会に宛てて抗議声明をしたためるとともに、反対闘争の計画書を練り上げたが、こんな文書をセリョージャに持たせて刑務所行きの危険を冒させるわけにはいかないので、手元に保管しておくことにした。

猛烈な寒波で機械が凍りついてしまう事態を避けるため、時折蒸気機関を作動させて数キロ移動させねばならないほどだった。激しい吹雪で外へ出るわけにもいかず（数世紀前に中央アジアを支配した伝説の町サマルカンドを見に行かせてほしいなどと願い出ることは、レフ・ダヴィドヴィチのプライドが許さなかった）、新聞を待つぐらいしかすることはなかったが、予想どおり、入ってくるのは暗いニュースばかりで、反対派の呼称となっていた「反ソヴィエト反革命分子」の逮捕拘束ばかりが日々伝えられていた。脱力感、倦怠感、関節の痛み、缶詰による消化不良、様々な原因が重なって、レフ・ダヴィドヴィチは絶望の寸前まで追いやられた。

一二日目、ブラノフは結果を報告した。ドイツは健康上の理由でさえビザ発給を認める準備はない。オーストリアは言い訳を並べている。ノルウェーは無数の書類を求めている。フランスは一九一六年の法令を盾に入国を拒否している。イギリスは返答すらしてこない。受け入れの姿勢を示しているのは相変わらずトルコのみ……こんな経歴を辿ってきた人物の受け入れ先はこの星に存在しない、レフ・ダヴィドヴィチはこの時確信した。

オデッサへ辿り着くまでの数日間、かつての軍事人民委員は、またもやじっくり時間をかけて、これまでの活動、信条、大小様々の過ちを振り返り、たとえ浮浪者生活を強いられることになろうとも、これまでの振る舞いを後悔することはなく、自らの行為と理想の代償を支払う覚悟もできている、そう確信した。列車がオデッサを通過する頃には、それまでの信念を新たにし、もはや大昔とも思われるあの遠い日々、町の大学へ入ったものの、自分の天分が数学にはないことを思い知って圧政反対の闘争に乗り出し、以来、革命家という終わりのない道を歩み出したいきさつを思い起こした。かつてオデッサでは、まだ政治的計画もはっきり固まっていないというのに、創設したばかりの南ロシア労働者連合と他の非合法結社を引き合わせた。そこで初めて投獄を経験し、ダーウィンを読んで、すでにかなり異端に走っていた若きユダヤ人の精神から、あらゆる超越的存在への信仰を完全に振り払った。初めて裁判で有罪判決を受け、その時の罰も追放刑だった。その時は、ツァーリの手先たちによって四年間のシベリア送りにされたが、今や、かつて一緒に闘った同志たちが、永久に彼を国外へ追い払おうとしている。そして、かつてこのオデッサで、紙とインクをくれた優しい看守と出会い、響きのいい彼の姓が頭に残っていたため、数年後、シベリアから脱走して、仲間たちに手渡された白紙のパスポートを携え初めての亡命へ出る間際、氏名欄にトロツキーと記入し、以来ずっとその名で呼ばれている。

海岸沿いに町を迂回した後、列車は支線に入り、港の船着き場まで到達した。眼前に広がる光景に一同は圧倒された。窓を叩きつける強風を通して、凍りついた湾の広大な景色が一望でき、氷から頭を出す船や折れたマストがところどころに突き出ていた。

ブラノフと他の見張りたちが列車を降りて「カリーニン」という名の蒸気船に乗り込む一方、別の監視団が車両へ赴き、国外退去者に対しては船への移動を、セルゲイ・セドフとアーニャに対しては辞去を、それぞれ命じた。客車内で何日も一緒に過ごした後での別れは、想像以上に悲しかった。ナターリヤは泣きながらかわいいセリョージャの顔を撫で、リョーヴァとアーニャは、いつまた会えるかもわからない別れの辛さを肌越しに確かめ合いでもするように、しっかりと抱き合った。情にほだされぬようレフ・ダヴィドヴィチは素っ気ない別れに徹したが、セリョージャの目を見つめているうちに、政治を軽蔑する分別を備えたこの美しく健康的な若者にもう二度と会えないような気がしてきた。しっかりと彼を抱き寄せてその唇に口づけし、その温もりと形を心にとどめた。そしてマヤを従えて隅へ退き、今も耳に残るあの言葉を必死に振り払った。一九二六年の中央委員会、ブハーリンの支持を得たスターリンに政治局からの追放を言い渡されたあの陰鬱な議論の末、レフ・ダヴィドヴィチは同志たちの面前で彼を「革命の埋葬者」と罵った。委員会の後、近寄ってきた赤毛のピャタコフが、いつものように耳元で囁くように言った。《なぜ、なぜ、あんなことを?……　あいつはあんな侮辱は許さないぞ。三代、四代先まで復讐し続けるぞ》スターリンの政治的憎悪が、革命の、いや、人類の枠を極めたこんな若者たちにまで及ぶのだろうか、彼は思った。幼いスヴェトラーナ・スターリナに読み書き算数を教えたセリョージャも、卑屈な心の犠牲になるのだろうか?　愛犬の頭を撫で、三〇年前、永久に革命に身を捧げようと決めたこの町をもう一度だけ——これが最後になるだろうと内心予感していた——見渡しながら、彼は不吉な答えを噛みしめていた。憎しみという病に終わりはないのだ。

3

「ああ、わかったと伝えてくれ」

その後ずっとラモン・メルカデールは、人生を変えることになるこの言葉を発するわずか数秒前、戦場での沈黙に伴う忌まわしい密度を思い知ったその瞬間が忘れられなくなった。爆音、銃声、エンジン音、命令の怒号、悲痛な叫び、それまで数週間ずっと聞いていた音が意識のなかに蓄積されてすでに生活の一部となっており、そこに突如頭上からあの濃厚な静寂が降り注いでくると、それが不穏な空気となって、恐怖に限りなく近い不安を引き起こす。その時彼は、束の間の沈黙の奥に死の暴発が潜んでいることを感じ取った。

あの言葉によって幽閉と疑念と疎外を余儀なくされた数十年間、何度もラモンは、あの時断っていたら自分の人生はどうなっていただろうと、まるで自分で自分を挑発するように何度もしつこく思いを巡らせることになった。並行して進む人生を想定し、本質的に小説と変わらないその疑似空間を生きる彼は、かつても今もラモンであり、名前も同じ、そして、たとえ同世代の多くの男たちと同じように故郷や思い出の地から遠く離れていても、身も、そしてとりわけ心も、いつものラモン・メルカデール・デル・リオであり続けている。

その数時間前、カリダッドはまだ幼いルイスを連れて姿を現した。銃殺した貴族一家の資産から没収してカタルーニャ共産党指導部が移動手段としてしばしば使っていた馬力のあるフォードに乗って、バレンシアを経由してバルセロナからやって来たのだ。通行許可証に記された二つのサインのおかげで、グアダラーマ山脈の山腹まで、共和国軍の検問にかかることもまったくなかった。気温は氷点下であり、二人は車内で毛布にくるまっていたが、カリダッドの吸う煙草のせいで、ルイスは吐き気を催すほどだった。いつも友人知人に遠慮会釈のない母親がまたお節介をしに来たのだろうと思いつつ、ようやくラモンが山腹の検問所まで下りていくと、弟のルイスは後部座席で眠っていたが、カリダッドは煙草を手に石を蹴りながら車の周りをぶらぶら歩いており、寒さに悪態を吐くその口から真っ白な息が漏れていた。息子の姿を認めるや彼女は、山の夜より冷たい緑色の視線で息子を包み込み、その時ラモンは、一年前に再会して以来、子供の頃にしていたような湿っぽいキスをしなくなったことに気がついた。いつも正確に唇の端を捕えるあのキスは、しつこいアニスの香りをとどめた甘い唾の味を残し、それがほんのり味蕾《みらい》まで届くと、唾液の分泌に紛れて消えた後までその味を口にとどめておかねばならないような悩ましい義務感を呼び覚ますのだった。

前回会ってから数カ月経っていたが、その間、アルバセテで受けた傷がようやく癒えつつあったカリダッドは、党の指令を受けてメキシコへ渡り、共和国側に物理的支援と道徳的連帯を取りつけるため奔走した。その間に彼女は変わった。とはいえ、銃弾を受けて損傷した左腕の動きがぎこちなかったわけではなく、また、つい数日前、彼女に命じられるままにマドリードの前線に赴いてイタリア軍戦車のキャタピラに踏み潰されたうら若き息子パブロの死がこたえたというわけでもなかった。もっと奥深い何かがあるのだろうとラモンは思っていたが、彼の人生が大きく転換したこの夜、その正体が明らかになった。

「六時間も待ったわよ。もうすぐ夜が明けるというのに、これ以上コーヒーなしでは耐えられないわ」ラモンに寄り添う毛深い子犬を見ながら、軍人用のブーツで煙草を踏み潰した女の口から出てきたのは、挨拶代わりのこんな言葉だった。

遠くで大砲の音が轟き、星のない夜空のどこからともなく戦闘機のエンジン音が響き渡っていた。雪になるだろうか、ラモンは思った。

「銃を放り出して飛んでくるわけにもいかないからね」彼は言った。「調子はどうなの？ ルイスは？」

「お前に会いたくてうずうずしていたから連れてきたわ。私は大丈夫。で、その犬は？」

ラモンは微笑み、フォードの車輪を嗅ぎ回る犬を見つめた。

「隊に同行してる…… 貝のように僕にくっついて離れないんだ。かわいいだろ？」そして膝をついた。「チュロ！」と囁くと、犬は尻尾を振って近づいてきた。ラモンは顔から草を払ってやりながら耳を撫で、視線を上げた。「何の用で来たんだい？」

カリダッドは思わず息子が目を逸らすまでじっと視線を注ぎ、ラモンは立ち上がった。

「お前に一つ質問をしてくるよう言われたのよ……」

「信じられないな…… 一つ質問するためだけにわざわざここまで？」ラモンは嘲《あざけ》りの調子を込めようとした。

「そう、大事な質問よ。ファシズムを打倒し、社会主義を守るために、どんなことをする覚悟がある？…… そんな目で見ないで、冗談じゃないのよ。お前の口から答えを聞きたいの」

ラモンは再び微笑んだが、嬉しそうではなかった。なぜそんなことを訊いてくるのだろう？

「徴兵係みたいじゃないか…… 他に誰がその答えを知りたいんだい？ 党と関係があるの？」

「答えを聞かせてくれれば説明するわ」カリダッドは真剣な表情のままだった。

「わからないな、カリダッド。見ればわかるだろう。こうして今も、命をかけて党に尽くしているじゃないか
…… ファッショどもがマドリードへ近づけないように」

「それだけでは十分じゃないわ」女は言った。

「十分じゃない？ これ以上いったい何を……」

「闘争は簡単、死ぬのも簡単……　たくさんの人がそうしてるわ……　パブロだって……　でも、すべてを捨てる覚悟がある？　すべて、本当にすべてよ。個人的な夢、不安、自分という人間、そのすべてを……」

「わからないな、カリダッド」胸に警戒心が居座り始めるのを感じながらラモンは正直に答えた。「真面目な話をしているの？　もっとはっきり言ってくれよ……　持ち場へ戻らなきゃいけないんだから」こう言いながら上方の山を指差した。

「これ以上はっきりは言いようがないわ」彼女は言いながら煙草を取り出した。マッチを擦った瞬間に、爆発の光で空が照らされ、後部座席のドアが開いた。毛布を被ったままのルイス少年が、凍りついた地面に足をとられながらもラモンのもとへ駆け寄り、二人はしっかりと抱き合った。

「驚いたな、ルイス、もうすっかり大人だ」

ルイスは鼻をすすりながら兄から手を離した。

「兄さんはずいぶん痩せたね。骨が手に当たるほどだ」

「戦争のせいだ」

「犬を飼ってるの？　名前は？」

「チュロ……　俺が飼っているわけじゃないが、似たようなものだな。ある日ひょっこり現れて……」ルイスが指笛を鳴らすと、犬が足元へ寄ってきた。「物覚えがよくて、気立てもいい……　よかったら連れて帰っていいぞ」ラモンは弟の乱れた髪を撫で、親指で目元を拭ってやった。

ルイスはためらいがちに母のほうを見た。

「犬なんか飼ってる場合じゃないわ」彼女は言ってぐっと煙草を吸い込んだ。「私たちの食べるものすらないのに」

「チュロは何でも食べるし、食べる量も少ない」ラモンは応じ、遠くから砲声が届くと、本能的に肩をすくめて身を守った。「その煙草代だけで家族みんなの食事を賄えるよ」

「煙草の話はどうでもいいわ……　ルイス、ちょっと犬と遊んでなさい、私はラモンと話しがあるの」カリダッドは命じ、山の厳しい寒さにも葉を落とさず耐えていた樫のほうへ歩き出した。

ルイスとチュロがじゃれ合う様子を樫の麓から眺めながらラモンは再び微笑んだ。

「用件をさっさと言ってくれないか。誰の指令なんだい？」

「コトフよ。重大な提案をしたいそうなの」彼女は言って、緑ガラスのような視線でまたじっと息子を見つめた。

「コトフがバルセロナにいるのか？」

「一時的にね。お前が協力してくれるか知りたがっているのよ」

「軍で？」

「違う、もっと大事なことよ」

「戦争よりも？」

「もちろん。この戦争なら、勝てるかもしれないし、負けるかもしれない、でも……」

「なんてことを言い出すんだ！　敗北などありえない。ソヴィエトから支援が来ているし、国際旅団と協力して、ファッショどもを一人残らずひねりつぶしてやるさ……」

「それに越したことはないけれど、ねえ……　隣の塹壕でトロ公たちがファシストに目配せしているうえに、アナーキストたちが戦闘指令を投票で決めようなんて言っているのに、本気で戦争に勝てると思っているの？……コトフがお前に任せようとしているのは、もっと本当に重要な仕事よ」

「例えば？」

三人のいる場所のすぐ近くで爆発音が鳴り響いた。本能的にラモンは自分の体でカリダッドを守ろうと反応し、二人は凍った地面に身を伏せた。

「頭がおかしくなりそうだ。あいつら、いったいいつ寝るんだ？」膝をついた状態で彼は言って、カリダッドのコートの袖を払った。

彼女は息子の手を押さえ、火が点いたままの煙草を拾い上げるために屈んだ。ラモンは母に手を貸して立ち上がらせた。

「コトフの考えでは、お前は優秀な共産主義者で、後衛にいるほうが役に立つのよ」

「スペインの共産主義者は増える一方だ。ソヴィエトが武器の支援をくれてから、人々の我々に対する見方が変わった」

「そうでもないわ、ラモン。ただ怖がっているだけで、内心煙たく思っている人は多い。相変わらずこの国は間抜けで、偽善的なキリスト教徒や生まれつきのファシストばかりよ」

母が怒りでも込めるように煙草の煙を吐き出す様子をラモンはじっと見つめた。

「それで、コトフの要望は？」

「言ったとおり、水びたし、クソまみれの塹壕から銃を撃つよりもっと重要な仕事よ」

「何を望んでいるのか見当もつかない……ファシストが進軍を続けて、マドリードを落とすような事態になれば……」ラモンは首を振り、その時胸に軽い圧力を感じた。「クソ、あんたをよく知らなければ、コトフとグルになって俺を戦場から追い払おうとしているんじゃないかと勘繰るところだよ、カリダッド。パブロがやられた後だし……」

「私のことはよくわかっているでしょう……」彼女は遮った。「覚えておきなさい、戦争に勝つ方法はいろいろあるわ……ラモン、夜明け前にここから遠く離れておきたいのよ。答えてちょうだい」

本当にわかっているだろうか？　ラモンは母の顔を見て、そこに、かつての世俗的で小ぎれいな女の面影、息子たちや夫と家族総出で日曜の午後にカタルーニャ広場を散歩しながら、流行りのレストランや、グラシア通りにオープンしたばかりのお洒落なイタリア風アイスクリーム屋を探していたあの女の面影が残っているだろうか、と考えてみた。何も残ってはいない。今やカリダッドは、ニコチンと汗の臭いの染みついた雌雄同体の生物となり、政務官のような口ぶりで、党の使命、党の政治、党の闘争のことばかり弄している。

そんなことを考えていた彼は、銃弾が炸裂して地面に伏せた時以来、まるで疲労と苦痛に打ちのめされて世界が眠ってしまったかのように、重々しい沈黙が辺りを支配していることに気づかなかった。戦場の物音に長時間浸りきっていたおかげでラモンの感覚が狂い、沈黙に耳を澄ますことができなくなっていたのかもしれない。帰還という可能性が頭をよぎった瞬間から彼の心は動揺し、数カ月前に出てきたバルセロナの記憶がちらつくとともに、彼の人生に大きな意味を与えてくれた女性の魅力的な姿が甦ってきた。

「アフリカには会った？ まだソヴィエトと協力しているの？」相変わらず男性ホルモンに起因する弱点を克服しきれない自分を恥じながら彼は訊いた。

「相変わらず見かけ倒しね、ラモン！ 父親に似て軟弱だわ」相手の痛いところを突くようにカリダッドは言った。母への憎悪を抑える必要はないとも思ったものの、ラモンは相手の言い分を認めざるをえなかった。アフリカへの思いはずっと彼につきまとった。

「バルセロナに彼女がいるのか訊いているだけだ」

「ええ、ええ……　顧問たちと協力しているわ。この前、ラ・ペドレラで会った」

カリダッドの煙草がフランス製で、部隊の仲間たちと回し喫む臭い紙巻き煙草と違ってずいぶん香りが強いことにラモンは気がついた。

「一口吸わせてくれ」

「全部取っておきなさい」彼女は箱ごと差し出した。「ラモン、あの女を捨てる覚悟はある？」

そんな質問が来るのではないかと予感してはいたが、それでもやはり答えにくい質問だった。

「コトフは何を求めているんだい?」彼は返答を避けて同じ点にこだわった。

「言ったとおりよ、我々を奴隷にするためだけに何世紀にもわたって重要だと教え込まれてきたものすべてを捨てること」

ラモンにはそれがアフリカの言葉かと思われたほどだった。彼女の言葉と同じく、カリダッドの言葉も、まるでクレムリンの塔から、さらには『資本論』のページから飛び出してきたようだった。そしてその瞬間彼は、数分前から辺りを支配していた沈黙の重みを痛感した。カリダッドはアフリカ、アフリカはカリダッド。壊れそうなほど痛ましいその沈黙が彼の意識にのしかかり、次の瞬間には体が砲弾に、銃弾に、まだ見えてはいないがすでに彼の命を奪うべく作動し始めた手榴弾に砕かれるかもしれないという恐怖まで重なって、それまでの人生すべてを捨てよという命令が義務のように迫ってきた。戦場の邪悪な騒音より沈黙のほうがはるかに恐ろしいことがわかって、彼はそこから遠く離れたいと願った。そこに自分の人生がかかっているとも知らず、次の言葉を発したのはその時だった。

「ああ、わかったと伝えてくれ」

カリダッドは微笑んだ。そして息子の顔に触れ、計ったように正確なキスをゆっくりと唇の端に刻みつけた。ラモンは母の唾液が口に染みてくるのを感じたが、そこにアニスの香りはなく、前回キスされた時のようなジンの味すら伝わってはこなかった。あるのはただ、気持ち悪いほど甘い煙草の味と、消化不良で発酵したような甘酸っぱさだけだった。

「数日中にバルセロナからお呼びがかかるわ。向こうで会いましょう。人生の一大転機よ、ラモン」彼女は言って、体から土を払い落とした。「もう行くわ。夜明けも近いし」

何気ない素振りでラモンは顔を背けて唾を吐き、煙草に火を点けた。カリダッドの後に続いて車へ近寄り、チュロを抱えて降りてきたルイスと向き合った。

「犬を放して、ラモンにお別れを言いなさい」

ルイスは言われるままに兄を抱き締めた。

「すぐにバルセロナで会おう。青年団に紹介してやるよ。もう一四になったんだろう？」

ルイスは微笑んだ。

「軍には紹介してくれないの？　共産党員はみんな人民軍に入ってるよ」

「あわてなくてもいいさ、ルイス」笑顔で弟を抱き締めると、その頭の向こうに、またもやカリダッドの視線が泳いでいた。母の目に掻き立てられた不安を避けようと、夜明けの光とともに現れたエル・エスコリアルの無愛想な石造りを眺めやった。「見ろよ、ルイス、エル・エスコリアルだ。俺はあの反対側の、あっちの斜面にいるんだ」

「いつもこんなに寒いの？」

「身を切る寒さだ」

「行くわよ、乗りなさい、ルイス」カリダッドは兄弟の会話を遮り、ルイスは軍隊風の敬礼で別れを告げた後、車の反対側へ回って助手席に乗り込んだ。

「アフリカに会ったら、もうすぐ僕も行くと伝えておいて」囁くようにラモンは言った。

カリダッドは車のドアを開けたが、立ち止まっていったん閉め直した。

「ラモン、当然だけど、この話は他言無用よ。《すべてを捨てる》がスローガンでなく人生になる、以後このことをよく頭に入れておきなさい」母が軍人用マントの前を開いて眩いブローニング拳銃を取り出す様子を息子は見つめた。カリダッドは数歩前へ進み出て、息子のほうも見ぬまま言った。「わかってるわね？」

「ああ」ラモンがそう言った瞬間、遠くの山腹で爆弾が炸裂して轟音が響き渡り、そんなことに動じないカリダッドは、銃でチュロに狙いをつけ、息子が言葉を発する間も与えず犬の頭を撃ち抜いた。銃弾を喰らって犬は転げ、その死体がグアダラーマ山脈の寒い夜明けとともに凍りつき始めた。

サン・フェリウ・デ・ギホルスの冬は常に靄に包まれ、ピレネー山脈から下りてくる吹雪に晒《さら》されているが、夏は豊かな自然に恵まれる。海岸から突き出た岩が山となり、目の粗い砂の入り江が口を開けて、エンポルダ沿岸で最も透明な水を湛えていることも多い。一九二〇年代のサン・フェリウには、漁師と隠遁者を除けば、都会と現代の喧騒を逃れてきた最初の移住者ぐらいしか住む者もいなかったが、夏になると、浜辺や山に別荘を構えるバルセロナの富裕層が押し寄せてきた。第一次世界大戦中に第二次繊維産業景気の恩恵を受けたメルカデール一族も、そうした幸福な階級の一翼をなしていた。

父方の家系は現地の貴族とも繋がっており、善良なカタルーニャ人らしく、商工業に従事しながら何世紀にもわたって富を蓄えてきた。母カリダッドは、一八九八年の悲劇の前にキューバから引き上げてきたインディアス人の家系であり、島で奴隷解放令が布告された際に黒人奴隷を手放して、その財産は目減りしていたものの、それでもまだサンタンデールに近いサン・ミゲル・デ・アラス城を所有していた。ラモンの父パウのほうがカリダッドよりかなり年上だったが、子供の目にも羨ましく映るほどのおしどり夫婦で、善良な貴族階級らしく仲睦まじく乗馬に精を出し、速足で駆ける姿をそばから見ているだけでも、妻のほうが手綱さばきの見事な夫のさらに上をいっていることがわかった。

一九二二年の夏は、記憶のなかで理想化されて幸福の象徴となったあの入り江で、家族水入らず、一カ月まるごと太陽と海と自由を楽しむ最初で最後の休暇となった。そのわずか二年後、生活が大きく転換し始めた時にラモンが知ったのは、普段は浪費を好まぬ父が、石造りのサン・ミゲル城でひと夏過ごす代わりに、エンポルダの海岸で別荘を借り切ると決めたのは、息子たちを楽しませるためではなく、すでに決定的亀裂が入り始めていた夫婦関係の修復を試みるためだった、という事実だった。

サン・フェリウ・デ・ギホルスで過ごしたあの夏、両親は夫婦生活の残り火にすがりつき、翌年春に生まれたルイスはその時授かったにちがいない。ずっと後になってラモンにもわかったとおり、あの愛の営みは、岸辺に押し寄せて砕けた後、すぐに手の届かぬ深みへと消えてゆく引き波のようなものだった。末息子を身籠るかなり前から、カリダッドの内側では押しとどめることのできない感情が膨らんでいた。それは憎しみであり、その後もずっと彼女を責め立てることになる破壊的憎悪が、彼女自身にとって生きるよすがとなったばかりか、息子たちの命運まで変えて奈落の底へと導くことになった。

その数カ月前、すでに母の近くにいるだけで内心不安を感じるようになっていたラモンは、どこから勇気を引き出したのか、母の真っ白い腕についた赤い斑点が何なのか問いを向けたが、単に皮膚病だと聞かされただけだった。ところが、サン・ジェルバシ区のブルジョア一家に嵐が訪れ、家中が怒号と喧嘩で満たされるようになって初めてわかったとおり、あの赤い斑点はヘロイン注射の痕だったのであり、以前から温かい家庭という壁の向こうで夜な夜な別生活を送るようになっていた母は、すでに薬漬けになっていたのだ。

それから一〇年以上経った一九四〇年八月のある晩、メキシコでラモンがカリダッドの口から聞いたところによれば、堕落の急坂へ一歩足を踏み出させたのは、他ならぬ夫、カトリックの企業家として尊敬を受けていた夫であり、度重なる屈辱と際限ない苦汁を嘗めた後、ようやく立ち直ることができたのは、社会主義革命という崇高な理想のおかげだった。パウ・メルカデールは、結婚以来妻が抱き続けるセックスへの嫌悪感をなんとか取り除いてやろうと、バルセロナの会員制売春宿へ付き合わせ、特殊ガラス越しにそこで繰り広げられる大胆不敵な性の遊戯を一緒に見学させた。男一人女一人、男二人女二人、男一人女二人、男一人女三人、女二人、誰もがありとあらゆる体位とファンタジーに長け、途轍もない男根を備えた男もいれば、天然物だろうが模造品だろうが、あらゆる大きさのモノをどこの穴からでも受け入れる女もいた。だが、父が期待していたような成果は得られず、カリダッドは以前にも増して性行為を嫌うようになったが、そうした薄紫色のカーテンと控え目な照明の穴倉で振る舞われる刺激の強い飲み物、緊張を解くためのアルコール飲料には興味を覚え、おかげで、夜の終わりにはほとんど機械的に脚を広げることができた。その直後から、この美味な飲み物を求めて彼女は選りすぐりのバーに足繁く通い、仕事に忙殺され始めていた夫のことなど気にもせず街へ繰り出すようになった。やがてカリダッドは、そうした場所には自分が求めてもいないもの（ベッドへ連れ込むために女を酔わせようとする男）が溢れている代わりに、まだ自分でもよく正体の摑めない何か、生きがいを与え、心と和解するための何かが欠けている、と感じるようになった。

そして彼女、生まれた時から快適で贅沢な暮らしを保証され、修道女の教育を受け、アラビア種の馬を巧みに乗りこなし、蓄財のために働く人間の気持ちなどわかりもしない工場主と結婚した貴婦人たる彼女が、高価な宝石や服を脱ぎ捨て、いかがわしい場末を求めてさまよい歩くようになり、独力で別の土地、別の世界を探り当てながら、怪しい中国人街やラバル区の薄暗い広場、港に近い地区の狭く薄汚い横道へと踏み込んだ。そして、酔いはすぐ回るが洗練とは程遠い酒を繰り返し味わううちに、挫折と憎しみに満ちた陰気な人種と知り合い、あらゆる宗教を根絶せねばならない、搾取の体制を転覆せねばならない、彼女の出身階級であると同時に人間的尊厳の敵でもあるブルジョアを打倒せねばならない、そんな物騒な話を耳慣れない言葉で繰り出す連中に目を見張った。アナーキストの激情についてそれまでほとんど何も知らなかった彼女にとって、これは体の細胞一つひとつを揺さぶられる体験だった。

放埒な友人たち、そして港や娼婦街のルンペンの導きで、カリダッドは気前よく金を払ってヘロインを試し、この破滅的行為のうちに、人生に新たな彩りを添える密かな喜びを見出した。セックスに新たな次元、新たな刺激を発見し、決闘のような原始的様式を味わってみると、物悲しい夫婦生活では想像もできない素晴らしい営為となった。沖仲仕、船乗り、繊維工場の労働者、路面バスの運転手、本職の扇動家とセックスを楽しみ、夫の金で酒や薬を奢ってやった。そうした危険分子の間では、出自や教育など問題にされることもないのが彼女には嬉しかった。規則と階級の束縛を打ち破り、ブルジョア社会の重荷を取り払う仲間なら、誰でも彼らには大歓迎だった。

すでに家では腹を痛めた四人の子供が暮らしていたが、新鮮な感覚と覚えたての無政府主義綱領が目まぐるしく交錯するなかで、彼女は自らの内側に巣食う憎しみを初めて意識し、それとともにようやく大人の女になった。本気でアナーキストの理想に共鳴したのか、単なる反抗心だったのか、自分でも最後までわからなかったが、彼らと一緒にいると、肉体的・精神的解放に向かっていることが感じられた。堕落した生活に喜びを感じるのは、自分自身への嫌悪感、これまでの自分、これからもそうだったはずの自分に対する軽蔑の裏返しではないか、そう思うこともあった。だが、本心からであれ、憎しみからであれ、カリダッドは、以後彼女の行動規範となる仕方、すなわち、歯止めのきかない熱狂的な力を発散して、その道にのめり込んだ。他人に対して、そして何より自分自身に覚悟を示すため、彼女は最後に残るハードルを越え、新たな仲間たちとともに、気狂いじみた階級的自殺を計画した。まず、唾棄すべきブルジョアの化身となっていたパウの工場でストを画策し、続いて、憎しみ任せに後戻りできないところまで行ってしまえとばかり、同志数名とともに、一族がバダロナに持っていた工場の一つを爆破しようとした。

まだ九歳か一〇歳のラモンには、表面的な家族生活の裏側で何が起こっているか、よくわからなかった。市で最も学費の高い学校の一つに在籍し、何一つ暮らしに不自由はなく、時間を決めてフランス語、英語、スペイン語、カタルーニャ語をかわるがわる話す家庭にあって、幼少から様々な勉強を叩き込まれると同時に、暇な時間にはスポーツに精を出した。すでにこの頃から彼の性格には将来を予告するような傾向が見え隠れしていたらしく、ラモンが最も仲良く付き合ったのは、学校の同級生でもスポーツ仲間でもなく、孫の明らかな偏愛を見透かした母方の祖父にプレゼントされた二匹の犬だった。インディアス生まれの祖父がノスタルジーを込めて「サンティアゴ」、「キューバ」と名付けたカンタブリア産の二匹の子犬は、以来ラモンと切っても切れない仲になった。

日曜日のミサの後や、学校が早く終わった午後など、彼は二匹のラブラドールを連れてしばしば市の外れまで繰り出し、食事や駆けっこ、大好きな沈黙の時間を分かち合った。両親と顔を合わせることはほとんどなかった。母は、昼間はたいてい眠っているだけで、陽が暮れると、社交と称して夜遊びに出掛け、腕に赤い染みをつけて帰ってきた。父は、筆頭株主だった兄との対立で破綻しかかっていた商売をなんとか救おうと遅くまで事務所で働いているか、家にいれば部屋にこもっているだけで、誰とも口をきこうとしなかった。それでも家の中は平穏で、犬のおかげで居心地もよかった。

サン・ジェルバシの家に警察が現れた時、カリダッドの処遇をどうするかについては、私有財産侵犯の罪で刑務所送りにするか、あるいは薬物中毒患者として精神病院へ入れるか、二つの選択肢があった。この時点ですでに闘争と乱痴気騒ぎの仲間たちは収監されていたが、パウの社会的地位と夫婦の家柄が刑事的判断に影響した。しかも、カリダッドの弟は市の地方判事を務めており、彼女を無自覚なままアナーキストの悪魔と秩序を乱すサンディカリストに操られた病人に仕立て上げた。自らの威信とキリスト教的ブルジョア夫婦の亡骸に必死ですがりつくパウは、致命的な結末を避けるため、妻を二度とアナーキストのグループにも薬物にも近づけないことを約束し、誓いを立てた(おそらく金も動いたのだろう)。

二カ月後、カリダッドが約束どおり薬物中毒治療を終えたところで、家族は揃ってサン・フェリウ・デ・ギホルスへバカンスに出掛け、幸福と調和に限りなく近い日々を過ごした。ラモンの記憶に刻みつけられたこの日々は、後に宝物のような思い出となった。

カリダッドのお腹が大きくなる間は、家族も大人しく日常生活をこなすだけだった。だが、自堕落な兄との決別に、ますます過激化する労働者の要求が重なって、パウの事業は青息吐息の状態にあり、なかなか再建の見込みは立たなかった。末息子となるルイスは、プリモ・デ・リベラ独裁体制発足直前の一九二三年、一年後カリダッドに破棄されるまでの束の間の和解期間に生まれた。実のところ、憎しみは最も治療の難しい病の一つであり、すでに彼女は、ヘロインより強く復讐に執着するようになっていたのだ。

カリダッドは特異な形でアナーキストの世界へ戻っていった。判事だった弟のホセが、賭博の借金で首が回らなくなり、事が明るみに出れば職を失ってしまうと言って泣きついてきたのだ。カリダッドは、借金を肩代わりする約束と引き換えに、情報の提供を要求した。すなわち、拘束中のアナーキスト仲間について、裁判でどの判事が誰の担当になるか知らせろというのだ。情報を得た彼女は、仲間と協力して判事の脅しにかかり、無政府主義者の被告を有罪にするようなことがあればただではすまさないと、脅迫状に様々な報復行為をちらつかせた。やがてパウ・メルカデールは、自分の資金が勝手に流用されていることに気づき、すぐに誰の仕業か察しをつけた。カリダッドとの関係で決して優位に立つことのできなかった彼は、妻が高額を動かすことのできぬよう必要な措置を講じただけで、ほどなくしてアンプレ通りに新たに構えたオフィスにこもり、事業の再建に専心した。

仲間への支援の道を阻まれたカリダッドは、ケチなブルジョアに反抗してルンペン生活に逆戻りし、再び酒と薬に溺れながら、集会があれば駆けつけて、独裁反対、君主制反対、ブルジョア体制転覆、国家解体、時代遅れの制度解体などと声高に叫んだ。借金の危機をなんとか逃れた弟ホセは、パウとともに、体面を保つための解決策を検討し、医者の友人と協力してカリダッドを精神病院に送ることにした。

一五年後、カリダッドがラモンに明かしたところによれば、あの二カ月は、冷水シャワーと幽閉、注射と浣腸その他の治療を繰り返す生き地獄だったという。気狂いに仕立てられかけたことで怒り心頭の彼女は、その後ますます攻撃的になった。なんとか気狂いにならずにすんだのは、幸いにもアナーキスト仲間が救出に乗り出し、幽閉生活から彼女を解放しなければ、パウの事業はもちろん、精神病院まで爆破すると脅しをかけたからだった。パウはやむなく妻を家に戻すことにしたが、彼女はサン・ジェルバシの家に着くや、必要最小限の荷物をまとめ、五人の息子を連れて出て行こうとした。行くあてがあるわけではないが、夫のもとにも家族のもとにも帰るつもりはない、それどころか彼らを地上から消し去るまで復讐してやる、と言い放った。

引き止めても無駄だと察したパウは、子供だけは置いていくよう懇願した。五人の息子をどうするつもりだ？　どう食べさせていくのだ？　それに、なぜ今さら息子なしでは生きていけないなどと言い出すのだ？　遠くからそっと孫たちに愛を捧げていた父に対する復讐の一形態だったのかもしれないし、何か精神的支柱を求めていたのかもしれない。あるいは、将来子供たちをどうするか、すでに構想がまとまっていたのかもしれない。いずれにせよ、ひとたび子供たちを連れて行くと決めたら、何を言われても頑として耳を貸さなかった。

その後の成り行きには、年長の兄弟にとっては新鮮な冒険という側面もあった。母の激情に慣れきっていたラモンにとって、事態は一時的な感情の爆発にすぎず、キューバとサンティアゴとの別れだけは辛かったものの、母子の帰宅まできちんと面倒を見ると料理婦が請け合ってくれたおかげで、気分が楽になった。

一九二五年春、息子たちを引きずるようにしてカリダッドはフランス国境を越えた。最初はパリまで行くつもりだったが、その時人生の見取り図を修正する必要に迫られて迷いが出たのか、あるいは、資金なしに（人生の逆説）子育てと体制の転覆を両立させることが想像以上に難しいことを思い知ったのか、ともかく、閑静な町ダクスにいったん腰を落ち着けることにした。

ダクスに着いて少し経つと、まだ赤ん坊だったルイスを除いて、ラモンら四きょうだいは公立校に入学し、その一方で町を物色し始めたカリダッドは、どこにでもアナーキストやサンディカリストがいた時代のことでもあり、すぐに政治仲間を見つけた。なんとか生計を立てるため、彼女は宝石を売り始めたが、毎晩のように酒、煙草、ヘロイン、食事の大盤振る舞い（アナーキストより空腹で貧乏なのは共産主義者しかいない、とカリダッドは後に言った）が続いては、とても出費に追いつくはずはなかった。

ラモンにとって、人格形成をやり直す修業期間が始まった。一二歳になったばかりで、それまでは私立校で特権的教育を受けながら、裕福な暮らしを享受していたが、一歩踏み出しただけでいきなり命運が変わり、貧困と言わぬまでも、もっと現実に近い世界、食事代を勘定せねばならず、自分でしないかぎりベッドが整えられることもない世界へ突き落された。一〇歳の幼いモンセが食事も含めてルイスの世話を担当し、パブロが面倒な掃除を引き受けた。年長の彼とホルヘは最初金の管理と買い物だけしていたが、すぐに、カリダッドが家に帰って来ないか、あるいは、政治仲間と過ごした後でヘロヘロのまま帰宅するようになったので、腹を空かせた弟妹に食事まで作ってやらねばならなくなった。皆好きな時にシャワーを浴び、ささいな理由で学校を休んでも咎められることはなかった。ダクスでできた友達は、貧しい農家やスペイン系移民の息子たちであり、一緒に豚を連れて近くの森へトリュフ探しに繰り出すこともあった。この頃からラモンは、小都市のブルジョア青年たちが自分たちに向けてくる軽蔑に満ちた氷の眼差し、その熱を肌で感じるようになった。

バルセロナの警察に情報を照会した後、ダクスの警察はカリダッドを要注意人物としてマークし、詳しく調査することもなく、彼女に市外への退去を命じた。一家は再び荷物をまとめ、大都市であれば目立つまいと踏んだ彼女の判断で、トゥールーズを目指すことにした。そこで彼女は、警察の圧力を避けるためもあり、宝石が底を尽きかけていたこともあって、それまで受けてきた躾《しつけ》やマナーを活かせる仕事として、レストランの給仕長となった。すぐにオーナー夫婦は子供たちをかわいがり、おかげでホルヘとラモンはトゥールーズ・ホテル学校へ入学して、それぞれ「調理師コース」と「ホテルマン・コース」で勉強することになった。ようやく家庭には平和が戻り、子供たちはこれで元の生活に戻れるのではないかと希望を持った。

どこをどう見ても、カリダッドはブルジョアをテーブルに導いて笑顔で料理を勧めるようには生まれついていなかった。全体革命の情熱と体制への憎悪が体に染みついていた彼女には、自分の生活があまりにも惨めで、本来なら解放闘争に捧げるべきエネルギーを浪費しているようにしか思えなかった。真相は最後までわからなかったが、ある日レストランで起こった集団食中毒事件は、実は母の仕業にちがいない、そうラモンは後々まで考え続けることになる。幸い死者は出なかったが、意図的に仕組まれたものなのか、犯人がいるのか、とうとうわからずじまいだった。だが、オーナー夫妻はカリダッドを解雇することに決め、当然ながらカリダッドに嫌疑をかけた担当捜査員は、数日後家を訪れて、姿をくらませなければ逮捕すると言って脅した。

食中毒事件の前から情緒不安定に陥っていたカリダッドは、熱狂や怒りを爆発させるかと思えば、何日も陰鬱に塞ぎ込み、両極端の間で振り子のように揺れていた。しっかりしたイデオロギー的基盤を欠いた彼女の人生が目的を失っていたことは明らかであり、闘争と破壊の可能性が奪われてしまうと、彼女の前に残るのは、落胆と怒りと挫折を果てしなく繰り返す出口のない悪循環だけだった。やがて彼女は自分を抑えられなくなり、精神安定剤を大量に飲んで自殺を図った。

ホルヘとラモンが異変に気づいたのは、その晩にかぎって部屋に食事を運んでやろうとしたからだった。ラモンの記憶に残るこの瞬間は輪郭が完全にぼやけており、兄弟二人とも無我夢中で機械的に動いたことをぼんやり覚えているだけだった。ラモンが糞尿まみれのベッドから母を必死に引きずり出す。小児麻痺の後遺症が脚に残っていたせいで金属製のプロテクターを着けていたホルヘも手伝って、何とか外へ出ると、母の両脚が舗石にこすれて傷つくのもかまわず、寒さと降りしきる雨のなか、大通りへ出て車を拾う。

カリダッドは以後この件に関して口を噤み、命を助けてくれた息子たちに感謝の言葉すら向けなかった。この点について長い間ラモンは、世界を変えようと意気込みながら精神的弱さを曝け出した羞恥心が母を黙らせているのだろうと推察し続けることになる。彼女にとってさらなる屈辱となったのは、退院の前に息子たちの知らせで駆けつけた夫が、医師の面前で有無を言わさず彼女を自らの保護監督下に置いたことだった。後にも先にも、ラモンが母の涙を見たのは、彼とホルヘに別れを告げて、パウと小さな子供たちとともにバルセロナへ去って行った日、その一度きりだった。

ラモンが母親の前では沈黙を貫いたせいで、カリダッドは最後まで知ることがなかったが、愛と憎しみの嵐のなかで何年も暮らしてきた後に、最も軽蔑するものの権化に救われて去っていく母の姿を目にした彼は、その時初めて実は母が正しかったことを確信し、子供から大人になったのだった。本当の自由を手にしたければ、人間の尊厳を傷つけるこのクソまみれの世界を変えるしかない。やがてラモンにもわかったとおり、世界を変えるためには、多くの者が同じ旗印のもとに集結し、力を合わせて闘わねばならないのだ。必要なのは革命を起こすことなのだ。

4

《固まった糞のような現在》……　レフ・ダヴィドヴィチは壁に新聞を投げつけて書斎を後にした。階段を下りていくと、台所からナターリヤが夕食用に調理していた子ヤギの煮込みの匂いが届き、食欲をそそるその香りが猥《みだ》らに思われた。その瞬間、仕事机の後ろでキーボードを叩く美しいサラ・ウェーバーの姿が目に入り、その機械のような猛スピードが人間離れしているように感じられた。荒れ果てた庭へ続くドアをくぐると、警官たちが微笑みかけ、ついてくる様子を見せたが、彼は手でこれを制した。警官たちは黙って従うふりだけはしたものの、決して彼から目を離すことはなかった。亡命者の身に何かあればお前たちの命はない、そうきっぱりと言明されていたのだ。

海岸で途絶える砂丘をマヤとともに下りる彼に、プリンキポの美しい四月はほとんど感じられなかった。マヤコフスキーのように感性豊かで開放的な男が、自らの意志で、煮込み料理の香りや美しい夕焼け、魅力ある女性その他諸々を捨て、死という後戻りできない沈黙にこもるとは、いったいどんな苦悩に頭を掻き乱されていたのだろう？　彼は自問しながら海岸を歩き、愛犬の優雅な走り方を見つめていると、こうした自然の贈り物までぶしつけすぎる調和を備えているような気がしてきた。

三年前、モスクワから追放されそうになっていた彼を見て、良き友ヨッフェは、人の心を打つ行為で党の良心を揺り動かそうとしてピストル自殺し、レフ・ダヴィドヴィチとその仲間たちを恐ろしい破滅から救おうとした。あの時彼は、そうした手段に賛同こそしなかったものの、劇的行為が政治闘争ではそれなりの意味を持つことを思い知った。だが、たった今新聞で読んだばかりのニュースは、人の心がいかにひどく傷つけられているかを雄弁に物語っており、それだけに事態はもっと深刻だった。詩人ウラジーミル・マヤコフスキー、他ならぬマヤコフスキーが命を絶ってまで追っ手から逃れようとするとは、いったいどれほど凡俗で邪悪な輩がのさばっているのだろう？　晩年の詩でマヤコフスキーが恐れおののいていた「固まった糞のような現在」が、彼を自殺に追いやるほど噴出していたのか？　モスクワでまとめられた公式発表は、情熱をかけて新しい革命芸術のために闘ってきた芸術家、叫びとカオスと壊れた調和と勝利のスローガンを必死の思いで詩に込めて未知なる社会の魂に捧げていた芸術家、官僚たちがソヴィエト知識人層に向けていた疑念の目と圧力を必死に撥ね退けて抵抗していた芸術家、その記憶への冒瀆にほかならなかった。「個人的挫折に起因する退廃した感情」という文面に現れた《退廃》は、芸術や社会、ブルジョア生活を形容するためにこの国の修辞学に取り込まれた言葉であり、そのうえで、挫折を《個人的》とすることによって、ブルジョア芸術家だけに許された個人という特権を際立たせようとする魂胆は明らかだった。あらゆるクリエイターは、いかに革命家を名乗っていても、こうしてブルジョア的価値観を引きずる存在とされてしまう。公式発表によれば、詩人の詩は「彼の社会的・文学的活動」と無関係だというが、呼吸にも等しかった活動をマヤコフスキーから切り離せるとでもいうのだろうか。

最も熱狂的な詩人たちが、「固まった糞のような現在」を前に込み上げてくる吐き気に耐えられず自ら心臓を撃ち抜いているということは、ソヴィエト社会が唾棄すべき邪悪な何かに蝕まれているということだ。レフ・ダヴィドヴィチにとってこの自殺は、暗黒時代の始まりを予告する悲劇であり、革命と芸術の偽装結婚を支えていた最後の埋もれ火が消えて、やがては芸術が生贄に捧げられることを意味していた。詩人や詩のような奇形児は権力を誇示する時にしか役に立たず、いざとなれば切り捨ててしまえばいい、そんなふうに考える権力者が、マヤコフスキーのように自虐的なほど己を律した人間のうなじに軽蔑の息を吹きかける、そんな時代がやってくるのだ。

レフ・ダヴィドヴィチは、数年前に書いた文章で、トルストイは歴史に打ちのめされたが屈しはしなかったと論じたことを思い出した。あの天才作家は、最後の最後まで道徳的怒りという貴重な宝を守り続け、だからこそ、専制政治に対して「黙っていられるか！」と叫び続けた。だが、マヤコフスキーは革命を信じ続けることを自らに課し、口を噤んで最後は挫折した。亡命する者も多かったのに、彼はその勇気に欠け、断筆という道を選ぶ者も多かったのに、その勇気もなかった。懸命に詩を政治活動に捧げ続け、芸術と自分の魂を犠牲にした。模範的革命家であり続けようと懸命に努力し、詩人に戻るためには、自殺という選択肢しかなかった……マヤコフスキーの沈黙は、まちがいなくこの後も続く、同じくらい、いや、もっと痛ましい沈黙の予兆だった。政治的不寛容が着々と社会を侵食し、やがてはその息の根を止めることだろう、詩人が喉を締めつけられ、この私も息の根を止められそうになったのだ、すでに一年前から威圧的なマルマラ海に囲まれて亡命生活を送っていたレフ・ダヴィドヴィチは後にこう記している。

人生の最後まで、レフ・ダヴィドヴィチの記憶には、トルコに亡命した最初の数週間が、絶えず動く壁を手探りしながら移動するような先の見えない時期として刻みつけられることになった。まず驚いたことに、国外追放までの見張りを命じられていたGPUの警吏たちが、給料の未払い分という名目で彼に一五〇〇ドルを手渡した。さらに、トルコ領海に入ったところで彼は、ケマル・パシャ・アタチュルク大統領に書簡を宛て、トルコ滞在が本意でないことを伝えたにもかかわらず、警吏は柔和な態度を崩さなかった。おまけに、在イスタンブールのソ連外交官まで、まるで政府直々に派遣されてきた高官でも相手にするように、丁重な態度で庇護を約束した。こんなわざとらしい厚意を見せつけられた後では、世界中に散らばるモスクワ工作員に焚きつけられていたヨーロッパ各地の新聞が、スターリンは近東に革命運動を起こすためにトロツキーを派遣した、などと憶測を報じ始めても特に意外ではなかった。

沈黙と受け身は最大の敵という信条を旨としていたレフ・ダヴィドヴィチは即座に手を打ち、引き続きヨーロッパ各国にビザを申請する一方で（ドイツの首相が「自由庇護」で受け入れる方針を示唆していた）、声明文をしたためて西欧の新聞数紙に公表した。そこで彼は、自分があくまで国外追放者であることを明らかにしたうえで、ソ連国内における彼の支持者に対する迫害及び投獄を糾弾し、初めて公にスターリンを「革命の埋葬者」と評した。外交官や警察は即座に態度を変え、興味深いことに、それと軌を一にして、ノルウェーとオーストリアが再び亡命申請却下を伝えてきたほか、ベルリンでは、エルンスト・テールマンを筆頭に、モスクワに忠実な共産主義者たちがトロツキー受け入れ反対の声を上げ始めたという動向まで伝わってきた。ソ連領事館から完全に見捨てられ、あらゆる庇護を失ったトロツキー一家は、イスタンブールの小さなホテルに宿をとり、赤軍系であれ白軍系であれ、追放者の命をつけ狙う刺客にいつ襲われてもおかしくない状態になった。それでもホテルに落ち着くと、レフ・ダヴィドヴィチは即刻ベルリン宛てに電報を送り、「沈黙を誠意に欠ける拒絶と理解する」と記して最後の望みを自ら断ち切った。だが、送った直後に、この文面では手ぬるいと思い直し、ライヒスタークに最後通告を突きつけて自らの立場をいっそう鮮明にした。「民主的庇護権の利点を実際にこの目で確かめる機会が奪われたことを残念に思う」

春の訪れに不意を突かれたのは、ひび割れた汚い壁に囲まれた陰気なホテルに滞在中のことだった。先の見通しはまったく立っていなかったが、暇を持て余していたレフ・ダヴィドヴィチは、この機に歓喜のイスタンブールを探索することにした。だが、文明の起源へと誘う繊細な世界を目にしても、陰鬱な倦怠を抜けることはできず、自分が別人のように思われて仕方がなかった。レフ・ダヴィドヴィチ・トロツキーには剣と戦場が必要なのだ。

数週間後に彼は、妻と息子にせっつかれて、乗り気のしないまま、マルマラ海を通ってプリンキポス諸島まで出向いていくことにした。首都から一時間半ほどのところにある小さな火山性の群島は、かつては王位を追われたオスマン皇子の避難所であり、一九一九年には、ロシア内戦終結に向けた平和条約締結会議が開かれた場所でもあった。この憂さ晴らしでレフ・ダヴィドヴィチは陽を浴びてリラックスし、ナターリヤの大好物となっていた「ポアチャ」や「ピデ」と呼ばれるトルコの凝ったパンを味わった。この旅行には、数日前、盟友アルフレッド・ロスメルが最低限の警護役にとフランスから送り込んだ二人の若いトロツキー支持者が同行した。

午前九時、小さな蒸気船は出航した。一行は帽子を被って船首に陣取り、二つに分かれたイスタンブールの景色を楽しんだ。だが、レフ・ダヴィドヴィチの目は、先の尖った教会や末広がりのモスクといった建物のさらに向こうを見据え、友人も頼れる支持者もいないその町を歩く自分の姿を頭に描き出そうとしたが、無駄な努力だった。そしてその瞬間、寄る辺ない本物の亡命生活、完全な亡命生活が始まりつつあることを実感した。家族と少数の忠実な友人を除けば、恐ろしいまでの孤立無援に陥ったのだ。これから始めようとしている闘争（どうやって？　どこから？）で頼りになりそうな仲間は、相変わらず強制収容所に入れられているか、すでに政治を捨ててしまったか、そのどちらかであり、いずれにせよソ連領内にいる以上、距離と弾圧と恐怖に妨げられて、彼と連絡を取ることすらままならない。

後に表面上穏やかなあの朝を思い出すたびにレフ・ダヴィドヴィチの記憶に甦ってきたのは、道を外れたという幻滅につきまとわれ、不安で窒息しないよう、人の温もりを求めて必死でナターリヤの手を握り締めたことだった。だがその時、たとえ一人でも闘い抜こうと決意を新たにしたことも後々まで覚えていた。世界は本物の革命を求めているのであり、闘いによって勝ち取った革命がボリシェヴィキの隠れ蓑を来たツァーリの独裁で堕落し始めているのならば、これを根絶して一からやり直さねばならない。この決意によって、クレムリンの監視塔から迫り来る魔の手に身を晒《さら》すことになるのは百も承知だった。だが、死は避けられぬ偶然にすぎない。レフ・ダヴィドヴィチが常日頃ずっと思っていたとおり、嵐に見舞われた社会が変革という目的のために必要としているのであれば、人ひとり、一〇人、一〇〇人、一〇〇〇人の命が奪われることもまた避けられないのであり、個人の犠牲はしばしば革命の篝火を燃やす薪となるのだ。だから、新聞が何度も繰り返し彼の「個人的悲劇」を論じる様子を見ていると、笑いを禁じ得なかった。彼は後に書いている。いったい何の悲劇だ、人知を超えた革命のプロセスに個人的悲劇の入り込む余地はまったくないというのに。仮にも悲劇と呼べるものがあるとすれば、それは、闘争に身を投げようにも、革命の窯で鍛えられた同志がそばにおらず、その資金も、党という後ろ盾もないことだった。だが、いつも彼にとって最高の武器だったペンがまだ残っている。『イスクラ』に寄稿して主張を広め、闘士としての人生を歴史の渦に投じるメッセージを最初の亡命地で受け取った一九〇一年のあの夜以来――すでにレーニンの名で知られていたウラジーミル・イリイチ・ウリヤノフが『イスクラ』ロンドン支部から協力を求めてきた――、常に闘争の中心へと導いてくれたペンはいまだ健在なのだ。

リョーヴァが指で示しながら、海岸に見える漁師町がブユック・アダだと伝え、息子の言葉に現実へ引き戻された彼は、松に覆われてところどころ白い建物が斑点のように見える島に目を止めた。そして、運命を探るようにして、船を降りてそこで昼食を取れないものか訊いてみた。それればかりか、思わず、あそこなら静かに書き物ができそうだし、釣りをして体を動かすこともできそうだから、快適に過ごせそうだ、とまで口走った。彼のことを誰よりもよく知っていたナターリヤ・セドーヴァは、夫の顔をじっと見て微笑んだ。「何を考えているの、あなた？……」

一週間後、妻はその知らせを喜んだ。追放された皇子たちの避難所だった群島のうち、最も大きなブユック・アダに一家は居を構えることになったのだ。

必要最小限の施設を備え、懐に見合う家を見つけるのに困難はなかった。船着き場から二〇〇メートルほど離れた小さな岬に建っているせいで、二階建ての家は実際より高く見え、歴史あるプロポンティスの海を一望することができた。こんもり茂った生垣に囲まれているのも大きな利点であり、おかげで現地警察に派遣された警官と、トロツキー主義者レイモン・モリニエに同調する若いフランス人同志数名が分担する警備が多少なりとも楽になった。実のところ、老トルコ太守の所領だったこの家は、新たな主人同様に劣化がひどく、ナターリヤ・セドーヴァが袖まくりをして修繕に乗り出さねばならなかった。警官、見張り番に、たまたま居合わせたジャーナリストまで巻き込んで、総出で掃除と壁塗りを行った後、食事、睡眠、仕事に必要な家具を揃えて屋内を整備した。とはいえ、装飾目的のものがまったくないところを見れば、これがあくまで一時的な避難所でしかないことは明らかで、庭にはバラの一本も植えられなかった。「種の一つでも蒔けば、それは敗北を認めるに等しい」レフ・ダヴィドヴィチは妻にそう言っており、いずれできるだけ早い時期に戻ろうと考えていた闘争の中心へ気持ちを向けていた。

亡命最初の一年間、トロツキーの警護担当にとって最も厄介な問題は、特ダネを聞き出そうとするジャーナリストや、世界各地からやってくる編集者(いくつも出版契約が交わされ、先払いでかなりの額が入ったので、一家の家計は楽になった)、そして支持者や友人を自称して訪ねて来る者たちへの応対だった。そうした雑事を除けば、一年を通じて近所には漁師や牧夫しかおらず、今や歴史の片隅に追いやられたこの島での暮らしは、原始時代そのままにのんびりしており、誰か余所者《よそ》が訪ねて来ればすぐに人目をひいた。囚われの身とはいえ、車の一台も走っておらず、輸送手段といえば二五世紀前と変わらずロバだけというこの地を見出したことで、レフ・ダヴィドヴィチは幸福を感じたほどだった。

引っ越しがひと段落すると、すぐに彼は反撃の準備を始め、まずはソ連国外の反対勢力を結集すべきだと考えたが、すぐにわかったとおり、スターリンはすでに先手を打ってインターナショナルの手下を動かしており、トロツキー本人とその思想を革命最大の敵という不吉なヴェールで覆うために、ありとあらゆる手段が講じられていた。当然予想されたとおり、「トロツキスト」という異端に敢えて与《くみ》するヨーロッパの共産主義者は極めて少なく、それが事実上何の利益ももたらさず、党からの即時除名処分、さらには革命闘争からの排斥を伴うとなればなおさらだった。だが、レフ・ダヴィドヴィチは諦めず、息子リョーヴァに反対派の組織を任せるとともに、有力な支持者と個人的なやりとりを繰り返しながら善後策を検討した。そして残った時間は、アルマ・アタで書き始めた自伝の執筆と、『ロシア革命史』に向けた資料収集にあてた。

あの最初の数カ月間に彼を訪ねて来た者のなかには、かねてからの同志アルフレッドとマルグリットのロスメル夫婦や、いつも政治的立場が複雑なピエール・ナヴィルやボリス・スヴァーリンがいたほか、衝動的なレイモン・モリニエは、まるで夏のバカンスにでも繰り出すような熱心さで、妻ジャンヌと弟アンリを引き連れてやってきた。だが、当然ながら真っ先にやってきたのは親友モーリス・パズと妻マドレーヌであり、大戦中にトロツキー一家がフランスから国外退去処分になって以来の再会となった。フランスのチーズを大量に携えて現れた二人はひと時の歓喜をもたらし、レフ・ダヴィドヴィチは旧友を迎える贅沢を許された束の間の自由を存分に味わった。アルマ・アタに追放されていた一年の間、パズ夫妻はパリで彼の代理人の役回りをこなし、収支報告を兼ねて、逆境でも揺らぐことのない絆を改めて示すため、わざわざプリンキポまでやってきたのだ。

パズ夫妻と交わした何気ない会話の一つが奇妙な意味を帯びてくるのは、その数カ月後、スターリンが血縁という神聖な柵まで破壊した時のことだった。五月初旬のある午後、トルコ人の警官たちが海産物をオスマン風に香辛料で味付けした夕食を準備する間、ナターリヤ、リョーヴァ、モーリス、マドレーヌ、レフ・ダヴィドヴィチは、ギリシアワインの瓶を携え、愛犬マヤの後に続いて、夕涼みに海岸へ下りていった。引っ越しで体を酷使していたレフ・ダヴィドヴィチはこの当時、腰痛の悪化で、取り掛かろうとしていたいくつかの書き物をほとんど進められずにいた。ワインがまわってきたところでパズ夫妻は、今や伝説となったレフ・トロツキーとともに闘争に乗り出す喜びを包み隠さず曝け出し、一九一六年にパリで別れた時のことを振り返りながら、成功の見込みもなく、立場も定まらぬまま、非合法運動の諸派に揉まれて声だけ人一倍大きかったかつての彼と、一九二九年にプリンキポで夕暮れを眺める亡命者がいかに違うかを力説した。今や彼は堂々たる追放者であり、レーニンの同志、十月革命のリーダー、内戦に勝利した指揮官、赤軍の創始者、ウラジーミル・イリイチとともに第三インターナショナルを組織した活動家として世界に名を知られている。おそらく旧友を元気づけようと思ってのことだろうが、モーリスは、トロツキーという人物がもはや後戻りできない高みに昇りつめていることを強調し、レーニンを除けば、彼ほどの道徳的、理論的、戦略的権威を備えたマルクス主義者は他にいないと熱心に説き伏せた。そしてその結論は、「トロツキーのライバルは歴史であり、いきすぎた野心でいずれ自滅する新参者のスターリンなどではない……」ということだった。

レフ・ダヴィドヴィチは、歴史の重みについての同志の見解を正し、背負っているのは腰痛からくる張りだけだと言った。周りの敵意は計り知れないほど頑強であり、彼にとって最大の葛藤は、自ら勝利へと導いた革命、自ら創設に協力した国家と対峙せねばならないことだった。この現実が彼の両手を縛っていたのだ。

同様の励ましの言葉や親愛の表明は手紙を通して毎日のように届いたが、レフ・ダヴィドヴィチは、こうした支持者に、本物の戦闘で負った傷痕を抱える人間の気持ちはわかるまいとも思っていた。そして黙ったまま、未来の闘争において頼りになるのは、いずれスターリンが国外に追放する同志たちだと考えていた。弾圧と拷問と幽閉に揉まれながらも信条を貫いた者たちこそ、反対運動を盛り上げてくれることだろう。

夏の到来とともに、パリやロンドンまで旅行することはできずとも、プリンキポで休暇を過ごすぐらいの経済的ゆとりならある俗物商人や役人が騒がしく島を訪れ、平和な暮らしは一時的に破られることになった。レフ・ダヴィドヴィチは家にこもり、自分の半生を振り返る作品の総仕上げにかかったが、傑出したリーダーともども、反対派が次々と全面降伏の雪崩に飲まれていく状況を目の当たりにして、陰鬱に塞ぎ込んだ。レフ・ダヴィドヴィチは、パリで創刊されたばかりの『ビュルタン・オポジッツィ』のみならず、あれこれ奇抜な手を使ってソ連国内に情報を流し、守る気もない政治的約束や実行するはずもない修正案――スターリンが後でそんな裏取引をしたことなど認めるはずがない――をちらつかせてあの田舎者が信条の放棄を求めてくるのはまちがいない(約束を破るのはスターリンの得意技だとレーニンはよく言っていた)、と同志たちに警告を発した。たとえ降伏したとしても、以後絶対服従を命じられ、跪《ひざまず》いて恭《うやうや》しくスターリンだけが常に正しいことを認めないかぎり、モスクワへの復帰は認められないだろう、そう彼は書いた。

全面降伏の連鎖を前にレフ・ダヴィドヴィチは、少なくともソ連領内において彼の闘争に勝ち目はないことを見て取った。反対派の経済計画を乗っ取ってあたかも自分の発案であるかのように提示し、そのうえでかつてのライバルたちにその戦略への賛同を強要するスターリンの変わり身の早さが、レフ・ダヴィトヴィチのキャリアで最も痛ましい章となった政治的敗北を締めくくった。手足を縛られた同志たちは、これ以上追放の憂き目に耐える意味があるだろうか、結局のところすでに実現された理想を守り続けるためだけに家族を残酷な圧力に晒す必要があるだろうか、そう自問し始め、次第にスターリンの足元にひれ伏していった。反対派が見るも無残に崩れ落ちていった事実の最も痛ましい証は、ラデック、スミルガ、プレオブラジェンスキーといった聡明な輩が、これまで追求してきた大きな目的が達成された以上特にやましいことはないと主張して、スターリン路線に同調する意思を示したことだった。とりわけあさましい態度を見せたのはラデックであり、あろうことか彼は、帝国主義の報道機関に記事を寄せたという理由でトロツキーを敵視し始めた。哀れにも、降伏を申し出た革命家たちは、ジノヴィエフを筆頭とする「反省者」のカテゴリーに入れられ、うっかり声を上げることもできなければ、自分の意見を持つこともできず、いつ襲われることかと常に背後を気にしながら、恐怖に身を潜めて生きていくよりほかなかった。

反対派の動向にまつわる最も生々しい情報は、思いもよらぬルートからブユック・アダに入ってきた。八月初旬のことであり、知らせを運んできたのは、過去の亡霊ヤーコフ・ブリュムキンだった。

ブリュムキンはイスタンブールからレフ・ダヴィドヴィチにメッセージを送り、面会を求めてきた。文面によれば、彼はインドで防諜工作を終えた帰路にあり、かねてからの敬意と忠誠心を伝えるため直接会いたいという。ブリュムキンの意向を聞いたナターリヤ・セドーヴァは、直接会うのは避けたほうがいいと夫に言った。かつてのテロリストで、今やGPUの高官となった男がろくな話を持ち込んでくるはずがない。リョーヴァもまた、会っても意味はないという意見であり、ブリュムキンを島に寄せつけぬよう、自ら仲介役を買って出た。かつては自分の一存で生かすも殺すも自由だったこの男が今さら何を望んでいるのか、話ぐらいは聞いたほうがいいと思ったレフ・ダヴィドヴィチは、細かい指示を与えて息子を送り出すことにした。

一二年前、軍事人民委員に就任したばかりだったレフ・トロツキーの執務室に初めて現れた時のブリュムキンは、まだ髭も生えていない、ドストエフスキーの小説にでも出てきそうな若者であり、罪状により軍事裁判で死刑を求刑されていた。ボリシェヴィキの主導で一九一八年初頭にドイツと合意した波乱含みの平和協定、ブレスト＝リトフスク条約を反古《ほご》にするためモスクワのドイツ大使館を襲撃した社会革命党員二名の一人が彼だったのだ。判決の前日、この若者の詩を読んだレフ・ダヴィドヴィチは、本人と直接会ってみたいと言い出した。夜、ロシア詩とフランス詩について何時間も話し込んだ後（二人ともボードレールを称賛していた）、二人はテロという手段の不毛さを議論し（爆弾一つですべてが解決するのなら、政党や階級闘争など始めから不要ではないか）、その後ブリュムキンは、自らの行為を後悔していること、そしてもし許されるのであれば、最前線で体を張って革命に仕えることを誓って手紙をしたためた。権威ある人民委員の口添えは大きく、ドイツ政府には公式ルートを通じて犯人を処刑した旨伝えたものの、実際には若者は死刑を免れた。レフ・トロツキーの導きにより、その日からヤーコフ・ブリュムキンの第二の人生が始まった。

内戦期間中、防諜工作員として傑出した働きを見せたブリュムキンは、勲章と昇進を受け、ボリシェヴィキへの入党まで認められた。かつての同志からは裏切り者として命を狙われ、二度も襲撃を受けたものの、いずれも奇跡的に難を逃れた。内戦最後の数カ月は、二度目の襲撃の際に負った傷の療養に努めながら、レフ・ダヴィドヴィチの諮問役に名を連ねたうえ、才能を見込まれて軍事学校入学に必要な特別推薦状までもらった。だが、偵察活動に秀でていた彼は諜報活動に抜擢されて花形的存在まで登りつめ、この数年間は、GPU長官も含め誰もが彼のトロツキー崇拝と反対派への政治的加担について知っていたにもかかわらず、相変わらず同じ任務をこなしていた。

ブリュムキンとの会見の詳細をリョーヴァから聞いた（インドへ行った後、革命資金調達の一環としてハシディズムの古文書を売りにトルコへ来たという）レフ・ダヴィドヴィチは、彼がいつもと変わらぬ親愛の情を自分に抱き続けていることを確信し、ナターリヤ・セドーヴァの猛反対を押し切って、家に迎え入れることにした。

かつてヤーコフ君と呼んでいた彼の紛れもないユダヤ顔と、知性の光に輝く大きな目を久しぶりに見つめると、レフ・ダヴィドヴィチの胸に懐かしさが込み上げ、深い歓喜に包まれた。二人はしっかりと抱き合い、ブリュムキンは、恩人の顔と唇に何度もキスした後、権威ある軍事人民委員の執務室で命を懸けて手紙を書いたあの夜と同じように、どっと泣き崩れた。

八月第二週、三度にわたってブユック・アダを訪れたブリュムキンは、落胆に打ちのめされつつあったレフ・ダヴィドヴィチに一服の清涼剤をもたらした。昔話と現在の噂話に花を咲かせながら二人は、笑い、泣き、議論し（マヤコフスキーの件やソヴィエト詩の惨状についてまで語り合った）、ブリュムキンは、国内における反対派の窮状について最新の情報を伝えたうえで、もうすぐモスクワへ戻るので伝令役を引き受けると何度も請け合った。諜報部員としての彼の使命は、ソ連国外の敵を封じ込めることにあるが、それが反対派の政治思想と矛盾するわけではない。

レフ・ダヴィドヴィチは、工作員の口から、降伏劇を演じたラデックの言い分は時間稼ぎ戦略の一環にすぎないという話を聞かされた。飽くなき忠誠心を見せるブリュムキンは、ラデック同志の立場を擁護し、党内から闘争を続けられるのなら国外へ出るより望ましいと考えていることを強調した。レフ・ダヴィドヴィチは、スターリンがトップに立ち、ラデックが付き従う党などもはやあてにはならないと本音を打ち明けたが、ブリュムキンは彼の悲観的見解に驚き、今ここでほかならぬレフ・トロツキーが弱音を吐くべきではないと言い張った。

若き工作員が去ると、彼の心はぽっかりと穴が開いたようになったが、すぐにそれも、不実の行為に対する憤慨と僻《ひが》みの感情で埋め尽くされた。発端となったのはパズ夫妻から届いた手紙であり、いつになく素っ気ないご機嫌伺いの言葉を並べた後、彼らはあけすけに本題へと移った。「ご自身の名前の重みについてあまり過信をなさらないほうがいいでしょう」こんなふうに、墓碑銘にも似た調子で、もはや不可避となった政治生命の終わりを突きつける警告のような忌まわしい段落が始まっていた。「共産党系の新聞が五年間にわたって中傷を続けた結果、もはや大衆は、赤軍指揮官、あるいは、十月革命の労働者を指揮した人物として、ぼんやり貴兄のことを記憶しているだけです。トロツキーという名前の重みは次第に薄れ、何重にも張り巡らされた陰謀のせいで、名前もその意義もやがて消え失せてしまうことでしょう。」三度読み終えたところで彼は、痛ましくとも次第に意味の明確になっていく言葉がはっきり理解できないのは眼鏡のせいだとばかり、ロシア風ブルゾンの裾で何度もレンズを拭かねばならなかった。しばらく彼は、雑草に覆われた庭と、そのさらに向こうに見える古《いにしえ》のプロポンティスの油っぽい輝きを見つめていたが、窓辺を離れると、どれほど楽観的になろうとしても、どれほど自らの信念を新たにしても、心を蝕むこの孤独から逃れる術はないことを痛感した。いったいどんな不幸の連続が原因で、パズ夫妻、モーリスとマドレーヌがこれほど毒々しい真実を突きつけてきたのだろう？　以前は自尊心をくすぐるような発言をしていたのに、忘れ去られた者をさらに貶めるような思索をいきなり向けてくるとは、いったいどういうことだろう？……　ほんのひと月前、パズ夫妻が二度目にプリンキポを訪れた際には、そんな憂慮をまったく口にすることなく、フランスでトロツキー派を結集するため引き続き尽力する、トロツキーの威信と理想はまだ落ちぶれていない、そう断言していただけに、この手紙はいっそう侮辱的に見えた。

何週間もこの手紙は、聞きたくないのに聞かずにいられない証言のように、レフ・ダヴィドヴィチの仕事机をあちこち移動した。冬の到来を前に島が落ち着いてきたこともあって、彼は知的作業に精を出し、『ロシア革命史』の執筆に没頭した。一度、ナターリヤ・セドーヴァにさっさと返事を書くようせっつかれたことがあったが、彼は適当な口実を並べて先送りにした。

プリンキポの冬は、一年前アルマ・アタで経験した極寒とは比較にならないほど楽だった。古いセーター一枚でレフ・ダヴィドヴィチは気持ちよく朝を迎え、書斎でコーヒーを啜りながら、手で触れられそうな銀色のヴェールを通して差し込む夜明けの光が海を照らす景色を楽しんだ。その日も、『ロシア革命史』の執筆を続けようとしていたところで、部屋に入ってきたリョーヴァに思索を打ち切られた。いつもながら、また親しい誰かが深刻な事態に巻き込まれたという予感に身を切られるような思いだった。話を始める決心がつかないとでもいうようにリョーヴァは机の反対側に座り、すでに悲劇の知らせを確信して黙り込んだ父と正面から向き合った。息子の言葉を聞いてレフ・ダヴィドヴィチはその場に崩れ落ちた。ブリュムキンが銃殺刑に処されたのだ。

リョーヴァは事の次第を詳細に伝えた。この二カ月工作員の行方が知れなかったのは、ルビャンカの穴倉に幽閉されて、秘密警察の尋問を受けていたからだった。ソヴィエト政府の情報によれば、彼はラデックにトロツキーとの接触について報告し、その直後にラデックの告発を受けて逮捕されたという。だが、ラデックはこれを否定しており、トロツキーのもとを訪れたブリュムキンが反対派への書簡を持ってソ連へ戻ってきたことを突き止めたのはGPUだと主張していた。処刑の正確な日付はわからない、リョーヴァは言った。

レフ・ダヴィドヴィチは罪の意識に苛まれた。ナターリヤ・セドーヴァの言うとおりで、彼を迎え入れるべきではなかったのだ。今や明らかなとおり、スターリンがブリュムキンをトルコに立ち寄らせたのは、そうすればトロツキーとの面会を求めることがわかっていたからであり、これを利用して反対派を一網打尽にする目論見があったからなのだ。だが、今回ばかりはスターリンも行き過ぎだった。政争につけ込んでライバルを殺すような真似をすれば、ジャコバン派と同じ過ちを犯すことになり、復讐と同士討ちに革命の扉を開くことになる。常にレーニンが口にしていたのは（リョーヴァにも言ったとおり、政治的必要に駆られた時のレーニンは寛大とは程遠かった）、《仲間うちで殺し合いをするな》ということだった。ヤーコフ君の死は、スターリンに従う共産主義者の良心を揺り動かさずにはいないだろう。我々の闘争において、ブリュムキンはサッコとヴァンゼッティになるかもしれない、レフ・ダヴィドヴィチはじっと自分を見つめる息子に言った。リョーヴァは一瞬父に同情を覚えたが、すぐにそんな感情を押し殺した。

リョーヴァが出て行った後、海に目を据えたレフ・ダヴィドヴィチは、情にほだされるあまり、ブリュムキンがトルコに現れたとの情報を得て、これがスターリンの仕掛けた不吉なチェスの始まりだと見抜けなかったことが一生悔やまれるだろうと考えていた。そして落胆とともに紙を取り出し、先延ばしにしていた返事を書くことにした。

パズ夫妻、

今日私はある知らせを受け取り、あなたたちのような、暇つぶしに革命を画策するサロン・ボリシェヴィキの体たらくを痛感しました。弾圧も拷問も強制収容所の極寒も実際に経験したことのないあなたたちは、主人公として成功する見込みがないとなれば、すぐにでも闘争を放り出すことができます。しかし、真の革命家は、個人的野心を捨てて理想に尽くすべきなのです。革命家には、知的な者もいれば無知な者もおり、頭の切れる者も鈍い者もいますが、意志と献身と自己犠牲の精神を持たぬ者にその資格はありません。あなたたちはそうした素養を備えておられませんから、しかるべく革命の道から離脱してくださったことを感謝します。

亡命最初の年、レフ・ダヴィドヴィチが味わったのは敗北と背信だけだった。ソ連邦内部で反対派は事実上崩壊していたが、予想された国外追放処分は下らなかった。国外の支持者は、何とか左翼の理想に踏みとどまるためにわずかばかりの権力を奪い合っているか、あるいは、スターリン派の圧力や成功の見込みのない閉塞感に屈して、パズ夫妻のように理想を捨てていた…… マヤコフスキー自殺の衝撃に何週間もつきまとわれたのもおそらくそのせいで、かつて何度もあの詩人と論戦を交わしたことで、結果、国中から現れた中傷者に絶好の口実を与えたのかもしれないと思うと、罪の意識に苛まれた。

それまで首を長くして待っていた自伝の最初の数部がこの頃彼のもとに届いたが、失望ばかり続いていた時のことで、ほとんど何の満足感ももたらしはしなかった。一年前に書き終えた文章を改めて読み返してみると、自己弁護に枚数をかけ過ぎたことが悔やまれ、仲間たちの命と尊厳が日々荒々しく敵に踏みにじられる今となっては、自分の主張が取るに足らないものに思われてきた。二〇年にわたる闘争でレーニンと意見が食い違った時のことをくどくど弁明する調子はいかにも日和見主義的に聞こえるし、とりわけ自己嫌悪を覚えたのは、歳月とともに折良く、いや、折悪しくと言ったほうがいいだろうか、革命の防衛とその永続という名のもとに犯した失敗がせっかく鮮明に見えるようになっていたのに、それをまったく記さなかったことだった。公の場でこそ決して口にすることはなかったが、数年前からレフ・ダヴィドヴィチは、権力の座にあった日々、追い求める目的とは関係なしに、何度か権力の魔力に引きずられて行動した瞬間があったことを後悔するようになっていた。各地に停車中の機関車に国の命運がかかっていた時期に、鉄道労組を軍の管轄下に置く決定を下したことは、たとえ結果的にそれが革命を成功に導く救いの一手になったとはいえ、明らかに行き過ぎだった。また、国が解体の危機に直面し、失意の労働者たちを導くには力に訴えるしかなかった段階ではあれ、内戦後の国家再建において抑圧的手段に訴えたことは、今思い返しても許し難い暴挙だ。組合リーダーを解任し、労働者による民主的運営を禁じたことで、主導権を握ろうとするスターリン派官僚に後々都合よく利用される脆弱な労組を生み出すことになったが、あれも元をただせば彼の責任だった。今の反対派が要求する民主的体制を潰したのも、かつて権力機構の一翼を担った彼自身だった。

また、あの忌まわしき一九二一年三月、クロンシュタット基地で水兵が起こした反乱を自ら鎮圧したことも、同じく恥ずべき行為だった。一九一七年一〇月にボリシェヴィキ・クーデターの成功を支えたあの部隊が四年後に要求したのは、労働者のさらなる自由や、穀物引き渡しを強要される農民への寛容な対応、さらには、ソヴィエト総会メンバーの自由選挙権といった、まったく基本的な権利だけだった。バルチック艦隊の新人水兵たちがアナーキストや反革命分子に操られているという主張は、軍事人民委員として彼が執った対抗措置――暴力的手段に訴えて反乱を鎮圧し、人質まで処刑した――をまったく正当化するものではない。彼にとってもレーニンにとっても、見せしめが政治的に必要であることは自明であり、予告された第三革命にまで抗議行動が発展する可能性はないとわかってはいたものの、飢餓と麻痺した経済に打ちのめされていた状況下では、混乱に拍車がかかって手に負えない事態となることを懸念せずにはいられなかった。

一九二一年三月の時点で普通選挙を許していれば、ボリシェヴィキはおそらく権力の座を明け渡すことになっていただろう。レーニンと彼が決定の後ろ盾としていたマルクス主義理論は、ひとたび権力を握った共産党が労働者の支持を失う事態はまったく想定していない。十月革命の勝利以降初めて、民意に反して、あるいは、民意を無視する形で社会主義を推し進めることが正当なのか問うべき時が来ていた（《一度でも問うてみたことがあったかな》と彼は後にナターリヤ・セドーヴァに漏らしている）。プロレタリア独裁は搾取階級を排除すべきだが、労働者弾圧は正当だろうか？　劇的すぎる二者択一だった。民意の表明を認めれば体制自体がひっくり返りかねないから、これを認めるわけにはいかない。だが、民意を無視すれば、ボリシェヴィキ政権の根本的正当性がなくなってしまう。大衆の信頼が失われているとなれば、力ずくでこれを回復するしかない。そして彼らは力に訴えた。クロンシュタットで——レフ・ダヴィドヴィチにはよくわかっていた——革命は自らの息子たちを貪り始めたのであり、饗宴の開始を命じる悲しい栄誉を担ったのは彼自身だった。

強硬な手段に打って出るのも（たいていはレーニンの同意を得ていた）当時ならやむを得なかったのかもしれない。だが、当時の行動を振り返ってみると、レーニンの死後、なりふりかまわず策を弄して権力にしがみついていれば、自分も似非共産主義的ツァーリになり下がっていたのではないかと思われてならない。一九一八年には、ボリシェヴィキとともに革命のために戦ってきた政党をレーニンが非合法化したが、自分も同じように、ライバルを蹴落とすためだけに革命の大義を振りかざしたのではないだろうか？　反対派や党内の派閥を容認し、検閲のない自由な報道を保障することができただろうか？

レフ・ダヴィドヴィチは、リョーヴァがプリンキポから出て行きたがっていることを妻に知らされて驚き、改めていかに自分が政治にばかりのめり込んでいたか思い知らされた。実は、数カ月前から密かな振動がブユック・アダの家の土台を揺らし続けていたのだが、激震が走るまで彼はそれを察知することができなかったのだ。その時になってようやく、以前ナターリヤに、レイモン・モリニエがパリへ行っている間もジャンヌが長期間この家にとどまるのは好ましくない、と言われていたことを思い出した。話が出たのは、ヨーロッパ最大の木造建築で、かつてはプリンキポ・パリスというホテルだった見事な建物を見学に行った折のことだったが、その時の彼は、いったい何があったんだと愚弄の調子で訊き返しただけだった。妻は笑顔で、いつもどおり要領よくかいつまんで事の次第を説明した。妻はいつも夫と一緒にいるべきでしょう、どうやらあなたも齢《とし》ね、その洞察力をもってしても物事がちゃんと見えなくなったのかしら。

その時まで、彼にとってレイモン・モリニエは、ブユック・アダの日常に刺激をもたらす事象の一つにすぎなかった。まさに「モリニエ的活力」を備えた彼は、レフ・ダヴィドヴィチの目にも魅力的で、すでにパリの反対派の支柱的存在となっていた。トロツキー派をフランス左翼の一大勢力にしようと意気込むモリニエは、財産も家族もすべてその計画に捧げており、パリで懸命に新たな支持者を募る間、妻ジャンヌは、秘書役のリョーヴァとヨーロッパのトロツキー派との通信を助けた。モリニエの行動力には百戦錬磨の革命家トロツキーも感服しており、後に体よく闘争から身を引くアルフレッドとマルグリットのロスメル夫妻等、他にも同志はいたにもかかわらず、その意見は無視して、この熱意溢れる男にフランスの反対派の命運を託すことに決めていた。

だが、今や明らかになりつつあるとおり、最初にレイモンが妻をブユック・アダに置いてフランスへ戻った時から、これがどういう事態を招くことになるか、ナターリヤは敏感に嗅ぎ取っていた。いつもせわしない夫とは対照的に、けだるい雰囲気を備えたうら若きジャンヌの前へ出ると、二三歳のリョーヴァは、たとえ身も心も闘争に捧げているとはいえ、全身の細胞に動悸が走るような感覚に囚われずにはいなかった。ジャンヌがレイモンとの関係を清算するためにパリへ発つつもりでいること、そして、リョーヴァも彼女とともにどこか他へ行くつもりであることを妻に知らされ、レフ・ダヴィドヴィチはそれまでいかに息子をないがしろにしてきたか痛感したが、とはいえ、若い男女の身勝手な衝動のせいで、それまで数カ月間、涙ぐましい努力で憤慨と背信の間に辛うじて積み上げてきた成果が水泡に帰するのかと思うとやりきれなかった。そしてその日の夜、彼はこらえきれずリョーヴァを呼び出し、闘士にあるまじき感情的逸脱を咎めた。

幸いにも、レイモンの反応はナターリヤによれば極めてフランス的であり、彼は妻に泣きつくような真似はせず、ドイツへ行こうと考えていたリョーヴァとジャンヌの同棲を認めた。レフ・ダヴィドヴィチは、黙ってこの決定を受け入れるよりほか選択肢はないことを思い知った。いかに深い自己犠牲の精神を備えた息子とはいえ、このさびれた島で青春時代を浪費させるわけにはいかない。後に書いたとおり、最も辛かったのは、挫折感をぶちまけることのできる唯一の相手、率直な批判をぶつけてくれるたった一人の男、いずれ奪われる命とはいえ、決してナイフを突きつけてくることもなければコーヒーに毒を盛ることもなく、うなじに銃を向けることも絶対にない男が遠く離れてしまうことだった。

だがその時、去りゆくリョーヴァへの憂慮さえも一時的に掻き消すような事件が起こり、ニュースを聞いたレフ・ダヴィドヴィチは悪い予感に囚われた。一九三〇年九月一四日に行われたドイツ総選挙で、国家社会主義を掲げるヒトラーの党が第二位の得票数を獲得したというのだ。一九二八年には八〇万票だったのが、今回は六〇〇万票を越え、躍進を果たしていた。ドイツ共産党は得票数が三〇〇万から四〇〇万に伸びたことを祝福し、ヒトラーの俄《にわ》か人気はいずれ没落するプチブル政党の死喘鳴にすぎないと断定している、そんな記事を読んで、レフ・ダヴィドヴィチは党の不可解な政治的無責任に当惑を覚えた。すでに数カ月前、頻繁にソヴィエト共産党中央委員会宛てに送りつけていた書簡の一つで彼は、ドイツに浸透しつつある国家社会主義の危険について警告を発し、ナチスの唱えるイデオロギーが、経済危機に打ちのめされて復讐心に燃えたプチブル層の「残骸」を結集する可能性があると提唱していた。以来、共産党と社会党が戦略的に連携し、ヒトラーが権力へと突き進む道を閉ざす必要がある、そう彼は何度も訴えてきた。だが、この切羽詰まった警鐘に対する返答代わりにコミンテルン経由でモスクワから発されたのは、社会主義・民主主義勢力との同盟は避けよという指令だった。

レフ・ダヴィドヴィチがこの時ほど刑の重みを痛感したことはなかった。体全体で感じられたとおり、ドイツの労働者とヨーロッパ革命、そしておそらくはソ連の命運を左右するはずの変動が起こりつつある今、本来ならその渦の中心に自分がいるべきなのに、歴史に忘れられたこの島に幽閉されて、彼にできることといえば、記事を書くこと、そして各地に散らばった支持者を組織することぐらいだった。ここでドイツ左翼の良心を動かすことができれば、ベルリンの空を曇らせ始めた嵐を避ける可能性がまだ残っていることは明らかだった。今手を打たなければ、間もなくヒトラーは権力を手にし、共産党がその第一の標的となる、なぜそれが誰にもわからないのだ？　モスクワは何をしている？　彼の問いは続いた。クレムリンの赤い壁の向こうで、何か怪しい事態が進んでいるにちがいなかった。まだこの時点では、やがてモスクワ要塞の最も高い塔から、彼すら震え上がるほどおぞましい生き物の最初の咆哮が届いてこようとは、彼にも想像できなかった。

5

濃密な空気が肌を撫で、眩しく輝く海がかすかな囁きで眠りを誘っていた。そこにいると、世界が人間の最も奇抜な願いと夢に合わせて作られた快適な場所に見えてくるような、そんな魔法の時間もあることに気づかされる。穏やかな雰囲気に浸って記憶は移ろい、恨みや悲しみも忘れることができる。

モクマオウの幹に背中を預けて砂地に腰を下ろすと、私は煙草に火を点けて目を閉じた。日没まであと一時間ほどだったが、急ぐことも先を見ることもない生活がすでに当たり前になりつつあった。というか、ほとんど何もない毎日、《ほとんど》すらほとんどない毎日。黄昏の到来という贈り物を前に、その時私が求めていたことといえば、太陽が銀色の海に近づいて、湾の表面に火のような筋を落とす素晴らしい瞬間を楽しむことだけだった。三月の海辺に人気はほとんどなく、やがて現れる美しい景色を待っていると、心には落ち着きが訪れ、調和にも似たそんな状態で活力を養っていれば、ささやかな野心に見合うささやかな幸福ぐらいにはまだ手が届きそうな気がしてくる。

サンタ・マリア・デル・マールで夕焼けを待ちながら、その時読んでいた本を取り出した。当時も今も心酔する作家レイモンド・チャンドラーの短編集だ。それまであちこち意外な場所でチャンドラーの本を入手してきたおかげで、キューバ版、スペイン版、アルゼンチン版などを合わせて、私の家にはかなりの作品が揃っており、七つある長編のうち五編に加え、幾つか短編集も持っていたが、その日読んでいたのは『雨の殺人者』と題された一冊だった。ブルゲラ社の一九七五年版で、表題作のほか四編が収録されており、うち一つが「犬を愛した男」というタイトルだった。二時間前、海辺まで来るバスのなかで、犬好きの私の心を鷲摑みにするなんとも魅力的なタイトルに惹かれてこの作品から読み始めた。他にいろいろ選択肢はあったのに、その日、他でもないあの本を持って家を出ることにしたのはいったいなぜだろう？（家には手に入れたばかりの本が何冊もあり、チャンドラーでは後にお気に入りの一冊になる『長いお別れ』もまだ読んでいなかったし、他にも、アップダイクの『走れ、ウサギ』や、すでに発禁となっていたバルガス・ジョサの『ラ・カテドラルでの対話』——後にこの本を読んで震えるほど羨望を感じた——があった。）おそらく、意味をよく考えることもなく無意識に『雨の殺人者』を手に取り、そこにたまたま犬を偏愛するプロの殺し屋の話があっただけのことだろう。これもまたチェスのゲームのように、最初から特定の数名——とりわけ、後に私が「犬を愛した男」と呼ぶことになる男と私——がコマとなって、運任せに、いや、人生の気紛れか避けがたい運命の悪戯に翻弄されるようにして動くよう仕組まれていたのだろうか？　私がほら吹きだとか、わざわざ波風を立てているとか、この忌まわしき人生の一瞬一瞬に宇宙的陰謀の痕跡を見出しているとか、そんなふうには思わないでほしい。だが、その日到来が予報されていた寒冷前線が、気温を下げることもなく束の間の小雨だけ残して消えていなければ、あの一九七七年三月の午後、私はサンタ・マリア・デル・マールへは行っていなかっただろうし、湾に沈む夕陽を待つ以外特にすることもなく、偶然にも「犬を愛した男」という短編を収録した本をあの場所で読むこともなかった。どこかで一つでも歯車が狂っていれば、私の数メートル前に立ち止まって、見るも眩い本物の犬を呼んだあの男に目を止めることはなかっただろう。

「イクス！　ダクス！」男は叫んだ。

思わず目を上げると犬が目に入った。本を閉じて犬を見つめると、何とそれはロシア産のサイトハウンドであり、本の挿絵や私が編集に携わっていた獣医学雑誌以外では見たことのない立派なボルゾイだった。春の午後、くすんだ光のもと、長く重い脚で水しぶきを上げながら波打ち際を走るボルゾイの姿は、大きく美しく、完璧と言っていいほどだった。背中と後ろ脚のあたりに暗いライラック色の斑点模様が入った白い毛並みに私は息を飲み、伝説によれば狼の大腿骨も砕くという顎骨を備えた鋭い口にじっと見入った。

二〇メートルほど先に、犬を呼んだ男の夕陽に焼かれたシルエットがあった。男が私と犬のいるほうへ歩き始めた時、最初に私の頭に浮かんだのは、七〇年代のキューバで、どうやら血統書付きらしいロシア産のサイトハウンドを飼う男とはいったい何者だろう、という疑問だった。だがすぐに、おどけて走り回る犬の姿に再び私は心を奪われ、立ち上がって波打ち際のほうへ数歩進んで、太陽を背にじっとボルゾイを眺めた。そこでまた男の声が聞こえ、初めてその姿に注目した。歳は七〇くらいだろうか（後でわかったが、実際にはその一〇歳近く下だった）、短く刈り込んだ髪には白いものが混じり、鼈甲《べっこう》の眼鏡をしていた。長身で、血色が悪く、体はがっしりしていたが、やや肉が落ちていた。手に革ひもを二本握り、怪我をしているのか、右手に包帯を巻いていた。目を惹いたのは、カーキ色の綿ズボンに革のサンダル、ゆったりした派手なシャツという出で立ちであり、誰が「ミナモチ」シャツ（ストライプかチェック）に「フムゾ」靴（ロシア製のブーツ）か「アシクサ」（ゴムのモカシン）、暑い夏にはタマを萎えさせる帆布かポリエステルのズボン、という格好のこの国にあって、一目で外国人だとわかった。

二人の距離が近づき、どちらからともなく目が合った。私は微笑み、男もロシア犬を飼う誇りをちらつかせて微笑んだ。再び犬を呼んだ後、外国人らしき男は煙草に火を点け、私も同じことをしながら四、五歩彼のほうへ寄った。

「立派な犬ですね」

「それはどうも」男は答えた。「イクス！　ダクス！」再びその声を聞いても、まだどこの訛りなのかわからなかった。

「ボルゾイを見るのは初めてです」飼い主のもとへ駆け寄ってきた犬を見つめながら私は言った。

「キューバにいるのはこの二頭だけだね」これを聞いて私は、スペイン人だと思った。だが、その話し方には妙な抑揚があり、それが引っ掛かった。

「かなりの運動が必要でしょうが、暑さには弱いのですよね」

「ああ、暑さは大敵だね。だからここへ連れて来るんだ……」

「強いわりにはデリケートだという話を読んだことがあります。ロシアのツァーリが飼っていた犬だそうですね……」出しゃばりすぎたことを言ったかとも思ったが、失うものがあるわけでもないし、そのまま続けた。「ソ連から連れていらしたのですか？」

男は海を眺め、砂の上に煙草を落とした。

「ああ、モスクワでもらった」

「失礼ですが、あなたはロシア人ではありませんよね？」

男は私の目を見つめ、革ひもをズボンに打ちつけた。ロシア人と間違われて不快だったかとも思ったが、私としては悪意を込めたつもりはまったくなかった。それとも、本当にロシア人で――いや、髪や皮膚の色を見るかぎり、いずれにせよグルジアかアルメニアの出身だろう――、だから妙な抑揚でもったいぶったような発音をするのだろうか？

その瞬間、モクマオウの木立の切れ目に細身で背の高い黒人の姿が見え、肩にタオルを乗せて、見張りでも務めているようにあけすけにこちらを見つめているのがわかった。だが、男が犬に革ひもをつけながら私の知らない言葉で何か囁くのが聞こえて、すぐに視線を戻した。男は体を起こし、立ちくらみでも起こしたように一瞬ふらついた後、苦しそうに息をついた。だが、すぐに私に質問を向けた。

「なぜそんなに犬のことをよく知ってるんだい？」

「獣医学の雑誌で働いていて、偶然、ボルゾイと他の二種のヨーロッパ犬について遺伝学的見地から論じたソ連人研究者の文章を読んだばかりなんです。それに、私も大の犬好きです」私は一息に答えた。

初めて男はにっこりした。出自を問われてはぐらかし、珍しい服を着て、モスクワに住んでいたことがあるうえ、見張り役に背の高い黒人がついている、となれば外交官だろうと私は見当をつけた。

「私もその文章を読んでみたいな」

「一部差し上げられると思います」そう言った時の私は、約束を守るためには（雑誌の刊行までまだ二カ月ほどあった）、奇妙な遺伝学用語に満ちたあの文章を自分でタイプするしかないことなど考えもしなかった。

「私は犬を愛している」男は頷き、今や耳慣れなくなった言い回しで、他ならぬこの《愛する》という動詞を使った。その微笑みに密かな郷愁が垣間見えたような気がしたが、彼の口から出てきたのは、それとは何の関係もない言葉だった。「それではまた」

私はゆっくりと同じ言葉を呟いたが、背の高い黒人のほうへすでに歩み出していた男に聞こえたかどうかはわからない。主人の意図を察した犬たちは先回りして駆け出し、肩に掛けていたタオルを手に跪《ひざまず》いて迎え入れる黒人に、濡れた腹を拭いてもらった。わざわざ遠回りしたのか、あるいは、まっすぐ歩けないのか、男は迂回するようなルートを辿って犬たちのほうへ歩み寄り、黒人にひと言声をかけた後、今度は工人の足取りに合わせ始めたロシア犬を後ろに従えて、モクマオウの木立に姿を消した。黒人はもう一度振り返って一瞬だけ私を見つめ、再びタオルを肩に乗せると、一行を追いかけてすぐに木立に紛れ込んだ。

海のほうへ目を移すと、すでに太陽は水平線上にあり、血のような光の筋が足元から数メートルのところで波に掻き消されていた。一九七七年三月一九日の夜の始まりだった。

犬を愛した男と出会う約一年前、私は獣医学雑誌の校正担当という職を得た。私は人生で何度も痛い挫折を味わったが、あれは三度目の挫折の後だった。

一九七三年、私は優秀な成績で大学を卒業し、すでに一冊本を出して周囲に名を知られていたが、地方ラジオ局の編集長として、僻地に埋もれた（他の形容が思いつかない）町バラコアへ送られることになった。スペイン人征服者がこの島を発見した直後に創設された最初の町、最初の首都という栄誉を歴史に刻んでいることが町の誇りだというが、かなり想像力を働かせなければ何の変哲もない町にしか見えない。こんな「重責」――新卒の配属を担当する人事局で私に応対した同志はこんな表現を使った――を私が担うことになったのは、学業成績のおかげではなく、あの時代の若者は、命じられれば、いつでも、どこでも、どんな条件でも、どれほど長い期間でも、行く心構えでいるのが当然だったからだ。表立って言われはしなかったが、いわゆる社会奉仕法の規定により、すべての新卒者は、無償の大学教育と引き換えに、指定された場所で働く法的義務があった。そして、これも同志は口にするのを憚《はばか》ったが、「特別に昇進」させて私をバラコアへ送ることに「誰か」が決めた本当の理由は、当時よく使われた表現を使えば、鼻っ柱を挫いて身の程を思い知らせるための「いい薬」を与えることにあったのだ。

二六時間かけてバラコアまで行くバスに乗り込む私は、熱帯のシベリアのようなところへ追放されることの利点を考えて自分を慰めるしかなかった。聞いた話では、辛い仕事ではなさそうだし、あそこまで僻地へ行けば、物を書く時間はたっぷりあるだろう、そんな幻想が、胎盤にしがみつく胎児のように、ほとんど生理的必要となって私の内側で息づいた。その頃には私も、処女作に収録された短編はいずれも惨憺たる出来栄えであり、新人作家コンクールで待望の首席に選ばれて出版の運びとなったのは、作品に文学的価値があったからではなく、題材とその扱い方が評価されただけのことだ、そうはっきり自覚していた。数年前から、あらゆる種類の不穏分子の転落と疎外と追放と「矯正」が怒涛のように進み、当然ながら不寛容と検閲の恐ろしく高い壁が打ち立てられつつあったキューバで、文学とイデオロギーに四方を囲まれて生きていた私は、その窮屈で粗野な世界に染まった、いや、むしろ、呆けたような状態であの短編集を書いた。私だけがチャンドラーの言う勤勉な猿になっていたわけではなく、あの頃なら当たり前のロマン主義的信念に従って、たいした思索の余地も残されぬまま、国と人類全体が置かれた今この歴史的瞬間に「書くべき」と思われた内容を誰もが書いていた。サトウキビ農園での重労働、祖国を守る勇敢な兵士、いまだ心に重くのしかかるブルジョア的過去の残滓——たとえば、マチスモや、新たな作業形態に対する疑念——に惑わされる献身的労働者、「新しい人間」へと道徳的に登りつめていく過程で献身的に重労働をこなす勇敢な者たち、彼らが乗り越える負の遺産……だが、私の内側を見つめ直し、そうしたお決まりの図式を離れて、新たな道を模索し始めたところで、定規の一撃を食らって手を引っ込めねばならなくなった。

当時はあれだけ毎日のように厳しい現実を突きつけられていたのに、我々の多くが、まるでシャボン玉で身を守る（実際には守られる）ようにして、周囲ではごく親しい人たちまでが感じていた憂慮と無縁にあの時代を生きていた、その事実を今思い返すと、何とも不思議な、ほとんど不可解な気がしてくる。私の（「私たちの」と言うべきだろうか）信仰がなかなか崩れなかったのは、六〇年代末から七〇年代初頭にまたがる予科・大学時代、一途な思いとともに誰もが、一九七〇年の果てしない収穫で倒れるまでサトウキビを刈り、腰を曲げてカトゥーラ種のコーヒーを植え、祖国を守るために厳しい軍事訓練を受け、喜び勇んで行進や政治集会に参加し、そんなことをするうちに、国全体を包んでいた濃厚な軍事的熱狂と揺るぎない信念を身に着けた、いや、叩き込まれたからだ。日々こうした活動を繰り返していれば、そしてとりわけ辛抱強く待っていれば、必ずや輝かしい未来が到来し、島全体が一つの果樹園となって、物質的・精神的繁栄を迎える、と。

西欧文明世界全体で同時期に学生時代を過ごした者のうち、マリファナを一切口にすることもなく、体中に漲る革命熱にもかまうことなく、愚かしい処女崇拝（カトリックの規律ほど共産党のモラルに近いものはない）を筆頭とする先祖代々の性的タブーを断ち切ることができたのは、おそらく我々だけだろう。さらに、スペイン語圏カリブ地域のなかで、サルサの誕生を知らず、ビートルズが（ストーンズやママスも）反逆の象徴ではなく帝国主義文化の象徴だと教え込まれたのも、きっと我々だけだろう。当然と言えば当然だが、様々な形で情報が隠蔽され、歪曲されていくなかで、あまりに威圧的な戦車がプラハにどんな肉体的・精神的傷痕を残したか、メキシコのトラテロルコと呼ばれた広場でどんな虐殺が行われたか、親愛なる同志毛沢東の先導する文化大革命がいかなる人的・歴史的破壊をもたらしたか、そして、パリの通りやカリフォルニアのロック・コンサートとともに我々と同世代の若者がどんな夢を追うようになったか、同時代的に知ることがまったくなかったのも同じく我々だけだったことだろう。

あの当時わかっていたこと、確信していたことといえば、我々には忠誠心とさらなる自己犠牲、服従とさらなる規律が求められていたこと、それだけだった。一九七〇年の収穫が痛ましい失敗に終わった後（決して忘れることのできないあの四カ月間、私は山刀の一振り一振りに思いを込めてひたすら全力でサトウキビを刈って刈って刈り続け、何度も言われてきたとおり、この英雄的偉業が低開発を脱け出す決定打なのだと信じて疑わなかった）、輝かしい近未来が多少遠のいたことは皆わかっていたが、あの政治経済的災厄——そんな呼び方をしてもいいだろうか——がいかに国の生活を変えたか、ほとんど意識することもなかった。確かに物理的窮乏はひどくなったが、すでに慣れていた我々には驚きでもなんでもなく、経済的失敗の反動でイデオロギー的締めつけが厳しくなっても、共産党員を目指す革命世代の若者にとって、それは以前からすでに生活の一部になっていたから、特に警戒することもなく、それが必要な措置なのだと理解した、あるいは、理解しようと努めた。激動の真っただ中にあって、二人の大学教員が信仰心を表明したという理由で教職から外されたと聞けば、確かに我々は心を痛めたが、それが党と政府の支持を得て承認された決定に基づく当然の処分だと聞けば、納得して黙って聞き入れた。その後、性的「倒錯」が理由で二人の女性教員が大学から完全に追放された時も、不安に思うことはなく、衝撃が走ったとすればそれは、あの二人の教員、とりわけ四〇にして肉付きもよかった小麦色の肌の美人が、まさかレズビアンだったとは誰にも信じられなかったからだった。

公的に私が正直と無知の重罪を犯したのは一九七一年、すなわち、容赦なく魔女狩りを進めよというお達しにより、いっそう革命熱が高まっていた年のことだった。事の発端は、友人同士の内輪話で私が、宗教的理由で現場から外された二人より明らかに能力が劣るのに、赤の党員証を持っているというだけで授業を任されている教員がいる、追い出された二人の女性教員より同性愛的傾向が明らかなのに、党員証だけで生き残っている者もいる、そんな趣旨の意見を述べたことだった。問題が教育現場に及ばないかぎり、宗教心も性的嗜好も問われるいわれはない、そんなことまで口走ったかどうかは覚えていない。数カ月後、この不適切な発言が私の最初の挫折となり、イデオロギー問題を十分理解していないうえ、責任感のある同志が下す決定を受け入れる能力と精神的成熟に欠ける、という理由で、拡大を続けていた共産党青年団上層部への加盟を拒否された。やむなく私は批判を受け入れ、善処することを誓った。

私はまだ気づいていなかったが、ソヴィエトを手本とした社会と文化の構築へ向けてようやく舵を切っていた時期にあって、あのような生温かい突風は、島全体を静かに蝕み始めていたハリケーンの余波にほかならなかったのだ。演説や政治文書の講読にあてられる週二コマの授業、髪の長さやズボンの太さに関する規制の強化、欧米文化を愛好する学生への批判などが相次いで我々にのしかかり、そうした原理主義を背負い込んでも、(少なくとも私は)葛藤や不安を抱くことはなく、それがほとんど中世暗黒時代の再現かロボトミーに等しい試みだとは考えもしなかった。疑問を抱く者はほとんど誰もいなかったように思う。

政治的・文学的無垢を背負ったまま(少しは才能もあったのだろうか)、私は粛々と例の短編小説を書き始め、一〇〇枚ほどの量になったところで、新人作家のコンクールに送った。二カ月後、主席となって出版が決まったことを知らされ、私は嬉しい悲鳴を上げた。この成功で私の心から疑念は晴れ、人生最初で最後――完全に誤っていたからこそだろう――、この時だけは、自分自身にも、自分の可能性と理想にも自信を持った。時代を担う作家であることが証明できたのだから、あとは精進して、芸術的栄光と社会貢献という、当時我々が文学の本質だと考えていた高み（実際は不幸なマゾヒスト向きの仕事なのだが、当時は険しい階段のように思っていた）を目指せばいい。

授業も大変なら、政治的・イデオロギー的課外活動も際限なく（学業と同じくらい、いや、それ以上に重視され、監視されていた）、そのうえ、予期せぬ人気と名声をもたらす成功（学部学生自治会文化活動担当書記に選ばれており、成績はトップクラスだった）に酔いしれて思考停止に陥っていたせいもあるにはあるだろうが、何にもまして真の文学に接するようになっていたせいで、あの二年ほどの間私は、能力と野心に多少なりとも見合う作品は一作も書けなかった。ようやく短編集――『血と火』――が出版された後、大学の四年目から最終学年に上がる頃に、私は踝《くるぶし》を捻挫して三週間ほど安静にしていなくてはならなくなった。そこで意を決してこれまでになく長い短編に取り掛かり、テーマとともに、調子、さらには現実を見る視点も定まってくると、天才とはいかずとも、それまでの自分を乗り越えられたことが確かめられるようで、仕上がりにも満足できた。栄光の余韻がまだ残っていたことはあるだろうが、以前にも増して読書に打ち込み、大作家――カフカ、ヘミングウェイ、ガルシア・マルケス、コルタサル、フォークナー、ルルフォ、カルペンティエール、何と遠い目標か、ちくしょうめ！――の美学や技法的特質を追い求めたおかげで、ささやかながらもそれが結実して、恐怖に囚われて密告する事態を避けるため自殺する革命戦士の物語が完成した……　もちろん、恐怖の原因やもっと恐ろしいこと、すなわちその破壊的帰結について引き出した深い思索を、後にパニック状態で自分が追体験することになろうとは、その時は思ってもみなかった。

一九七三年一月の終わり、一学期の試験が終わったところで私は短編の最終チェックを行い、原稿をタイプしたうえで、一年半前に私の短編を出版してくれた大学雑誌――編集部の付した序文には、リアリズム的手腕と芸術に対する社会主義的視点に関する言及があり、私が国民文学、それどころか世界文学の期待の星と紹介されていた――に持ち込んだ。新作は大歓迎され、三月号か、遅くとも四月号には掲載されるだろうと言われた。だが、渾身の一作がどう読まれ、どう評価されたかわかるまで、それほど時間はかからなかった。一週間後、私は雑誌の編集長に呼び出され、彼の部屋で人生二度目の、そしてもっと痛ましい挫折を味わうことになった。怒り心頭の彼は、私が足を踏み入れた瞬間から、「こんなものを持ち込むとはいったいどういうつもりだ」と毒づいた。「こんなもの」とは私の原稿であり、吐き気を催したバシリスクとでも言えそうな剣幕の編集長が、事務机の後ろでその紙束を持ち上げていた。

今でも、権力を身に纏ったあの男が自信たっぷりに威圧的な調子で吐き捨てた言葉を無理して思い出すと、身を引き裂かれるような思いがする。他の多くの作家たちも同じ目に遭っており、すでに何度も繰り返されてきた話ではあるが、私が目にした光景を簡単にまとめてみよう。この短編の内容は不適切で、出版できないどころか、なぜこんなものが書けるのかさえわからない、ほとんど反革命だ――想像できるだろうが、この言葉を聞いて私は恐怖で背筋が凍る思いを味わった――、だが、看過できない事態とはいえ、雑誌の編集長たる彼、さらに「同志たち」は（それが誰で、何をしているか、我々は皆わかっていた）、これまでの私の経歴、若さ、明らかなイデオロギー的混乱を考慮して、これ以上の処分は見送ることにする、こんな短編は存在しない、私の頭から出ることなく消えたものとして処理する、彼、そして「同志たち」としては、今後二度とこのようなことが起こることのないよう、物を書く時にはもっと深い思慮を期待する、芸術は革命の武器なのだから。彼は締めくくり、紙束を畳んで事務机の引き出しに放り込むと、もったいぶった仕草で鍵をかけて、このまま飲み込んでもいいぞとでもいわんばかり、決然とした態度で鍵をポケットにしまった。

様々な感情（混乱、不安、猛烈な恐怖）がもやもやと曖昧に絡まり合ったような状態で私は編集長の部屋を出たが、感謝の念を抱いていたことは今でも覚えている。そう、感謝、卒業まであとわずか四カ月というところで、何か処分が下されていれば恐ろしい結果になることは目に見えていたが、それを免れたことへの感謝だ。そしてあの日私は、「恐怖」という感情がどんなものか、大文字で書く本物の、全知全能の、どこから襲ってくるかわからない、誰でも一度は感じたことのある肉体的苦痛への不安や未知なるものへの不安よりはるかに破壊力の強い「恐怖」がいかなるものか、心の底から思い知った。実のところ、あの日私は、その後一生残る傷を負った。感謝と恐怖の入り混じる思いで立ち去ったあの時、そもそもこんなことを書いたのが間違いだったのだという、作家にとって最も有害な思いをじっと私は噛みしめていたのだから。

教員の追放に関する私の見解、そしてカミュやサルトルといった作家への関心の芽生えに加えて（数年前まで国全体で深く敬愛されていたサルトルは、最近の出過ぎた批判により、プチブル的イデオロギーに堕落した者として糾弾されていた）、この件が記録に残され、卒業後の配属先決定に大きく影響したことは間違いない。そして、必要な更生を褒賞に見せかけるために下された画期的決定が僻地バラコア送りであり、同じ年の九月、経験したこともない蒸し暑さに息が詰まりそうな状態でこの地に到着したが、その時はまだ、これで作家として再出発できるだろうと呑気なことを考えていた。当時の私には、この第二の挫折がどれほど傷の深いものか、取り返しのつかないその失敗の重みが想像できず、「不適切」な短編も単なる躓《つまず》きぐらいにしか思われなかったから、きっとこの先、時代と環境の要請に見合う優れた作品を書くことができる、と考えていたのだ。それが実現すれば、私がいかに理解力のある、信頼に足る人物なのかも証明することができる。

ラジオ局の編集長は、早くバラコアを逃れたいとうずうずするような状態で私の到着を待っており、わずか一週間で仕事の詳細を説明して引き継ぎを終えた。一見したところ、仕事は簡単だった。編集者の書いた短報を整理し、党と党青年団の発行する新聞に掲載された国内ニュース、公的情報機関からの伝達、地元機関が指揮する数多い活動について自主特派員から送られてくる情報、そしてとりわけ、「地域」（後にまた「市」が復活するが、かつての「市」を当時はこう呼んでいた）の党、党青年団、組合、その他の公的組織から寄せられた情報がしっかり網羅されているか確認する。正式に職務の引き継ぎが終わった日、しっかり私の手を握って事務机の鍵を渡す際に彼が見せたあの満面の笑みを忘れることはないだろう。そして耳元で囁かれたあの言葉は、もっとしっかり記憶に刻みつけられた。

「心してかかれよ、兄さん、ここでは、鉄面皮になるか、ズタズタにされるか、どっちかだ……　ようこそ、本物の現実へ」

バラコアを決して約束の守られない町にした狂気の預言者ペルーの呪いがまだ解けない、この町の住民はそう言っている。そして、新参者が最初に教わるのは、この町の名声は三つの嘘で成り立っているということ。「蜜」と呼ばれる川には甘くもない水だけが流れ、「金床」と呼ばれる山では誰も鍛冶などできず、「街灯」と呼ばれる道――「市」と他の地域を結ぶ高速道路――には街灯がない。

バラコアという名前の由来が、征服者が上陸した際に居合わせたインディオの酋長にあることは私も知っていた。だが、すぐにわかったとおり、四世紀半経過した後でも、この地には酋長が君臨し続けており、地域組織のボスたちがのさばっているのだった。また、よく言われる「小さな町、大きな地獄」という常套句の的確さも瞬く間に思い知った。そして、実生活で受ける教育の仕上げとして、酋長や悪魔と日常的に接する人間的・知的能力が自分に欠けていることも痛感させられた。

自由キューバ第一シティ・ラジオ局の任務は、怪しい名前を持つ川や山や道よりもっと現実離れした仮想空間を作り出すことにあり、その中身とは、誰にも確かめようのない計画、契約、目標、魔法の数字、そして自己犠牲と監視と規律の呼びかけ――これによってボスが実績を上げれば、この僻地からの異動というご褒美にありつくことができる――だった。私の仕事は、絶えず電話や伝言をしてくるボスたちへの応対、そして、彼らが当然のように国益、民衆の利益と呼び慣らす個人的利益の調整だった。もちろん彼らの要求を丸飲みする以外に選択肢があろうはずもなく、従順な鉄面皮として、編集部で働くアル中の能無し機械人形に指示を出し、大きな成果を上げた計画、革命的熱狂のうちに結ばれた契約、愛国的闘争によって十二分に達成された目標、信じ難い数字、英雄的な自己犠牲について短信を書かせることで、ほとんどいつも言葉とスローガンばかりで本物のバナナもサツマイモもカボチャもない架空の現実を飾り立てた。もう一つ選択肢があったとすれば、それはすべてを拒否して職を辞し、さっさと逃げ出すことであり、事実何度もそうしようと思ったことがあるが、他の多くの者たちと同様、その帰結（大学卒業資格の剝奪がその第一弾だろう）を考えると恐怖で身がすくんだ。これこそ、私の前任者が言っていた本物の現実なのだ。

似たような境遇に置かれた多くの者は、恥を捨てて粛々と仕事をこなし、残った時間を読書や執筆にあてていたが、恐怖心と、そして反抗に向かないこの気質のせいで、私は様々な活動に狩り出され、集会、会合、打ち合わせなどに出ると、その後には必ず、その時その時の部門責任者が主宰する暴飲暴食会（食糧難はどこへ行ったのだ？）に「ジャーナリストの同志」として招待された。私も最初は驚いたが、普段は奥手なはずの私が、酒の力、僻地の幽閉を逃れるような感覚、そして、自分らしさ（私もいきずりの相手も）を取り戻す衝動、そんなものに駆られて弾けてしまうのだ。あの二年ほど猛烈に暴飲暴食を繰り返し、ところかまわずあれほどの数の女と寝たことは生涯経験がない。おかげで私は、顔色一つ変えず嘘をつく鉄面皮となり、盛大に淋病をばら撒く一方で、あの地域の多くの住民と同じく、朝食代わりに焼酎の一杯と冷えたビールで二日酔いを覚ますアル中になった。

ここで言っておかねばなるまいが、バラコアはこの島で最も美しく魅力的な町の一つであり、その住民は驚くほど寛容で純粋なのだ。あれから一度も戻ったことはないが——着いたはいいが何かの拍子に帰れなくなったら、と考えただけで恐ろしくてパニックになる——、今でも、美しい海、崩れかけた植民地時代の要塞、草木の生い茂る山々、トア川を筆頭に、時に荒れ狂うこともある大小多くの川などをぼんやりと覚えている。人生に疲れた余所者《よそ》や放浪者を優しく迎えようとする人々のことも、五〇〇年近く前から町を悩ませる貧困のことも、まだ記憶に残っている。貧困こそ実はあの町にかけられた本物の呪いであり、地元ラジオ局の「情報空間」で指揮を執っていたあの二年間、すでに克服されたものとしていつも過去形で論じられてはいたものの、実際には貧困はあちこちで目についた。

今思い返してみると、酔いつぶれて手当たり次第に女を漁り（女のほうでも、二、三年だけ働きに送られてくる私のような男に酔いしれていたのだろう）、鉄面皮に徹していたからこそ、あの本物の現実での生活に耐えられたのだろう……　私がハバナで人生三度目の挫折を経験したのは、カリクスト・ガルシア総合病院に入れられて、多重トラウマ患者が収容される部屋の隣で三週間過ごした後、自らの足で中毒治療棟へ乗り込んだ時のことだった。ハバナへ戻った直後、内側で淀んだ恐怖をなんとか少しでも吐き出そうとしたのだろうか、最初に入ったバーで私は派手な喧嘩沙汰を引き起こし、骨折その他の怪我を負って、担架で病院へ担ぎ込まれていたのだ。

6

両親は出生地セウタの守護聖母にちなんで娘にアフリカという名前を付けたが、これほど名が体を表していることも珍しい。同じ名前の大陸と同じく、野蛮で力に溢れ、計り知れぬ神秘を秘めていた。カタルーニャ共産党青年団の集会で知り合って以来、ラモンはこの娘の美しさに目を奪われ、とりわけその冷徹な思考と大地から糧を得たような力強さに惹きつけられた。アフリカ・デ・ラス・エラスは活火山そのものであり、たえず革命を目指して吠え続けていた。マルクス、エンゲルス、レーニンの言葉を空で暗唱したかと思えば、党の厳しい規律を擁護し、スターリンについては、地球の未来を背負う人物と評するばかりか、全世界のプロレタリアを導く師として崇めたてた。精神を毒するブルジョア的有害物としてダンスやワインを断罪し、マルクス主義の教本を腕の下に縫い付けてでもいるように党員として模範を示すその姿を前にすると、ロマン主義的熱狂を引きずったラモンは圧倒され、何度も身の引き締まる思いを味わった。

ラモンはその前年、二〇歳になる直前にフランスから戻っていた。「ホテル学士」という学位のおかげで、バルセロナに着いて間もなくリッツ・ホテルにキッチン助手として雇われ、カリダッドに感化されていたせいなのか、あるいは、自ら反骨精神を育んでいたのか、すぐに地元の共産主義者と接触して入党を志願した。ラモンの目にするスペインは、ふつふつと沸騰し始めた鍋のような状態にあり、誰が乾いた薪をくべて天まで昇る火を焚きつけてくれることかと待ち侘びているようだった。過去の重荷と現在の挫折を振り払おうと懸命なその姿は痛ましいほどだった。プリモ・デ・リベラ独裁政権が退陣したばかりで、王党派と共和派が台頭し始めていた。社会党とアナーキストに牛耳られた労働組合が勢力を伸ばしていたが、フランスに較べて共産党員の数は圧倒的に少なく、封建主義社会と恐ろしいまでのカトリック信仰を引きずった国の例に違わず、蔑視し迫害の対象になっていた。

若きラモンは、誰もが次の出来事を待ち構えるこの緊張感をおおいに楽しんでいた。そしてついに事が動いたのは一九三一年のこと、サンディカリストの支持を受けた共和党と社会党が選挙に勝利して、君主制の放棄とともに、第二共和制への移行を宣言した。亡くなるまでラモンは、血気逸る理想的な年齢で祖国へ戻れたのは願ってもない幸運だったと思い続けることになる。まるで彼の人生と歴史が示し合わせてすべてを都合よくお膳立てし、数年後にグアダラーマ山脈へ、さらにその後のもっと重要な任務へと続く道に彼を導いてくれたかのようだった。

当時の党は、まず共和制を確立したうえで次第に急進的改革へ進むという方針を打ち出しており、この段階では共産党青年団も、大土地所有者や教会への締めつけ、男女平等、労働者の権利の確立、そしてとりわけ、停滞と貧困に喘ぐ農民層の保護といった点をめぐる政府の臆病な改革案を支持していた。数年後にはラモンも、言葉ばかりで具体案に乏しい数々のスローガンを思い出すと苦笑いを禁じ得なかったが、当時、そして内戦中も、国中にスローガンが溢れており、あらゆる党派、あらゆる団体が、集会、新聞、壁、ショーウィンドー、路面電車、さらには石炭運びの荷車まで、ところかまわず自分たちの主張を叫び立てていた。

ラモンにとってこの激動期は気楽ながらも充実した日々だった。実際に共産主義の教義に通じていたわけではないが、献身的尽力によって彼は青年団首脳部から一目置かれ、おかげで主役級の役回りで荒海へ乗り出すことができた。後々までラモンは、スペイン史上かつてないほど愛と希望に満ちたこの時代、まるで肉体的・知的情熱の饗宴に居合わせたような日々を懐かしく思い起こすことになる。

彼の人生に決定的な影響と痛ましい傷痕を残すことになる二人目の女性、アフリカ・デ・ラス・エラスと出会ったのはそんな時だった。彼より三歳年上で、才色兼備、浅黒い肌をして、まったく化粧気のないこの若い女は、一挙手一投足に真の共産党員たる威厳を漂わせていた。ブルジョア的モラルに律されたあらゆる行動様式を拒否すべきだと頭でわかってはいたが、彼はなすすべもなく恋に落ちた。精力に漲《みなぎ》る若い男であれば誰でもそうしていただろうが、ラモンもまた、何とか女の気をひこうと躍起になり、その尻を追うようにして政治的動乱の嵐に身を投げた。赤に染まったこの美女の声に耳を傾けているうちに、彼は何も考えぬままその理念を鵜呑みにし、お坊ちゃんとブルジョアの支配する共和国で政治闘争を続ける際に直面する危険を理解できるようになった（少なくともそう言った）。トロツキストは最も忌まわしい敵、アナーキストとサンディカリストは、権力掌握までの過程では道連れになるかもしれないが、いざ真の革命によってプロレタリア独裁へ向かう段になれば、さっさと手を切るべき輩、そんなことをラモンは頭に叩き込んだ。当時初めてラモンは、トルコに追放されていた日和見主義者トロツキーの話を聞くことになり、彼が最も邪悪な敵であること、そして、スペイン国内にもいる彼の支持者が労働者階級に巣食う危険分子であることを知らされた。だが、アフリカの話に最も熱が入るのは、ヨシフ・スターリンの政治思想とその手腕について触れる時であり、ボリシェヴィキ革命の足元を着実に固める指導者を彼女は声高に称揚した。あまりの熱意を前にラモンもレフ・トロツキーへの憎悪とスターリンへの信奉を吹き込まれ、やがてどんな顛末をもたらすことになるかも考えず、一途にのめり込んだ。

アフリカがようやくラモンの肉体的要求に応じると、彼はいっそう盲目的に追従するようになった。非の打ちどころのない圧倒的なセックスと、狂気と紙一重と言えるほど堂々たる知性の虜となった彼は、何でもアフリカの言いなりになり、それなりの喜びはあったものの、同じくらいの苦しみも味わった。内側にまだはっきり残るプチブル体質のせいで、アフリカが自分の女だという幻想を捨てられず、彼女としている時には、自分が世界一の幸福者だと誇らしげに思わずにはいられなかった。やがてアフリカがそばを離れると、猛烈な嫉妬心に囚われ、イデオロギー的信念の欠如で感情という障壁を逃れることのできない自分を責めてみても、理想を追って身も心も大義に捧げた彼女の輝かしい革命家としての生き様とその高みに遠く及ばぬ有様を嘆いてみても、どうにもならなかった。

後にアフリカ・デ・ラス・エラスは、愛も家族も革命家の足手まといにしかならないとラモンを諭したことがあった。例えば彼女自身は、イデオロギー的に決して折り合いがつかないという理由で、アナルコサンディカリスムを標榜する夫と離婚していた。すでに血縁が邪魔でしかないことを察していたラモンは、当時もほとんど親戚と連絡を取ってはいなかったが、以後完全に関係を断って独り立ちしようと決めた。カリダッドについては、パリ滞在を経て今はボルドーに住んでいるという話を聞いており、父とはバルセロナへ戻ってから完全に縁を切っていた。かつて一家の料理婦をしていた女から聞いた話では、ドン・パウは、屋敷を売り払ってアンプレ通りの店の二階に引っ越す前に、ラモンのかわいがっていた犬をサン・ジェルバシの市場で偶然出会った農夫に譲ってしまったという。弟妹については、モンセとルイスが父に引き取られ、ホルヘは同じく共産党に加入、唯一たまに会うことのあるパブロは、父と同じく、カタルーニャ主義組織で活動していると聞いていた。

実のところ、アフリカの目に照らされたもの以外に関心のないラモンにとって、懐かしい家族と手を切ることなど造作もなく、呆けたように彼女を追ってバルセロナ中を回りながら、集会や会合の合間に少しでも暇があれば、男盛りの体に衝き動かされ、相手をしてくれとせがむのだった。

一九三三年春、ラモンは、未来へ向けて決死の大ジャンプでもしないかぎり、どれほど走っても決してアフリカに追いつくことはないと痛感した。当時ラモンは、アフリカやジャウメ・グラエルス、その他バルセロナ共産党青年団の中核を成すメンバーとともに、諸派勢力の均衡するスペイン政治において共産党の影響力を拡大すべく、党員の獲得に乗り出していたが、そんな時に徴兵に狩り出され、四週間ほどレリダに近い訓練基地に送られた。初めて外出許可をもらってバルセロナへ戻ると、彼は一カ月間考え抜いた計画を実行に移すことにした。アフリカの目にどんな反応が現れるだろう、幸福だろうか、軽蔑だろうか、などと思いめぐらすたびに彼の心は引き裂かれた。カテドラルに近いカフェで彼女と待ち合わせたラモンは、びっくりさせてやろうと思って、聖具店のショーウィンドーを鏡代わりにして待ち構えた。アフリカが到着するのを見て彼は胸の高鳴りを抑え、さらに数分待った。そしてカフェのほうへ歩き出し、外見の変化を見て彼女がどう反応することかと期待に胸を膨らませた。背が高く（当時のスペイン人男性の平均よりはるかに高い一八〇センチ）体もがっしりしていた（指に挟んで銅貨を捻じ曲げることさえできた）おかげで、行進や進軍の先頭を切るのにもってこいだった彼は、すでに工兵長に抜擢されており、立派な軍服を着ていた。バッジ付きの帽子も含め、軍服が実によく似合っており、ただ歩いているだけで、自分を見つめる視線が感じられて身が引き締まった。これからアフリカに説明しようとしていたとおり、正式に軍に入隊して首尾よく党への賛同者を募ることができれば、未来の革命に向けた大きな貢献となるだろうと思いついたのも、金モールの輝きに見とれていた時のことだった。

ラモンがカフェへ入っていくと、彼女の姿が見えず、トイレに行ったのだろうと思ってカウンターに肘を突き、本来なら酒の一杯でも飲みたいところを、ぐっとこらえてカモミール・ティーを注文した。カフェの主人は、ラモンにもはっきりわかる賞賛の目で彼の軍服姿を見つめ、飲み物を出した。アフリカがトイレから戻ってくると、彼は立ち上がって堂々と胸を張った。彼女は批判の目でその姿を一瞥し、一言で相手を打ちのめした。

「なんでわざわざ変装して来るの？　人目を引きたいの？」

世界が崩れ落ちていくように感じたラモンは、なんとか口を開き、軍という反動の巣窟に潜入して革命のために尽くすという案をたどたどしく説明した。一人で決められることではないから党の上層部に訊いてみる必要がある、アフリカはそう答えただけだった。党員は委員会の決定に従い、規律と……　それは彼も十分承知しており、だからこそこうして相談していたのだった。

「悪くないアイデアかもね」慰めのつもりなのか、彼女は言ったが、悪びれる様子もなく、会合があるからもう行くとだけ付け加えた。

ラモンはコニャックを注文し、飲みながら泣きたくなってきた。アフリカが戻ってくるわけはないし、酒ぐらい飲んでもいいだろう。弱虫め、自分に向かってこう言いながらラモンは杯を飲み干して店を後にし、その瞬間、自尊心を傷つけられた彼を一心に見つめる娘の視線とぶつかった。

数カ月後、義務の徴兵から軍への正式な入隊を希望した彼は、政治的信条に問題があるという理由で入隊を拒否され、革命の未来を担う重要人物として立派に使命を果たすという夢を打ち砕かれることになった。いつか軍隊に恨みを晴らしてやると思ったのはこの時だった。


改革主義は復古へと繋がる、他はすべて捨ててプロレタリアを擁護する共産党政権だけが、憎悪と不平等に病んだこの国に必要な抜本的変革を実現することができる、常日頃から演説口調でアフリカはこう繰り返していた。同じ年の末、総選挙に勝利した保守派が、共和政時代に行われた政治改革を巧みに骨抜きにし、社会福祉制度の廃止、さらには、土地をもとの封建地主に返すばかりか、国全体を永遠の中世に繋ぎ止める反農地改革に着手する事態を目の当たりにして、ラモンはこの見解の正しさを思い知ることになった。

一九三四年一〇月、忌まわしきスペイン自治右派連合CEDAの布告する法に対して最初に反旗を翻したのは、アストゥリアスの鉱山労働者とカタルーニャ独立派であり、まずゼネストを宣言した後、武装蜂起に突入した。鉱山労働者の要求は革命、カタルーニャ独立派の要求は自治権だった。バルセロナにおける事態の進展次第では武装蜂起も辞さずという姿勢を見せた党は、青年団にも準備を進めるよう指示を出した。だが、カタルーニャ独立派の計画は瞬く間に潰され、党が虎視眈々と待ち構えていた大衆蜂起には至らなかった。他方、アストゥリアス鉱山労働者の反乱は勢力を強め、共産党と歩調を合わせる青年団もこれを支援した。生ぬるいカタルーニャ独立派の指導者たちに失望したアフリカとラモンは、アストゥリアスへの派遣を求め、煮えたぎる熱気に後押しされて一気に通貨・私有財産の廃止とプロレタリア軍の創設を実現した同志たちに合流しようと意気込んだ。すでに反動勢力の包囲網は狭まりつつあり、青年たちに対して党は、バルセロナにとどまって反乱軍の必要とする武器の調達に励むよう指示した。行動へ逸るラモンは、時間稼ぎとしか思えないそんな戦術を会合の場で批判したが、先行き不透明な歴史的局面において党の打ち出す指針を理解しようとしない彼をなじったのは、ほかならぬアフリカだった。党は常に正しい判断を下す、彼女は諭し、わからなければわからないでいいが、とにかく指示には従うべきだ、と言って議論を打ち切った。

鉱山労働者は激しい弾圧に遭い、スペイン版十月革命は完膚なきまでに叩き潰された。最終的に、死者は約一四〇〇名、逮捕者は三万人にのぼり、これを見てラモンは、階級闘争に慈悲心の入り込む余地はないことを思い知った。そして、いつか彼らの出番がやってくる、少なくとも教義ではそう言われている、そう自分に言い聞かせた。

アストゥリアスの敗北以後、共産党員はブラックリストに入れられ、執拗な迫害を受けることになった。アストゥリアスの反乱に加担したかどで、あるいは単に党員であるというだけで、多くの者が投獄され、歴史の弁証法に長けたアフリカが革命前のロシアを引き合いに出して述べたとおり、投獄を逃れた者たちは、カタコンベに身を隠して活動を続けながら、体制転覆の機会（「革命的状況」と呼ばれた）を窺うよりほかなかった。

青年団指導部が市内の下町や工場に秘密結社を作るよう指令を受けたのは、この時期だった。アフリカはグラシアへ入り、ラモンはラバルとバルセロネタで任務をこなしながら読み書きの教室まで運営した。政治活動を効率的に進めるとともに、未来の闘争へ向けてメンバーを鍛える目的で、ラモンはジャウメ・グラエルスやジョアン・ブルファウその他の同志とともに、芸術・娯楽サークルを騙《かた》る秘密結社を立ち上げ、なるべく怪しまれない名称がいいということで、「ミゲル・デ・セルバンテス」という名を付けた。ギフレ通りの端にあるホアキン・コスタが集会場となり、彼らは毎週二回か三回、夜このバーに足を運んだ。そこへよく顔を出したアフリカは、持ち前の扇動家としての才覚をいかんなく発揮し、熱弁に打たれたラモンは、搾取する者もされる者もいない人間社会の未来に捧げる彼女の情熱と信念にますます惚れ込んでいった。数カ月はすべてが目論見どおり運んでいたものの、過信がたたってある日警察に踏み込まれ、共和国転覆の謀議、秩序の攪乱、無神論的共産主義独裁国家の建設計画といった嫌疑で、計一七人が拘束された（アフリカは、男でも越えられそうにない柵を飛び越えて難を逃れた）。

この時点のラモンはまだ、民主主義的共和国の真似事が単なる偽装にすぎず、この体制の転覆こそ喫緊の課題であるという確信にまだ至っていなかったかもしれないが、バレンシアの監獄で過ごした八カ月のうちに、彼の決意は完全に固まった。実際に秩序の転覆を画策していた以上、彼らにかけられた嫌疑が間違っていたわけではない。だが、政府側の触れ込みどおり、一九三一年以来本当にこの共和国が民主主義体制下に置かれているというのならば、そうした選択肢も合法でなければおかしかった。

スペイン中の監獄が囚人で溢れ、しかもひどいことに、一般犯罪者も政治犯も一緒くたにされていたが、そこにあまりに大勢の共産党員が混ざっていたせいで、通路は完全にフォーラムと化し、党の指針、ドイツとイタリアにおけるファシズム台頭の危機、ソ連経済の成功、階級闘争の原理などについて大っぴらに議論が交わされることになった。なんと、刑務所にまでモスクワ発の指令が届き、左翼勢力（日和見主義のトロツキー派は除く）と手を結んで権力闘争に乗り出すべしという方針が周知されると、ラモンは急激すぎる方針転換に疑問を挟むこともなくこれを受け入れた。実のところ、彼が監獄で受けた最も重い罰は、八カ月間アフリカがまったく面会に現れず、気休めとなる手紙の一通すら書いてよこさなかったことだった。

一九三六年二月の総選挙で、社会党、共産党、アナーキストの新連合が勝利して左翼が政権を奪還すると、党の活動家や一九三四年の反乱に関わった者たちは即座に一斉釈放された。八カ月の収監を経て戻ってきたラモンは、すでに血気逸るだけのロマン主義的青年ではなく、信念に支えられた党員となっており、自由とプロレタリア独裁への道を妨げるものすべてに断固反対する決意に漲っていた。これからは人生のすべてをその目的に捧げよう、そう彼は思っていた。たとえその代償がどれほど高くとも。

刑務所暮らしを共にした多くの仲間と同じく、ラモンはバレンシアから直接マドリードへ赴き、人民戦線各会派が選挙の勝利と新政権の発足を祝って組織した行進に加わった。首都は祝祭と緊張の空気に包まれており、内戦勃発までこの雰囲気は続いた。釈放者を乗せたトラックに向けて歩道からワインの皮袋が投げられ、自由万歳、くたばれ君主制、くたばれブルジョア、地主、教会、などの掛け声が乱れ飛んだ。革命の気配があちこちに感じられた。

集会でラモンは総書記ホセ・ディアスの演説に耳を傾け、その後、芝居じみた激情に囚われた女、紛れもなく、他の誰でもありえない女闘士、《情熱の花《パシオナリア》》の名で世に知られたドローレス・イバルリの姿を初めて目にした。さらに、戦闘的集団の真っただ中にあって、彼の首に懐かしい腕が絡みつき、そこから、獄中以来ずっと夢に見ていたスミレの香りが漂ってくると、ラモンの歓喜は最高潮に達した。世界革命を除けば、自分のすべてを捧げる覚悟でいた唯一の対象、その女性から発された声を彼は全身の細胞一つひとつで受け止め、じっくり味わったが、その姿を見た瞬間、この世に奇跡があるとすれば、それはほかならぬアフリカだと思い知った。八カ月の間に彼女は見違えるほど美しくなり、まるですべてを変える魔法のマントを頭から被ってそのご利益にあやかりでもしたように、堂々たる容姿を見せつけていた。数分後、歌とワインに興奮した人混みから二人が逃れたところでラモンは、それまでまったく知らなかった衝撃の事態が彼女の身を脅かしていたことを知らされた。ひと月半ほど前、アフリカは女の子を産んでいたのだ。ラモンの子だった。

ラモン・メルカデールはその後何度もこの話について考えることになるが、激動に満ちた彼の生涯を通じても、この知らせほど大きな、そして教訓に富む衝撃は滅多に経験することがなかった。アフリカによれば、刑務所へ面会に行くこともなく、妊娠の事実を伝えることもなかったのは、革命家に無用な感情で彼を惑わせたくなかったからだった。それに、医者の見解ではもう中絶は危険すぎるという段階で妊娠に気づいて以来、彼女は頑なに一人でその事実と向き合うことを望み、生まれてくる子供を気にかけることもなく、革命闘争という人生最大の目的を追い続ける決意を新たにしていた。出産の日が近づくと、彼女は両親の住むマラガへ赴き、生まれた娘にレニナ・デ・ラス・エラスという名をつけてそのまま両親に託した後、党の指示どおり、人民戦線の勝利に向けてバルセロナで選挙戦に協力した。娘を手放す決意は今後も決して翻ることはないが、事実を話しておくのが誠実を旨とする人間の務めだろう。

ラモンの頭で様々な熱い思いが交錯した。父になったことも驚きだが、あくまで理想に忠実なアフリカの決意も驚きだった。簡単に消化できるはずもない想定外の事態だったが、意外にも、愛する女、一刀両断の振る舞いで自らの政治的度量の大きさを示して見せた女に対して、純粋に感謝の気持ちが込み上げてきた。とはいえ、心の奥底では、自分の娘がどんな顔をしているか見てみたい、手元に置いて育てていればどうなっていただろう、そんなことを思う好奇心を抑えきれなかった。アフリカも同じだろうか？　やがて闘争に身を投じればそんな気紛れもすぐに消えてしまうことがわかっていたラモンは、アフリカとともにどうやら行くあてもなくカジャオ広場を横切りながら、決意新たに自分に言い聞かせた。アフリカの言うとおり、家族は革命家の足枷にしかならない。

グラン・ビアでアフリカがカフェのドアを開けたので中へ入ってみると、通りが明るかったせいでラモンには内装がよく見えなかったが、マドリードによくある、黒っぽい木材で壁を覆った古いカフェ・バーらしかった。アフリカは、店内の照明に導かれるようにして、いつもながらためらうこともなくテーブルと椅子の間をすり抜けて店の奥へ向かった。椅子の背もたれを支えにしながら彼女の後を追っていくと、髪を見るかぎり女性と思われるシルエットが店の奥に浮かびあがり、やがてラモンには、それがかなり背の高く体の頑丈な女性だとわかった。シルエットは彼のほうへ近寄り、まだ誰かわからないうちに、不意に口元にキスされて、息に強く残るジンの辛い香りを乗り越えるようにして紛れもないアニスの味が伝わってくると、全身に震えが走った。

7

午後の太陽から海上に放たれた光の筋に沿って、舵を軽く動かすだけで小舟を進めていく若き漁師ハラランボスの鮮やかな手さばきは、この同じ海で父から学んだ賜物であり、父は祖父から、祖父は曾祖父から、遡ればアレキサンダー大王の軍隊がマケドニア王の怒りと栄光を振りかざしていた時代に起源があるのかもしれない様々な知恵を同じように受け継いできたのだろう。ハラランボスの巧みな舵取りを見ていると、何度となくレフ・ダヴィドヴィチは、そろそろ最善の判断を下すべきではないか、すなわち、物心ついてから初めて兜を脱いでもいいのではないか、時代の喧騒を逃れて漁師の血に糧を与える同じ普通の空気を吸ってもいいのではないか、そんな思いに囚われた。

国外追放から四年、政治の中枢を追われて五年、その間続いた落胆、死、革命への裏切り、容赦ない弾圧を数え上げていくと、レフ・ダヴィドヴィチも未来に期待を寄せる理由などほとんど残っていないことを認めざるをえなかった。五二歳にして、かつての世界革命家、主役級闘士、人民の指導者は老境に差し掛かっていた。それまで、こんな世界の果てで家庭らしきものを持つことになろうとは夢にも思ったことがなかった。ましてや、武器を海に投げ捨ててすべて忘れたいと願うことがあろうとは。

今ハラランボスが進むのと同じ方向へ去って行くリョーヴァを見送ってから、はや一年が過ぎていた。父のもとを離れて自分の道を進みたいという息子の決定を受け入れると、レフ・ダヴィドヴィチは不安とも安堵ともつかぬ思いに囚われた。リョーヴァは奨学金を得てベルリン工科大学で数学と物理学の研究を続けられることになり、手続きがスムーズに進むうちに、トルコで身動きの取れなくなった自分に代わって、息子が願ってもない場所で見聞を広げることになるのだとわかって、レフ・ダヴィドヴィチも満足した。

別れの日が近づくにつれ、彼が何度も繰り返し思い起こしたのは、一九一五年、嵐に見舞われたパリの寒い朝、リョーヴァが八歳にして初めて政治的任務を果たした時のことだった。当時一家は、イタリー広場に近いウドリー通りに居を構えており、毎晩彼は『ナーシェ・スローヴォ』に掲載する反戦記事を書いていた。朝、出来上がったばかりの原稿を印刷所に届けるのは、幼いセリョージャの手を引いて学校へ向かうリョーヴァだった。別れが目前に迫ってくると、息子が自分の心のうちでどれほど大きな位置を占めているか改めて痛感させられ、激情に駆られて不当にも《怠け者》や《政治的未熟者》などとなじってしまったことが悔やまれた。二年前セリョージャと別れた時と同じく、この時も、一人前の闘士となったリョーヴァにもう二度と会うことはないのではないかと不吉な予感に囚われたが、立場をひっくり返したほうが現実的だと思い直して不安を振り払った。もし二度と二人が会うことがないとすれば、それはリョーヴァがやって来ないからではなく、四面楚歌で老いを迎えた自分がいなくなっているからにちがいない。

だが、その頃レフ・ダヴィドヴィチの心労となっていたのは、実は息子の出発ではなかった。気力こそまだ充実していたものの、家庭問題の解決には無能な自分が、悪化した結核の治療という理由でソ連政府からようやく出国を認められた長女ジーナを迎えねばならないというので、彼女の到着まで不安でならなかったのだ。

ジーナの母アレクサンドラ・ソコロフスカヤはレニングラードから何度か手紙を宛て、ここ数年のうちに娘がどれほど肉体的・精神的にまいってしまっているか伝えていた。ただでさえ妹ニーナの看病が大変だったのに、合同反対派に与したことで政治的迫害を受けており、夫プラトン・ヴォルコフはシベリア送り、彼女自身は党籍と経済学者の職を奪われた。今回ソ連からの出国が認められたとはいえ、当局は持ち前のさもしさをここでも発揮し、彼女の娘オリガは政治的捕虜として国内に残されることになった。罪のない娘までが不幸を背負う事態に、レフ・ダヴィドヴィチは、数年前ピャタコフに言われたことを改めて思い返した。三代先、四代先までスターリンは陰険な復讐を繰り返すことだろう。

一九三一年一月末の晴れた朝、ジーナは幼いセーヴァを連れて到着した。ナターリヤ、リョーヴァ、ジャンヌ、秘書たち、警備隊、トルコ警察、それにマヤまで、皆総出でレフ・ダヴィドヴィチに続いて船着き場へ繰り出し、二人を迎えた。苦境にありながらも、それぞれが喜びを表に出し、大げさにはしゃぐ痩せた娘と、祖父母や叔父伯母の呼びかけには目もくれずマヤだけに好奇心の目を向ける金髪少年のおかげで、ずいぶん場の雰囲気が和んだ。

健康状態は極めて悪かったが、到着した直後からジーナは、レフ・ダヴィドヴィチを父に、若き日の彼にニコライエフの地下会合でパンフレットを渡していた――生涯で初めて彼が読んだマルクス主義文書だった――疲れを知らぬアレクサンドラ・ソコロフスカヤを母に持つ娘の本領を発揮し始めた。すぐに息が切れ、夜は熱に悩まされたものの、まだ若い娘はすぐに政治活動への参加を求め、能力と情熱のすべてを捧げようとした。娘に必要なのは仕事ではなく療養だとよくわかっていた父は、煩雑ではあるが肉体的にはさほど辛くないはずの書簡整理を任せ、イスタンブールで診察を受けさせるため、ナターリヤを付き添いにつけた。

リョーヴァがベルリンから送ってくる手紙によってレフ・ダヴィドヴィチは、ドイツ共産党に容赦なく迫り来る災厄の真相を次第に正確に摑んでいった。モスクワの政治的無能ぶりに目を覆いたくなることは一度や二度ではなかった。まだ権力を握ってはいなかったが、台頭するナチスはすでに暴力的手段に訴え始めており、親衛隊の数がわずか二カ月で一〇万人から四〇万人に増えている事態を見れば、その危険は誰の目にも明らかだった。状況を見るかぎり、単なる政治的盲目ではなさそうだった。ドイツ共産党の自殺的戦術の根底には、モスクワ本部から公式に伝えられる指令とは別に、何か他の動機があるにちがいない、そう彼は考えて記事にした。

ソ連中枢から発せられた言葉がヒントとなり、彼は一つの答えを直感して警戒を強めた。モスクワでは、靴やパンでさえ贅沢品となるほど飢餓が蔓延し、逮捕状もないまま毎晩何十人もの男女が拘束されてシベリア送りにされているというのに、スターリンは国が社会主義に到達したと宣言したのだ。社会主義だと？　それでレフ・ダヴィドヴィチは直感した。なぜ共産党が怪しげな怠慢を続けているのか、なぜ愚かしい勝利主義にこだわって左派や中道勢力と手を組まないのか、理由はそこにあったのだ。一連の意外な態度の裏側に隠れた本当の理由とは、権力の一極集中を目指すスターリンにとって、フランス帝国主義や日本の軍国主義といった不確かな仮想敵はもはや役に立たず、ヒトラーのような強敵がいて初めて、ナチスの脅威を盾に自分が頂点へ登りつめることができる、そういうことなのだ。レフ・ダヴィドヴィチは背筋の凍る思いだった。レーニンの理念を尊重し、分裂に伴う具体的困難を危惧するあまり、彼は新たな党の創設に一貫して反対を続けてきたが、今明らかになりつつあるスターリンの背信行為を前にして、ドイツにとって、そしてソ連にとってこれがどんな悲劇的結末をもたらしかねないか考えてみると、彼の頭には疑念が渦巻いた。

幸い、幼いセーヴァの存在が彼の虚無感と不安を少しは和らげてくれた。闘争に没頭するあまり息子たちにはあまりかまってやれなかったレフ・ダヴィドヴィチが、うってかわって孫とは親密な関係を築いていった。数少ない自由時間はできるだけ孫と過ごし、毎日午後必ず二人で海まで下りていくことにして、マヤと一緒に駆け回るセーヴァの姿を見つめた。優しいハラランボスの手が空いている時には、船で崖下まで連れて行ってくれることもあった。孫に愛情を注ぐことで政治に病んだ心は安らぎ、時には、あまりの落ち着きを前に、三〇年ぶりにせわしない闘争を離れて隠居した一祖父として暮らしているような自分の姿に驚くことさえあった。セーヴァとマヤの駆けっこ、釣りの技術をめぐるハララン ボスとの会話、マルマラ海への船出、そんな穏やかなイメージは、やがて訪れる受難の時代に数少ない心の支えとなった。

セーヴァと過ごした初めての夏、ある日の夜明け前にレフ・ダヴィドヴィチは、いつも悩まされていた不眠症のおかげで、自分と家族の命を救うことになった。ベッドに寝そべって夜の物音を聞きながら、息子のセルゲイについて考えているうちに、いつもどおり苦悩に満ちた夜は過ぎていった。ちょうどその日の朝、セリョージャから受け取った手紙には、モスクワの暮らしはつつがなく進み、新婚生活も科学の勉強も順調であると記されていた。相変わらず彼は政治を拒絶していたが、父の勘では、そんな状態を長く続けられるはずはなく、いずれ目の前に政治問題を突きつけられるにきまっていた。ナターリヤと話したうえで彼は心を決め、ベルリンで兄と合流するため出国許可を申請するよう早速セリョージャに伝えることにした。そんなことをあれこれ考えているうちに、レフ・ダヴィドヴィチはマヤの様子がおかしいことに気づき、何度もベッドに近寄ってくるばかりか、泣き声まで上げているようなので、不審に思った。そして突如警報音が聞こえ、彼は我に返った。まぎれもない焦げた木の臭いが鼻を突き、咄嗟にナターリヤを起こした後、手術のため母がイスタンブールへ発って以来秘書たちの部屋で寝ていたセーヴァのもとへ駆け寄った。

秘書室代わりに使われていた部屋の外壁から火の手があがっており、即座にレフ・ダヴィドヴィチは、放火魔の標的が書類であることを理解した。眠りから覚めたトルコ人警官たちがバケツで火を消しにかかる間も火は居間のほうへ燃え広がり、セーヴァとマヤをナターリヤに任せた彼は、ボディーガードや、到着したばかりのルドルフ・クレメントと協力して、思い出、それどころか人生そのものとすら言える書類の運び出しにかかった。屋根が崩落を予告する軋みを立て始めるまで、煙に巻かれ、水を浴びながらも、彼らは手稿の束やファイル、本の救出に躍起になった。

夜が明け始めるなか、床一面に散らかった紙と本箱に囲まれて、レフ・ダヴィドヴィチとナターリヤは、震えるマヤの耳を撫でながら、燃え盛る火を眺めていた。必死の消火活動で全焼は免れたものの、朝の光とともに明らかになったとおり、大掛かりな改修を行わないかぎりとても住めるような状態ではなかった。他の者たちが焼け残った家具や服を運び出す間、彼は水に濡れてはいてもまだ読めそうな本を懸命に集めたが、手の施しようのない本も多く、燃え落ちた書類（革命の写真！　彼は一生これを惜しんだ）はもはやどうすることもできなかった。

リョーヴァに代わる秘書役を務めることになっていた若きドイツ人ルドルフ・クレメントは、イスタンブール近郊のカディコイに比較的警備のしやすい家を見つけてきた。一家に加えて、秘書とボディーガードとトルコ人警官（不審火以来四人になった）が住むには小さすぎたが、さらに悪いことに、後に完全な失敗と判明する手術を経て病的活力を回復したジーナが、もっと重い政治的使命をこなしたいと言って騒ぎ始めたせいで、家はもっと窮屈になった。

カディコイの狭い家に押し込められて暮らした数カ月の間にも、奇妙な事件が相次いで起こった。その最初は、ファシストと共産主義者の共謀により、せっかく実現に向けて動き始めていたドイツ行きの可能性が断たれたことだった。予想された事態とはいえ、この挫折は彼に重くのしかかった。またもや過去に自分が行ったことの対価を突きつけられるとともに、ナポレオンもかくやと思われるほどの重苦しい幽閉生活が耐え難く感じられるようになった。自分をトルコに繋ぎ止め、あらゆる直接行動の可能性を閉ざす頑丈な塀に絶望した状態で彼は記している。それほど私は恐れられているのか？

その後、再び不審火があったが、中庭の小屋が焼けただけですんだ。セーヴァが遊んでいたマッチ箱の残骸がボイラーの脇で発見され、警察はこれを事故と断定した。

もっと気がかりで、同時に意味深長と思われた第三の事件はトルコ治安当局高官の来訪であり、会見の場でレフ・ダヴィドヴィチは、彼を標的に襲撃を計画していた亡命ロシア人の一団がトルコ警察に拘束されたことを知った。計画の首謀者はトゥルクル元将軍、内戦で赤軍に敗れた白軍指導者の一人だった。高官によれば、計画は未遂に終わっており、これまでどおり彼は、栄誉あるケマル・パシャ・アタチュルクの庇護のもと、安心して暮らしていればいいという。

高官が帰ると、レフ・ダヴィドヴィチはすぐナターリヤに耳打ちし、この話にはどこか胡散臭いところがあると漏らした。確かに、トルコに集結する亡命ロシア人が彼を狙って暴力に訴える可能性は、これまでもずっと存在していた。だが、すでに二年以上何も起こっていないということは、白系ロシア人勢力は、そもそも彼を当面の標的にしていないか、あるいは、容赦ないケマル・アタチュルクの特別な庇護を受けた人物に危害を加えても自分たちにとって不利益にしかならないと考えているか、いずれかだろう。

だが、この時期最も不快な事態をもたらしたのは情緒不安に陥ったジーナであり、党の活動にもっと積極的に関わりたいと強く願いながらも、躁鬱を繰り返すばかりだった彼女の振る舞いは、家に重苦しい緊張を引き起こした。レフ・ダヴィドヴィチはやんわりと精神カウンセラーに相談するよう何度も勧めたが、ジーナは、内に溜まった垢を吐き出すつもりはないと言って、頑としてこれを撥ねつけた。そんなところに、トルコ人外科医たちの行った手術が、健康なほうの肺を切るという何ともお粗末な失敗だったことが判明すると、彼女の情緒不安定は危機的レベルに達した。ジーナの命を心配し、また、彼女を遠ざけるためもあったのだろうか、レフ・ダヴィドヴィチは即座にリョーヴァと連絡をとり、彼女がベルリンで心身回復に向けて専門家の治療を受けられるようすべてを手配させた。

最初は嫌がったものの、秋の訪れとともにジーナはベルリンへ発ち、安堵とも罪悪感ともつかぬ曖昧な感情を父の胸に残していった。レフ・ダヴィドヴィチは彼女に、少し回復したらリョーヴァとともに党の仕事をしてもいい、セーヴァもベルリンへ送り出す、と約束した。それまでの間はトルコに残ったほうが孫のためにもいいだろうと言いはしたものの、そこに、孫を自分の元に引き留めておきたいという利己心が混ざっていることは自分でもわかっていた。すでにセーヴァは、疲労と悲観主義を癒す香油となっていたのだ。

ジヌーシュカは、ベルリン在住で偶然カディコイに立ち寄っていたトロツキーの協力者、巨漢のセニンことアブラハム・ソボレヴィチュスとともに出発した。二年前からセニンは、弟とともにトロツキー派のドイツ支局員として手腕を発揮していたが、リョーヴァが支持者のまとめ役となって以来、兄弟との関係は緊張の局面に差し掛かっており、レフ・ダヴィドヴィチはこれが、かつての縄張りを息子に荒らされた恨みのせいだろうと思っていた。だが、ドイツ情勢をめぐるスターリン派の無責任な態度を暴くよう指示を出していたにもかかわらず、二人がこれをかなりはっきり拒絶してくると、彼は首を傾げ始めた。百戦錬磨のソボレヴィチュス兄弟が異議を唱えるとなれば、レフ・ダヴィドヴィチも不安な思いに囚われずにはいられない。

ジーナの出発から数日後、モスクワから入ってきた情報によって、彼はこの二年間自分がいかに盲目であったか思い知らされることになった。最も信頼に足る情報筋、それも、リョーヴァと彼以外にその存在を誰も知らない同志で、ＧＰＵ内部に潜伏して危険かつ有用な任務をこなしていたＶＶ《ヴェーヴェー》からの発信である以上、情報に間違いはなかった。報告によれば、トロツキーの身辺でソボレヴィチュス兄弟が行っていたスパイ活動について、ＧＰＵで意見が交わされているという。詳細ははっきりしなかったが、またとないタイミングで入ってきたこの情報により、兄弟の不自然な態度はすべて説明がついた。

レフ・ダヴィドヴィチが二人の正体を公表した途端に兄弟は雲散霧消したが、獅子身中の虫の存在を突きつけられて、彼は事態を憂慮した。あのような男たちを家に泊めていたばかりか、娘の付き添いを任せ、セーヴァと遊ばせ、ナターシャや彼と二人きりで話すことまで許していたとなれば、身の回りの警護がいかに脆弱であるか、そして、スターリンが自分の生活をいかに脅かしているか、火を見るより明らかだった。当面あの墓掘り人は彼の動向を摑むだけで満足しているようだが、それがいつまで続くだろうか？　そして彼は、一件の火事も、トゥルクル元将軍の襲撃未遂も、身に迫りつつある迫害の余興にすぎず、火とも白系ロシア人とも無関係に、破局はいつでも訪れうることを痛感した。いざとなれば、スターリン自ら鍛え上げた刺客が、友人の隠れ蓑を被ってありとあらゆる予防線をくぐり抜け、彼の元までやってくるのだ。だが、ソボレヴィチュス兄弟の一件は、絶対的権力の掌握を目指すスターリンにとってまだ自分の存在が必要だということも意味していた。なぜアルマ・アタのステップ地帯で殺さず国外追放の処分にとどめておいたのか、レフ・ダヴィドヴィチは背筋の凍る思いで今その理由をはっきりと理解した。すなわち、これから先、生きているかぎりずっと反革命の権化とされ、内政改革を求めてもそのイメージに邪魔され、何を言っても真実と正義を求める声の攪乱とされるのだ。レフ・トロツキーに世界の共産主義者の敵という仮面を被せ、これを巧みに利用することで、スターリンはあらゆる弾圧、そして批判者、不満分子の追放を正当化できる。その対極にアドルフ・ヒトラーを置けば、彼のイメージ戦略は完成する。

ブユック・アダの家の修理が終わると、レフ・ダヴィドヴィチは即座にここへ戻りたがった。イスタンブールで過ごした九カ月間、落ち着かない仮住まいのせいで、いつも崖っぷちにいるような気分に囚われ、『ロシア革命史』の執筆は思うようにはかどらなかった。今や彼の頭は、自宅となっていたあの家に戻ればきっと真に重要な作業に専念できる、そんな思いに占められていた。

ハラランボスと近所の住人たちは、波止場で彼の到着を待っていた。籠に魚や牡蠣その他の海産物、ドライフルーツの袋、山羊チーズの包み、さらには、彼らがアンズと呼ぶ菓子の皿を詰め、ロシア・ウクライナ料理の粗野な味とまったく違う地中海のご馳走をたっぷり味わってもらおうと、土鍋いっぱいにポチャとピデの生地、鍋にオリーブオイルを準備して出迎えに来てくれた彼らを前に、トロツキー一家は感謝の思いを噛みしめた。

すぐに彼は仕事のリズムを取り戻し、一日一〇時間、一二時間も『ロシア革命史』の執筆や『ビュルタン』用の原稿に取り組んだ。午後の終わりには、疲労でしばしば目に不快な涙を溜めたままセーヴァに声をかけ、マヤの後に続いて日暮れの海へと下りて行った。ヤノフカのユダヤ人のこと、ベルリンで療養中のジヌーシュカのことなどを孫に話し、辛抱強く頭もいいマヤがいつも協力してくれるおかげで、犬との対話の仕方、その仕草の読み解き方を教えてやることもできた。

そのわずか三週間後、モスクワの放つ警告の標的とされたレフ・ダヴィドヴィチは、敵からの攻撃は止むことを知らず、今後も平和な暮らしなど望むべくもないことを痛感した。知らせを伝えてきたリョーヴァも呆然としていた。一九三二年二月二〇日をもって、レフ・トロツキー及びソ連国外にいるその家族の市民権を剝奪し、以後、憲法に定められた権利と国の庇護を認めない、というのだ。元党員（すでに指導者という呼び方すらされていなかった）の罪状は反革命行為への加担であり、よって彼は「人民の敵」にほかならず、世界初のプロレタリア国家の国籍を有するに値しない。共産党の機関紙『プラウダ』に発表された中央委員会最高会議常任幹部会の布告には、再制定されたばかりの市民権剝奪処分の対象者、同じく人民の敵として、かつてメンシェヴィキの代表格だった約三〇名の亡命者のリストが付されていた。

レーニンとともに彼自ら一九二一年に国外へ追い払ったかつての亡命者と自分を同列に扱う悪意剝き出しの邪《よこしま》な文書を読みながら、レフ・ダヴィドヴィチは、ソヴィエト史上初となるこの処分の意味とその隠れた意図を推し測った。もちろん、スターリンの第一の目論見は、彼を国の後ろ盾のない追放者に仕立てることで、敵方、つまりはソヴィエト国民が自由に彼を始末できる状態にしておくことだろう。だが、その結果として必然的についてくるのは、ソ連内の彼の支持者が、これ以降政治的反対派ではなく外国人工作員の協力者になるという事態であり、そうなれば、愛国心とナショナリズムが過熱する今この時期最も恐ろしい罪、すなわち反逆罪で彼らは訴えられることになる。

彼と家族が崖っぷちに追いやられた今、レフ・ダヴィドヴィチは現実感覚の不足と自信過剰でずっと周りが見えなかった自分を嘆き、クレムリンの塀にへばりついた悪性腫瘍とでも呼ぶべきあのヨシフ・スターリンが目の前で増殖していたのに、何も手を下さなかったことが悔やまれた。人間の心のことならその弱点も要求も何でも知っていると自負していたこの自分、大衆の心を動かす才能を誇っていたこの自分が、あの怪しげな人物から立ち昇る邪気になぜ気づかなかったのだろう？　何年もの間、彼にとってスターリンとはまったく取るに足らぬ人物にすぎず、一九〇七年にロンドンで初めて対面したはずだが、記憶を振り絞ってみても、その時の彼がまったく思い出せない。当時トロツキーといえば、一九〇五年の革命に参加したペテルブルク・ソヴィエトの指導者という劇的オーラを纏い、有能な弁士、記者として、時にレーニンを説き伏せることもあれば、真っ向から反発して「独裁者の卵」、「ロシアのロベスピエール」呼ばわりすることさえあった。寵愛と憎悪を同時に受ける世俗的革命家であった彼が、国外へ逃れてきたばかりの無教養で経験も浅いグルジア人、しかも顔中天然痘の痕だらけの男に見向きもしないのは当然だった。だが、一九一三年にウィーンで知人に引き合わされ――ロシアの革命家ならトロツキーのことは知っているのが当然で、詳しい紹介もなかった――、束の間この田舎者と言葉を交わした時のことは覚えていた。その時のスターリンは、さっと手を差し出しただけで、すぐに腹を空かせた動物のようにティーカップへ戻り、レフ・ダヴィドヴィチの記憶に残ったことといえば、隅に追いやられたような黄色い視線、獲物を待ち構えるトカゲのように瞬きもしない小さな目、そんな些細なことだけだった。この爬虫類の目をした男の危険をなぜ見抜けなかったのだろう？

激動の一九一七年を通じて、スターリンは人目を忍ぶ影のように何度か彼とすれ違ったが、特にその存在を意識することはなかった。その後、このグルジア人について考えてみることはあったものの、男のほうでは長所だと思っているらしい部分に嫌悪感を覚えずにはいなかった。さもしい人柄、無骨な心、プチブル的厚かましさ。マルクス主義のおかげで多くの偏見を捨てることができたものの、体系的にイデオロギーを身に着けることができていない。スターリンが接近を試みると、レフ・ダヴィドヴィチは本能的に後ずさりし、知らぬ間にその距離に怨念が溜まっていった。だが、目算違いを思い知らされたのは、それから数年後のことだった。「スターリンの際立った特徴は」、ある時ブハーリンに言われたことがあった。「第一に怠惰、第二に、自分より優れた者、自分を超える可能性のある者に対する際限ない妬みだ。レーニンの足を引っ張ろうとしたことさえある」

後に思い知らされることになるとおり、レフ・ダヴィドヴィチの犯した最大の失敗は、すでに露骨な権力闘争が始まっていた段階にあって、国籍への愚かしいこだわりをめぐってスターリンを叱責したレーニンの手紙と、あのグルジア人を党執行部から遠ざけよという師の「遺言」に訴えれば勝利は確実だったにもかかわらず、真っ向勝負を避けたことにあった。当時のレフ・ダヴィドヴィチにとってスターリンは取るに足らぬ存在であり、この田舎者を相手に下手な攻撃に打って出たりすれば、レーニンの後継者を目指す野心家の個人的中傷と取られかねず（すでに党内部に入り込んでいたスターリン支持者が情報操作をする可能性があった）、そんな醜聞は割に合わない気がした。だが、少し時が経つと、レーニンの意向や見解を持ち出したところで、今さらこの戦いに勝ち目はないという事実を突きつけられることになった。すでに彼の足元には公然たる陰謀が張り巡らされており、共犯者のジノヴィエフとカーメネフ、さらには卑劣なブハーリンの協力を得て、いつの間にかスターリンは彼を丸裸にしていたばかりか、もはや詰めの一手を待つばかりとなっていたのだ。さらに無残なことに、この敗北は彼の個人的敗北にとどまらず、一つの計画全体の頓挫を意味していた。権力への道を閉ざされたのみならず、スターリンの権力奪取を許してしまったことで、未来の社会へ向けた夢が貪欲なグルジア人の手で握り潰されようとしていたのだ。

レフ・ダヴィドヴィチは、この布告に対してどう返答すべきか、数日かけて考えた。恥も外聞もなく世界中に嘘八百を触れ回る卑劣なプロパガンダの応酬に晒されることは明らかであり、布告の違法性だけを論じて穏やかな声明を出すか、あるいは、正面から独裁者批判に打って出るか、判断がつかなかった。だが、最も彼の頭を悩ませたのは、ソヴィエト国家と党の改革にもはや実現の見込みはなく、闘争の路線を転換すべき時が来ているのではないか、そんな疑念だった。革命の真実を取り戻すべく、新たな党の創設を宣言して一か八かの勝負に出るべき時ではないのか。

布告の反響は私生活にまで届いてくるようになった。打ちのめされたジーナは、ベルリンから絶望のメッセージを送ってきた。レニングラードで人質にされた娘と今後会えるのだろうか？　息子がそばにいてくれれば少しでも心強いから、セーヴァを早く寄こしてほしい……　レフ・ダヴィドヴィチはこの時ほど家族を重荷に感じたことはなかった。

友人を介してモスクワからプリンキポに届いた一通の親書により、レフ・ダヴィドヴィチはかつての祖国が直面する事態の深刻さを改めて確認した。発信者はイヴァン・スミルノフ、固い友情で結ばれたボリシェヴィキの旧友であり、一九二九年の夏に排斥された反対派の一人だった。公的地位が与えられることもあったものの、すぐに思い知らされたとおり、背教者トロツキーとともにスターリンに楯突いたことで、彼も完全に体制からマークされていた。かつての同志が反撃に出ることを見越したスミルノフは、危険を承知で彼に報告を送り、ソ連の政治経済がいかに破綻しているかを伝えながらも、少なくとも当面はいかなる反対派にも勝ち目はないことを強調した。

こうした諦めの根拠としてスミルノフが挙げたのは、一九二九年にスターリンが指揮を執った経済政策の転換が妥当かつ穏健なプロセスを辿っているように見えること、しかも、それまで農民の敵、過剰な工業発展主義者と烙印を押されていた反対派の計画に沿う理念で工業化と耕地の集団化が着実に進んでいることだった。ブハーリン一派が封じ込められ、トロツキー派の残党が降伏したことで、敵のいなくなったスターリンは、富農層への攻撃を過激化させて集団的暴力の域まで高め、ソヴィエト農業を完全に停滞させた。まず大農家、続いて中小農家が、鶏や番犬まで含めた財産没収の危機を前に無言のサボタージュで抵抗を始め、乱痴気騒ぎの様相で次から次へと家畜が屠殺されたせいで、牧草地は骨の腐臭と煮えたぎる油の湯気で溢れかえり、国の家畜の半分が失われた。当然ながら、麦その他の穀物の浪費も始まって、次の収穫に向けて取っておくべき分さえ顧みられることもなく、銃でも突きつけられないかぎり、農民は種蒔きの作業に取り掛かろうとすらしなかった。農業生産の減少を補うため、ウクライナやコーカサスの多くの村から住人がまるごとシベリアの森や鉱山に強制移住させられたことで、事態はいっそう深刻化した。予想されたとおり、一九三〇年には飢餓が国全体に広がり、いつ終息するか見当もつかない。ウクライナではすでに何百万もの餓死者が出たとされ、人肉まで食べているという噂が流れた。膨大な金額のルーブリを積んでも闇市場で買えるのはわずかなジャガイモぐらいで、物々交換でしか取り引きしない者も多かった。社会主義への「襲撃」で失われた犠牲は計り知れず、スミルノフの見解では、向こう五〇年間ソ連の農業は回復しないという。

スミルノフはソ連史の書き換えというもう一つの深刻な事態にも触れており、スターリンが自らの偉大さを引き立てる目的に適わない要素を記憶から抹殺する作業に躍起になっていることを知らせた。数カ月前、マルクス・レーニン主義研究所の所長リャザノフと、最も広く読まれていた『ボリシェヴィキ革命史』の作者ヤロスラフスキーが、レーニンの残した遺産を十分に強調しなかったという理由で公職を解かれた。だが、本当の理由は、リャザノフがマルクス主義理論へのスターリンの貢献を立証できなかったこと、そして、ただでさえ情報操作の多い『ボリシェヴィキ革命史』に描かれる事件が新しすぎて当事者の多くがまだ生きているため、スターリンの栄光が十分に伝わらないことにあった。

スミルノフによれば、スターリンの自己顕示欲はすでに痛ましいほどのレベルに達しており、取り返しのつかない破壊的結末をもたらしつつあるという。大改革の旗印のもと、モスクワを新たな社会主義都市に変えるという計画の前面に立ったスターリンは、クレムリンの建て直しに着手し、城壁内では、一三五八年、一三八九年にそれぞれ建立されたチュードフ修道院とヴォズネセンスキー修道院、そしてエカテリーナ二世の時代に建てられた崇高な小ニコラエフスキー宮殿がすでに取り壊されたという。城壁の外でも嘆かわしい破壊は行われており、モスクワ市内で最も大きな宗教的建造物で、高さ九〇メートル、外壁はフィンランド産御影石とアルタイ産・ポドレ産大理石、銅版で輝くドームと高さ一〇メートルの十字架を備え、四本の塔に計一四の鐘を配した――なかでもひときわ目を引いたのは重さ二四トンの鐘であり、あらゆる物理的法則を撥ね退けて聳えるその姿は、ヨーロッパ中の信者の羨望の的になっていた――救世主ハリストス大聖堂までその対象になった。内部に二万人の富裕市民を集めて一八八三年に落成したこの寺院は、先頃四八年の歴史に幕を閉じ、クレムリンにも赤の広場にも近く、絶好の立地だというので、スターリンはこの地にソヴィエト大宮殿の建設を決めた。スミルノフにとって、これはスターリンが手にした権力の最も雄弁な証しであり、もはや政治のみならず、農業、畜産業、鉱業、歴史、言語（近頃この才能に注目が集まっているという）、さらには建築まで、あらゆる分野の命運がすでに彼の手中にあった。救世主ハリストス大聖堂が破壊された後、スターリンは、これで聖ワシーリー大聖堂に邪魔されることなく赤の広場を眺めることができる、そうひとりごちたという……締めくくりにスミルノフは、労働者の口も一流科学者の口も一様に塞ぐ恐怖政治のもとですべてが進んでおり、恐怖はすでに、怯えた服従を通り越して、人類史上最大の社会変革の主人公たる民衆の無気力と化している、そう記していた。

すでに彼の名は貶められていたが、それでもレフ・ダヴィドヴィチはトルコでの軟禁生活を早く切り上げる必要があると思っていた。事件の核心に少しでも近いところにいれば、最悪の事態を防ぐべく、何がしかの手助けはできるだろうと思って、どこでも、どんな条件でもいいからと、再びビザの申請を始めた彼は、共産主義とファシズムの両陣営からすでに目の敵にされているドイツは無念の思いで諦め、フランスとノルウェーをつつき始めた。かつての同志たちは彼に対する敵意を剝き出しにしており、国家社会主義勢力の危機に対して彼が何か警告を発するたびに、エルンスト・テールマンは呪詛の連打でこれに応え、中道左派勢力の団結を呼びかけるトロツキーに対して、危険思想を吹き込む破綻した老反革命家のレッテルを貼った。

一九三二年秋、ようやく暗闇に光が見えたのは、十月革命一五周年を記念して一連の講演会を催すというので、デンマークの社会民主党派学生団体が彼を招待したいと言ってきた時だった。絶望と紙一重の歓喜にすぎないことはわかっていたが、レフ・ダヴィドヴィチは俄かに勇み立ち、フランスであれノルウェーであれ、あるいはデンマークであれ、少なくとも一時滞在の許可を得てまた政治活動に乗り出すことができるのではないかと期待した。

出発直前の数週間は緊張に満ちていた。いつまで経ってもビザは下りず、滞在に対するデンマーク政府の制限だけが厳しくなっていく一方で、フランス、ドイツ、ベルギーではトロツキー反対デモへの呼びかけが活発化し、もう少し意志の弱い男であれば、悪い予兆にばかりつきまとわれたこんな冒険に乗り出すのはとっくに諦めていたことだろう。

最終的にわずか八日間の滞在という条件でデンマーク政府のビザが下り、一一月一四日、直前に届いたニュース、スターリンの若き妻ナージャ・アリルーエヴァ自殺の衝撃がまだ冷めやらぬなか、トロツキー夫妻はイスタンブールを出発した。ギリシア、イタリア、フランス、ベルギーを通過するのに九日かかったが、その間ずっと敵意に晒され続けたレフ・ダヴィドヴィチは、追放者という過去を背負っただけの男でも、交戦国の首班や陰謀を画策する首謀者以上の激震を起こしうるものだと痛感した。政府や敵対者がこれほど恐れる事態を目の当たりにすると、世間はまだ革命家としての自分に一目置いていることがわかって、逆境の辛さを感じるどころか、勇気づけられる思いがした。

だが、三週間後、ブユック・アダの幽閉への帰路についた彼は、多少なりとも寛容な待遇を見せてくれたのは、往路にポンペイ訪問、復路に一日だけのヴェネツィア滞在を許してくれたムッソリーニのイタリアだけだったことに気づかされた。残りの道中は、彼の命を守るためなのか、はたまた単に行動を縛り付けるためなのか、それも定かではない警官隊の列に沿って移動するだけで、コペンハーゲンで過ごした期間は、モスクワから外交ルートで届く抗議と、デンマーク人王女の息子だった最後のツァーリを殺した男の裁きを求めるノーゲ王子の狭間で、緊張の連続だった。

とはいえ、大衆の扇動をこよなく愛していた彼にとって、会場を埋め尽くす二〇〇〇人以上の聴衆を前にロシア革命を語るのは快感であり、自信を取り戻す体験だったことも否定はできない。また、サンクトペテルブルクと同じく薄暗い昼と薄明るい夜の交代する町の寒さは実に懐かしかった。答えは始めからわかっていたが、診断書を添えて健康状態を説明し、特別な治療が必要だと訴えてみたのもそのせいだった。申請がデンマーク当局に受理すらされなかったことを知ったレフ・ダヴィドヴィチは、友人たちの忠誠心が往々にしてあてにならないのに対し、いかなる党派であれ、敵対者の意志ほど堅固なものはないことを思い知った。

原稿と本の待つ幽閉の島へ戻ると、孫のセーヴァを見ても愛犬マヤを見ても、かつてのような帰宅の喜びは微塵も感じられず、終わりのない疎外の空気だけが鼻を突いた。波止場には、この数日間あちこちでずっと見続けてきた歓声も罵倒も、警官隊も震える役人の姿もなく、よく食事を共にする仲のいい漁師やトルコ人警官が出迎えてくれるだけだった。プリンキポでも彼の到着が物議を醸す事態にならなかったことを見れば、トロツキーの名前がヨーロッパで騒ぎを起こすのは、実は彼の持つ潜在能力によるわけではなく、敵対者がことあるごとに突きつけてくる反応、敵意、断罪、拒絶のせいだったのだ。もはや国全体の大義にまでなったスターリンの憎念によって、これまで決して一個人には向けられたことのないほど強力な迫害組織がすでにできあがっていたのだ。いや、それどころか、トロツキー迫害が、モスクワに統制された共産主義の普遍的戦略になり、数多の報道機関の指針にさえなっていたのだ。今や、プライドのかけらをぐっと飲み込んで直視せねばならないのは、クレムリンがまだ彼の存在意義を認めているうちは、揺るぎない沈黙のうちに生きることを強いられ、彼の無用が宣言された途端、幕が下りて笑劇は終わる、この事実だった。その時初めて彼は、自分の人生を悲劇、運命の変わる余地を残さぬギリシア風古典悲劇に準《なぞら》えて考えてみた。

一九三三年の年明けとともに、圧倒的な落胆の波が押し寄せてきた。ジーナは、一刻も早くセーヴァをベルリンに寄こすよう激しくせつき、コペンハーゲンから戻って間もなく、レフ・ダヴィドヴィチとナターリヤは孫と別れねばならなくなった。フランスではリョーヴァと束の間だけ会うことができたが、そこで聞いた話では、ジヌーシュカの精神状態はぼろぼろであり、息子の世話でもすれば少しは気が晴れるのではないかと医師も言っているということだった。レフ・ダヴィドヴィチとナターリヤも何度か同じことを考えたが、すでに精神を病んだ母のもとへ息子を返すのが心配で先送りにしていたのだ。とはいえ、いつまでもセーヴァを引き留めておくわけにもいかず、ジヌーシュカの執拗な求めに今度ばかりは応じることにした。すっかりなついていたマヤや、ハランボスの息子たちとの別れが辛く、出発の朝セーヴァは涙を流した。それを見ていたナターリヤとレフ・ダヴィドヴィチも、別れと見送りには慣れていたにもかかわらず、心の一部を失ったような感覚に囚われずにはいなかった。

喪失感を振り払うためレフ・ダヴィドヴィチにできることといえば、『ロシア革命史』の草稿に向かって、毎度執拗に繰り返す推敲作業に没頭し、新たな執筆計画――内戦史、マルクスとエンゲルスの略伝、レーニン伝――に向けて、文献に目を通すことだけだった。だが、どこからともなくやってくる不安に苛まれていつも気が散り、想像もしない残酷な出来事に襲われそうな予感にずっとつきまとわれた。

リョーヴァから送られてきた電報の一通目はまさに青天の霹靂《へきれき》だった。ジヌーシュカ、ベルリンのアパートで自殺、セーヴァ消息不明。手に電報を持ったままレフ・ダヴィドヴィチは寝室にこもった。近くにいられないことが、伝えられた情報と同じくらい辛かった。予想された結末といえばそのとおりであり、この数日娘をめぐる悪い予感にずっとつきまとわれていたとはいえ、迫り来る自責の念は耐え難かった。ジヌーシュカの無残すぎる人生、そして三〇歳での早すぎる死が、人民の救済という大義の先頭に立とうとする父の政治的情熱の結果であることは明らかだった。彼が身近にいる者の運命を顧みなかったせいで、歪んだ革命、その復讐の祭壇に彼らが犠牲者として捧げられることになった。そして、セーヴァの身に何か起こったらと考えると、いっそう胸を締めつけられた。それまでは、身内のことを思い煩って苦しむことなどなかったが、これも齢と疲労のせいだろうと彼は思った。

夕暮れ前、リョーヴァの打った二通目の電報を秘書の一人が首都から持ち帰り、ようやくかすかな希望の光が灯った。娘の自殺のことも忘れて何度も文面を読み続けるうちに、やっと一抹の安堵が訪れた。ジヌーシュカが残した遺書に、セーヴァはK夫人なる人物に託すという記述があり、詳細は一切書かれていないものの、リョーヴァと仲間たちが手分けしてベルリン中を探しているという。この希望にすがるように、レフ・ダヴィドヴィチはできるだけ時計を見ないようにして一晩を明かした。妻とともに翌朝始発の船でイスタンブールへ行って、何としてもリョーヴァと電話で話す、彼の心はそう決まっていた。どれほど頭から振り払っても、二人の娘の不幸な人生が何度も記憶に甦り、リョーヴァやセリョージャ、セーヴァも同じ運命を辿るのだという予感を拭い去ることができなかった。すると、今こそ犠牲の連鎖を断ち切るたった一つの劇的手段に訴えるべきではないかという気がしてきた。今ここで自分の命を断てば、無関係な対立の人質となって貪欲な復讐心につけ狙われた彼らを救えるのではないか。ブリュムキンがデリーから持ってきた真珠層の握りの拳銃を何度も見つめた。革命家に戦闘放棄が許されるだろうか？　階級全体の命運より、救済の思想より、息子たちの命が大事だというのか？　みすみすスターリンを喜ばせるような真似をするのか？　答えは明らかだったが、拳銃のイメージがいつになく重く頭にのしかかってきた。

波止場で海から来る寒風に身を震わせながら、彼は近づきつつある始発船を見つめた。この時期、こんな時間に船に乗る者は少なかったが、乗客のなかに協力者ルドルフ・クレメントの姿を見つけた彼は、その顔に慰めの笑顔を感じ取った後、その口から発される知らせを待ち受けた。セーヴァは無事。一瞬神に感謝を捧げそうになったレフ・ダヴィドヴィチは、直後に、歓喜する自分の身勝手を思い知った。同じ日の午後、すでに神経をすっかり打ちのめされていた彼は、足から力が抜けて体が崩れ落ちていくような気分に囚われ、マラリアのぶりかえしとともに床に伏した。

数日後、レニングラードで忍耐の限界に達する暮らしを強いられていたアレクサンドラ・ソコロフスカヤから彼のもとに手紙が届いた。当然ながら、苦痛と怨念に満ちた内容であり、ジヌーシュカを政治闘争の中心から遠ざけて死へ追いやった彼を強く叱責していた。打ちのめされた母親に返答する体力も気力も残っていなかったレフ・ダヴィドヴィチは、自分の過ちを認め、他にも多くの者に罪を押しつけた。ようやく何とか冷静さを取り戻すと、彼はボリシェヴィキ中央委員会宛てに公開書簡をしたためた。トロツキーの家族だという理由だけでジーナを国外へ追放し、娘、母、夫との別離を強制したばかりか、邪《よこしま》な復讐心で彼女を党から除名して職務を解いたことを断罪したうえで、娘の殺害者としてスターリンを糾弾した。無実の人々を巻き込む復讐はさもしく、重罪に値する、とも書いた。だが、痛ましい思いでレフ・ダヴィドヴィチが噛みしめていたとおり、ジヌーシュカの死の責任を負うべきは、スターリンだけではなかったし、また、国中で何百万という農民が餓死し、何十万の男女が強制収容所や島流しも同然の地で先の見えない生活を余儀なくされ、何百万の国民が靴も履けず、ソ連政府がヨーロッパの労働者を貪欲なナチス・ドイツの生贄に捧げようとしている今この時、閉会したばかりの共産党大会で当のスターリンを「革命の天才」、「世界の進歩主義的人民の父」と呼んで誉めそやした党員たちでもなかったのだ。

彼の秘書たちが複写した原稿は、翌日さっそくモスクワへ発送され、ヨーロッパ各地の新聞、政党、政治集団にも送られた。ジーナの死について書き立てることで、ブリュムキンの暗殺によっても、彼自身の追放によっても引き起こすことのできなかった激震を世界中に走らせようと、レフ・ダヴィドヴィチは意気込んでいた……。

だが、またしても歴史は彼の耳元で大声を上げ、恐ろしい事件の反響が彼の希望を葬り去った。彼の書簡がプリンキポから発送されようとしていたまさにその時、ヒトラー、ドイツ首相に就任、国に溢れかえるファシズム旗に何百万のドイツ人が歓喜、というニュースがヨーロッパと世界を恐怖の波に包んだのだ。もはやベルリンはヒトラーの町であり、そこに共産党を除名されて自殺した若き女性革命家の入り込む余地はなかった。

8

到着してすぐラモンは、バルセロナの街が老化しているような印象を受けた。

市へ戻れという指令が人民軍参謀本部からグアダラーマ山脈の野営地に届いたのは、カリダッドが訪ねて来た一週間後のことだった。心には疑念が渦巻き、気恥ずかしい思いを禁じ得ぬままラモンは仲間たちと別れ、泥だらけの軍服姿で負傷者送還用の軍用車に乗り込んだ。「奴らを通すな！」塹壕の同志たちにこう声をかけると、同じ言葉が返ってきた。「奴らを通すな！」このスローガンを発するのがこれで最後になろうとは、その時のラモン・メルカデールには知る由もなかった。

六カ月前、フランコによる軍最初のマドリード攻撃で総崩れになった民兵隊の残党とともにバルセロナへ帰還した際には、街は政治的熱狂の真っただ中にあり、創設されたばかりの人民軍に加わる新部隊をわずか数日で再編成することができた。生き残った仲間たちや、社会党青年団鉄柱隊に属する若者たちも、彼に続き大挙して合流し、決戦の地と目されたマドリード戦線へ乗り込もうと喜び勇んだ。勝利への信念が酸素のように街に溢れていたのだ。

ラモンにとって、内戦開始直後の数日間、アナーキズムと共産主義とサンディカリスムの夢に酔って歓喜するバルセロナの魂を集約していたのはランブラス大通りだった。戦争と死の邪悪な風が体にまとわりついてくるとはあったものの、労働者用のオーバーオールを着た何百という人々が、誕生間もない様々な部隊のバッジを見せつけるように通りを闊歩し、ほとんどすべての建物が、拡声器からけたたましい革命行進曲を撒き散らすだけでは飽き足らず、政権政党のスローガンまで旗に掲げていた。共和国の労働者、軍人、兵隊、民兵であることが一種のステータスとなり、それまで何十年にもわたって街の景観を飾ってきた富裕層――彼の家族も属している――は、拳を掲げて挨拶を交わす人々の狂乱に飲まれて地上から消えてしまったようだった。スローガンが飛び交い、多くの人々がようやく意識し始めた人間の尊厳を守るためなら、命を投げ出しても惜しくないと覚悟を決めた。

迫り来る悲劇の恐ろしさを誰もよく理解していないようだったが、ラモンはこの狂気の雰囲気にどっぷりと浸かり、歴史の車輪を押し進めようと意気込んだ。数週間後、内戦の危機的瞬間に差し掛かっていたところで、ソ連が共和国への軍事支援を決定したという救いのニュースが舞い込み、史上最高の夏を満喫していたアナーキストの荒波を前に小さくなっていた共産党と党員はこれで一気に活気づいた。

アフリカやジョアン・ブルファウ、そして統一青年同盟指導部の仲間たちとともにラモンは、盛り上がりを続ける革命熱をさらにあおり、迅速に、そして大規模に若者の徴兵に乗り出した。「ジャウメ・グラエルス大隊」(哀れなジャウメはマドリード防衛線で命を落とした最初の隊員だった)は新たな任務を与えられ、反乱軍に包囲されていたマドリードから数キロ離れた目的地へ向かって出発することになった。戦闘開始直後に右手甲に負った銃弾の傷を誇らしげに見せつけていたラモンは、すでに古参兵の域に入っており、大隊が第五連隊と合流するまで指揮を執ることが決まると、その後数日間、自分の地位を誇示するようにバルセロナの市街を闊歩して戦争熱に酔いしれた。

一九三六年一〇月、再び前線に戻る前にバルセロナで過ごした二週間にラモンはアフリカからいろいろ話を聞き、戦闘的熱狂に包まれた雰囲気の下で進行しつつある怪しげな政治的動向について知らされた。アフリカによれば、共和国軍が直面する最大の危険は、内戦開始以来悪化の一途を辿る派閥争いだという。カタルーニャ独立主義やアナーキスト系、社会党系サンディカリスト、マルクス主義統一労働者党（POUM）――そのトップにいたのは、目の上のタンコブとも言うべき頑固者アンドレウ・ニン（カタルーニャ地方政府ジェネラリターのメンバーでもあった）だった――がすでに共産党の方針に反対しており、革命を目指す戦争か、革命とは関係なく勝利を目指す戦争か、現時点で最もデリケートなこの問題をすでに議論の俎上に載せている。ソヴィエトの軍事顧問やコミンテルン指導部がスペインに来る前から、共産党は無謬なるモスクワの方針をよく理解しており、常に立場を明確にしてきた。左翼勢力にとっての至上命題は団結して勝利を目指すことであり、迅速かつ大規模に反乱軍への援助を開始したファシズム勢力の台頭をなんとしても抑えつけねばならない。社会革命に着手するためには、まず共和国の勝利を確定させねばならず、今いたずらに革命などと口走ったりすれば、ファシズムとの戦いにおいて本来味方であるはずの共和派に警戒感を抱かせることになり、脆弱な民主主義体制を危機に晒しかねない。ヨーロッパ革命というトロツキーの思想にかぶれたPOUMの党員や、無政府主義の理念にこだわるアナーキスト（すでに反乱軍と同じくらい身勝手な犯罪的行為を繰り返している）は、当初からこの方針に異議を唱え、戦争とともに、ブルジョア体制を覆す革命に着手すべきだと主張している。アフリカによれば、こうした立場の違いが厄介な揉め事の引き金となることは間違いなく、前線においてのみならず、後方においても共産党の果たすべき役割は重要であり、ソ連軍事顧問団に要請された指針が守られるよう、目を光らせねばならない。すでに彼らは、アナーキストやトロツキストが独自の理念を貫いて同盟を破る事態になれば支援を撤回する、と言っている。

「あの修正主義者たちは革命遊びに酔っているのよ」アフリカは言った。「あのままほっておいたら、私たちは孤立して、戦争には勝てない。額に押されたトロツキーの刻印を力ずくでも消し去ってしまわないと。ソ連の支援がなければこの戦争には勝てない。戦争に勝てずに、どうやって革命なんか起こすというのよ……一九三四年の事件を忘れたのかしら」

バルセロナ近郊の貧民街や集落を回る豪華なイスパノ・スイザの車内でアフリカはラモンに説明を続け、トロツキストとアナーキストがこの国に引き起こしつつある混乱を暴き立てた。ひとたびフンブッス大通りや街の中心部を出れば、そこに広がっているのは見るも無残な光景であり、愚かしいバリケードで封鎖された通り、操業を停止した工場、土台から略奪にあった建物、焼け落ちて廃墟となった教会や修道院が果てしなく続いていた。アフリカは、アナーキストの行う処刑や、恐怖で自分の意見も言えなくなった労働者にも触れた。中産階級や多くの事業主が財産を没収され、意欲に溢れるサンディカリストが軍需産業を起こそうと迷走しているという。商店も市場も物不足に喘いでいた。確かに人々は意気軒昂だったが、空腹は深刻で、何時間も並ばねばパンにありつくこともできず、それも、中央政府や地方政府の目が届かないのをいいことに我が物顔でのさばるアナーキストやサンディカリストの配る引換券があればの話だった。アナーキストたちは、平等の時代がやってきたというだけで、何世紀にもわたって虐げられてきた大衆の支持を得るには十分だと主張していたが、熱狂や勝利への信念がいつまで続くか、アフリカは疑問に思っていた。

「この共和国は売春宿そのものよ、よく覚えておきなさい」

あれからわずか数カ月後、兄のパブロや盟友ジャウメのみならず、日々若者が倒れる戦場の血の臭いと咆哮から戻ってみると、ラモンの眼前に広がっていたのは、物不足に打ちのめされて意気消沈、疲労困憊した街であり、人々は戦争と革命の夢で途切れた日常生活に一刻も早く戻りたがっていた。降伏という屈辱を甘んじて受け入れてでもごく普通の暮らしをしたい、そんな印象だった。数日前、イタリア陸空軍の支援を受けた反乱軍歩兵隊・海兵隊がマラガに総攻撃を仕掛け、街から逃れた市民が虐殺にあったという衝撃のニュースが入ってきたことで、人々の信念はぐらついていた。多くの建物からも、そして、占拠された教会やバルセロナ市街を走るバスからも、相変わらずスローガンが掲げられていたが、今や統一と勝利を求めるどころか、少し前まで同盟者、同胞とすらされていた者たちに向けて、宿敵を倒せと怒号が発せられていた。数週間前までこそこそ隠れていたブルジョアが再び穴倉から這い出し、まだ品薄のランブラス大通りのカフェで、労働者のオーバーオールに紛れて毛皮のコートをひけらかした。他方、まだ生き残っていた酒場では、アナーキストの民兵が物憂げに酒を飲み散らし、臭いパイプをふかしながらドミノに耽るかと思えば、数週間前にプロレタリアに改宗させた売春婦を相手にじゃれ合うこともあった。数カ月前の熱気は静まり、同じバーで同じ男たちの手で横断幕に書かれた威勢のいいスローガン――「ダンスは売春宿の前段階、飲み屋は志気を挫く、酒場は魂を汚す、閉店せよ!」――の文字と同じく、すっかり色褪せていた。

　占拠されたビジョタ侯爵邸――彼の親族だった――へ向かう道すがら、ラモンは山と火薬の臭いを漂わせた体を意識し、初心を忘れぬ自分を誇りに思いながら、どんな新たな運命が待ち受けているかと気持ちを高ぶらせた。バルセロナの雰囲気がなぜこうも変わってしまったのか、その根本的な理由はまだよくわからなかったが、その時すでに感じられたのは、揺らいだ信念を支え、瀕死の状態で喘ぐ共和国が今まさに必要とする規律――それまでは規律に欠けていた――を植えつけるためとあらば、時に過激と紙一重の具体的行動に打って出ねばならない、ということだった。

　ボナノーバへ上っていく路面電車のなかでラモンは、裕福な貴族だったビジョタ侯爵の館にかつてよく両親と訪れ、祝宴の間、そこで飼われていた気品ある犬と何時間も遊んでいたことを思い出した。今振り返ると遠い時代のように思われ、過去の軽薄な日々と現在を満たす濃密な時の間で、何十年、いや、いくつもの人生が自分の体を通り抜けていったような、少年時代からまだ残っているものといえば名前と記憶の断片しかないような、そんな感覚に囚われた。屋敷の高い格子柵から下がるダンボールが、カリダッドの率いる反ファシスト女性団本部の所在を示していた。確かに建物はかつての栄華を偲ばせたが、雑草だらけの庭には車の残骸と痩せこけた犬の姿があり、ラモンは思わず目を背けた。人に止められることもなくラモンは庭と玄関ホールを横切り、泥と油で汚れたイタリア産大理石の床に立って見上げると、かつて侯爵家がスルバランの暗い静物画を飾っていた――彼ははっきり覚えていた――まさにその場所、一番目立つ位置に、逞しく輝くスターリンの大きな肖像写真が掛けられていた。カリダッド同志が裏庭にいることを伝えられると、勝手知ったるラモンは書斎から庭へ抜け、イトスギの下に置かれた小テーブルを囲んで談笑するカリダッドと赤ら顔で体格のいいコトフの姿を認めた。

母に紹介されてラモンがコトフと知り合ったのは、軍事顧問の一団とコミンテルンの使者がバルセロナに着いた直後のことだった。ラモンがマドリードへ、カリダッドがアルバセテへ、それぞれ発つ前に、二人は何度かコトフと接触し、秘密工作を専門とするこの男の驚くべき分析能力にラモンは圧倒された。透明で鋭い目をしており、左足が軽くびっこを引いていたが、見た目にはわからないこともあった。もっと後、マドリード陥落が目前に迫る頃には、モスクワから送られてきたこの男の白殺行為をめぐる噂話がラモンの耳にも届き、それによれば彼は、軍事顧問が戦闘行為に直接参加することを禁じるモスクワの指令に逆らって、最初のソ連軍戦車部隊とともに、民兵や国際義勇兵を率いて戦場へ乗り出すことが何度もあったという。五〇〇ページの本を一日で読み、プーシキンの詩の大半を丸暗記しているばかりか、広東語も含め八カ国語を話すというこのソ連人に、母はすっかり心酔していた。

まるでその日の朝にも会ったかのような仕草でカリダッドは息子に椅子をすすめた。コトフは感情を露わにして、熊のような抱擁でラモンを迎え入れ、ウォッカをすすめたが、ラモンは断った。ソ連人には三月の寒さぐらい何でもないらしく、粗末なウールのシャツ一枚と首に色鮮やかなスカーフを巻いけただけで平然としていたが、カリダッドは毛布で体を覆い、顔は皺だらけだった。

「マドリードの様子はどうだ?」コトフは訊ね、ラモンは、首都から三〇キロ離れた塹壕で知り得たことや、果てしない首都攻防戦の状況をめぐって流れる憶測を話した後、ハラマの戦闘と同じく、グアダラハラから始まった攻撃もファシスト軍を打ちのめすことになるだろう、そう自信を込めて言った。

「それは当然だ」先の見えない戦争の行く末すら見透かせるとでもいうようにコトフは断言し、テーブルからカリダッドの煙草を一本手に取った。煙を吸い込まぬよう彼は煙草をふかした。「だが、このバルセロナの戦いはもっと厄介だ」そう付け加えた後、出し抜けにラモンに向かってバルセロナの緊迫した政治情勢を概括してみせた。ジェネラリター政府はようやく有名無実な顧問たちの寄り合い所帯の状態を脱しようとしている。内戦の行方を左右するのは、マドリードの戦況より、むしろここバルセロナの動向だ。

コトフの話を聞いているうちにラモンは、数日前カリダッドにされた質問を振り返り、この戦争にはもっと重要な戦線が他にあるかもしれないと繰り返し彼女が論じていたことを思い出した。コトフによれば、コンパニス代表はカタルーニャにおける規律の回復に賛成であり、すでに武器の没収に乗り出したばかりか、バルセロナの実権を握るアナーキストとサンディカリストのパトロール部隊に武装解除を命じている。党としては、共和派、似非共和派の様々な党派的動きを解消することこそ喫緊の課題であり、だからこそコンパニスを支援する必要がある。問題は、戦略的に無能で共産党を毛嫌いする社会党のラルゴ・カバジェロ率いる暫定政権の反対で、党の路線が常に妨害されることだ。コトフの説明により、党の精鋭部隊が緊急事態への対応にあたることを知らされると、ラモンにも全体像がはっきり見えてきた。第一の課題は、規律を乱して戦意を挫く邪魔者を取り払い、共和派勢力の統一に向けて全力を集中することだ。そのために必要なあらゆる手段が講じられるべきであり、攻撃的なプロパガンダに訴えてもいいだろうし、ラルゴ・カバジェロを失脚させてもっと適任のまとめ役を共和派のトップに据えられるよう政権転覆を画策してもいい。

いかなる種類の使命を果たすために呼び戻されたか、ようやくわかり始めてきたラモンは、コトフの説明に聞き入り、ラルゴ・カバジェロに絶対服従を誓う指揮官を一掃すべく、一刻も早く共和国軍内部の掃討作戦に着手する必要があることを理解した。司令部の粛清を行って、もっと有能な指導者を据えよ、これがスターリン同志直々の指示だ。マラガの悲劇を引き起こしたのは、愚か者どころか、裏切り者、邪魔者たちだ。今求められているのは、強情な反対派を追い払うと同時に、共和派の軍部と政治機関双方の内部において共産党の指導的地位を確立することだ。そうなって初めて団結は可能となり、勝利の希望が見えてくる。

「プロレタリア、そして全世界の未来がこの戦争にかかっていると言っても過言ではなく、気を引き締めてかからねばならない。ラルゴと社会党のクソどもは、ソ連反対、共産党反対、軍事顧問団反対などとさもしい騒ぎを起こしている。メキシコが共和国への全面支援を約束しているという話題が近頃頻繁に持ち出されるが、これが偶然だとでも思うか？　我々が武器の代金としてスペインの埋蔵金をモスクワへ持ち出した、などと言い出す者まで現れる始末だ。誰も売ってくれない武器を我々がスペインに売り、ファシストの手に落ちそうになっていたなけなしの金を守ってやったおかげで、なんとか共和国は崩壊を免れたというのに……　一目瞭然だろう。社会党とトロツキストが裏で手を組んで、ソ連を貶めようとしているのだ。政府がイギリスと密約を結んで我々を追い払おうとしているフシさえある。共和国が負けたとなれば、我々は悲しんで元来たところへ帰るまでだ。だが、君たちはどうなる？　贖罪の羊となって、血で代償を払わねばならない。ヒトラーとムッソリーニに支持されたフランコは最後まで容赦ないぞ……」

話を聞いて怒りを覚えたラモンがカリダッドのほうへ視線を向けると、母は煙草に火を点けて二、三度ふかし、すぐに遠くへ投げ捨てた。

「調子が悪いのよ。扁桃腺が腫れているの」母は言って、テーブルの上に俯《うつむ》いた。「それに、忌々しい煙草……コトフの言うことはわかったわね」

ラモンは、頭のなかで様々な思いが暗い渦を巻いているように感じた。コトフの列挙する陰謀、裏切り、さもしさの数々に彼は唖然とし、これまで信じて戦ってきた反ファシズム大戦線の理想が土台から崩れていくようだった。それでもまだ彼には、戦場のみならず街角からいつ敵が現れるかもしれないこの不均衡な戦争で、自分にどんな役割が期待されているのか、明確に見えてこなかった。コトフは立ち上がり、じっと目を見据えられたラモンは、頭を下げることさえできなかった。

「もっとはっきり言おう。一カ月ほど前、最初に到着した一団のうち、数名の顧問がすでに召喚されたことは知っているな……　だが、その彼らがモスクワで裁判にかけられ、かなりの者が処刑されることまではお前も知るまい。次の召喚候補が誰か言ってやろうか?」コトフは声を落とし、芝居がかった間をとった。「ここバルセロナのソ連領事、アントーノフ・オフセーエンコを本国へ戻せと指示が来たのだ……　アントーノフ」名前を繰り返す彼の声色が変わった。「まさに象徴的人物、一九一七年に冬宮襲撃に活躍したボリシェヴィキだ……　彼や他の古参まで召喚される、これがどういう意味かわかるか?　モスクワで行われた裁判のニュースは読んだか?　早い話が、もはや誰にも情け容赦はない、我々ですら少しでもヘマをすれば一巻の終わり、そういうことだ。スペイン共和国には、軍事作戦を成功に導く政府が必要だ……　だからこそ、慎重かつ迅速に動かねばならない」

「それで、我々に何をしろと?」初耳の情報に震え上がっていたラモンは、頭のなかで形になりつつあるものの正体がまだ十分摑めていない気がしていた。

「必要なら武力に訴えてでも、党が実権を握らねばならない」コトフは言った。「だが、その前に大掃除が必要だ……」

ラモンは、必死の思いでカリダッドのガラスのような緑色の目を窺った。彼女は、ビジョタ侯爵家の家紋に飾られたグラスに何度も口をつけ、黄色っぽい液体を飲んでいた。

「何よ、その目は。ただのレモンの絞り汁よ、扁桃腺にいいから」彼女は言って、すぐに付け加えた。「アフリカも一緒に活動してるのよ、知ってるでしょうけど」ラモンは鞭に打たれたような気分になった。再びコトフのほうを見上げた。アフリカへ近づく一歩だ。

「私は何をすればいいのでしょう?」

「そのうちわかる……」コトフは微笑み、一回りしてから椅子に戻った。「一つだけ言っておくと、我々と活動をともにするとなれば、君はもはやかつてのラモン・メルカデールに戻ることはできない。そして、何かヘマをやらかしたり、使命を果たせなかったりしたら、我々は容赦しない。我々がどれほど残酷になれるか、君にはまだわかるまい…… 君をここに呼んですべてを話したのは、カリダッドが君は口の堅い男だと請け合ったからだ」

「もちろん秘密は守ります。私は共産主義者で、革命家ですから、目的のためには犠牲を惜しみません」

「それは結構」コトフはまた微笑んだ。「だが、もう一つ言っておかねばならないことがある…… 我々は君を社交クラブに勧誘しているわけではない。いったん入れば、二度と出ることはできない。二度と、この意味がわかるな？ 今君が言ったとおり、どんな使命でも果たす、どんな犠牲も払う、我々のような使命感に支えられていない男なら倫理にもとる犯罪行為だと思うようなことでもやってのける、そう誓えるか？」

ラモンは泥沼に沈んでいくような思いだった。体から血の気が失せて冷たくなっていくようだった。アフリカもきっと同じ質問をされたのだろうし、何と答えたかは容易に想像がついた。俄《にわ》かに、それまで闘争の大義だった革命、社会主義、人類の偉大なるユートピアといった理念が、ラバの牽くリヤカーの貼り紙に書かれたロマンチックなスローガン――口先だけの言葉――ではなくなったようだった。世界で唯一革命を成功させた国から派遣されてきた男、理想を貫くためとあらば愛する息子に対してすら容赦はなく、先祖代々受け継がれてきたことを捨てよと要求してくるこの男の質問には、真実、真実のすべてが凝縮されているのだ。その別次元へ踏み込む者は、単なる革命マニア、修辞的なスローガンを追うだけの男ではなくなるのだ。

「誓います」こう言った瞬間、彼は自分が高みへと登り始めたような気がした。

まばらな船が錨を下ろす港を見つめながら、ラモンは戦争初期の日々が遠のいていくように感じて、記憶に残る様々な場面が別人の体験でもあるかのような、まるで別の体、とりわけ別の心がそのすべてをくぐり抜けてきたような、そんな気分を味わっていた。

その日の午後、シャワーを浴びた後、弟ルイス、そしてカリダッドの助手役に抜擢されていた悲しい目の娘レナ・インベルト――一度彼女と寝たことがあった――としばらく言葉を交わした。母はフォードを使っていいと言っていたが、彼は歩いてグラシア通りまで行きたかった。自分の新たな身分についてもう一度よく頭で整理したかったが、何よりの望みはアフリカと会うことであり、コトフに説明された衝撃の図式を彼女と一緒に確認してみたかった。ラ・ペドレラの前では党の民兵が監視の目を光らせ、軍部と政治部の党員証を持っていても、中へ通してはもらえなかった。九月以来、ガウディの妄想が生んだこの奇形児はソヴィエト諜報部と党カタルーニャ支部指導部の総指令部に使われており、街で一番警備の厳しい建物になっていた。ようやく民兵の一人に頼み込んでアフリカ同志に伝言を託すと、ラモンは通りのベンチに腰掛けてしばらく待った。

やがて激しい空腹を感じた彼は、港のあたりにまだ残る食堂を探すことにした。食後、メルセッド教会まで歩いて、超現代風の建物を見つめた。そこには、商売が破綻した後、帳簿係として生計を立てているという父が住んでいるはずだった。だが、好奇心が満たされると、父と会う気にはならず、時代遅れのカタルーニャ主義に縛られたブルジョア、しかも口先ばかりで軟弱なあの男と会ったところで、何を話せばいいかさえわからなかった。そのままアンプレ通りを後にして、かつてよくアフリカと待ち合わせしたランブラス大通りの端へ向かった。

夜は冷え、アフリカに会いたい気持ちをぐっと抑えながら、ラモンはなんとか自分の考えをまとめようとした。数カ月前までは一点の曇りもなかったのに、今や彼の頭は闇に包まれ、難問が山積していた。かつて彼は、バルセロネタで労働者の息子たちに読み書きを教え、別の同志とともに刑務所行きになった時の熱狂と、人民オリンピックを実現しようと奔走した挙げ句に失敗した時の憤慨を引きずったまま、反乱に脅かされた共和国を守る戦いに乗り出した。当時は、アナーキストもPOUM党員も、社会党員も共産党員も、みんな力を合わせてクーデターに立ち向かった。まず民兵隊に加わり、続いてすぐに新共和国軍の隊列に加わった。自分の信じる理想を銃で守ることこそ生きる意味だと一途な熱狂で信じていた彼にとって、そこまではまったく自然な成り行きだった。だが、それから半年が経過し、イギリスとアメリカ合衆国、そしてとりわけフランス社会党の政治的さもしさを突きつけられてみると、頼みはソ連だけであり、ソ連の支援がなければ共和国が崩壊してしまうことは明らかだった。

そんなことを考えていると、不意にアフリカが現れた。もう会えると思っていなかったせいで、彼女の声を聞いて、いつも変わらぬ女性らしい香りを感じると、彼は喜びを爆発させた。熱烈にキスした後、ラモンはいったん彼女の体を離してじっくりその姿を見つめ直した。四カ月もの間、戦場で悪臭と怒号、血と死にまみれていたことで、自分の周囲に何か変化があったかどうかはわからなかったが、とにかく、彼の前にいたのは、髪を軍人風に切って軍服に身を包んだ天使だった。

アフリカはバルセロネタの小さなアパートの鍵を持っており、欲望に目の眩んだ二人は、できるだけ近道を探して速足で歩いた。暗い階段には湿気が立ちこめていたが、上り切ってドアを開けてみると、ラモンの前に現れたのは小さな寝室であり、石鹸の匂いの残るまばゆいシーツを敷いたベッドが真ん中に置かれていた。積もりに積もった欲望と息苦しいまでの必要に駆り立てられ、フモンはいつになく激しいセックスを堪能した。ようやく欲望が静まり、第二ラウンドに備えて体を休める間に、生涯最も愛した女の体と同じくらい激しく彼の頭にとりついていた話題を切り出してみた。

アフリカによれば、赤ん坊は元気だが、両親から最後に話を聞いたのは二週間前だという。マラガがファシストに蹂躙された後、両親は親戚を頼ってラス・アルプハラスの小さな町へ逃れた。現在彼女は、コミンテルン顧問団の地方団長ペドロのオフィスで働いており、自分のことを考えている暇もないほど忙しいので、レニナのことは完全に両親に任せきりだという。

「プロパガンダ部門にいるのよ」そう言ってアフリカは、反対派の抵抗を抑えつけるために極秘で行っている世論操作活動の詳細を説明した。ラルゴ・カバジェロを筆頭に、ソ連の存在を忌々しく思っている者は多く、ソ連からの武器提供は恭《うやうや》しく受けるものの、顧問たちの意見には耳を貸そうとしない。共産党が政治的影響力を強め、前線での活躍ぶりが伝わってくるにつれて、社会党員は彼らをソ連の意のままに動くマリオネットと呼び始め、このままでは共和国が乗っ取られてしまうと訴えている。もっとタチの悪いのはＰＯＵＭのトロツキストで、彼らの反動的素性を一刻も早く暴き出してやらねばならない。

「僕も奴らの排除に協力するよう要請された」自分に与えられた使命の必要性を完全に認識したラモンは切り出し、コトフとの会見について話した。

「あのねえ、ラモン」彼女は言った。「そんなことをうっかり口にすると命が危ないわよ」

「君だって誓ったんだろう。君が信用できないはずはない」

「大間違いよ。誰も信用してはいけない……」

「パラノイアはやめてくれ」

アフリカは微笑んで首を振った。

「同志、事をうまく運ぶためには、沈黙は金、よく覚えておきなさい、うっかり何か喋ったりすれば、即刻銃殺刑にされるわよ。いい、身の危険は承知で私も言ってあげるわ……　ソ連は戦争の支援をしてくれるけど、戦争に勝たねばならないのは私たち。このまま事態が変わらなければ、この戦争に勝ち目はない。あなたも事態を変える一人なのよ。だから、心なんか捨てなさい、誰かを愛しているとかそんなことも忘れないで。私がいることも忘れなさい」

「それは無理だ」彼は言いながらなんとか笑みを浮かべようとした。

「それが身のためよ……　ラモン、これから長い間ずっと会えないかもしれないわ。数日後に私はバルセロナを発つの……」服を着ながらこう言う彼女を見つめるうちに、ラモンは欲望が凍りついていくのを感じた。「私もあなたにどこで何をするのか訊かないし、あなたも何も訊かないでちょうだい。私は単なる一兵卒で、命じられるところへ行くだけよ」

9

一九七七年の春を通じて何度も浜辺を訪れた私は、そのたびに幼稚な好奇心に駆られ、ありそうにないことだとわかってはいたが、ロシア産グレーハウンドの飼い主、初めて会ったあの日から「犬を愛した男」と名付けたあの男にまた会えないものかと、松林の下にしばらく腰掛けてみるのだった。

私は二年前にバラコアを離れており、酒を一滴も飲まないという荒療治で体からアルコールを抜いた後――約一五年後、危機が始まって国全体がどん底まで落ちると、ラム酒やビールを一杯飲んだところでヤコブの梯子を転げ落ちることもあるまいと思えるようになった――、人生の転機に差し掛かっていた。まだ自分でも何がしたいのかはっきりわかっていなかったが、バラコアでの仕事ぶりがよかったということで、その報酬として国営ラジオ局報道部門に与えられたポストを蹴り、友人たちを仰天させた。そして、ジャーナリズムと文化の周縁部へ踏み込み、かつては論客と持て囃されたもののその後合理的、非合理的、様々な理由で落ちぶれた――おそらく一生復帰できる見込みもない――作家やジャーナリスト、プロモーターその他、多くの堕天使たちと接触した。そんな探求を続けるうちに行き着いたのが、雑誌『キューバ獣医学』の校正担当というしがない職であり、噂では前任者が数週間前に自殺したということだった。情熱や野心など芽生える余地もないほど慎ましい、当たり障りのないポストであり、当時私が必要としていた二つの要素、生きていくために必要な給料と、精神的落ち着きを取り戻すための静かな毎日がこれで保障された。当時はまだ、時が来ればまた文筆活動に戻れると思っていたのだ。

実のところ、また文筆活動に戻りたいとはいっても、どんな形でそれができるのか、自分でもはっきりわかっていたわけではない。一九七五年のことであり、ガチガチの正統という過去の重荷をひきずった政治と文学のあり方に変化が起こる兆しはまったく見えなかったし、世に出る文学作品といえば、四年前に自分が書いたような「人民無害」――後にこんな言葉が使われるようになった――で当たり障りのない作品、公的プロパガンダに適わない社会的・人間的緊張をまったく含まない作品ばかりだった。そして私には、そんな作品はこれからの自分と縁もゆかりもないという確信があった。問題は、自分がどんな文学を書くべきか、どんな文学なら書けるのか、皆目見当がつかず、さらに言えば、自分がどんな人間になりたいかさえよくわかっていないことだった。

手探りで自分の運命を探すようにして――それが後にわかった――浜辺へ足繁く通っていた頃には、大学で口腔病を専攻して卒業したばかりだったラケリータとの付き合いはすでに始まっており、あの年のうちに我々は結婚した。前年の夏に同じ浜辺で知り合っていたせいで、彼女は私がスカッシュ愛好家であることを熟知しており、サンタ・マリア、エル・メガノ、グアナボといった場所で、特にビーチからキューバ人の足が遠のく一一月から四月にかけてよく試合に興じることもわかっていた。そんな時期にわざわざハバナから海へやってくるのは我々物好きだけだから、レベルの高いゲームを静かに楽しむことができるのだ。

そんなわけで、原稿やゲラを持って午後印刷所へ行かねばならないことがあると、雑誌の編集部には戻らず、そのまま代母の家に寄ってラケットを拾い、市街とビーチを往復するレイランド製のおんぼろバス、伝説の「ラ・エストレージャ」号に乗ってグアナボの浜へ向かうことがよくあった。

グレーハウンドを連れた外国人と再会できたのは四月のことで、最初の出会いから二週間後、三回目か四回目にあの浜辺へ行った時のことだった。最初の時とほぼ同じシーンの繰り返しであり、砂浜を駆ける二頭の犬、距離を置いて革のベルトを手に見守る主人。そしてこの時は、明らかにおかしな彼の歩き方を見て、酒が入っているのではないかと思った。その日の衣装は、薄い生地の白ズボンにカウボーイのようなチェックのシャツだった。私のほうは、最初の時と違って、読んでいた本――アップダイクが生涯越えられなかった『走れ、ウサギ』を読み始めていた――を手にしたままじっと座っていた。指笛を吹いてみたが、犬は何の反応も見せず、私が挨拶代わりに笑顔で頭を振ると、男は相変わらず包帯を巻いたままの右手を上げて合図してきた。数分後、またもやモクマオウの木立に背の高い痩せた黒人が現れ、これでキャストが勢揃いした。

男が立ち止まったところで私は立ち上がり、偶然すれ違ったように見えるよう近づいていった。

「お元気でしたか？」どんな話になるかもわからぬまま私は言った。

「少しはよくなったかな」男は言って、少し悲しげに微笑んだ。

アルコールの臭いは感じられず、明らかに平衡感覚の狂った歩き方を前に、私はどこが悪いのか訊ねそうになった。その時気づいたのは、顔の血色が前にも増して悪くなっていたことで、肝臓か循環器か呼吸器に問題があるのではないかと思ったが、問いを向けるのはやめて、無難な切り出し方をすることにした。

「犬たちは何歳になるのですか？」

「一〇歳になったところだ。グレーハウンドは長生きではないし、もうかなりの齢だね」

「キューバの夏によく耐えられますね」

「家には冷房がある……」こう切り出したが、すぐに口を噤《つぐ》んだのは、キューバでそんな贅沢が許される者は皆無に等しかったからだろう。「よく適応しているよ。特に雌のイクスはね。ダクスのほうは、最近少し性格が変わってきたかな」

「気性が荒くなったということですか？　ボルゾイにはたまに起こることですよね……」

「ああ、たまに……」男の声を聞いて、私はでしゃばりすぎたと思った。専門家か、ロシアのグレーハウンドに特別な興味を持つ者でなければ、そうした細かい習性まで知っているはずはない。そこで私は真実の一端を明かすことにした。

「先日犬たちを見て以来」私は犬を指差した。「気になっていろいろ調べてみたんです。私も大の犬好きですから」

男は緊張を緩めて微笑み、誇らしげな顔になった。

「数カ月前、映画撮影用に貸してほしいと言われた。革命後もキューバを出たがらなかった金持ち一家の話だそうで、監督がそんな一家にはイクスとダクスがうってつけだと思ったらしい……登場シーンが来るごとに連れて行かねばならなかったけれど、撮影の見学はなかなか楽しかった。嘘なのに、やがて本当のように見えてくるところが面白い。仕上がりをぜひ見てみたいよ……」

その後も会話はしばらく続いたが、背の高い痩せた黒人はモクマオウの木立からずっと目を光らせていた。映画、本、キューバの春の快適な気候、私の仕事、そして話は犬の貴族的血統へと移り、男によれば、一一世紀フランスの年代記にはすでにボルゾイについての記録があるそうで、キエフ大公の娘アンナ・ヤロスラヴナがアンリ一世のもとに嫁いだ際に、三頭のボルゾイを連れてきたという。

「ロシア人は、ボルゾイがツァーリと詩人に愛された犬であることを誇りにしている。イヴァン雷帝もピョートル大帝もニコライ二世も、そしてプーシキンもツルゲーネフも飼っていたというからね。だがボルゾイを一番飼っていたのはニコライ大公で、犬舎をいくつも持っていたそうだ……革命後、ボルゾイはほとんどいなくなって、今ではいわゆる高嶺の花になってしまったようだ」男は高みを指差す仕草をした。「実際は体のわりに小食なんだけど、ごく普通のソ連人にはとても飼えないだろうね。問題は広い場所が必要になるということだ……運動不足になると、すぐに体の具合が悪くなる」

あの日の午後、ようやく男は前から気になっていた疑問の一つを晴らしてくれた。話によれば、スペインの生まれだが、内戦、当然ながらスペイン内戦で、これまた当然ながら共和国側で戦った後、モスクワに長く住んだという。三年前にキューバへ移って来たのは、妻がメキシコ人で、どうしてもソ連に馴染めなかったからだった。寒いうえ、ロシア人と接していると頭がおかしくなる（ただでさえ少しおかしいのに、と彼は言った）のだそうだ。

別れの挨拶をする頃には、男の名前はハイメ・ロペスで、再会を喜んでいることまで知らされた。前回と同じく、背の高い痩せた黒人に付き添われて男は歩き去って行った。好奇心に駆られた私は、数分待ってから道路のほうへ駆け出した。遠方に見える男は、黒人と二頭の犬とともに、がら空きの駐車場を横切ってピックアップ型の白のヴォルガへ近づいていった。後部ドアからイクスとダクスが乗り込んだ後、黒人の運転する車は道へ出て、ハバナのほうへ走り去った。

四月、そして五月最初の数週間、私は何度か同じ浜辺でロペス――そう呼んでくれと男は言った――と出会い、短いながらも言葉を交わした。実は彼の母はまだキューバがスペイン領だった頃のハバナの生まれだという話を聞いたが、今いくら思い返しても、自分のことをほとんど話しもしなければ、私にもこの国の現状にもさして興味を示さぬこの男になぜそれほど心を惹かれたのか、うまく説明はできない。とはいえ、犬や、キューバとの遠い血縁関係の話題が尽きると――会うたびに話題の尽きるのが早くなった――、この控え目な「犬を愛した男」がどんな人物なのか窺わせるような話も出るようになった。

ロペスが最初に明かしてくれたことの一つは、運転手付きで仕事をしているが（背の高い痩せた黒人はいつもこそこそモクマオウの木立から様子を窺っていた）、これは高い役職に就いているからではなく、しばしば不思議な眩暈《めまい》に襲われることがあり、幸い大事には至らなかったものの、すでに二回も交通事故を起こしたからだという。彼の話では、数カ月前から検査を受けており、それがどんどんややこしくなっている。脳や聴覚に起因する眩暈でないことは確かめられたものの、症状はいっそう頻繁に、そして深刻になるばかりだった。子供が二人おり、長男は私と同じくらいの歳で、商船の船長となるための勉強を希望、七歳年下の妹は、目に入れても痛くない愛娘で、慣用句を使うのが大好き。妻の家族に幼くして両親を亡くした甥がおり、こちらも息子同然に一緒に暮らすことがあるという。

運転手付きで新車に乗れるとはどういう仕事なのだと一度訊いてみたことがあるが、ハイメ・ロペスは「官庁の顧問」とだけ答えてすぐ話題を変えた。また、どこに住んでいるのか訊いたこともあるが、返ってきたのは「川の向こう」という曖昧な言葉だけで、汚染の進んだアルメンダレス川がかなり前から地理的指標としてまったく機能しなくなっていたこのハバナで、こんな返答は無言に等しかった。

五月に入り、気温が上がってくると、浜辺には人が増え、ロペスと犬たちは散歩の場所を変えねばならなくなった。その頃には、あの謎めいたスペイン人への興味はすでに失せており、母はキューバ人だといってもその話をすることはなく（「彼女のことは話したくない」文字どおりこう言った）、スペイン内戦で戦ったといってもその話題にも触れず（同じく「思い出すと胸が痛む」）、モスクワに長く住んだといっても街の印象を聞かせてくれるわけでもなく、キューバでの仕事や住まいに関しても、かつてよく口の端にのぼったが今では忘れられた川の近くを漠然と持ち出すだけ、そんな彼から心が離れていった。犬を愛した男がある時から姿を見せなくなっても、特に気にすることはなく、二頭のボルゾイのことを頻繁に思い出すことがなければ、ハイメ・ロペスのことも、アルメンダレス川しかり、かつては有名だったのにハバナ人の不確かな記憶から少しずつ消えていった多くの場所や人と同じく、頭から完全に消えていたかもしれない。

一九七七年のあの夏、私は慌ただしくラケリータとの結婚式を挙げ、その数週間後、弟ウィリアムの同性愛発覚という痛ましい知らせを突きつけられた。

ただでさえ唐突な結婚だったが、ラケリータが妊娠していないことを知った友人たちはもっと驚いたようだった。私としては、どうしても連れ合いが欲しいという生理的必要と自分の隠れ家を強固にする願望に駆られただけのことであり、他方、彼女が私を受け入れたのは――数年後、私のプライドを踏みにじるように出て行った時に初めてその事実を知った――、結婚すれば、地位ある（高嶺の）親戚に頼って以前から抜け道を探していた社会奉仕――大学卒業を望む者には避けて通れない道であり、イデオロギーを根づかせるのに有効だとされていた――を免除されるかもしれないと考えたからだった。式はかなり珍しい形で執り行われ、アルタアバナにあるラケリータの両親の家まで公証人に来てもらったほか、仲人役は友人のダニーに務めてもらうことにして、証人のほうは、年齢を考慮して、もう一つのキューバのシベリアとでも呼ぶべき鉱山町モアで医学生として社会奉仕を（しかるべく）終えていた黒人の友人フランクに頼むことにした。祝宴では、新婚夫婦に配給販売されるビールに加え、当時一般的になっていた《貧困プロレタリアのニューウェーブ》とでも呼べそうな様式に則って、新郎新婦の友人縁者が食べ物飲み物を持ち寄った。ハバナのホテルで定番の新婚旅行を楽しんだ後、二人はビボラ・パークの私の家で新婚生活を始めた。両親と弟ウィリアムと同居という形にはなったが、新婚夫婦はバスルーム付きの部屋をもらって二人だけの空間を確保し、その後、母との不要な接触を避けるため、屋根付きテラスの一部を利用して小さなキッチンを増築することになった。

これで落ち着いた生活ができると思っていたのも束の間、結婚式の数週間後に私は激震に晒《さら》された。実のところ、七歳年下の弟ウィリアムに同性愛的傾向があることは私も両親も以前から薄々感づいており、あれこれ解決策を模索すると同時に、皆できるだけ事実から目を背けるようにしていたため、家庭内でこの話題が出たことは一度もなかった。少年時代からウィリアムにはどこか女性的なところがあったが、中学校へ進む頃にはその面影も薄れ、やがては完全に消えてしまうだろうと思われた。以前から両親は彼に精神科医の診断を受けさせており、三年間も通院を続けてホルモン注射を受けた結果、副作用で性器が馬並みに大きくなるとともに、弟は奇跡的に

「完治した」と見なされるまでになった。ここ数年間、弟との関係は疎遠になっており、ほとんど言葉を交わすこともなかったが、それでも私は、彼の同性愛的傾向は潜伏期間に入っているだけで、いつまたぶり返してもおかしくないと思っていた。だが、まさかそれがこんな悪夢となって我々に襲いかかってくることになろうとは夢にも思わなかった。

弟の性格と運命はこの物語とも深く関わっているから、ここで私の家族について少し話しておいたほうがいいだろう。といっても、両親は哀れなほど普通の人間であり、働き者で夫婦仲もよく、二人の息子に、不自由のない暮らしと、自分たちの手には届かなかった大学教育を授けることだけを願っていた。父はフリーメーソンで母はカトリック、いずれの信仰も、社会主義に克服されて過去の遺物となりつつあるプチブル的気紛れとされており、当時は誰もが隠すか放棄するかしていたが、二人はそんなことはしなかった。物心ついてからというもの、私とウィリアムが両親に叩き込まれた信念は、真実は直視すべし、労働に勝る成長への刺激はない、時の流れはあれ、節度ある人間の振る舞いを律する原則は変わらない（殺すなかれ、盗むなかれ、裏切るなかれ、等々）、この世界に三つの美徳（真実、仕事、節度）に勝る価値は何もない、ということだった。すなわち、両親は根っからの信者だったわけだ。もちろん、我が家のフリーメーソン的・カトリック的倫理原則の集合体を当時からこのようにはっきりと理解していたわけではないし、両親に対してこんな評価を下していたわけでもない。間違いないのは、こうした生き方が私の心にも弟の心にも強く影響したこと、そして、立身出世の手段、少なくとも処世術として、裏表の使い分けと隠蔽を揺り籠から学んでおくべき時代にあって、こうした理念に基づく教育は健全な結果をもたらさないということだ。

ウィリアムは才気溢れる若者だった。その年の夏、医学部の初年度を当時としては滅多にないほどの好成績で終え、学年で最も勉強熱心な学生と評された。だが、九月に二年目が始まったところで、弟と初年度から親しくしていた解剖学の教員に同性愛疑惑がかけられ、この教員も所属する党首脳会議で別の教員がこれを告発した。

慣例に則って、「全会派」、すなわち、党、共産党青年団、組合、学生連盟の代表から成る規律委員会が立ち上げられ、十分な証拠もなければ、告発にある「逸脱行為」が学内で行われた可能性すらまったくなかったにもかかわらず、二人は取り調べを受けることになった。教員のほうは同性愛的傾向をきっぱりと否定したが、ウィリアムは、最初の数週間こそ断固として嫌疑を撥ねつけていたものの、とうとう私ですら思いもよらぬ勇気を発揮して、これ以上隠し事をして苦しむのはご免だとばかり、そうだ、自分は同性愛者だ、一三歳から、受動、能動、両方の立場を実践してきた、と言ってのけた。とはいえ、誰と行為に及んだかについては、他人には無関係なプライバシーの問題であるとして、きっぱりと証言を拒否した。被疑者の性的傾向と学生、教員としての振る舞いの間に因果関係は認められず、二人の仕事ぶり、学業成績は非常に優れていたにもかかわらず、判決は最初から決まっており、委員会はこれをそのまま追認した。教員には無期限党員資格剝奪、教育現場からの追放、そしてウィリアムには、二年間の停学処分とともに、医学部への復学禁止が言い渡された。

両親、アントニオとサラの道徳心を正面から痛めつけたのは、大学から下された処分よりも羞恥心であり、そのあまり、ただでさえすでに重い罰が課されていた息子に、さらなる罰を与えるという人生最大の失敗を犯すことになった。私は必死に反対した（いつも弟に同情していた）が、両親は聞く耳を持たず、ウィリアムを家から叩き出したのだ。それまで家族を結びつけていた絆は解け、一家の破局がちらつき始めた。

今となっては、私自身の挫折の大部分と同じく、ウィリアムの転落も仰々しい話に聞こえるのだろうが、当時は同じようなことが多くの身に起こったのだ。憐みの心に駆られ、度を越した同性愛差別と身内の残忍さに震え上がったラケリータに後押しされるようにして、私はハバナ中を駆けずり回ってウィリアムを探し、ようやく彼の居場所を突き止めた……クビにされた教員の家だった。ゆっくり、注意深く、そして辛抱強く、私は弟と新たな関係を築こうと心掛け、少し経つと、原始的な同情の気持ちを捨てて、賞賛の念さえ抱くようになった。彼は事件に立ち向かい、正面から闘っていたのだ。（私にはとてもできなかっただろうし、事実私はまったく反対のことをした。）二年の停学処分は甘んじて受け入れたものの、学則や法律による妨げがない以上、自分には勉強を続ける権利があると主張した。やがて私と両親は疎遠になり、同じ場所に住んではいたものの、ビボラ・パークの家には緊張と怨念の壁が出来上がった。

そんな家族の危機の真っただ中にあった一〇月末、カリブの臆病な秋冬が近づき、浜辺から人気がまばらになり始めていた頃、私は犬を愛した男と再会した。いつもの場所で、辺りが暗くなり始めた頃、背の高い痩せた黒人も含め、いつものキャストがいつもどおりの順番で登場した。私はちょうどスカッシュをした後で、ラケリータも一緒だったが、まさかまた会えるとはまったく思っていなかったところに一行が現れ、人気のない砂浜に例の男、そしてとりわけ二頭の犬を見て心躍らせたことを認めねばなるまい。最初に驚いたのは、彼が目に見えて痩せていたことであり、それればかりでなく、呼吸の音が大きく、皮膚が明らかに病的な色になっていた。まるで不治の腫瘍にでもやられたように、七カ月経ってもまだ右手に巻かれた包帯に目を止めて、私は男の体の異常を確信した。

妻を紹介し――今風で当たり障りのない「パートナー」という言葉を使った――、犬の状態について訊ねた後――ダクスはますます頻繁に癲癇に悩まされ、獣医はいっそのこと始末してはどうかと示唆してきたが、即座に彼はそれを拒んだ――、私は結婚式の詳細を伝え、さらに、最近もらった本の話を始めた。起源の異なる五種の犬について、遺伝的退化の危機を論じた著作であり、偶然にもその一つがボルゾイだった。その後でようやく私は彼の眩暈について訊いてみた。ロペスは数秒間じっと私を見つめ、知り合って以来初めて、一緒にビーチに座って話そうと言ってきた。

「医者にはまだ原因がわからないが、体調は悪くなる一方だ。犬の散歩が数少ない楽しみの一つなのに、それさえままならない。診療所へ出入りして、あちこちで血をとられて、体中調べられているが、何も見つからない」

「それは健康体だということですよ。少なくとも、たいしたことはないのでしょう」科学的論理に則ってラケリータが言った。

妻のほうを見た彼は、まるで虫が話し始めたとでもいうような表情を浮かべ、笑みを漏らすように言った。

「死期が近づいているのがわかる。何が原因かはわからないが、もう長くはない」

「そんな恐ろしいことを」私が言った。

「事実から目を逸らすわけにはいかない」ロペスは言って、海のほうを見ながら微笑んだ。機械的な仕草でポケットから煙草を取り出したが、そのシャツが今やだぶだぶだった。紳士らしくラケリータに箱を差し出したが、彼女は少々荒っぽくこれを撥ねつけた。

「まず煙草からやめるべきでしょう」ラケリータは言った。

「この期に及んで？　もはや眩暈を和らげてくれるのは煙草ぐらいだ。あとはコーヒー。何リットルもコーヒーを飲んで……　煙草を吸うだけだ」

これから始まる冬を予感させるように一〇月の午後が足早に暮れていくなか、犬を愛した男は珍しく饒舌に話し始め、地中海に面したバルセロナで生まれたせいで海が好きなこと、そして、海とその匂い、その色に強い執着心があることを語った。そして、これほど体調が悪くなくて、旅費が調達できれば、スペインへ、バルセロナへ帰りたい、今やあの忌まわしきフランコは死に、亡命者の大半が帰国を果たしているのだから、と締めくくった。ロペスがスペインへ戻れるのか戻れないのか、問題は健康なのか金なのかその他の要因なのか、私には結局理解できなかったが、生まれ故郷を遠く離れたまま迫り来る死を迎える辛さを思うと胸が痛んだ。

男はもう一本煙草に火を点け、愚弄と皮肉の入り混じったような表情でラケリータを見つめながら言った。

「明後日にパリへ発つ……　肺の検査を受けることになっている」

ラケルは思わず身を乗り出して答えた。

「パリへ？」こう問いを発して私のほうを見た。

今でも私を含む大多数にとっては同じだろうが、当時パリといえば別世界も同然だった。トリュフォーやゴダール、レネの映画、書籍、そしてとりわけあの頃はコルタサルと『石蹴り遊び』のおかげでパリへ空想をはためかすことはできるようになっていたが、目の前にいる生身の人間がパリ、本物のパリへ行くとなると、鏡の世界へ入っていくアリスでも見るような、何とも不思議で神秘的な感じがしたものだ。

「長期間ですか？」まだ驚きを抜け切れない妻が訊いた。

「わからない。二週間を超えることはない。この時期のパリはひどい。パリの秋が美しいなんて作り話にすぎない。それに、私はパリが好きじゃない」

「お好きじゃない？」今度は私が訊いた。

「ああ、パリもフランス人も好きじゃない」そう言って煙草を砂に押しつけ、力を込めるようにもみ消した。

「ああ、もうすっかり夜だな」まるでその時初めて時間感覚を取り戻し、自分がどこにいるか思い出しでもしたように、男は大声で言った。「手を貸してくれるか？」そして腕を上方に伸ばした。

私は立ち上がって右手を差し出した。ロペスは包帯を巻いた手でしっかりと私の手にしがみつき、その時私は、初めてこの男の体に触れたことに気がついた。ロペスは立ち上がったが、私の手を離した瞬間、足元で地面が動いたようにふらつき、私は駆け寄って両腕を押さえた。その時グレーハウンドの威圧的な唸り声が聞こえたが、私はじっとしたままロペスの腕を離さなかった。そこで彼は事態をようやく理解し、カタルーニャ語で犬たちに話しかけた。

「落ち着け《キエツ》、落ち着け《キエツ》！」

私の気づかぬ間に、闇から出てきたような背の高い痩せた黒人が我々の横に立っていた。

「手をお貸しします」黒人は言い、私は手を離した。

「ありがとう」ロペスは言い、ラケリータのほうを見ながら言い添えた。「それではまた、お幸せに」そして微笑みのようなものまで見せた後、運転手にすがりながら、浜辺のモクマオウの間に伸びるアスファルトの小道に向かって辛そうに歩き去っていった。

「不思議な人ね、イバン」ラケリータは言った。

「どこが不思議なんだい？　病気の外国人というところ？　パリの悪口を言うところ？」

「そうじゃない。どこか暗いところがあって怖いのよ」この言葉を聞いて私は思わず笑みを漏らした。どこか暗いところ？

10

何か企んでいることには薄々気づいていたから、そのまま狸寝入りを決め込むことにした。政府がモスクワへ移って以来、一家のアパートとなっていたクレムリンの一角で、腰痛の発作を抑えるための固いベッドでじっとしたまま、近眼でよく見えないながらも、セリョージャが忍び足で入ってくるのがわかった。石灰で白く塗られた板を組み合わせたイワシ箱のようなものを抱えている。赤い布切れ——後にセリョージャが告白したところでは、当時手に入る数少ない品の一つだった国旗から切り取ったという——で結び目のようなものを作って、プレゼント用の包装代わりにしているらしい。幼いセリョージャが近づいてくる間、ベッドからじっと目を凝らすと、共犯のナターリヤ、リョーヴァ、ニーナ、ジーナの顔がドアから覗いていた。

その日がレフ・ダヴィドヴィチの四五歳の誕生日、十月革命七周年の記念日だった。妻と子供たちは、入手可能なもので一番いいプレゼントは何かと頭をひねり、これが一番喜ぶにちがいないというものを選んでいた。家族に囲まれてようやく体を起こす時には、イワシ箱に入った誕生日プレゼントが何なのか、彼にはすでにわかっていた。だからこそ、ようやく結び目を解いて蓋を開け、彼のほうへ頭を向けてくる白毛と赤毛の玉を見つけると、大げさな表情で驚いて見せた。

一九二四年の誕生日以来、雌犬のマヤは彼を虜にし、そのまま愛犬となった。そして一九三三年の暗い春、ブユック・アダの霊園の壁際に掘られた穴に愛犬の体を横たえる彼の脳裏には、長い間家族も同然だったマヤのもたらした歓喜の記憶が次々と甦ってきた。すでに失った親族に続いて、愛犬もまた彼のもとを去って行く。

直前の十日間、彼らは懸命に犬の命を救おうと頑張った。首都から呼び寄せた二人の獣医は、まったく同じ診断を下した。肺にバクテリアが入っており、この炎症を治療する方法はない。それでもレフ・ダヴィドヴィチは、ヤノフカの老ユダヤ人たちが行っていた治療法や、ブユック・アダの牧人たちの処方箋で病を追い払おうと奮闘した。だが、マヤの命の火は消え、ただでさえ不吉な悲しみに囚われていた追放者の生活に新たな苦悩が加わった。数日前から彼はまたもや腰痛に苦しめられていたが、愛するボルゾイの亡骸を埋葬地まで自分の手で運ぶと言ってきかなかった。ブユック・アダを去った後、この家の新たな住人に墓を荒らされる事態を恐れた彼は、村人たちに頼み込んで、霊園の壁際に埋葬させてもらうことにした。ハランボスが墓を掘り、新たな秘書ジャン・ヴァン・エジュノールが小さな木の墓碑を準備した。愛犬の亡骸を横たえると、レフ・ダヴィドヴィチは人生の大切な部分を失ったような思いに囚われた。型どおり、死衣代わりのペルシャ毛布に一摑みの土を投げて別れを告げ、すぐに踵を返すと、ブユック・アダの家へ戻って、前よりいっそう陰鬱さを増した孤独のなかへ逃げ込んだ。

ジーナの死、そしてヒトラーの勝利というニュースを聞いて以来、足元で地面が崩れていくような思いを味わっていたレフ・ダヴィドヴィチは、彼の翻訳者モーリス・パリジャニヌとモリニエ一家を中心としてフランスの仲間たちが再開した交渉の結果に期待を寄せ、彼らの尽力によって、急進派のエドゥアール・ダラディエ新政権が亡命を受け入れてくれるよう望んだ。

レフ・ダヴィドヴィチはすでにドイツにおける国家社会主義の台頭を予想しており、現地の共産党が圧力に晒されて身動きがとれなくなっていることも知っていたが、それでもまだ最後の手段が残されており、このチャンスを逃すべきではないと繰り返し呼びかけた。ヒトラーを権力の座に据えた連立政権はまだ単なる寄り合い所帯にすぎず、ファシストが揺るぎない地位を固めてしまう前に、中道と左翼が協力して弱点を突くことはまだ可能なはずだった。だが、いくら待っても共産党は不平一つ漏らさず、まるで自分たちの運命が危機に晒されていることすらわかっていないようだった。ドイツの国会議事堂で二月二七日夜に火事があったという知らせが入ってきたのは、いつものようにドイツの労働者に向けて声明を書いていた時のことであり、その衝撃は生涯忘れなかった。情報は不完全で錯綜していたが、脅威が迫りつつあることは間違いなかった。ヒトラーが非常事態宣言を出し、ドイツと世界からボリシェヴィキを根絶することを誓ったというのだ。

事態の推移に当惑しきったリョーヴァから送られてくる知らせが、すぐにブユック・アダの亡命者に追い打ちをかけた。『ビュルタン』の発行は禁止され、彼の著作が即刻書店や図書館から押収されたのみならず、刊行されたばかりの『ロシア革命史』全巻が公の場で焼かれたというのだから、明らかにこれは、ファシストたちが彼とその支持者を真っ先に弾圧の対象にすることを意味していた。危険を冒すべき時ではないと見てとったレフ・ダヴィドヴィチは、一刻も早くベルリンを脱出するようリョーヴァに指示した。

共産主義インターナショナル執行部が、ドイツ共産党の方針を完璧とまで称して全面支持を表明したばかりか、ナチスの勝利は単なる一時的現象にすぎず、やがて進歩主義勢力が勝利することはまちがいない、と繰り返すに及んでは、その恥知らずな態度にレフ・ダヴィドヴィチは憤懣《ふんまん》やる方なかった。憂慮すべきは、従順な支持者はともかく、コミンテルンに同調する他の党まで、結果の明らかな、政治的自殺行為としか思えないこんな声明に黙って従っていることだった。こんなお粗末な情報操作に共産党が従うとはどういうことだ？　自分たちの存在とヨーロッパの平和を脅かす悲劇が近づいているというのに、警戒を呼び掛ける責任感すら誰も持ち合わせていないのか？　この状況で差し迫る危機の存在さえ認めないというのであれば、それは、スターリン主義によって共産主義運動がもはや立ち直ることもできないほど堕落してしまったということにほかならない、彼は怒りに駆られてそう書きたてた。レフ・ダヴィドヴィチが政治的疑念に苛まれた一瞬だった。すべてを捨てるべき時だった。道を踏み誤って別人と化した息子を見捨てるような痛ましい気持ちで、彼はインターナショナルとの訣別を決意し、新たなインターナショナルの設立によって、不吉な意図を隠した情報操作のスローガンに頼ることなく、具体的な行動でファシズムに対抗する必要があるとも考えた。

マヤの死から一週間後、ダラディエ政権が亡命を受け入れるという待ち望んだ知らせが届き、彼を陰鬱の淵から救った。歓迎されざる客であることは即座にわかったが、それでも彼はためらうことなく申し出を受け入れた。査証によれば、パリを決して訪れない、内務省の監視を受け入れる、以上の条件で南部の一県に滞在を認めるという。亡命者というよりまた幽閉者に戻るだけだろうが、少なくとも独房ではなく中央の廊下にはいられる。そこから何か打つ手はあるだろう。

その日の朝、秘書と警護、漁師と警官から成る一団がすでに荷物の揃った波止場へ下りて行った後、ナターリヤとレフ・ダヴィドヴィチはそれまで自分たちの住処だった家をしばしじっと眺めた。自伝と『革命史』を書き終えたこの地プリンキポに別れを告げたかった。この地で、ソ連国籍を剝奪され、娘の死を悼み、何としても生き長らえて孤立無援の状態で闘いを続ける覚悟を固め、老いゆくしがない男に太刀打ちできるはずもない無慈悲な権力に立ち向かう決意を新たにしたのだ。小道から黙って二人の姿を見つめていた善良なハラランボスは、《こんな孤独な男が本当にかつては癇癪持ちの指導者として民衆を革命へ導いたのだろうか》と自問していたことだろう。《誰にも信じられまい》ハラランボスは思ったにちがいない。庭の柵を閉めた老人は、四年前にバラの植樹を禁じた一角に自生した花を摘んでいた。二人が近寄ってくると、ハラランボスは目に涙を溜めて微笑みかけ、差し出された花を受け取った。黙ったままレフ・ダヴィドヴィチは松林のほうへ目を上げ、その向こうに隠れた白い壁、追放された皇子たちが眠る島々の墓地へ思いを馳せた。

九日後、待望の瞬間にも心は晴れぬまま、レフ・ダヴィドヴィチとナターリヤ、そしてリョーヴァは、南フランスのサン＝パレ郊外にレイモン・モリニエが借りておいた家「レザンブラン」に到着した。元軍事人民委員の入場は栄光とは程遠かった。熱に体は震え、こめかみが頭蓋骨を破壊しそうなほどズキズキと打ちつけ、とどめとばかり、執拗に痛む腰のせいで体が折れそうだった。敷居を跨いだところで彼は長椅子に崩れ落ち、ナターリヤの差し出す鎮痛剤と睡眠薬を黙って受け入れた。

イスタンブールを出航した瞬間からマラリアがぶりかえし、腰痛は危機的状態まで悪化した。移動中ずっとレフ・ダヴィドヴィチは船室にこもっていた。彼がスターリン政権の新外務人民委員とフランスで会見した後すぐソ連へ戻るというデマが流れたせいで、途中寄港したピレウスで多くのジャーナリストが待ち構えていたが、一切応対はしなかった。マルセイユでも多くのジャーナリストや警官、そして彼のフランス滞在に反対するデモ隊が到着を待っていたが、そこで妻が驚きの知らせを伝えた。到着の混乱で当局を刺激せぬよう、リョーヴァとモリニエが港からフェリーボートでやって来たというのだ。緊張に満ちた別離の後に再び息子と会い、数日後にはセーヴァを連れてジャンヌがパリからやってくると聞くと、思わぬ喜びに彼の苦痛も多少は和らいだ。モリニエは、船でカシスまで着けるよう手筈を整えており、そこからは車でサン＝パレまで行けるという。だが、約二時間も狭い道路を走ったせいで、レフ・ダヴィドヴィチの肉体的苦痛は限界に達した。

そろそろ薬が効いてくる頃になって、人の声が耳に届いて心地よい眠気から引きずり出された。最初は夢だと思ったと後に彼はナターリヤに言っている。夢のなかで誰かが、火事だ、火事だと叫んでいるが、まだ彼の頭は正気が残っており、ブユック・アダやカディコイの夜へ引き戻そうとでもするような悪夢を真に受けることはないと思った。だが、誰かに腕を引っ張られて目を開けてみると、そこには恐怖に引きつったリョーヴァの顔があった。どうやら熱にうなされていただけではなかったことを悟ったレフ・ダヴィドヴィチは、息子にすがりつくようにしてなんとか庭へ出て、辺りに煙が立ち込めていることを確認したところで、地獄へ踏み込んだような感覚に襲われた。《クソッ》と思って彼は芝生に崩れ落ちたが、そこでわかったとおり、火は（汽車から飛び散った火花が乾いた草の上に落ちたらしい）中庭の木製の物置と柵を焦がしただけだった。

レフ・ダヴィドヴィチ自ら提案してパリで開催される予定になっていた共産主義第四インターナショナル決起総会が一カ月後に迫っており、リョーヴァとモリニエは彼との相談を急いだが、ナターリヤ・セドーヴァに制されて二人は逸《はや》る心を抑え、容態の悪い亡命者に数日間の休息を許すことにした。高熱に苦しめられていたせいで、待望のセーヴァが到着した時でさえ、レフ・ダヴィドヴィチはしかるべく出迎えることもできなかった。それでも、ナターリヤに頼み込んで孫を呼び、様子を確かめたうえで、一緒に来られなかった愛犬マヤのことを話してやった。

熱が少し収まり、それにも増して辛かった腰痛がようやく癒えてくると、レフ・ダヴィドヴィチは妻の忠告を無視してレフ・セドフとレイモン・モリニエ、そしてプリンキポからずっと同行してきた支持者マックス・シャハトマンと会合を持った。時勢に味方されていないことは明らかであり、亡命生活で最も重要な賭けになるという予感さえあった大勝負に乗り出すとなれば、パリでの決起総会まで残された四週間にすべてを効率よく手配せねばならない。心配は尽きず、総会の運営を担うばかりか、ビザの発給と引き換えにパリ行きを禁じられた父親の報道官役までこなすリョーヴァ、そしてモリニエにどれほど集客力があるか、とりわけそこが不安だった。協力者一人ひとりの意見を聞いているうちにレフ・ダヴィドヴィチが痛感したのは、第四インターナショナルの開催がおそらく時期尚早だったこと、そして逆風と矛盾で難破寸前の状態にあるということだった。リョーヴァが陰鬱な展望を打ち出す（ドイツでは恐怖と疑念、フランスとベルギーでは分裂とライバル心、アメリカ合衆国では冒険主義）一方で、モリニエはトロツキーの権威に信頼を寄せ、支持者の疑念を晴らすとともに、ファシズムの台頭を逆手に取って団結を呼びかける可能性を示した。

パリへ戻る前、リョーヴァは母にこっそり本心を打ち明け、レフ・ダヴィドヴィチに生涯二度目の同情を感じたこと、そして、このまま闘争を続けることに意味があるのか疑問視するまでになったことを伝えた。父は屈しようとはしなかったが、実際のところ、自らの理想にすがりつく彼を支えていたのは、プライドと楽観的史観、そして責任感だけだった。三〇年も革命闘争を続けた末に明らかになったのは、老革命家は今や完全に孤立し、世界は反動と全体主義、嘘と破壊的戦争の脅威に潰されつつあるという事実だけだった。

確かに、未来と歴史法則への楽観はレフ・ダヴィドヴィチの支えであり、総会に先立つ四週間、彼は長椅子から時に一日一五枚というペースで論考を書き連ねた。向こう数年間の出来事を踏まえて政治理念を修正したことで、新たなインターナショナルの創設を呼び掛けるにあたって提起したいくつかの点がより明確になっており、分散するトロツキー派集団や、スターリン派の指針に不満なドイツ人勢力、そして、常に規律に欠ける過激派を結集できれば、大きな成果が上がるかもしれなかった。だが、いつもネックになるのは、ソ連に対していかなる態度をとるか、そこだった。この話になると、他の論点とうってかわって慎重さが求められ、政権の内実を暴くことや、必要とあらば官僚の腐敗を糾弾することは許されても、体制の本質自体に向けた攻撃は避けねばならない。

いずれにせよ、総会の準備は容易ではなかった。スターリンは、ドイツの灰から現れた待望の敵との対決姿勢を行動面においてほとんど見せていなかったが、少なくとも口先では反ヒトラーを掲げ、「ソ連の友たち」に対しては、反ファシズム運動の独占に向けた宣伝工作の展開を指示していた。そこから流布した新たな神話によれば、ヒトラーと野蛮に対抗する唯一の選択肢はソヴィエト体制だった。ファシズムシンパやその台頭の片棒を担いだ者たちに牛耳られた民主主義体制を糾弾する一方で、共産党は倫理的・政治的可能性をめぐる議論を二項対立へと単純化していた。一方にファシズムの恐怖、他方にスターリン率いる共産主義の善と希望。これは入念に仕掛けられた罠であり、レフ・ダヴィドヴィチは西洋の進歩主義勢力のほぼすべてがこの罠にかかるだろうと予感し始めた。

総会の準備に忙殺された四週間も、腰痛と熱が収まる気配はなかった。ナターリヤは何度も休ませようとしたが、彼は、総会が終わったら何でも言うとおりにすると約束して、きっぱりこれを撥ねつけた。ふらふらの状態で論題をすべて書き終えると彼は、妻の言うことは聞かなくていい、何かあればすぐ報告せよ、と命じてヴァン・エジュノールを送り出した。

失敗の予感がちらつき始めるとともに、熱意は失望へと変わった。パリで彼を支持する政党や団体の惨状は、相次ぐ挫折による戦意喪失とモスクワの圧力に対する恐怖を引きずって分裂するヨーロッパ・アメリカの左翼勢力の現状を如実に反映していた。大半が共産党からの造反者だった彼の支持者たちは、一つの潮流にまとまるどころかいくつもの派閥に分裂し、反スターリンという立場の明確化のみならず、永続革命の教義をイデオロギー的柱としたマルクス主義哲学への原点回帰まで求める新たな指針を前に、ただただ尻込みするばかりだった。レフ・ダヴィドヴィチは、呼びかけを受けた党のうちわずか三党しか同盟に加わる意思を示さないという事態を突きつけられて、モリニエのエネルギー過剰とリョーヴァの経験不足がたたって戦略的に重要な合意が得られなかったのだろうと考え、おめおめと恥を晒すよりは、インターナショナルの創設を諦めて、今回の集会を未来の組織作りに向けた準備総会と位置づけたほうがいい、そうリョーヴァに指示した。

レフ・ダヴィドヴィチは疲労と幻滅に打ちのめされた体をナターリヤに委ね、書き物机のない部屋への蟄居と、リョーヴァも含めたあらゆる来客との接見禁止、二つの指令を甘んじて受け入れるしかなかった。だが、彼の頭には様々な思いが渦巻き、パリの総会がなぜ失敗に終わったのか、何日も考え続けた。ほぼ完全に権力の蚊帳《かや》の外に置かれてきたこの五年間に自分の政治的影響力がどれほど失われたか、それを雄弁に物語る挫折を前にレフ・ダヴィドヴィチは、一九一七年当時とまったく異なる政治情勢を前提として行動せねばならないことを痛感した。もはや革命という響きは魅力を失い、反乱の波がヨーロッパを席巻した後にモスクワの入り口へ押し寄せる事態など、夢のまた夢なのだ。永続革命を声高に唱え、モスクワ体制と資本主義を同時に震撼させうる指導者、そんなイメージはどこからどう見ても時代遅れになっていたのだ。

数週間後、フランス当局が在留の制限を緩めると（パリとセーヌ県以外ならどこに住んでもいいことになった）、レフ・ダヴィドヴィチはレイモン・モリニエに頼りきりの生活を打ち切ってサン＝パレを離れることにした。懐に見合う物件を探した結果、バルビゾン郊外の、ミレーやルソーといった風景画家に描かれた小さな町に落ち着くことになった。フォンテーヌブローの森の端にあり、パリから二時間もかからないということで、支持者たちとの距離は近くなったが、再び警護をつけねばならないのが難点だった。

世紀の初めに建てられた二階建ての家で、所有者のつけた名前は「ケル・モニーク」。自動車一台通るのがやっとという細い土の道を隔てた向こう側に森が広がっていた。いつも森の匂いに包まれたこの地に移って以来、目に見えて体調が回復した彼は執筆を再開し、支持者を家に迎えては、その一人ひとりに向かって政治的持論を熱心に説き伏せた。すでにスペインでは、かつての友アンドレウ・ニンの率いる一団がいかなるインターナショナルに与《くみ》することもない独立した党を旗上げし、フランスでは、シモーヌ・ヴェイユやピエール・ナヴィルのような闘士が暴走を始めるなど、各地で新たな分裂が広がっていたが、レフ・ダヴィドヴィチは何とかこの動きを食い止めようと必死だった。最も嘆かわしい事態を突きつけられたのは、政治的野心に燃えるモリニエがフランスの同志に混乱を引き起こしており――レフ・ダヴィドヴィチも書き残している――、まだトロツキーを信奉するわずか一〇〇名ばかりの支持者の間に、数年かかっても修復できそうにないほどひどい亀裂を走らせて、第四インターナショナルに横槍を入れていた事実が発覚した時だった。

その年の冬は、午後になると、しばしばナターリヤと連れ立って、かつてフランス王家の禁猟区だったという整備の行き届いた樫と栗の森を散歩し、一度など、森を横切ってパレ・ロワイヤルまで行ったこともあった。夜には、たまの贅沢に、程近いオーベルジュ・デュ・グラン・ヴヌールまで鹿肉を食べに行くこともあったが、レフ・ダヴィドヴィチは読書に耽ることが多く、努めてフランス文学の近作を紐解いた。プリンキポでインタビューを受けたこともある若きベルギー人ジョルジュ・シムノンの小説を楽しむかと思えば、セリーヌの『夜の果てへの旅』を読んで、フランス文学の語彙を震撼させるほどの恐るべき文才を発見し、サン＝パレまで彼を訪ねてきた作者マルローから直接もらった『人間の条件』の叙事詩的世界を堪能した。

だが、この頃最も彼の心を掻き乱したのはモスクワから届いた一冊の本であり、これを読んだレフ・ダヴィドヴィチは、なぜマヤコフスキーが自ら心臓を撃ち抜いたのか、そして、全体主義体制がどれほど芸術家の才能を歪めるものか、改めて思い知ることになった。『スターリン記念白海・バルト海運河』の編纂と序文を担当したのはマクシム・ゴーリキーであり、無理を通して道理を引っ込めた三五人の作家が文章を寄せていた。白海とバルト海を結ぶ運河が夏に開通して以来、「ソ連の友たち」とヨーロッパの共産党系メディアは社会主義土木技術の偉業を称え始め、この事業の有用性を疑問視する者でも現れれば、瞬く間に労働者の敵と揶揄された。だが、ゴーリキーの編纂した書物は悪趣味の極みだった。すでに前作からその内容は唾棄すべきものであり、モスクワで声高に叫ばれていることを鵜呑みにしたゴーリキーは、ソロフキ収容所で進行中の人道的活動を称揚し、零下三〇度の過酷な条件下で、ルンペンや革命の敵対者をまっとうな社会人に更生させようと奮闘するソ連警察を無邪気に激励していた。そして今回の『スターリン記念白海・バルト海運河』では、運河の建設で強制労働を課された者たちが「ソ連新人類」の輝かしい見本へと立派に変貌を遂げる様を描き出すことで、恐怖政治を神聖化していた。もはや少々のことでは驚くまいと思っていたレフ・ダヴィドヴィチも、この不道徳な本には唖然とした。フランスのコラムニストたちなら、運河建設の真相は不明と伝えたうえで、モスクワからの通信を転載するにとどめることで何とか面目を保つこともできたが、ソ連の作家たちが、数年間にわたって強制労働に従事した人々（反抗的農民、職を追われた官僚、反対派政治家、聖職者、アルコール中毒患者、そして作家も含まれていた）が味わった恐怖生活の実態を知らぬはずはない。スターリン自ら音頭をとる社会主義土木技術の高さを立証する目的のためだけに、二〇万人もの囚人が、自然石を切り開いて二万五〇〇〇マイルに及ぶ運河を通し、水門、ダム、堤防の建設に従事したのだ。工期中に命を落とした者の数は計り知れないが、事故や寒さ、疲労によって二万五〇〇〇人以上の囚人が犠牲になったことは、ソ連人なら誰でも知っている。それに、労働力を掻き集めたのは、あの執念深い内務人民委員部長官ゲンリフ・ヤゴダであり、この功労によって彼が落成式の場でスターリンからレーニン勲章を与えられたことも周知の事実だった。

一九二一年には、「蛮行、無教養、サディスムと紙一重の残忍さ、ロシアの大衆心理に対する無理解、人民に対するおぞましい実験、労働者階級の破壊、その他ボリシェヴィキについてこれまで言ってきたことすべて、それ以上の惨状が、現在もまったく変わることなく続いている……」ことを確信して亡命の道を選んだマクシム・ゴーリキーの無残な道徳的退廃ぶりを前にして、レフ・ダヴィドヴィチは悲嘆を通り越して吐き気を感じるほどの衝撃を受けた。イタリアで悠々自適の亡命生活を送っていた信念の男ゴーリキーに対して、いったいスターリンはどんな言葉で祖国に帰還するよう説得したのだろう？　いったいどんな手を使って、茶番でしかない本に署名させ、人類とその威厳と知性に対するおぞましい犯罪に加担する屈辱を負わせたのだろう？

一九三四年、一抹の期待感がバルビゾンに舞い込み、レフ・ダヴィドヴィチは数週間事態の推移を見守ることになった。まだ残っていた数少ないモスクワの情報筋から、スターリンの敵対者たちが結託し、第一七回ボリシェヴィキ総会の場で生き残りを賭けた勝負に出る、との知らせが入って来たのだ。トロツキーの名こそ出てはいないものの、今も彼を支持し、彼の帰国を待望する多くの闘士に加えて、かつてスターリンと対立した者、さらには、長年彼に協力した後に排除された者たちが、ソヴィエト政治の未来をかけた投票の場でグルジア人指導者の追放に乗り出すという。スターリンに対する憎悪や恐怖だけで結びついたこの雑多な集団の先頭に立つのは、ジノヴィエフ、カーメネフ、ピャタコフ、神出鬼没のブハーリンら、かつてのレーニンの同志を含む古参ボリシェヴィキと、全面降伏によって復権したかつてのトロツキー支持者だった。噂では、投票で総書記に選出される期待を一身に背負っているのは、党レニングラード支局書記で、一九二〇年代の内部対立でどちら側にも加担しなかったセルゲイ・キーロフだった。報告によれば、キーロフは反対派との協定を拒否し、総書記に忠誠を誓っているというが、スターリンの行き過ぎた集団主義、産業主義、抑圧的政策を批判し、党員として総会の決定は受け入れるつもりでいるという。

すでに追放の憂き目に遭っていたレフ・ダヴィドヴィチには、進行中の陰謀についてすでに知らぬはずはないスターリンが、どんな手を使ってこれを潰しにかかるか容易に想像できた。敵方を分裂させ、人を利用し、臆病者を脅し、最も近い取り巻きや最近加わったばかりの支持者に復讐をちらつかせる彼の手腕は卓越しており、今回もいかんなく発揮されることだろう。二月二六日に幕を開けた総会の冒頭から、五カ年計画に対する最初の賞賛が聞こえ、未来に向けた野心的経済計画が声高に議論されるとともに、この総会に「勝者の総会」の名がつけられたところで、反スターリン派に勝ち目はないことを彼は悟った。

ブハーリンによる演説の概要が届き、彼が「マルクス・レーニン主義的弁証法を見事に適用して、自らも責任の一端を担う倒錯的右翼の理論的主張を一掃したスターリン同志の先見の明」を認めたうえで、かつて自ら主張した政策の糾弾に終始したことが伝わると、事態の推移は明らかになった。これは暗黙の敗北宣言だったが、それでも、一部の反対派がスターリンの罷免と国の政治的環境の刷新を求めて立ち上がったことを知って、レフ・ダヴィドヴィチはその勇気に目を見張った。投票では、多くの代表がスターリン反対に回ったものの、最終的に、変化の亡霊と特権の剝奪と復讐の予感に怯える大多数に打ち勝つことはできなかった……　ピャタコフがかつて彼に予言したとおり、今度は彼のほうが、ピャタコフにも、ジノヴィエフにも、カーメネフにも、ブハーリンにも、そしてキーロフにまでも預言してやることができた。必ずやスターリンは、この大それた挑発に血で報いることだろう。

バルビゾンでの平穏な日々は、春の到来とともに終わりを迎えた。ルドルフ・クレメントが奇妙な形で身柄を拘束された(小型バイクによるスピード違反)ところから、国家警察の通達を受けていなかった地元警察が「初めて」トロツキーの存在を知る事態となり、政府に対し猛烈な抗議の声が上がったことで、勢いづいた共産党とファシズム勢力が結託して、彼に対する追放令を出させることに成功したのだ。

スターリン主義者やガグラールの予告する報復を恐れたレフ・ダヴィドヴィチは、正体を隠すために髭を剃り、丸眼鏡まで外して、ナターリヤとともにバルビゾンから夜逃げすることにした。こっそりパリへ忍び込んだ二人は、リョーヴァと善後策を協議した。

姿をくらます避難所に選ばれたのは、スイスとイタリアの国境に近いアルプスの町シャモニーであり、モンブラン登頂隊が出発する拠点でもあった。ところが、数週間後、どうしたわけか、あるジャーナリストに居場所をつきとめられ、地区当局から圧力を受けて、再びトロツキー一家は転居を余儀なくされた。まさに地の果てを探すような思いでレフ・ダヴィドヴィチはグルノーブルへ向かい、その近郊の集落ドメーヌに落ち着くと、以後警護も秘書も置かないことに決めた。これなら人目を引くこともあるまい。

一九三四年一二月二日の朝、ドメーヌの家の中庭へ出てみると、ナターリヤが洗い立てのシーツを干しているところであり、この場面をレフ・ダヴィドヴィチは生涯忘れなかった。妻と洗剤の匂いと朝の香りに醸し出された平和の雰囲気は、ラジオで聞いたばかりの重大な知らせと完全にちぐはぐだった。セルゲイ・キーロフがレニングラードのスモーリヌイ宮殿の執務室で暗殺されたというのだ。レフ・ダヴィドヴィチの頭には、ソ連中に激震が走る様子がありありと映し出され、その瞬間から間違いなく始まるであろう後戻りできない一連の事態について様々な思いが交錯した。

報道によれば、すでに大量の逮捕者が出ているばかりでなく、予備捜査の段階で暗殺の首謀者と目されているのはトロツキーに賛同する反対派であり（実行犯として名前が挙がっているのはレオニード・ニコラエフという男だという）、トロツキーのスパイと思しき在レニングラード・ラトビア領事の加担した政権転覆工作の存在が背後に浮かび上がっているという。ナターリヤに知らせを伝えると、返ってきたのは、生涯彼がつきまとわれることになる問いだった。「それで、セリョージャは？」

その一週間後、リョーヴァがパリからセリョージャの手紙を持ってきたことで、不安な日々はいったん終息した。とはいえ、それまではいつも母に宛てて冷静に個人的な内容を書いていたのに、打って変わってこの手紙は警戒の叫びに満ちていた。モスクワの情勢は混沌としており、逮捕者が続出しているせいで、町人は皆尋問を恐れているらしく、政治と無縁な科学者である息子が、自分の置かれた状況を「想定されるよりはるかに深刻」と評していた。読み終えたナターリヤは涙声を上げげた。息子の身は大丈夫だろうか？　なぜそれほど深刻な状況に置かれているのか？　トロツキー家の一員だというだけでか？　以来、セルゲイからの便りを待ち焦がれる気持ちは募り、安否の確認を待ち望む両親には、心休まる暇もない生活が続いた。

同じ一二月二日、キーロフ暗殺以前から逮捕されていた一〇〇名ほどの容疑者がGPUに処刑され、大量の党員が投獄されたというニュースが伝わると、事態の行方は次第に明らかになってきた。だが、もっと大きなヒントとなったのは、ブハーリンが『イズベスチヤ』に寄せた一連の記事であり、ここで彼は、国内におけるあらゆる分派行為は違法であると述べたうえで、反対派の存在は反革命に繋がるというスターリンの主張を繰り返し、逸脱の最たる例として、「堕落したファシスト」に成り下がったジノヴィエフとカーメネフを引き合いに出していた。一二月二三日、暗殺の「道徳的共犯者」という嫌疑でジノヴィエフとカーメネフが拘束されると、すさまじい破壊の嵐が始まったことはもはや明らかだった。それまでにもスターリンは、レーニンの同志だったボリシェヴィキの古参二人を二度にわたって追放し、その都度、二人の人間的・政治的威信を貶めた末に復党を認めていたから、すでに両者とも、昔の名を引きずった影の薄い党員くずれに成り果てていた。だが、過去の亡霊たる二人にも、今回ばかりは最後の時が訪れたらしく、スターリンは出世の手助けをしてくれた恩人二人を容赦なく打ちのめそうとしていた。思えば、レーニンの死後、レフ・ダヴィドヴィチが権力へと登りつめる道を妨げるためだけに、のろまで実力に劣る（と当時は思われていた）スターリンとこの二人が結託していなければ、ソ連の歴史はまったく違っていたかもしれなかった。

　レフ・ダヴィドヴィチは、権力を独占しようとしているという糾弾を突きつけてきた時のジノヴィエフの濁った目と、カーメネフのこそこそした目（妹のオリガがなぜこんな男と結婚したのかまったく理解できなかった）を思い出した。成功の見込みに目が眩《くら》むあまり、二人は率先してトロツキーとその思想に対する攻撃の音頭を取り、神聖なるソ連の運命を危機に晒してでもヨーロッパへ革命を広めようとしかねない彼の自己中心的な英雄気取りを揶揄した。二人は、反対の手にナイフを隠し持っていた田舎者の粘ついた手を握った忌まわしき瞬間をいくら悔やんでも悔やみきれないことだろう。

　一九三五年を目前にしても、セリョージャの沈黙は破られず、悪い予感ばかりが募った。一二月三一日午後、モスクワのラジオ局から流れてくる愛国的行進曲や偉大なる指導者の威勢だけはいい演説、そして、暗殺者ニコラエフ、その妻と義母及び党員一三名の処刑――全員がトロツキーに賛同する反対派への共感と、キーロフ殺人への間接的・直接的関与を認めたという――といったニュースに嫌気がさしていたレフ・ダヴィドヴィチとナターリヤは、山おろしの寒風にもめげず近所の野原へ散歩に繰り出した。途中、ナターリヤは突然の疲労感に襲われて枯葉の上にしゃがみ込み、ちょっと止まってほしいと訴えた。立ち止まって妻の姿を見たレフ・ダヴィドヴィチは、心労を重ねるうちに思いもよらぬほど早く彼女が老け込んでいることに気がついた。だが、彼女が自分の暮らしに愚痴をこぼすことは決してなく、夫の口から嘆き節でも聞こうものなら、力強く励まして前を向かせていた。具合が悪いのかという質問に、少し疲れただけだとナターリヤが答えると、レフ・ダヴィドヴィチは、決して自分の苦悩を口外すまいと誓いを立ててもしたようにまた黙り込んだ。セリョージャから何の知らせもないと言って騒いでいるようでは、平和を大原則とする革命の圧倒的暴力に息子が飲まれてしまった可能性を認めているのと同じことではないか。

不安感は時とともに薄れていったが、数週間、レフ・ダヴィドヴィチはドメーヌの家を亡霊のようにさまよい続けた。モスクワからニュースが入り、ジノヴィエフ、カーメネフほか、キーロフ暗殺の「道徳的責任者」たちが懲役五年から一〇年の判決を受けたと知っても、呆然自失の状態はほとんど変わらなかった。すぐに伝わってきた知らせによれば、亡くなったジーナとニーナの夫で、すでに一九二八年から公職を追われていたヴォルコフとネヴェルソンにも新たに有罪判決が下され、すでに高齢だった前妻アレクサンドラ・ソコロフスカヤまで、カーメネフの妻オリガとともに、レニングラードからトボリスクへ追放処分となった。だが、こうした処分の裏側には希望が隠れており、トロツキー夫妻はそれにすがりついた。有名な反対派や家族の他の面々が服役や追放の処分ですんでいるのなら、セルゲイも、拘束された可能性はあるにせよ、生きているはずではないか。だが、それならなぜ便りがないのか？　なぜ誰からも情報が来ないのか？

夫の悲観を抑えるようにしてナターリヤは国際世論に向けて公開書簡をしたため、モスクワ工科大学の研究員セリョージャが政治活動と無縁であることを主張したうえで、彼の活動と安否について調査してほしいと訴えた。さらに、国際世論や左派知識人、世界の労働者階級の圧力を前にすれば、ソ連官僚も知らぬ存ぜぬを貫くわけにはいかないだろうと論じて、仲介の労を取ってほしいと、ロマン・ロランやアンドレ・ジッド、バーナード・ショーら、著名な知識人や労働運動家に協力を呼びかけた。

その間も、彼の滞在に反対する声は激しさを増しており、突発的あるいは計画的な暴力行為にいつ襲われてもおかしくない状態が続いていた。そのため、レフ・ダヴィドヴィチはパリから警護を呼び寄せると同時に、それまで及び腰だったノルウェーで、総選挙に勝った労働党政権が彼を受け入れてくれるのではないかと期待した。

亡命の申請に際しては、健康上の問題も理由に挙げてはいたが、やはり第一は身の安全であり、フランス政府と交渉した時と同じように、国の政治に一切口出ししないことを繰り返し約束した。

スターリン主義者とファシズムの魔の手がすぐ近くに迫っていることが感じられ始めた頃になって(ギアナのような植民地へ送るという話まで出ていた)、ようやくノルウェーからビザが下り、救いの扉が開かれた。二年前、ブユック・アダを離れた時とは違って、一年過ごしてまったくいい思い出のなかったドメーヌを慌ただしく立ち去る際も、郷愁など微塵も湧かなかった。

リョーヴァとともにパリへ着いても、首都への訪問を禁じる条項に違反したとして四八時間以内の国外退去を迫るフランス当局と、なかなか届かないビザの狭間で、まだしばらくもがき苦しまねばならなかった。出発間際、レフ・ダヴィドヴィチは『ビュルタン』に掲載する書簡をリョーヴァに託した。そこで彼はフランスの民主主義を批判し、国内にファシズムが広がる最中にモスクワとの裏取引に応じることで、彼の身の安全のみならず、国の未来を危険に晒した政治家たちを断罪した。「私はフランス国民への深い愛と労働者階級の未来への揺るぎない信念とともに国を去る。今はブルジョアに疎まれても、いずれ労働者階級に温かく迎え入れられることだろう」と、いつもどおりの楽観論で彼は書簡を締めくくっている。だが、パリを横切る彼は、すべてに嫌気がさしており、プロレタリアの君臨するフランスに戻って来るなど夢のまた夢だという気がしていた。そのとおりだろう。別のところで彼自身が書いているとおり、自ら墓穴を掘った社会主義は長く腐敗を脱け出せまい。

何カ月もフランスで孤独と緊張と幽閉に苦しめられた後に、ノルウェーのジャーナリスト、コンラッド・クヌーセンの自宅に迎えられると、彼の歓待ぶりに身も心も慰められる思いだった。小村ヴェクサルの重々しい静寂と平和から、ビロードのカーテンのような手触りが伝わってきそうだった。夏の夕暮れは、去りゆく一日を惜しむように物憂げに進み、夜明けは、長い昼を前に準備万端といった状態で枝の間から広がってきた。ヴェクサルに到着して以来、レフ・ダヴィドヴィチはクヌーセン家の中庭でコーヒーを飲みながら木立の眺めと森の香りで心を和ませるようになった。

ノルウェーへの入国を認められた彼は、これでほぼ七年に及ぶ追放・亡命生活の緊張からようやく逃れられるのではないかと淡い期待を抱いた。レフ・ダヴィドヴィチが到着するや、共産主義陣営もファシズム陣営も、似たり寄ったりの過激な言葉で彼に罵声を浴びせ、これを政治問題として突きつけてオスロ政府に圧力をかけた。だが、彼を迎えた労働党は断固たる意志を示してこれを撥ねつけ、民主主義国家が政治的亡命者受け入れの原則を有名無実化させてはならない、彼の到着はノルウェー国民、とりわけ労働者にとって栄誉にほかならず、モスクワから圧力を受けても、かつてレーニンとともに戦った革命家に対する歓待の意は変わらない、と断言した。さらに、幾人もの閣僚が六カ月間というビザの有効期限は単に形式上の問題にすぎないと請け合い、彼の緊張を解いた。ただし、国内政治への介入と首都での居住はやはり禁じられ、適当な場所を見つけるのが難しいと判断した夫婦は、過渡的措置として、社会民主党の政治家でジャーナリストのコンラッド・クヌーセンに、首都から五〇キロ離れたヘーネフォスに近い小村ヴェクサルに匿ってくれるよう頼んだのだった。

ヴェクサルへ着いた当初のことは、奇妙な混乱の日々としてレフ・ダヴィドヴィチの記憶に残った。マホガニーの豪華な書き物机を配した大きな部屋を与えられた夫婦は、大家族の住む家のリズムに生活を合わせねばならず、しかもこの家族は、夏の間は誰も日課に縛られないばかりか、予告もなく数が増えたり減ったりするのだった。クヌーセンや労働党の判断で警護はつけられず、大抵の障害は易々と乗り越えるスターリンの秘密警察を見くびっているとしか思えないノルウェー当局を前に、レフ・ダヴィドヴィチは柵を開け放した庭を何度も心配の目で見つめることになった。だが、ヴェクサルの生活に適応するうちに、クヌーセンとレフ・ダヴィドヴィチの間には「不可侵条約」なる取り決めが結ばれ、これによって、共産主義者と社会民主主義者というお互いの立場を問いただすことなく政治談議ができるようになったのは、実にありがたいことだった。

それでも最初の頃はまだノルウェー政府の誠意に対する疑念が彼の内側に残っていたかもしれないが、労働党党首で創設者のマルティン・トランメルに連れられて、法務大臣トリグブ・リーが表敬訪問に現れたところで懸念は一掃された。最初は単なる世間話だったが、やがて白熱したこの日の議論は、後にリーによって労働党の主要新聞『アルバイデルブラーデット』に掲載され、対談の後、二人は政治的立場の違いを超えて握手を交わした。

数週間後、ようやくレフ・ダヴィドヴィチの緊張感は解けてきたものの、体のあちこちに不快感が現れ、その後数カ月にわたって悩まされることになった。それでも彼は毎日部屋にこもり、偏頭痛や節々の痛みをこらえながら、レーニン伝の執筆を再開しようと心に決めた。すでにドイツの出版社は執筆依頼を撤回し、フランスの編集者も彼の作品への関心を失っていたが、アメリカ合衆国の出版社だけは、かつてほど乗り気ではなかったものの、依然として興味を示していた。だが、一九三五年八月初頭にモスクワから届いたニュースによって、このままレーニン伝に集中していいものか、それとも、目下進行しつつある恐怖とそれを止める必要性をめぐる考察をまとめておいたほうがいいのか、判断に迷うことになった。問題の『プラウダ』は、クレムリンで開かれたパーティーについて記事を掲載しており、それによればスターリンは、両手いっぱいの勲章を会場でばら撒いた後、そうした場につきものの演説をぶったという。内容は、「生活は改善しているのだ、同志諸君、生活はより明るくなった！　生活と社会主義に乾杯しよう！」という勝利の叫び声に集約されていた。それまでの経験であの男の動きが読めるようになっていたレフ・ダヴィドヴィチは、この言葉はライオンの雄叫びにほかならず、間もなく容赦ない追い込みが始まるにちがいないと予感した。

数カ月前から彼は、情報を繋ぎ合わせながらスターリンの一挙手一投足に注目し、キーロフ暗殺事件の捜査を締めくくる裁判で一九三五年初頭にジノヴィエフ、カーメネフらの処分が決定して以来、緊張緩和の政策を打ち出すクレムリンの意図がどこにあるのだろうと考えてきた。あれ以来、逮捕者の数は減り、絶え間ないプロパガンダに裏打ちされた公的楽観論の波が国中に広がるなか、モスクワでは、働きぶりのめざましい労働者や各共和国の代表者をもてなす式典が開かれ、科学者、スポーツ選手、優秀な公務員に晩餐が振る舞われるとともに、あらゆるレベルの党指導者に栄誉が授けられていた。数年間も飢饉と弾圧が続いた後、スターリンは安心の時代を築き上げようとしているらしく、すでに困難な時代は終わったこと、そして、社会主義の繁栄期に差し掛かっていることを強調していた。だが、レフ・ダヴィドヴィチにはわかっていたとおり、ひとたびそうした幻想が定着すれば、いずれスターリンは新たな策で国を震撼させ、ライバルに邪魔されることなく支配できる体制を強化させようとするにきまっているのだ。

セリョージャは生きていて、モスクワのアパートに軟禁されている、という知らせが届いた以外、一一月下旬から一二月中旬まで何もいいことはなく、おまけに体のほうが悲鳴を上げて、ついにこのまま無様な最期を迎えねばならないのかとレフ・ダヴィドヴィチは思ったほどだった。「衰弱死、なんと恐ろしいことか！」後に彼は書いている……　だが、いろいろやり残したまま死ぬことになるのかと考えた途端に奇跡が起こり、翌日にはベッドから起き出して、気力もほとんど完全に回復した。筋肉は麻痺していたが、生まれ変わったような感覚に包まれ、ヘーネフォスの北側に広がるスキーに適した平原へ一緒に行かないかとクヌーセンに誘われた時も、思い切って行くことにした。このハイキング中の出来事で後々まで記憶に残るほど肝を冷やしたのは、スキーを着けたまま太腿まで雪に埋まった時のことであり、クヌーセンの指示に従って、ジャン・ヴァン・エジュノールと、着いたばかりの新米助手エルウィン・ウォルフが、彼を助け出さねばならなくなった。

その少し後、一九三六年最初の数週間に、レフ・ダヴィドヴィチは一通の手紙を受け取り、その生々しい内容を前に、恐怖とはいかなるものなのか、そして、恐怖が人間の体にどれほど思いがけない反応を引き起すものか、心理分析の本を読むより身にしみて正確に理解することができた。差出人はかつての論敵で、ボリシェヴィキが勝利した直後にパリへ亡命したフョードル・ダンだった。ダンと知り合ったのは一九〇三年のことであり、当時

料金受取人払郵便

綱島郵便局
承　認
3062

差出有効期間
2021年4月
14日まで
(切手不要)

郵便はがき

223-8790

神奈川県横浜市港北区新吉田東
1-77-17

水声社 行

御氏名(ふりがな)	性別 男・女	年齢 歳
御住所(郵便番号)		
御職業	(御専攻)	
御購読の新聞・雑誌等		
御買上書店名	書店	県 市 区　町

読　者　カ　ー　ド

この度は小社刊行書籍をお買い求めいただきありがとうございました。この読者カードは、小社刊行の関係書籍のご案内等の資料として活用させていただきますので、よろしくお願い致します。

お求めの本のタイトル

お求めの動機

1. 新聞・雑誌等の広告をみて（掲載紙誌名　　　）
2. 書評を読んで（掲載紙誌名　　　）
3. 書店で実物をみて
4. 人にすすめられて
5. ダイレクトメールを読んで
6. その他（　　　）

本書についてのご感想（内容、造本等）、今後の小社刊行物についてのご希望、編集部へのご意見、その他

社会民主党の革命家だった彼は、ブリュッセルの党大会でレーニンに反対票を投じて、他の不満分子とともに党内にメンシェヴィキを生み出す契機となった。ダンは革命闘争に関わる党派間の融和に最も尽力したメンシェヴィキの一人だったが、一九一七年には、同志への忠誠心を貫いてプロレタリア革命に反対し、ロシアにおける議会制の導入を擁護したことで、十月革命に先行する数カ月間、レフ・ダヴィドヴィチと対立を続けた。ボリシェヴィキの勝利が確定すると、ダンは和解の道を模索し、後には大人しく負けを認めて隠棲した。

挨拶と健康を祈る言葉に続いてダンは、何年も政治から遠ざかっていたばかりか、レフ・ダヴィドヴィチと会うこともまったくなかったのに、今になって手紙を書く気になった理由を説明した。共通の友人ル・サヴルー氏の再三にわたる勧めに従って、様々な意味でトロツキーの過去と未来に大きく関わると思われる事態を伝える気になったのだという。

ダンによれば、すでに度重なる排斥を受けて権力の隅へ追いやられていたブハーリンが、かつてのマルクス・エンゲルス・レーニン研究所がこのほどスターリンの名を冠して拡充されるにあたり、蔵書に加えたい重要文書があるということで、その購入のため、総書記自らの命を受けてヨーロッパへ派遣された。文書購入費用と滞在費をふんだんに与えられたブハーリンは、ウィーン、コペンハーゲン、アムステルダム、ベルリンを回り、その後、ヒトラーの政権掌握に伴ってドイツの社会民主党員がそれまでアーカイブに保管していた文書の大半をパリに運び出したという情報を得て、しかるべくパリへやってきた。ブハーリンは、かつてのロシア革命の闘士で旧友、しかもル・サヴルーとも付き合いのあるボリス・ニコラエフスキーと面会したが、対談の間、ブハーリンはずっとバツの悪そうな態度に終始し、緊張に苛まれてでもいるようにピリピリしていた。ニコラエフスキーに水を向けられても、ソ連の現状やキーロフ暗殺、ジノヴィエフとカーメネフの逮捕――二人をファシスト呼ばわりして公共の場で非難し、逮捕のきっかけを作ったのはブハーリンだった――について、彼は完全な沈黙を貫いた。ダンは妻とともに二、三度彼と会って言葉を交わしたが、彼の口をついて出てくる話題といえば、フランスのチーズにフランス文学、レーニンとの友情、そしてこれから購入する文書のことばかりであり、「最初は相当に疑り深い男だと思った」という。一度だけ、スターリンの政治に関する意見を引き出すことができたが、おそらく思わず本音を漏らしたらしく、革命の精神を蝕む総書記の振る舞いには心が痛むとブハーリンは述べた。ダンはさらに続け、昨今の動静を見るかぎり、かつてスターリンを挑発したこともあり、遅かれ早かれ粛清の犠牲者になると目されていた癇癪持ちのブハーリンが、哲学的、歴史的というよりは商業的な使命をスターリンから直々に任されるという事態は、ソ連政治を知る者の目には少なくとも奇異に映らざるをえない、と述べていた。だが、スターリンがもっと驚きの決定を下したのはその後だった。ブハーリンが願い出たわけでもないのに、彼の若い妻で、妊娠中のアンナ・ラーリナをパリへ派遣してきたのだ。なんと奇妙な一手だろう。人質を解放し、妻と一緒に出て行けとでもいうのだろうか？　ソ連国内にブハーリンを置いておけば、ジノヴィエフやカーメネフと同じように、誰に咎められることもなく葬り去ることも、キーロフのように始末することも可能だというのに、わざわざ国外逃亡を認めるのだろうか？　ブハーリンを殉教者から逃亡者に変えてやろうというのだろうか？　こう自問するダンの手紙を読みながら、レフ・ダヴィドヴィチもあれこれ考えずにはいられなかった。

ダンの手紙はさらに続き、その数週間後にスターリンからブハーリン宛に指令が届いたという。その内容は、マルクス・エンゲルス関係の書類はもうどうでもいいから、交渉のことはさっさと忘れて、即刻モスクワへ戻れ、というものだった。ル・サヴルー氏は、ブハーリンがこの指令を受け取る場に居合わせ、かつてはボリシェヴィキの放蕩息子、革命の未来を託された理論家とまで謳《うた》われた男の顔がたちまち真っ青になる現場を目撃した。ル・サヴルー氏は戻らないほうがいいと勧めた。こんな出し抜けな呼び出しは、相手を拘束して痛めつけるため以外にありえない。ニコラエフスキーも同意見で、ブハーリンに向かって、このままヨーロッパに残って第二のトロツキーになれば、彼とともに反対派をまとめてスターリンを追い落とす可能性を模索することも可能だ、と論じた。だが、ブハーリンはすでに帰国の準備を始めていた。黙ったまま機械的に作業を進めるその姿は、自らの意志で処刑台に向かって歩いて行く男そのものだった。怒りに駆られたル・サヴルーは、何年もツァーリに抗して戦った後に、闘争の最も暗い時期をレーニンとともにくぐり抜けた男が、処罰されるとわかっていながら、大人しい羊のようにおめおめと国へ帰っていくとは何事だ、そう言って問い詰めた。するとブハーリンは、何とも痛ましい答えを返してきた。「怖いから帰るんだよ」ル・サヴルーには最初その意味がわからず、緊張のせいでブハーリンのフランス語がおかしくなったのかとも思ったが、考え直してみても、やはり自分の耳に間違いはなかった。怖いから帰る。だからこそ帰るべきではない、亡命したほうが国にも革命にも貢献できる、ル・サヴルーはそう説き伏せたが、するとブハーリンはとうとう胸の内をすべて明かした。自分はレア・ダヴィドヴィチとは違う、それがスターリンにはよくわかっている、何よりこの自分が一番わかっている、トロツキーは何年も抑圧に耐え抜いたが、自分にはそんなことはできない、いつ背後から襲われることかと怯えながら根無し草の生活を続けることはできない。「いずれスターリンが私を始末することはわかっている。殺されるかもしれないし、命だけは助かるかもしれない。私としては、助かる可能性にすがりついて国に帰ることしかできない。いつ命を狙われることかと怯えながら生きていくより、助かる希望にしがみついているほうがいい」

ブハーリンは、妊娠七カ月のアンナ・ラーリナを連れてモスクワへ戻った。パリ北駅で彼と別れたル・サヴルーは、そのままカルチエ・ラタンへ向かい、行きつけのロシア料理店でニコラエフスキーとダンと落ち合った。当然ながら、話題はブハーリンのことでもちきりだった。「そして我々は気づいた」ダンは続けていた。「スターリンは、寝たふりをする猫と同じく、ずっと彼を弄んでいただけなのだ。獲物の後をつける必要はない、向こうから恐れをなして鉤爪に口づけしに戻ってくるのだから、あとは好きな時に捕まえて貪り食ってやればいい、そう踏んでいたのだ。これほど病的なサディスムがあるだろうか。何とも恐ろしいことに、そんな男が我らが祖国の指導者なのであり、形は違えども、君や私、そしてレーニンが、さらにはスターリンに粛清されるであろう多くの者たちが、同じ情熱を込めて夢見た革命の指導者なのだ。そして、恐怖のあまり、勇気を振り絞って危険な毎日を生き抜くくらいなら確実な死を選ぶブハーリンもまた、間もなくスターリンの屠殺場で生贄にされることだろう」

その後の数週間、レフ・ダヴィドヴィチは己と闘い、フォードル・ダンに聞かされた話を頭から振り払おうと努めた。だが、一九一六年にフランスを追放されてニューヨークへ渡った時に彼を迎えてくれた威勢のいいロマン主義者、あのブハーリンが柄にもなく顔面蒼白になって怯える姿が幾度となく頭に甦り、数カ月後、モスクワでかつての同志たちに対する裁判が始まると、その様子を伝えるラジオ放送や新聞にかぶりつきながら、「怖いから帰る」、あのブハーリンの言葉を何度も思い出さずにはいられなかった。今やレフ・ダヴィドヴィチも理解したとおり、自ら建国に携わったあの国は、恐怖の支配する地に変わり果ててしまったのだ。そして、ますます茶番にしか見えなくなっていた裁判の終わりを見届けると、かつてボリシェヴィキの勝利に向けて尽力した仲間たちを処刑することで、スターリンが革命精神の最後の残り火まで汚してしまったことを痛感し、胸が痛んだ。もはや残された道は、明日か一〇年後か二〇年後か、ともかく、座して死を待つことだけだ。体に入り込んだ致命的な病原菌をもはや取り除くことはできないのだ。

一年前ノルウェーに着いて以来、レフ・ダヴィドヴィチはクヌーセンを相手に、かつての友ハラランボスと連れ立ってマルマラ海へ気晴らしに出掛けた話を繰り返し、体さえ許せば釣りをしてみたいとよく言っていた。様々な障害はあったものの、一九三六年八月四日に願いは叶い、絶好の釣り場となる小さな無人島があるというので、クヌーセンの車で南部のフィヨルドを目指して出発した。ヴェクサルを出る時に、クヌーセンは不審な車に後をつけられているような気がしてわざと脇道に逸れ、追っ手をまいたが、その正体がキスリング司令官の名をとったファシズム政党のメンバーであることが彼にはわかった。

フィヨルドに着くと、一行はモーターボートに乗り換え、丸太小屋がわずかに並ぶだけの島を目指した。静かな未開の風景が創造の始まりから続く大地を受け継いでいるようにレフ・ダヴィドヴィチは感じ、すぐに彼は偉大な人跡未踏の地に馴染んでいった。

翌朝早く起き出したレフ・ダヴィドヴィチは、寒さにもかまわず、コーヒー・ポットを手に小屋を出て岩山へ登り、山間の渓谷から太陽の昇る光景を待ち受けた。だが、雄大な景色に見とれていたところでクヌーセンに肩を叩かれ、ヴェクサルからメッセージが届いていることを告げられた。警官の姿をしてはいても一目でキスリング党のメンバーだとわかる男の一団がレフ・ダヴィドヴィチの部屋に捜索に入り、偽警官だと気づいたクヌーセンの息子や娘婿たちが警戒の声を上げて追い払ったものの、書類が少し盗まれたという。それで予め車で後をつけ、二人がヴェクサルから出て行くのを確かめたわけだ、そうクヌーセンには合点がいった。

クヌーセンの家族に危害が及ばなかったことを聞いて、レフ・ダヴィドヴィチはとりあえず安堵した。彼のいない隙を狙って書類を漁りに来たということは、当面狙いは彼自身ではないということだろう。

三日後、クヌーセンとナターリヤとレフ・ダヴィドヴィチは、島に着陸する小型機を見て、何か尋常でない事件が起こったことを悟った。法務大臣トリグブ・リーに派遣されたヘーネフォス司法警察署長は、盗まれた書類についてレフ・ダヴィドヴィチから話を聞くよう命じられていた。ノルウェー政治への言及がなかったか確かめようとする署長に対し、レフ・ダヴィドヴィチが、国に来てからの一四カ月間、内政に立ち入ったことは一度もない、と請け合うと、署長は挨拶の言葉を残して立ち去った。だが、この訪問が後に不安を残さずにはいなかった。取り決めに違反するようなことは一度もしていないとレフ・ダヴィドヴィチは確信していたが、何か彼の及び知らぬ事情があって法務大臣が憂慮している可能性もあった。

翌日、朝食の時にクヌーセンは携帯ラジオを点け、オスロから流れてくるニュースに耳を傾けた。レフ・ダヴィドヴィチにはまだほとんどノルウェー語がわからず、ラジオは無視して庭へ出たが、数分後、真剣な表情で顔を強張らせたクヌーセンが彼に近寄り、モスクワで深刻な事態が発生したことを告げた。ジノヴィエフ、カーメネフ、その他一四名の容疑者が、ソ連国家に対する反逆、キーロフ暗殺、ゲシュタポと共謀したスターリン暗殺計画の罪で告訴され、裁判にかけられることになったという。検察は死刑を求刑している。

レフ・ダヴィドヴィチは友の顔を見つめ、一瞬憤慨で張り手を食らわしてやりたくなった。彼は小屋へ戻ってラジオのダイヤルを回し、今聞いたばかりの恐ろしい話が単なる誤解であることを確かめようとした。一時間後、ドイツ語のニュース放送からソヴィエト通信社の発表が伝えられ、クヌーセンから聞いた話が間違っていないばかりか、検事の訴追状には、外国勢力と手を組んだトロツキー・ジノヴィエフ連合による陰謀の首謀者、扇動者として、トロツキー自身の名前まで上がっているという。しかも、ソ連にテロリストや刺客を送るための基地としてノルウェーを使っているとまで断罪していた。即座にレフ・ダヴィドヴィチは、血も涙もない恐怖の波がモスクワで起こったことを理解し、やがてその余波は、亡命生活で最も静かな日々を過ごしていたヴェクサルの僻地まで及ぶにちがいないと覚悟した。

一六人の容疑者に対する裁判が始まり、憤慨したソ連国民の良心の代弁者を気取るヴィシンスキー検事の怒号が裁判にかけられた犬畜生の処刑を求めるたびに、レフ・ダヴィドヴィチは、かつてレーニンとともに、革命の名のもと、反対派の弾圧という任務をフェリックス・ジェルジンスキーに託した時のことを思い出し、まだよちよち歩きをしていた革命を何が何でも救うべく、法を無視して冷徹な「赤の恐怖」に打って出たあの英雄的時代を振り返った。ジェルジンスキーの組織したチェーカーの恐怖はまさに革命の黒腕であり、人民の敵、階級闘争に敗れてもなお自らの生活形態と不平等文化の消滅を受け入れようとしない敗北者たちを、何百、何千という単位で、しかるべく冷酷に始末していった。勝者たる彼らは、情け容赦なく敵方を敗北の彼方へ追いやるべきであり、歴史を担う機関としての党は、特定の個人を対象とするわけではないが、避けては通れぬ大衆の復讐を後押しする。おそらくあまりに無慈悲で行き過ぎた暴力だったのだろうが、「奴らか我らか」という二者択一に迫られた状況では、勝利階級が敗北階級を抑えつけるために必要な措置だった……　だが、あの不吉な一九三六年八月にスターリンが抹殺を決めた者たちは、共産党員、闘争の同志なのだ。レーニン、トロツキーに率いられた弾圧機関は、そうした身分の者には敬意を失うことなく、最後の一線を明確に守ってきた。だが、弾圧（農民も聖職者もインテリゲンツィアも対象になった）を重ねて磨き上げられたスターリンの恐怖政治は、それまで不可侵とされてきた領域まで脅かしていた。

レフ・ダヴィドヴィチとしては、こんな茶番が崖っぷちで踏みとどまってくれることを期待したかった。スターリンに歴史的感覚が残っていれば、ここで世界に寛容な心を示して災厄を止めるほうが得策だと判断できることだろう。相手は見ず知らずのブリュムキンではないし、謎の死を遂げたキーロフの件はすでに片付いている。容疑者の多くはかつてのレーニンの同志であり、何十年にわたってツァーリ体制下の抑圧と追放に耐え抜いた者も含まれている。それに、スターリンの突きつける忌まわしい筋書きに沿って、唾棄すべき役回りを演じることさえ甘んじて受け入れた。すなわち、ソ連国家に対する荒唐無稽な反逆罪を受け入れたばかりか、スターリン同志の暗殺、さらには輝かしきソ連領内における資本主義の復興を目論む「トロツキー・ジノヴィエフ連合」の陰謀に巻き込もうとして、トロツキーとその代理人レフ・セドフがトルコ、フランス、ノルウェーから魔の手を差し伸べてきたことまで認めたのだ。こうした合法的な不条理劇から透けて見えるのは、知性への冒瀆にも等しい侮辱だった。今やモスクワを牛耳りつつある厚顔無恥の体制は、革命の主人を崇める者たちに対して新たなイデオロギー的信仰と服従を要求し、犯罪行為に協力せよと命じているのだ。

これまでのあらゆる独裁者と同じく、スターリンは使い古された手を弄して敵対者に外国勢力との共謀の罪を着せており、他方、レフ・ダヴィドヴィチに対しては、一九一七年の臨時政府が諜報組織の捏造した偽の証拠に基づいてレーニンを訴え、「ドイツに仕えるスパイ」、「ロシアを皇帝《カイザー》に売り渡す裏切り者」と断罪した時とまったく同じ論法を繰り出していた。今度は、トロツキーがヒトラーの工作員に仕立て上げられたわりだ……　後にレフ・ダヴィドヴィチは、自分がなぜ時にあれほど脳天気に落ち着いていられたのか、さらには、そんな嫌疑の証拠を検事が出せるはずはないと高をくくっていられたのか、不思議に思えてならなかった。冷静に考えれば、最初の調書には五〇人の逮捕者の名前が挙がっていたのに、裁判にかけられた者が一六人しかいなかったのは、この一件を絶好の反トロツキー・キャンペーンに使うと同時に反対勢力の一掃まで目論むスターリンに対して、残りの者たちが取引に応じ、自分の罪を認める代わりに命乞いをしたからにきまっているではないか。

だが、まったく証拠も挙げられぬまま、荒唐無稽な嫌疑だけが先走りし、判決は死刑、ジノヴィエフ、カーメネフ、スミルノフ、エフドキーモフ、ムラチコフスキー、バカイエフ、そして死刑を宣告されたその他七人の容疑者には、かつてレフ・ダヴィドヴィチにアルマ・アタまで同行し（それが罪なのか？）、亡命先への書類の持ち出しを許した兵士ドレイツェルも含まれていた。裁判の締めくくりが近づき、レフ・ダヴィドヴィチはすでに予想していた自分への判決を待ち受けた。その内容は、トロツキー父子は、まず資本主義陣営、次にファシズムに金で雇われた工作員として、ソ連領内におけるテロ活動を「個人的に」指揮、準備した容疑で有罪、ソ連領内で身柄を発見された場合には、即刻逮捕し、最高裁判所軍事法廷で裁きにかける、というものだった。

判決を聞いたレフ・ダヴィドヴィチは、革命の命運を思って悲嘆に沈んだ。モスクワ労働組合会館円柱の間《ま》の「プロレタリア法廷は革命の庇護者」と書かれた旗の下で、とうとう最後の一線が踏みにじられてしまったのだ。ソ連内外で、裁判中に飛び交った言葉を無邪気に、そして熱烈に信じる者はたくさんいるだろう。だが、少しでも知性を備えた者の目には、その言葉一つひとつが茶番にすぎず、一三人の革命家を殺すためだけにすべてを嘘で塗り固めたことは明らかだろう。この裁判と処刑は、今後何世紀にもわたって、組織的不正の歴史に残る唯一無二の事例、そして信憑性のある歴史に刻まれた新事実として語り継がれていくことだろう。これは誠実な信条の抹殺、ユートピアの臨終にほかならない。そして彼にはよくわかっていたとおり、人民の最大の敵、裏切り者のテロリスト、レフ・ダヴィドヴィチ・トロツキー抹殺へ向けた準備もすでに始まっていたのだ。

11

一九三七年三月から四月にかけての、春にしがみつくようでいて慌ただしく過ぎていった数週間は、様々な展望が交錯する不透明な時期として、後にラモン・メルカデールの記憶に残ることになるが、その後彼は突如として眩い光に包まれ、勝利には非情さが欠かせないことを心の底から理解した。

アフリカに続いて姿をくらませたコトフは（示し合わせていたのだろうか？）、立ち去る前、ビジョタ侯爵邸に蟄居しているようラモンに命じ、近いうちにマクシムスという名の同志がそこへ訪ねてくることを告げた。責任感の強いラモンは、言いつけに従って大人しく待ち続けたが、その間、ルイスという若者とサッカーなどをして暇を潰すとともに、悲しい目の女レナ・インベルトを折に触れて快楽の営みに誘い、自らストーブとベッドを据えつけた馬小屋にしけこむこともあった。最前線で四カ月も緊張と飢えと不眠に耐えてきた後ということもあって、最初はこの休息期間がありがたかったが、すぐに彼は退屈し、実は弟パブロの死を悼むカリダッドの働きかけで危険な戦場から連れ戻されたのではないかと思うことさえあった。コトフの予言とは裏腹に、このバルセロナでは怒号と過激なスローガンの応酬が続くばかりで、共和国側の極左勢力も敵対するファシズム勢力も、陰謀や密会、簡略に済ませば済ますほど望ましい銃殺刑の中毒になっているようだった。

人との接触を断たれていたラモンには、事態の推移がよく理解できなかった。共和国側の各党派が個別に発行する新聞は、原始的な検閲手法で切り取られた不適切記事がそのまま空白を残した状態で彼の手元に届いた。他紙への検閲権を握る共産党系の新聞だけはスクラップの饗宴と無縁に流通を続けており、幼稚な勝利主義と一線を画していたラモンは、次第に語気を荒げていくその社説を読みながら、意見の不一致が生じるたびに部隊の撤退を命じかねない連中、すなわちPOUMのトロツキストやCNT（全国労働者連合）の野放図なサンディカリスト、FAI（イベリア・アナーキスト連盟）の規律に欠けるアナーキストに向けられた糾弾の深刻さを推し測った。だが、もっと彼の目を引いたのは、手ぬるい組織力で戦争を進めるラルゴ・カバジェロ首相とその腹心たちが執拗にこき下ろされていることだった。虚実入り乱れるそうした喧伝は、融和派や過激派の烏合の衆に真っ向から対決すると息巻いていたコトフの言葉を裏付けていた。

二週間前から姿を見せていなかったカリダッドは、扁桃腺の悪化で丸二日寝込み、左腕の痙攣と激しい胸の痛みに苦しめられていた。ようやく屋敷の荒れ果てた庭へ下りてくると、ラモンはしつこいレナをなんとか追い払って母と二人きりになった。無為な日々にはもううんざりで、母とコトフに騙されたように感じていた彼は、最後通告を突きつけた。

「三日後には戦場へ戻る」ラモンは言ったが、カリダッドはかすかに頭を動かしただけだった。「黙って責任を果たせとかそんな話は、ここに僕を引き止めて監視しておくための口実にすぎない」

カリダッドはコートのポケットから煙草の箱を取り出し、苦しそうにもがきながら箱の中を探った。

「体に悪いぞ」吸いかけの煙草を取り出したのを見て彼は言った。

「こんな気分だと死にたくなるわ」彼女は言って、指で煙草を裂き始め、裂けた部分を鼻に近づけてその臭いを嗅いだ。そしてぼろぼろになった吸殻を放り投げると、もう一本取り出して口にくわえたが、火は点けなかった。

「そんな目で見るのはやめてちょうだい。同情なんかされたらかなわないわ。この忌々しい体がいうことをきかないのよ。それに、また戦場へ戻るなんて、バカバカしい…… あんたの思いもよらぬことがここでは進んでいて、思いのほか早くあんたの出番が来るわ。何事にも順序ってものがあるのよ、ラモン」

「もう作り話は聞き飽きたよ」

彼女は笑ったが、腕の痛みで笑顔が凍りついた。焼けるような痙攣が収まるまで、彼女は数秒待った。

「作り話？ 今に見てなさい…… あんたは、ブエナアベントゥーラ・ドゥルティが流れ弾に当たって死んだという作り話まで本気にしているわけ？」

ラモンは母の顔を見て言葉を失った。

「共産党指導部の誰よりも権威のあるアナーキスト司令官が前線にいて、戦争に勝てるはずがないでしょう」

「ドゥルティは共和国のために戦っていた」ラモンは何とかこれだけ言った。

「ドゥルティはアナーキスト、これは生涯変わらなかったことでしょう。ロブレスとかいう通訳が消えた話は聞いた？」

「スパイだったんだろう？」

「哀れなおべっか使いね。軍事顧問と警護隊の間にいざこざがあって、スケープゴートにされたのよ。でもあの男が選ばれたのは偶然ではなく、いろいろ知りすぎていて危険だったからよ。裏切ったわけではなく、裏切り者に仕立て上げられたわけね」

「裏切ってもいないのに殺されたのか？」

「だから何なの？ この数カ月の戦闘の間に、敵側と味方側で何人処刑されたか知ってる？」カリダッドはラモンの答えを待った。

「すごい数だろうね」

「ほぼ一〇万人よ、ラモン。ファッショたちは進軍とともに人民戦線のシンパと思しき奴らを皆殺しにして、こちら側では、アナーキストたちが憎きブルジョアと目される奴らを片っ端から始末してる。わかるでしょう」

「それが戦争、というわけか」それぐらいしか彼には言葉が思いつかなかった。「ゲームのルールを決めたのはファッショたちだ」

「必要なのよ。ファッショたちは背後に敵を残したくないし、アナーキストはアナーキストであり続けるしかない。私たちとしては、このまま指をくわえて戦況を眺めているわけにはいかない。すでに何人も殺したし、これからも何人も殺すでしょう。あんたも……」

ラモンは手を上げて遮《さえぎ》った。

「人殺しのために僕をここへ呼んだというわけか」

「戦場でも同じことをしていたでしょう」

「戦場とここでは話が違う」

「バカバカしい……　党の方針を貫いてソ連の支援を得なくて戦争に勝てるとでも思っているの？　背後の敵やスパイを始末するのも戦争でしょう？　マドリードの第五列を潰すのも戦争でしょう？」

「パラクエジョスでは、第五列と何の関係もない人たちが銃殺され、党員もそれに関わっていた」

「殺された人が妨害者でなかったと誰が言い切れるわけ？　あんた？　それとも、ファランヘ党員？」

ラモンは頭を下げて怒りをこらえた。グアダラーマの山中では、銃を手に、一握りの仲間たちと寒さや飢えに耐えながら山向こうにいる敵と張り合っているだけで、すべてがもっと単純明快だった。

「あんたはこれからもっと大事な戦争に加わるのよ。こっちに勝てなければもう一つの戦争には勝てない。ソ連から飛行機、大砲、銃、弾薬が届かなくなれば、塹壕の同志は野垂れ死にするしかない。ラモン、スペインの運命はあんたのような男たちの手にあるのよ……　事情をわかってもらうために、今日は一緒にラ・ペドレラまで来てちょうだい。大事な会議があるの……　極秘の話し合いであることぐらい、言わなくてもわかるわね。発言は無用、名前も明かしてはいけない、いいわね？」

「アフリカも行くの？」

「少しあの女のことは忘れなさい、ラモン」

その日の夜、カリダッドに続いてラ・ペドレラへ入っていったラモンは、警備に止められることもなかった。最上階の部屋は煙に包まれており、その一つで数名の男たちが話し込んでいたが、カリダッドと付き添いの若者が入ってくるのを見ても、誰一人表情を変える者はいなかった。アフリカがいなくてラモンは落胆し、集まった者たちのなかで顔見知りはただ一人、ドローレス・イバルリだけだった。その瞬間煙草を吸っていなかったのも、おそらく彼女だけだろう。スラブ系の顔をした男が一人混ざっており、後にペドロ同志だと知るこのハンガリー人が、コミンテルン使節団のトップだった。だが、もっとラモンの気を引いたのは、体のがっしりした毛深い大頭の男であり、怒鳴り散らす際に動く小さな瞳の目と分厚い唇までが音を立てそうだった。周りに対する口の利き方から、一目で癇癪持ちの男だとわかり、話している内容から察するかぎり、人を見れば裏切り者と思うばかりか、何か怠慢があればそこに邪悪な陰謀と敵の妨害工作を見出すようなタイプだった。カリダッドが彼に耳打ちし、あれがアンドレ・マルティだと告げると、即座にラモンは事の重大さを察した。交戦中だというのに、マルティが国際旅団の指揮を離れてやってきているということは、よほどの大問題にちがいない。妹モンセがこのコミンテルン指導者の秘書として数週間働いていたことがあり、おかげでラモンは、この男が情け容赦のない暴君だという評判をすでに聞いていたが、その日の夜、悪態だらけの罵詈雑言を放つ彼の姿を見てすっかり納得した。マルティは党首脳部を軟弱、無能と罵り、党中央委員会は存在しないも同然で、政治部の仕事ぶりは恐ろしく原始的なうえに腰抜けすぎる、と断罪した。とりわけイバルリを槍玉に挙げた彼の述べるところによれば、スペイン人には成熟が必要であり、コミンテルンから派遣された人物だという理由だけで、党とコドビージャを同一視して、その言いなりになるなど論外だった。コドビージャの操り人形にされて――ここで彼がまたイバルリを睨みつけると、彼女は棒で殴られた犬のように視線を落とした――、事実上存在もしなければ何の決定権も持たないスペイン共産党指導部が存在するかのような幻想を生み出すためだけに、総書記ペペ・ディアスやドローレス・イバルリの演説まで彼に任せきりとは、恥知らずにもほどがある。状況はもはや一刻の猶予も許さない。ここで一か八かの勝負に出なければ、成功の可能性は微塵もない。

憤慨のあまりラモンは、最後の部分をほとんど聞いていなかった。ペドロによれば、党は政府の軍事勢力をもっと強く批判するべきであり、軍司令部内の更なる粛清を求めるとともに、非協力的勢力に対する攻撃の準備を進めたほうがいいという。共産党が必要としているのは、後衛からトロツキストやアナーキストを排し、不安なく戦闘を進められるようにすることだ。ソヴィエト指導部は、今度こそスペイン共産党が立派にその役回りをこなすことを期待している。

「今しかない」ペドロは言ったが、息苦しくなっていたラモンは、カリダッドのことは気にせず、すでに人気のなくなった夜の通りへ出て一息ついた。

マクシムスがボナノーバに現れたのはその二日後だった。あの衝撃的会合から、コトフに言われた使者の到着でとうとう無為な生活を打ち破られるまで、ラモンは刻一刻と確信を深めていった。軍事顧問団の要求はもっともで、共和国軍の土台を根底から覆す必要があるのだ。少なくとも自分は、その使命に全力を注ぎ、スペインにも、ただ命令に従うばかりでなく自ら考えて行動する党員が少なくとも一人はいることを証明してやろう。自分たちの国にいて、自分たちの戦争を戦っているというのに、パラノイアじみた顔で真実を怒鳴り散らす男に無能な革命家呼ばわりされるなど、共産党員としてのプライドが許さない。行動が必要なのだ。

マクシムスは――数週間行動をともにした後、ラモンはこの男がハンガリー人だと見当をつけた――地下闘争と転覆活動を得意としており、彼の命令でラモンは「特任グループ」と呼ばれる実動部隊に加わった。総勢六人全員がスペイン人だったが、その正体を知っているのはどうやらマクシムス一人らしく、ローマ帝国の崇拝者なのか、メンバーを「法務官」と評したうえで、ローマの著名人にちなんで、グラコ、セサル、マリオなどと名付けた。その日以来、ラモンの名前はアドリアノに変わった。これがその後何度も名前を変える彼の最初の偽名であり、新たな名前を貰って彼は誇らしく思ったが、この時はまだ、その後長い間、単に名前を変えるだけでなく、他人になりすまして生きねばならぬことになるとは夢にも思っていなかった。

ＰＯＵＭの拠点への潜入、およびその指導部、とりわけアンドレウ・ニンの生活様式の把握という平凡な仕事を与えられて、アドリアノは忸怩《じくじ》たる思いを味わうことになった。マクシムスは情報管理を徹底しており、他の法務官たちがどんな任務を与えられたのか、その詳細は彼にもわからなかったが、お喋りな同国人たちのおかげで、危険を伴う暴力行為に参加した者がいることだけは伝わり、そんな噂を裏打ちするように、戦局がペドロの言う「危機的段階」に差し掛かる前に始末しておいたほうがいい連中、大物とまで言わずとも邪魔になる政敵たちが相次いで謎めいた失踪を遂げ、うち数名の足取りは完全に不明となっていた。そんな状況で、ランブラスを歩き回り、ＰＯＵＭ党員やシンパの泊まるホテルに潜り込んでトロツキスト指導者たちの日常生活を細部まで記録する、などという任務を言い渡されれば、党にみくびられたと思うのは当然だったが、当時の彼は、この作業が間近に迫る次の一手に重要な役割を果たすことになり、さらには、マクシムスに見込まれたカメレオン的才能を見事に発揮することで、想像を超える運命に向かって第一歩を踏み出すことになるとまでは、まだ知る由もなかった。

すぐにアドリアノは、大義を果たすためにはアンドレウ・ニンを始末するしかないと確信するに至った。内戦勃発により共和国側内部の政治的対立が激化する前から、背教者ニンは共産党の宿敵であり、一九三六年から翌年初頭にかけて行われたモスクワ裁判をめぐっては、（トロツキーの阿鼻叫喚に呼応して）これを犯罪行為と糾弾するのみならず、判決の正当性と妥当性を擁護する「ソ連の友たち」まで共犯者として断罪した。また、戦争と革命を連動させ、ブルジョア共和国（反プロレタリア的体制であるにもかかわらず、ニンの言う「融和派共産主義者」の支持を受けていた）に対して全面闘争を仕掛けるというテーゼを熱心に擁護した者の一人であり、ソ連の支援なしに政権は維持できないというのに、それに反対していたのもこの男だった。だが、アドリアノが態度を決める最大の契機となったのは、ジェネラリター政府「閣僚」、そしてＰＯＵＭ党首の立場から、共和国に対し、モスクワ裁判で反逆罪の確定した裏切り者トロツキーの庇護を進言したことだった。カタルーニャ首相コンパニスはやむなくニンを閣僚から外したが、この不遜なトロツキー主義者は、ＰＯＵＭ派全員が殺されでもしないかぎり彼らを戦列から外すことはない、と首相に公の場で発言させた。アドリアノは、ひと思いに全員、あるいは彼だけでも殺してやればどれほど素晴しいことかと思った。

アドリアノは定宿の一つにコンチネンタル・ホテルを選んだ。街は物不足に悩まされていたが、ここではまだ美味しいコーヒーも飲めれば、フランス煙草も手に入った。ＰＯＵＭのメンバーの多くが、ここと近くのファルコン・ホテルに泊まっており、潜入者となった彼にすぐわかったとおり、どちらにいても、気をつけてさえいれば、怪しまれることもなく常連の一人になりすますことができた。一目でそれとわかる密偵が何人も建物中をうろうろしていたせいで、彼に目を止める者など皆無に等しく、たとえいたとしても、物好きの一人と思われるぐらいが関の山だったのだ。

アドリアノは定期的にマクシムスに報告を送り、二人で協議を続けて辿り着いた結論は、ＰＯＵＭは共産党系新聞の攻勢に警戒感を強めているものの、上層部に妥協の意思はなく、迫り来る苦境への問題意識も乏しい、ということだった。何人もの宿泊客や訪問者と言葉を交わしたが、バルセロナに深刻な事態が迫りつつあると語ったのは、ＰＯＵＭの義勇兵を志願したイギリス人ジャーナリストただ一人だった。彼によれば、街の空気に緊張が漂っているという。負傷してウエスカの戦線を離脱したこのジャーナリスト民兵は、馬面で痩せぎすの長身男であり、何かの病にやられているらしく、顔色が悪かった。チビの女とずっと一緒で、柱の後ろから誰かに狙われているとでもいうように、いつもあたりをきょろきょろ見回していた。アドリアノが自分の戦時名を告げると、イギリス人はジョージ・オーウェルと名乗り、続け様、ウエスカの戦場よりバルセロナのホテルにいるほうが恐いと打ち明けた。

「あれを見ろ。外国人たちを一角に集めて、ここで起こることすべてはトロツキストとアナーキストの陰謀だと説いているデブが見えるか?」オーウェルに訊かれて、アドリアノはこっそりその人物を見つめた。「あれはロシアの工作員だ……　公の場で嘘を言うことを仕事にする人間は初めて見たよ。もちろん、ジャーナリストと政治家は別だがね」

一九三七年当時、オーウェルはほぼ無名の作家であり、ラモンがその男の正体を知るのは何年も経った後だった。当時のバルセロナに関する本を読んでいて、ジョン・ドス・パソスの写真を見つけたラモンは、激動が始まる前、ホテルのカフェでドス・パソスと言葉を交わすオーウェルの姿を見たような気がしたほどだった。だが当時は、彼と顔を合わせることがあっても政治の話をすることはなく、よく話題に上ったのは犬のことだった。妻のエイリーンともどもオーウェル一家は愛犬家であり、イギリスではボルゾイを飼っているという。この犬種のことは初耳で、オーウェルによれば、これこそ地球で最も美しく気品のあるグレーハウンドだった。

この使命で最もラモンの気に入ったのは、苦も無く偽の自分を隠れ蓑にして、呑気で単純な男アドリアノとして振る舞っていられるところだった。別名を使い、自分の好みとまったく違う服を着て、政治に失望して政治家を嫌悪するようになった男の役回りを演じ切ることが、彼にとって密かな楽しみになり始めていた。そうして日々アドリアノになりすまし、すっかりアドリアノになりきってみると、距離を置いてラモンを見つめることができるようになった。そして、アフリカがいなくても家族がいなくても平気な自分に満足を覚えた。そのうえ、党派的で仲間意識が強かったにもかかわらず、心から打ち解ける友人は誰もいない。行動の唯一の指針としてすがりついていたのは責任感であり、的確に任務を果たすことだけに心を集中していたせいで、ＰＯＵＭ指導部――アンドレウ・ニンについてはとりわけ詳しく調べた――の日課、行きつけの場所、個人的趣味に関する報告をマクシムスに渡して、彼から祝福の言葉を受けると、それがアドリアノに向けられたもので、彼に体を貸したラモン・メルカデールとはほとんど何も関係がないように思えたほどだった。

コトフの姿は、カタルーニャ広場に打ち捨てられた銅像のようだった。春真っ盛りで、生ぬるい太陽が街に降り注いでいた。コトフは少し顔を上げて、活力源の陽光を浴びるトカゲのように暖気を吸収していた。上着も、よく首に巻いていた柄入りスカーフも外しており、ラモンが隣に座っても、まだ数秒間そのままじっとしていた。

「この国は素晴らしい！」ついにコトフは言って笑った。「一生ここで暮らしてもいい」

「スペイン人と一緒でもですか？」

「スペイン人がいるからこそだ。私の祖国には石のような人間しかいない。君たちはまさに花だ。私の国はニシンの日干しとホップの臭いばかりだが、この国はオリーブオイルとワインの匂いに溢れている……」

「あなたの仲間たちによれば、我々は間抜けな野蛮人です……」

「そんな気狂いの言うことを気にする必要はない。イデオロギーと神秘主義を取り違え、歩く機械か、もっと悪いことに、狂信者になり下がっている。ここでは偉そうな顔をしているが、モスクワから呼び出しでもあれば、たちまち……クソッ。ちびるんだ。あんな奴らを手本にしてはいけないし、奴らのようになる必要はない。君にはもっと大きな可能性がある」

「マクシムスに私のことを聞いたのですか？」

「知ってのとおり、彼は君に大満足だ。だが、今日から君はアドリアノではなく、またラモンに戻ることになる。そして、近日中にラモンとして私と作業にあたってもらう。決定が覆らないかぎり、アドリアノはもはや存在しない。マクシムスなどという男は存在しない。いいな？」

ラモンは頷き、マフラーを外した。胸から熱が沸き上がってきた。

「束の間の休みを楽しんでくれ！　平和な時間を無駄にしてはいけない。闘争は辛い道のりで、こんな瞬間は滅多にない……　平和だろう？　そう思わないか？」

単なる修辞上の問いだとラモンは思ったが、コトフが先を続ける様子を見せないので、あたりを見回して答えた。

「ええ、思います」

「正面の建物が見えるか？」

「電話局ですか？　それはもちろん……」

コトフの笑い声に遮られた。彼は頭を下げ、初めてラモンを正面から見つめた。光る煙草を手に、目を半分閉じて強い日差しから守っていた。

「中央政府に対するクーデターを目論む第五列の巣窟だ」コトフが言うと、ラモンは話の糸を手繰るために神経を集中させた。「その前に、あのゴキブリども、宿敵どもを蹴散らしてやる必要がある……　戦況は不利だ、ラモン。ファシストどものゲルニカ攻撃は、犯罪ではなく警告だ。血も涙もない戦い、それが君たちにはまだわかっていないようだ……　アナーキストどもは、軍部の反乱が始まった時に入り込んで占拠したというだけで、電話局が自分たちのものだと思い込んでいる。それに、政府は腰抜けで、追い出そうともしない。ゲルニカ爆撃の時は、共和国大統領の通話を拒否する暴挙にまで出た」それがおかしいとでもいうようにコトフは笑顔に戻った。

「あと数日でこの平和は終わる」

「何をするのですか？」

ラモンの好奇心をはぐらかすようにコトフは沈黙を引き延ばした。

「ファシストの進軍は続き、すでにチビのフランコは右派全会派の支持を得ている。それなのに、共和国側は内輪揉めに精を出して、誰もが牧場主になろうと躍起になっている…… ぐずぐずしている暇はない。第五列の連中がクーデターでも起こせば、スペインは一巻の終わりだ…… 思い切った手に出るしかない。大学広場で八時に待っているぞ」

コトフは首にスカーフを巻いて上着を手に取った。何も訊くべきではないと悟ったラモンは、いつにもまして足を引きずりながら去って行くコトフを見つめていた。ベンチから数メートルほどのところでランブラス大通りが始まり、バリケードに使われたらしい土嚢の脇を、私服姿、各派それぞれ工夫を凝らした制服姿、様々な人々が、のんびり、あるいは慌ただしく通り過ぎていく。ラモンは自分が偉くなったような気がした。マリオネットの集団に紛れてはいても、自分は事情に通じた者の一人なのだ。

八時一五分前、ラモンは大学広場のベンチに腰掛けた。CNT民兵部隊の志願兵を乗せたトラックの列が、旗をたなびかせながらサンツ駅に向かってグラン・ビアを駆け抜けていった。部隊が夜のうちに前線へ出発することは間違いなく、コトフと顧問団上層部の戦略が見えてきたような気がした。三〇分後、いらいらし始めてきたところで、腹に冷たいものが走った。大通りの反対側に彼女がいた。地球に何百万の人がいようとも、彼女の姿なら間違いなく見分けられる。

アフリカが近づいてくると、ラモンは思いもよらず自制心を失った。通りの端まで駆け寄り、怒ったように彼女を抱き締めた。

「しかし、いったいどこへ……」

「いいから行くわよ、もう集まっているはずだから」

アフリカの冷淡な態度にラモンの熱は一気に冷め、彼は大きな変化が起こったことを予感した。市場のほうへ進みながらアフリカは、現在政府の本部が置かれているバレンシアへ行っていたこと、そして、司令部のバルセロナ移転を決めた戦略顧問総責任者オルロフとペドロに呼ばれて戻ってきたことを話した。レニナについてはこのところ何も聞いていない。両親とともにラス・アルプハラスの山中にまだいるはずだ、それだけ言ってさっさとこの話題を切り上げた。二人は市場の近くの建物に入り、階段で四階まで上った。ノックするまでもなくドアが開き、会議室代わりに使われているらしい部屋で、コトフと五名の男たちが何か相談していたが、顔見知りはグラコだけだった。立っていたのは二人だけで、コトフと残りのメンバーは箱の上に腰掛けていた。挨拶の言葉をかける者は誰もいない。

コトフの説明は明瞭簡潔だった。名前は彼も知らないが、とにかく邪魔なアナーキストを一人誘拐する。男は一〇時頃ここから二ブロックほどのバーを出るはずで、赤と黒のマフラーをしているからすぐに見分けがつく。「君と君」と言ってコトフはラモンと三〇過ぎのアンダルシア人らしい色黒男――カタルーニャ警察の制服を着ていた――を指差し、二人で男を捕えて車まで連行するよう指示した後、今度はアフリカを指差して、「車は彼女が準備する」と締めくくった。他の三人は何かあった時のための援護要員だった。ごく普通の逮捕のように事を進め、発砲等、人目を引くような行為は許されない、コトフは繰り返した。あとは、車の運転を担当する二人がしかるべきところまで連れて行く。その後すみやかに解散し、彼ないし伝令の指示があるまで待機せよ。

謎と秘密の雰囲気にラモンの心は弾んだ。カタルーニャ警察の制服に袖を通すと、自分が党にますます重用されていることが感じられ、思わずアフリカに微笑を向けた。この務めを果たせば自分も通過儀礼を終えて真の闘士の仲間入りをするのだと思いながら、アフリカと任務を共にできる予想外の幸運を噛みしめた。この時緊張したかどうか、やがて彼は忘れてしまったが、責任の重さとアフリカのよそよそしい態度だけは後々まで記憶に残った。

拘束、車へ連行（この時男が声を上げて抵抗したせいで、ラモンには相手がイタリア人だとわかった）、発車、すべてつつがなく終えると、彼の気持ちは高ぶった。こんなに簡単なのか。数ブロック進んだ後、ラモンはカタルーニャ警察の制服を脱ぎ、ゴミ箱に捨てた。歓喜に満ちた心はさらなる任務へと逸《はや》り、作戦終了後即座に解散というコトフの指令が物足りなく思われた。こんなにアフリカの近くにいるのに、このままお別れとは……ラバル地区へと続く暗い小道を辿りながら、味気ないレナ・インベルトより温かみのある冒険を求めて彼の足は動いた。立ち止まって煙草に火を点けたところで、彼の体は凍りついた。拳銃の金属的冷たさがうなじに感じられたのだ。一瞬彼の頭は真っ白になったが、嗅覚の働きに救われた。

「規律違反だな」振り向きもせず彼は言った。「スミレの香りを漂わせた党員は君だけだ。路面バスでボナノーバへ行こうか、それとも、バルセロネタのあの部屋？」

アフリカは拳銃をしまい、ついて来るよう促しながら歩き始めた。

「本当のことを話したほうがいいと思って来たのよ」そう言う彼女の口調にラモンはぎくりとした。

「どうしたんだい？」

アフリカは髪を撫でつけて言った。

「もうこれ以上何もないわ、ラモン。私のことは忘れて」

「いったい何の話だい？」ラモンは体の震えを感じた。聞き間違いではないのか？

「もうあなたに会うことはないわ……」

「でも……」

ラモンは立ち止まって荒々しく彼女の腕を取った。アフリカは抵抗しなかったが、その目つきに彼の心は凍った。ラモンは手を離した。

「何も約束したことはないし、そもそも私に恋をしたのが間違いよ。愛なんて重荷になるだけで、私たちには許されない贅沢だわ。頑張ってね、ラモン」そう言って彼女は振り返ることもなく歩き出し、やがて暗がりに姿を消した。

その場に固まっていたラモンは、心の震えが筋肉や脳にまで伝わっていくのを感じていた。どういうことだ？

いったいアフリカは何のつもりなんだ？　党の命令なのか、それとも個人的決断なのか？

街の内奥へ足を向けながら、彼の心は掻き乱され続けていた。打ちのめされた、屈辱を受けたような気分であり、頭のなかで、これまで気にもとめなかった様々な兆候、違う目で見ると別の意味が露わになる振る舞い、様々な印が交錯した。傷ついて巣に帰る狼も同然の足取りで進みながら、ラモンは自分に言い聞かせていた。いつかアフリカにも思い知らせてやる、自分がどれほどの男か……


馬面のイギリス人ジャーナリストが予感し、コトフがしかるべき情報とともに予告した爆発が、とうとう現実のものになった。憎しみと恐怖の乾いた薪がスペイン中に溢れており、点火の場所さえ心得ていれば、マッチ一本だけで、カリダッドがよく言っていた共和国浄化の火を燃え盛らせるには十分だった。

予め情報を得ていたおかげで、事態の劇的推移を前にしてもラモンは驚かなかったが、予期せぬその顚末には不安を覚えずにはいられなかった。五月三日、電話局からの立ち退きと政府への建物引き渡しを命じる内務大臣令を携えたロドリゲス・サラス治安部長が警官隊を率いて電話局に突入すると、予想されたとおり、アナーキストはこれを拒否して上階に立てこもった。これも予想されたとおり、共和国及びカタルーニャ州の警官隊と、CNTのアナーキストとサンディカリスト、そしてこれを支援するPOUMのトロツキストの間で即座に交戦が始まった。すでに高まっていた緊張と積もり積もった憎念がこれで爆発し、バルセロナは戦場と化した。

その数日前、アナーキストは総司令部の指示に逆らって民兵隊の多くを戦線から撤退させ、武装したまま市街各地に野営地を作った。衝突を恐れた当局は、「五月一日決議」の中止まで決定したものの、二日には、カタルーニャ主義者の一団がアナーキストの一部隊に発砲し、緊張はさらに高まった。警官隊の電話局突入は、まさにコップの水を溢れさせる最後の一滴であり、そこから始まった猛烈な暴力の洪水を目の当たりにしてラモンは、社会党と共産党の支援で政府が本当に事態を収拾して勝利を手にすることができるのか、疑問に思ったほどだった。

五月三日当日、予想に反してラモンはボナノーバ待機を言い渡され、コトフの使いが迎えに来るまで何があっても外へ出るなと厳命された。早朝、カリダッドはいつもの頑丈なフォードでルイスを連れ出し、信頼できる人たちに頼んで、ピレネーの向こう側へ送り届けてもらうことにした。車に乗り込もうとするルイスに別れを告げながら、ラモンは悪い予感にとりつかれていた。別れ際、しっかりと弟を抱き締めた彼は、ここに兄がいることを忘れるな、これまでしてきたことも、これからすることも、お前と変わらぬ若者たちが、搾取する者もされる者もいない平等で豊かな世界、憎しみも恐怖もない楽園で生きられるようにするためだ、と言い聞かせた。

午後遅く、電話局で起こった騒動と、その後に続いた血みどろの同士討ちに関するニュースが入ってくると、カリダッドが弟を逃がしたのは、党員でさえ勝利を確信していないからだと合点がいった。アナーキストとPOUMは武器の引き渡しを拒み、武力衝突を引き起こしたと言って、共産党のロドリゲス・サラスを責めた。それに対し共産党側は、公的機関に反旗を翻した政敵を糾弾し、中央政府への妨害工作、規律違反による混乱、間接的・直接的なクーデター計画によって、共和国に崩壊の危機をもたらしたと非難した。攻撃の矛先はとりわけPOUM指導部に向けられ、扇動者、裏切り者、さらには、トロツキー主義を盾にファランへ党と結託してクーデターを画策した陰謀家集団といった言葉が飛び交った。事態の推移と言葉の応酬を前にラモンは、状況分析に基づく驚異的な予測能力と実行力の粋を極めた政治ゲームの進展を冷静な目で見つめる特権的観客にでもなったような気分だった。とはいえ、共和国の命運はかつてない危険に晒されており、誰が勝者になるのかまったくわからないのも事実だった。

事件の核心から隔離されて、いてもたってもいられなかったラモンは、神出鬼没のコトフを探してラ・ペドレラまで行ってみようかと何度も思った。一日が果てしなく長く思われ、夜、銃をたすき掛けにしてボナノーバへ戻って来たカリダッドは、電話局はまだ持ちこたえているが、もう間もなく陥落するだろう、作戦行動は成功し、この蜂起によってアナーキストとトロツキストの信頼は地に墜ちた、と言って息子を落ち着かせてやらねばならなかった。まだ各地で小競り合いはあるものの、ＣＮＴ指導部はすでに矛を収め始めており、バレンシアから派遣された応援部隊が近づいているから、すぐに事態は沈静化するだろう。

「わからないのは、なぜ僕をここに足止めしているかだ」ラモンの嘆き節にかまわず、カリダッドは煙草に火を点け、一服ごとにソーセージを口に放り込んでは、ワインで流し込んでいた。

「第五列や裏切り者を殺す者ならあり余るほどいるわ。コトフなりの考えがあっての判断よ」

「今後どういう展開が予想されているんだい？」

「知らないわ。でも、アナーキストとトロツキストを始末したら、誰がスペイン共和国の主導権を握るかは明らかでしょう。規律に欠ける奴らや裏切り者たちの相手をいつまでもしているわけにはいかないし、ラルゴ・カバジェロは大人しく出て行ってくれそうにない。あいつへの追い込みはもう始まっているけどね」

「それで、国民にはどう説明するんだ？」

カリダッドは煙草を踏み潰し、別の箱を取り出した。ワインをぐっとあおった後、ソーセージで汚れた口を拭った。

「ＰＯＵＭのトロツキストもアナーキスト青年団もアナーキスト連盟も行き過ぎだったことは、誰の目にも明らかでしょう。政府に楯突いたということは、戦時には背信に等しいわ。トロツキストとフランコが密通していたことを証拠立てる文書まで見つかっているというのに、カバジェロはそれを認めようともしない。あのろくでなしどもは、ファシストに地図だけでなく軍の暗号コードまで渡していたのよ」

「いや、いや……　そんな情報の半分はデタラメじゃないか」

「本当にそう思うの？　まあ、たとえ嘘でも、それを真実に変えてやるだけよ。大事なのはそこ、人がどう思うかだけだわ」

ラモンは頷いた。さもしい情報操作は不愉快だったが、戦争に勝つことが至上命題である以上、そうした掃討作戦は避けて通れない。カリダッドは微笑み、煙草に火を点けた。

「あんたにはまだ学ぶことが多いわ、ラモン。ラルゴの融和派に対して、ネグリンとインダレシオ・プリエトの率いる社会党急進派をけしかけてやるのよ。というか、奴ら同士でいがみ合うよう、ラルゴの首を差し出してやるわけ」

「だが、プリエトもネグリンも我々のことをよく思ってはいない」

「我々と手を組む以外に選択肢はない。ラルゴを追い払って、ネグリンかプリエトを据えれば、あとはＰＯＵＭの一掃に乗り出すだけよ。社会党が政権を握りたいのなら、我々の言うことを聞くしかない。我々の支援がなければ政権は取れない。アナーキストやサンディカリストを始末してやるんだから、感謝されていいぐらいだわ」

ラモンは頷き、とうとうこらえていた質問を発した。

「で、アフリカはその話に関わっているの？」

カリダッドは二度続けてワインに口をつけた。

「ずっとペドロと一緒よ。ということは、深く関わっているのでしょうね……」

ラモンは頷いた。嫉妬だろうか、羨望だろうか？　おそらくその両方、そして少しばかりの僻《ひが》み……

「それで、僕の役目は、カリダッド？」

「その時が来ればコトフが教えてくれるわ……　いい、ラモン、あんたが学ばねばならない多くのことの一つは忍耐ね。敵を打ちのめすには、相手が立っている時ではなく、ひれ伏してきた時を狙うものよ。それも容赦なく！」

翌朝、フォードに乗って出て行くカリダッドを見送った後、ラモンは危険を承知で指令に背くことにした。大砲の音がかすかに聞こえてくるだけのボナノーバにいると息が詰まり、自分では認めようとしなかったものの、ひょっとしたらアフリカに会えるのではないかと期待して、街へ下りて行った。中心街へ近づくと、時折発砲のあるバリケードを避けながら進んだ。路面電車とバスが交通を封鎖し、守備隊の所属政治団体を示す旗――共産党、社会党、アナーキスト、POUM、カタルーニャ主義、サンディカリスト、CNT、正規軍、民兵隊、警察――が角ごとに掲げられているのを見て、ラモンは一掃作戦の必要を痛感した。後衛がこれほど分裂して混乱しているのでは、戦争に勝てるはずがない。街全体が戦場と化しており、カタルーニャ広場は兵営の中庭そのものだった。相変わらずCNTのアナーキストが立てこもった電話局の建物は完全に包囲されており、何門もの大砲が向けられていた。とはいえ、包囲部隊は気楽なもので、五月の暖かい朝をのんびり楽しんでいるようだった。ラモンは広場を避けてランブラス大通りに入り、副王妃宮とコンチネンタル・ホテル、さらにそこから下ったファルコン・ホテルあたりに人影がまったくないことに気がついた。時折、急用なのか、白いハンカチを振って通り抜けていく歩行者がいる。市場の近くまで来ると、通りの両側で屋上に銃を構えた男が潜んでいることに気づき、コンチネンタル・ホテルの屋上にいる連中がPOUMの民兵と指揮官だろうと見当をつけた。両側から無気力に発砲する様子を見ていると、反乱軍の命運はすでに決しているような気がしてきた。後衛の交戦は本物の衝突ではなく映画のワンシーンにしか見えない。もう一度アドリアノになりすましてPOUMの司令部へ入っていきたい気持ちに駆られたが、さすがにそれは危険すぎる逸脱行為だと思い直した。正体がばれて、上層部から指示を受けたわけでもないのにトロツキストの領内に踏み込んでいたことを通報されたりすれば、それこそ情け容赦ない処分を受けることになるだろう。

数日後、カリダッドの予言が現実のものとなり始め、ラモンは母がコトフの信頼を得ていることを思い知った。時に激しくなる戦闘は、その後数日間散発的に続き、多くの死者・負傷者を出したが、消耗戦に入って次第に沈静化していった。サンディカリストとアナーキストの指導部の多くが同志に投降を促したことで、政府軍の本隊が到着する頃には、反乱軍が敗北を認めて、街は事実上平和を回復しており、戦略拠点の大半は軍事顧問団と共産党に組織された者たちの手中に落ちていた。やがて交戦は舌戦に姿を変え、非難の応酬が繰り返されたが、検閲の手を逃れた共産党のプロパガンダが優位を保ち、CNTのサンディカリスト、アナーキスト、そしてとりわけPOUM党員がクーデターまがいの反乱を起こしたという見解を広めた。ラモンにも予想できたとおり、これで優柔不断なカタルーニャ政府の実権をソヴィエト軍事顧問団とコミンテルンが握ることになり、他方、この成功によって崖っぷちに追い込まれたラルゴ・カバジェロ政権は、首に縄を掛けられたまま悪あがきを続けるばかりとなった。

共産党系メディアがPOUMのトロツキストとファシストとの共謀を示す証拠を挙げ始めると、事態の進展は加速した。電報のみならず、こっそり敵方に渡されたという作戦地図の存在まで取り沙汰された。ラルゴ・カバジェロは四面楚歌となり、どうやらようやく戦争の遂行と共和国の維持に自分が無能であることを認めたらしく、退陣を決めた。そして、共産党と顧問団の支持を受けたネグリンが首班となり、即座にPOUMを非合法化してその指導部を裁判にかけようとした。

すっかり蚊帳の外にされていたラモンは気分を害したが、そんな不意を突いて、蘇ったマクシムスが訪ねて来た。彼とともに、明らかにスペイン人と思われるがそれまで会ったことのない男が二人やってきたが、マクシムスは紹介の労を取ろうとすらしなかった。黙ったまま一行は街へ下りて行ったが、そこには戦いの後の景色が広がっており、広場に集う部隊、焼け落ちた建物、通りに張り巡らされたバリケードの残骸などが目についた。人々は再び食料を探してあてもなく街へ繰り出したが、至るところに配置された襲撃部隊や警官隊、軍隊による監視のもと、黙ったままむなしく家へ戻るしかなかった。スペイン共和国はこの激動に乗じてかねてからの憎念と恐怖を一方向に集中し、堅固な規律とソ連の全面支援以外に救いの道はないことを認めるべきだ、そうラモンは強く確信した。スペイン人について、アンドレ・マルティが原始的で無能と評し、もっと詩的なコトフがロマン主義的で無精者と呼んだのも、無理のないことだ。祖国の未来、そしてこの四年間命がけで戦ってきた夢について考えると、ラモンは不安な思いに囚われたが、これは間違いなく救済への第一歩だった。

ラモンと二人の同志に付き添われたマクシムスは、郊外のプラット道路に車を止め、しばらく待っていると、別の乗用車が四人の男を乗せてやってきた。二人は外国人の様であり、一人は、階級章こそないものの、真新しい軍服を着ていた。マクシムスは、他の二人は無視してラモンだけに言いつけるような調子で命令を下した。警察はファシスト軍にスパイとして仕えていた囚人の護送を準備中であり、尋問のため、その男を無事バルセロナからバレンシアまで送り届けるよう指示してきた。敵との秘密通信網を打破し、トロツキストによる裏切りの実態を暴くためには、その男の握る情報が非常に重要となる。隠密行動が求められており、信頼に足る人物以外の参加は許されない。

数時間後、日が暮れてきたところで、警察のパトロール・カーが現れ、ヘッドライトで合図した。マクシムスは、二台目の車に最後尾につくよう命じた後、ラモンともう二人の同志とともに隊列の先頭につき、バレンシアへ向けて出発した。同乗の一人が何度か言葉をかけようとしたが、マクシムスは私語を許さなかった。

夜明け前、バレンシア近郊まで着くと、別のパトロール・カーが待っていた。バルセロナからやってきた三台は停車し、マクシムスは全員に対して、沈黙と警戒態勢を崩さぬまま車内で待機しているよう命じた。車内に残ったラモンは、最後尾の車から降りてきた軍服姿の男と並んでパトロール・カーへ近づいていくマクシムスを見守った。暗闇に目を凝らして路上で刻一刻と進む事態を見つめていると、待ち受けていた男たちとマクシムスがロシア語で言葉を交わす声が聞こえたような気がした。その一人に見覚えがあり、ソヴィエト軍事顧問団長のアレクサンドル・オルロフだったのではないかと後に思ったが、暗闇でよく見えなかった。マクシムスに付き添っていた軍服姿の男が懐中電灯で隊列に合図すると、数分後、手錠をかけられた男が二人の警官に連れられてラモンのすぐ脇を通り過ぎた。暗がりでも彼にはその正体がわかり、戦慄を覚えた。アンドレウ・ニンだった。

その瞬間ラモンは、POUMの捜索を立派に果たした褒美に、マクシムスがこの任務への帯同を許してくれたのだと直感した。そして彼の頭には、病んだ馬面のイギリス人ジャーナリストの顔と、数週間前、コンチネンタル・ホテルで言葉を交わした時、まだアドリアノだった自分に向けて彼が発した言葉が甦ってきた。

「ニンは、私の知るかぎり最もスペイン人らしいスペイン人だ。カタルーニャの生まれでなければ、闘牛士かカンタオールにでもなっていたことだろう……　革命、それだけを考えて生きている。革命のためなら喜んで死ねる男だろう。狂信者は恐ろしいが、あの男だけは尊敬に値する」

同乗者のほうを振り返ることもなくラモンは言った。

「あの男は殺さなければだめだ」

年配のほうの男が口を開いた。

「ボスが言っていただろう。その前に、第五列の陰謀について知っていることを洗いざらい吐かせるはずだ」

「吐きはしないさ」あまりに強烈な確信に囚われたラモンは、車を降りてマクシムスとオルロフ――幌で覆われた軽トラックへニンを導く者たちに道を譲った男がオルロフならばの話だが――にこの事実を伝えたい衝動に駆られて苦しんだ。すべてが不条理であり、ラモンには最悪の結末が予想できた。

「相手が誰だろうと口を割らせるさ」男は声を落として言った。「トロツキストなんて軟弱だからな」

「あいつは違う。口を割りはしない」

「なぜそんなに自信を持って言える？」

「あいつは狂信者で、口を割れば、いずれ自分も殺され、仲間まで巻き添えを喰うことがわかっている。それに、俺だって同じ立場なら口を割りはしない」

12

月日を重ねるうちに、犬を愛した男との付き合いに関する細部の多くは記憶から薄れたが、本質的なところはしっかり覚えていると思う。いずれにせよこの文章は、歳月の魔の手を乗り越えて、記憶、そして一九七七年に浜辺で彼と出会った五年後からようやく取り始めたメモだけを頼りに、当時交わした会話や自分の感想を再現したにすぎない。その五年間に私は、ハイメ・ロペスと初めて会った時のイバンとまったく違うイバンになっていたが、それもそのはず、他にも理由はあれ、何にもまして、あの怪しい男――またもやラケリータの見解は正しかった――の話を聞いた後で同じ自分のままでいられる者など誰もいないのだ。この事実はいずれ容易におわかりいただけると思う。

一一月半ば、旅行前の彼と別れて以来、初めて浜辺へ戻ったその日に私は再びロペスと出会い、あの時初めて、実は彼のほうが私を待っていたのではないかと勘繰ったような気がする。なぜ、なぜだ？　一瞬だけそんな問いが頭をよぎったが、それもすぐに忘れてしまったと思う。あの日は――後でわかるとおり、おかげで方程式の穴埋めに必要な記号が揃った――、ただでさえ寒かったうえ、午後仕事のあったラケリータはわざわざ浜辺へ出向いていく気などなく、私一人だった。

挨拶を交わした後、話はパリ旅行とロペスの健康問題に移ったが、フランスの医者にも体調不良の原因はわからず、いつもながらパリの気候が不快であることだけ話すと、彼はさっさとこのテーマを打ち切った。興味の惹かれる話題――パリといえば夢の旅だ――を突如打ち切られて、なぜかわからないが、私は彼の右手に巻かれた包帯に質問を向けた。知り合ってまだ間もなく、当たり障りのない話しかしたことのない二人にとって、これがぶしつけな質問と取られる恐れがあるのはわかっていたが、あの時の私は、ラケリータから聞いていた印象、さらには、実は彼の健康状態がさほど悪いわけではないという確信めいた考えに衝き動かされていたらしく、彼の人格について何か決定的なことを聞き出してやろうと意気込んでいたようだ。

「ぶざまな火傷だ」ロペスは特に考える様子もなく答えた。「数年前に負ったんだが、見ていて気持ちのいいものではない」

その時の彼の声には、それまで聞いたことのない嘆きの調子が感じられた。その時思ったのは、火傷を負った手の話をするのが嫌なのではなく、まだ手が痛むか、あるいは、そもそも火傷を負ったこと自体が嫌なのかもしれない、ということだった。その瞬間私は自分の軽率さを反省し、その埋め合わせのつもりだったのか、あるいは、内にこもっていた怒りを吐き出したかったのか、普段は滅多にそんなことはしないのに、弟の同性愛発覚という厄介な問題が浮上して以来、この数カ月間に私の家族が毎日のように味わった苦悩について話し始めた。弟にむごい仕打ちを下した両親への恨みつらみをぶちまけるように話しながら、私は自分の愚かさを噛みしめ、知り合いとすら言えない男を相手に、妻にさえ話したことのない感情の細部まで打ち明けているうちに、こうして両親の態度に非難を集中することで、実は事件の核心から目を逸らそうとしているだけなのだと気づき始めていた。すなわち、制度化された同性愛蔑視と社会に浸透したイデオロギー的原理主義が根強く残っているせいで、我々は異分子を拒否、弾圧し、正統の規範にそぐわぬ弱者に牙を剝くのだ。そして私は理解した。実は両親も私も、先祖代々受け継がれてきた偏見と時代の社会的圧力に弄ばれていたのであり、ウィリアムと同じく、いや、むしろ彼以上に恐怖の犠牲者だったのだ。さらに私の場合、同性愛をカミングアウトしたのが、他ならぬ《私の弟》だったという事実が弟に対する恨みを募らせることになった。女性教師二人が性的倒錯者だったとしても、それは理解できるし、特に問題とも思わないが、自分の弟がそうだとなれば――そしてそれが他人に知られるとなれば――、そうはいかない。いずれにしても、そんなことをうっかり口にしたりすれば、相手がロペスであれ（いったいこいつは何者なんだ、キューバで何をしているんだ、なぜパリで医者の診断を受けることができるんだ？）誰であれ、過去の経験から言って、自分にすべて返ってくることがわかっていたから、私はここで口を噤んだ。

ロペスは気の毒そうに黙って私の話を聞いていた。はしゃぎ疲れたイクスとダクスは主人から数メートル離れたところにうつ伏せ、背の高い痩せた黒人は、モクマオウの木立のいつもの位置で根の上に腰を下ろしていた。まるで世界が数秒間、数分間止まってしまったように、この瞬間が私の記憶に今も鮮明に焼き付けられている。

やがてロペスが口を開いた。

「いつの時代もイジメはあるものだな……　弟さんが気の毒だ……」そして手を伸ばし、立ち上がるのを手伝ってくれと私に合図した。

今度はふらつくこともなく、彼もここ数日は体調がいいことを認めた。遠ざかり始めたところでロペスは足を止め、私に手招きした。そばへ寄ると、犬を愛した男は右手の包帯を解き、親指の付け根から手の中心まで平らに走る光沢の筋を見せた。

「ひどいものだろう？」

「普通の火傷と変わりはありませんよ」単なる古傷にすぎないことに驚いて私は言った。

「まだ痛むことがある……」しばらく黙っていたが、やがて私の目を見つめながら彼は言った。「パリにいたんじゃない。実はモスクワへ行ったんだ」

意外な告白だった。なぜ嘘をついておいて、今さら真実を告げるのだろう？　モスクワへ行ったことを私に知らせてどうなるのだろう？　色々な事情でモスクワへ行くキューバ人なら何十、何百人といる。答えのわからぬまま私は黙り、とにかく待つよりほかなかった。するとロペスはいい加減に右手の包帯を巻き直し、私に問いを向けた。

「明後日会えないか？」

再び覆われた右手から私は目を離し、男の目に何かが光るのを感じた。その日まで、少なくとも私にとって彼との出会いはいつも偶然の産物であり、日課と気紛れな天気次第だったから、予め待ち合わせて会ったことは一度もなかった。それまで隠していた火傷の痕を見せ、パリではなくモスクワにいたことを告げたうえに、彼のほうからまた会いたいとはどういうことだろうか？

「ええ、大丈夫だと思います」

「それでは二日後に会うとしよう……　君の奥さんはいないほうがいい」彼は告げ、ズボンを叩いてイクスとダクスを呼んだ後、痩せた背の高い黒人のほうへ一緒に去って行った。

寒冷前線の接近で前夜海が荒れたらしく、岸には灰色や栗色の海藻、スミレ色に膨れたクラゲの死骸、古木や石が打ち上げられていた。砂浜を見渡すかぎり、まったく人気はなかった。冷たい北風が断続的に砂浜に吹きつけてきたが、日差しは暖かく、軽いジャケットを羽織っているだけで寒くはなかった。約束の時間よりまだだいぶ早く、私はぶらぶら岸辺を歩き始めた。フラシ天のような海藻に少し隠れた黒っぽい古木に目を止め、十字架のように見えたので近寄ってみると、やはり板を組み合わせた十字架だった。すっかり腐食しているところを見れば、この十字架は——縦四〇センチ、横二〇センチぐらい——ずいぶん長い間漂流していたらしいが、折からの寒冷前線による高波で浜辺に打ち上げられたことは間違いなさそうだった。頑丈な黒い木の板を二枚組み合わせただけの、何の変哲もない十字架であり、おそらく丸鑿《のみ》で荒く削った後にネジを二本——すでに錆びていた——打ち込んで止めただけの代物だった。だが、古木のせいか、見つけた場所のせいか（どこから来たのだろう、誰の持ち物だったのだろう？）、この粗野な十字架には不思議な魅力があり、信仰心には欠けるにもかかわらず、私は海で洗ってこれを持ち帰ることにした。どこから来たのかもわからなければ、いつまで手元に置いておくのかもわからぬまま、私はこれに漂流の十字架という名を付けた。

気温など気にならないとでもいうように、ロペスは大きなポケットのついたグレーの半袖シャツ姿で現れた。シベリアの気温にも耐えるはずのボルゾイはいつになく嬉しそうだった。例のごとくモクマオウの木立に陣取った黒人は、軍用の外套に身を包み、うとうとすることもある様子だった。

彼のほうからまた会いたいと言ってきたあの瞬間から、私は他のことはほとんど何も考えられなかった。それまでに知り得たわずかばかりのことを頭で整理し直してはみたものの、なぜまた私と会いたがっているのかまったく見当がつかず、当然何か重要な話をしたいのだろうが（どうやらラケリータには聞かれたくないらしい）、それが何なのか、手掛りはまったくなかった。彼と会う直前まで、私はあらゆる可能性を考えてみた。ロペスの息子も同性愛者なのか、ウィリアムの復権を助けるコネでもあるのか、そしてもちろん、ほとんど自動的に、実はロペスは私から聞き出した話を余所《よそ》へ伝えようとしているのではないか、ようやく夢も野心もすべて捨て（以前から瀕死の状態だった文学志向もすでに失っていたように思う）、安全な鳥籠の生活に喜んで戻っていく飼い慣らされた鳥のようにささやかな平和だけを求めて生きていこうとしていたこの期に及んで、また誰かに生活を台無しにされるのではないか、そんなことも考えた……　理由はどうあれ、何があっても受け入れるしかない、私の腹はそう決まっており、あの日私は、テニスラケットも読んでいた本も持たず、午後四時前にサンタ・マリア・デル・マールに到着したのだった。

木の十字架を手にして現れた私を前に、ロペスは笑みを見せた。どこで見つけたのか訊ね、見せてほしいと言ってきた。

「ずいぶん古いようだな」彼は十字架を調べながら言った。「このタイプのネジはもう生産されていないはずだ」

「難破船のものでしょう」なんとなく私は言った。

「盥《たらい》に乗ってキューバから出て行く奴らのことか?」その言葉には嘲《あざけ》るような皮肉がこもっていた。

「さあ。そうかもしれません……」

「この十字架は君が来るのを待っていたんだな」十字架を返しながら真面目な調子に戻って彼が言うと、その言葉が的を射ているように思われてきた。その瞬間まで、この十字架をどうしたものか決めかねていたが、この発見が単なる偶然ではないのだとすれば、私が持って帰るべきであることは明らかだった。今後も決して会うことのない誰かにとって、この十字架はきっと重要なものだったのだろう。そんな思いつきに囚われるということは、紆余曲折を経ても、その時の私にはまだ作家の心が残っていたのだろうか? 作家の心、その他の心を私はいったいつ失くしたのだろう?

我々は、砂地に腰を下ろすのではなく、海の近くに置かれたコンクリート・ブロックの上に座った。その日ロペスは、袋に入れてコーヒーポットとプラスチックのカップを持ち歩いており、二人で何杯かコーヒーを飲んだ。コーヒーに口をつけるたびに、彼はシャツのポケットから煙草の箱を取り出し、風に負けない重々しいベンジンのライターで火を点けた。

コーヒーとともに犬を愛した男が携えてきたのは悪い知らせだった。

「ダクスを始末せねばならなくなった」腰を落ち着けたところで彼は切り出し、水辺で駆け回るボルゾイのほうを見つめた。

その言葉に驚いて、私も振り向いて犬たちを見つめた。

「何があったんですか?」私は訊いた。

「二日前、獣医に見せたんだ」

「獣医があの犬を始末しろと言ってきたんですか？　誰かを噛んだというわけでもないでしょうに。あのとおり、普通に走り回っているじゃありませんか」

ロペスは間を取ってから答えた。

「脳に腫瘍ができている。もうあと四カ月か五カ月の命で、苦しみが始まれば手の施しようがなくなってしまうかもしれない」

今度は私が黙った。

「そのせいで時々怒りっぽくなるんだ。暑さのせいじゃなくて……」ロペスは付け加えた。

「レントゲンは撮ったのですか？」私は再び二頭の犬に目を向けた。

「ありとあらゆる検査をした。間違いはない……　胸が痛むよ。どれほど私にとって犬たちが大事か、他人にはわかるまい」

「お察しします」呟きながら私は、少年時代から青年時代のはじめまで家で飼っていた毛足の短いテリア犬「クリー」のことを思い出していた。

「モスクワでもここハバナでも、ずっと大切な友だった。彼らと話していると楽しい。自分のことや思い出話をいつもカタルーニャ語で聞かせてやるんだ。ちゃんとわかってくれる……　ダクスの容態が悪くなって、踏ん切りがついたら……　手伝ってくれるか？」

最初は質問の意味がわからなかったが、ダクスの始末を手助けしてほしいのだとすぐにわかって、返答に窮した。

「いいえ、私は獣医ではありません……　たとえそうだったとしても、私には無理です」

犬を愛した男は黙り込み、コーヒーを注いで煙草を取り出した。

「そうだろうな。なぜこんなことを頼んだんだろう……　まったく、いったいどうすりゃ……」

その瞬間、犬の病よりもっと恐ろしい何かに男がとりつかれていることを私は直感し、すぐに話もそちらへ移った。

「私がもしダクスと同じ状態にあると言われたら、誰かに頼んでさっさとケリをつけてもらいたいと思うだろう。時に医者は信じられないほど残酷なものだ。避けられない運命なら、もう少し人の身になって、苦しみの辛さを理解してくれればいいのにな」

「理解してはいるのでしょうが、それでも無理なのですよ。獣医にもそれはわかっているはずで、彼らには安楽死させる権限があります。必要であれば……」

沼地に足を取られて身動きできなくなりつつあることが感じられた。とはいえ、あの時はまだ、自分がどんな深みにはまりつつあるか、どれほどの憎しみと血と挫折に満ちた沼にはまりつつあるか、まったくわかっていなかった。

「私ももう間もなく死ぬだろう」とうとう男は言った。

「人間誰でもそれは同じです」当たり前のことを言って私はその場を切り抜けようとした。

「医者には原因を突きとめられないが、私にはわかっている。もう長くはもつまい」彼は繰り返した。

「眩暈《めまい》のせいですか？」私は勝手な論理にしがみつき、間抜けの役回りに徹することにした。「頸部の問題でしょう……　熱帯の寄生虫にも眩暈の原因となる奴がいます……」

「デタラメはいらない。とぼけるのはやめて、真面目に聞いてくれ。俺は死にそうなんだ、ちくしょうめ！」

ちくちょうと叫びたいのはこちらだった。お互いのことはほとんど知らないというのに、なぜ私を捕まえて、もう死にそうだ、苦しまなくていいよう助けてくれ、などと言ってくるのだ？　そのために私と会いたかったのか？　私は怖くなった。

「なぜあなたは……」

ロペスは微笑んだ。靴の踵を動かして砂地に溝を掘った。その瞬間私は、今度は何を言われることかともっと怖くなった。

「モスクワへ行ったのは、十月革命六〇周年記念の祝賀行事に呼ばれたからだ。だが、それは単なる口実で、本当は二人の人物に会うためだった。彼らに会って、いろいろ話をして、それがずいぶん私にはこたえた」

「誰と会ったのです？」

男は足の動きを止め、包帯を巻いた手を見た。

「イバン、私は、君には想像もできないほど近くで死を見てきた。死についてなら知らないことは何もないとさえ思うほどだ」

この瞬間は昨日のことのようによく覚えている。こんな意外な言葉を聞かされて、驚いたのはもちろんだが、本物の恐怖に囚われ、心底から怖気づいたのもこの時だった。私に面と向かって、死についてならすべて知り尽くしていると言ってくる者が現れようとは、それまで考えたこともなかった。この状況で何ができるだろう？

私は相手をじっと見つめて言った。

「戦争に行かれたのですよね？」

そんなことはどうでもいいというように彼は黙って頷き、言葉を継いだ。

「だが、私には犬一頭殺すことはできない。本当だ」

「戦争は別でしょう……」

「戦争はクソだ」怒ったように彼はぶちまけた。「戦争は殺すか殺されるかだ。だが、私が最悪の人種と出会ったのは、むしろ戦場の外だ。人間が何をしでかすか、憎しみと怨念に焚きつけられた者たちがどんなことをするか、君にはわかるまい……」

いい加減に回りくどい話はやめてくれ、と思ったのはこのあたりだった。不穏な影を落とし始めていた会話を切り上げて、さっさとその場を立ち去ったほうがよさそうだった。だが、節度を忘れた男が何を話し出すか、本当は気になっていたらしく、私はその場を動かなかった。本当に気になっていたのだろうか？　その時までは、ただ惰性で話に付き合っていただけだった。だが、そこで男は一気に勢いづいた。

「数年前、ある話を友人から聞かされた」別人になったような声だった。「この話を詳しく知る者は少ないし、その大半はすでに死んでしまった。他言無用だとは言われたが、一つ気になることがある」

こちらからはもう何も話すまいと思っていたが、ロペスに急かされるようにして私は言った。

「それは何です？」

「その友人が死んだ……　私が死んで、この話を細部までよく知るもう一人の男が死ねば、この話は失われてしまう。真相は闇に包まれてしまう」

「書き残しておけばいいのではありませんか？」

「息子たちにさえ話すべきではないのに、書けるはずがないだろう」

私は頷き、相手が煙草を探すのを見てほっとした。おかげで何も質問しなくてもいい。

「今日君をここへ呼んだのは、君にその話をしたいからなんだ、イバン」犬を愛した男は言った。「よく考えた末の結論だ。聞きたいか？」

「何とも言えません」ほとんど考えぬまま私は答えたが、これが正直な気持ちだったと思う。後から考えてみれば、生涯で聞いた最も異常な質問に対し、これが最もうまい答えだったかどうかは疑問だ。何も知らない、どんな内容か見当もつかない話に、聞きたいも聞きたくないもあるはずがない。だが、あの時の私にはこうとしか答えられなかった。

「恐ろしい話だ。今にわかるだろうが、誇張ではない。だが、話を始める前に二つだけ頼みがある」

今度は私も何とか黙り通した。

「まず、よそよそしい敬語で話すのはやめてくれ。そのほうが話しやすい。それから、この話は、奥さんも含め、誰にも言わないと約束してくれ。だから一人で来てくれと言ったんだ。そして、この話を書き残すのは絶対にやめてくれ」

私は相手をじっと見つめた。まだ恐怖に囚われたままで、頭には様々な思いが渦巻いていたが、すぐにその一つが浮かび上がってきた。

「他言無用の話なのでしょう……　ならば、なぜそれを私に話すのです？　いったい何のために？」

男は砂の上で煙草を踏み潰した。

「人生一度だけでいいから話しておきたいんだ。誰にも話さぬまま死ぬ気にはなれない。今にわかるさ……　ああ、それから、敬語はやめてくれと言っているだろう」

私は頷いたが、一つのことが心に引っ掛かっていた。

「わかった、そうさせてもらう。しかし、なぜ私を相手に話したいんだい？　知ってのとおり、私はかつて本を書いたこともある」こう言ってはみたが、鉄の刀に向かって紙の盾で立ち向かうようなものだった。

「他に誰もいないからだ。君と知り合ったのはこの話をするためだったのだと思うこともある。それに、君にはいい教訓になるだろう」

「死について？」

「ああ、それに生について。そして真実と嘘について。私だっていろいろ教わった。少し遅すぎたがな……」

「本当に、他に話す相手は誰もいないのか？　友人とか……　息子さんとか」

「いや、息子はだめだ……」攻撃でも受けたかのような荒々しい返答だったが、すぐに彼は声の調子を変えた。

「あいつも少しは知っている……　きょうだいの一人には一部を話したが、全部ではない……　もうずいぶん前から、私には友達と呼べる友達はいない…… 君のことはよく知らないが、そのほうが好都合だ。本当だ……さっきここへ着いた時にはまだ自信がなかったが、今は確信している。君が一番の適役だ…… 何も書かない、誰にも話さないと誓ってくれるな?」

理由もこの先のこともまったくわからぬまま、承諾の返事をして誓いの言葉を立てたのは言うまでもない。あの時、何も話は聞きたくない、誰にも言わないとは約束できない、と答えていれば、ハイメ・ロペスの死、そして彼によればこの話を墓まで持っていくはずのもう一人の男の死とともに、この話のすべて、汚らわしい深層部も含めたすべてが失われていたことだろう。だが、あの一一月の午後、私の手に負えない問いを突きつける男と並んで海辺に腰掛けて話し込むに至るまでの、予想もできない偶然の連鎖と運命の悪戯を今振り返ってみると、結論は一つしかない。犬を愛した男と彼の物語と私は、何も知らぬまま、接触して爆発することを最初から定められていた惑星のようにこの世界で追いかけっこをしていたのだ。

私が同意したのを見ると、男はまたコーヒーに口をつけ、手に持っていた煙草に火を点けた。

「ラモン・メルカデールの話は聞いたことがあるか?」

「いや」私はほとんど反射的に答えた。

「そうだろうな」彼は深く納得したように呟き、唇になぜか悲しそうな微笑みをかすかに浮かべた。「彼のことを知る者はほとんどいない。彼から目を背ける者も多い。それじゃ、レオン・トロツキーのことは?」

大昔にわずかながら得た知識を頼りに、歴史からほぼ消し去られた、キューバでは口に出すのも憚られるこの不穏な人物の生涯を断片的に思い起こしてみた。

「ほとんど何も知らない。ソ連を裏切って、メキシコで殺された」もう少し記憶をたぐってみた。「ああ、そうだ、十月革命にも参加した。マルクス主義の授業では、レーニン、それからスターリンについても少し教わったが、トロツキーは堕落者で、トロツキズムは修正主義、反革命、ソ連への反逆だと言われた……」

「正しい教育を受けているようだな」ロペスは認めた。

「それで、ラモン・メルカデールとは何者なんだ？　知らないと何かいけないのか？」

「知っておいてもらわねばならない」彼は言って、長い間を取った後でようやく続けた。「ラモンは私の友人、それ以上だった……　バルセロナで知り合って、一緒に戦った……　数年前にモスクワで再会した。プラハにソ連の戦車が入った直後のことで、みんな声を潜めて話していた頃だ」波の向こうに記憶をたぐる鍵があるとでもいうように、彼はじっと海を見つめていた。「ひそひそ話の街さ。あれでフルシチョフの雪解けは終わり、まだ別の道を歩むには遅くないと夢見た社会主義はとどめの一撃をくらった。人間の顔をした社会主義、そんな言葉が出ていた……」思い出しながら彼は、包帯を巻いた手の甲をさすっていた。「一九六八年、最初の雪の日に我々は再会した……　ラモンは五五歳ぐらいだったが、一〇歳も一五歳も年上に見えた。太っていて、すっかり老け込んでいた。会ったのは戦争以来だった……」その間に過ぎ去った歳月を振り返るように彼は黙り込んだ。

「どの戦争？」

「我々の戦争、スペイン内戦だよ」

「それで、偶然に出会ったのか？」私はすでに好奇心をくすぐられていた。

「まるで二人示し合わせて、モスクワでその年初めて雪の降った日に、お互いに相手を探そうとだしぬけに思い立ったみたいだった……」思い出しながら彼は笑顔を見せたが、その時なぜまたもや包帯を巻いた手を見つめたのかがわかるのは、ずっと後になってからだった。「彼は、ゴーリキー公園の前の、フルンゼ岸壁のあたりに住んでいて、そこで会った。さっきも言ったが、ラモンはずいぶん太っていて、おまけに色白になっていたから、私でなければ、それがグアダラーマの塹壕で勝利への確信とともにお互い拳を掲げて別れたあの若者だとは気づかなかったかもしれない」彼は間を置いて、もう一本煙草に火を点けた。「そしてラモンと言葉を交わした私は、あの美しい時代から色褪せず彼の頭に残っているものが幸福の残像だけだと思い知った。あの残像のおかげで彼

た。死期が近いは生きてこられたのだと言ってもいいだろう。だから、すべてを話してくれた時も、生涯の夢を熱く語っていた。世界の何より、あのカタルーニャの浜辺へ戻りたい、死ぬ前にもう一度でいいから見てみたい、と。死期が近いことはわかっていたのだろう……」

そして犬を愛した男は、じっと海を見据えたまま口を開き、彼の友ラモン・メルカデールが、人生の行方を変えることになる言葉を発するわずか数秒前に、戦時の沈黙につきまとう邪悪な密度をいかにして発見したのか、そのいきさつを語り始めた。炸裂する爆弾、銃声、エンジン音、怒号による指令、苦痛のうめき、数週間もすればそのすべては心に降り積もる生活音でしかなくなるが、突如急降下してきたあの濃厚な沈黙が、恐怖にも似た不安を掻き立てる不気味な存在となって立ち現われてきたあの時、彼はそのはかない沈黙の向こうに死の爆発が潜んでいることを理解したのだ。

13

一九三六年八月二六日に始まる一連の事件によって、スターリンがなぜまだ彼を生かしているのか、その複雑な理由がはっきりと見えてきた。その日から相手の見えない闘いに没頭することになるレフ・ダヴィドヴィチは、《偉大なる指導者》にとって自分は不吉なゲームに欠かせないコマなのであり、誰にも手の届かない絶対的権力の高みへ登りつめるためのジャンプ台にするつもりなのだと理解した。そして、完璧な敵としての利用価値が失われ、必要な責め苦をすべて終えたところで、スターリンは執行の日取りを定め、冬のシベリアに降る雪のごとく、そこから容赦なくこの身に死が降りかかってくることも覚悟した。

その数カ月前からレフ・ダヴィドヴィチは、亡命者という脆弱な生活基盤を揺るがすような事態を避けるため、ノルウェー当局につけこまれる口実を与えぬよう、最大限の注意を払うようになっていた。キスリング率いる親ナチ政党の攻撃より彼にとって気がかりだったのは、いっそう牙を剝き出しにしてきた地元スターリン主義者の動向であり、型どおりの攻撃に加えて彼らは、「反革命者トロツキー」がノルウェーを「ソヴィエトとその指導者たちに対するテロ行為の拠点」として使うつもりであるという不穏な噂を執拗に流していた。嗅覚を研ぎ澄まされていた彼は、地元の共産党員がそんなデマを思いつくはずはなく、その背後にもっと邪悪な企みが隠れているにちがいないと直感した。そして、リョーヴァや彼の支持者と連絡を取って、第四インターナショナル執行部からトロツキーの名を消すよう指示するとともに、インタビューに応じることはやめ、世話役コンラッド・クヌーセンの選挙活動に関しては、見学も含め一切の参加を控えた。外の世界との接触は、週に一度、ナターリヤやクヌーセン夫妻と連れ立ってへーネフォスへ出掛ける時だけになり、それも、安食堂で夕食を済ませた後にどこかの映画館を訪ね、ナターリヤ・セドーヴァの大好きなマルクス兄弟の喜劇を見ながら夜の残りを過ごすだけだった。

そんな状況だっただけに、その日の午後、いつも親切で丁重なノルウェー当局の警官二人組がぶしつけな態度でヴェクサルに現れるのを見て、彼は意外の念に囚われた。素っ気ない事務的応対に終始する二人は、トリグブ・リー大臣の指示を伝え、携えてきた書類にトロツキーのサインをもらってオスロへ戻るよう言い渡されていることを告げた。若いほうの警官がファイルを探り、厳封した封筒を彼に差し出した。クヌーセンとナターリヤは、彼が封筒を開けて紙を広げる様子を不安な面持ちで見守り、彼が眼鏡をかけて読み始めてからもじっと目を離さなかった。やがて紙片は小刻みに震え始めた。レフ・ダヴィドヴィチは紙を封筒に戻し、若い警官にこれを突き返すと、こんな書類にサインはできない、サインを求めること自体、トリグブ・リーにあるまじき行為だ、そう大臣に伝えるよう言い放った。

若い警官は、封筒を手に取ることもできぬまま、もう一人の警官を見つめた。どうやらこんな反応は予期していなかったらしく、二人は当惑してじっと黙り込んだ。レフ・ダヴィドヴィチは封筒から手を離し、これが足元に落ちたのを見てようやく年配の警官が反応を見せた。サインしてもらえないのであれば、拘束されて裁判にかけられ、国外追放処分が下るかもしれない、当局は、彼が滞在許可に伴う条件を無視して外国の政治活動に口を挟んだ証拠を握っている。

そこで怒りは爆発した。警告でも発するように人差し指を動かしながら、レフ・ダヴィドヴィチは警官二人に向かって声を荒げ、確かにノルウェー政治に口を出さないことは約束したが、祖国の情勢について持論を述べるという、政治亡命者の存在意義とすら言える権利まで放棄するつもりは毛頭ない、と怒鳴り立てた。そんな書類にサインするつもりはない、大臣が彼を黙らせたいというのなら、口を縫い合わせるか、おそらくスターリンの意に反して処刑するしかない。

数日後、レフ・ダヴィドヴィチが思い知ることになったのは、政治的日和見主義に貫かれたスターリンが、いつもの悪知恵を駆使して絶好のタイミングでモスクワの笑劇に着手し、ありとあらゆる罪を彼に着せてきた、という事実だった。ヒトラーのラインラント侵攻は、ドイツ・ファシズムの拡張政策が単なる狂言でないことをヨーロッパ全体に見せつけた。スペインでは、軍の一部が共和国に反旗を翻しており、すでに戦場と化した地域では、イタリアの陸軍とドイツの戦闘機、軍艦が我が物顔にのさばっている。ファシストという敵の出現に、孤立を恐れる各国の民主政府は手も足も出せず、モスクワの決断が頼みの綱となっている。多くの国が先行き不安に陥るこの重大局面にあって、モスクワ裁判で悲運に晒された者たちや、ルドルフ・ヘスに仕えるファシズム工作員として告発された亡命者など、擁護している暇は誰にもなかった。ノルウェー政府に強い圧力がかかっていることは明らかであり、彼はナターリヤに、もっとひどい攻撃を覚悟しておいたほうがいいと告げた。

だが、すでにレフ・ダヴィドヴィチは腹を括っており、自分に残された唯一の特典を可能なかぎり利用し続けようと決めていた。彼自身は裁判への出頭を申し出ていたが、ソ連の司法局は彼の身柄の引き渡しを求めておらず、誰の賛同も得られない以上、オスロの政府は彼を国外追放にするわけにはいかない。うっかりトロツキーの引き渡しをノルウェーの法廷に求めたりすれば、彼自身に対する有罪判決と、すでにモスクワで刑を執行された者たちにかけられていた嫌疑をめぐり、絶好の反論の場を彼に与えてしまうことになる。だからスターリンは、そもそも彼を裁判にかけることすら望んでいないのだ。

だが、ノルウェーの司法当局から、クヌーセン宅への住居不法侵入について証言をとるという名目で呼び出しを受けると、レフ・ダヴィドヴィチは危機の始まりを確信した。判事が、まるで手の内でもばらすような具合に、これは供述であって尋問ではないので、ノルウェーにおける顧問弁護士プンテルヴォルはもちろん、ナターリヤも家主のクヌーセンも同席は認められない、と言ってきたところで、すべてが明らかになった。判事と書記の前に一人で座らされた彼は、盗み出された書類がどのようなものか質問され、ソ連を除き、ノルウェーその他外国についての政治的言及はない、と返答した。そこで判事が紙束を持ち上げるのを見て、彼はこれが罠だったことに気がついた。判事によれば、この書類は証言の虚偽性を示しており、フランスの人民戦線に関する議論を端緒に革命への呼びかけが行われているという。

左派連合の勝利を受けて書かれたその記事で、レフ・ダヴィドヴィチは新政府首班のレオン・ブルムに触れ、彼がフランス国内におけるスターリン主義の台頭を食い止める防波堤となる可能性を示したうえで、フランスで急進的改革が進めば、一九〇五年以来待望されていたヨーロッパ革命の爆心地となり、ファシズムを食い止めると当時にスターリン主義を抑え込む本物の革命が始まるかもしれない、と論じていた。判事によれば、この文章は寛容に亡命者を受け入れた政府への背信を示す行為であり、受け入れ条件の不履行にほかならないという。憤慨したレフ・ダヴィドヴィチは、捜査の目的は親ファシズム集団による住居不法侵入なのか、それとも彼の政治信条の糾弾にあるのかどちらだ、と詰め寄った。判事は何も聞かなかったように書記のほうへ向き直り、トロツキー氏が第三国への政治関与を示す文書の著者であることを認めた旨、記録させた。

出口へ向かって進もうとすると、警護役の警官に、隣接する法務省まで同行を求められた。隣の建物で彼を迎え入れた二人の役人は、まさにチェーホフの短編から出てきたような、いかにも役人らしい役人だった。リー大臣が不在を詫びていることを伝えたうえで、二人は彼に大臣が誓約書へのサインを求めていることを告げ、サインがもらえなければ国内滞在の延長は認められないと言い渡した。文面を読み進めるうちにレフ・ダヴィドヴィチは、怒りのたけをぶちまけてやらなければこめかみが破裂してしまうかもしれないと感じた。

「私、レフ・トロツキーは」彼は黙読した。「ノルウェー国内に滞在する間、妻、秘書、私とも、ノルウェーの友好国に対し、いかなる政治活動も行わないことを約束する。また、政府が選定、承認した場所に居住し、いかなる形でもこの国の政治に関わらぬこと、私の作家としての活動を歴史書、伝記、回想の執筆に限定し、理論的考察では、いかなる外国のいかなる政府にも言及しないことを約束する。私に宛てられたあらゆる書簡、電信、電話の検閲に同意する……」

誓約書を握り締めたまま彼は立ち上がり、沈黙を強いるために監獄へ閉じ込めたいのならさっさと案内せよと迫った。

後にわかったとおり、モスクワで行われた茶番裁判の嘘と矛盾を露呈させかねない発言をもみ消そうと躍起になっていたスターリンは、トロツキーを黙らせておくようノルウェー政府に露骨な圧力をかけていたが、臆病なノルウェー当局も投獄までは必要ないと判断していた。ヴェクサルに戻ってみると、すでに秘書たちは国外追放処分を受けて連れ去られており、ナターリヤとレフ・ダヴィドヴィチはクヌーセンに与えられた部屋に軟禁されたうえ、ドアの前に配置された二人の警備員によって、家主との自由な接触まで制限されることになった。不気味なほど真に迫った子供の遊びのように、レフ・ダヴィドヴィチはドアの下から正式な抗議文書を差し出し、法廷による決定なしに軟禁を実行することは憲法違反にあたると法務大臣を糾弾した。翌朝、警備員の一人にトリグブ・リーから手渡された声明によれば、ホーコン王がすでに署名した政令により、亡命者レフ・ダヴィドヴィチ・トロツキーとナターリヤ・イヴァノーヴナ・セドーヴァに対して、超憲法的措置の適応が可能になっているという。だが、どうやらリーは、このまま黙っていることで、トロツキーの無罪に少なくとも疑念を生じさせようと画策しているらしかった。

さらなる混迷の時代が近づいていることを予感していたレフ・ダヴィドヴィチは、『裏切られた革命』の最終稿を秘書エルウィン・ウォルフの手に託し、リョーヴァのもとへ届けてもらうことにした。夏の初めにはすでに執筆を終えていたのだが、モスクワにおける事態の進展を見て彼は編集者への入稿を遅らせ、ジノヴィエフ、カーメネフらに対する裁判について考察を付け加えようと考えていたのだった。だが、身の危険を感じて不安に囚われた彼は、本文に短い序言を付すにとどめ、この本が一種のマニフェストであること、そして、ソ連における政治改革、スターリン主義に押しつけられた体制を覆すための積極的社会改革の実現に向けてこれまでの思想に修正を施したことを記した。社会主義の夢が実現された後にプロレタリアに向かって国への反乱を呼びかけねばならないとは、熱狂的マルクス主義者には想像もできなかったはずの事態であり、こんな政治的提言をすること自体が奇妙な皮肉であることは彼自身にもよくわかっていた。この本に示された偉大な結論は、ブルジョアが様々な形態の政府を生み出してきたように、どうやら労働者国家も多様な統治体制を生み出すものらしく、なかでも、スターリン体制は社会主義モデルの最も反動的・独裁的体制となりつつある、ということだった。

まだ革命を救う可能性があるという期待のもと、彼はマルクス主義をスターリンによる逸脱から切り離そうと試み、スターリン政府に関しては、力と強制と恐怖、そして民主主義的萌芽の抹殺により、国内の大多数を占める不満分子と、世界中で階級闘争とともに芽吹き始めた革命を犠牲にして一部特権官僚の利益を守る体制である、という評価を下した。続けて、政権の支えとなっていた社会主義の夢と経済的ユートピアがもはや根底から覆されてしまった今、人類史上稀にみる壮大な実験の後に何が残っているだろうか、と自問する。その答えは、《何も残ってはいない》だった。いや、未来には、世界の労働者階級を騙して自分のためだけに利用した者のエゴイズムが残骸となって残るかもしれない。すなわち、人類の狂気が生み出した史上最も残虐で唾棄すべき独裁体制の記憶。ソ連が未来に残す遺産とは、平等の夢を追い求めたところで現実には大多数にとってそれが悪夢にしかなりえない、そんな失望と恐怖をその後数世代にわたり植えつけることだけかもしれない。

予定より早く『裏切られた革命』の原稿をウォルフに託すきっかけとなった悪い予感は、九月二日に現実のものとなった。その日、ナターリヤと彼は、二人の人生を飲み込む大渦の最も暗い章が始まったような感覚に囚われ、スターリンは彼らの息の根を止めるまで悪知恵を働かせ続けるにちがいないと確信した。素っ気ない文面の転居命令には、身の回りの所持品だけ荷造りして、法務大臣によって定められた場所へ向かうよう書かれていただけだった。とはいえ、対応にあたった警官たちは礼儀正しく、大家族のクヌーセン一家との別れを邪魔するようなことはなかった。家はまさに通夜のような息苦しい悲しみに包まれ、約一年も同居生活が続いたおかげで、新たなメンバーが加わった（クヌーセンの娘の一人ヨルキスがエルウィン・ウォルフと結婚していた）ばかりか、コーヒーまで愛飲するようになった一家、とりわけまだ若い子供たちは、世界では必ずしも真実ばかりが勝つわけではないという事実を突きつけるこの瞬間を前に、流浪の民として出て行く二人を見送りながら泣きじゃくった。

彼らの行先は、オスロの南約三〇キロ、ほとんど人のいないフィヨルド地帯フールムの小村スウンビだった。法務省が準備した二階建ての家にトロツキー夫妻は幽閉され、煙草とカードゲームぐらいしかすることのない二〇名ほどの警官と同居を強いられたばかりか、刑務所よりひどい監視下に置かれることになった。外出は許されず、ただ一人来訪を許された弁護士プンテルヴォルは、出入りの際に所持する文書を調べられた。新聞や書簡は届くには届いたが、それは、警備隊長ヨナス・ディーと同じく、キスリング率いる国家社会主義政党への支持を誇らしげに公言する役人の鋏と黒インクで見事に検閲された後でのことだった。

幽閉された二人に、辺鄙なフィヨルドの外で進んでいた事態がようやくおぼろげにわかってきたのは、オスロで押収されたラジオが、クヌーセンの尽力でようやく返却された時からだった。ヴィシンスキー検事の発言が放送され、トロツキーが嫌疑に対する反駁を行わないのは、その余地がないからであり、ノルウェー、フランス、スペイン、ベルギーの社会主義政府内にいる彼の友人たちも沈黙を貫いている事態を見れば、彼が罪を認めていることは明らかだ、とする趣旨の声明を耳にすると、レフ・ダヴィドヴィチは、ノルウェー政府と結託したスターリンの思惑どおりに事が進んでいることを痛感した。ここで声を上げなければ、誰にも反駁されぬまま これまで何度も繰り返されてきた愚かしい嘘が真実とすり替えられ、敗北が確定してしまう、そう悟った彼は、簡単に黙らされてたまるものかと決意を新たにした。

咳止めシロップの小瓶に入れてクヌーセンから送られてきた焙り出しインクのおかげで、リョーヴァ宛ての手紙をしたためることができたレフ・ダヴィドヴィチは、反撃の仕方を指示するとともに、報道機関宛ての声明を添付し、そこで自らにかけられた嫌疑の反駁を行ったばかりか、ソ連国内の不満を抑えつけるため、そしてキーロフ暗殺に端を発する犯罪的措置を引き継いで反対派を一掃するために八月の裁判を起こしたスターリンを糾弾した。そのうえで彼は、すでに九カ月以上も連絡の取れない息子セルゲイを含め、ソ連領内にいる誰とも連絡を取る術がないことを付け加えた。そして最後に、ノルウェー政府に向けて、自分にかけられた嫌疑を詳しく調べ、罪状を精査するため、労働者組織による国際委員会を立ち上げてほしいと要請し、公開裁判を受ける準備があることを宣言した。九月一五日、まるであの世から送られてきたように公表されたこの声明は、悲痛な思いを世界に届け、レフ・ダヴィドヴィチ・トロツキーがいまだ屈服していないことを見せつけた。

声明で彼は、ノルウェー当局とのいざこざやその前の数日間に立て続けに起こった憂慮すべき事態に関しては発言を控え、日付についても、オスロの司法局に出廷する前日の八月二七日としていたが、それでも以後法務省は、書簡のやりとりを全面的に禁止した。

かなり以前からレフ・ダヴィドヴィチは、すでに人生に残された時間は少なく、彼を流浪の旅へ追いやった政治情勢を覆すことも不可能ならば、兄弟殺しの血に染まった革命を救う道もないとわかってはいたが、それでも何とか壁を乗り越える覚悟を固め、声明ができるだけ大きな反響を引き起こすよう必死に尽力した。まずプンテルヴォルには、ナチス系の新聞『フリット・フォーク』とスターリン派の新聞『アルベイデレン』の編集者を名誉棄損で訴えるよう指示し、法廷闘争に持ち込むことで幽閉を逃れようと画策した。プンテルヴォルは一〇月六日に訴状を提出し、月末までに結論を出す予定で審議が始まったことをレフ・ダヴィドヴィチに伝えた。だが、月末になっても裁判は始まらず、三〇日になって事の顚末が発覚した。「一九三六年八月三一日施行の政令により規定された幽閉外国人は、法務大臣の認可なしにノルウェー法廷に原告として出廷することはできない」という新たな暫定王令に則り、リーが審議を中断させたというのだ。

一一月七日、スウンビへやってきたプンテルヴォルは、五七歳の誕生日、そして十月革命一九周年のお祝いということで、コンラード・クヌーセンから託された豪華なケーキをレフ・ダヴィドヴィチに渡した。ファシズム派の警備隊長ヨナス・ディーは、ケーキを手に面会に臨む弁護士に付き添い、幽閉の身の革命家に向かって、「末永くお幸せに」と声までかけた（堂々とした態度で皮肉も込めず言ってのけた）。予期せぬプレゼントを身内だけで楽しませてほしいと言ってディーに席を外してもらい、二人きりになったところでナターリヤがケーキを切ると、仲には小さな紙のロールが入っていた。レフ・ダヴィドヴィチは浴室にこもって手紙を読んだ。ここ二カ月間、トロツキーがこのニュースを気にしていることはクヌーセンにもわかっており、ようやく細部まで情報を得ることができたところで彼は、小さな字に多くの省略記号を混ぜながら、余計な形容詞を排した文面でその概要を伝えてきたのだった。

クヌーセンによれば、ヴェクサルでの軟禁が始まった三日後の八月二九日、当時外遊中の外務大臣に代わって職務にあたっていたリーに対しソ連政府から要請があり、これまで再三繰り返されてきたとおり、トロツキーはノルウェーを基地にソ連への妨害工作を画策しているから即刻国外退去させよ、との指示が伝えられた。そればかりか、これ以上滞在許可を引き延ばせば両国の関係に深刻な影響が出るという脅し文句まで添えられた。リーの主張では、トロツキー軟禁の決断を下した八月二六日の時点では、ソ連政府の要請はまだ届いておらず、ソ連の圧力に屈したわけではないという。だが、ソ連大使ヤクボーヴィチの発言によれば、それよりさらに何日か前、レフ・ダヴィドヴィチが『アルバイデルブラーデット』紙のインタビューに応じた直後に、彼は口頭でトリグブ・リーにまったく同じ内容を伝えており、政治的圧力ばかりか、通商関係の破棄までちらつかせて脅しをかけていたのだった。この不和についてしかるべく知らされたノルウェーの漁業・海洋関係者は報復による被害を恐れ、やむなく圧力に屈したオスロ政府は、抑圧者の役回りをリーに押しつけた。これを受けてリーは、トロツキーに絶対服従の宣告にサインさせることでソ連側を宥《なだ》めようと図ったが、これが拒否されたので、スウンビへの幽閉を命じたのだった。

レフ・ダヴィドヴィチは、リョーヴァとフランス人弁護士ジェラール・ローゼンタールに宛てて、焙り出しインクで手紙をしたためることにした。もはやノルウェー政府に義理立てする必要はないと感じた彼は、幽閉の詳細と理由をつまびらかにし、スターリンへの返答に力を注ぐよう息子に指示した。もはや抵抗あるのみで、ここで黙ってしまえば、リーというマリオネットと、彼を後ろから操るスターリンの勝利を認めるに等しかった。

ラジオと、空白だらけで届けられるわずかばかりの新聞を頼りに、彼はフィヨルドのずっと向こうで進む事態を見守った。けちくさい感情といえばそのとおりだったが、かつて彼が予言したとおり、モスクワやソ連国外で、真偽を問わず反対派の逮捕が相次ぐと、彼は一抹の満足を禁じ得なかった。逮捕者の一人は、直前に報道機関に向けて「ならず者のトロツキー」を始末せよという宣告を出したばかりだった忌まわしきカール・ラデックであり、また、死肉も同然のトロツキストを根絶すべしという声明さえ出しておけば救われると思った哀れなピャタコフも、すぐに同じ運命を辿った。これもまた予想されたとおり、九月末にはヤゴダがGPU長官の職を解かれ、新たにこの地位に就いた怪しげな男ニコライ・エジョフの手に、スターリン・テロルの新章が託されることになった。八月の茶番裁判を取り繕うためにモスクワで新たな茶番が進行しつつあることは明らかで、ヤゴダや忌まわしきラデックも含め、知りすぎた共犯者が始末されることはレフ・ダヴィドヴィチにも容易に想像がついた。

もう一つ関心の対象はスペイン内戦の進展であり、近頃スターリンが共和派への軍事支援を表明したことで、新たな展開が始まる期待があった。とはいえ、武器とともに、いや、武器より早くソ連工作員がマドリード入りして、モスクワの利益を最優先させるためにあれこれ画策しているという事態は、レフ・ダヴィドヴィチにとって意外でも何でもなかった。そんな邪《よこしま》な動きはあれ、熱狂と混乱のスペインへ行きたいと願わずにはいられなかった。数カ月前、人民戦線が選挙で勝利して共和国の方向性が定まってきたところで、彼はカタルーニャ首相コンパニスに書簡を宛ててビザの発給を求めたが、数日後中央政府からきっぱりと拒否された……　レフ・ダヴィドヴィチとしては、マドリードへ迫る反乱軍の進撃を共和派が押しとどめることを祈るばかりだったが、スペインの革命派にとって手ごわい敵となるのは、ファシスト軍よりむしろ、裏口から入ってきたしつこく邪なスターリン主義者たちだと思わずにはいられなかった。

クヌーセンが選挙区で勝利して国会議員に再選されたという吉報とともに、パリでリョーヴァが出版した『モスクワ裁判に関する赤書』が、驚くべきことにフィヨルドまで無事届き、喜びは倍増した。レフ・ダヴィドヴィチにも確かめられたとおり、このパンフレットは、反論の余地もないほど完璧にモスクワ裁判の矛盾と虚偽性を暴き出すと同時に、一年以上も拘束された容疑者の自供による告発以外、何の証拠も提示されぬまま進められた裁判には何の実証性もない、その事実を世界に向けて示していた。

リョーヴァがいざとなれば大きなことをやってのける男だとわかって、父の喜びはひとしおだった。『赤書』の出版前後に息子から父に宛てられた手紙（プンテルヴォルがほぼ丸暗記して口頭でレフ・ダヴィドヴィチに伝えていた）には、とりわけ八月の裁判以降、リョーヴァに重くのしかかっていた緊張感が透けて見える。モスクワ裁判をきっかけにトロツキー擁護に乗り出したアルフレッドとマルグリッーのロスメル夫妻を筆頭に、かつての同志の多くとよりを戻すことができたのは幸いだったが、リョーヴァは自分が追い詰められつつあるという感覚から逃れられず、いつ誘拐されるか、暗殺されるかと怖れるようになった。また、『ビュルタン』の発行資金が底を尽き、さらには、モリニエと政治的に反目して以来、ジャンヌがリョーヴァやレフ・ダヴィドヴィチより元夫に同調するようになったことで、彼の周囲の緊張感はいっそう高まっていた。だが、息子によれば、最も大きな心配の種は、自分のことでも夫婦の問題でもなく、もっと重要なこと、すなわち、パリに保管されていたトロツキーの個人的・歴史的文書だった。すでにその一部はオランダ社会史研究所に保管されるよう手配済みであり、一一月初頭には、別の一部が研究所のフランス支部に引き渡された。もっと内密な文書も含めた残りは、彼の友人で、有能な切れ者のウクライナ系ポーランド人マルク・ズボロフスキ、通称エティエンヌが管理することになった。

リョーヴァの不安が杞憂でなかったことはすぐに証明され、二回目の文書引き渡しが終わった直後、恐れていた事態が現実のものとなった。一一月六日夜、研究所のある建物に数名の男が侵入し、文書の一部が盗まれたのだ。警察の見解では、もっと価値のある文書にまったく手をつけていないところをみれば、これは明らかにプロ政治集団の仕業だった。大きな謎は、リョーヴァとその信頼できる取り巻き以外、文書の引き渡しについて知る者はいないはずなのに、なぜ盗人集団が保管場所を突き止めることができたのか、そこだった。さらに言えば、秘密文書について情報を得ていたとすれば、もっと貴重な文書が保管されているエティエンヌのアパートに忍び込むのではなく、研究所を標的に選んだのはなぜだろうか？　リョーヴァはGPUを犯人と断定したが、プリンキポやカディコイの火災の時と同じく、この時も父は、事件の後ろで何か怪しい事態が進んでいるにちがいないと思った。

一一月二一日、プンテルヴォルはかすかな希望の残骸を携えてトロツキー夫妻のもとを訪れた。アメリカ合衆国のルーズヴェルト大統領が、レフ・ダヴィドヴィチの亡命申請をまたもや却下したのだ。もはやフィヨルドの幽閉から逃れるために残された選択肢は、カタルーニャ州政府閣僚のアンドレウ・ニンが交渉中だったスペインの庇護——実現性は皆無に等しい——、そして、画家ディエゴ・リベラの親友アニータ・ブレンナーを介してリョーヴァが可能性を探り始めていたメキシコ行きだけだった。ラサロ・カルデナス大統領がトロツキー夫妻を受け入れるよう、リベラがかけあってくれるというのだが、現時点で最も現実的な選択肢とはいえ、メキシコへ行くと考えただけでレフ・ダヴィドヴィチは不安になった。メキシコで暮らすなど、フールムの凍ったフィヨルドに裸で寝るのと同じくらい危険ではないか。

幽閉生活がいっそう厳しくなっていた頃、一連の危機が始まって以来顔を合わせたことのなかったトリグブ・リーが彼のもとを訪れた。クヌーセンに託された食料を携えており、そこにコーヒーも入っていたので、ナターリヤはさっそく準備することにした。コーヒーを飲み終えたところで、リー大臣のほうから用件を切り出し、キスリングの手下たちに対する裁判が一二月一一日に始まることを告げた。レフ・ダヴィドヴィチは思わずにやりとした。公開の場で発言させてくれるのか？　トリグブ・リーはテーブルに積まれた本のほうへ目を逸らせ、裁判は非公開になることを知らせた。怒りが込み上げてきたが、レフ・ダヴィドヴィチはなんとか思いとどまり、「毎朝髭を剃るときに自分の顔を鏡で見て恥ずかしくならないか」という問いだけ彼に向けた。リーは顔を真っ赤にして数秒間じっとしていた後、庇護国に対する非礼を責めた。同じ政治家なら、往々にして政治が突きつけてくる難題のことを知らぬはずはないではないか。それに対し、間髪を入れず返答があった。あなたは政治家だが、私は革命家だ……　こんな目に遭ってまで政治的信念を貫く覚悟があなたにあるだろうか？　こう訊かれたトリグブ・リーは、立ち上がりながら、目の前の男を決して法廷に出してはならないと確信した。だが、少し緊張を解くため、彼はテーブルに積まれた本に手を伸ばし、イプセン作品集の一巻『民衆の敵』を取り上げた。絶好の機会を得たレフ・ダヴィドヴィチは、それこそリーが現在置かれている立場にぴったりの本だと言い放った。弟を裏切る政治家ストックマンこそリーとその取り巻きにそっくりだと述べたうえで、彼は作品から一節を暗唱した。「悪と卑劣な行為によって、誠実で自由な男の口を塞ぐことができるか、見てみようではないか」そのまま彼はリー大臣に別れの言葉を告げ、手を差し出して本を返すよう促した。

相手のほうを見ることもなくリーは話し出し、「誠実な」男の口のみならず、人生までも塞ぐ道はいくらでもある、と答えた。家賃と生活費、警備費用がかさんでいるので、夫妻にはオスロから遠く離れたもっと小さな家に移ってもらう、と言い添えた後、リーは本をテーブルに放り出して雪の中へ出て行った。

レフ・ダヴィドヴィチはキスリングの手下に対する裁判を傍聴したが、この煙幕の裏で、少数派にすぎないノルウェー労働党と国家社会主義者が喜んで協力し合っていることぐらい、彼にはお見通しだった。とはいえ、この機会を利用して声明を出し、この裁判が非公開となったのは、スターリンが出した指令にファシスト大臣トリグブ・リーが応じた結果だと断罪することも忘れなかった。

一週間後、またリーがやってくることを知らされたレフ・ダヴィドヴィチは、最悪の結果を想定して身構えた。到着したリー大臣は、座ることもコートを脱ぐこともなく、また、相手の目を見ることもなく、誰もが納得する解決策として、メキシコ大統領ラサロ・カルデナスが亡命者の受け入れを承諾した、即刻国を出ていただきたい、とだけ言い渡した。メキシコ行きに伴う危険は不安だったが、ひどくなる一方の幽閉生活にこのまま押し潰されるぐらいなら、暗殺者の手にかかるほうがまだましだろう、レフ・ダヴィドヴィチはそう自分に言い聞かせた。早急に彼を国から追い出そうとしている——リョーヴァと会うためにフランスへの一時滞在許可を申請する暇さえあるまい——ところをみれば、この四カ月間、リーや他の大臣たちが彼のせいで計り知れぬ緊張を強いられてきたことは明らかだった。だが、この最後の機会を逃す手はないと考えたレフ・ダヴィドヴィチは、リーに向かって言わずにはいられなかった。リーとノルウェー政府が彼に対して取ってきた措置は降伏にほかならず、降伏にはそれなりの対価が伴う、ファシストがノルウェーに乗り込んで来る瞬間は刻一刻と迫っており、やがてノルウェー人全員が亡命者となることは目に見えている、新政府が今の大臣や取り巻きたちにこれと同じような仕打ちをするようになれば、きっと思い知ることだろう。部屋の中央に突っ立ったまま、トリグブ・リーは口元に笑みを浮かべてこの予言を聞き流し、後にこの言葉どおりの激動が押し寄せることになろうとは夢にも思わなかった。

ナターリヤが荷造りをする間、レフ・ダヴィドヴィチは、これほど性急に、そして内密に出発させようとする裏に何かあるのではないかと心配し、あちこちに指示を出した。同時に、モスクワ裁判の合法性を認めていたイギリスの王室弁護士とフランスの人権擁護連盟メンバーにそれぞれ大急ぎで書簡を宛てて遺書代わりの手紙をしたためた。メキシコまたは他の目的地への道中、彼とナターリヤの身に何かあった場合には、リョーヴァとセリョージャを相続人とする、という内容だった。また、弟セリョージャのことを決して忘れぬよう言い添え、もし今後会うことがあれば、両親がいつも彼を思っていたことを伝えるよう頼んでいた。

一九三六年一二月一九日、冬のくすんだ光に包まれて、夫妻は車でフィヨルドから連れ出された。フールムのフィヨルドを離れていく車中からノルウェーの景色を眺めながら、レフ・ダヴィドヴィチは黙ったままこれまでの亡命生活を振り返り、何か得るものがあったかさえ怪しい反面、失ったものと挫折はあまりに多いという事実を噛みしめた。九年にわたる迫害と中傷を受けて、彼は流浪の民、まさにさまよえるユダヤ人となり、愚弄に耐えるばかりか、もはやこの男に屈辱を与えたところで利益もサディスティックな快楽も生まれないと判断されれば即刻殺される、そんな恐ろしい運命を甘んじて受け入れねばならない。二度と戻ることもないヨーロッパに彼が残していくものといえば、多くの同志の死骸、そして二人の娘の墓。残る希望は、少なくともリョーヴァとセルゲイが生きてこの激動を耐え抜いてくれることだけだ。夢も過去も栄光も亡霊も、そして長年命を懸けてきた革命の亡霊さえも、今や失われようとしている。だが、まだ彼の命は残っていた。敗北者と思われようとも、生きて呼吸しているうちは決して屈服すまい、後に彼はそう書いている。

14

キリル文字を解読するグリゴリエフとともに、パスポートに印字された《R-O-M-A-N P-A-V-L-O-V-I-C-H》という名前を追っていると、ロマン・パーヴロヴィチの顔には生き返ったような微笑みが浮かんだ。ソ連人となった彼は、人差し指を文字の上に滑らせ、パブロの息子ロマンという新たな人格ににんまりした後、馴染みのない窮屈な記号をじっと見つめながら、それを頭に焼き付けておこうと必死に努力した。バレンシアのソ連大使館が入る建物の地下で撮ったパスポート写真に写る彼は、最後に鏡を見た直後から変身を遂げたように、ずいぶん年上に見えた。だが、ロマン・パーヴロヴィチの顔つきには、コーカサス出身というパスポートの記載にたがわず、粗野な生活で鍛えられた男の精悍さがあり、おおいに彼の気に入った。だが、そこへ緊張に満ちたグリゴリエフの手が伸び、やむなくパスポートを返すと、心の一部が奪われたような喪失感を味わった。

軍用空港に降り立って以来、ロマン・パーヴロヴィチは自分が得体の知れない世界に取り込まれていくように感じていた。ロシア語と同じくらい重々しい油の臭いを発する官吏が、そのきつい臭いで包み込むようにして彼らを密室へ導き、そこでグリゴリエフは二人の官吏と短く言葉を交わした。その後、グリゴリエフと並んで車の後部座席に座った彼は、窓から入ってくる生ぬるい空気で鼻が浄化されるのを感じながら、優しい母語とともに平衡感覚を取り戻していった。

「モスクワはまだ遠いのですか？」道の両側に広がる鬱蒼とした松林を見ながら彼は訊いた。

「昨日よりは近づいたな」グリゴリエフは言った。

「いつ連れて行ってもらえるのですか？」

「観光しに来たわけじゃない」グリゴリエフの声を聞いて、どうしたわけか、彼の口調が刺々《とげとげ》しくなっていることを彼は感じた。

ラモンは黙っていることにした。バルセロナに戻ったところでコトフから、世界革命の勝利に向けた闘士の候補に彼が選ばれ、社会主義の祖国に派遣されることになったと知らされて以来、今もまだ歓喜は続いており、誰にも邪魔されたくはなかった。細部は何も伝えられなかったが、コトフによれば、数週間にわたって彼は集中講義を受けることになり、その間訓練に全身全霊を捧げねばならないという。

松林がいっそう生い茂ってきたところで道はカーブに差し掛かり、単調な針葉樹の連なりを破るようにして現れたコンクリート塀に沿って数百メートル走ったところで、金属製の門が刑務所のような軋み音とともに開いて彼らを迎え入れた。どんな細部も見逃すまいとしてラモン・メルカデールは感覚を研ぎ澄ませた。車が通過した途端に閉まる門の向こうには、細い道が環状に続いており、車は時計と反対回りに進んだ。左手に見える大きな円形広場らしきものの真ん中にも松が聳えており、一定間隔ごとに現れる小道が放射線状に中心へ向かって消えていた。左手には、剪定された灌木がびっしり並ぶ生垣に囲まれた鉄条網の向こうにレンガ造りの小屋が並んでおり、正面のドアに、どんな隠れた規則性があるのかないのか、数字が書かれていた。宝くじの当選番号のアナウンスのように、11から3に飛んだかと思えば8になり、2になり、7になった。

車は13番の小屋の前で停まり、着いたぞと呟くグリゴリエフの声を聞いて、ラモンは数字に何か意味があることを確信した。生誕年と同じだったからだ。彼らを降ろすと車はすぐに円形広場のカーブへ消え、小屋へ向かって進んだグリゴリエフは、外側のかんぬきを外してドアを開けた。辛うじて携行を許された下着入りのずだ袋だけを抱えてラモンは足早に近づき、屋内に入ったところで、物理的・精神的指導者たるグリゴリエフがドアを閉めた。

小屋の広間は、たった一人の学生のために教室として整えられたらしく、教室机と一組のテーブル・椅子が据えられ、壁には黒板と世界地図が掛けられていた。片側に低いテーブルが寄せられ、その周りに革張りの肘掛け椅子が置かれている。その前に立つ二人の男のうち、一方は肩に階級章を付けた正規の軍服に身を包み、もう一方はバッジのない黒の野戦用オーバーオールを着ていた。士官のほうがグリゴリエフに近づき、何かロシア語で言葉をかけながらにこやかに抱擁した後、その頬と唇にキスした。野戦用の服を着た男が軍隊式にグリゴリエフに敬礼すると、彼は挨拶に答えるとともにその手を握り、いつものごつごつした言葉で何か言った。そこでようやく士官はラモンのほうを向いて、フランス語で話しかけた。

「我らの基地へようこそ、同志ロマン・パーヴロヴィチ。私は陸軍少将のコニエフ、ここの責任者で、こちらは」黒服の男を指差した。「カルミン中尉、貴兄の指南役を務めます。お掛けください。紅茶は？」

ロマン・パーヴロヴィチは微笑み、三人がそれぞれの席に着くのを見て、自分も腰掛けた。

「コーヒーをいただけませんか、少将？」彼もフランス語で答えた。

「もちろん！……　お願いします、中尉……」カルミンはキッチンへ向かい、少将は煙草に火を点けてロマン・パーヴロヴィチを見据えた。「今夜、夕食の前に、カルミン中尉から内規について説明がありますから、以後厳守を願います。予めお伝えしておくと、中尉、私、あるいは、作戦隊長のグリゴリエフ同志の付き添いなしにこの小屋の外へ出ることはできません。そしてこれ以後、規律違反を犯した場合、即刻追放処分となります」

少将が黙ったところで、計ったようにカルミンがキッチンから戻り、木の盆に乗ったポットから立ち昇る湯気がコーヒーの香りを放っていた。一口飲んだ瞬間、ロマン・パーヴロヴィチはひどく甘いだけで薄いこの液体を選んだことを後悔し、内規では自分でコーヒーを淹れることが許されているだろうかと考えた。

特に前置きもなくグリゴリエフと少将がロシア語で話を始め、ロマン・パーヴロヴィチは滞在の詳細を確認し合っているのだろうと思った。カルミン中尉は、カップの底に蛇がいるとでもいうようにじっと目を注ぎながら紅茶を飲んでいた。コニエフが主導権を握っているらしい対話は数分間続き、グリゴリエフにロマン・パーヴロヴィチのパスポートを渡された少将が新入生のほうへ目を向けたところで、言葉が途切れた。

「新たな名前が決まるまで、あなたは歩兵一三番です」少将は素っ気なく伝え、芝居がかった仕草でパスポートを引き裂いた。驚いたラモンは、自分が磁石も持たぬまま後戻りのない旅に出て無名の亡霊になったことをはっきり意識し、続いて発せられたコニエフの言葉を噛みしめた。「それ以外の何者でもありません」


歩兵一三番は小屋のキッチンでグリゴリエフとともに朝食をとり、ありがたいことに、自分でコーヒーを淹れさせてもらえた。匂いのない赤っぽい粉で、美味しいコーヒーなど望むべくもなかったが、自分で淹れれば少なくとも飲める状態にはなった。少し散歩しようとグリゴリエフに誘われ、二人は裏のドアから小屋の外へ出た。数メートル先までは地面が整備されていたが、そこから先はまたもや鬱蒼とした松林であり、それを横切るようにして、小屋の一〇〇メートルほど向こうのところで、亜鉛メッキの鉄板に覆われた金属柵が走って敷地との境界を示していた。森へ足を進めながら、歩兵一三番は上役がほとんど足を引きずっていないことに気づいた。

前の晩にカルミン中尉から説明されたこの基地の規則とは、端的に言えば絶対服従だけだった。彼ないし少将の許可なしに誰とも接触してはならないと再度言い渡された後、その理由が告げられた。将来、訓練生の誰かが彼の顔に見覚えがある、あるいは、彼のほうが訓練生の誰かに見覚えがある、といった事態になれば、彼の命が危ない。ここへやってくるのは例外的な頭脳に恵まれた者だけであり、当然ながらそれなりに要求も高い。特別任務のために選ばれた歩兵に対する他の規則については、追ってグリゴリエフ同志から説明がある、そう言われて、自分が選ばれし者であることを知った彼は、内側から込み上げてくる自尊心を噛みしめた。

だが、一九三七年夏のあの日、歩兵一三番がどれほど自分の人生が変わったか思い知るのは、プロレタリア天国の扉を開く重要任務がいったい何なのか伝えられた時だった。グリゴリエフはソ連の置かれた状況を概括し、それが彼らとどう関係するか説明を始めた。ラモンも知っていたとおり、昨年から党と政府は国内に残るトロツキストと反対派の一掃に着手していた。痛ましいことに、そのわずか数カ月後、トゥハチェフスキー元帥を含む赤軍の権威ある士官一味がドイツ諜報部と通じてクーデターを画策し、スターリン同志の追放とファシズムとの同盟を実現しようとしていた事実が発覚した。提出された証拠に反証の余地はなく、関係した軍人たちが裁きを受けて数週間前に処刑されるとともに、軍部からの危険分子排除と党内の粛清が行われた。グリゴリエフの話では、作戦の指揮を執っているのは内務人民委員エジョフであり、スターリンから直接指示を仰いでいるという。周りには針葉樹以外何も見当たらなかったが、ここでグリゴリエフは声を落として囁くように言った。前内務人民委員ヤゴダが反逆とトロツキー支持の嫌疑を受けて失脚した後、エジョフの捜査は、ＮＫＶＤ《エヌカーヴェーデー》の秘密警察や軍諜報部も含めた秘密組織にまで及んでおり、過剰な猜疑心、そして、かつての士官に代えて腹心で周りを固めたいという思いのあまり、組織の存続自体を危険に晒している。

「スターリン同志は、裏切り行為に与したヤゴダの一味を一掃する必要があると考えて、エジョフにすべてを一任している」グリゴリエフは足を止めた。「エジョフはその役回りにもってこいだ。だが、同時にいくつかの任務を解かれていて、その一つ、国外の諜報活動はラヴレンチー・ベリヤ同志に託されることになった。この基地とそこで進行する計画もその一部だ。役割分担がうまくいっているうちは何も問題ないだろうが、職を外れたエジョフが、かつては部下にすぎなかったベリヤを煙たく思うようなことがあれば、我々もその煽りを喰うことになる。それだけじゃない。方針が完全に変更されて、我々の存在意義そのものが失われてしまうかもしれない」

「スターリン同志はなぜそんな危険を冒すのですか？」

「いつものとおり、彼なりの考えがあってのことだろう」グリゴリエフは言って、松の根元に唾を吐き、そのまま数秒間黙っていた。「私の置かれている状況は二つの意味で不安定だ。第一に、私はずっと前から諜報部員なのだが、エジョフは私をヤゴダ時代の部員だと見なしている。第二に、私はユダヤ人で、彼も含め多くの者から露骨に敬遠されている……　だから、私にとっては、このままスペインにとどまって、自分にしかできない役回りをこなしているほうが好都合だ」

情報自体のせいか、スペイン語で発されていたせいか、あるいは、素っ気ないグリゴリエフの奥によく知る――少なくとも、よく知っていると思っている――コトフを見出して嬉しくなったせいか、まだ戸惑い気味ながらもラモンは元の自分に戻っていく気がして、意味のわからない言葉と新事実が飛び交うめまぐるしい日々がようやく落ち着いてきたような感覚を味わった。だが、それでもなお、取りつく島もないまま崖っぷちに取り残されるのではないかという不安は拭えなかった。

「それで、スターリン同志はどんな任務を我々に課そうとしているのです？」

「重要な任務だ」考えているようなふりをしてグリゴリエフは長い間をとった。「君次第でこのまま進めるかやめるかが決まるから、今から言っておくべきだろう」

「何なんです？」なぞなぞ遊びのような真似はご免だった。《単刀直入に言ってくれよ》と彼は思った。

「機はすでに熟した、とスターリン同志は考えている……　トロツキーをこの世から消す準備を始める時が来たのだ」

ラモンは動揺を隠せなかった。聞き間違えたのかとも思ったが、間違いなどあるはずもなく、コトフの言葉を聞いたまさにこの瞬間から、自分の人生が新たな局面に入ったことを彼は理解した。

「準備とは？」なんとかこれだけ訊くことができた。

「作業の開始だ。会心の一撃が必要だ。君や他のスペイン共産党員がここへ呼ばれたのはそのためだ」

「暗殺の訓練？」

「いろいろな訓練だ」

「なぜスペイン人が必要なんです？」

コトフは微笑み、大きな松ぼっくりを軽く蹴飛ばした。彼の考えでは、スペイン人は優秀な秘密工作員には向いていない。度胸と生まれつきの残忍さを持ち併せているおかげで、殺すことも殺されることも恐れないし（それは大きな利点だ）、狂信も備えているが（こうした任務に多少の狂信は欠かせない）、率直すぎて、時に優しく、情に流されやすいうえ、根底のところで皆多かれ少なかれ法螺吹きだから、口が軽い。この欠点を克服するのは極めて難しい……

「出鼻を挫く意見ですね。それならなぜ……」

「母語がスペイン語である男でなければこの任務はこなせない。それが第一の理由だ。第二に、君たちには良心の呵責を乗り越える能力がある」

ラモンは、そんな長所や短所が自分にもあるのかと考え、法螺吹きという点を除けば、確かにコトフの言うとおりかもしれないと思った。

「だが、君を選んだ本当の理由は、君ならできる、そう私が思ったことだ」コトフは締めくくった。

ラモンは森のほうへ目をやった。自尊心の火が心の内側で燃え盛り、不安は消えた。この話をアフリカが聞いたらどう思うだろう？　彼女は本当に彼のことを軟弱だと思っていたのだろうか？　コトフはどう思っているのだろう？

「なあ、ラモン、革命の敵を殺すことが君にできるか？」

彼はコトフを見つめ、相手に見つめられても目を逸らさなかった。

「必要とあらば、もちろん殺せます」

顧問は微笑み、その目にここ数日失われていた輝きが戻った。彼はラモンの胸に指を突きつけた。

「裏切り者のクズ、トロツキーをこの世から抹殺するために君が選ばれた、この栄誉がわかるか？　あの堕落した汚いネズミは、何年も何年も革命の破壊を画策し、ドイツ人や日本人に身を売った。ソ連の労働者を大量に毒殺し、国にパニックを引き起こそうとした。あいつの山師哲学は、この国の、スペインの、世界中のプロレタリアートの未来を危機に陥れている」

ラモンは再び森のほうへ目をやった。知能回路がショートしたように頭のなかは真っ白だったが、なんとか言葉を発することができた。

「腑に落ちないのは、なぜ今まであの裏切り者を始末しなかったのか、という点です」

「腑に落ちなくてかまわない。言ったとおりだ。スターリン同志には彼なりの考えがあり、我々の義務はそれに大人しく従うことだ……　この数日間で服従という言葉を何度聞いたと思う？」

「さあ、何度も聞きました」

「これからも何千回となく聞くことになるだろう。最も重要な言葉だからな。そして忠誠心、慎み。この聖なる三位一体をよく頭に叩き込んでおけ。もうわかっているだろうが、私の話を聞いた後で、君に残された道は二つしかない。栄光へ向かうか、強制収容所へ向かうか、そのどちらかだ。覚えておけ、収容所へ行けば、名もない哀れな裏切り者の命などなんの価値もない……　さあ、行くぞ、もう着いている頃だ」

二人が小屋へ入っていくと、コニエフ元帥とカルミンが立ち上がり、軍隊式に敬礼した。歩兵一三番が学習机に座る間、グリゴリエフは二人の士官に何か言った。そしてグリゴリエフと元帥は奥の肘掛け椅子に腰掛け、黒い制服を着たカルミンが黒板と一体化するようにしてその前に立った。ラモンの頭にはコトフの最後の言葉が響いており、彼は自分の手が湿っていることに気づいた。

「歩兵一三番」カルミンの発した明瞭な南部訛りのフランス語を聞いて、彼はダクスとトゥールーズで過ごした日々を思い出した。「君の指南役によれば、訓練を始める心構えはできているそうだな。だが、その前に、君の人柄を正確に把握しておくため、いくつか肉体的・心理的テストを受けてもらう。期待どおりの結果であれば、すぐにボリシェヴィキの歴史、国際政治、マルクス・レーニン主義、心理学の授業を開始する。他にも、サバイバル術、尋問術、白兵戦術を講義し、火器やパラシュートの扱い方も学んでもらう。だが、訓練の最も重要な部分は人格面なのだ。何はさておき、君はこの基地に着く前の君に戻ることは決してない、この事実をよく覚えておいてほしい。内側から君の人格を消し去ることになる。難しく時間のかかる作業だが、これさえ乗り越えられれば、どんな人格であれ、与えられた使命にふさわしい人間になりすますことができる。君がどんな人間になるか、まだ決まっていないが、いずれにせよ、二度とスペイン人になることはないし、スペイン語も、ましてやカタルーニャ語も話してはいけない。当面はフランス語で話し、フランス語で考えるように。いずれ夢までフランス語で見るようにしてもらう。専門家の協力を受けることになるが、何度も繰り返すとおり、成功の鍵は君の意志にある」

歩兵一三番は、過剰な期待が自分にかけられているように思ったが、コトフに言われた使命を果たすためには、ここで学ぶことのすべてが役立つだろうと考えて、黙ったまま頷いた。

「よろしい。それではまず、簡単だが重要なテストを受けてもらう。いろいろ学ぶことも多いはずだ。ついて来なさい」

カルミンは裏の出口に向かって歩き出し、歩兵一三番は後に続いた。グリゴリエフとコニエフも一緒に外へ出た。少し気温が上がっており、松林から植物の香りが立ち昇っていた。小さなテーブルの上に軍用ナイフの見本が三つ並んでおり、歩兵一三番はそれを見てナイフの使い方を教わるのだと思った。その時松の間から、カルミンと同じように軍服を着た男が姿を現し、脂っぽい髪とぼろを纏った薄汚い男を引きずるようにして連れてきた。その体からは、森の臭いを凌ぐ腐臭が放たれていた。

「あの男をよく見なさい」カルミンは言った。「もはや廃人も同然だが、人民の敵だ」

歩兵一三番はちらりとだけ男を見たが、その時カルミンの単刀直入の一言が聞こえた。

「奴を殺せ！」

歩兵一三番はこの叫び声に驚くとともに、二重に混乱した。本気の命令なのか？ だとすれば、命令を受けたのは、歩兵一三番なのか、ラモン・メルカデールなのか、それとも、束の間のロマン・パーヴロヴィチなのか？ だが、それ以上考える暇もなく、カルミンは正規の拳銃をホルダーから取り出してテーブルに叩きつけた。

「このクソバカ《ヨーブ・トヴォユー・マーチ》！ 君がやらないなら私がやるぞ！」

歩兵一三番はナイフを見つめ、なぜかわからないが、幅広で短い刃のナイフが一番いいと判断して手に取った。一番いい？ 革命の敵を殺すのに？ そう思いながら一歩前へ踏み出した瞬間、脚が震えているのがわかった。これは単なる肝試しだ、彼はそう自分に言い聞かせた。いずれ《やめ》の号令がかかって、乞食は連れ去られるにちがいない。薄汚い男のほうへ近寄っていくと、その目には恐怖がありありと浮かんでいた。男は、体を震わせて一歩、二歩後ずさりながら、何かロシア語を発しており、意味はわからなかったが、《タヴァーリシ》と聞こえるその言葉で繰り返し慈悲にすがっていることは感じられた。歩兵一三番は、腰の高さにナイフを構えて前進を続けながら、止まれの言葉を待ち続けたが、腐臭を放つ乞食との距離が縮まっても、いっこうに命令は下らなかった。

わずか一メートル半ぐらいの距離までくると、相手の目に必死の懇願が感じられ、歩兵一三番に沈黙が重くのしかかった。無。頭に一つの言葉が浮かんだ。服従。そして問い。軟弱？ アフリカの姿が閃光のように脳裏をよぎった。もう一歩踏み出し、ナイフを後ろに引いて勢いをつけようとしたところで、相手はもう逃げることも後ずさりすることもできなくなっていることがわかった。恐怖で男の体は麻痺し、汗だくだった。偉大なる大義への忠誠心を示すためには、こんな男を冷徹に殺さねばならないのだろうか？ 正義の地では、人民の敵を容赦なく始末せねばならないということか？　これがトロツキーの裏切りやスペインのファシストの横暴と何の関係があるのだろう？　そんなはずはない、彼は思った。今に命令が下る、《やめ》の声がかかる、そしてみんな笑い出すにちがいない。彼はナイフを数センチ動かして攻撃の態勢をとった。もはや何も考えることはなかった。乞食の腹めがけてナイフを持った腕を突き出すと、その瞬間に彼は歩兵一三番になり、ラモン・メルカデールは完全に消え失せて、服従という聖なる大原則に従っていることだけが感じられた。恐怖に体が麻痺して無防備になった男の命を奪うべく、ナイフはまっしぐらに進んだが、腹に突き刺さる寸前で、男はすばやく両手を交差して身を守り、そのまま信じられないスピードで手を動かしてナイフを振り払ったかと思えば、歩兵一三番の顎に強烈な蹴りをお見舞いして失神させ、仰向けに薙ぎ倒した。

数週間後、歩兵一三番は自分の内側で意識の色合いが変化し始めていることを感じた。理論的講義を通して脳に詰め込まれる哲学、歴史、政治の議論を支えに、社会主義への信念が強化されていく一方で、心理学者が進める洗脳によって、それまでの人生を通して培われてきた経験、記憶、不安、幻想といった負荷が心から取り除かれ、まさに彼はひと皮剝けつつあったのだ。自分でも驚いたことに、それまでの履歴は雲のように霞み、コトフがスペインへ戻る前に残した最後の助言も含め、ごく最近の出来事でさえ、正体不明の別人による体験ではないかと思われるほどぼんやりした記憶になっていた。

この数カ月でラモンは本当にラモンでなくなり、別の人間であることがどうにも息苦しくて仕方がないという時だけ、やむをえずかつてのラモン・メルカデールに戻った。それ以外にラモンの意識が戻るのは、そうせよと命じられた時だけだったが、いずれにしても、もはや彼は同じラモン・メルカデール・デル・リオではなかった

……

ぼやけ始めてきた青春時代に、若者らしいロマン主義とアフリカの叱咤に刺激されて共産主義の理想に共鳴し

た男は、今や科学的論拠に基づいてその信念を深め、人類がついに最高レベルの尊厳を手にしたソ連社会をその具現と見なすに至った。革命運動は当初、オリガルキーやブルジョア、ファシズムや裏切り者に対するばらばらな直感的反抗でしかなかったが、平等社会のユートピアを目指すプロレタリア闘争の歴史的必然と結びつき、偉大なる戦闘において指導的役割を担うべき党に支えられて、体系的な闘争となった。時に無慈悲すぎる闘争と映ることがあるかもしれないが、それはやむをえない。こうした理念一つひとつの根底にはスターリン主義の理論と実践があり、マルクス、エンゲルス、レーニンの天才的継承者たる総書記、叡智と優れた戦略眼を誇るスターリン同志は、世界全体のプロレタリアの先頭に立って堂々と歴史を切り開いている。人類の未来は社会主義にある、この信念は彼の内側で揺るぎない確信に変わった。ソ連の未来を切り開くために必要な行為や犠牲はすべて歴史的に正当化され、どんな些細な反論も許されない、そう頭に叩き込んだ。それに加え、彼の頭には階級的憎悪をめぐる議論が吹き込まれ、階級の敵を視覚化することで、彼の確信はますます強固になった。

一〇月になると、気温がぐっと下がり始めた。カルミンは、理論の講義と心理カウンセリングに加えて、これから肉体的訓練も開始することを告げた。歩兵一三番は、これでようやく基地を出てソ連の輝かしい現実をこの目で見ることができるのではないかと期待した。だが、ウラル山中で極限状態の耐久テストを受けさせられた二週間(体重は六キロ減ったが、カルミンに称えられて彼は鼻高々だった)以外、訓練はすべてマラホフカの森で行われた。ライフル、拳銃、機関銃の射撃、ナイフ、剣、斧での戦い方、手と足だけを使った護身術などを身に着けたほか、正確な手榴弾の投げ方、壁の登り方、建物の破壊工作などもたっぷり教え込まれた。第一段階が終わると、今度は様々な武器を使って一人ないし複数の敵を仕留める訓練が繰り返し行われ、まず敵方の防御の弱点を素早く見極める方法、続いて効果的にダメージを与えるために攻撃すべき肉体的部位の狙い方を叩き込まれた。訓練の相手役となるのは様々な攻撃に長けた男たちだったが、常に彼らには、犬畜生のトロツキスト、堕落したトロツキスト、裏切り者のトロツキストといった呼称が用いられ、やがて彼はトロツキーと聞いただけで興奮を覚えるようになった。

歩兵一三番が改心と訓練の決定的瞬間として後々まで記憶することになるのは、拷問や尋問の心理的攻撃に耐える術を叩き込まれた時のことだった。本物の拷問を体験してもらうということで、肉体的苦痛まで味わわされた彼は、人類がいかに様々な手を駆使して隣人を痛めつけるものか思い知った。だが、この訓練の本質は黙る能力を身に着けることではなく、尋問者に操られない意志、弱点を曝け出すことに繋がりかねない意思疎通の道を完全に遮断する能力、さらには、嘘を信じさせて尋問者を攪乱する技量の習得にあったのだ。彼は、他人から秘密を聞き出すより秘密を守り通すほうがはるかに難しいことを学ぶとともに、夢の解釈や病的オブセッションなるものが引き起こす反応など、難解な心理学についてまで知識を広げていった。

一一月末、グリゴリエフが基地に戻ってくる頃には、歩兵一三番はすでに教官の誰もが認める大理石の男になっており、与えられた任務は何があってもこなす、どんな攻撃にも黙って耐え抜く、トロツキストには腹の底から憎しみをぶつける、そして、どんな人格にも指示どおりになりすます、そんな強靭な精神を身に着けていた。教官たちの満足はひとしおで、グリゴリエフに見出されたダイヤモンドの原石は、こうして燦然と輝く宝石まで磨き上げられたのだ。政治、哲学、言語、肉体、心理、いずれにおいても非の打ちようがなかったうえ、沈黙を貫き、憎念を剝き出しにし、同情を排し、大義のためなら死も厭わぬ彼は、最強の防具を身に着けた、まさに服従と無慈悲の機械だった。

その日の午後、歩兵一三番は、指南役の制服と似た黒の制服を着ていたが、実際にはそれはかなりしっかりした防寒服だった。コニエフ元帥とともに小屋へ入ってきたグリゴリエフは、軍隊式に敬礼した後、身に着けていた防寒具をいっさい外すことなく室内を横切り、裏の出口へ向かった。カルミンに命じられて歩兵一三番はその後に続き、雪の積もる中庭に出たところで、訓練初日と同じように、小テーブルの上にナイフが三つ並んでいるのを見て、思わず笑みを漏らしそうになった。彼は即座に何を求められているか理解し、ぼろ切れを纏って寒さと恐怖に震える男がカルミンに突き飛ばされるようにして現れる様子を見ると、今度は訓練の成果を存分に発揮してやろうと意気込んだ。

「歩兵一三番！」カルミンは言った。「わかっているな…… ここにいるのは、人民の敵、犬畜生のトロツキストだ。殺せ！」

歩兵一三番は、イギリス軍が装備している野戦用ナイフを選んだ。柄を摑んだ瞬間、寒さを忘れるほど皮膚が熱くなったように感じられるとともに、全身の筋肉が刃と一体化し、両足が蛇のように獲物を狙って這い進んでいった。男は必死に訴え、数メートル先でカルミンがわざわざその内容を翻訳していた。自分は無実だ、陰謀など企んでいない、トロツキーもジノヴィエフも、労働者階級への裏切り者は皆憎い、と言っている、スターリンを父と慕っている、プロレタリアの裁きを受けさせてほしい、そう訴えている。信じられるか？ 歩兵一三番は首を横に振り、目に込められた哀願も体の震えもとても演技とは思えない男のほうへ進んでいった。雪に溶け込むような姿でじっと両腕を広げてすがりついてくる犬畜生を前に、彼はとっさに別の作戦を思いついた。弾みをつけるために腕を曲げると、素早い手の動きでナイフを持ち替えた。腹ではなく首を狙ってやれば、乞食野郎はなんとかナイフをかわそうとするはずだから、そこでまず思い切り股ぐらを蹴飛ばし、膝をついたところで、今度は顎に回し蹴りを食らわしてやるとしよう。

歩兵一三番は息を殺して間合いを計った。相手の目を睨みつけたまま、頸部に狙いをつけて、緩やかな弧を描くように右脇から腕を突き出すと、男は目に恐怖を浮かべたまま身動きもできず、ナイフに首を貫かれた数秒後、口から最期の血を吐き出しながら、黒の分厚い制服に覆われた胸に倒れ掛かってきた。歩兵一三番はナイフに支えられた死の重みを肩に感じたが、死体がそのまま崩れ落ちていくとみるや、ギザギザのナイフの刃を抜き、そこから滴る血がすでに赤く染まっていた雪の上に落ちた。その時悪寒を感じたかどうか、歩兵一三番は後でまったく思い出せなかった。

走る車の両側で森の木々がまばらになっていくなか、グリゴリエフは、十月革命成功に先立つ混乱と暴力の日々にモスクワへ到着した時の様子を思い返していた。その話に耳を傾けながら歩兵一三番は、四カ月前までの若きラモンなら、世界中の共産主義者にとっての巡礼地、赤く革命に染まったモスクワへの訪問に歓喜したことだろうと考えていた。だが、今の彼からはそんな好奇心は消え失せ、与えられた指令をこなすべく、淡々と適切に自分の役目を果たすだけだった。とはいえ、気は張りつめており、ボスの言葉を聞きながらも、仕事人らしい律義さで行程の細部にまで目を光らせていた。

少し前にグリゴリエフとコニエフ元帥は訓練の小休止を告げていた。成果はめざましく、一週間首都で息抜きをしてよい、というのだ。すぐに歩兵一三番は、この外出許可に別の意図があることを悟った。

数日前から降り続いていた雪が広場や建物、ドームや公園を覆いつくし、モスクワ川は蛇行する鏡となっていた。散策を始めてすぐにラモンは、封建的空気と人間離れした広さをこの街に感じ取り、現実と理想のずれとでも呼べばいいのか、つかみどころのない感覚に囚われた。何十年も後になってようやくその起源がわかるとおり、ソ連邦の首都は、尊大な外観とは裏腹に葛藤の地であり続けており、交錯する二つの世界が輪郭を失う街なのだった。東洋と西洋、キリスト教とロシア正教、ヨーロッパとビザンティンが、互いの本質を損ない、まったく違うもの、モスクワとしか呼びようのないものを生み出しているのだ。予想どおり、最初の見学ポイントは赤の広場であり、実際に横切ってみると、行進の写真から思い描いていたよりずっと広いことがよくわかった。聖ワシーリー大聖堂のカラフルなたまねぎ型ドームを見て、その奇抜な色と形には驚いたが、実のところ、まるでロシア語かアジアの言葉で話しかけられでもしたように、不思議すぎて意味不明だった。それに較べれば、クレムリンの壁と塔はまだ身近に感じられ、国の偉大な伝統に似つかわしい気がした。献花も凍るマイナス一二度の寒さのなか、ソ連邦、そして全世界からやってきた老若男女が恭しく黙って行列を作り、ソヴィエト国家創始者のミイラ化した遺体の前に立つことのできる数分間を待ち望んでいたが、特別許可証を与えられていた彼は行列を免除された。ファラオ風ともヘレニズム様式ともつかぬ霊廟に入っていくと、期待していたような感動はなく、むしろ、ミイラの置き方が悪いらしく、ガラスの反射で顔がよく見えず、平等な社会の建設という人類の長年の夢を実現した偉大な男のオーラはまったく伝わってこなかった。

監視員の入念なチェックを受けたうえで、トロイツカヤ塔からクレムリンの外へ出ると、壁沿いに雪が積み上げられていた。大聖堂広場に向かって歩兵一三番とともに細い道を歩きながらグリゴリエフは、ツァーリ時代初期に建てられた礼拝堂を壊して新たな施設に変えたあたりを案内し、ぎりぎりまで近づいたところで、世界最大の面積を誇る国の行政を司る事務室の窓を指差した。

「あそこでスターリン同志が仕事をしているのですか?」

「一日何時間かだけだ」グリゴリエフは答えた。「数年前まではそこのアパートに住んでいた」エカテリーナ二世時代の建物で、かつて上院が置かれていた場所だった。「奥様が自殺されてからは、部屋を明け渡して、クンツェヴォの別荘《ダーチャ》で寝泊まりしている。毎日明け方まで仕事をされているから、重要事項はそこで決めているようだ。睡眠時間は短く、すごい仕事量だが、雄牛のように活力に満ちている」

壁に囲まれた地区を離れ、大きなグム百貨店に沿って歩き始めると、何か珍しいものでも食べようとして――往々にして期待は裏切られる――街中から人が集まってくるのがわかった。歴史博物館の前で旧ニコルスカヤ通り、現在の一〇月二五日通りに入り、フェリックス・ジェルジンスキー像のある小さな広場へ向かって坂道を登っていくと、その後ろに、国で最も恐れられる建物が見えてくる。

「ルビャンカだ」グリゴリエフが指差した。

建物の歴史を知っていた歩兵一三番は、じっとその姿に見入った。かつて保険会社だったこの黄土色の威圧的な建物は、二〇年前、地上におけるプロレタリア最強の鞭となるべき男たちを迎え入れ、内も外も敵だらけとなった革命を何が何でも守り抜く使命を引き受けた。大地に埋め込まれたような重々しい建物、歩行者を寄せつけぬ雰囲気を見ただけでも、生々しい無慈悲な力の迸《ほとばし》りが十分に感じられる。過ちを許さぬ神の意志のようなこの力が、しきたりに囚われることなく、あらゆる法の支配を超えて、人々の生死を決する。歩兵一三番は、自らの命運もこの壁の向こうから操られていることを意識し、ある意味では自分も、暗闇から革命の防衛に尽力してきたこの荘厳な建物の一部になったことを思った。ルビャンカの圧倒的な力がいつか自分のものになるだろう、そう思った途端、彼は自分の間違いに気づいた。数日前、イギリス製のナイフを手にした瞬間から、すでに彼はその力を手にしていたのだ。

「見てのとおり、誰もここを通りたがらない」グリゴリエフは言って、少し間を置いた。「ここが恐怖の広場だ。革命に必要な恐怖を我々は入念に作り上げてきた。ルビャンカについてはいろいろ噂されていて、その大部分が恐ろしい話だ。しかも、そのほとんどは事実だ。ブルジョアたちは恐怖をうまく操っていたが、我々もそれを見習うべきだ。恐怖なしに統治はできないし、国を未来に向けることもできない」

「プロレタリアには、どんな手を使ってでも身を守る権利があります」歩兵一三番の言葉を聞いてグリゴリエフは微笑んだ。

「いろいろスローガンを叩き込まれたようだな。私の前でわざわざ披露する必要はない」

ほとんど足を引きずることもなくグリゴリエフは彼を劇場街へと導き、ペトロフカ通りに差し掛かったところで、ルビャンカの宇宙的孤独とは対照的な生命の鼓動が歩兵一三番に感じられた。ボスは、人目を気にせず食事しながら話せる場所を探そうと持ちかけてきた。歩兵一三番には懐かしいバルセロナをかすかに髣髴とさせるモデルニスモ風の建物があり、その入り口に、歩道から地下へと降りていく階段が見えて、脇に寒さをこらえるように足踏みする男がいる。執拗に見つめてくる様子を見れば、男が二人を待ち受けていることは明らかだった。腕をぶらぶら動かしながら、奇妙な具合に反対の手を胸に当て、襟元で指を二本、落ち着きなく動かしている。通りすがりにグリゴリエフは《ニエット》と呟き、二人で半地下に降りてみると、採光窓がちょうど歩道の高さにあり、そこに見えた店は、歩兵一三番の知るビアホールとはかけ離れた代物だった。椅子のない高いテーブルに肘をついた多数の男女が大声で言葉を交わしながら、ホップの匂いのきつい飲み物を勢いよく飲んでいるが、ポケットだらけのコートに入れていつも持ち歩いているらしいウォッカの小瓶からたえずかなりの量をジョッキに注いでいる。会話も酒も中断することなく、誰もが薫製ニシンのスライスを乗せた黒パンを貪り食い、魚の干物らしき黒っぽい切り身を食べる時には、テーブルに叩きつけて身を剝がしながら、ほとんど嚙むこともなく飲み下していた。魚の臭いと熟成ビールの腐臭、マホルカというロシア煙草の耐え難い煙、そこに、濡れた羊皮の臭いがしみついたコートの下から届く汗まみれの体臭も加わって、常人を寄せつけない空気が醸し出されており、あらゆる試練に耐えてきた歩兵一三番でさえ、頼むから他の場所へ行こうと泣きついてきたので、グリゴリエフも思わず寛容な笑みを漏らした。

「そうだな、これに耐えるには特別訓練が必要だろう。歴史の摂理に選ばれた民にも、もっと水と石鹼が必要なようだ」

外へ出ると、二本の指を襟元に置いた男がまだ同じ動作を続けていたが、今度は二人に見向きもしなかった。劇場街へ戻ったところで、グリゴリエフはようやく孤独な独り芝居の種明かしをした。地下で飲まれていたヨルシュ、すなわちビールとウォッカの混ぜ物を一緒に飲む仲間を二人探していたというのだ。

「ロシア人は大酒飲みだが、いつも競って飲みたがる。彼らの嫌いなことは二つ。一つは、ウォッカを混ぜないビールで、これは時間と金の無駄だという。もう一つは、飲んだ量がわからなくなること。だから仲間と競い合って飲むんだ。あの男は二本指を出していただろう。一緒に飲む仲間が二人ほしいということさ……」

再びクレムリンのほうへ数ブロック歩いた後、マネージュ広場に差し掛かったところでグリゴリエフは足を止め、歩兵一三番の腕をとって、正面に聳える大きな建物をよく見るよう促した。正面入り口にキリル文字の標識があり、《モスクワ・ホテル》と書かれていることがわかった。一〇階建てなのか、一二階建てなのか、よくわからない複雑な構造の荒石積みの建物で、正面に突き出た付属部の屋根が円柱に支えられていたが、一目見ただけでバランスがおかしいことがわかった。

「どうだ？」グリゴリエフは訊いて、すぐに付け加えた。「ソヴィエト権力によって建設された初めての大ホテルだ。社会主義建築の栄誉と言っていいだろう」

歩兵一三番は頷き、教えを守って沈黙を貫いた。どう見てもおぞましい建物であり、痛ましいほど広場の雰囲気にそぐわず、天から降ってきて無理やりここにはめ込まれた異物のようだった。なんとも風変わりなことに、中央のファサードに隔てられた両側が、左右対称になっていない。片側には円柱がついているのに、反対側にはそれがなく、左側の上階にはアーチ型の窓が並んでいるのに対し、右側には素っ気ない正方形の窓しか見えない。右と左でコーニスの高さが違うばかりか、大きさも様式もちぐはぐすぎるせいで、見る者を戸惑わせ、恐ろしいまでに醜い建物という第一印象を決定的にする。

「不気味ですね」彼は呟いた。

「後で訳を説明してやろう」グリゴリエフに導かれてホテルの入り口へ向かい、身分証を提示すると、守衛が中へ通してくれた。人気はなかったが、グリゴリエフは、干物の臭いなど微塵も感じられない、いかにもバーらしいバーを慎重に見渡してテーブルを選んだ。別の身分証を見せると（グリゴリエフはモスクワで必要なありとあらゆる身分証を持っているらしい）、フランスワインやノルウェーサーモン、牛肉のシチューまで注文することができた。

「なぜあんな建物になったんです？」歩兵一三番は真相を知りたがった。

「まあ、落ち着けよ、その話は後にしよう」こう言いながらグリゴリエフは一息にウォッカを飲み干し、ウェイターが手の届くところに置いていった注ぎ口の広い小瓶からもう一杯コップに注いだ。「三日前、クンツェヴォの別荘《ダーチャ》で極秘会議に出席した。君にも直接関わることだから、そこで議論されたことの一部を話しておく。わかっているだろうが、バルセロナで話したことが君の命に関わる問題、マラホフカで受けた訓練が君ばかりか、アフリカやカリダッド、それに君の兄弟の命に関わる問題だとすれば、これから話すことはそれ以上だ。すでに君には後戻りなど許されないが、どんな事態になろうとも、君にはもはや黙って永久に前進を続ける以外に選択肢はない」

この言葉を聞きながら歩兵一三番は体中に満足感がいきわたるように思った。すでに後戻りの可能性も恐怖も頭から消えており、前進以外に道はないと言われても、まったく不安はなかった。

「わかっています」彼はそう言って、一口飲んだだけでワインのグラスを遠ざけた。

グリゴリエフは本題に入る前にウォッカをもう一杯あおった。スターリン同志直々に、堕落者トロツキー作戦の指揮を執る栄誉を授けられ、さっそく準備に取り掛かるよう指示を受けた。クンツェヴォの会議に出席したのは、スターリン同志と彼のほか、ベリヤ人民委員代理だけだった。まず内務人民委員部の内情について議論があった後、ベリヤはこの作戦にエジョフが関係しないことを明言したのみならず、あの気狂い小人は余命いくばくもなく、今後は彼自らが、粛清に夢中のエジョフなら止めるか反対すると思われる様々な特殊作戦行動の陣頭指揮を執る、とも付け加えた。だが、トロツキー作戦について議論するのはこれが初めてであり、重責を担うグリゴリエフは、すでに定まった体制と並行して、慎重に、そして求められる宣伝効果が得られる形で計画を進めねばならない。

ベリヤの最後の言葉を聞いて眠気を覚ましたらしいスターリン同志は、手を挙げて一同を黙らせた、グリゴリエフは続けていた。それまで同志は、話に耳を傾けながら、グルジア産のワインに、ロティジーというこれもグルジア産のレモネードを混ぜた飲み物に時折口をつけるだけだった。同志の説明によれば、これは医師のお墨付きを得た飲み物であり、先祖代々伝わる二つの飲料を混ぜることで、血流促進とリラックスの効果があることは証明済みだという。そして総書記は切り出し、ベリヤ同志の説明どおり、堕落した裏切りファシストの抹殺に着手すること、さらに、自らの判断で実働部隊の指揮をグリゴリエフに任せることを伝えた。ベリヤ同志は毎週、必要に応じて毎日報告を受け、二週間に一度は必ず、それ以外でも緊急の際には総書記に状況説明を行う。実働部隊の隊長グリゴリエフには、内務人民委員部からベリヤ直属の工作員を一人上司として付け、戦略的問題すべてを彼と協議のうえで作戦を進めてもらうことになるが、トロツキーの始末は、ソ連にとっての最優先課題、そして国際共産主義の未来にも必須課題であり、必要な人的・財政的支援を惜しむつもりのないことだけは前もって言い渡しておく。計画には周到な準備が必要であり、いくつか重要な条件をクリアしなければならない。第一に、ソ連の組織がこの作戦に関わっている痕跡を決して残してはならない。第二に、作戦の仕上げは、彼、《彼》直々に――この部分が強調された――指令を下すまで行ってはならない。そのほか、計画実行に最適の場所はメキシコ、実行犯はメキシコ人かスペイン人が望ましいこと、コミンテルンの秘密工作員を使う可能性もあるが、いずれにせよ、ベリヤとグリゴリエフと作戦責任者（「まだ誰にするか決めていない」とベリヤは呟いた）は複数の選択肢を準備し、《彼》の承認を受けること。作戦の遂行にあたってグリゴリエフは、カルデナス政権の直面する危機など、副次的な帰結について一切気にする必要はない。必要とあらば、背教者の亡命受け入れ反対を不遜な態度で無視したあの愚か者に思い知らせてやればいい。フランスやノルウェー、デンマークなど、まっとうな国は、挑発に対して脅しで応じればすぐに跪いて許しを乞うてきたというのに……

「その後、なぜ現時点では計画の立案だけで実行までいかないのか、説明があった。究極の問題は戦争だ。開戦、その後の展開」こう言いながらグリゴリエフは再びウォッカを注いだが、口はつけなかった。「いつ戦争が始まってもおかしくないようだ……」

「なぜそんなことまで私に?」聞いた話の重みを肩に感じて呆然としながら歩兵一三番は訊いた。

グリゴリエフはやっと少し緊張を解いてウォッカを飲んだ。

「あと一週間ほどで君の名前が決まる。メキシコ人やスペイン人ならごまんといるが、我々にはフランス人とアメリカ人が足らない。いくつか実行部隊を別々に結成する予定だが、君の存在について知っているのはこの地球上で、スターリン、ベリヤ、作戦責任者、私の四人だけ、これだけは間違いない」

「私が作戦を実行することになるとお考えですか?」

「君は最前線へ出ることになるが、まだ具体的なことはわからない……いずれにせよ、我々は行動を共にすることになるから、その時が来たら君に何が求められることになるか、今から知っておいてほしい……経験から言っても、何をなぜ行うのかわかっている者のほうがうまく事を運ぶことができるからな」

グリゴリエフがサーモンを食べる間、歩兵一三番はじっと黙っていた。外はすでに真っ暗で、人気のないオホートヌイ・リャート通りが薄暗い街灯に照らされていた。

「スターリンは言っていたが……」グリゴリエフはこう切り出したところで手を挙げ、ウォッカの《チェクーシュカ》の追加を頼んだ。ウェイターが下がったところで、彼は教え子の目を見つめた。「この作戦に失敗は許されない。失敗すれば、私はタマを切られることになるだろう」

「そうスターリンが言ったのですか?」

「スターリン同志は直接的な物言いをすることがよくある。そして指示が守られないと非常に気分を害する……わかってほしい。君が見たこのホテルの外観は、彼の求める服従心の象徴だ……いいか、参考になる話だから、よく聞いてくれ。同志はモスクワのイメージを一新しようと決め、要人の来客を迎え入れるためのホテルをこの場所に建設することにした。そして必要な指示を出し、異なる企画書を二つ提出するよう言い渡した。モスクワがプロレタリア建築の首都となるべきだと意気込んでいて、彼なりの考えがあったようだ。企画責任者のシューセフと二人の建築家、サヴェリエフとスタプランに計画を伝え、彼らなら意向を汲んでくれるだろうと思って、設計を任せることにした。二人の建築家はスターリンの依頼を聞いて震えあがり、それぞれにボスの意向を斟酌して個別に案を作った。シューセフは二つの案を提出したが、他にいろいろ問題を抱えていたせいでボスはすぐに目を通すことができず、一週間後になって、どうしたわけか、二つともスターリンの承認を受けて責任者シューセフのもとへ返された。いったいどういうわけだ、三人は首をひねった。二つホテルを作れというのか、二つ計画を進めるつもりなのか、それとも、間違って両方にオーケーを出したのだろうか？　スターリン同志に直接訊いてみるほかなかったが、ソチで休暇を過ごす彼にそんな質問をぶつけて煩わせる勇気のある者は誰もいない。それに、総書記が誤解などするはずはない。そこでシューセフは、天才らしく名案を思いついた。半分はサヴェリエフ案、半分はスタプラン案、二つの設計図を組み合わせて一つの建物を造ればいい……　そしてこのホテルが造られ、シューセフもサヴェリエフもスタプランも無事役目を終えた。愚かしい建物で、美的にはおぞましい代物だが、こうしてスターリン同志の意向にも決定にも沿う形で存在している。そこから私が得た教訓を君にも学んでほしいんだ。乾杯、歩兵一三番！」そう言って彼はウォッカを一気に飲み干した。

コトフを殺す時が来た、グリゴリエフは言った。生まれ変わりの最も美しい瞬間とすら言えるかもしれないこの時に、歩兵一三番を後に残して出発するのは残念だったが、もう一人の自分を葬る準備のためにスペインへ帰らねばならなかった。一人が生まれればもう一人は死ぬ、それが人生の弁証法だ。彼は説明を続け、身も心も新たな作戦行動に捧げるためには、スペインでの任務を他の同志たちに託しておかねばならない。現地に赴くよりほかに方法はなく、戦況によっては滞在が長引くかもしれない。フランコ軍が進撃を続けているが、まだ工業地帯と人口密集地帯は共和派の手にあり、このまま持ちこたえれば勝機があるかもしれない。そんな話を聞いて歩兵一三番はノスタルジーに身を引き裂かれる思いだったが、ぐっとラモンの意志を押さえつけて問いを飲み込んだ。内戦の話題が出て、コトフがすぐに出発すると聞けば、かつての自分の戦争、祖国、愛する人々に後ろ髪を引かれずにはいられない。彼は、もはやそれが自分の一部ではなく、少なくとも同じ形で再び自分がそこに加わることは決してないのだと思いつつも、社会主義の未来に向けた闘争の中枢を担う少数精鋭部隊に選ばれた誇りを噛みしめて迷いを振り払った。これからの人生は、信念と服従と憎悪のためにあるのだ。命令以外、この世には何も存在しない。アフリカとて同じ、アフリカは存在しないのだ。

カルミンと心理学者のチームはその後も協力を続け、依然として彼が誰になるのか決まらぬままだったが、歩兵一三番は焦ることもなかった。優秀な専門家が自分の行く末を握っていることはわかっていたし、課題は生存と変身の経験に長けた者たちに任せて、自分は訓練に専心すべきだともわかっていた。

一二月の二週目に入って、掃除と炊事を担当する無愛想な女以外に小屋を訪ねてくる者もない退屈な一日を過ごした後、基地に到着してから顔を合わせていた者たちとは外見も物腰もまったく違う二人の男が彼の前に現れた。一方の名はシセロン、もう一方はホセフィノ、第一印象では、お笑い芸人コンビだと思う者さえいることだろう。二人とも服の着こなしが悪く、目には計算づくの深い厳しさがあり、完璧なフランス語を話したが、どこともつかぬ訛りがかすかに感じられた。そして二人はほとんど同時に話し出し、彼らの使命は歩兵一三番をベルギー人ジャック・モルナルに変えることにあると告げた。名前についての感想は？　歩兵一三番は誇りと満足がこみあげてくるのを感じた。やっと一兵卒から工作員になるのだ。シセロンのほうが、持っていたアタッシュケースからファイルと数冊の本を取り出し、肘掛け椅子に囲まれたテーブルに並べる間、彼はジャック・モルナルという名を何度も心の中で繰り返した。

「ジャック・モルナルの経歴を丸暗記してくれ」そう言いながら彼は歩兵一三番にファイルを差し出した。「それから本を読んで、ベルギーに関する情報も頭に入れておくこと」

今度はホセフィノのほうが立ったまま言葉を続けた。

「モルナルの人柄や経歴に関して、付け加えたい細部があれば書き留めておいてくれ。今日渡すのはあくまで最低限の叩き台だ。これから肉付けしていくことになる」

「なぜフランス人でなくベルギー人なのです?」まだ歩兵一三番を抜けきらぬまま彼は敢えて訊いた。「私は長年フランスに住んでいたのに……」

「わかっている」ホセフィノは言った。「だが、君の過去は金輪際存在しない。君はまったく新しい人間になるのだ」

「新しい人間」歩兵一三番はシセロンの声に皮肉な響きを感じ取った。「これから先は、心の底からジャック・モルナルになりきるんだ。どれだけしっかりジャック・モルナルになれるか、そこに変身の成功、さらには君の人生がかかっている。まあ、ひとまずは落ち着いてくれ……」立ち上がりながら彼は言った。辞去の言葉もなく、微笑みを浮かべたまま二人は立ち去った。

その週、文書を読み進めながらいろいろ考えたジャック・モルナルは、ホセフィノの言っていた快感を味わうことになった。それまで空っぽだった体が次第に形になり始め、骨格が出来上がっていったのだ。両親、兄弟、出生地、出身校、スポーツ経験などが再構築され、その土台に、様々な基本的嗜好やブルジョア生まれの青年らしい趣味、そして昔の記憶まで上書きされた。ごく普通のベルギー人らしく、父や兄弟とたびたびサッカーの試合を観戦し、贔屓のチームもあれば、ブリュッセルに行きつけのカフェもあり、ワロン人やフランドル人について持論を述べ、それまで付き合った女は数名、そして写真という趣味が高じて仕事になった。特定の政党に加盟しているわけではなく、政治理念も定まってはいないが、美的理由からファシズムを拒否する。それなりの教養人らしく、レフ・トロツキーの活動と歴史的運命についてある程度は知っているが、彼にまつわる論争は共産主義者たちの問題にすぎず、自分とは関係がない。フランス語と英語は話すが、ベルギー国外で育ったため、フラマン語やワロン語は拙く、ロシア語の知識は皆無だが、内戦前に何度もスペインへ行ったことがあるので、スペイン語はある程度理解する。資産家の外交官の家柄で、仕送りのおかげで何不自由なく暮らしていけるばかりか、時には散財も厭わない。多少法螺吹き気味の、ありふれたブルジョアであり、概して人生に不安はなく、気楽な生活を送っている。

ジャック・モルナルは、心理学者との共同作業がいかに重要か痛感した。旧知のラモンには、ジャックになることはもちろん、ジャックとの付き合いさえ耐えられなかったことだろう。今自分の身に引き受けつつある軽薄な知識と、カタルーニャ人としての政治的情熱やブルジョア的ライフスタイルへの拒絶反応との間には深い溝があり、徹底した洗脳や厳しい訓練なくしてこれを乗り越えることはできないのだ。

ホセフィノとシセロンが再び姿を現した時には、ジャック・モルナルは能力の半分まで到達したぐらいの感触を得ていた。そこから先、二人の指南役が着手したのは、まさにプラトン哲学のデミウルゴス的作業、すなわち、創造物の完成だった。二人は旧知の仲でもあるかのようにジャックのことを話しながら、記憶や思想、特定の状況における反応の仕方、様々な質問への答え方などを彼に植え付けていった。何度も同じことを繰り返す長いプロセスであり、情報が意識下まで浸透するよう何度か中断を挟みながら訓練を続ける一方、ジャックは専門家から写真術について徹底した講義を受け（ライカに惚れ込んだほか、報道写真家御用達の重いスピードグラフィックの使い方までマスターした）、カメラ、レンズ、光の加減、現像用の道具や薬品を使って暗室で行う作業の秘儀などを覚え込んだ。それに続く言語矯正では、ベルギー風の言い回しやイントネーション、優しいrの発音などを叩き込まれ、眼科の専門医と相談のうえ、以後使用する眼鏡を決めた。ジャックの脳がパンク寸前になっているると見るや、カルミンが彼を零下一二度、一五度の雪原に連れ出し、ジャックの筋肉一つひとつにまで活力と叡智を注ぎ込むと、体はくたくたになっていても頭はすっきりした状態で小屋へ戻って、翌日の訓練に備えることができた。

一月末、グリゴリエフがマラホフカへ戻ってくる頃には、モルナルはほぼ一人前というところまできていた。スペインでの仕事がまだ終わっていないことを切り出した彼は、ジャックに問われるまでもなく戦況を説明し、想像されるとおり、非常に困難な、絶望的状況ではあるが、早期終戦はないという見通しを示した。共和国政府は、スペインでの闘争がヨーロッパ全体を巻き込む戦争に組み込まれるまで続くと考えており、自分たちが反ファシズム・ブロックの一翼を担うことを期待していた。そうなれば、不介入という名目のもと、彼らに背を向けた誇り高き民主主義諸国も同じ立場に置かれる。だが、グリゴリエフによれば、もっと重要なのは、この間に新作戦の最初のレールが敷かれたことだった。その手配をするため、近々彼はニューヨークとメキシコシティへ飛び、何人か要人と会見するという。だが、その前に、新たな被造物と個人的に顔を合わせておきたかったわけだ。

師と仰ぐ人物の帰還にジャック・モルナルは勇み立った。すでに訓練基地の胎盤から飛び出す瞬間は迫り、グリゴリエフは自らベルギー人の総仕上げにかかった。美容師が呼ばれて新たな髪形が決められ、テーラーが仕立てを開始した洋服は西への出発前にすべて揃うこととなり、車好きという趣味が新たに加わって、ヨーロッパ車の歴史とともに、お気に入りの車種やその特徴を覚え込まねばならなかった。トゥールーズのホテル学校に通ったことがあったせいで、フランス料理やテーブルマナーについては改めて学ぶことなどほとんどなかった。そして、ジャック自身の提案で、犬好きという特徴が人格に付与された。ラモン・メルカデールに遡るこの情熱は、理性の及ばぬ意識の片隅にまだしっかりと根づいており、ジャックの性格や育ちにもしっくり馴染むというので、指南役たちも賛成した。幼い頃飼っていたラブラドールの名は、《サンティアゴ》と《キューバ》から《アダム》と《イブ》に代わり、犬好きが許されたことで、モルナルはいっそう安心して自分になることができた。

アメリカ大陸へ発つ前に、グリゴリエフはジャックにモスクワまで同行を求め、共産主義のメッカを訪れた好奇心旺盛なベルギー人ジャーナリストの役回りを人前で演じさせることにした。新たな被造物の定着ぶりを自らの目で確かめることが目的であり、グリゴリエフとともに自由時間を過ごす際も、ずっと試験官の目に晒されることになったジャックは、新たな人格に従って様々な質問や状況に的確に対応して見せた。

完全な自由時間には（こっそり監視されていることはわかっていた）、革命の前から街があった地区を抜け出してプロレタリア地区に入り、警戒する住民たちが周りで騒ぎを起こすなか、鉄のような灰一色の生活に心を揺すぶられた。農業集団化の困難な時代に農村部から移住してきたと思われる人々が、暖房施設の悪い、しばしば水道もない狭い家（《コムナルカ》と呼ばれる）に押し込まれて暮らしている。同じ色、同じ裁断の擦り切れたコートに身を包む人々は、品揃えの悪い市場で何とか入手したわずかばかりの同じ食べ物を毎日口にし、退屈と疲労を紛らわすために恐ろしい量のウォッカを飲んでいる。だが、この男たちも、彼と同じく、未来に向けて戦う闘士なのであり、今こうして自己犠牲を払うことで、未来の人類が真の自由を享受できるよう頑張っているのだ。こうしたモスクワ市民も（生粋のモスクワ人には軽蔑されていた）彼も（西欧産の温かい生地の服を着て、プロレタリアが夢にさえ見ることのできない食事を与えられている）同じ道を歩き、同じ一つの戦線にいるのだ。どちらの役割も重要だが、違うのは、彼らの任務がささやかな日課であるのに対し、彼の任務はいつも不明瞭で、どこかで冷酷さが必要とされるという点だけだ。これこそ、未来の光のために今の男たちが払うべき代償なのだ。

ある日の午後、開園したばかりのゴーリキー公園で、凍ったモスクワ川に面したベンチにグリゴリエフとモルナルは腰掛け、凍った水面を即興の橇《そり》で滑る少年たちの幸せそうな、人生の苦悩と縁もなさそうな姿を見つめた。

「我々はこの子たちのために戦うんだ、ジャック」グリゴリエフの声を聞いて、ベルギー人はそこに心からの誠実さを感じ取った。「辛い戦いだよ」

「わかっています、私もそのためにここにいるのです。ただ、私も彼らと同じだということはわかってほしいのです。私は愚かしい資本主義者ではありません」

グリゴリエフは頷き、しばらく黙っていた後、川面に視線を移して言った。

「競馬のようなものだ」顎に触れながら彼は言った。「我々の仕事は……　一斉にスタートしても、他から頭一つ抜け出す馬がいる。馬場のコンディション、レース展開、それぞれのポテンシャル、様々な要因が絡み合うが、最初にゴールに到達するのが誰か、それは騎手の受ける指令次第で決まる。そいつが成功すれば、それで任務は終了。失敗すれば、別の騎手が進み出る」

「私は何番手なのです？」

「いいか、君は私にとってのエースだ。いつも私と行動を共にしてもらうつもりだ。今はしんがりにつけているが、だからといって最下位ではない。切り札を簡単に使うわけにはいかないだけだ」

「初めから私が先頭を行けばもっと簡単なのでは？」

「いろいろ事情があって、今は話せない。今後も話せないかもしれない。わかってくれ」

ジャック・モルナルは頷き、しばらく前までは吸うたびにむせ込んだフランス煙草を平然とふかした。

「君こそ私のマスターピースになるだろう」グリゴリエフは続けた。「まさに君のためというようなチェスを指したいと思っている。最初から二〇手先、三〇手先、チェックメイトまで考えて指すんだ。美しい知的冒険じゃないか」夢でも見るように彼は立ち上がってジャックと向き合った。「ただ、一つだけ気掛かりなことがある」

「私の服従、沈黙ですか？」

グリゴリエフは笑みを浮かべて首を横に振った。

「気掛かりなのは、チェックメイトの瞬間にジャック・モルナルが怯まないか、そこだ。ラモンも歩兵一三番も怯むことはあるまい。だが、ジャックは……　難しい使命で、殺すばかりか、死ぬことまで考えねばならないかもしれない……」

ジャックは煙草を投げ捨ててしばらく考えた。

「不思議なことに」彼は話し出した。「私がほぼ完全にジャック・モルナルに成り代わっていても、その手の及ばぬ部分が残っています。憎悪も怒りもそのまま、信念も変わっていません。それは今後も揺るぎないでしょう。自分のしていることの意味が私にはわかっていますし、それを誇りに思っています。その誇りを口に出すことはできないでしょうが、だからこそ、それが私の支えとなるのです。その時が来れば、私はプロレタリアの良心、虐げられし者たちの怨念になります。そして、彼らのためなら何でもできます」彼は遊んでいる子供たちを指差した。「安心してください。ジャックは単なる不幸者ですが、ラモンは肝が据わっています。もちろん死ぬ覚悟も……」

ジャック・モルナルには、時間とせめぎあう特異な才能が備わっていた。あらゆる行動には実行にふさわしい瞬間があることをよくわきまえて忍耐を身に着け、使命の遂行にあたって焦りは禁物であることを自分に言い聞かせた。歴史的次元の時間を生きる者は、人間の時間感覚に囚われることなく、哲学的必要に基づいて時を計らねばならない。何年も後、黙って正気のまま長い幽閉生活を送ることになった彼は、日常の倦怠と無気力と退屈に耐え抜く拠り所となったこの能力について、先を見透かした指南役たちが計画的に叩き込んでおいたのではないかと思うことがあった。

グリゴリエフが出発し、マラホフカの訓練に戻ってからの彼は、曜日や月日の感覚を失ったまま、指令が来る瞬間だけを待ち続け、その間ひたすら新たな人格の外面と内面を磨き上げることに専念した。ホセフィノとシセロンを相手に、長時間森を散歩しながら家族や自らの人生を何度も語り聞かせ、ライカを片手に、面白い構図や印象的な光、大胆な焦点の当て方を追い求めた。何時間もかけて新聞を読み、ベルギーの主要都市の地図や観光案内に目を通した結果、ブリュッセルだろうがリエージュだろうが、迷うことなく歩き回る自信がついた。そして、フランスの込み入った政治情勢や近年のメキシコの動向について細かく調べた。以前ならこんな単調な生活には耐えられなかったことだろうが、今の彼にはこんな静かな時間の過ごし方もまったく平気だった。

最近渡されるようになったフランスの新聞には、かつて国の要職にあった二一人の旧党員に対するソヴィエト検察の対応が報じられており、国家反逆罪から反ボリシェヴィキ的素行、殺人に至るまで、様々な重罪の嫌疑が彼らにかけられていることがわかった。最も紙面を賑わせていたのは、かつていわゆる党内右派反対派を率いたニコライ・ブハーリンとアレクセイ・ルイコフ、一九三六年から一九三七年の裁判で内務人民委員として捜査にあたった後に職を解かれたゲンリフ・ヤゴダ、屈強のトロツキスト反対派クリスチャン・ラコフスキーといった名前だった。その他にも、大使や医師の名前までがリストに並び、革命以来レーニンとスターリンの主治医だったレヴィン氏まで、ヤゴダの指示でゴーリキーとその息子マックスを毒殺した嫌疑で告発されていた。被疑者が数カ月前からすでに拘束され、いつ裁判が始まってもおかしくない状況であることは、国内では周知の事実だった。とはいえ、一九三六年から一九三七年の裁判で反逆罪に問われた者たちと同じく、今回もこれほど多くの者が政府の要職にありながら革命勃発当初から政権転覆工作に加担していたという事実を目の当たりにして、ジャック・モルナルは国の存続を脅かす危険の規模に衝撃を隠せなかった。容疑者全員が、あの日和見主義者トロツキーと結託して、腹黒い裏切りと卑劣な陰謀を画策していたのだ。

裁判の開始よりもっと彼を驚かせたのは別の記事だった。トロツキーの息子にして最も近い協力者だったレフ・セドフがパリで亡くなり、状況に不可解な点が多いため、地元警察が捜査中だという。老いぼれの裏切り者を始末する計画が動き始めた今この時、その息子が亡くなったとなれば、これが単なる自然死や事故死であるとは考えられず、ジャック・モルナルは、グリゴリエフのマラホフカ帰還を待って、彼に真相を問い質《ただ》してみることにした。

「我々が犯人だというのか?」小屋の肘掛け椅子に腰を下ろしながらグリゴリエフは疲れたように溜め息をついた。

「そう考えるのが自然だと思いますが」

「ああ、そうかもしれない。だがね、ジャック君、世の中には偶然ということもあるし、手術後に容態が悪化するのは珍しいことではない……あの不幸な男は、すでに半ば死んだような状態で、現れもしない支持者を集めようとして、パリで貧困に喘いでいたというのに、そんな奴をわざわざ殺して何の得になる? 老いぼれが警戒して、仕事が難しくなるだけじゃないか……」

ジャックはしばらく考え、デミウルゴスたちが頭から消しきれなかった質問を敢えて口にした。

「それでは、なぜアンドレウ・ニンを殺したのです？」

「あいつは裏切り者だった。君もよくわかっているだろう」淀みなくグリゴリエフは言った。

「口を割らなかったから殺したのではありませんか？」

指南役は無気力に微笑んだ。疲れ切った様子だった。

「その話は忘れろ。さあ、荷物をまとめるんだ。モスクワへ引っ越しだ」

二人が寝泊まりすることになったのは、三駅広場や植物園に近いグロホリスキー通りの隠れ家だった。三階建ての古い屋敷であり、かつては茶の輸出業者が全体を所有していたが、この一族はすでに離散し、厳しい新時代を迎えて、一階以外は手放していた。グリゴリエフとジャックは三階のシャワー付きアパートに入ったが、そこで初めてジャックは数日後に二人揃ってパリへ発つことを知らされた。

三月二日、ジャックは、ソ連邦最高裁判所軍事法廷第一回公判の様子を伝えるラジオ放送に聞き入った。報道によれば、法廷には五〇〇人近い傍聴者がおり、老いてどもりがちになったブハーリンが注目の的になっているという。すでに誰もが知る罪状をヴィシンスキー検事が読み上げた。被告人たちは、レフ・ダヴィドヴィチ・トロツキーとその息子で代理役のレフ・セドフと結託し、暗殺、テロ行為、スパイ行為を働いたのみならず、革命勃発当初、さらにはそれ以前から反革命活動を行っていた。一九一八年には、トロツキーとその共犯者たちはレーニン及びスターリン、さらにはソ連邦初代国家元首スヴェルドロフの暗殺を計画した。検事の手元には、ここにいる共謀者数名と同じく、トロツキーが一九二一年にドイツの諜報部、一九二六年にイギリス諜報部と連絡をとったことを示す調書がある。不眠不休のＮＫＶＤ活動員の活躍により、幸い未然に防ぐことができたとはいえ、トロツキーの悪辣な裏切りの極めつけは、ポーランドの諜報組織に情報を提供し、被疑者数名とともに、ソ連市民の大量毒殺を画策した件である。

何の説明もなくアパートへの出入りを繰り返すグリゴリエフの様子を見て、ジャックはせっかくだからモスクワ市内の散策へ繰り出すことにしたが、街中どこへ行っても人々は憤りに体を震わせていた。恐ろしい事実が次々と発覚していたこの数日間、人々はまるでまずいパンや靴不足のことなど忘れたようで、またもや反動的陰謀を潰して犯人を厳罰に処そうとする指導者に満足している様子だった。ますますグロテスク化する犯罪について容疑者が罪状を認めるたびに、人々の怒りは膨れ上がっていった。そしてブハーリンが恐ろしい嫌疑を認めて法的・政治的責任を受け入れ、敗北主義やサボタージュ活動を指揮していたことを告白すると（とはいえ、彼の弁明によれば、具体的計画に携わったことはなく、おぞましいテロ行為やサボタージュ活動に自ら参加したことは一度もないという）、衝撃は頂点に達した。ブハーリンの弁明の最後の言葉を聞けば、彼が裏切り行為に手を染めたことに疑いの余地はなかった。「党と国の前に跪き」彼は言った。「判決を待ちます」ジャックは、わずか二年前まで党の上層部にいたブハーリンが、想像を絶する悪事をこれまでいくつも積み重ねてきたことを思い知った。その日の夜は、ビアホールでも通りでも地下鉄の車内でも、行列に並ぶ者の間でも、また、三つの駅（レニングラーツキー、カザンスキー、ヤロスラフスキー）に挟まれた薄汚いデルタ地域をふらつく酔っ払いの間でも、何度となく同じ言葉が交わされた。「ブハーリンが罪を認めた」そして結論はいつも同じ、「これで銃殺だ」だった。

翌朝、プレゼントがあると言って現れたグリゴリエフを見て、ジャックはてっきり出発の時が来たのだと思い込んだ。

「今日は裁判を傍聴できるぞ」驚いたジャックに向けてグリゴリエフは言葉を続けた。「ヤゴダが壇上に立つんだ」

八時過ぎ、オホートヌイ・リャート駅の地上へ出た二人は、そのまま労働組合会館へ向かった。劇場街へ入ると、ボリショイ劇場の聳える広場では、メトロポール・ホテルの前ですでに集会が始まっており、プラカードを掲げる人々が大声で裏切り者の反ボリシェヴィキ・トロツキストを殺せと叫んでいた。激しい怒りが感じられたものの、混乱はなく、これが組合や工場、学校に組織された集団であり、『プラウダ』の社説を繰り返しているだけだということがジャックにもわかった。

プーシキンスカヤ通りの入り口で民兵隊が警戒線を張っていたが、二人はその間を縫って進み、十月革命以前は怠惰なロシア貴族の憩いの場だった建物まで辿り着いた。そして大理石と銅とガラスを惜しみなく使った階段を上り、かつては、ロシアの天才音楽家が曲を披露することもあれば、前世紀の著名人がワルツを踊ることもあった円柱の間を目指した。革命のおかげで、この国全体とともに、この広間の命運も変わった。ここからボリシェヴィキが頻繁に革命演説をぶちまけ、さらに、名前の由来ともなった二八本の壮麗な柱――大理石張りの木製――の間では、霊廟へ向けて出発する前に、レーニンの遺体を囲んで通夜が営まれた。一九三六年八月と一九三七年二月の裁判が行われたのもこの場所であり、それ以来、新たな歴史を作り出すためには歴史の前で立ち止まることはできないと覚悟を決めた党、国家、政府が、痛ましくとも避けて通れぬ粛清を続けている。

沸き立つような沈黙のなか、ジャックはグリゴリエフの示す椅子に座った。九時ちょうど、判事と検事、そして最後に被疑者と弁護士が入場した時には、党役員、コムソモールのリーダー、コミンテルン指導部、外国人外交官、許可を得たジャーナリストが会場を埋め尽くしていた。怪しい不健全な緊張が場を支配しており、ジャック・モルナルはグリゴリエフのほうへ身を寄せて耳元に囁きかけた。

「スターリン同志は来るのですか?」

「裏切り者の犬畜生の告白なんか聞くぐらいなら、彼には他にいくらでもすることがある」

ヴィシンスキーがゲンリフ・ヤゴダの名を呼ぶと、ざわめきが広がった。立ち上がったのは頭の禿げた小男であり、ヒトラー風の髭のせいで無愛想な顔に見えた。手の震えさえ止められないこの男が、何年もの間、多くの市民の生死を分ける決定権を握り、しかもずっと前から反逆を企んでいたとは、とても信じられなかった。

「嫌疑をかけられた罪について、告白するのだな、ゲンリフ・ヤゴダ？」わざとらしく聴衆のほうを向いてヴィシンスキーは訊ねた。

「はい」被告は即答し、少し間を置いてから続けた。「他の被告とともに私が行ったことの凶悪さは十分理解していますし、こんな恐ろしい罪の意識に苛まれたままこの世を去るべきではないとも思います。この告白がソ連の同胞たちに向けた最後の奉仕となり、党の正当性及び我々犯罪者の過ちを世界に向けて知らしめることを願います」

ヴィシンスキーは満足して尋問を始め、愚弄のこもった質問を向けると、ヤゴダが答えるごとに、会場全体にざわめき、さらには怒りの叫びが広がった。いまだにロシア人の態度に驚くことがあったジャック・モルナルは、登場人物の言葉、その一挙手一投足、さらにこの舞台設定自体まで、すべてが芝居じみていることを感じ取った。その演技を見ていると、かつてフランス南部の町でよく見たパペットやマリオネットの劇、すなわち、悪魔ロベールやローラン、アーサー王らの尽きることのない物語を仰々しく再現した芝居を思い出さずにはいられなかった。

ヤゴダは、ドイツ、イギリス、日本の諜報部と示し合わせてクーデターを画策したことを認め、トロツキーと組んでスターリンの暗殺を計画したことも、マクシム・ゴーリキー暗殺を含むいくつかの毒殺に関わったことも自供した。そればかりか、ロシアにブルジョア支配を復活させることを目論み、トロツキーと図って、国内に情勢不安を引き起こすためだけに過剰な弾圧を行ったという。だが、この収穫にしたり顔のヴィシンスキーが、ゴーリキーの息子マックスの暗殺に関する問いを向けると、ヤゴダは口を噤んだ。ヴィシンスキーに促されても、被告は沈黙を守り、場の緊張が高まってきたところで、「マックス暗殺事件への関与について話しなさい」と命じる検事の怒号が円柱の間に響き渡った。緊張して座ったまま見つめていたジャックは、ヤゴダの手が制御を失ってぶるぶる震えていることに気づいた。その時かすかな声が聞こえ、被告は壇上を見つめながらマックス・ゴーリキー暗殺への関与を否定したばかりか、すがるような調子で付け加えた。

「実は予審の間ずっと嘘をついていました。一度は認めましたが、私は訴状にあるような罪は何一つ犯していません。検事、なぜ嘘をついたのかはどうぞお訊ねにならないでください。私は常にソ連邦と党とスターリン同志に忠実でしたし、共産主義者として、犯してもいない罪をかぶることはできません」

ジャック・モルナルは異常事態が起こっていることを感じ取った。ヴィシンスキーや判事、裁判員や他の被告の顔にまで当惑の色が浮かび、それを受けて傍聴席から疑念と驚きと憤慨の渦が沸き起こってきたところで、喧騒を貫くように上がった主任判事の声が午後までの休廷を宣告した。

「しかし、面白いな！」グリゴリエフは興奮して言った。「昼飯にしよう。午後には、忘れられない光景を目にすることになるぞ」

二人が戻ると、円柱の間に戻ってきたヤゴダは、わずか五時間で一〇年も老けたようにジャック・モルナルの目に映った。判事に促されて、被告はなんとか立ち上がった。まるで死者のような目つきだった。

「被告は今朝の主張を繰り返すつもりか？」判事に問われ、ヤゴダは首を横に振った。

「すべての嫌疑を認めます」この言葉の後に長い間があり、傍聴席から拍手と指笛、そして《裏切り者の犬に死を》の怒号が上がったが、判事は木槌でこれを制した。「罪状のリストをここで繰り返す必要はないでしょうし、私が犯した罪の言い訳をしようとも思いません。しかし、ソ連の法律に復讐という事項はありませんから、許しを請います。判事様、チェーカーの諸氏、スターリン同志、皆様にお願いします。どうかお許しください！」

「お前を許すことはできない！」その瞬間、喜びと憎悪を露わにしてヴィシンスキーは叫んだ。「お前は犬のように死ぬのだ！　皆犬死にふさわしい！」

グリゴリエフはジャックの肘に触れ、立ち上がりながら頭で合図した。

「これ以上見るものはない」広間を後にしながら彼は言った。

ジャック・モルナルは混乱しきっていた。ヤゴダの矛盾した反応が理解できなかった。通りへ出ると、グリゴリエフは専属の運転手に、このまま隠れ家へ向かうよう指示した。到着して車を降り、二時間後に迎えに来てくれと言ってグリゴリエフはいったん運転手を返したが、階段を上がるのではなく、ジャックに合図して建物の中庭へ出た。ずっと黙ったままそこから通りへ出た二人は、三駅広場の人ごみのほうへ進み、立ち止まることなくレニングラーツキー駅の味気ない建物へ向かった。そして肘で人を掻き分けるようにして、アルコールを出す唯一の店へ入ると、グリゴリエフがビールを二杯注文した。

「感想は?」

ジャック・モルナルは、この質問には様々な含意があり、どう答えるかで自分の未来にも影響しかねないことを即座に悟った。

「真実を言ってよろしいですか?」

「真実を聞きたいんだ」グリゴリエフは言いながら二杯目を注ぎ、ポケットから取り出したウォッカを足した。

「ヤゴダは自分の意志で自供したのではないでしょう。すべてが芝居がかっていました」

グリゴリエフは考え込んだように相手を見つめ、ヨルシュをぐっとあおった後、ジャック・モルナルの目を見据えたまま、ウォッカのチェクーシュカを半分以上ジョッキに注いで一気に飲み干した。

「ヤゴダは、人の口を割らせるありとあらゆる方法に通じている。その多くは彼自身が考え出したもので、その独創性は驚くべきレベルだ。もちろん、裁判の前にそのいくつかが彼にも使われたはずだ。歯がガチガチいっているのがわかっただろう? あの入れ歯は誰のだったんだろうな……　ところが、あの不幸者は正気を失って耐えきれると思ったらしい……　三日前には、クレスチンスキーも同じことを考えて、結局すべて自白してしまった……　なにがしかの罪があれば耐え抜くことはできないとヤゴダにわからせるために、エジョフには三時間もあれば十分だった。救いとなるのはただ一つ、完全な身の潔白だけだが、罪のない人だって多くは、さっさと尋問を終わらせて殺してくれるというのなら、キリストを十字架にかけたとでも自白しかねない」

「検事の挙げたすべての嫌疑でヤゴダは有罪なのですか？」

「すべてか、ほとんどすべてか、一部だけか、それはわからないが、有罪は間違いない。それで挫けたんだ。弱みがあれば、仲間たちの追及には耐えられない。今日はいいことを学んだな、ジャック。私としては、人間が這いつくばる姿を見せてやりたかったんだが、幸運にも、人間の挫折と崩壊を見ることができた。いいか、この教訓をよく覚えておけ。耐えられる者など誰もいない。ヤゴダにだってできなかったんだ。エジョフだって、自分の番が来れば耐えられはしない」

ジャック・モルナルは腹を括ったように一気にビールを飲み干した。肺が詰まって窒息しそうになり、走り出した蒸気機関車のような荒い息が鼻から漏れた。飲み下すには辛すぎる教訓かもしれないが、少なくとも、アルコールの蒸気で鼻を満たせば、あたりの腐臭を感じなくてすむことだけはよくわかった。

「アンドレウ・ニンがどうなったか、今度こそ教えてください」ようやく話ができるようになったところで彼は訊いた。

グリゴリエフは首を振りながら微笑んだ。

「しつこい奴だな……何を知りたいんだ？　あのカタルーニャ人は、気でも狂ったのか、口を割らなかったんだ。さんざんいろいろ触れ回った挙句……」

「そうだろうと思っていました」そう言ってジョッキを差し出すと、グリゴリエフはそこにウォッカを注いだ。

「たとえウォッカ漬けにされても口を割らなかったことでしょう」

15

一九七七年一一月最後の週から一二月にかけて、私は計六回、いずれも予め待ち合わせをしたうえで、犬を愛した男と会った。年末に向けて、煮え切らない冬が二、三度寒冷前線とともに近づいてきたが、いずれもメキシコ湾を移動中に力尽き、気温に影響しない霧雨と静かな海をわずかに掻き乱す生ぬるい波を島にもたらしただけで、我々はそれまでどおり海の前で言葉を交わした。私はいつも次に会う約束のことばかり考えて過ごすようになり、男の言葉に引きずられるようにして職場から浜辺へ駆けつけていた。彼の語る事件はまさに葬り去られていた現実の開示であり、私や友人たちには想像もできない真実が次から次へと暴き出されていくため、聞いた話を消化するだけで頭がいっぱいになった。彼の口から聞かされる新発見を読書で補うようにもなり、深い当惑とともに、腹の底からこみ上げてくる恐怖にいつも苛まれながらも、好奇心を抑えることはできなかった。

男が友人ラモン・メルカデールの生涯をバルセロナでの少年時代、青年時代に遡って素描し始めてからというもの、私の目の前には、それまで公式見解の域を出ない漠然とした知識しか持っていなかった世界の扉が開け、善悪の二分法が崩れて、ヴェールの向こう側が垣間見えるようになった。誠実で一途な信念に支えられた行いが陰謀や卑劣な手段と混ざり合い、ずっと信じてきた真実と思いもよらぬ真実が眩いフラッシュで純真無垢な私の心を照らした。ロペスの話を聞きながら私は何度も反論しそうになり、そんなことはあり得ないと叫びそうになる瞬間もあったが、いつも自制して、どうしても信じられない、理解できないという時だけ質問を挟むにとどめておいた。彼の話は多くの信条を揺るがし、それまで私が鵜呑みにしてきた概念の多くも再検討を余儀なくされた。

二度目に会った後に私は、犬を愛した男の話にはどこか決定的におかしな部分があるという意地悪な確信を抱いた。後にはこれが深い疑念にまで発展するが、たった二回話を聞いただけで（ラケリータや友人たちをうんざりさせるほど私は疑り深い性分で、少しでも現実離れした要素があると、その話に対して機械的に嘘やでたらめのレッテルを貼ってしまう）、私はそこに不穏な論理的不整合を嗅ぎつけ、ラモンの履歴にまつわる逸話が、その友人にして伝達役ハイメ・ロペスの手で歪められているのではないかと思い始めていた。そして一二月半ば、三度目に会った後で私は、どこに論理的綻びがあるのか、ようやくはっきりと見定めることができたように思った。友人の人生や感情について、ロペスがなぜこれほど正確な情報を握っているのだろう？　約一〇年前、ずいぶん久しぶりにモスクワで会ってじっくり話し込んだというラモン・メルカデールが、旧友ハイメ・ロペスに対してどれほど詳しく鮮明に自らの経歴を語り聞かせ、また、失意のうちにその数奇な運命の綾を事細かく述べたとしても、これほどの情報が得られるはずはなく、考えられるとすれば二つの可能性があるだけだった。第一の可能性は、最初の対話からすでに私の頭にちらついていた。すなわち、ロペスは熟練の語り部であり、話を自由に脚色しているということ。そして第二の可能性は、三度目の対話の後、ハバナへ向かうバスのなかで頭に閃き、ほとんど私はパニックに陥った。ハイメ・ロペスこそほかならぬラモン・メルカデールではないのか？　恐怖の過去に塗れた顔のない主人公、激動の歴史の片隅に忘れられたあの亡霊のような人物がまだ生きている、そんなことがあるのだろうか？　この問いに対してなしうる返答は否定以外ありえなかったが、疑いの種はしっかりと蒔かれており、それが芽を出さなかったのは、尽きることのない疑念につきまとわれていたからだった。犬を愛した男がラモン・メルカデールだというなら、いったいキューバで何をしているのだ？　なぜ《この私に》自分の履歴を聞かせようとするのだ？　ハイメ・ロペスはなぜそんな謎めいたことをするのだ？

ハイメ・ロペスの話を聞きながら、彼と物語の関係について私が疑念を深めたのは、出会った当初は知らなかった新事実をいくつか手にしたせいもあった。二回目の対話を終え、話の方向性が見えてきたところで私は、《C級宣伝普及専門員》という肩書で出版社に職を得ていた友人のダニーと会うことにして、事務所へ訪ねて行った。ダニエルの希望する職ではなかったが、二年間の社会奉仕期間を終える頃に本命の編集者のポストに空きが出れば、同じ出版社の管理部に在籍しているほうが採用される可能性が高い、そう考えたわけだ。

ここで登場するダニエル・フォンセカは、この物語の先のほうでもまた現れることになるので、私にとってたった一人の文学的弟子とでも言えるかもしれないこの友人について、ここで簡単に紹介しておいたほうがいいだろう。ダニエルが文学科に入学したのは、私がジャーナリズム科最終学年に在籍していた時のことだった。私の従弟の一人が彼の近所に住んでおり、その紹介でビボラ・パークの我が家に現れたダニエルは、授業に必要な本を貸してほしいという危険な依頼を持ちかけてきた。不条理にも私はそれに応じ、向こうでもこれからも付き合いを続けたいと思ったのか、もっと不条理なことに、試験が終わると彼はすぐに本を返してくれた。以来、ダニーは土曜の午後によく私を訪ねて来るようになり、話題が教科書から私の薦める小説へと移るにつれて、百科事典的レベルの無教養を次第に修正していった。当時のダニーは、頭は切れるが完全な無知蒙昧であり、五歳年上で読書において数キロも先行していたばかりか、短編集まで出版していた私を前に、まるで偉大な師でも崇めるような態度で話に聞き入った。あの頃私は――そして彼自身さえも――、文学部に入る前は野球ばかりしていたのに、懲役刑でも受けたようにいきなり本を貪り始めた肉食獣ダニーが、まさか将来作家になろうとは、しかも、名実兼ね備えた作家――つまり、一流とまではいかぬまでも十分に評価を受けた作家――、出版済みの本で示された以上の文学的才能を秘めているようにさえ見える作家になろうとは、夢にも思っていなかった。

ロペスと対話を重ねていた時期、ダニーと顔を合わせることはほとんどなかったが、出版社のあるエル・ベダードの屋敷に現れた私を見ても、彼は驚いた様子など見せなかった。だが、来訪の動機を聞かされた時には、爪先から頭のてっぺんまで仰天した。トロツキーに関する文献を調べたいのだが、友人知人のなかで、それを入手することができそうな人物は彼しかいない。このとんでもない依頼が引き起こした驚愕も冷めやらぬ前から私は説明を続け、国立図書館、中央図書館、大学図書館には、モスクワのプログレソ社から出版されたトロツキー関係の本しかなく、そのいずれにおいても著者は、この革命家が生前、さらには死後に行った活動の一つひとつ、その思想や仕草までいちいち貶めることに精を出しており――偽預言者、背教者、人民の敵などと呼ばれ、それほどの糾弾は一人の手に余るとでもいわんばかり、いつも複数の著者が名を連ねている――、そんな見え透いた野暮なプロパガンダは信用できないから、もっと違う本を手に入れたいと訴えた。そんな本を持っているとすれば、ダニーの妻エリサの叔父しか思いつかない。四〇年代からジャーナリストとして国内で積極的に活動した共産党の古参で、激動の六〇年代には、トロツキー・シンパのグループと個人的に接触し、その思想にまで共鳴したというので、数週間の投獄を受けた人物だ。

繰り返しになるが、これは一九七七年のことであり、巨大なソ連帝国主義の絶頂期とともに、プロパガンダによる哲学的硬直が頂点を極めるなかで、我々はソ連の経済モデルとガチガチの正統派政策を受け入れた国に生きていた。こうした状況を踏まえれば、親愛なるソ連の同朋を刺激しかねないテーマに関する文献、情報、さらには思想が恐ろしいまでに不足していたことは十分おわかりいただけるだろうし、また、こんな危険な話題――トロツキーはまさに政治的危険人物であり、測り知れない破壊力を持つイデオロギー的逸脱だった――を持ち出されただけで人がどれほど仰天するか、想像できるだろう。ダニエルの返答は当然と言えば当然だった。

「お前、何を言い出すんだ？」私の意図を知って彼は飛び上がり、すぐに目に深刻な不安を浮かべて小声で付け加えた。「気でも狂ったのか？　ふざけるなよ、また酒の飲みすぎか？」

少なくとも私の知る限り、当時キューバでトロツキーやトロツキズムに関して少しでも興味があるなどと公言する者は誰もおらず、そんな興味を口にしたりすれば――仮に興味を持ったとしても、よほどの気狂いでなければ人前で話すことなどありえない――、あらゆる災難が束になって襲い掛かってくることは間違いなかった。ある種の西洋音楽を聴いたり、神を信じたり、ヨガを行ったり、イデオロギー的に有害とされる小説を読んだり、哀れな臆病者を主人公にへボ短編を書いたりということが、恥辱の烙印や有罪宣告を意味するとすれば、トロツキズムに首を突っ込むなど、自分の首に縄をかけるも同然であり、とりわけ文化、教育、社会科学の分野に属する者にとっては自殺行為だった。(後にわかったとおり、当時キューバで亡命生活を送っていたウルグアイ人やチリ人だけはこのテーマに関して筋道立った議論をすることがあったそうだが、それでもやはり、無言の圧力に押されて小声で話していたという。)だから私の友人も荒っぽい反応をしたわけだ。

「クソくらえだ、ダニー」相手が落ち着いてきた頃を見計らって私は言った。「トロツキーにかぶれようというんじゃない。知りたいだけだ…… いいか、《しーるーこーと》だ。それもダメだというのか?」

「トロツキーがどれだけ危険かすでに《知ってる》だろうが!」

「それは俺の問題だ。エリサの親戚なら持っているだろうから、ごちゃごちゃ言わずに借りてきてくれよ。誰にも言わないから……」

反論はしたものの、どうやらダニーの知的好奇心をくすぐったらしく、老トロツキストとそれほど親しくしていたわけでもないはずなのに、思いのほか早く連絡があり、それまで聞いたこともなかった作者による伝記を調達してくれた。アイザック・ドイッチャー、そして彼の書いた《預言者》三部作――『武力なき預言者』、『武装せる預言者』、『追放された預言者』――であり、六〇年代の終わりにメキシコで出版されていた。三巻本を受け取った日の朝、できるだけ早く返すという当たり前の約束を何度もさせられた後、私は職場へ寄って、一二月の残りは休暇をとることにした。浜辺へ何度も通ったほか、あの数週間のことで今も覚えているのは、レフ・ブロンシュテインなる革命家の分厚い伝記を夢中で読み耽ったこと、そしてその結果思い知った自分の無知さ加減だった。この人物が生き抜いた時代の歴史的真実（真実？）、遠いロシアで起こった出来事、十月革命に始まって（実際には一〇月二五日だったあの一一月七日にペトログラードで何があったのか、最後にはほとんど守備隊もいなくなっていた冬宮がいかにして占拠され、革命の勝利とともにボリシェヴィキが権力を掌握したか、いずれも私はまったく知らなかった）、それに続く革命家同士の奇妙な派閥争い、スターリン一強体制の確立、被告人が最も恐ろしい検事の役回りを果たすモスクワ裁判とその後の沈黙（始めからなかった出来事のように我々は思っていた）について、私はまったく何も知らなかったのだ。《ロシア魂》の表出が長々と続いた後（ロシア人についで何かわからないことがあると、その原因はいつもロシア魂にあるように思われる）、老革命家暗殺の真相が明かされる。ソ連で出版されたトロツキー関連の本では、彼の死因に関する記述は曖昧で（彼がロシア人ではなくウクライナ人だったことも関係しているのだろうか）、風邪で死んだか、あるいは、エミリオ・サルガーリの小説の登場人物のように、ある日突然沼に飲まれて死んだかのような印象を受けることさえあったというのに。

この伝記のおかげで、三度目に浜辺へ赴いた時の私には、別の角度からこの物語の様々な要素を理解するために必要な最低限の知識ぐらいは備わっていた。事件の主役たちについてざっと予習できたおかげで、私の耳はしっかりと情報を捉え、おぼろげながら浮かび上がってきた座標軸の上で整理し直すことまでできるようになった。

実はロペスはロペスではなく、メルカデールはまだ死んでいない、この不確かだが根拠のある疑念が頭に芽生えた数日後、私は男に真の正体――そんなものが実際に存在するのかさえ確証がなかった――を告白させるよう仕向けるつもりで浜辺へ向かった。疑念を挟む余地のある部分を慎重に待ち受けた後、物議を醸した独ソ不可侵条約が親友のラモンとその母カリダッド・デル・リオに引き起こした動揺に話が差し掛かったところで、ここがチャンスだと私は判断した。

「ねえ」私は彼と目を合わさないようにして口を挟んだ。「あんたの話には、どうも腑に落ちない部分がある」

ロペスは危なっかしいベンゼンのライターで煙草に火を点けた。彼が黙っているので私は続けた。

「他人の人生についてそんなによく知っている人はいない。いくら詳しく話を聞いたとはいえ、そこまで達することはありえない」

ゆっくり煙草をふかすロペスを見て、私の言った言葉が聞こえなかったのかと思った。後にわかったとおり、実は、岩のような彼の心を動揺させることなど私にできるはずはなかったのだ。答えたいことだけ答えるよう特別な訓練を受けていた彼にとって、私からフライパンを奪ってその柄を摑み、頭に一撃食らわせるぐらいは造作もないことだった。

「何を考えているんだ？　話がデタラメだとでも言うのか？」彼は一瞬眼鏡を外し、光に透かして見た後に舌先でレンズを湿らせて、曇りの原因となっていた塩気を拭い取った。

「そういうわけじゃない」私はこう言って口ごもった。彼の声には私の勢いを挫《くじ》く調子があり、用心深く言葉を選ばねばならなかった。「なぜそんなによくラモンのことを知っているんだ？　カリダッドもあんたの母さんもキューバの生まれなんて、できすぎた偶然じゃないか。思うに……」

「私がラモンの兄弟だというのか？　あるいは彼のボスだったとか？」

素早くその可能性を考えてみたが、この言葉によって、知らぬ間に私の確信は揺らいでいた。だが、彼は間髪を入れず言葉を続け、一気に核心を突いた。

「あるいは、私がラモンだとでもいうのか？」彼は訊ねた。

私は黙ったまま相手を見つめた。この数週間で犬を愛した男は目に見えて痩せ、肌が完全に緑っぽくくすんできたばかりか、しばしば喉の痛みを訴え、肌身離さず持ち歩くようになっていたボトルから蜜で甘くした水を飲んで咳の発作を止めることもよくあった。だが、その瞬間の彼の目には火のような激しさがあり、私は恐怖まで感じたことを覚えている。

「ラモンはすでに死んで葬られているんだ。それどころか、亡霊になったと言ったほうがいいだろう。ソ連中の霊園を探したって彼の墓は見つかるまい。私でさえ、何という名で埋葬されたのか知らない……ラモンはすべてを大義に捧げ、名前も自由意志も失ったんだ……これだけ話しておいて、そこだけ嘘をつく意味がどこにある？　私が誰か、そんなことはどうでもいいだろう。それに、仮に私がラモンだったとして、それで何が変わるというんだ？」

私の頭には問いへの答えがすぐに浮かんだ。どうでもいいわけがない、あんたの話は《欺きの物語》なのだ、ラモン・メルカデールになりたいと思う者など誰もいるはずはないし（少なくとも私はそう思った）、あんたがラモンならすべてが違ってくる、ラモンは吐き気を催すほど不気味な人物ではないか……だが、もちろん私にそんなことを言えるはずはない。

「お前が何を考えているかはわかるし、別に不思議ではない」この言葉を聞いてまた私の背筋に悪寒が走った。「これ一つで、この六〇年間に交わされてきた何百万という議論を貶めてしまうほど、まったく唾棄すべき話だ」ここで彼は間を置き、じっと動かなかった。「だが、納得できるかどうかはともかく、彼の立場になってみろ。ラモンが生きていたのはひどい時代で、疑念を挟むことすら許されなかった。彼からこの話を聞かされた時、私は当時の世界についてじっくり考え、何とか理解しようと努めた。だが、同情しろと言っているんじゃない。それこそラモンが忌み嫌った感情だ」

「ラモンの墓を見たこともなくて、葬式に参加したわけでもないのに、なぜラモンが死んだとわかるんだ？」すでにロペスの主張に目論見を挫かれていたが、最後の抵抗のつもりで私は訊いた。

「亡くなる数週間前、すでに医者に見離された状態の彼に会ったんだ……」明らかに寂しそうな微笑みを浮かべて彼は言った。「いいか、お前が安心できるよう、異論を挟む余地もないことを言ってやろう。いいか、ラモンは生涯沈黙を貫くことを決意し、何があってもその意志を貫いてきたんだ。そんな男が見ず知らずの……よく知らない男に打ち明け話なんかすると思うか？　私がラモンなら、そんな危険な真似をするはずがないだろう。いったい何のためだ？」

　一瞬のうちに私の頭には、ロペスが私のことを形容するのに使えたかもしれない言葉が十ほども去来し（キューバ人なら《クソ野郎》とか《間抜け》とでも言ったことだろうし、一度彼自身の口から《オオボケ》という言葉を聞いたことがある）、最後の質問に対する反論が殺到してきた（自分だって死にかけているというのなら、いったい何を恐れることがある？　やはり怖いというのなら、それは恐怖が遺産のように相続されるということであり、ロペス、あるいはメルカデールが——本当に彼がラモン・メルカデールであるならば——、息子たちにまで危害が及ばぬよう、彼らに対してはこの話を黙り通したということなのだろう）。だが、話の続きを聞きたければ、黙って彼の言うことを信じるしかないことはわかっていた。ロペスはロペスであり、メルカデールは墓なき亡霊となった、あるいは逆に、ロペスこそメルカデールにほかならない、そのどちらかを絶対的に確信できるまで、とりあえず疑念は頭の隅へ追いやっておくしかない。だが、数日前までラモン・メルカデール・デル・リオなる人物の存在すら知らなかったというのに、それが確かめられる日など来るのだろうか？

　話が途切れたことで、犬を愛した男は水を差され、その日は日暮れ前に引き上げることにした。月曜日にまた会う約束をしたが、その後もしばらく砂浜に残った私は、疑念を挟んだせいで付き合いが壊れるのではないかと心配になった。そんなことになれば、ラモン・メルカデールの際限ない自己犠牲の締めくくりとなる事件の顛末がわからなくなってしまう。

　ともあれ、その週末私は、アイザック・ドイッチャーの伝記の最終巻『追放された預言者』をひたすら読み続け、ロペスの物語が展開する時代について知識を頭に叩き込んでおこうとした。今でも覚えているが、本の最後のほうでジャック・モルナルの不吉な影が現れた時には、まるで殺人鬼が自分の部屋に入り込んできたように、心臓がどきりとするのを感じた。脳の働きとは残酷なもので、私の頭に現れるモルナルの姿は、重い鼈甲の眼鏡をかけたロペスの姿と完全に重なっていた。もちろんこれは理不尽な話で、若く颯爽としたモルナルと、老いて死期が近いというロペスが同じ姿をしているはずはない。だが、容赦ない想像力に飲まれた私には、レーニンとともに不可能を可能にした——一九一七年に権力を掌握したボリシェヴィキが帝国主義列強の出兵や国内の反乱に耐え抜いた——男を殺すという使命を負ってコヨアカンの要塞へやってきた自称ベルギー人が、二頭のボルゾイを連れた男の生き写しにしか見えなかった。

最終巻のページには、三枚の切り抜きが挟まれており、この本の所有者がトロツキーとその暗殺者の関係に興味を持っていたことを覗わせた。その一つは、キューバの新聞『インフォルマシオン』の記事であり、大きな見出しのもと、本の所有者自身が、一九四〇年八月二〇日に起こったトロツキー襲撃事件と、原稿の締め切り時点でこの革命家が置かれていた深刻な容態を伝えていた（一九四〇年の共産主義者なら、私情を挟まずこの事件を伝えるだけでも親トロツキー的報道と見なしたことだろう）。二枚目はどうやら雑誌の切り抜きらしく、ギジェルモ・カブレラ・インファンテの『TTT』（キューバでは出版されず、我々には入手不可能だった）に収録された、複数の作家がトロツキー暗殺を再現するパロディについての論評だった。そして最後は、日付も出所もわからない長い一段の記事だったが、刑期を終えてメキシコの刑務所を出たラモン・メルカデールのモスクワ滞在について触れており、私にとっては最も示唆的な内容だった。執筆者は、メルカデールと親しい者——ここでもロペスが裏切り行為を行っていたということか？——から聞いた話として、「襲撃の日以来、犠牲者の放った苦痛の叫びが耳から離れない」という言葉を記していた。

その時はまだ知らなかったが、次の月曜日、一二月二二日が、犬を愛した男と直接会って話をする最後の機会になった。今でもはっきり覚えているが、あの日の午後私は、ロペスの打ち明け話を聞き始めて以来初めて、それまでいつも逃れおおせてきた圧力に強く締め付けられる自分を感じた。すでに何千回となく自問自答してきたとおり、身の安全を考えれば、恐ろしいばかりか政治的にデリケートな内容を含む話を《この私に》聞かせようとするハイメ・ロペスなる人物との関係について、責任者の耳に入れておくべきではないのか？　トロツキーの最期について読んだことで、それまで漠然と私を包んでいた恐怖がはっきりした形を取り始めていたのだが、実のところそれは、当時自分が思っていたよりずっとさもしくあさましい感情であり、恐怖と裏切りの物語自体が怖いというのではなく、不思議な男と何度も対話を重ねてきたにもかかわらず、私の義務とされる通称《お伺い立て》を一度も行わなかったという事実が発覚したらどうなるか、その不安にほかならなかったのだ。だが、獣医雑誌編集部情報局の《応対役》――誰もがこのように《応対役》と呼んでおり、その曖昧だが絶対的な存在については誰もが知っているべきとされていたから、それだけで皆誰のことかわかった――と会って話をすると考えただけで、ロペスの正体が誰であれ、他言はしないと約束した話を他人に漏らす自分の姿が唾棄すべきものに思われ、その可能性を封印していた。あの時私は、あらゆる帰結を甘んじて受け入れる覚悟を決め（今さら失うものがあるとでもいうのか？　あるとも。またバラコアへ送られてはかなわない……）、その後長い間沈黙でこの話を握りつぶしていたから、ラケリータでさえ――今も知らないはずだし、知りたいとは微塵も思わないだろう――ロペスから聞いた話の内容を知ることはなかった。

あの日の午後、内心恐怖に震えながら浜辺へ出向いていくと、ロペスは癒しようのない悲しみを訴えてきた。ダクスが動きに支障をきたしており――「私と同じく眩暈だ」と彼は言った――、いよいよ処分すべき時が迫ってきたというのだ。

「お前は獣医ではないから、こんなことを頼むべきではないのだろうが」彼は俯《うつむ》いたまま言った。「助けてくればずっと簡単になると思う……」

「そうしたいところだけど、本当にどうしたらいいかわからないし、そんな資格もない」砂浜を駆ける二頭の犬を見ながら私は言った。明らかにダクスは優雅な身のこなしを失っており、数歩ごとに躓《つまず》いていた。

「どうすればいいのかわからない……」私と話しているというより、自分に向かって話しているようだった。消え入りそうな声だった。「苦しまないようにしてやりたい……」

迫り来る死を目前に控えて内情を吐露したロペスを見て、彼の正体をめぐる疑念は収まり、そのうえ私は、どう見てもイデオロギー的に不適切なこの振る舞いがいかなる帰結をもたらそうとも、正面からこれを受け入れようと覚悟を決めた。死にはそういう力があるのだ。後戻りを許さぬ決定的事態の前では、他の不安など霞んでしまう。あの日の午後私の目の前にいたのは、死についてなら何でも知っていると自負する男だったのに、その彼でさえ、たとえ犬の話とはいえ、黙って死を受け入れることはできず、動揺を隠せなくなっていた。

コーヒーを飲み、煙草を吸い、咳の発作を乗り越えた後で、ロペスはようやくラモン・メルカデールの話を始め、いかにして友が決然と歴史に乗り込んでいったか語った。あまりの驚きに判断力が狂っていたが、とにかく私は必死で耳を傾け、本で読んだばかりの知識とロペスの話が重なり始めた時には、歓喜のようなものさえ感じた。自らの義務として、さらには人類の未来に対する歴史的責任として、与えられた使命を果たそうと意気込むモルナル＝ジャクソン＝メルカデールの物語を聞きながら、ある瞬間に私は、軽蔑と同情（そう、《同情》、この言葉で間違いないし、その意味もよくわかっている）の入り混じる謎めいた不快な感覚に自分が囚われていることに気づいた。

結末に至った時のロペスは精魂尽き果てたようだった。すでにかなり前に日は暮れており、相手の表情も見えないほどだったが、話の顚末に興奮していた私は、必死に彼の言葉にすがりついた。

「話の続きは新年のプレゼントということにしよう」こう言った時の彼は、感動して安堵に胸を撫で下ろした男のように私の目には映った。今でも目を閉じると、物語の最後に差し掛かる時のロペスの姿が思い浮かぶ。いつも右手を覆う包帯の上に左手を乗せ、苦しそうな声で話を続けていた。「妻は世にも珍しい共産主義者なんだ。モスクワでもクリスマスは祝うと言ってきかない。彼女にとっては神聖なもの、というか……　年明けまで放してもらえないだろうから、それまでは会えないと思う。仕方がない」

「それじゃ、どうしようか?」続きが知りたくてうずうずしていた私は、少々がっかりした。恐ろしい事実が確かめられて、頭には次々と問いが殺到し、息が詰まりそうな気分だったが、このまま彼と付き合いを続けるためには、黙っているほうがよさそうだった。ラモン・メルカデールの生涯の決定的時期がまだ残っていたし、ここまで聞いたからには、ロペスの口から直接聞きたかった。「こちらから電話しようか?」

即答が返ってきた。

「いや、一月八日に会おう。大丈夫か?」

「大丈夫だと思う」

「とにかく八日に来てみる。お前がいなければ、九日にまた来る」

「よし」他に選択肢はなかった。「それで、ダクスは?」

「今は何もできない」ロペスは言って、立ち上がる手助けが欲しいという合図に手を差し出した。「そっとだぞ、腕が痛むんだ…… ダクスは丈夫だから、まだ耐えられるだろう。何が起こるかわからんが、年明けまで待つつもりだ。誰か助けてくれる知り合いでもいれば……」

「かわいそうに、ダクス」会話の行方を察して私は言った。近寄ってきたボルゾイたちは、すでに食事の時間も過ぎていたらしく、早く帰りたそうにしていた。

ロペスは包帯を巻いた手を差し出した。思わず私は微笑み、しっかりと手を握った。そして身を屈めてポットの入った袋を取り上げ、彼に手渡した。喉まで出かかっていた質問を一つだけここでしてみることにした。

「新聞で読んだけど、ラモンの耳からは生涯トロツキーの叫び声が離れなかったそうだね。その話は聞いた?」

ロペスは咳をして、包帯を巻いた手を顔にあてた。相手の目が見えるほど辺りが明るくなかったのが残念だった。

「一〇年前に話を聞いた時は、まだ聞こえると言っていた」そう言って彼は歩き出した。「死ぬまで聞こえたんじゃないかな……　それじゃ、素敵なクリスマスを」

「そちらも」動揺しながらもこれだけ口に出すと、この《そちらも》という言葉を口にするのがずいぶん久しぶりだということにすぐ気がついた。キューバでこの言い回しが使われるのは、クリスマスへの祝福に対する返答の時だけなのだが、理論上無信仰となったこの島では、いくらでも仕事があるのに祝賀で無駄な時間を過ごすのは贅沢であり、もう何年も前からクリスマスを祝うことがなくなっていたのだ。

ロペスは前日の雨で固まった砂の上を進み、イクスとダクスがのろい足取りで続いていた。痩せた背の高い黒人の姿は暗すぎて見えなかったが、モクマオウの木立で辛抱強く待っているに違いなかった。木立へ近づいたロペスは、そこで夜と溶け合い、姿を消した。まるで始めから存在しなかったように、そう私は思った。

第二部

16

水平線上に浮かぶ揺るぎない疑問符を見た彼は、内心何を思ったことだろう? 瞳を切り裂きそうなほど眩しく透明な海を眺めながら彼は、権力と栄光を求めて見知らぬ地へ乗り込むエルナン・コルテスと違い、自分に望みうることといえば、人生最後の日々を過ごすささやかな住処、そして、一度手にした権力と栄光と怒りと希望のすべてを使い果たした自分の過去を正当化する悪あがきぐらいだろうか、などと考えていたのだろう。

悪夢のような航海は二〇日も続いた。ルース号に乗船し、荒涼たるノルウェーの海岸に向けて別れの汽笛が鳴らされて以降、タンクから石油の不快な臭いを立ち昇らせるこの大型船は、人を寄せつけぬノィヨルドで味わった幽閉よりもっと辛い日々をもたらした。乗客はレフ・ダヴィドヴィチとナターリヤ、そして警備隊だけだったにもかかわらず、しつこいヨナス・ディーと部下たちは、追放された夫婦の隔離生活に目を光らせ、無線通信を許さなかったばかりか、歴史の生き証人を乗せて得意げなハグベルト・ウァッゲ船長とともに食事のテーブルに着く時でさえ、監視の手を緩めなかった。船長室にほとんどこもりきりになったレフ・ダヴィドヴィチとナターリヤは、コンラッド・クヌーセンが入手してくれたわずかばかりのメキシコ関連書を読み耽り、目つきが悪いだけで命を落としかねないという暴力と激情の地、誰か迎えに来てくれるあてもない新世界で、いったい何が待ち受けていることかと思いを巡らせた。

海岸線がはっきり見えてくると、二人の不安は露わになり、レフ・ダヴィドヴィチはディーにきっぱりと言い渡した。信頼できる者が迎えに来ないかぎり、タンカーを降りるつもりはない。信頼できる者など誰も思いつかなかったが、驚いたことにディーは了解した旨返答し、彼もじっと岸へ目を注いだ。

タンピコ港へ船が近づくにつれて、波止場の周囲に集まる落ち着きのない群衆が目に留まり、ところどころにメキシコ警察の青い制服が混ざっているのがわかった。死への恐怖はとうの昔に乗り越えていたレフ・ダヴィドヴィチも、興奮した群衆を見ると、一九一八年九月にレーニンを取り囲んだ群衆、そこから伸びてきたファニー・クプランの魔の手を思い出さずにはいられない。だが、防波堤の端に、マックス・シャハトマンと思しき人物、ジョージ・ノヴァックのがっしりした体、そしてディエゴ・リベラの心の支えフリーダ・カーロに違いない女性の颯爽たる姿を認めるや、心の不安は安堵のマントに包まれた。

投錨とほぼ同時にトロツキー夫妻は歓喜の渦に包まれた。フリーダとディエゴの友人たちに加え、シャハトマンとノヴァックとともにやってきたアメリカ合衆国の支持者たちが、波のような抱擁と祝福の言葉を二人に浴びせ、滅多に涙を見せないナターリヤが感極まって泣いたほどだった。案内されたホテルでは歓迎の食事が準備されており、ヨナス・ディーの手で――苦々しい思いで握り潰していたのだろう――止められていた膨大な量の情報がようやく夫婦の耳に届けられた。ラサロ・カルデナス将軍はレフ・ダヴィドヴィチに無期限の滞在を認めていたばかりか、来賓として個人的に歓迎の意を伝え、首都への移動に大統領専用列車を回すということだった。またリベラは、タンピコまで来られなかったことを謝罪したうえで、首都のコヨアカン地区にある建物、フリーダとともに暮らす《青の家》の一室をこちらも無期限に提供するというメッセージを宛てていた。

フランスワインとメキシコの粗野なテキーラに助けられて、レフ・ダヴィドヴィチとナターリヤはプエブラ風モーレからタンピコ風ステーキへ、ベラクルス風魚のグリルからトルティージャのぱさついた生地へ次々と飛び移り、鶏肉、ワカモレ、アヒー、トマト、揚げなおしたマメ、たまねぎ、炭火焼きの豚肉で食事にさらなる彩りと味を添えたが、そのすべてに散らされた唐辛子の焔を口にすると、消火活動とばかり、またもやワインのグラスやテキーラのコップに手を伸ばすことになり、一段落したところで、ヨーロッパの味に慣れていた二人が経験したこともない食感と香りと舌触りで味覚を魅了する祝祭の締めくくりとなれば、肉厚で甘い果物の数々（マンゴー、パイン、サポーテ、グアナバナ、グアバ）に勝るものはない。後に彼自身が書いているとおり、感覚の饗宴に圧倒されたレフ・ダヴィドヴィチは、それまでの不安が雲散霧消していくように感じて緊張を緩め、有無を言わさぬ熱帯の官能に身を任せて、疲れ切った体と脳には願ってもない贅沢を存分に堪能した。

型どおりシエスタを取った後、フリーダ、シャハトマン、ノヴァック、そして亡命者夫婦の受け入れに最も尽力したオクタビオ・フェルナンデス同志とともに、二人はドライブに出掛けた。だが、彼らの乗る車が護衛の車列に組み込まれ、先頭を行く幌を下げたジープで大統領警護隊が銃を構えていることがわかると、夫婦は一気に現実に引き戻された。もはや楽園ですら自由の身ではいられない、レフ・ダヴィドヴィチはそんなことを思った。

彼の到来が引き起こした反応については、汽車のなかでフリーダがかいつまんで説明した。予想どおり、公約の農地改革と石油国有化が進行しつつある大きな政治的緊張の時期にカルデナス将軍が独断で下した決定は、挑発と紙一重だった。亡命者受け入れの布告（国内の政治に関与しないという当然の条件が課されただけだった）は国の主権を示す行為であり、必ずしもトロツキーの思想に共鳴していたわけではない大統領は、むしろこれによって自らの政治的信条を表明する形となった。だが、この決定によってカルデナスは集中砲火の的となり、《メキシコ革命への裏切り者》、《ファシズムの同盟者》（この二つは、とりわけ共産党と、伝統的に大統領の支持基盤だった労働組合連合が好んで使った）から、《トロツキーに身を売った過激派アナーキスト》（トロツキーとスターリンを同一視するブルジョアは、大統領の決定を《ロシア勢力》拡大の証と見なしていた）まで、様々な罵声が浴びせられた。

歓喜のディエゴ・リベラは、メキシコシティに近い小さな駅で一行の到着を待ち受け、そこから、警官隊や、コニャックとウィスキーのボトルで武装した友人たちとともに、原色の青で塗った奇妙な家までの旅路を共にした。

レフ・ダヴィドヴィチが初めてリベラについて知ったのは世界大戦中のパリであり、当時は、メキシコ革命の余韻とともに、革命的芸術家の作品についても情報がヨーロッパまで伝わっていた。その後、壁画運動という文化現象に興味を抱き、アルマ・アタに追放されていた時期には、リベラの絵画に関する美しい本――プリンキポの火事で焼けてしまった――をアンドレウ・ニンが送ってくれたおかげで、その動向を詳しく知ることができた。その反面、苦痛の象徴に満ちたフリーダの絵については表面的なことしか知らなかったが、独特のシュルレアリスムに溢れる彼女の絵に囲まれて暮らすうちに、痛みに満ちた彼女の作品のほうが、巨大な爆発のようなリベラの芸術より肌に合っていることに気がついた。

リベラ夫妻は、かつてフリーダの妹クリスティーナ・カーロが使っていた部屋を提供した。トロツキー夫妻の受け入れを決めた際、ディエゴは《青の家》の近くに義妹用の家を購入しており、遠慮せず自由に部屋を使ってほしいと二人に伝えることができた。懐《ふところ》の苦しかったレフ・ダヴィドヴィチは画家夫婦の厚意に甘え、当面の仮住まいにすぎないと思ってここで亡命生活を始めた。

すでに《青の家》は包囲された要塞の体だった。壁には補強された部分があり、窓がいくつも塞がれ、トロツキー夫妻の到着とともに交代で見張りが始まった。合衆国の若いトロツキストに敷地内の警備が任され、地元警察が外から監視の目を光らせた。それでも、ひと段落つくとレフ・ダヴィドヴィチは、すでに失われたと思っていたオプティミズムの再来を感じ、自分の身を案じてというより疲弊しきったナターリヤへの気遣いから休息を取ったものの、早くも次の闘争へ向けて心の準備を始めた。

すでに何度も経験していたように、この時も彼は、政治の激動を目の当たりにして、プロメテウスしかり、その大岩に近づこうとする者には束の間の休息すら許されない、という事実を痛感した。これが人生最後の日まで彼につきまとう運命だったのだ。

モスクワの労働組合会館に据えられた法廷の再開がラジオや新聞で報じられ、スターリンによる新たな茶番劇の開演が告げられた。当初は被告の数も氏名もわからなかったが、やがてそれが一三名とわかり、その先頭を飾っていたのは、物議を醸した前回の屈服でスターリンの怒りを収めたと思われていたラデックだった。今回も不在のままレフ・セドフとレフ・ダヴィドヴィチが主犯とされたが、被疑者のリストには、赤毛のピャタコフ、ムラロフ、ソコーリニコフ、セレブリャーコフらの名前もあった。

一九三七年一月二三日に新たな裁判が始まると、レフ・ダヴィドヴィチはラジオにかじりつき、今や政権転覆やスターリン暗殺の陰謀のみならず、産業への妨害工作、労働者や農民の大量毒殺、さらには、ソ連解体を目論むヒトラー－ヒロヒト－トロツキーの密約締結といった嫌疑に関して、まるで競い合うようにして容疑者たちが次々と屈辱的な、突飛すぎる告白を繰り出す不条理劇の裏に何があるのか、探り出そうとした。妨害工作に加担したという者たちは、経済政策の失敗や飢饉はおろか、鉄道事故や労働災害まで自分の責任と認め、国と英雄的労働者に加えた危害や偉大なる指導者の信頼に対する裏切りを告白した。ある告発によれば、容疑者の一人は、トロツキーがパリ行きを禁じられてバルビゾンにいた時に、パリで彼から指示を受けたという。だが、未遂に終わった陰謀の布石となったのは、ピャタコフが一九三五年に行ったというオスロへの極秘渡航であり、告白によれば、ベルリンからこの町へ乗り込んだ彼は、背教者トロツキーと反革命に向けて密談を交わしたというのだ。

やむなく責任回避に乗り出した弱腰のノルウェー政府は、ドイツからピャタコフが乗ったという飛行機が検事・容疑者双方の主張する日時にノルウェー領内に着陸した事実はない、と反証する声明を出した。だが、いかに確たる事実があれ、堕落した薄汚い狂犬に向けてかつてのメンシェヴィキ、アンドレイ・ヴィシンスキーが発した怒りの呪詛を止めるすべなどないことは始めから明らかで、死刑宣告は避けられなかった……　だが、レフ・ダヴィドヴィチは、この荒唐無稽な裁判の裏側に、前回の裁判で生じた矛盾の解決や、ボリシェヴィキ古参グループの一掃だけではなく、別のもっと大きな意図が隠れていることを嗅ぎつけた。裁判の過程で、ブハーリンを筆頭に、すでに絶滅状態にあった右派反対派同志の名前が何度も飛び交うにつれて、おぼろげながらその一部が見えてきた。だが、トロツキー派の陰謀や裏切り、妨害工作に関わったとされる赤軍士官の名前が挙がると、事態は混迷し、理解は困難になった。

モスクワ発の激震で《青の家》の平穏は破られた。レフ・ダヴィドヴィチは記者会見を開き、予想される判決に先んじて、断固たる証拠で嫌疑を反証してみせると宣言した。もちろんこんな会見ぐらいで裁判が止まるはずはなく、反論のための証言や文書が何一つ揃わぬうちにモスクワから判決が下り、被告のほぼ全員が死刑を言い渡されたが、驚いたことに、懲役一〇年という判決で今回も命を救われたのはラデックだった。彼とスターリンの間にどんな密約が成立したのか、二人以外に知る者はおらず、いつまで延命されるかはスターリンのみぞ知ることだろう。

闘争の同志が大量に処刑される事態に打ちのめされたレフ・ダヴィドヴィチは、唯一手元に残った武器を使うような覚悟で、彼を国に召還して裁判にかけるようスターリンに訴えた。だが、予想どおりモスクワはこれを黙殺し、いつもどおり迅速かつ効率的に刑を執行した。すると彼は、次の対抗策として、国際的な調査委員会の設立を求め、国際連盟の政治的テロリズムに関する委員会に登壇する準備があること、そして、正式な調査で罪状の一つでも事実と認められればソ連当局に出頭するつもりであることを繰り返した。だが、この時も、脅しに震えあがっていた世界は沈黙を貫いた。もはや他の手はないと悟ったレフ・ダヴィドヴィチは、自ら対抗裁判を開くことでこの身にかけられた嫌疑の虚偽性を暴き、モスクワの検事を逆に訴えてやろうと思い立った。

対抗裁判がせいぜい石を引っ掻く悪あがきにすぎないことはレフ・ダヴィドヴィチも内心わかっていたが、漂流者の絶望と信念が彼を駆り立てていた。そして幾晩も続けてリベラやシャハトマン、ノヴァックやナターリヤ、そして到着したばかりのジャン・ヴァン・エジュノールと意見を交わし――フリーダ・カーロは不穏な影のように議論の輪に出入りした――、案を練り上げていった。一同はしばしばポンチョを羽織って《青の家》の中庭でオレンジの木の周りに身を寄せ合い、リベラがパンタグリュエルのような貪欲さでウイスキーのボトルと唐辛子入りの焼けるような肉料理を平らげていく様子を見守りながら、あらゆる可能性を議論したが、重要なポイントは、対抗裁判の――法的とまで言わずとも、せめて倫理的――正当性を保証するのに十分な道徳的権威と政治的独立性を備えた人物を招集することだった。これが達成されれば、心を動かされる人も出てくるかもしれない。

八〇歳に近づいたジョン・デューイ教授を裁判長に迎えようと提案したのは、アメリカ合衆国の支持者たちだった。哲学者、教育者として揺るぎない名声を手にした人物ではあったが、レフ・ダヴィドヴィチの目に彼は、ソ連政治の内情にあまりに疎すぎるように映った。その間リョーヴァは、嫌疑を反駁する証拠となるものはすべて揃えようとパリで奮闘した。数日のうちに大量の書類が送られ、メキシコへ持ち込んだファイルからナターリヤとヴァン・エジュノールとレフ・ダヴィドヴィチが探し出した書類を併せると、その分析は並大抵の仕事ではなさそうだった。

絶望の熱に浮かされて作業にあたるレフ・ダヴィドヴィチは、協力者、とりわけリョーヴァに超人的な仕事量を要求した。先走る熱狂のあまり、些細な手違いにも目くじらを立て、息子のちょっとした失敗や遅延を怠慢呼ばわりするので、ナターリヤはパリでリョーヴァの置かれている不安定な状況――ソ連の秘密警察に監視されているという趣旨の声明まで出さねばならなかった――を思い起こさせて正気に戻らせようとしたが、夫が意に介する様子はなかった。実のところ、レフ・ダヴィドヴィチの逆鱗《げきりん》に触れたのは、こんな仕事は労力がかかるだけで無駄ではないかと息子が手紙で言ってきたことだった。世界に名だたる著名人が彼の無実を証明したからとて、彼の有罪を信じ込んでいる人々には馬耳東風であり、無実だとわかっている者たちに益するところも少ない。リョーヴァの考えでは、父がすでに書き始めていた『スターリンの犯罪』というパンフレットを流布したほうが、被告自身の訴えで開かれる裁判よりはるかに有効だった。怒りに駆られた元軍事人民委員は、息子を敗北主義者となじり、反対派ロシア支部長の職を解くとまで言って脅した。リョーヴァは短い返答を宛て、父の求める高みをいつも維持できるわけではない自分への許しを請うた。

その時、不安な日々を過ごしていたレフ・ダヴィドヴィチのもとへ希望の風が舞い込み、夫婦は必死でそれにしがみついた。抑圧組織の内部でもすでに始まっていた粛清を逃れた旧GPU工作員からリョーヴァが得た情報によれば、弟のセルゲイは、今回の裁判に先んじて行われた一斉捜査によってモスクワで逮捕され、労働者毒殺を企んだ罪でシベリアの強制収容所へ送られたというのだ。長い間何の情報も入って来なかったせいで、最悪の顚末を覚悟していたトロツキー夫妻にとって、息子が（間違いなく拷問にかけられたことだろう）地獄の強制収容所にいるという知らせは、《青の家》にもたらされた祝福にほかならなかった。セリョージャは生きている！部屋で二人きりになると、夫婦は必死に互いを励まし合い、裁判に必要な供述書への署名を強要されても耐え抜く強靭な精神と明晰な頭脳を備えた息子がどんな工夫を凝らして生きているのだろうかと、幾晩も続けて話し合った。とはいえ、残忍さを極めた拷問に痛めつけられたセルゲイの悲壮な姿を想起させるような言葉は避け、心をかきむしるような質問は決して口に出さなかった。どうやって屈服せずに耐え抜いたのだろう？（屈服とは何を意味するのだろう？　してもいないことを告白することか、発狂することか、命を捨てることか？）どこまでがセルゲイの我慢の限界だったのだろう？（最初に屈服するのは、脳だろうか、体だろうか？）頭に浮かぶ拷問の数々、想像を絶するほど忌まわしい犯罪的警察組織の拷問マニュアルのどれに服したのだろう？（屈辱を受けるより死を選んで耐え抜いた少数者、セリョージャもその一人だったのだろうか？）

また、レフ・ダヴィドヴィチは、せっかく入念に準備を進めてきた対抗裁判の反響などたかが知れているという悲観的見通しに打ちのめされつつあった内面を、ナターリヤの前でも、もちろんリョーヴァに対しても決して明かさなかった。モスクワのプロパガンダと金に牛耳られた組合組織や進歩的知識人は参加を拒み、協力してくれる組織が反共産主義や反スターリン主義の公言者から成る地域的集団にとどまる一方、ロマン・ロランのような人物は、スターリンの潔白を疑うこともなく、GPUが人道的手段によって自供を引き出したことを強調するばかりか、ソ連に言論統制が存在することさえ否定した。

だが、そんな条件下でも闘いをやめるわけにはいかなかった。まだ死刑囚の死体の温もりも冷めやらぬうちから開催された党中央委員会総会では、弾圧の騎手にのし上がったニコライ・エジョフなる怪しい人物が、ブハーリンとルイコフに対し、《邪悪な憎しみ》に駆られて《偉大なる指導者》暗殺のためにテロ集団を組織した嫌疑をかけた。エジョフの訴えに続いて、《赤いツァーリ》の番犬役となっていたアナスタス・ミコヤンがこの老ボリシェヴィキ二人に対する誹謗中傷を並べて演説をぶち、ブハーリンとレーニンが親しかったなど、本人の捏造したデマにほかならないとまで言ってのけた。閉会とともに（報道によれば、スターリンは黙ったまま議論の行方を追い続け、《新事実》の発覚に仰天していたという）、ブハーリンとルイコフが逮捕されてルビャンカの恐怖部屋へ連行される一方、容疑者に対する党の公式見解をまとめるという目的で、全閣僚を含む三六人の軍人から成る委員会の設置が決定された。レフ・ダヴィドヴィチにとって痛ましい発見は、委員会のメンバーにレーニンの未亡人ナジェージダ・クルプスカヤと妹マリヤ・ウリヤーノヴァが名を連ねていたことだった。レーニンの生前からスターリンの迫害を受けていたこの二人の女性は、ブハーリンがレーニンと議論を交わす場面を何度となく見ていたのに、スターリンと結託してミコヤンが捏造した作り話を黙って受け入れていたのだ。このさもしい取引を見て、レフ・ダヴィドヴィチにはそれまで見えていなかったことが見えてきた。スターリンは、彼のもとで生き残る数少ない過去の生き証人たちを大人しく茶番に従う役者にするだけでは飽き足らず、彼らを自分の犯罪的狂乱の共犯者にまで仕立てようというのだ。犠牲を免れた者は、共犯者、さらには死刑執行人になれ、そういうことか。迫害と嘘を国家的手段として、さらには社会全体の生活様式として採用することを決めた政府内では、恐怖と弾圧がすでに政策の一部となっているのだ。これで《より良い》社会が作れるというのか？　答えは明白だったが、彼はその後もずっとこの問いにつきまとわれることになった。

無数の政治的圧力を撥ね退《の》けてメキシコへやってきたジョン・デューイは、さっそくまだ読み足りない資料を請求し、トロツキーとの面会は拒んだ。報道陣に対しては、イデオロギー的にはトロツキーの思想に共感していないこと、委員会の議長に選ばれた以上は提出された証拠と証言に基づいて結論を下すこと、そして、その結果にはあくまで道徳的価値しかないことを繰り返した。

三月一〇日、《青の家》はさながら軍の野営地と化していた。委員会のメンバーやジャーナリスト、警備員を収容するため、植木鉢や木目のついた家具、美術品などが取り払われた屋敷は、物と色の調和をすっかり失っていた。屋外にはバリケードが張られ、一〇人以上の警官が配置された。開会当日の朝、もはやデューイと委員会メンバーの到着を待つばかりとなったところで、ディエゴ・リベラは中庭を見渡し、笑顔でトロツキーに向かって《永続革命のために払う犠牲の大きさ》を説いた。

デューイは七八歳とは思えないほどの活力を見せつけた。到着するや否や、ディエゴとレフ・ダヴィドヴィチへの挨拶もそこそこに開会を宣言し、彼と委員会メンバーの任務はトロツキー氏の準備した証言を聞くとともに、彼に質問をぶつけること、そして最終結論を下すことにある、と切り出した。彼の考えでは、トロツキー氏が反論の機会も与えられぬまま有罪を宣告されたのは、委員会にとって、そして全世界の良識ある市民にとって、由々しき事態であり、そこにこの委員会の存在意義があった。

そこから、レフ・ダヴィドヴィチの人生でおそらく最も辛く不条理な一週間が始まった……　モスクワで下された判決のようにまったく病的な論理に対して何時間も反論を続けるには、途轍もない知的・肉体的労力が必要であり、こんな経験は彼にも記憶がなかった。また、対抗裁判はすべて英語で行われたため、自分の発言が考えを正確、的確に伝えているかどうか、絶えず不安に囚われた。夜は、疲労が思考に打ち克った時だけ、二、三時間の睡眠をとることができた。緊張とリットル単位のコーヒーのせいで胃の調子が悪く、腹に焼き石を刺し込まれているような気分になり、ただでさえ高地のせいで落ち着かない血圧まで高くなって、耳鳴りとうなじ周りの嫌な不快感が消えなくなった。六日目の終わりには、見覚えもない場所で見知らぬ者たちが交わす意味不明の議論に囲まれているような錯覚に囚われ、気を失いそうになったが、ここで話す以外に選択肢はない、これが自分の名前と経歴、思想と裏切られた革命の残骸を公の場で擁護する最後のチャンスかもしれない、そう自分に言い聞かせて踏みとどまった。

四月一七日、最終弁論のため委員会メンバーの前に現れた彼は、すっかり憔悴しきっており、デューイに対して着席を許してほしいと訴えたほどだった。だが、演説が乗ってくると彼の口調は全盛期の熱気を取り戻し、《青の家》に集まった者たちは、一九〇五年と一九一七年に大衆を揺り動かしたトロツキーの弁才、そして、多くの忠誠心と多くの――プレハーノフからスターリンまで――憎悪を掻き立てた情熱の片鱗を感じ取ることができた。まず彼は、ソヴィエト政府の発表に従えば、内戦と飢えの困難な時代を乗り越えてレーニンとともに革命を勝利に導いた閣僚全員、度重なる投獄と追放と弾圧の末にようやく国を軌道に乗せた男たち全員が、ずっと前から革命の理想を裏切っていたばかりか、自ら建設に関わった国を破壊するために帝国主義列強と手を組んだ工作員だったことになる、と論じ上げた。十月革命の指導者全員が裏切り者だったとは、何という矛盾だ？　むしろ、裏切り者はただ一人、スターリンではないのか？　レフ・ダヴィドヴィチは言葉を続けた。自分にかけられた嫌疑の虚偽性、いや、バカバカしさをこれ以上あげつらうつもりはないが、隔離生活や警察による見張りのついた幽閉生活を送っていた自分が、いかなる地においても反ソ連工作に関わっていないことは、トルコ、フランス、ノルウェーの政府によってすでに検証済みであることを今一度繰り返しておきたい。体が弱っていたことも忘れて彼は立ち上がった。議論のエネルギーが行動の支えとなって体を前へ押し出し、大団円へ向かう活力が生まれていた。これまでの人生には勝利もあれば挫折もあったが、人類の未来に対する信念は失ったことがないどころか、むしろ揺るぎない確信に変わっている、そう彼は述べた。一八歳にして田舎町ニコラエフの貧困地区へ入り込んで以来、理性と真実と連帯感への信奉はまったく変わっておらず、確かに成熟はしたかもしれないが、この熱い思いは、誰に何をされても決して消えることはない。

息を切らせ、頭痛をこらえたまま彼は再び着席した。その視線がデューイの目に注がれ、重々しい数秒間、二人はじっと見つめ合った。劇的な沈黙が流れた。レフ・ダヴィドヴィチの最終弁論の前に、デューイは暫定的見解を述べておく意向を伝えていたが、この時の彼は石のように完全に固まっていた。ナターリヤ・セドーヴァの啜り泣きが魔法を破った。ようやくデューイは視線を下ろし、メモを見ながら、最終結論を下すまで委員会を閉会すると囁いた……　そして、「ここで何を言っても許しがたい興ざめになるだけでしょう」と言い添えた。

閉会とともにレフ・ダヴィドヴィチは、ナターリヤに命じられるままに、美しい町タスコの別荘で休息を余儀なくされた。秘書たちには猟銃を持っていくよう命じていたが、あまりの疲労に、町の散歩をするのがやっとという状態で、滞在の締めくくりになって、ようやくなんとかテオティワカンの太陽のピラミッドと月のピラミッドまで行くことができた。幸い、頭痛も高血圧も不眠症も収まってきたが、ナターリヤは厳しく監視の目を光らせ、手紙の受け取りや執筆さえ許さなかった。

コヨアカンへ戻ってみると、レフ・ダヴィドヴィチはプリンキポで過ごした日々以来味わったことのなかった感覚に囚われて驚いた。彼のように絶えず流浪生活を続けてきた者にとって、伝統的な家の観念は快適な仕事場の必要性にとって代わられてしまうものだが、異国情緒に溢れる快適な《青の家》には心地よい磁力があり、そこにさらなる魅力を添える軽快なカーロ姉妹（レフ・ダヴィドヴィチはこの件について何も書き残してはいない）のまめまめしい気遣いに接するうちに、闘争と孤立の歳月を通して眠っていた男の本能が目覚めてきた。クリスティーナの美しい姿、フリーダの神秘的オーラ、姉妹の発する香しい若さ、時に見え透いた不器用なお世辞を挟む対話、そんな楽しみが思春期の戯れとなって幽閉生活の重苦しさを吹き飛ばし、台所も廊下も中庭も笑顔を交わし合う場所となって、喜びのうちに若返ったような気分を味わうこともあった。

デューイの結論を待つ間もレフ・ダヴィドヴィチは、反ソ工作と自分の関わりを否定する裏付けとなる情報に目を通し続けた。もっとたくさんの文書が早く手元に届いていればと嘆くこともあり、リョーヴァが手を抜いたのだと考えると、怒りがこみ上げてきた。許しがたい怠慢を懲らしめてやるため、彼はリョーヴァ宛の書簡をすべて秘書に託して沈黙を貫き、これで息子も思い知るだろうと考えてにんまりとした。


三月下旬のある晩、夕食を終えた後、ナターリヤとジャン・ヴァン・エジュノールとレフ・ダヴィドヴィチは、《青の家》の住人たちとともに快適な団欒を続け、それまで何度もあったように、この時もレフ・ダヴィドヴィチは何か突飛な思い出話を披露するよう求められた。上機嫌だったこともあり、彼はトハチェフスキー元帥の話を始め、卓越した戦術眼によって内戦中から《ロシアのボナパルト》と異名をとったこの颯爽たる若い士官にまつわる逸話を次々と繰り出した。すでに何度も同じ話を聞いていたナターリヤは、共通言語となっていた英語が苦手だったこともあってさっさと辞去し、すでに大量のウイスキーを血中にまで取り込んでいたリベラもすぐこれに続いた。眠くてたまらなかったフリーダも席を立ったところで、ヴァン・エジュノールもそっと姿を消した。

笑みを浮かべたクリスティーナを前に、何週間も袖触れ合ううちに募っていた欲情がワインに刺激されて当然の爆発を起こした。それまでもレフ・ダヴィドヴィチは、夕食や散歩の折に、友人の戯れを装って何度となくクリスティーナの脚や手に触れており、彼女はそのたびに媚びを込めた繊細な微笑みで彼のアプローチをかわしていたものの、その振る舞いに拒絶は感じられず、微笑みも鍔《つば》迫《ぜ》り合いも冒険に乗り出す前に必要な儀式だと思わせるようなところがあったので、その晩彼は大胆に一歩踏み出してみたのだった。だが、意外なことに、クリスティーナは彼を制し、尊敬と親愛の情を他の感情と取り違えないでほしいと伝えた。それまで彼の意図を汲んでくれていたように見えていた女性にこんな反応を見せつけられて、レフ・ダヴィドヴィチは訳も分からぬまま黙り込み、欲望を静めるよりほかはなかった。

この不愉快な失敗で彼は、家主夫婦との関係ばかりか、ナターリヤとの安定した夫婦関係まで危機に晒しかねない衝動に駆られた自分を恥じ、今後はホルモンの刺激に惑わされぬよう自制することを心に誓った。滑らかな肌の魅力に囚われて一時的に心を奪われただけで、五〇過ぎの男が熱に浮かされて若い女性を相手に出来心を起こすなど馬鹿げている、そう自分に言い聞かせた。

この話を聞いたフリーダは、自ら相談役を買って出て彼を慰めにかかり、男をたぶらかすのが好きな妹の性癖をつぶさに話して聞かせたうえ、さもしい裏切り行為のことまで打ち明けた。なんとクリスティーナは、節操もなくディエゴとベッドを共にしたのであり、フリーダは甘んじてこの事態を受け入れたものの、夫も妹も決して許せないという。媚びも露わなフリーダの優しさと理解力に触れたレフ・ダヴィドヴィチは、自分もまだ捨てたものではないのではないかと思い直し、現実味を帯びてきたチャンスを前に情熱が沸騰してくると、内密すぎる打ち明け話をしてきた女の姿が寝ても覚めても頭から離れなくなった。

欲望の分厚い蜘蛛の巣に絡めとられたレフ・ダヴィドヴィチは、自らを律して仕事に集中しようと心掛けた。政治活動も経済状況も逼迫《ひっぱく》した状況にあるというのに、フリーダの存在や《青の家》での暮らしは、絶えず彼を安逸な生活や脱線へと誘っていた。レーニン伝の執筆を一時停止して、スターリン伝に取り掛かったことも、仕事のリズムを乱す一因だったかもしれない。あの不穏な人物をめぐって、文書を調べ、記憶の糸を手繰る作業は不快で、この本が《革命の埋葬者》に対する手榴弾になることはわかっていても、心の奥底では、こんな仕事に知性と時間を割くのは自分を貶めることにほかならないと感じられてならないのだった。

五月三日にバルセロナで起こった奇妙に錯綜した事件のおかげで、彼はスペイン情勢に意識を集中することができた。数カ月前から、内戦の主戦場は共和国派に与《くみ》する党派内の政治的主導権争いへと移っており、レフ・ダヴィドヴィチは、そうした派閥争いの裏にモスクワの陰謀を嗅ぎつけていた。後に彼が書いているとおり、モスクワ裁判が始まり、武力的にソ連頼みとなっていた共和国への支持が表明された直後に、トロツキー派と目されたスペイン人たちへの弾圧が始まる事態が偶然であるはずはなく、しかも、彼らに対する悪意剝き出しの糾弾には、ソ連で裁判にかけられた老ボリシェヴィキに対する告発とほぼ同じ言葉が使われていた。戦略的見解の相違から彼と袂《たもと》を分かっていたかつての友アンドレウ・ニンは真っ先に政府から放逐され、彼が党首を務めるPOUMは、ファシスト派軍人に対するよりも熾烈な誹謗中傷攻撃に晒された。

検閲をかいくぐるようにしてバルセロナから届く情報は錯綜し、矛盾だらけだったが、共和国の通信網を律する建物の軍事的支配権をめぐる一連の出来事が、本丸の攻撃に向けた偽装であり、同時に準備であることは、鋭い嗅覚を備えた老革命家の目に明らかだった。すなわちスターリンは、反対派を握り潰し、スペイン政府をソ連の意のままに操ることで、ヨーロッパ政治の主人公にのし上がろうとしているのだ。POUMの党員がまず槍玉に挙げられたと知っても、驚きはなかった。明らかに、スペイン共産党が暴力的手段に訴えてまでPOUMの非合法化に乗り出したのは、積もり積もった怨恨のせいでもなければ、一枚岩の政府を作る必要からでもなく、スペインを牛耳ろうとするクレムリン（スターリンには、フランコや二等ファシズムの敗北よりこちらのほうが重要だったのだ）の執着心を汲んでのことだったのだ。

混乱に満ちた五月の末、刊行されたばかりの『裏切られた革命』がコヨアカンに届いた。お祝いに、ディエゴとフリーダはトロツキー夫妻と数名の友人を中心街のレストランに招待し、夕食を振る舞った。気力も回復していたレフ・ダヴィドヴィチは、メキシコ当局に許された行動の自由をすでに存分に享受し始めており、帽子とスカーフで顔全体を隠して車の後部座席に乗り込む二、三名のボディーガードを伴って、混沌の街をあちこち探険することまであった。たとえ警護付きでもそうした外出は楽しく、時には、夜中に中心街へ繰り出して、至るところから流れてくる熱いトルティージャの匂いに追い回されながら、重々しいバロック様式のカテドラルやマリアッチの流れる酒場の雰囲気、植民地時代の優雅な宮殿などを仔細に観察することさえあった。彼にとって、メキシコの活気は未来へ向かう世界の証であり、その支えとなるのは――今後数世紀を要しても共存する人種間の壁を完全に壊すことはできないかもしれないが――、国に深く浸透した混血文化だった。

刊行祝いの夜、夕食後に中心街の小道へ散歩に繰り出した会食者たちは、壁を覆う政治的スローガンを読み、カルデナスに対しては、《裏切り者》、《共産主義者》といった中傷もあれば、任期の全うを期待する支持の声もあることを確認した。予想どおり、落書きにはしばしばトロツキーの名前も現れ、こちらも、《万歳》から《死ね》まで、歓迎から追放まで様々だった。だが、この夜のレフ・ダヴィドヴィチはポスターにも街の探険にも関心がなく、フリーダのことしか頭になかった。官能の眩暈《めまい》が出口を求めてうごめき、熱い力で押し寄せていたのだ。体の不自由なフリーダは、医療用コルセットで体を支え、悪いほうの脚を杖で支えなければ歩けないほどだったが、むしろそうした制限があるからこそ彼女は、より女性らしく振る舞い、溢れ出すほど激しい官能を内に秘めているのかもしれなかった。道徳的に自由な彼女がかつては同性愛にまで熱を上げていたと知るに及んでは、レフ・ダヴィドヴィチの内側に潜む男の小悪魔が露骨な想像を巡らせ始め、青春時代や軍事人民委員という権力の座にあった時代――溜まりに溜まった欲情と緊張の捌け口を提供してくれる女性同志には事欠かなかった――にすら感じたことのないほど切迫した欲望に衝き動かされた。

最初はフリーダに勧める本の間に詩や恋文を挟むぐらいだったが、やがてレフ・ダヴィドヴィチはもっと具体的なことを求めるようになった。あまりに激しく燃え盛る欲情の火の前では、ナターリヤにこの愛のゲームに気づかれてはならないという心配すら失せてしまうほどだった。そして、お祭り騒ぎの夜、ディエゴとナターリヤ、そして散歩に同行した友人や秘書たちが、リベラの壁画に飾られた建物へ入っていくのを見届けた後、わざと重い足取りで歩いてきた彼は、無言でフリーダを建物の壁に押し付け、唇にキスしながら、呼吸と呼吸の合間に何度も彼女への熱い思いを伝えた。その時のレフ・ダヴィドヴィチは、自分が何をしているか承知の上で狂気の淵へと身を投げ、人生の最も大切な部分を危険に晒していたのだった。後に振り返っているとおり、それでも彼は幸福であり、まったく罪の意識もなく、向こう見ずな自分を誇りに思うばかりか、老いゆく体に残された男としての最後の活力をこの官能の饗宴に費やしてよかったと確信していたのだった。

17

ラモン・メルカデールにとって、パリは世界一愚かしい都市であり、フランス人とフランスの社会党政権は、スペイン共和国が必死に求める支援を拒んだ裏切り者にほかならなかった。それでも、レオポルド・ロベール通りの最上階にあるアパートでトムに迎え入れられ、北側の窓からモンパルナス通り、南向きのバルコニーからラスパイユ通り、とりわけカフェ・デザール周辺が望めることを確認すると、喜びを隠し切れなかった。

「いいだろう?」鍵を渡しながらトムは言った。「中心街に近いし、地味でブルジョア的だが、ちょっとボヘミアンでもある。お前に打ってつけだろう」

「ジャック・モルナルにはぴったりです」そう認めながら彼は、何の飾りもない殺風景な木製のテーブルと棚を眺め、真っ白い壁に何か写真を飾らねばならないと思った。「これから自分好みの場所に変えていくことになりますね」

「時間はたっぷりある。二、三カ月かな」

ジャックは煙草に火を点け、寝室、トイレ、シャワーを見て回った後、小さなキッチンのガラス窓から、中庭に面した洗濯用のバルコニーを確認した。コーヒー用の小皿に目を止めると、人柄に合うような生活必需品を調達するまでの間、これを灰皿代わりにすることとして、リビングへ戻った。その瞬間身に覚えのない感覚に囚われたのは、もう一〇年以上も前にカリダッドが息子たちとともに逃亡生活を始めて以来、ブルジョアたちが《家庭》と呼び習わすものとまったく無縁に生きてきたからだった。

「ホテルへ帰るよ」欠伸《あくび》とともにトムは言った。「ひと休みするんだろう?」

「買い物をしないと。牛乳とか、コーヒーとか……」

「そうだな。夜また会うとしよう。八時にサン・ミシェルの噴水の前でいいな。面白いものを見せてやるよ」トムは普段より辛そうに立ち上がった。

「脚をどうしたのか、いつ教えてくれるのですか?」

トムは笑いながらアパートを出て行った。

ジャックは一つだけ持ってきたトランクを開けた。シャツと英国製のカシミヤのスーツを取り出すと、肘掛け椅子の背に掛けて空気をあて、形が戻るまでそのままにしておくことにした。そして通りへ出てモンパルナス通りを渡り、昼前でまだ人の少ないクローズリー・デ・リラに入った。ホットミルクにクロワッサンとコーヒーを頼む時にはベルギー訛りを駆使したが、大げさにする必要はないことを思い出した。いずれにせよ、少しずつこうした些細な欠点を直していけばいい、そう自分に言い聞かせながら、隣のテーブルからカフェの名前が入った灰皿を失敬してジャケットのポケットに入れた。

グリゴリエフと別れる前に聞いた話では、ニューヨーク滞在中に、背教者レフ・トロツキーに向かってジャック・モルナルが辿るべき複雑な道筋がはっきり示されたということだったが、そのあまりに現実離れした手の込みように、すべてが作り話ではないかと思われたほどだった。グリゴリエフによれば、アンドリュー・ロバーツという偽名を使って『デイリー・ワーカー』の編集長ルイス・ブデンツに接触したという。それまでにもこの人物は何度かソ連諜報部に協力しており、今回ロバーツが彼に求めたのは、合衆国トロツキー派グループの活動家で、トロツキーの近くで働いたことのある二人の姉妹を持つ若い女、シルヴィア・アゲロフをパリへ旅立たせるという、至極単純ながら非常に難しい使命だった。もちろんロバーツは、何のためにシルヴィアをフランスに向かわせるかは一切ブデンツに伝えず、ただそれが必要だとだけ告げたうえで、慎重にも慎重を期して話を進めるよう要請し、二人以外この件について知る者は誰もいないことを示唆して警告代わりにした。ルイス・ブデンツはできるだけ早く結果を知らせると約束した。

　同じ日の夜、バスを降りて、サン・ミシェルの噴水に向かってオデオン座の前を通り過ぎたジャック・モルナルは、狂乱のど真ん中へ踏み込んでいくような思いを味わった。パリの人々には、ピレネーの南で進む戦争も、ヨーロッパの端で始まりつつある戦争も、火星と同じくらい縁遠いものであり、いつもどおり活気に溢れるパリの夜、ジャックは噴水の脇で生命の息吹に包まれた。

　その時彼が振り向いたのは、本能か、内なる血の呼びかけのせいだろう。トムの腕につかまって近づいてくる彼女の姿が、人ごみのなかでもすぐに見分けられた。カリダッド・デル・リオという名の叫びが聞こえただけで、彼の新たな人格が動揺することがわかった。今や似合いもしない上品な格好をして（ワニ革のハイヒールとは！）誇らしげに微笑むその女が目の前に立ち、カタルーニャ語で《あらあら、なんていい男！《マラ・メバ、キン・オマ・メス・ペン・プランター》》と囁きかけてきた時には、次に何をされるか予想ができた。果たして、相手の首に手を回した彼女は、ちょうど唇の端に唾の温もりが伝わるよう恐ろしいほどの正確さで位置を探り当てながら頬に口づけした。ジャック・モルナルは懸命に体面を取り繕おうとしたが、忘れがたきアニスの味に刺激されて、内側から出てくるラモンを押しとどめておくすべはなかった。

　その夜はまったく足を引きずっていなかったトムに言われるままに、三人はエコール通りのブラッスリー《ル・バルザール》へ向かい、そこでもう一人と落ち合うことになった。二人の男に挟まれて歩くカリダッドは満足げで、ラモンは、少なくともトムの前では決して動揺を表に出すまいと心に誓った。本来なら、まだパリにいるはずの弟のルイスのこと、そしてフランスへ行きたいと言っていたモンセのことを訊いてみたいところだった。アフリカと幼いレニナのことは何か聞いているのだろうか？

　ブラッスリーに入ると、眩しい禿げ頭の男が立ち上がり、トムに続いて一同はそのテーブルへ向かった。彼と握手を交わした後に、トムはフランス語で紹介を始めた。

「カリダッド同志、こちらはジョルジュ・マンク」そして教え子のほうへ向き直った。「ジャック、パリではジョルジュが君の連絡係になる」

「ようこそ、モルナルさん。パリがお気に召すといいのですが」

　アペリティフを飲みながら、トムに促されてカリダッドが数日前までのスペイン情勢について話し始めた。人民軍は、味方の邪魔という明らかな理由で苦戦を続けているという。わからないとでもいうようにマンクが口を挟み、トロツキストもアナーキストも排除したのになぜまだ敵がいるのか訊ねると、彼女は無能な政府首脳を槍玉に挙げた。

「人民軍はソヴィエトの軍事的支援を受け、士官の八割は共産党員なのに」カリダッドは語気を強め、トムを睨むように言った。「敗戦続きで、ファシストはすでに地中海に到達し、半島を分断した。勝利に必要なイデオロギー的純潔が共和国軍内部に欠けている、そうとしか説明がつかないわ」

「哀れなスペイン」トムは言ったが、ジャックには咄嗟《とっさ》にその真意がわからなかった。「もはや公衆浴場までソ連の軍事顧問で溢れ、鎖を引きずっているのはスペインの共産党員だ。事実上我々が軍も諜報部も警察も宣伝も手中にしているというのに、今さら誰を排除しろというのかな？」

「裏切り者がいるわ。すでにインダレシオ・プリエトは追放した。奴はずっと目の上のタンコブだった。共産党員は党中央委員会の言いなりの操り人形だとか、そんなことばかり言ってたじゃないの。第五列よりタチが悪い……」

「私にはプリエトが賢者に見えることもあった」溜め息を漏らしながらトムが言った。「戦争に勝てないことをあれほど確信した国防大臣は見たことがない……　だが、真の問題は、君たちスペイン共産党員が戦争の勝ち方を知らないということだ。自分で自分の言葉を聞いたことがあるか、カリダッド？　君の言葉は新聞の論客そのままだ。今や誰もが同じ話し方をする……　スペインが負ければ、その代償を払うのは誰だ？　私、ペドロ、オルロフ、その他軍事顧問団のトップだ。いつも我々が背中を押しているというのに、同じことばかり繰り返す君たちの話しぶりには、実際のところもううんざりだ」

ジャック・モルナルはラモンの背中に鞭が振り下ろされるのを感じた。意見の当否はともかく、いつも叩かれるのはスペイン人だ、彼はそう思ったが、黙っていた。

「いったい君たちはどういうスペイン人なんだ」積もる怨念でも晴らすようにトムは続けた。「いつも他人の指図を甘んじて受け入れ、子供扱いされても平気だ。相変わらずコミンテルンにケーキを切ってもらわねばならない。なぜだ？　彼らの言うことを聞かなければ何をすればいいのかもわからないからだ」

「あなたたちの言うことを聞かなければ」こらえきれなくなってその瞬間ラモンは口を挟んだ。「イタリア人部隊やドイツ空軍にどうやって立ち向かうのです？　あなたたちに頼る以外、我々に選択肢はないのですよ……」

トムは教え子の目をじっと見つめた。鋭い目つきであり、その意味は明らかだった。

「どうした、ジャック、取り乱したりして……　君らしくないな……」

その声の調子に辛辣な意図を感じ取ったジャック・モルナルは、無力感に打ちのめされながらも、面目を保とうと最後の努力を振り絞った。

「いつも我々のせいにされては……」

「誰もそんなことは言っていない」トムの口調は変わっていた。「無から生じてここまで拡大し、今や共和派内で最も有力な派閥にまでのし上がったんだ。我々はいつも支援する。だが、成熟が必要だ」

「いつスペインへ戻るんだ？」緊張が解けたことを見て取ってマンクが訊くと、トムは溜め息を漏らした。

「二日後だ。ここで仕事を済ませて、また出発する。オルロフへの協力を続けるようエジョノに何度も言われた。だが、一度に二つのことをこなすのは辛い……　頭は一つしかないのに、両方に目を光らせていなければならない」

カリダッドは彼を見つめ、彼女らしからぬ用心深さで発言した。

「軍事顧問団が私たちを見捨てるのではないかとみんな噂してるわ。悪意を勘ぐる者までいるそうよ……」

「恩知らずな連中だな……　他にも仕事があるし、私は喜んで戻る。これまでスペインで血と汗を流し、まだ誰も助けてくれなかった頃からマドリードでイタリアの戦車部隊に立ち向かっていたというのに……」トムは注がれたワインを飲み、ありもしない染みでも探すように新品同様の白いテーブルクロスを見つめた。「スペインを見捨てるなど、とんでもない……」

テーブルが沈黙に包まれ、マンクは空のグラスにワインを注ぎながらトムに話しかけた。

「スペインの話が辛いのはわかるが、今はもっと差し迫った問題がある。料理は何を頼むんだ？　アルザスのシュークルートなら、一級品のソーセージが付いているからお勧めだ。私はアヒル肉が好きだからカスレにするがね……」

トムがコトフに成り代わってスペインへ発つ前に、ジャックは命令にも等しい忠告を受けた。スペインと内戦のことは頭から消すべし。ジャック・モルナルにとって、ピレネーの南で起こる出来事は新聞のニュースでしかない。ラモンが情熱に流されて新しい人格をぐらつかせるようなことがあってはならず、予防措置としてトムは、指示があるまでカリダッドとの面会、連絡を禁じた。すでにデリケートな作戦行動が始まっており、その種の感情的、愛国的気の緩みは断じて許されない。ラモン・メルカデールはそうした弱点を克服してみせたのだから、今回の作戦行動のような大義がないかぎり、情熱に流されてはならない。

ロシアの内戦時代にフランスへ逃れたウクライナ人の息子ということになっているジョルジュ・マンクは、それ以来ジャックの案内役を務め、彼という人物にふさわしいパリの風物を紹介した。リヴ・ゴーシュのボヘミアンの溜まり場に何週間も通い、競馬場では様々な賭け方を試し、今は落ちぶれたル・マレーの由緒ある通りを散歩し、ムーラン・ルージュのコーラスガールにシャンパンを振る舞って仲良くなり、マラホフカで地図を見ながら暗記したパリの通りをしたり顔で歩き回った。まるで聖地にでも赴くようにジョルジュに導かれてジェルニーズに足を踏み入れたものの、ルイ・ルプレーに見出された《小さな雀》ことエディット・ピアフには退屈した。髪を振り乱しながら、小さな軽々とした体に似合わぬ豊かな声量で、ありきたりな言葉に大胆な比喩を混ぜた歌を吟ずるその姿を見ても、何の興味も引かれなかった。さらに二人は、ジャックの運転する車でブリュッセルやリエージュを訪れ、ロワール渓谷のおとぎ話のような城を巡り、ベルギーのチョコレートやフランスのワインとチーズ、ノルマンディーの大胆な料理や繊細な香りのプロヴァンス料理で舌を肥やした。レオポルド・ロベール通りのアパートは気さくなブルジョアの住まいとなり、ル・マレーに店を開いたばかりのドイツ系ユダヤ人の仕立屋に服を新調させたジャックは、クローゼットに一二着も帽子を並べた。二人は、フランス人政治家のサークルやロシア系移民の溜まり場、共和派スペイン人の集まりなど、闇世界の総会よろしく地球上からありとあらゆる諜報組織のスパイを呼び寄せる場所には決して近寄らなかった。

六月初頭にパリへ戻ってきたトムは、自らの申し子が着々と人格を固めている様子を満足げに眺め、幼稚なカタルーニャ共産主義者の内側に磨けば美しい光を放つダイヤモンドの原石を見出した自分を誇らしく思った。スペインでの任務を終えてニューヨークへ立ち寄っていたトムは、シルヴィア・アゲロフのラインがすでに動き出しており、七月、《ハイスクール》の教師を務めるというこの娘が、古くからの親友ルビー・ウェイルの熱意と金銭的援助を頼みに、憧れのパリへ休暇にやってくるところから新たな段階に入る、との情報を得ていた。トムは、誰かも告げぬままルビー・ウェイルの顔写真をジャックに渡し、相手の目が輝く様子を観察した。

「悪くないですね」ジャックは認めた。

顔に笑みを浮かべて黙ったトムから二枚目の写真を渡されると、そこに写っていたのは、分厚いレンズの丸眼鏡をかけた三〇近い女であり、雀斑《そばかす》だらけの顔の両側にだらしなく垂れた直毛の髪から耳の先が覗いていた。

「ワインがすべてボルドーではないからな、ジャック……」顔に笑みを浮かべたままトムは言った。「こちらがお前のカモとなるシルヴィア・アゲロフだ。うまく料理すれば食えるし、案外美味くなるかもしれない」

衝撃を和らげようとしてか、トムはメキシコにも寄ったことを話し、別のラインもすでに始動していることを告げた。コミンテルンのメンバーが現地の共産党に指示を出して背教者の滞在に対する抗議運動を煽る一方で、すでに四人のスペイン人工作員が首都に潜伏し、成功の見込みがあるとなれば、作戦行動開始の指令が出るかもしれない。

「戦争とも関係なく、お金も使いたい放題でパリにいられるのだから、これが生涯で最高の休暇かもしれないな。そいつにかぶりつくとなれば」シルヴィア・アゲロフの顔写真を爪で弾きながら彼は微笑んだ。「仮にお前が任務から外れたとしても、借金は棒引きに値するだろう」

もっとひどい犠牲を払わされる者だっている、そう思って自分を慰めたジャックは、運次第で遠いコヨアカン、さらには歴史へと導いてくれるかもしれない女の到着を待ち受けることにした。


七月初旬からトムとマンクは姿を消しており、作戦開始を待つだけの静かな夏の日々がジャック・モルナルには退屈で、フランス人民戦線内閣が直面する深刻な危機や、スペインから届く暗いニュースにしばしば気を揉まされることになった。すでに国際旅団義勇兵の撤退が始まっており、人民軍は、エブロ川への大胆な攻撃にもかかわらず、フランコ軍の抵抗に遭って、地中海まで達していた敵軍を分断することはできなかった。こうした失敗を目の当たりにすると、ジャックの内側に残るラモンの面影がうずき始めたが、懸命に自己を律する彼は、いろいろ話を聞いて雰囲気だけでも味わいたいという思いを抑えて、母国へ帰る前の撤退兵が集う場所に近づくことを避けた。

七月一五日、ジャックの予期せぬ時に、動揺で青ざめたトムがレオポルド・ロベール通りのアパートに現れ、挨拶の言葉もなしに、とんでもないことになったと切り出した。スペインにおけるソ連軍事顧問団最高責任者のオルロフが、どうやら逃亡したらしいというのだ。それまでどんな状況にあっても動じることがなく、いつも尊敬の念を掻き立てていた指南役にも弱みを見せる瞬間があるのだと、ジャックはその時初めて思い知ることになった。すぐにわかったとおり、事態は極めて深刻だった。

「みんなで彼の行方を追っているが、奴はこちらの手の内を知り尽くしていて、逃げ方をよくわきまえている。フランス、しかもパリにいることはほとんど確かなのだが、実際のところ、まんまと逃げおおせる可能性が高いと思う」

「本当に脱走したんですか？」

「他の可能性は考えにくい」

「信頼できる人物だったのでしょう？」

「ああ、ヨーロッパにおけるソ連のスパイ網まで知り尽くすほどの地位にいた」

ジャックは震えを感じた。

「私のことも？」

「いや」トムは相手を落ち着かせた。「お前は大丈夫だ。だが、メキシコにいる同志のことは知られている。オルロフは様々な事情に精通している。このままだと、スペインの言い回しのとおり、ケツの毛までむしられかねない……　最悪だ」

「わけがわかりません。オルロフが裏切り者だったということですか？」

必要な間合いでも取るようにトムは煙草に火を点けた。

「いや、それは違うだろう。だからもっとタチが悪いんだ。逃げざるをえなくなったんだよ。間抜けなエジョフがオルロフに電報を打って、パリから大使館の車でアントワープへ向かえ、そこから船に乗って、使者と大事な打ち合わせをせよ、と指令を出した。オルロフだってバカじゃないから、そこに怪しい空気を嗅ぎつけ、このまま出頭すれば、アントーノフ＝オフセエンコや、エジョフに召還された他の顧問のように、自分も間違いなく銃殺刑にされると思ったわけだ。一一日にスペインを出国して、姿をくらませた」

ジャック・モルナルは頭がくらくらする思いだった。何か病的な、異常なことが起こっており、トムの意見では、この先どうなるかまったくわからないという。

「ベリヤとスターリン同志がエジョフを止めなければ、すべて台無しになる」

「それならさっさと止めればいいじゃないか！」ジャックは思わず声を荒げた。

「スターリンにその気がないんだよ！」トムは煙草を床に叩きつけながら叫んだ。「それだけだ、バカ野郎！」

トムは立ち上がった。これほど取り乱した彼を見たことがなかったジャックは黙り込み、相手が気を取り直してまた話し始めるまでじっと待った。

「お前の計画に変更はない。オルロフはお前のことを知らないから、その点は安心だ。いいか、今後、失敗は許されない。オルロフがどこにいて、どんな情報を漏らすかわかるまで、油断はできない。とりあえず、メキシコにいる四人のうち、三人には動きを止めさせ、残る一人は完全に作戦から外した……オルロフの知り合いで、あいつが直々に重要な作戦行動に推薦した奴だ」

ジャックは黙っていた。トムは緊張の捌《は》け口を求めているのであり、彼を信用し、いつにも増して彼の知性を必要としているからこそ、こうしてすべて話しているのだ。

「今さら黙っていても仕方がないから、いずれお前に伝えることになっていた話を一つ教えてやろう。メキシコから引き上げることになった工作員は女性で、パトリアという名で呼ばれていた。いずれその時が来れば、必要に応じて、お前と一緒に作戦に参加することになっていたかもしれない……」

ラモンは仰天した。エジョフの失態のせいで、夢にも思わなかった素晴らしい任務を奪われたというのか？

「その女というのは……？」

「アフリカ・デ・ラス・エラス。お前がマラホフカに着いた時、彼女は九番小屋にいて、お前より二カ月早く出所した。オルロフはあいつがどこにいるかまでは知らないが、旧知の仲だから、危険を冒すわけにはいかない。あの女は優秀だしな」

ラモン・メルカデールは立ち上がり、モンパルナス街を見下ろす窓辺まで進んだ。午後の帳《とばり》が下り、屋外にテーブルを並べたカフェに暇そうな人々がのんびり集まって、どうやらたわいもない世間話に耽っているらしい。何週間もアフリカからわずか三〇メートルのところにいたのに、顔を合わせることも許されなかった、そんな事実を知らされて愉快ではなかった。これもまた、今いる人生のあやふやな地点まで辿り着くために払わねばならなかった数多くの犠牲の一つなのだろう。過去も現在もなく、あるのは他人の決定次第、不確かな歴史の行方次第の未来だけだ。ラモンはトムのほうを振り返り、うなだれて煙草をふかすその姿を眺めた。

「心配には及びません。私は自分の使命をきちんと果たします。ご安心ください……　それで、あいつは元気ですか？」

カウンターの後ろに張られていた曇り一つない鏡は、生涯で見た最も横長の鏡としてラモン・メルカデールの記憶に残ることになった。その後、世界のあちこちで様々な鏡を見ることになったが、いつも思い出すのはこの鏡であり、とりわけこの鏡に映る自分との再会を強く望んだのは、モスクワにいた一九六八年、全世界のプロレタリアから神と崇められた人物の霊廟で、焼けつくような右手の痛みをこらえながらガラスに映る自分の素顔を見て、闇に包まれたこの人生の先に空虚な日々しか残されていないことを直感したあの凍てつくような朝だった。リッツのあの魔法の鏡が目の前にあれば、そこに映るのは、一九三八年、午後にしばしばあのバーを訪れた彼、強固な信念に支えられた健康な体を糊《のり》の利いたモスリンかドリル織りのスーツに身を包んだジャック・モルナル、人間の未来を切り開く闘争の中心にいることを実感して鼻高々のジャック・モルナルに違いない、そんなことをその時彼は思ったのだった。

先の計画を練る時はいつも用意周到なトムは、出発の前に、シルヴィア・アゲロフとルビー・ウェイルとの対面がどう運ぶ予定になっているか説明した。初対面の日時は七月一九日午後、場所はリッツ・ホテルのバー。ルビーとシルヴィアは、書店主のガートルード・アリソンに案内されてリッツのバーに入ってくるはずだから、ジャックはアリソンの常連客ということで二人に引き合わされ、全員に一杯酒を振る舞う。そこでベルギー人はライフルの狙いをシルヴィアに定める。そこからどう料理するか、冷静沈着なジャック・モルナルの腕の見せ所だ。

その日の午後、少しだけジンを注いだジントニックを前にあれこれ考えていた彼は、バルセロナでの別れ際にアフリカが見せた荒っぽい態度は、男性問題とは実は無関係で、新たな任務に乗り出す前に人間関係をすべて清算しておくよう言われていただけなのだろうと思い直した。そう考えると心が休まり、四人の女が笑顔で賑やかに店に入って来た時も、鏡越しに落ち着いてその姿を眺めることができた。まずアリソンと金髪のルビー・ウェイルを認めた後、若く背の高い女が、書店主と親交のあるフランス人マリー・クラポーだろうと見当をつけた。そして雀斑《そばかす》だらけの白い肌をした眼鏡の女にじっと視線を注ぐと、幅広のプリーツスカートとゆったりしたブラウスの下に痩せぎすの体が隠れていることは明らかで、一点の曇りもない鏡に映るシルヴィア・アゲロフが恐ろしいほど醜いことを直感した。騒々しく入って来た女たちは客の注目を集め、四人が席に着いたところで、今こそ振り返って女たちを見やる絶好のチャンスだと彼は思った。ジャック・モルナルが一人前の男になる瞬間だ。

ガートルード・アリソンが本物の驚きの声を上げた。

「あら、誰かと思えば！……　ジャックじゃないの！」

笑顔でグラスを手にしたまま女性陣に近寄っていった彼は、男としての魅力とお洒落と香水が存分に効果を発揮できるよう気を配った。ガートルードに紹介されてシルヴィアの手を握ったジャックは、ひ弱な小鳥にでも触れたような気持ちになった。ガートルード・アリソンは、パリにやってきたアメリカ人二人組について簡単に説明し、彼も一緒に座るよう促した。お邪魔ではないのかと彼はためらったが、何度も促され……「一杯奢らせてくれるのなら」と言って席に着いた。

「ジャックはカメラマンなのよ」ガートルードは説明した。「『ス・ソワール』の仕事は続けているの？」

「仕事をくれればね」素っ気なく彼は答えた。

ガートルードは女性たちのほうを向いて説明した。

「この人、幸せ者で、働かなくても食べていけるのよ」

「そこまではいかない」謙遜して彼は言った。

「でもね、こちらのご婦人方は」彼女はシルヴィアとルビーを指差した。「汗水垂らした屈強の労働者がお好みなのよ。二人ともマルクス主義、レーニン主義、他に何か主義があったかしら？……」

「トロツキー主義」シルヴィアがかすかに微笑み、こらえきれなくなって口を挟んだ。「私はトロツキストよ」

繰り返すその声にジャックは、優しいが断固たる調子を聞きつけた。

「シャワーを浴びながら《インターナショナル》を歌うのよね」ガートルード・アリソンがこう締めくくると、シルヴィアも含め、全員がリラックスして微笑んだ。

「素晴らしいことです」無関心を露わにしてジャックは言った。「強い信念を持った人が僕には羨ましい。しかし、政治の話は……」ここで彼は肩をすくめた。「シャワーを浴びながら歌う曲のほうが僕には興味がありますね……」

テーブルクロスが敷かれ、ジャックは皿とナイフ、フォークを全員に取り分けた。三〇分後、ガートルードとマリーは帰ったが、彼はもうしばらく二人の観光客に付き添い、別れ際、ちょうど翌日競馬の写真を撮る仕事が入っていたので、三人揃って競馬場へ行く約束を交わした。それに、もし他にすることがないというのなら、仕事の後、パリの夜を案内させてもらってもいい。

ジャック・モルナルの人柄、気前の良さ、愛車、パリの夜の過ごし方、モンパルナス通りからすぐ近くにあるボヘミアンのアパート、夜の締めくくりにそこで飲んだポルト、すべてがシルヴィア・アゲロフにはたまらない魅力であり、しかも、なぜかわからないが、この若者（二八歳と言っているが、明らかにもっと若いはずだ）がルビー・ウェイルより自分を好んでいるように思えて仕方がなかった。

翌朝、ジャックはトムの電話に起こされ、ラ・クポールで一緒に昼食をとることにした。アペリティフを飲みながら、ジャックはすべて予定どおりに進んでいることを説明し、あとはシルヴィア・アゲロフの下着を脱がすだけだと言った。効率よく事を運ぶためにはルビーをパリから遠ざけたほうがいいと告げると、トムはジョルジュにそう伝えると返事した。

「さて、食事にしよう。次にこうしてテーブルに着くのがいつになるか、まったくわからないからな」トムは灰皿の横に煙草を置いた。「オルロフが現れた」

ジャックは身構えた。トムは許されたことしか口外すまい。

「モントリオールにいて、アメリカ合衆国への入国ビザを求めている。パリに滞在中、合衆国人使館に我々の見張りが付いていることに気づいて、カナダ大使館へ行ったんだ。領事館も顔負けの数のパスポートを持っていて、全部正規品だからな……　すべてこの私が手配したものだ」

「なぜカナダにいることがわかったのですか？」

ウェイターが近寄って注文を取った。

「オルロフの野郎は世界一の厚顔無恥だ」トムの声には怒りと賞賛が入り混じっていた。「カナダへ逃れるや否や、スターリン同志とエジョフに声明を送り付け、取引を提案した。ソ連に残る母と義母に報復措置を取らないという条件で、合衆国諜報部には、餌を少しだけ与えて大事なことは何も喋らない、というんだ。もちろん奴は本当に大事な情報を握っている。何年もかけて積み上げてきた仕事も、あいつの一言でパーになる。二人の老婆と奴の妻、息子たち、そして奴自身に危害が及ぶようなことがあれば、すべてを暴露した声明がすでにニューヨークの銀行の金庫に保管してあるから、弁護士がそれを公表する、と言っている」

「モスクワの反応は？　本当に彼が取引を守ると思われているのですか？」

「モスクワの反応はわからないが、私は、奴なら取引を守ると思う。母と義母の命がかかっているし、その気になれば我々にだって奴の居所を突き止めることぐらい造作はない。まあ、エジョフのせいで最も狡賢《ずるがしこ》い鉄面皮の悪魔を我々は失ったわけだ。ベリヤは取引に応じるだろう」

「それで、メキシコでの作戦はどうなるのです？」

「事の成り行きが明らかになるまで作戦は中断だ。その間私は、スターリン同志の指示に従ってスペインでオルロフの尻ぬぐいだ」

「私はどうすればいいのですか？」

「相変わらずお前は希望の星だ。ゲームは始まったばかりで、最初の数手が決定打になることも多い……　シルヴィアを落とすんだ。あとは任せてくれ」

裸のジャック・モルナルを見つめながら、シルヴィア・アゲロフはおとぎ話に入り込んだような気分に浸っていた。キザな発想だとわかっていたが、他の見方は不可能だった。外交官の息子だというこの洗練された、知的な、美しい、世慣れた若者が、馬に乗った王子様でなくて何だというのだろう？　錆びついていたリビドーのバネがジャックの情熱に動かされて目覚め、ありとあらゆる官能の喜びを爆発させた彼女は、愛のない闘士生活を満たす唯一の支えだった政治の話題を今後いっさい口にしないと誓いさえした。

数日かけてパリ、シャルトル、ロワール河畔を回った後、週末はブリュッセルへ赴き、生家への案内を拒まれて一瞬だけむっとしたものの、ジャックが少年時代を過ごした場所を見ることができて、シルヴィアは満足だった。寛容な若者は、恋人にせがまれてバルビゾンへの案内を引き受け、崇拝するレフ・ダヴィドヴィチが三年前まで住んでいたという屋敷、フォンテーヌブローの端にある《ケル・モニーク》の見学に連れて行った。夜は高級レストランや、パリの知的ボヘミアンが集うカフェ（ジャックは、カフェ・ド・フロールの雰囲気に魅了されたシルヴィアに向かって、ジャン＝ポール・サルトル、アルベール・カミュ、シモーヌ・ド・ボーヴォワール、その他自称実存主義者たちが議論を交わすテーブルを指差し、ジェルニーズ・クラブでは、モーリス・シュヴァリエからテーブル二つ離れた席に彼女を座らせて、エディット・ピアフの歌声に聴き入った）を梯子した後、総仕上げはいつも、夜明け前に彼女の生命の真ん中を貫くジャック・モルナルの男根であり、数週間のうちに彼女は、男の指に導かれるままに動くマリオネットとなった。

栄光の日々を過ごすシルヴィアにとって、心配の種が一つだけあった。七月半ばにパリへ到着してすぐ、トロツキーの腹心の一人で、計画中の共産主義第四インターナショナルで中心的役割を担う予定だったルドルフ・クレメントが突然行方不明になり、フランスのトロツキストの間に激震が走ったのだ。トロツキーはメキシコからフランス警察に抗議の書簡を宛て、インターナショナルとトロツキズムを放棄する旨記したクレメントの手紙がソ連諜報部による見え透いた作り話にすぎないことを訴えた。八月二六日、惨殺されたクレメントの死体がセーヌ河岸で発見されると、シルヴィア・アゲロフは陰鬱に塞ぎ込み、パリ郊外のペリニーで開かれたトロツキー派のインターナショナル決起総会に通訳として出席するまで、その状態を抜け出すことができなかった。

その間トムは何度か束の間だけパリに姿を見せてジャックと会見し、感情面でも政治面でもシルヴィアの支えとなって、完全に彼女の心を摑むよう勧めた。

「一つ問題があります」クレメントの死体を洗っていたセーヌの水を見つめながらジャックは言った。「シルヴィアは一〇月に勤務先のハイスクールに戻ることになっています。帰していいのですか、それとも、引き留めたほうがいいですか？」

「オルロフはすでに合衆国に入っていて、どうやら取引を守るつもりらしい。だが、エジョフを追い出すまで、ベリヤはすべての作戦行動を中断している。女を引き留めて、関係を深めるほうがいいだろう。できるな？」ジャックは微笑み、煙草を川に投げ捨てながら頷いた。「シルヴィアが気にしないように、何か仕事をやるとしよう。自分で働いて稼いでくれるほうが好都合だ」

「心配は無用です。シルヴィアは問題を起こしたりはしません」

トムはジャック・モルナルを見つめて微笑んだ。

「たいした奴だ……ご褒美というわけじゃないが、前からしようと思っていた話をしてやろう。ウォッカでもどうだ？」

二人はリヴォリ通りを目指してシャトレ広場を横切り、少し前にポーランド系ユダヤ人が始めたウクライナ・ベラルーシのコーシェル料理専門レストラン――フランス人も尻込みするほど気前よく料理を提供するという――へ向かった。ウォッカが注がれるとトムは、注文は任せてくれと言ってジャックの同意を得た。きつい酒を二杯あおると、トムは煙草に火を点けた。

「脚の怪我の話ですか？」

「他にもいくつか話がある……足が悪いのは、デニーキンの白軍のコサック兵にやられたせいだ。サーベルを食らって、腱を切られた。一九二〇年のことで、私はバシュキナでチェーカーのボスだった。医者たちは二度と歩けないだろうと考えていたが、六カ月後には、このとおり時折足を引きずるだけの状態まで回復した……　その一年前に、社会革命党を離れてボリシェヴィキに加わっていたが、内戦の開始から赤軍に志願して、いつかチェーカーに入りたいとずっと思っていた。なぜかわかるか？　実は、チェーカーに入った友人から聞いた話にすっかり魅了されたんだ。彼らは神の鞭も同然で、法に縛られることもなく、年に二足もブーツを支給されるばかりか、煙草やソーセージまでふんだんに与えられるし、仕事に車まで使えるという。自分もその一員になってみると、それが本当だとわかった。いい靴も履けるし、特権も与えられるんだ！　だが、昇進は簡単ではないし、どうやって出世レースに勝ち残って、一年で地区のトップまで昇りつめたか、そんな話をするつもりはない……内戦が終わり、モスクワへ呼ばれて軍人学校を終えると、外国人部局に配属されることになった。そして一九二六年には、中国で蔣介石と組んだ。上海で反共クーデターが起こると、ソ連の軍事顧問は窮地に追い込まれ、狂犬病の犬のように次々と始末された。私のボスだったミハイル・ボロディンも、他の仲間とともに《中国人民の敵》というレッテルを貼られて投獄され、拷問にかけられた後に殺されることは目に見えていた。私は何とか彼らを救って国外に脱出させたが、中国人どもにソ連領事館を荒らされる事態を避けようと、上海へ戻ることにした……　それが高くついた。蔣介石の手下に半殺しにされたんだ。畜生《ブリャーチ》！……　幸い、中国人の友人に助けられ、藁を積んだ荷車に隠れて二二日間移動した末に、生きているのか死んでいるのかわからないような状態で国境まで到達した……　ボロディンと仲間を救ったというので、赤旗勲章をもらったよ……　だが、そのボロディンも《ソヴィエト人民の敵》として銃殺されたから、これも返上せねばなるまい」トムは悲しげに微笑んでウォッカをあおった。「体調が回復すると、すぐにここへ派遣され、西洋で任務に就くよう言い渡された。そこで起こった出来事は、すでにお前にも想像がつくだろう……」

「カリダッドと知り合った」話を聞きながらいつの間にかジャック・モルナルを見失っていたラモンが言った。

「今とは別人だった。私より七歳も年上で、本人は嫌がって、のたうち回って反抗していたが、一目で上流階級の人間だとわかった。私の気に入って、関係が始まった」

「それが今も続いている」

「ああ。当時の彼女はまだ何もわかっていなかったが、モーリス・トレーズの共産主義者と接近していた。そこに私が現れたわけだ……」

「おかげで入党したわけですね？」

「いずれにせよ入党していたことだろう。カリダッドは人生を変えたがっていて、自分の支えとなるイデオロギーを必死に求めていた」

「協力者だったのですか、それとも、実際に任務にあたったのですか？」

「一九三〇年以来我々に協力していたが、実働部隊に加わったのは一九三四年のことで、初めて任務を与えられたのは、アストゥリアスで鉱山労働者の反乱があった時のことだ……　ここまで説明すれば、今までお前にわからなかったことも見えてくるだろう」

ラモンは頷き、頭の中で当時のカリダッドの足取りを整理し直してみた。

「それで人民戦線の勝利とともにスペインへ戻り、現在はここパリにいる……　それとも、あなたの愛人だからですか？」

「スペインで働いてもらった後、今ここにいるのは、今回の作戦に彼女が有用だからということと、スペイン情勢が悪化の一途を辿っているからだ……　共和国は崩壊寸前だ。数日後には、ネグリンが不意打ちで国際旅団の解散を命じるだろう。あいつはまだイギリスやフランスの支援をあてにしていて、勝機があると思っているらしい。だが、イギリスもフランスもビビっていて、ヒトラーの顔色を窺うばかりだから、スペインにはびた一文払うまい。こんな話をしてすまないが、お前に無駄な希望を持ってほしいとは思わない。もう勝ち目はない。ネグリンの望むヨーロッパ大戦が始まらないかぎり、持ちこたえることはできない」

「ソ連はこれ以上支援をしないのですか？」

「もはや武器の問題ではなくなっている。もちろん我々とて、武器を浪費するゆとりはないがな。全ヨーロッパがそっぽを向いているんだ。それに共和国内での士気もガタ落ちだ。フランコが腹を括ってバルセロナに進軍すれば、それで一巻の終わりだろう」

トムがすべて正直に話していることは明らかで、ラモンは、国の命運について議論をふっかけてみすみす相手にたしなめられるような真似はやめておくことにした。体の内側に巣食う怒りに駆られたが、別の話題を持ち出してやり過ごすことにした。

「モスクワにも一人女がいるのでしょう？」

トムは微笑んだ。

「一人じゃない、二人だ……」

「私を選んだのは、カリダッドの息子だからですか？」

トムは数秒間じっと黙っていた。

「違うと言ったら信じるのか？……初めてお前を見た時から、ただ者ではないことが私にはわかった。長年お前を見ているが……いつも虫の知らせを感じていた。だから、隠密行動にふさわしいスペイン人が必要だとオルロフに言われた時には、お前こそ最適の人物だと真っ先に思いついた。だが、どうしたわけか、オルロフにも他の同志にもお前の話はしなかった。今思えば、お前の価値をよくわかっていたからこそ黙っていたのだろう……」

自分が種馬のように選ばれたことを名誉に思うべきか侮辱と受け止めるべきか、ラモンにはわからなかった。それに、カリダッドの存在がトムの話全体に暗い影を投げていた。それでも、自分の能力によって大事件の震源地にいられるのかと思うと、熱い喜びがこみ上げてきた。

「可能なら、もう一つ教えてください。ただの好奇心ですが……」

「余計なことは知らないほうが身のためだぞ」

「いえ、その……　いつかあなたの本名を教えてもらえるのですか?」

トムは微笑み、前菜に出されたエンパナーダをウォッカとともに飲み込みながら、目の前の相手をじっと見つめた。

「名前とはいったい何だ、ジャック?　それとも、ラモンに戻ったのか?……　お前の好きな犬にも名前はあるが、だからどうだというんだ?　犬にかわりはあるまい。昨日の私はグリゴリエフ、その前はコトフだったが、今は、ここではトム、ニューヨークではロバーツだ……　ルビャンカで何と呼ばれていたか教えてやろうか?……　レオニード・アレクサンドロヴィチだ。本名を知られると私がユダヤ人だとわかってしまうから、この名前にしたんだ。ロシアでユダヤ人は嫌がられるからな……　私は同じ人間でありながら刻々と姿を変える。私はその全員であって誰でもない。夢の実現に向けた闘争においては、私などささやかなその他大勢の一人でしかない。一人の人間、一つの名前など何の意味もない……　いいか、チェーカーに入ってすぐ叩き込まれた重要なことを教えてやろう。代わりのいない人間などいない、それだ。個人とは唯一無二の存在ではなく、何人も集まって大衆という実体を形成する概念にすぎない。個としての人間は神聖ではなく、不可欠でもない。だから我々はあらゆる宗教と闘ってきたし、人間は神に似せて作られたなどと戯言《ざれごと》をぬかすキリスト教には、とりわけ強く反対してきた。おかげで我々は冷酷になり、慈悲心に繋がる同情の気持ちと無縁でいられるんだ。罪など存在しない。その意味がわかるか?……　私もお前も本名など持たないほうがいいし、本名があること自体、忘れたほうが身のためだ。イヴァン、フョードル、レオニード?　どれも同じ、まったく無意味だ。《名は忌まわしきものなり《ノミナ・オディオサ・スント》》大事なのは夢であって、人間ではなく、ましてや名前ではない。大事な人間などおらず、誰にだって代わりはいるんだ……　仮にお前が革命の栄誉に与《あずか》るとしても、それは本名とは関係ない。もはや二度と本名を持つことはないかもしれない。だが、お前は人類史上最も偉大な夢の実現に大きな役割を果たすことになるだろう」そして彼はウォッカのグラスを持ち上げて乾杯の仕草をした。「名もなき者たちに乾杯！」

　ドアを開けた途端、何か不幸が起こったような予感に囚われた。弟ルイスのことが頭をよぎり、作戦中止の命令が出たのではないか、ジャック・モルナルが不要になるのではないか、そんなことまで考えた。六カ月前から彼女と顔を合わせておらず、おかげで気楽に過ごせていた。まるで前夜夕食を共にしたとでもいわんばかりの表情で微笑むカリダッドを見て、彼はようやく安堵した。シャワーを浴びたばかりで裸の上半身を眺めながら、彼女は唇の端に煙草を差し込んだ。

「未完成の美《マラグアニャダ・バリエザ》！」カリダッドはカタルーニャ語で言うと、タオルを肩に掛けただけの息子の乳首に触れ、アパートに上がり込んだ。

　不意を突かれて鳥肌が立ったが、ラモンは怒りと気後れを抑えてできるだけ丁重にカリダッドの熱い手を払いのけた。

「ここで何をしているんだ？　言っただろう、ここへは……」思わず彼もカタルーニャ語で話していた。

「彼に言われたのよ。何がよくて、何がいけないのかは、あんたより私のほうがよくわかっているわ」

　パリで彼女と会ったのは一度きりだったが、その時以来、数カ月でカリダッドは別人になっていた。バルセロナを闊歩していた彼女は、弾薬帯を体に巻いた雌雄同体の共和国軍志願兵であり、パリに到着した当初は、体にぴったりした服を着て、クロコダイルの靴を履いていても、依然としてそのイメージを払拭できずにいたが、今や遥か昔に舞い戻ったかのようだった。色を明るくして軽くウェーブさせた髪に合わせてさりげなくお洒落に着飾ったその姿は、ブルジョア階級のボヘミアンそのものだった。顔には化粧をして、爪を伸ばし、高級な香水の香りを漂わせていた。昔ながらにハイヒールの靴を見事に履きこなし、煙草の吸い方まですっかり変わっていた。その姿を前にジャックは、何年も前にラモンが見ていたカリダッド、挫折して自殺まで考えるほど落ち込む前の彼女の名残を認めたように思った。

「トロツキー派のトカゲとはうまくいってるの?」首から肩を覆っていたシルクのスカーフをとりながら彼女はカタルーニャ語で続けた。落ち着いた動きで革椅子の一つに腰を下ろすと、窓ガラス越しにラスパイユ大通りの黄ばみ始めた木々の樹冠を眺めやった。

「計算どおりだ」ラモンはそう言って寝室に入り、サテンのガウンを探した。

「コーヒーを淹れてちょうだい」

彼は黙ったままキッチンへ入り、飲みかけのコーヒーを火にかけた。

「トムからの指示は?」キッチンから彼は訊いた。

「まだスペインを離れられないから、私に伝言を頼んだのよ……」

「それで、ジョルジュは?」

「モスクワにいるわ」

「エジョフに呼び戻されたのか?」ラモンが広間を覗くと、煙草とライターを手にしたカリダッドは、まるでガラスに話しかけでもするようにじっと窓を見つめていた。

「エジョフは金輪際人を呼び戻すことなんかないわ。外されたのよ。今はベリヤが指揮を執っているわ」

「いつから?」ラモンは広間のほうへ一歩踏み出し、コーヒーを気にしながらカリダッドの話に耳を傾けた。

「一週間前。いつ作戦が始動してもおかしくないから、あんたに伝えておくようトムに言われたのよ。ベリヤがエジョフの尻拭いを終えたら、すぐにスターリン同志の指令が出て、私たちも本格的に動き出すことになるわ。マンクが戻ってきたらもっといろいろわかるはず……」

ラモンは筋肉に力が戻ってくるのがわかった。願ってもない知らせだ。

「オルロフについては?」

「ワシントンでごちゃごちゃほざいているわ。まだいろいろ爆弾を隠しているけど、私たちには関係ない。すでにメキシコに入っていた同志を引き上げさせたのは、結局のところあいつが原因ではなかったのよ」

「スペイン人たちのことか?」

カリダッドは答える前に煙草に火を点けた。

「ええ。エジョフのおかげで、ニューヨークとメキシコを繋いでいた者たちがほとんど無用になった。厄介な話だわ……」

裏切り、脱走、粛清、真偽の定かでない危険の交錯する新たなジグソーパズルのなかで、自分がどんなピースとなるのかラモンは考えてみたが、いつもどおり、自分の無力さを痛感するばかりだった。モスクワから発せられる最終決定には、複雑な要因が絡まり合いすぎており、トムにさえその細部までは摑めていないのかもしれなかった。トムに再三言われてきたように、裏切り行為に足元をすくわれないため節度をわきまえるべし、今一度そう自分に言い聞かせるしかなかった。とはいえ、様々な緊張が混在するなかではっきりと感じられたのは、トムの言うとおり、自分たちの行動の重要性が次第に高まっているということだった。責任の重みに対する不安に、偉大なる使命に近づきつつある喜びが混じり、なんとも摑みどころのない感覚だった。ラモンは火を止めてカップにコーヒーを注いだ。

「それで、トムは? まだスペインにとどまるのか?」彼はフランス語で訊いた。

「当面はね」彼女はカタルーニャ語で話し続けていた。「もうたいしてすることもないけれど、最後まで見届けねばならないのよ。ネグリンは彼といがみ合っているけれど、彼の助けを必要としている…… 共和国軍は退却するばかり。スペインはもう終わりよ、ラモン」

「それを言うな、ちくしょうめ！」またもや彼はフランス語で叫び、コーヒーが受け皿にこぼれた。「それに、カタルーニャ語はもうたくさん！」

　カリダッドは黙り、彼は次第に落ち着きを取り戻していった。数週間前に国境を越えて共和国軍に加わったルイスのことが気になっていて、スペインの話を聞いて不安が募ったのか、あるいは、わざわざ過去を引っ掻き回してジャック・モルナルを消し去ろうとする母の執拗な意地悪に苛立ったのか、自分でもわからなかった。コーヒーを注ぎ終えると、ラモンはカップを二つ盆に乗せて広間へ入っていった。そしてガウンの前が開かないように注意しながら母の前に座った。

「今後の展開について、トムの意見は？」

「フランコ軍はカタルーニャへ攻め込み」今度はスペイン語で答えが返ってきた。「共和国軍にこれを撥ねつける力はない。臆病なフランスと忌々しいイギリスがヒトラー、ムッソリーニと手を組んだことで、チェコスロバキアばかりかスペインも一巻の終わり。もはや誰も助けてはくれない……　一巻の終わり、本当に一巻の終わりよ……」

「ソ連はどうするんだ？」

「何もできない。今スペインへ踏み込めば、戦争が始まってソ連まで崩壊してしまう……」

　ラモンはカリダッドの説明に耳を傾けた。確かにそのとおりだとは思ったが、ヒトラーがチェコスロバキアを飲み込み、フランコの全面支援に乗り出しているというのに、ソ連がここで撤退するという事態を黙って受け入れるのは辛すぎる。ソ連にとっては、共和国を犠牲にするしか選択肢はないのかもしれないが、それはあまりに残酷な現実だった。少なくとも党はその路線を受け入れており、情熱の花《パシオナリア》ことドローレス・イバルリまでもが、共和国が敗れる運命ならそれも仕方がないと言っているという。共産主義の祖国、ソ連まで巻き添えにするわけにはいかない……　だが、共産主義者であれ、単なる共和派であれ、二年半ものあいだ一途な服従心で戦ってきた者たちはいったいどうなるのだ？　フランコに制圧されたバルセロナで、カタルーニャ人はどんな目に遭うのだ？　若いルイスは今頃どこで戦っているのだろう？　ラモンはすべての質問をぐっと飲み込んだ。カリダッドがコーヒーを飲み終えてカップを盆に戻す様子をしばらく眺めていた後、彼も身を乗り出してコーヒーに口をつけた。すっかり冷めていた。

「スペインの話題は避けるようトムに言われている。ジャックには関係のない話だからね」ラモンはなんとか平静を取り戻そうとした。

「ジャックだって新聞ぐらい読むでしょう？　スターリンはフランスやイギリスと同じくヒトラーと手を組むつもりだとか、そんなことをトロツキストの恋人にぶちまけられたら、ジャックは何と言い返すわけ？　あの歪んだ背教者はバカバカしいビュルタンにそんなことばかり書いているじゃないの」

「ジャックは同じことを言うだけださ。そんな話は知ったことじゃない、とね」

刺すように辛辣なカリダッドの緑色の視線はいつも彼を震え上がらせた。

「気をつけなさいよ。あの女は熱狂的信者で、トロツキーを神のように崇めているんだから」

ジャックは顔に笑みを浮かべた。カリダッドを打ちのめす切り札が彼の手にはあった。

「大間違いだ。彼女が崇めているのはこの僕で、トロツキーはせいぜい預言者でしかない」

「ずいぶん狡猾な鉄面皮になったものね」微笑みながら彼女は言った。

カリダッドは立ち上がり、肩にスカーフを掛けた。帰ってほしいような、ほしくないような、そんな思いにラモンは囚われた。再びこうしてカタルーニャ語で言葉を交わしてみると、自ら封印していた場所へ舞い戻るような気分であり、いけないとわかってはいたが、自分を取り戻したような心地よさがあった。それに、カリダッドはモンセと連絡を取っているらしかったし、弟のルイスのことはもちろん、アフリカのことも何か知っているかもしれない。だが、ここで誘惑に屈して弱みを見せてはいけない。ようやく、生まれて初めて彼女より優位に立てたのだから、みすみすその喜びを手放すことはない。

　カリダッドの訪問を受けて、いずれモスクワから届く指令については期待を新たにしたものの、共和国の夢が潰えたことで、彼の内側には苦々しい思いが残り、ジャック・モルナルがどれほど頑張っても、これをラモン・メルカデールの頭から振り払うことはできなかった。そのせいで、一二月初旬のあの日の午後、シルヴィアと会って、国際旅団としてスペインで戦った後に共和国政府に解散を命じられてパリへ送られてきたアメリカ人義勇兵との面会に付き合ってほしい、と言われた時には、鉄の自制心でラモンの情熱を抑えつけねばならなかった。

「それが僕と何の関係があるというんだい？」露骨に嫌そうな顔をして彼は言った。

　意外な反応にむっとしたらしいシルヴィアは説得に乗り出した。

「ファシズムと戦った人たちよ、ジャック。多くの点で私とは異なる意見を持つ人たちだけど、敬意と賞賛に値すると思うわ。大半は行進の仕方すら知らないままスペインへ行ったのに、私たちみんなのために立派に戦ったのよ」

「別に僕はそんなこと頼んでいない」何とか彼はこれだけ言った。

「頼まれたいとも思わなかったでしょうね。でも、みんなスペインの動向が世界を大きく左右するとわかっていて、ファシズムという共通の敵に立ち向かったのよ。あなたの敵でもあるんだから」

　すでに冬本番で、空気が身を切るように冷たく、ジャックは彼女の腕を取ってカフェに入った。離れたところにあるテーブルに着いて、ウェイターが近寄るのも待たずにジャックは大声で言った。

「コーヒーを二つ！」そしてシルヴィアを見据えた。「何の話だったかな？」

　女は気温の変化で曇った眼鏡を外し、スカートの裾でレンズを拭った。その瞬間ジャックは、自分で自分のことが怖くなった。誰が誰のために戦っているか、そんな説教を垂れるこの愚かな間抜け女が、なんと醜いことか。こんな気色悪い女のそばでいったいいつまで耐えられるだろうか？

「ごめんなさい。そんなつもりじゃ……」

「どうかな……」

「でも、本当に大事なことなのよ。スペインに世界の未来がかかっているというのに、またもやスターリンはヒトラーとファシズムの暴挙に目をつぶろうとしているの。スペインで革命が起こっていれば誰もが救われたのに、スターリンはそれを潰してしまった……」

「いったい何の話だい?」ジャックは問いを発したが、すぐその過ちに気づいた。

シルヴィアの話などジャックには興味がない、それだけだと自分に言い聞かせて彼は落ち着きを取り戻した。忌々しい糾弾もシルヴィア・アゲロフの醜さもさらりと受け流さねばならない。コーヒーが運ばれ、中断のおかげで彼は完全に自分を取り戻した。

「シルヴィア、君が行きたいというのなら、行って人類の救世主たちとスターリンや親愛なるトロツキー氏の話でもしてくればいいさ。それは君の勝手だ。だけど、僕を巻き込まないでくれ。僕には興味のない話だ。いい加減にわかってくれよ」

女は縮こまり、長い間ずっと黙っていた。ようやくジャックはコーヒーに口をつけた。二カ月前、いつでもどこでも政治の話題を持ち出すシルヴィアが、恋人たちの間に初めて深刻な喧嘩を引き起こした。あれはペリニーに住むトロツキストのアルフレッド・ロスメルを一緒に訪ねて行った日の午後のことであり、トロツキー主義インターナショナルの誕生、というより《流産》と彼女自身が認めた会合に、シルヴィアは秘書として参加していたのだった。パリへ戻る道中ラモンは、さんざん彼女を叱りつけて二度と政治の話題を持ち出さないことを約束させたうえで、これがチャンスとばかり、新学期に合わせてニューヨークへ帰る予定を変更させ、正式な婚約――シルヴィアの首に縄をかけるに等しかった――の可能性までちらつかせた。だが、またもや政治的情熱に飲まれてしまったシルヴィアは、おずおずと恋人の顔色を窺いながら呟いた。

「ええ。わかってくれてありがとう。でも、あなたが行かないのなら私も行かない」

ジャックは微笑んだ。またもや水は引いた。これで彼の優位は確固たるものとなり、このみすぼらしい女をどれほど辛い目に遭わせてもかまいはしない、それどころか、残酷になればなるほど喜びは増すことだろう。自分の人格に残酷な側面が隠れていたことを痛感した彼は、相手の意志を挫き、恐怖を吹き込み、ひれ伏すまで痛めつける自分を想像して悦に入った。カリダッドにもいつか同じことをしてやれるだろうか？　そう思ったところで彼は、名前や祖国などなくとも、自分は憎しみや信念ばかりか力まで備えた男なのであり、好きな時にこれをふりかざすことができるのだ、と思い至った。

「いや、君が行きたいなら行ってくれたほうがいい」満足した彼は寛容に言った。「僕は両親にクリスマスプレゼントを買わなきゃいけない。君は何が欲しい？」

シルヴィアはほっと息をついた。彼を見つめる近眼の目には感謝と愛情が浮かんでいた。

「私のことなんか気にしなくてもいいわ」

「何かあっと驚くようなものを考えておくよ」そう言ってテーブルの上で彼女の手に自分の手を重ね、相手の顔を自分のほうへ引き寄せながら唇にキスした。

ジャックには女の心が感激で揺れているのがわかり、力の入れすぎに気をつけねばならないと自分に言い聞かせた。行き過ぎで相手の息の根を止めてはいけない。

それから二年も経たないうちにラモン・メルカデールが思い知ることになるのは、一九三八年末から一九三九年一月にまたがる辛い数週間に味わった心理的耐久テストが、人生の最も危機的な瞬間に体験することになる苦痛、全身全霊を懸けて崩壊の崖っぷちで耐えねばならない苦痛に較べれば、単なる愚かしいリハーサルでしかない、という事実だった。

一二月、スペインからは断続的にニュースが届き、事態の深刻さが浮き彫りになっていったが、そんななかでも、ジャック・モルナルは禁欲的な態度で政治から距離をとり続けた。目の前で政治問題が持ち上がると、以前にも増して激しい拒絶反応を示し、一度など、集まった者たちが執拗に何度も内戦、ファシズム、フランス政治という愚かしいテーマを蒸し返すので、席を立って出て行ったこともあった。

だが、アパートで一人になると、スペイン情勢に触れた記事を探して新聞を読み漁り、闇夜に希望の光を求めるようにしてラジオのニュース番組にかじりついた。だが、入ってくるニュースはすべて、心の希望を突き刺す刃物に等しかった。そして彼は抑えていた怒りと無力感をぶちまけ、悪態交じりに家具に八つ当たりしながら復讐を誓った。ヒステリーのように感情を爆発させた後、彼は意気消沈してうなだれ、ラモンの情熱に対するジャック・モルナルの弱さを思い知らされることになったが、それでも、ファシズム、ブルジョア、プロレタリアの理想に対する裏切り、そんなものをすべて軽蔑する自分の存在を確かめることができた。腰抜けのスペイン政治と混乱のなかで人民軍の残党とともに戦いを続ける弟ルイスと入れ替わりたい、そんな暗い欲望が彼の頭から離れず、いつかまた武器を取って敵と戦う時がくれば、公平な世界を打ち立てる夢を今打ち砕きつつある敵どもに負けず劣らず残虐で容赦ない手段に訴えてやろう、そんなことを心に誓った。

トムから何の知らせもないことが彼の不安に拍車をかけた。命知らずでいつも危ない橋を渡る彼の身を案じずにはいられなかった。彼が殺されたり、スペインで捕虜になったりすれば、すでに頓挫した作戦行動と同じく、これまでの努力と計画も水の泡になってしまう。また、シルヴィアの帰国が迫っていることも憂慮の一つだった。彼女は二月の第二週には仕事に復帰せねばならず、一日が出発の日と決まっていた。ちょっと圧力をかければシルヴィアを思いとどまらせるぐらい造作もないことはジャックにもわかっていたが、今しばらくシルヴィアとの関係を続けねばならないとなれば、それなりの心構えが必要であり、甘ったるい女を相手にしているうちに、いつか自分の怒りが爆発してしまうのではないかと心配でならなかった。

一月第二週、ジョルジュ・マンクが戻ってきたおかげで、ジャック・モルナルの焦慮は多少和らいだ。モンパルナス墓地で会おうと言われたジャックは、ソ連人は理解しがたい人種だとつくづく思った。前日から猛烈な雪になり、当日はその冬一番の冷え込みになりそうだった。

予め伝えられていたとおり、マンクはアヴェニュー・ド・ルエスト第七区画にあるサン・ドンニーノ侯ダシュリー王子とマダム・ヴィエズの墓の前で待っていた。積もった雪が氷のようになって道の表面に固まっており、注意して歩かねばならなかった。一面真っ白に染まった墓地には当然ながらまったく人気がなく、王子の墓を引き立てる二頭のライオンに挟まれるようにして立ったマンクの黒い影を認めると、こんな寒い日にこんな場所で会うほど怪しいことはないようにジャックには思われた。

「おはよう、ジャック君」

「おはようですか？　どこか温かいところでコーヒーでも飲むほうがよくはありませんか？」

「私は墓地が大好きでね。ずいぶん前から、誰が誰かもわからなければ、何が真実で何が嘘か、誰がいつまで生きていられるかもわからない世界に生きているせいかな……　少なくともここにいれば、確かな、最も確かなものに囲まれているような気分に浸ることができる……　それに、こんなのは本物の寒さじゃない……」

「しかし、ジョルジュ、なぜまたこんなところで？」

「トロツキーとナターリヤ・セドーヴァが知り合った頃は、二人でよくここへ来て、ボードレールの墓の前であの大詩人の詩を読んでいたそうじゃないか」

「こんなに寒い日もですか？」

「ボードレールの墓はすぐそばだ。見ていくか？」

二人は冷え切った墓地を後にしてダンフェール・ロシュロー広場へ向かい、ジャックがかつて行ったことのあるカフェに入った。屋内でもまだ内側から寒さが込み上げてくるような気がして、ジャックはコートを着たままでいた。

マンクはベリヤ直々に言い渡された指令を携えて四日前に戻っていたのだった。また、当然ながら、パリのソ連大使館にもトムがスペインから送った指示が届いていた。

「トムはどうしているのですか？　フランスは国境閉鎖をちらつかせていますよ」

「トムには関係ない。あいつはいつでも出られる」

「指令の内容は？　私はどうすればいいのです？　シルヴィアを行かせていいのですか？」

「ああ、いったん帰国させろ。だが、ちゃんと鼻輪をつけておけよ。結婚の約束をしてかまわない」

これを聞いてジャックは安堵に胸を撫で下ろした。

「何と伝えればいいですか？　《アメリカへ会いに行く》でいいですか、あるいは、《夏にまた会いに来てくれ》と言えばいいですか？」

「確実なことは何も言わなくていい。追って手紙で知らせるとだけ言っておけ。モスクワからの指令は、明日届くかもしれないし、六カ月後になるかもしれないが、とにかく準備をしておかねばならない。トムが戻ったところで始動することになるだろう。ベリヤはトム一人に任務を託すつもりだ。スターリンの命令だからな。そうそう、彼自身が作戦の名前まで考えたそうだ。《ウトカ》だ」

「ウトカ？」

「ウトカ、つまり鴨だな……　鴨を撃つにはどんな手を使ってもかまわない。食べ物や水に毒を盛る、家か車に爆弾を仕掛ける、首を絞める、背中から刺す、頭を殴る、うなじを撃つ、何でもいい」マンクは息を継いで締めくくった。「武装集団による襲撃とか、空からの爆弾投下とか、そんな話も出たほどだ」

ジャックは自分が盤面のどこに置かれることになるのか考えた。ようやく構図が見え始めてきたことは確かだったが、なぜこれほど緩慢にしか作戦が進まないのか、合点がいかなかった。

「エジョフが失脚した時、モスクワではどんな反応があったのですか?」

マンクは顔に笑みを浮かべて紅茶を啜《すす》った。

「別に何も。モスクワでは誰もそんなことを取沙汰したりはしない。みんなエジョフに怯え切っていたから、立ち直るまでまだかなりの時間が必要だろう」

ジャックは広場のほうへ視線を移した。寒いなか、シルヴィアの待つアパートまで戻るのは億劫《おっくう》だった。何か行動が必要だった。今この瞬間、アフリカはどこにいるのだろう? 弟ルイスは何をしているのだろう? トムはどんな冒険に巻き込まれていることだろう? それにひきかえ、彼にできることといえば、恋人の出発を悲しむ男の役回りを演じながらじっと待つことだけだった。

「次はいつ会うことになりますか?」

「何もなければトムが戻ってからだな。何か急ぎの相談があれば、墓地まで探しに来てくれ。私はいつもあそこにいる」

シルヴィアが出発する前の数日間、ジャックの振る舞いは、マラホフカの指導者ホセフィノとシセロンをもうならせたであろうほど非の打ち所がなかった。脱力感、そして、こんな茶番への拒絶反応を必死にこらえて、しばらく女と離れていられるという安堵だけを頼みにまめまめしく気を配り、シルヴィアやその姉妹にせっせとプレゼントを買うばかりか、毎日立派にセックスまでこなしたせいで、彼女は歓喜に恍惚としてニューヨークへ帰って行った。とりあえず任務を終えたジャックは、たとえしばらくの間であれ自由を取り戻すことができて、幸福を味わった。

だが、スペインから届くニュースは内戦の痛ましい最期の喘ぎばかりだった。どうやらバルセロナの陥落が終幕らしく、フランコが歓声を浴びながら入場したという報道を聞いて、ラモン・メルカデールは陰鬱な気分になった。一月末からフランスの新聞各紙は、警戒感の程度に差はあれ、敗走する兵士、士官、政治家の様子や、報復を恐れて必死に国境へ殺到する一般市民の姿を報じていた。その数は何十万にも及ぶと伝えられ、着の身着のままで腹を空かせて押し寄せる群衆を前に、治安部隊が対応できるかどうか、そもそんな大人数をフランスが受け入れられるかどうか、それすらわからない状態だという。厚顔無恥な政治家のなかには、いつ終わるとも知れぬまま難民を受け入れて食事と服を与えねばならない事態になるぐらいなら、始めから内戦に勝てるよう共和国を支援したほうがよかったのではないか、そんなことを言い出す者まで現れる始末だった。他方、右翼系の新聞は声高に解決策を唱えていた。難民は植民地へ送ればいい。ギアナでもコンゴでもセネガルでも人手不足に喘いでいるのだから。

ラモンの情熱に衝き動かされたジャック・モルナルは、規律違反の危険を冒してでもこの無気力状態を断ち切らねばならないと思った。スペインに関するすべてから距離を置けと厳格に命じられていた以上、見つかれば厳しい処分を受けることはわかっていたが、これ以上怒りと無力感に耐えることはできなかった。それに、トムはまだ戻っていなかったし、仮に戻って来たとしても、知られるはずはない。二月六日、彼はカメラとジャーナリストの身分証明書を持って車に乗り込み、最も多く難民が集まっているという国境の町ル・ペルテュに向かった。

八日正午頃、ベルギー人ジャーナリストのジャック・モルナルは、軍士官とフランス警察の許すぎりぎりの地点まで到達したが、そこで彼を迎えたのは敗北の邪気だった。記者たちの陣取る小高い丘へ登ってみると、ようやくフランス領内に入った難民たちが、監視と検問を任されたセネガル・コンゴ兵に導かれて羊の群れのように移動しており、自分のほうを見上げる者など誰もいないことがわかった。その場に漂う悲壮感は想像以上だった。みすぼらしい毛布を被った人の波がゆっくりと前進し、わずかばかりの車や、痩せこけた馬に牽かれたおんぼろの荷車で押し合いへし合いする者もいれば、全財産を詰め込んだトランクやずだ袋を引きずって歩く者もあり、いずれも、兵士たちが叱責の表情と脅しの棍棒を添えて怒鳴り立てる意味不明のフランス語に黙って従っていた。生きるという意志だけに支えられて、まさに聖書的脱出に乗り出した彼らは、大きな挫折と喪失感に打ちのめされており、その目からはすでに威厳さえも消えていた。ジャックにもわかったとおり、彼らの多くは、共和国の勝利を歌と踊りで歓迎し、バルセロナで定期的に張られたバリケードに様々な動機で立てこもり、勝利や革命や民主主義や正義を夢見て、時に容赦なく革命の暴力を行使することも辞さなかった者たちなのだ。敗北とともに流浪の民となった彼らには、もはやすがるべき夢もなくなっていた。多くが人民軍の制服を着ており、武器の引き渡しを終えて黙ったままセネガル人の指示（「下がれ《ルキュレ》！　下がれ《ルキュレ》！」少しばかり権力を握って嬉しそうなアフリカ人たちが繰り返していた）に従う彼らには、敗北のなかで強がりを見せる気持ちは微塵もないようだった。フィゲーレスから着いたばかりだというイギリス人記者の話によれば、スペインから逃れてきた子供たちの多くは肺炎を患っており、早急に治療を受けなければ大半が死んでしまうという。だが、兵士たちの受けていた指示は、まず武器を取り上げたうえで、有刺鉄線で囲った野営地に老若男女すべての難民を誘導せよ、それだけであり、新たな決定が下るまで、難民たちはそこにいるよりほかなかった。ジャックは息が詰まるような感覚に囚われ、視界が涙に曇っても驚きはしなかった。いったん踵を返して遠ざかり、心を落ち着けようとした。考え、頭を整理しようと努め、予想された敗北とはいえ、これで最後ではない、そう自分に言い聞かせた。革命に逆境は付き物で、今こそ次の攻撃に備えねばならない。この哀れな人々、そして約半年に及ぶ内戦で――弟パブロも含め――命を落とした人々の受難は、最終的に世界プロレタリアの栄光の勝利へと繋がる歴史の祭壇に捧げられたちっぽけな供物にすぎないのだ。挫折の時こそ、未来と闘争への希望に心を集中せねばならない。だが、いくらスローガンを唱えてみても心は静まらず、辛い午後のいつの時点からかジャック・モルナルは意識の片隅に消え、再び彼はスペイン共産党員ラモン・メルカデール・デル・リオに戻っていた。そして、革命家とファシスト、搾取する者とされる者に整然と分断されつつあるこの無慈悲な世界にあって、少なくともラモンには果たすべき大きな使命があり、こんな場面を目にしても、彼の意志は挫けるどころかより強固になることがわかって満足感を覚えた。憎しみは募り、すでに完全武装を始めている。《私はラモン・メルカデール、憎しみに満ちた男！》彼は自分の内側に向かって叫んだ。我に返り、彼の自信を砕こうとする敗北のみすぼらしい素顔にもう一度だけ目をやってみると、カメラが動いたような気がして、愚かなジャック・モルナルはこの難破の写真を一枚も撮っていなかったことに思い至った。その瞬間、一人のフランス人ジャーナリストが吐き捨てるように呟いた言葉がラモンの微笑みを歪めた。

「恥知らずどもめ！　負けておめおめとここまで逃げて来るとは！」

ラモンは渾身の力を込めてこの男の顔を殴った。折れた四本の歯のうち、二本は湿った地面に落ち、二本は不運なジャーナリストの胃に消えた。男は、いったいどんな恐ろしいことを言ったせいであの狂人――突風のように瞬く間に姿を消した――の怒りを買ったのだろうと、生涯問い続けることだろう。

18

それまでくぐり抜けてきた数多くの闘争のなかで、最も厳しい体験として彼の記憶に残っているのはどれだろうか？　ボリシェヴィキとメンシェヴィキに分裂した日々のレーニンとの闘争だろうか？　革命の成否がかかっていた一九一七年の緊張に満ちた激戦だろうか？　常に兄弟殺しを伴う内戦下の気狂いじみた闘争だろうか？　党の主導権をめぐるさもしい後継者争いだろうか？　追放と疎外の日々に直面する政治的・肉体的生存競争だろうか？　最も手強い敵は誰だっただろう？　レーニンか、プレハーノフか、それともスターリンだろうか？　筆を執る気が起こらぬまま真っ白い紙を見つめながら、レフ・ダヴィドヴィチは考えていた。いや、今直面しているもっと本質的な葛藤に較べれば、どんな厳しい闘争も強敵も色褪せて見える。

ナターリヤが《青の家》を去ったところで、運動が必要という理由で彼もサン・ミゲル・レグラ丘の麓の小屋にボディーガードとともにこもったが、実は彼が本当に必要としていたのは、《青の家》と距離を置いて、絶望と羞恥心に満ちた孤独とともに自己を見つめ直すことだった。何とか体よく妻との縒《よ》りを戻したいところだったが、その至上命題を達成するためには、何よりまず自尊心を犠牲にせねばならないことが明らかだった。

それまで感じなかった罪の意識に苛まれ始めたのは、ナターリヤを傷つけたからばかりではなかった。一九三七年の忌まわしき七月、長年慕っていた二人の友人がスターリンの狂乱によって葬り去られたというのに、甦ったリビドーの泡に飲まれていた彼は、いかにしてディエゴとナターリヤの目を欺《あざむ》くか、それればかり考えて必死に知恵を絞り、《青の家》を抜け出しては、逢引の場所となっていたリナレス通りのクリスティーナ・カーロの家までフリーダに会いに行った。レフ・ダヴィドヴィチの熱に浮かされた頭脳が何か妙案を思いつくたびに――狩りや釣り、山道の散策から、自分の目で見なければわからない資料の調達まで、ありとあらゆる口実を使った――、約束を取りまとめるのはヴァン・エジュノールやボディーガードの役目だった。彼の支持者にとっては気が気でない状況であり、家を抜け出すたびに彼の身が大きな危険に晒されるのはもちろんだが、それがスキャンダル間違いなしの情事となれば、夫婦関係を破綻させかねないばかりか、《青の家》に手厚く迎えられた革命家の威信を傷つけかねないし、リベラの激昂を引き起こす可能性もあった……だが、偏見に囚われないフリーダとの活発な性交渉によって、五七歳にして思いもよらぬ活力に衝き動かされていた彼は、周りのことなど気にすることなく思う存分欲望を発散しようと心に決めていた。性欲の虜となっていたこの日々ほどレフ・ダヴィドヴィチの精神状態が狂っていたことはついぞなく、鏡で顔を見ても、それが自分でありながら赤の他人のように見えたほどだった。

六月一一日、フリーダと朝の逢引を終えた後の午後、彼はスターリンとの関係で最も暗い挿話の一つを何としても書き終えてしまおうと思った。すなわち、ちょうど三〇年前の一九〇七年、記録によればロンドンで初めて二人が顔を合わせたとされる――後の対立の序章となったかもしれない――日の顛末だった。すでに夫の深い裏切りを嗅ぎつけていたナターリヤは、静かに彼の部屋へ入っていくと、何も言わず、執筆中の紙の上にそっと新聞を置いて立ち去った。視線を上げることなく見出しに目を走らせたレフ・ダヴィドヴィチは、『プラウダ』からの転載という報告を読んで、胸が苦悩に締め付けられるように感じた。モスクワで、軍部第二位のポストにあったトゥハチェフスキー元帥を筆頭とする赤軍高官八名に対する裁判が始まり、判決を待つばかりの状態になっているという。記事によれば、裁判を担当しているのは最高裁判所特殊法廷であり、その構成員は《栄誉ある赤軍の精鋭》だった。

元軍事人民委員が即座に気づいたとおり、前年に行われた裁判と違って、トゥハチェフスキーと他の将軍たちはトロツキー支持の嫌疑をかけられているわけではなく、第三帝国諜報部と密通した罪を問われていた。赤軍の古参たちがスターリンに目をつけられていることは以前から明らかだったが、今まさに戦争が始まろうとしているこの時期に、陰謀を裏付ける確たる証拠もなく、あの革命の埋葬者が軍部の高官を粛清するとは、レフ・ダヴィドヴィチにも完全に想定外だった。二カ月前にトゥハチェフスキーが国防人民委員代理の職を解かれて以来、高官から多くの逮捕者が出ていることはわかっていた。さらに言えば、軍の行政・政治責任者でボリシェヴィキの古参ガマルニクが自殺し、彼の諮問役四名が謎の失踪を遂げたという知らせが公になったところで彼らの命運が決した、これはほぼ間違いなかった。

翌朝、反逆行為を認めた容疑者たちが略式裁判を経て即刻処刑されたというニュースがモスクワから入り、驚きと悲しみでレフ・ダヴィドヴィチは茫然自失となった。軍指導部が総書記の追放を目論んで陰謀を企むのではないかというスターリンの不安に根拠がないわけではないが、容疑者リストのトップに名を連ねるのが、ヤキールやエイデマン、フェルドマンといったユダヤ人共産党員であるというのに、革命の最も辛い時期を支えたこの軍人たちにファシズム勢力との共謀の嫌疑をかけるなど、許しがたい行為だった。だが、もし本当に士官たちが陰謀を画策していたのだとしたら、なぜそれを実行に移さなかったのだろう？　すでにマークされていることは明らかだったのに、なぜぐずぐずとクーデターを引き延ばしたのだろう？

革命とソ連の未来に対して、レフ・ダヴィドヴィチがこれほど不安を抱いたことはかつてなかった。しかも彼は、スターリンがこんな危ない綱渡りをするとなれば、戦争に突入してもソ連国境を侵犯しないという密約がヒトラーとの間に成立しているにちがいないと確信した。そうでなければ、どう見ても不自然な陰謀の噂を真に受けるスターリンを見て、ファシズム陣営の首領たちがこれを狂気の沙汰だと思わないはずはない。ユダヤ系の高官三名に親独派の嫌疑をかけるなど、陰謀の共犯者とされたナチスにすら信じられない話だろう。結論は明らかであり、この裁判によってスターリンは、選挙によるファシズムの政権掌握以来何度も繰り返し糾弾してきたヒトラーにまた一歩接近したのだ。

その後数日間、レフ・ダヴィドヴィチはフリーダのことを忘れて信頼するナターリヤに癒しを求め、記憶に渦巻く他の多くの死と同様、トゥハチェフスキーの死を我が事のように悼《いた》む彼女と悲しみを分かち合った。スターリンはあと何人の命を奪うのかしら？　ある晩部屋でコーヒーを飲みながら問いかけてきたナターリヤに、彼は答えを返した。過去を知っているボリシェヴィキが一人でも残っているかぎり、死刑執行人の仕事は続くだろう……死の刃はもはや反対派に向けられているのではなく、歴史に向けられているのだ。完全な勝利を収めたければ、スターリンは、レーニンを知る者すべて、レフ・ダヴィドヴィチを知る者すべて、そしてもちろんスターリンを知る者すべてを抹殺せねばならない……彼の失敗や大量虐殺、彼の仕事と職場を満たす殺人的狂気の目撃者全員を葬り去らねばならない……そしてその後には、反対派と過去と歴史の抹殺に協力した者、不本意ながらもそれを目撃した者、そのすべてを始末せねばならない……それなら、セルゲイは？　リョーヴァはどうなるの？　なぜ私たちはまだ生きているの？　ナターリヤは問うた。ナターリヤの瞳に悲しみでくすむ光を見て取ったレフ・ダヴィドヴィチは、弱みを見せた恥ずかしさに胸を絞めつけられる思いで口を噤み、自分たち同様、息子二人も死すべき運命にあることは言わずにおいた。だが、悲しみに動揺したのか、この時彼は生涯で最もうかつな過ちを犯し、死ぬのが怖いかナターリヤに訊いてしまった。彼女の目はくすんだ青から濡れた短剣のような鉄の色へと変わり、彼は記憶にないほど身の凍る思いを味わった。いいえ、死ぬのは怖くない、彼女は言った。敬意と信頼が失われることのほうがよほど心配だわ。

レフ・ダヴィドヴィチは羞恥心で息の詰まるような感覚に襲われ、フリーダと手を切るにはこれが潮時だと思い立った。

数日後、スペインから別の知らせが届き、おかげで密会に終止符を打つ決断がぐらついたと後にレフ・ダヴィドヴィチは考えることになる。旧知のアンドレウ・ニンが、モスクワでよく取沙汰されていたような罪状で拘束された後、行方不明になったことが確認され、激しい落胆のあまり、ディエゴ・リベラの妻と彼を結び付けていた貪欲な性衝動を抑えることができなくなったのだ。

ニンの拘束と失踪については、矛盾する憶測が飛び交い、すでに常態化していたとはいえ、荒唐無稽な噂があれこれ流れていた。様々な情報筋からレフ・ダヴィドヴィチに確かめられたのは、ニンは六月一六日に警察に拘束され、バルセロナからバレンシアへ移されたということだった。その後、二二日の夜にアルカラ・デ・エナレスの特別刑務所に収監されたというのが最後に確認された情報であり、公式発表によると、そこから彼は、摩訶不思議な経緯を辿ってドイツ軍に救出され、いったんファシスト領内に入った後、ベルリンへ連れ去られたというのだ。

ニンがフランコのスパイだったなど、事実無根も甚《はなは》だしかったが、スペインのスターリン派には、罪状の信憑性などどうでもいいらしかった。一〇年以上も前にモスクワで初めて会って以来、ニンはアナーキズム的共産主義者としての政治信条を捨てることなく反対派に与していたが、そんな男が失踪し、おそらく殺害されたということは、自供調書を突き付けてサインせよと迫るGPUの拷問に彼が強靭な精神力で耐え抜いたことを証し立てていた。彼のような闘士であれば、責め苦の最初から自分の運命がわかっていたはずであり、党の威信のみならず、クーデター画策の嫌疑をかけられた仲間たちの命も自分の口にかかっていることがわかっていたはずだ。拷問を受けながらも、スターリンを打ちのめすことだけ考えて彼は耐え、スペインの左翼、そして自分の名誉を汚す調書へのサインを拒んだのだろう。

創設されたばかりの赤軍の屋台骨としていつも軍人らしく内戦を戦い抜いた若き日のトゥハチェフスキーと、ソ連の現実を賞賛しながらも批判的精神を忘れなかった情熱的で不器用な男アンドレウ・ニン、二人の記憶が、生涯最後の若気の至りを葬り去ろうとするレフ・ダヴィドヴィチにつきまとった。最初の数回の交わりからすでに、フリーダは自制を促すサインを送っていたが、性欲の虜となった五〇男は、これを敢えて無視したか、あるいは見落とし、明らかにフリーダが彼のことを避けるようになっていた（性的・政治的好奇心を満足させ、リベラの不貞に一矢報いることができればそれで十分だったのだろう）にもかかわらず、彼はさらにしつこく愛人の尻を追い回すようになった。なんとか二人きりになると、彼は何度も愛と欲望と夢の言葉を語りかけたが、フリーダはできるだけ早く事を済ませようと努めた。

《青の家》を包む緊張はバリケードのように高まり、導火線に火を点けたのは、《女性特有の問題で治療を受ける間、一人でいたい》という説明だけリベラに残して、他は誰にも相談することなく中心街のアパートへ移ったナターリヤだった。これを見てフリーダは、火遊びが節度の限界を超え始めたことを察したらしく、その日の午後、トロツキー夫妻の部屋を訪れて、思いもよらぬところからレフ・ダヴィドヴィチを責め立てた。この際だから、事態をはっきりさせるため、最終決断を下してほしい。妻をとるか、自分をとるか。この質問に彼は動揺したが、考えるまでもなく返事は決まっていた。そんな選択肢すら考えたことはなかった。覚束ない足取りでフリーダは愛人のもとへ近寄ってその顔を撫で、《ピノチータス》――メキシコでヤギ髭の男を指す言葉――と呼びかけて、遊戯の終わりを告げた。もう楽しくはないし、罪のない人を傷つけるわけにはいかない。大酒飲みの豚男ディエゴはどうでもいいし、ディエゴのせいで箍《たが》の外れた雌豚になった自分もどうでもいいが、高潔なナターリヤを見捨てるわけにはいかない。

その瞬間レフ・ダヴィドヴィチは、フリーダの内側でいったいどんな化学反応が起こってこんなアヴァンチュールに乗り出したのか、決して正確にわかることはあるまいと察した。リベラに対する復讐の道具に使われただけなのか（彼は本当に何も気づかなかったのだろうか？）、彼を包む歴史のオーラがうら若き女の好奇心をくすぐったのか、さらには、妹にすげなくされた彼に同情したフリーダが、持ち前の自由な道徳心を発揮して、倍近い歳の男の性欲を満足させてやるぐらいなら気軽な慈善事業にすぎないと思ったのか、彼はその後も自問し続けることになった。だが、フリーダの香水が部屋の空気にかき消されていくと、レフ・ダヴィドヴィチはなんとか笑みを取り戻した。遊戯の終わり？　終わったのはフリーダだけだ。今や彼は、心に溜まった不潔な膿《うみ》をすべて吐き出し、できるだけ相手を傷つけないよう、ナターリヤ・セドーヴァの愛と信頼を取り戻さねばならない。だが、三〇年も連れ添ってきた相手が、応援する時も憎む時も、愛する時も拒絶する時も、同じ激しさで立ち向かってくる強者であることが彼にはわかっていた。《怖い》彼は思った。

数日後、サン・ミゲルの荒涼たる山並みを窓から見つめながら、心を入れ替えたレフ・ダヴィドヴィチは、プライドを捨てて恐怖に立ち向かうことを決め、ペンを執って紙に向かった。それが彼の生涯で最も情熱的で不思議な一連の書簡の始まりであり、多い時には一日二通、自分がどれほど感情的・生物的に妻に依存しているか、彼は手紙に綴った。《青の家》を出る前にナターリヤは、短剣のように心を突き刺すメモを残していた。そこに書かれていたのは、「鏡で自分の顔を見ると、老いとともに魅力がなくなったことを痛感する」という言葉だった。夫を責めるわけでもなく、どうすることもできない事実を夫と自分に突き付けているだけだったが、レフ・ダヴィドヴィチにはその意味がよくわかった。老いとは三〇年にわたる夫婦生活のことであり、その間ナターリヤは、彼のために、彼にすべてを捧げて暮らしてきたのだ。しばしば《君の忠実な老犬より》と署名して彼は懇願の手紙をしたため、妻の頑なな心を嘆き節でノックしながら、昔の思い出と現在の逼迫《ひっぱく》した感情的・肉体的欲求――自分でも驚くほど直接的な表現を使うことがあった――を連ねて相手の気を引こうとした……ようやくナターリヤから返事が届くと、そこには、仕事に集中できないほど悲嘆に暮れた夫への気遣いが示されており、これでレフ・ダヴィドヴィチは勝利を確信した。最終的な勝者は愛するナターリヤの慈悲心だったのだ。《これまでどおり、君はこれからもずっと私を背負って生きていくんだ、ナタ》彼はこう記し、翌日、いつもどおりお付きの者たちに囲まれて、生涯の伴侶を迎えに首都の中心街へ向かった。

二人が《青の家》に戻った後、リョーヴァがパリから伝えてきた事件がレフ・ダヴィドヴィチの目を引いた。ソ連諜報部からヨーロッパに派遣されていた士官の一人で、イニャス・レイスという偽名を使って活動している男がリョーヴァに接触し、逃亡の意志を伝えてきたという。いつものごとく細心の注意を払ってリョーヴァはこの工作員と二度会って話を聞いたが、様々なおぞましい話が出てくるなかで、最も注目に値《あたい》したのは、エジョフらスターリン直々の命を受けた数名の軍人が、ドイツ諜報部と結託して嘘の証拠をでっちあげ、軍司令官を裁判にかけた、という趣旨の証言だった。レイスによれば、目下進行中の軍部粛清は政権の基盤固めを目指すスターリンのライバル排斥だけでなく、敵対心という隠れ蓑の下でスターリンとナチスが進めてきた協力関係の一環であり、密かに手を組んで戦争に臨むための布石であるという。当面は諜報部が協力体制の確立を模索しているが、レイスにとって最も恐ろしいのはこの措置が意味する背信であり、ソ連とともに世界中で反ファシズム闘争に従事してきた革命家も、モスクワで進行する事態に目をつぶってソ連に忠実に仕えてきた共産主義者も、一様に失望することは間違いなかった。

レイスに関する報告を読みながらレフ・ダヴィドヴィチは、最も神聖な原則を易々と裏切る者たちに吐き気を禁じえなかった。仕事柄レイスはおそらくこれまでさんざん卑劣な行為に手を染めてきたのだろうが、断頭台に首を置くにも等しいことを承知で勇気ある行動に打って出たこの男に賞賛を禁じ得なかった。だが、同時に不安に覚えたのは、レイスがリョーヴァや第四インターナショナルを巻き添えにする事態となって、スターリンやその追従者たちの逆鱗に触れれば、またもやトロツキストが真っ先に標的とされるからだった。

ほどなくしてレフ・ダヴィドヴィチは、やがて彼の人生の中枢を揺るがすことになる話の顛末を知った。九月六日にリョーヴァが伝えてきたところによれば、数日前、レイスはローザンヌ付近の高速道路で暗殺されたという。捜査の目は、ロシア人帰国斡旋協会という、パリに設立されたNKVDの隠れ蓑の一つに向けられていた。同じ日、これとはまったく別に、協力者ルドルフ・クレメントの手紙が届き、そこには、レイスから聞いた情報として、スターリン警察がソ連国外のトロツキー派の一掃を目論んでいること、そして、標的の筆頭がレフ・セドフであることが綴られていた。しかも、困窮と政治的緊張のなかで活動を続けるリョーヴァは肉体的にも精神的にも崖っぷちの状態にあり、妻のジャンヌが前夫レイモン・モリニエの党派に賛同する意思を表明して以来、家庭問題も相当こじれているから、一刻も早く国外へ避難させたほうがいい、そうクレメントは伝えていた。ナターリヤと長時間話し込んで息子の未来について様々な可能性を検討した後、レフ・ダヴィドヴィチはリョーヴァに手紙を宛て、身の安全について何か策を講じる前に、クレメントの不安をどう思うか訊いてみることにした。

リョーヴァからの返事を待つ間に、待ち侘びていたデューイ委員会の判決がようやく届いた。レフ・ダヴィドヴィチの予想どおり、デューイ以下委員会メンバーは、一九三六年八月から一九三七年一月にかけて行われたモスクワ裁判は茶番であり、よってトロツキー父子は無罪、との結論を引き出していた。熱狂したレフ・ダヴィドヴィチは即座に息子に電報を宛て、ジャーナリストや支持者を集めて対抗裁判の結果をできるだけ広範囲に流布したうえで、反転攻勢のキャンペーンを始めるよう指示を出した。その間彼自身は、『ビュルタン』特別号の刊行に向けて、判決文に添える論説を準備することにした。

そのわずか数カ月後、レフ・ダヴィドヴィチは、この時どんな因果で歴史と人生がもつれ合って最後に恐ろしい悲劇を起こしたのか、何度も思い悩むことになった。判決文が楽観の嵐を引き起こすなか、トロツキー夫婦はクレメントの不安に対するリョーヴァの返答を受け取った。父と同じく彼も、今ここでパリを離れるわけにはいかないという意見であり、懸念の第四インターナショナル創設に向けた調整を任されていたクレメントや、最も有能な協力者エティエンヌにも自分の仕事は任せられない、と伝えていた。他方、手紙によれば、財政状態は悪く、寒々しい屋根裏に住んでいるうえ、ジャンヌとの関係は悪化し、モスクワの出来事——幼い頃からの知り合いで、師と仰ぐことさえあった人々が皆一様に荒唐無稽な反逆罪を受け入れた——には、当初思っていたよりひどい精神的苦痛を受けたという。手紙を読みながら再び息子の命運についてあれこれ思いを巡らせたナターリヤとレフ・ダヴィドヴィチは、完全に身を隠さないかぎり危険は付き物であり、ここで妻と別れてメキシコで両親と幽閉生活を送れと命じるのは不当だという意見に傾いた。ここは息子の自己保身能力に期待することにしよう、レフ・ダヴィドヴィチは妻に告げ、スターリンとて、リョーヴァを殺すのは行き過ぎた措置だと思うかもしれない、と言い添えた。スターリンに行き過ぎなどあるものですか、ナターリヤは言って、最終的に夫に賛成はしたものの、内心は自分たちのもとへ息子を呼び寄せたいというのが本音だった。

コヨアカンにジョゼップ・ナダルなる人物が現れたのはその頃だった。POUM党員のカタルーニャ人で、アンドレウ・ニンの親友だが、スペインで党への弾圧が激化し、海の向こうへ逃げることにしたという。トロツキー同志との面会を求めてきたので、ヴァン・エジュノールがまず会談に臨んだが、戻ってきた彼は、レストランで言葉を交わしながら嫌な予感につきまとわれたとレノ・ダヴィドヴィチに報告した。ニンとレイスの死にクレメントの不安が重なり、レフ・ダヴィドヴィチ自身も彼の取り巻きも、ソ連国外でスターリンか何か仕掛けてくるかもしれないと警戒していた時期のことだったから、名もなきスペインの労働者、ドイツ人亡命者、フランスの知識人、モスクワから送られてくる黒い天使がどんな姿を取って現れてもおかしくないことはわかっていた。だが、どうやらニンの失踪について知る人物らしいということで、ジャン・ヴァン・エジュノールの立ち合いのもと、レフ・ダヴィドヴィチはこの男との面会を受け入れることにした。

会ってみると、饒舌で見識の鋭い男であり、猛烈なヘビースモーカーではあったが、レフ・ダヴィドヴィチの興味を惹いた。彼によれば、ニンが殺されたこと、そして刺客を送ったのが共和派の実権を掌握していたモスクワの男たちだったことは、紛れもない事実だった。しかも、コトフという名のソ連軍事顧問と、乱暴者で名を知られたフランス人共産主義者アンドレ・マルティがニン誘拐の実働部隊を組織し、フランコ派との共謀を記した供述書にサインを拒んだ彼を殺させたのだという。

アンドレウと親しかったナダルは、様々な政治的機密にも通じており、おかげでレフ・ダヴィドヴィチは、モスクワのスペイン戦略についていくつかの憶測を裏付けることができた。ナダルの意見では、スターリンはいくつもの切り札を手にスペイン共和国の実権、さらには破壊を弄んでいるのであり、その一つが財政であることは明らかだった。蔵相時代のネグリン（ナダルによれば、その時の功績で現在首相の座についているのだという）への働きかけによってスペインの埋蔵金がソ連領内に移されると、この巨額の金は瞬く間に消え失せ、現在ソ連は、飛行機、銃、弾薬、さらに軍事顧問団のスペイン派遣とその維持費を含む軍事援助に対する見返りを共和国政府に現金で新たに要求しているという。ニンから聞いた話では、共和国政府が受け取った武器は、当面の凌ぎには十分だが、ヒトラーとムッソリーニの全面支援を受けたファシズム軍に対抗するにはまったく不十分であり、それ以上軍需品を送らない本当の理由は、十分な支援によって共和国軍が勝利する事態にでもなれば後々面倒になりかねないというスターリンの懸念だった……だが、財政的な軛《くびき》だけでは安心できず、スターリンは共和国の政治的実権を握ろうとしているという。

POUMの《トロツキスト》やアナーキスト、サンディカリストのグループ、そしてモスクワの政策になびこうとしない社会党員に対する迫害は、一九三六年からすでに始まっていたが、強烈な弾圧の契機となったのは、五月にバルセロナで起こった一連の事件だった。ナダルによれば、その帰結はすでにはっきり見えているという。治安、軍隊、プロパガンダ、スターリンが最も重視するこの三部門をすでに共産党が掌握し、コミンテルンの顧問団とGPUの工作員が、人目も憚《はばか》ることなく、政権の運営と反対派の弾圧を牛耳っている。インターナショナルで数週間前まで最も目立つ働きぶりを示していたのは、フランス人アンドレ・マルティとアルゼンチン人ビットリオ・コドビージャであり、前者は国際旅団担当、後者はスペイン共産党の監視役だった。二人への拒絶反応は激しく、国際義勇軍に対してあまりに冷酷なマルティが《アルバセテの猛獣》の異名を取る一方、独裁者同然となっていたコドビージャに対しては、インターナショナル自ら彼の職を解いて穏健なパルミロ・トリアッティと交代させる事態になった。

レフ・ダヴィドヴィチは、ほとんど質問も挟むことなくナダルの話に聞き入った。スペインで強いられた禁煙生活がまだ彼の欲求を刺激し続けているとでもいうように、ナダルは次から次へと美味しそうに煙草を吸った。そして彼は「トロツキー同志」に問いを向け、モスクワから送られてきた男たちがニンその他の革命家を殺したことが明らかとなった今、正義と民主主義と平等の勝利を掲げたソヴィエト社会の夢の後に何が残るのでしょう、共産党を操るソ連が反対派の政治的・物理的壊滅を画策し、武器と軍事顧問団への法外な対価を要求していることが明らかとなった今、何が残るのでしょう、アンドレウほか多くの革命家がスペインを救うために夢見た革命をソ連が潰しつつある今、後に残されるものは何なのでしょう、そう言い放った……ナダルとの別れ際、レフ・ダヴィドヴィチは、少なくともこの男がスターリンの刺客でないことだけは間違いあるまいと思った。そして彼は、相手の手を握りながら言った。わからない、哀れな共産主義の夢の後に何が残るのか、それは私にもわからない。


その年の一一月、革命二〇周年とともに、レフ・ダヴィドヴィチは五八歳の誕生日を迎えた。記念日が、《死者の日》、すなわち、死者を現世に呼び戻し、生きている者にあの世の入り口を体験させるメキシコ人たちの祝祭とほぼ重なっていたため、ディエゴとフリーダは、奇抜な衣装の骸骨と蠟燭と食べ物を供えた祭壇で《青の家》を飾り立て、死者の思い出に捧げた。スターリンの思惑次第となった者たちも含め、あらゆる人生の最終到達地たる死を身近に感じるメキシコ人に、レフ・ダヴィドヴィチは共感を覚えた。

だが、彼の心理状態は祝祭どころではなかった。数日前、彼のもとには、トゥハチェフスキー元帥に対する裁判の後、エジョフの魔の手がその家族にも及んだという情報が入ってきた。兄弟のうち二人と母親、そして夫人が処刑され、一三歳の娘（レフ・ダヴィドヴィチは生まれたばかりの彼女を腕に抱いたことがあった）が恐怖のあまり自殺したという。そうした粛清の仕方自体はすでに日常茶飯事となっており、特に驚きではなかった。彼自身の妹オリガとその長男も、一九一七年一〇月にソヴィエトを率いたカーメネフの家族であるという理由だけで迫害され、オリガは拘束、息子は処刑された。一九一七年の困難な日々に体を張ってレーニンを守ったジノヴィエフの兄弟三人と妹、長男のステファンは処刑され、別の三人の兄弟と四人の甥、その他無数の親戚が、まさに死の収容所にも等しい《グラーグ》に送られた。哀れな息子セリョージャはどうしているのだろうか？

ヤゴダに代わってエジョフが任務に就いて以来、土地の強制集団化と農場主に対する闘争とともに一〇年前から始まっていたテロルの波が病的レベルに到達し、密告の横行と不安ですでに憔悴していた国を貪りつくす勢いだった。政府関係の事務所や学校、工場では、五人に一人が常時GPUに情報を提供しているという。エジョフは反ユダヤ主義を自称することでも知られており、また、自ら進んで尋問に加わって、拷問と脅しに屈した容疑者の口から罪を認める供述を引き出すことに無上の喜びを見出す男だった。彼とともに審問官たちは容疑者に詰め寄り、自供しなければ家族を生きては戻れぬ強制収容所へ送る（あるいは単に処刑する）と言って脅した。《お前はどのみち助からないし、お前のせいで多くの者が処分を受けることになるのだ》これが、犯してもいない罪を自供させる際に最も効果のある決まり文句だった。息子のセルゲイはこうした脅しや肉体的・精神的苦痛に耐え抜いたのだろうか？　彼は話し相手にしばしばこの問いを向けた。食べ物もなく、屈強の男でさえ三カ月の強制労働で生ける屍同然となって朽ち果てるという北極の収容所でまだ生きながらえている、そんな希望を持ってもいいのだろうか？

だが、直近の苦悩は、思いもよらぬところから届いてきた。数週間前から、トロツキーと政治的立場が近いと自称する作家や政治活動家が、革命二〇周年を機に、スターリンの独裁を許したボリシェヴィキの問題点を洗いざらい検討し始めていた。彼らがとりわけ執拗に掘り起こしたのは、クロンシュタットで反乱を起こした水兵に対する血なまぐさい弾圧であり、史実の光に照らしてみれば、責任の一端はトロツキーにあるとされていた。そのうえで彼らは、この弾圧こそ実権を握ったボリシェヴィキが最初から内包していた《スターリン・テロル》の第一幕だったというお馴染みの議論を踏襲し、武力行使と人質の処刑をスターリンによる粛清に比肩していた。当時軍事人民委員として軍のトップにいたトロツキーこそ、実は弾圧とテロルの最初の実践者だというのだ。

イーストマンやヴィクトル・セルジュ、スヴァーリンといった男たちが、何年も前から良心の呵責となっている事件についてこんな見解を打ち出す事態は、レフ・ダヴィドヴィチに大きな心労をもたらしたが、何にも増して不快だったのは、水兵の反乱を内戦下という状況から切り離し、平時に行われたまやかしの裁判と市民まで巻き込んだ略式処刑と同列に扱っていることだった。さらに痛ましいことに、あの山賊の敵対者――それどころか、反対しようなどと夢にも思ったことのない人々まで――がどんな恐怖を味わって生き、そして死んだのか、レフ・ダヴィドヴィチが懸命に暴き出そうとしている今この時、こんな議論を持ち出せばスターリンに利することは明らかだった。

数週間、レフ・ダヴィドヴィチは歴史論争に専念した。反駁にあたって彼は、政治局の一員として、あの奇妙な反乱に対する武力行使を許した責任は認めたものの、彼自ら弾圧の先頭に立った、あるいは容赦ない鎮圧を求めたという事実は否定した。「内戦は人道的振る舞いの模範とはなりえないし、許しがたい逸脱行為が起こることもやむを得ない」彼は書いている。「確かに、クロンシュタットでは無実の人々が犠牲になり、なかでも捕虜の処刑は最悪の逸脱行為だった。いつの世にも無実の人々が命を落とす事態は許されるべきではないし、軍のトップだった私にその最大の責任があることはわかっているが、二一カ国もの敵と交戦中だった脆弱な政府に対する反乱の鎮圧と、スターリンだけがプロレタリア革命へ向かう唯一の道ではないと考えた、あるいは発言したという理由だけで同志を用意周到かつ冷酷無比に処刑することとを同列に扱うなど、私には到底容認できない」

だが、レフ・ダヴィドヴィチにもわかっていたとおり、クロンシュタットは革命の汚点として永久に残るだろうし、彼自身、羞恥心と痛みを伴う罪の意識をずっと背負っていかざるをえなかった。同時に、ボリシェヴィキが（レーニンと自分も含め）クロンシュタットの反乱をあそこで容赦なく鎮圧していなければ、反動勢力の台頭を許していたかもしれない、それもまた事実だった。革命、そしてそこに至る道は、単純だが恐ろしく残酷にもなりうるのであり、彼はこの時打ち出した見解を生涯修正することはなかった。

一一月末にリョーヴァから届いた手紙には、デューイ委員会の結論を掲載した『ビュルタン』が遅れればせながら刊行されたことが伝えられていたが、レフ・ダヴィドヴィチはこれに返事すら書かなかった。その前の手紙のやり取りで、二人は決別寸前の状態になっていた。『ビュルタン』史上最も重要な号の刊行に四カ月を要するなど、レフ・ダヴィドヴィチには許し難い話だったのだ。彼はリョーヴァの言い訳に耳を貸そうとはせず、息子の怠慢か無能のせいだと決めつけた。ある時など、雑誌の本部をニューヨークに移して他の同志に編集を任せたほうがいいのではないかとまでなじった。別途息子からメッセージを受け取っていたナターリヤは、これほど問題が山積するなかで作業を進めているというのに父はあまりに無神経だと言って、リョーヴァが憤慨していることを伝えた。無神経だと！　妻の話を聞いてレフ・ダヴィドヴィチは怒った。リョーヴァのように経験を積んだ男が、事の重大さをわからないはずはあるまい。戦時にはリョーヴァのような強者が必要なのだ、こう父は言い添えたが、やがてこの時の癇癪と自分の無神経を嘆くことになろうとは考えてもみなかった。

レフ・ダヴィドヴィチが一時《青の家》を離れることになったのは、翌年始めのことだった。周りを怪しい男がうろついているとリベラが言うので、念のため、リベラの親友アントニオ・イダルゴの住むチャプルテペックの丘にある森の家に避難することにしたのだ。これで誰にも邪魔されずスターリン伝の執筆に専念できると考えたレフ・ダヴィドヴィチは――さっさと不愉快なテーマを片付けてしまいたかった――、むしろ喜んでこの提案を受け入れた。ココアカンに残ることになったナターリヤは、滞在がよほど長引かぬかぎり犬を訪ねてはいかないことにした。ディエゴ・リベラにさえパラノイアを引き起こすこんな隠棲生活がいったいいつまで続くのだろう、イトスギの森へ足を踏み入れながら老革命家は思った。

アントニオ・イダルゴ邸での生活は次第に単調になり、後々までレフ・ダヴィドヴィチの記憶に残るのは、一九三八年二月一六日午後の出来事だけだった。彼にあてがわれた書斎の窓から、帽子を手に庭を横切ってくるリベラの姿が目に入った。その時レフ・ダヴィドヴィチは、クロンシュタットをめぐる論争を題材に、共産主義者の倫理を擁護する論題を執筆中だった。書斎に現れたディエゴの顔を見て、何か深刻な事態が発生したことを察した彼は、何も考えず、何も考えまいとして問いを向けた。

リョーヴァがパリで死んだ。この言葉を聞いたレフ・ダヴィドヴィチは、足元で地割れが起こり、マリオネットのように宙ぶらりんになったような感覚に襲われた。ディエゴに摑みかかったりしなかったかどうか、後々も思い出せなかったが、「ふざけるな、大バカ野郎」と叫んだことだけは記憶に残った……　そして椅子の上に崩れ落ちた。ようやく落ち着いてきたところでディエゴが口を開き、まず夕刊で読み、パリに電報まで打って確認したニュースを伝えた。絶対的な確証を得るまで、とても来る気にはなれなかったのだ。イダルゴはパリの誰かと連絡を取ってみるよう勧めたが、レフ・ダヴィドヴィチはこれを拒んだ。死んだ息子が生き返るわけではないし、もはや望みはナターリヤのもとへ戻ることだけだった。

出発の前に彼はディエゴに詳細を問い質《ただ》した。はっきりしたことはわからないし、今後も闇に包まれたままかもしれない。二月八日、体調の劇的悪化を感じたリョーヴァは、虫垂炎という診断を受け、緊急手術を受けねばならなくなった。GPUの刺客に居場所を突き止められる事態を恐れたリョーヴァは、亡命ロシア人が経営するというパリ郊外の私立病院に入院することにした。彼の居場所を知るのはジャンヌと協力者エティエンヌだけであり、念には念を入れて、リョーヴァはマルタンという名で入院した。手術は成功したが、四日後、彼は原因不明の不思議な症状に襲われた。目撃者によれば、彼は譫言《たわごと》を呟きながら病院内を徘徊し、苦痛の叫び声を上げることもあったという。再手術が行われたが、すでに憔悴しきっていた彼の体は、これ以上の処方には耐えられなかった。

　コヨアカンへ向かう道すがら、レフ・ダヴィドヴィチはこめかみの疼《うず》きと全身の震えを感じていた。母から遠く離れ、ソ連で行方知れずになっている娘たちに再会することもできず、リョーヴァは一人寂しく死んだ、その思いが頭から離れなかった。しかも息子はまだ三二歳の若さだった。部屋へ入っていくと、ナターリヤはベッドに腰掛けて昔の家族写真を眺めていた。悲報を妻に知らせるぐらいなら、このまま死んでしまいたい、永久に消えてしまいたい、彼はいつにも増して強くそう思った。夫の姿を見ると（「あれほど憔悴して老いさらばえた姿を見たのは初めてだった」と数週間後に彼女は言った）、二つしかない問いに押されるようにしてナターリヤは立ち上がった。リョーヴァ？　セリョージャ？　人間の心とは大いなる謎だが、同時に預言者のような叡智を備えているのも確かであり、その瞬間レフ・ダヴィドヴィチは、リョーヴァよりセリョージャの名前を言ったほうがいいのではないかと思った。セルゲイなら、まだ生きていたとしてもその命はスターリンに握られているが、リョーヴァの命はもっと身近な、自分たちのもののように感じられたからだ。ナターリヤがどれほど打ちのめされることか察した彼は、《死んだ》と口にすることができず、哀れなリョーヴァが病気だとだけ伝えた。それだけでナターリヤ・セドーヴァはすべて理解した。

　その後八日間、ナターリヤと彼は二人きりで部屋にこもり、来訪もお悔やみの言葉も一切拒絶した。彼女は死んだ息子の手紙を何度も読み返しては涙に暮れた。脇に伏せって妻とともに泣き暮れるレフ・ダヴィドヴィチは、息子の運命を嘆き、もっとしっかり彼の身を守ってやればよかった、もっと優しく接していればよかった、日々の働きぶりをもっと評価してやればよかった、無理にでもフランスを出国させればよかった、などとあれこれ思い悩んだ。だが、この痛みは決して忘れまいとも思った。すでに三人の子供を亡くし、犯罪的憎悪に葬られてもはや生きてはいないかもしれないセリョージャのことがいつ伝えられるのか、まったくわからなかった。

リョーヴァの最期をめぐる怪しい謎はやがて少しずつ明らかになり、いくつかの不審な点を照合するかぎり、クレムリンの手が及んでいたとしか考えられないことがわかった。なぜ手術が成功したのにその後容態が悪化したのか、病院の医師たちにはまだ説明がつかなかったが、医師の一人がジャンヌにこっそり打ち明けたところによれば、彼にもわからない毒物を盛られたのではないかという。ジャンヌとエティエンヌには、正体を隠して入院する場所になぜリョーヴァがわざわざロシア人の病院を選んだのか理解できず、誰に勧められたのかもわからなかった。それに、二人とクレメント以外の誰に居場所を突き止めることができたのか、これも謎だった。

レフ・ダヴィドヴィチは、今後もずっと良心の呵責につきまとわれ続けるにちがいないと理解した。死因がどうあれ、息子の死は、彼自身の運命よりはるかに強く父の運命と結びついていたのであり、父の生涯と活動の直接的帰結だったのだ。他の誰よりも身近に感じていたリョーヴァを失ったことで、彼しナターリヤの生活にはぽっかり大きな穴が開いたようだった。「彼は我々の若い部分に等しかった。彼を救えなかった自分を許すことができない」レフ・ダヴィドヴィチは別れの言葉をこうしたためている。「ともに革命の道を歩み出した旧世代は舞台から一掃された。ツァーリ時代の追放や監獄にも、亡命や内戦や疫病にもできなかったことを、革命最悪の災いたるスターリンが成し遂げたのだ。」リョーヴァの死亡記事を彼はこんな言葉で締めくくった。遅かれ早かれ世界は知るだろう、スターリンが殺したのは、パリの寒くみすぼらしい朝、登校途中に平和とプロレタリア革命――リョーヴァはそのために生き、そして死んだのだ――への呼びかけを印刷所に届けていた純真な子供なのだ、彼にはそんな確信があった……「痛みが怒りとなり、闘いを続ける力となることを望む!」彼は書いて、また泣いた。

19

一九七八年一月八日はその冬最も寒い日だったかもしれず、犬を愛した男が現れなかったのも、寒さ、そして海と砂浜を断続的に濡らし続ける雨のせいだろうと私は思うことにした。おそらく体調を崩し、初めて約束を破らざるをえなかったのだろう。次の日の午後、印刷所にゲラを届けると、すぐに私はラ・エストレージャ号の列に並び、浜辺へ戻った。まだ寒かったが、空は晴れ渡り、海もこの時期にしては珍しいほど静かだった。海辺を歩いたり、モクマオウに背中を預けたりしながら、日が暮れるまで待ったが、またもや彼は現れなかった。その後一〇日間、ラケリータの抗議にも耳を貸さず、罪人のように六度も町を端から端まで横切った私は、あの浜辺でまったく同じことを繰り返し、男と犬の登場と、あの強烈な話の結末を待ち侘びた。

彼が戻ってくるよう様々なおまじないを試しながら――硬貨を投げる、一〇分間目を閉じる、秒数を数える、等々――、私はなぜロペスが現れないのかあれこれ考えたが、やはり犬の処分と彼の健康問題以外に理由はなさそうだった。六回か七回無駄足を踏んだ後、ロペスの居所を自分で調べてみようとも思ったが――映画に出演した二頭のボルゾイは大きな手掛かりとなるだろう――、数日後、そんな権利は自分にないと思い直し、このままにしておくほうが身のためだと結論づけた。すでに一〇分すぎるほど危険な火遊びだったし、これ以上火に近寄る意味はなかった。二月に入り、ラケリータとの仲がこじれてきたところで、ようやく私の足は浜辺から遠のき、またもや中毒症状の治療でも受けるようにして、問いと期待の空白からもたらされた焦燥感を乗り越える術を模索し始めた。

これは何年も後になって友人のダニーに打ち明けたことだが、トロツキー伝を返しに行ったあの日、私は恐怖を克服できそうな気がして、犬を愛した男と会った話を打ち明けそうになった。多くの夢を十台から崩しかねない話を自分だけが知っているという事情から、それまで溜まっていた恐怖を何とか早く処理したいと焦る気持ちが生まれ、ロペスが患っていたよりひどいかもしれない眩暈《めまい》のようなものにとりつかれていたのだ。理想をめぐる怪しい操作、真実の隠蔽と捏造、体制による政治犯罪、さもしすぎる嘘、そんなもののすべてが、私を憤慨させると同時に、新たな恐怖を吹き込んでいた。

実際のところ、あの時まだ私がうずうずしていたのは、ラモン・メルカデールが最後にどうなったかわからなかったからだった。トロツキー伝に挟まれていた新聞の切り抜きからわかったことといえば、彼はメキシコで刑期を終えてモスクワに迎えられたものの、彼自身に対しても彼の経歴に対しても当地の反応は冷ややかだったということだけであり、ロペスによれば、彼はモスクワで無名の幽閉生活を送った後、名も無き墓に埋葬されたという。

犬を愛した男のことが頭から離れなくなっていた私は、ラモン・メルカデールが有罪判決を受けて収監されていた期間、そして、一途な信念に支えられて命懸けで任務を果たすことができた世界と――表面上二〇年前と同じ姿をしていても――似ても似つかぬ世界へ舞い戻った後、何を考え、感じ、信じたのか、調べてみるべきではないかと思った。

当時はもちろん、数年後までまったく思いつかなかったのは、ロペスから聞いた話を書き留めておくことであり、当然ながら、メルカデールの犯罪や、それに加担した者たちの物語や関心について本を書くことなど、後々まで考えてもみなかった。物語が未完のままだったということもあり、また、すでに聞いていた部分の細部を繋げ合わせて歴史的文脈に位置付ける理解力が欠けていたということもあるかもしれないし、ロペスがいつまた現れるかもわからず、彼が何者であれ、聞いた話を口外しないと約束していたこともあるだろう。あるいは、自分がかつて作家志望だったことを完全に忘れていたせいで、何か書いてみようという気持ちすら失っていたというのが実際のところかもしれない。いずれにせよ、当時はこの未完の物語をどこかに書き留めておくことなど思いもよらず、後にそんなことがあっても、ずいぶん臆病に――すぐにこの言葉の意味はおわかりいただけることだろう――思い立つばかりだった。あれから何年も経ち、ロペスの話を細部まで再現しようと記憶を振り絞ることになって初めて、長々と先延ばしにしていた実の理由、唯一確かな本当の理由は恐怖だったことがわかった。自分自身を上回るほど大きな恐怖だ。

犬を愛した男の行方がわからなくなった後の数カ月間に私は、ほとんどいつも声を潜めて迂回路を辿りながら、スターリンとトロツキーの劇的関係、さらにはその病的対立とスターリンの必然的勝利、ユートピアの実現に向けて彼が使った手段などの意味を理解する手助けになりそうな本を漁り続けた。モスクワから届くスターリン主義の息のかかった大量の書物を掻き分け、トロツキー主義入門から冷戦下の反共産主義に至るまで、五〇年代のキューバに流布していたボロ同然の多様なパンフレットから埃を払い、数年前にキューバで出版されたソルジェニーツィンの『イワン・デニーソヴィチの一日』を読んで息を飲み、やがて隠蔽の網目（グラスノスチによってテロルの内情が初めて多少なりとも明かされるまで、まだ一〇年近くも待たねばならなかった）をくぐり抜けるようにして断片的に、おぼろげながらも実状が摑めてくると、私は避けがたく驚愕と不信の念（少し後には吐き気までこみ上げてきた）に囚われ、多くの人間がさもしい情報操作に翻弄されていた事実に呆然とするばかりだった。

同時に私は、機会があるたびに運試しのつもりで浜辺へ足を運んだ。そして、家の電話が鳴ると、ロペスからではないかと思うことが度々あった。

犬を愛した男のせいで緊張と思索と読書の交錯する無気力に陥っていた私を突如その状態から引き出したのは、ある程度予想できてはいてもやはり痛ましいことに変わりはない出来事だった。弟ウィリアムは、すでに二年も医学部からの除籍処分を覆そうと奮闘を続けていた。手紙を書いても返事はなく、応対に出てくるのは下級役人ばかりという状況のなかで、ウィリアムは危険な挑発に打って出た。後戻りのできない真性のゲイであることを受け入れたうえで復学を認めるよう大学に要求したのだ。先行きに不安を覚えた私は《これ以上僕の身に何が起こりうるというんだい、イバン?》と彼は訊いてきたが、私は《予想もつかないことなんていくらでもある》と答えた）、古くからキューバに根づく同性愛への嫌悪がさもしい社会的偏見にすぎないとはいえ、人々がそんな挑発を受け入れるはずはないし、それどころか、そんな不届き者を打ちのめしかねない。そう言って諭《さと》した。弟と、彼の十字軍に賛同したかつての解剖学の教授は、軽蔑の視線や様々な屈辱を受け流す忍耐力を過信して、成功の見込みを見誤っていたのかもしれない。彼らの信じる正義を追い求めて訪れる先々で様々な辛酸と疎外と侮辱に晒された二人は、立ち直れないほど打ちのめされ、約二年にわたって壮絶な闘いを続けた末、最悪の仕方で敗北を受け入れた。奈落の底に突き落とされるのを覚悟で、わずかな救済の可能性にすがって横道から逃げたのだ。

ウィリアムの失踪が悲劇的様相を呈してきたのは、二人の警官がビボラ・パークの家を訪れて両親との面会を求め、それまで進めてきた捜査の結果、息子ウィリアム・カルデナス・マトゥレルと元医学部解剖学教授フェリペ・アルテアガ・マルティネスが、アルメンダレス川担当の沿岸警備隊を抱き込んでモーターボートを盗み、フロリダ海峡からアメリカ合衆国への脱走を図ったことが明らかになった旨告げた。二日前、マタンサスの北四〇キロほどのところで、モーターが外れて転覆した船が漁師に発見されており、合衆国の沿岸警備隊によれば、この九六時間以内に、ウィリアム・カルデナスないしフェリペ・アルテアガと似た特徴の人物が救出されたという情報は入っていない。息子について何か知らないか？　二人の計画については？

両親――サラとアントニオ――は、ウィリアムがキューバ北部の小島やバハマあたりのうらぶれた浜辺に漂着しているか、何らかの理由で伝えられていないだけでどこかの船に救出されているのではないか、そんな希望にすがりついた。だが、月日が経ち、待ち時間の重みが耐え難くなってくるにつれて、息子を支えてやれなかった、身内であるがゆえにいっそう挫折感を募らせることになってしまった、そんな罪悪感に囚われて二人は打ちひしがれた。そして私は、もっとウィリアムに寄り添ってやれなかったことを悔やみ、性的選択の自由と同性愛者のまま好きな勉強をする権利を求めて無謀な闘いを挑む弟を見捨てた自分を嫌悪した。

緊張感に満ちていたビボラ・パークの家は、以後陰鬱な空気に包まれた。数カ月のうちに両親は老け込み、ほとんど部屋から出なくなった。家には墓と罪の臭いが立ち込め、そんな雰囲気に耐えられなかった私は、逃亡者のようになって、できるだけ長い時間職場で過ごすばかりか、退社後は、自殺した作家の作品やその生涯について国立図書館で読み漁った(なぜこんな不吉な欲求に囚われたのかは今でもわからない)。家が病的空気に包まれて、そこから精神的にも肉体的にも距離を置く逃げの姿勢に終始した私は、ラケリータとの関係でも及び腰になり、初めて迎えた二人の危機は――どうやら私は危機を引きつける磁力を持っているらしい――、一時的な別居生活という解決策に行き着いた。ひどい孤独と絶望と現実逃避欲に苛まれた私は、向こう五年間で初めてまた酒に手をつけてしまうのではないか、また泥酔の深みにはまり込んでしまうのではないか、そう恐れたほどだった。

ウィリアムが失踪して一年余り、そして犬を愛した男との連絡が途絶えて――クリスマスの祝福代わりに《そちらも》というありきたりの言葉を発したのが最後になったことはよく覚えていた――二年ほど経ったところから不幸は相次ぎ、一九八一年三月にまず父が、そしてその四カ月後に母が亡くなった。二度とも私は、残り少ない友人はもちろん、親類や職場の同僚の大半にも何も伝えず、通夜に参列したのは、近所に住む数名と、誰かから間接的に知らせを聞いたわずかばかりの親類だけだった。

両親を失ってみると私は、自分がどれほど孤独か実感すると同時に、いかにして歴史の決定が窓から人生に入り込んで内側から食い尽くしていくものか、その実例を目の当たりにしたように思った。私がまだ子供で、ウィリアムが生まれてさえいなかった頃に父が建てたビボラ・パークの我が家は、亡霊と記憶のさまよう霊廟も同然となり、我々が幸せとは言わぬまでもごく普通の家庭生活を送っていた二五年間に交わされた会話、挨拶、泣き声、笑いがこだました。ラケリータが加わったことで一家には新たな展望が開け、当初父が強く望んだとおり、近いうちに孫が生まれれば、努力と愛と仕事で築かれた壁面を一新させてくれるはずだった。

ダニーは、母の通夜に参列した数少ない友人の一人だった。ラケリータから連絡を受けた彼は、私を励ましに現れ、それまで父の死についてまったく知らなかったことを詫びた。今でも覚えているが、当時のダニーは、かつて――一〇年前、いや、一世紀前と言ったほうがいいだろう――私も評価を受けたコンクールで高い評価を受け、最初の短編集を出版したばかりだったから、まさに意気揚々としており、私からは遠い存在となっていた。埋葬の二日後、ダニーは再び私を訪ね、彼曰く積もりに積もる不義理に許しを請うた。ウィリアムの失踪の時も、父が亡くなった時も、ラケリータと別居した時も、連絡さえ取ろうとしなかったし、出版に際しては、本来なら真っ先に献本すべきところをないがしろにした。彼によれば、こうして作家としての道が開けたのはすべて私のおかげであり、私の助言と推薦してくれた本のおかげなのだった。

我々は中庭に面したテラスでコーヒーを飲みながら談笑し、私からは、何も気にすることはないと伝えた。人生とは眩暈のようなもので、それぞれに対応を考えるしかない。話し相手を必要としていた時でもあり、罪の意識に苛まれていることをこちらから告白すると、ダニーは、事態の責任を背負い込む必要はないと力説したばかりか、その時まで私が考えてもみなかったことを口にした。

「いいか、イバン、君はいつも最も簡単な標的に罪を追わせようとする、そこが問題なんだ。ほとんどいつも、その標的とは君自身だ。それが一番簡単で、反抗の正当化にもなるけれど、実際には自分で自分を痛めつけているだけだ。考えてもみろよ、まず書くことをやめ、アルコールに浸り、クソ雑誌の仕事に埋もれて、もっといい職を探そうともしなかった。知り合った頃の君はもっと意欲的で、将来を嘱望され、若手作家のアンソロジーでも編まれれば必ず君の短編が収録された……」

「見掛け倒しだよ、ダニー。作家でも未来有望でもなかった。本物の作家がほとんどみんな干されていたから俺が目立っただけさ。時がくれば俺も干されることになった」

「それでも書き続けるべきじゃないか！」

「その意欲がなくなったんだよ」

あの瞬間のダニーは、自分と私を重ね合わせていたにちがいない。教え子の星が輝きを増していく一方で、師の星は一瞬だけ光を放った後に消え、かつて天空のどこで輝いたのかさえわからなくなっていた。彼が私に同情を覚えたことは間違いない。同情されても、私は何とも思わなかった。

ダニーが来てくれたおかげで私は、鬱、あるいはもっとひどい状態から抜け出すことができた。私の力になろうと心に決めたダニーは、短編小説の朗読会に私を招き、その場で私は、まだ作家の夢を諦めきれない者も含め、かつての文学仲間の多くと再会したが、とりわけ大きな発見だったのは、当時《若手小説家》と評されていた一団の存在であり、まだ覚束ない足取りながらもこれまでと違う創作の道を模索していた彼らは、英雄的人物より、実生活によく見られる打ちのめされた陰鬱な登場人物を使うことで、新たな物語を書き始めていたのだった。さらにダニーは、外国へ行くことのある友人を介してキューバでは決して出回ることのない本を入手し、私に貸してくれた。また、不承不承ながら何度も私に付き合って浜辺のコートでスカッシュの相手をしてくれたが、当時の彼には、私が浜辺へ行きたがる隠れた（だが本当の）理由は、手に包帯を巻いて鼈甲縁の眼鏡をかけた男と二頭のロシア産グレーハウンドに再会する望みだったことなど知る由もなかった。数カ月後には、彼に引きずられるようにして文学関係者たちのパーティーにも顔を出すようになり、見せかけの好景気に沸いた八〇年代のこと、酒もふんだんに振る舞われたが、飲まない私は《水物》とあだ名された。また、似非知識人の集まりなどへ出掛けてみると、参加者は《正統》の縛りから解き放たれたようになり、さらに私にとって興味深いことに、インド製だという薄手の衣装を纏った（コルセットの着用は頑なに拒否していた）天空の女詩人たちが、超然たる詩の世界のことなど忘れて、当時我々がレサマ・リマ風に《男の捧げ物》と呼んでいたもの、あるいは生粋のハバナ言葉では単に《立派な一物》呼ばれていたものをなんとか手に入れようといつも必死になっていた。

あまり乗り気もしないままダニーに連れられてそうした場所を訪れるうちに私は、本心からというよりは感染と言ったほうがいいだろうが、次第に心臓の高鳴りを感じるようになり、片隅に追いやられていた怪物が目を覚まし始めた。つまり、書く意欲が戻ってきたのだ。もうロペスは戻ってくるまいと諦めがついていたこともあり、その頃から私は、雑誌の編集部からくすねてきた黄色い紙束に、犬を愛した男から聞いた話を書き連ね始めたのだった。当時はまだ、情報不足、そしてそれを乗り越える手段がないせいで絶えず中断を余儀なくされる冒険談を書き残して何の役に立つのか、まったく見当もつかず、ただこれが危険な火遊びだという意識だけは日々募っていた。

私にとって、そして私の精神衛生にとって幸いなことに、ダニーとともに過ごすことで高まっていた文学熱は、一九八二年初頭にラケリータと縒《よ》りを戻したことで静まった。同じ年にパオロが、一九八三年にはフランセスカが生まれ、家族、そして、生き生きとした子供たちの純真無垢な笑い声と泣き声に囲まれた私は、これで普通の生活を築くことができるかもしれないという幻想にしがみついた。

あれはまさに束の間の平和だった。国内の暮らしは次第に上向いており、すくすくと育つ子供たちを眺めながら、彼らに微笑みかける未来をあれこれ夢見ることもできた。その間、モスクワからは変化、改善、透明性などという言葉まで届くようになり、我々の多くが、《そうだ、改善は可能だ、より良い暮らしが必要だ》と考えたのだ。中国だって、キューバではほぼ実態の摑めなかった文化大革命を経て、ひどい暮らしと社会主義が同義でないことを認めたではないか。驚きではないか！

静かな生活の船に最初の亀裂が走ったのは、一九八八年、ラケリータが離婚を要求してきた時だった。どう見てもうまくいっていない結婚生活を維持しようと彼女は何年も辛抱を続けてきたが、私の生活態度は彼女の目には（クソ）無気力としか映らず、最低限の（クソ）生活すら守ろうとしない私の負け犬根性に落胆して、とうとう嫌気がさしたのだ。ずっと前からラケリータは物欲が強く、昇進や昇給、そして成熟して完成に近づきつつある社会主義体制下では万人の手に届きそうに見えていた車や快適な暮らしを望んでいた。だが、彼女によれば――そのとおりだと思う――、私は（他人の）未来の展望をあれこれ想像するだけで満足し、現在の片隅にしゃがみこんだまま、静かに生き永らえていくことしか望んでいないという。

「あんたは不幸者、敗北者、ろくでなしだわ」当時の彼女は何度も私にこう言った。「作家でもなんでもない。私は騙されたのよ。もう我慢できない」

そして、さらにとどめを刺そうとする時には、こんな言葉まで付け加えた。

「自分の人生を生きたくないというのなら、首でも括ったほうがいいわ。私は自分の人生のためにできるだけのことをする気でいるし、子供たちが自分の人生を生きられるようにするためなら、できないことでもやってみせるわ」

確かに間違ってはいなかったが（私はかつても今も不幸者で、幸せ者ではない）、怒りをぶちまける時のラケリータは自分の発した言葉の矛盾に苦しめられることになった。私は敗北者ではなく挫折者であり、この両者の間には――今もそうだし、未来もずっとそうだろう――大きな意味とニュアンスの差があるのだ。いずれにせよ彼女は、見る目がなかったことで大きな代償を払うことになった。私は彼女の求めるような男ではなかったし、今でも私は、あれほど計算高い女がなぜこれほど大きな目算違いを犯したのか、不思議でならない。もっと辛かったのは子供たちと別れることであり、離れればなれの期間が長引くうちに、その切なさが身に染みて感じられた。当然ながら、すべてが私一人のせいというわけではなかったが、今度ばかりはダニーも、他ならぬ私自身に責任があることを認めるのにやぶさかではなかったことだろう。孤独と空虚への新たな転落――何度目だろう？　一二度目ぐらいだろうか？――の締めくくりは、争う気力もないままに同意した財産分与であり、これによりビボラ・パークの家は処分されて、二つの住居に分割された。ラケリータし子供たちはセビジャノ分譲地にある、寝室二つ、庭付きの小さな家に移り、私は、ロートンのひび割れた薄暗く湿っぽいアパートに落ち着いた。だが、すぐに私は、思い出だらけの実家と手を切ることができて解放されたような気分になり、二年後、腸閉塞に苦しむプードルを救ってほしいと言って、寄る辺ない鳥のようなあの娘が泣きついてくるまで、静かな隠遁生活に浸ったのだった。

犬を愛した男から新たな連絡が入り、事態を理解するとともに警戒感を覚えたのは、もはや彼に再会することもあるまいと諦めていた頃のことだった。一九八三年、フランセスカの生まれる数カ月前であり、その時のことを今でも正確に覚えているのは、誰かが私に会いに来ていると告げに現れたラケリータのお腹が、パオロを身ごもっていた時より桁違いに大きく、その印象がくっきり脳裏に焼き付いているからだ。数年前は、いったい何の因果でロペスと出会って、彼の亡き友ラモン・メルカデールをめぐる物語の《例外的聞き役》（彼の言葉）に仕立て上げられてしまったのか、そんな疑問に思い悩むことがあったが、今度は、犬を愛した男が私の人生に現れたのは偶然などではなく、実は彼は前から私に目をつけていたのだという確信に囚われて不安になった。そして今また、もはや彼が亡くなって埋葬されたと思うのが当然の時期になって、しかも、怠惰だが幸せなこの生活を続けていくためには、彼のことも、彼の話が私に引き起こした様々な否定的反応――恨み、恐怖、好奇心、吐き気、そして眠ってはいても危険な形で潜伏する執筆欲――をすべて固い決意で忘れようとしていた時になって、またもや彼が私を追いかけてきたのだ。

手紙――幼児が書いたような読みにくい字ではあっても見事すぎる文章で綴られた五〇枚の紙束を手紙と呼んでよければの話だが――を届けたのは、細身で漆黒の肌の黒人女だった。聞けば、女はロペスの容態が悪化した後に看護を担当した看護婦の一人だという。リビングに座ることすら嫌がった女は、偽名すら述べることなく、この話を絶対口外しないよう私に説き伏せた。話では、一九七八年半ばごろからこの紙束を預かっており、彼女の言う《ロペス同志》は直後にキューバを発ったという。すでに男の容態は非常に悪く、外国でショック療法を受けねばならなくなった。女の説明によれば、病名も、どこへ行くのかも知らず、まだ生きているのか、亡くなったのかもわからないが、あの状態では生きて帰ってくることはほぼあり得ない、とのことだった。出発の直前、病人はこのマニラ封筒を人目につかぬようこっそり彼女に託し、友人の若者に渡してほしいと頼んだうえで、その名前と住所を告げた。女はすぐに約束を果たそうと思ったが、彼女か私の身に何か災難が降りかかる事態を恐れて、約五年間何もできずにいた。なぜ私に災難など？　ロペスはただの元スペイン共和派で、ありとあらゆるお墨付きをもらってキューバで仕事をして暮らしているのでしょう？　紙束の内容をお読みになったのですか（新事実が出てきたのですか）？　危なっかしくはあるが賢明さを備えた女は、最後の質問にだけ答え、さらにアリバイを付け加えた。いいえ、手紙は読んでいませんし、その存在について人に話したことさえありません、この件について、とりわけこの私についてでは、絶対に口外しないよう重ねてお願いします。そして去り際、彼女は警告にも似た依頼を残していった。もし誰かにこの紙束の出所を訊ねられても、私はそんなものは見たこともないし、この家に来たこともない、よろしいですね。そして彼女は姿を消した。

そして原稿を読み始めてすぐ、私は二つのことを理解した。すなわち、あの不思議な看護婦が間違いなく中身を読んだこと、そして、五年もの間私のところへ来るのをためらったのはそのせいだということ。そして、すべて読み終えた時に私は、そもそも不安をおしてよくここまで来る気になったものだと首を傾《かし》げることになったが、破り捨てていてもおかしくないこの文書をまったく無傷で渡してくれたことに感謝した。

序文代わりに付したメモでハイメ・ロペスは、約束どおり浜辺に戻れなかったことを謝罪し、まず落胆、次に病のせいでとても行ける状態ではなかったことを伝えていた。衰弱しきっていたダクスをやむなく処分したことで、彼は覚悟していた以上に落ち込み、かねてから苦しめられていた眩暈が悪化して、まともに歩けないほどになると、再び脳写図を取ったうえで投薬療法に切り換えたが、おかげで日中もほとんど眠ったような状態で過ごさねばならなくなった。だが、いつも《あの青年》に話の続きを伝えねばならないという思いだけは残っていたと言って、悪筆を詫び――「かつての丸く美しい字を見てほしかった」と書いていた――、おそらく脱線もあるだろうと前置きしたうえで、一九六八年のモスクワでその冬最初の雪が降った日、すでに過去の亡霊となっていた旧友ラモン・メルカデールと思いがけず再会したおかげで聞くことができたという、彼の晩年について書き記していた。

読みながら私は恐怖に慄《おのの》いた。犬を愛した男は、ラモンと偶然再会した後、闇の世界に取り込まれたいきさつ――すでに私も知っていた――や精神的・肉体的変身について、そして、ジャック・モルナルやフランク・ジャクソンの隠れ蓑を着て従事した仕事について、彼から詳しく話を聞いた。その時までにラモンは、自分自身について、そして、彼をコヨアカンまで導いてピッケルを手に握らせた男たちの陰謀や邪な企みについて、独自にいろいろ調べていたという。かつて私は、ロペスの話を聞きながらしばしばその信憑性を訝《いぶか》ったが、この長い手紙に綴られていた物語は想像力の限界を超えており、スターリニズムに覆いつくされた闇の世界についていろいろ調べてきた私にも、理解が及ばなかった。

容易におわかりいただけるだろうが、その内容は（グラスノスチにより情報が公開される数年前のことだ）はまさに閃光を放つ爆弾であり、メルカデールのみならず、何百万にのぼる人々が辿った不吉な運命を白日のもとに曝け出していた。そこに書かれていたのは、朽ち果てゆく夢の記録、そして史上最も忌まわしい犯罪の証言であり、歴史的恐怖の主人公として権力闘争の渦中にあったトロツキーだけならまだしも、自分で頼んだわけでもなければ、意向を訊かれることすらなかったのに、歴史の引き波と権力者——恩人、救世主、選ばれし民、歴史に必要とされた者、階級闘争につきまとう弁証法の申し子等々、様々な役回りを気取った——の怒りによって、歴史何百万もの市民を巻き添えにした事件の全貌なのだ。

だが、ハイメ・ロペスの手紙を読んだ時点で私にまだ想像もできなかったのは、それからさらに一〇年以上——彼と最後に会ってから約一六年——経たなければ、膨大な情報操作や隠蔽、歴史を構成する様々な要素、ラモン・メルカデールの犯罪と関わる諸要因など、無数の薄汚いピースから成るジグソーパズルを組み立てるために必要な鍵が得られない、という事実だった。しかも、その一〇年のうちに、ペレストロイカの希望が生まれて消え、チャウシェスクのような人物の素顔が暴かれてグラスノスチと同じような驚愕を人々に引き起こし、経済政策が変更された中国では、マルクス主義的純潔の名のもとに実行された文化大革命が実は恐怖の集団殺人でしかなかったことが明らかになった。まさに歴史的断絶の時代であり、国際政治の均衡が崩れたばかりか、地図の色も哲学上の真実も変わり、もちろん人間も変わった。改善への期待が盛り上がった後、偉大なる夢が実は最初から死の病にかかっていたばかりか、その名のもとにカンボジアのポル・ポトのような大量虐殺まで行われていたことが明らかになり、一気に落胆が広がる、我々はその真っただ中にあった。不滅と思われていたものがついに崩れ落ち、誰も信じなかった嘘がおぞましい真実の深みを隠す氷山の一角であったことが発覚するにつれて、ラモン・メルカデールが命を懸けて守ろうとした世界の真相も浮かび上がる。そんなことが続くうちに、長い間曖昧模糊とした状態でしか見ることのできなかった不確かな物体にようやく焦点が定まり、予想にたがわずおぞましいその実態が次第にはっきりと浮かび上がってきた。まさに、大いなる失望が具体的な形を取り始めた時期に差し掛かっていたのだ。

20

ジャックは時間が逆戻りするように感じた。彼の姿を見た途端、二年前、当時はまだ静かだったカタルーニャ広場でコトフと会った時のことを思い出した。今はトムとなった彼は、ジャンパーの襟元を広げ、よく首に巻いていたプリント入りのスカーフを手に、冬眠から覚めたばかりの熊のような貪欲さで三月の朝の弱々しい太陽を浴びていた。だが、この二年でラモンの人生と希望は完全に様変わりしていた。こうしてまたリュクサンブール公園でトムと再会してみると、スペインの夢が消え失せ、前回会った時から彼が数キロ痩せていることのほかにも、様々な変化を確認できた。

「ありがたいことじゃないか！　どうだい？」じっと体を動かさぬままトムは言った。

「墓地じゃなくて公園の待ち合わせでよかったですよ」彼は言って、ボスの脇に腰を下ろした。目の前には、池と宮殿と庭が織りなす景色が広がり、まだ雪の残る最後の島から伸びた紫色の芯と黄色い花びらの草が冬の終わりを告げようと競い合っていた。その年最初の春の日差しに恵まれて、老人や乳母たちがベンチを占拠し、トムも幸せを誇るようだった。

「モスクワはまだ氷に覆われていたよ」

「モスクワにいたんですか?」

彼は軽く頷いた。ジャックは煙草に火を点けて待った。ボスのもったいぶった儀式には慣れている。

「共和国の最後までマドリードにいたかったが、撤収を命じられた。まあ、どのみち、もうたいしてすることはなかったがな。あと数日の命だろう…… 畜生《ブリヤーチ》!」

ジャックは、またもやラモンの憤慨に囚われる自分を感じたが、場違いな怒りの発作をなんとか押しとどめた。数日前、イギリスとフランスがフランコをスペインの正式な統治者として承認するという厚顔無恥の極みを公表して以来、彼はやり場のない苛立ちを引きずっていた。しかも今度は、いつも共和制民主主義を誇ってきたフランスが、難民を強制収容所へ送るだけでは飽き足らず、まだスペイン共和国は存続しているというのに、ペタンをフランコ政権の大使に任命するという。だが、最も胸が痛んだのはパリの新聞で読んだ記事であり、それによれば、ソ連まで事の顚末を前に匙を投げたというのだ。

「モスクワではどう噂されているのですか?」

「お前にも私にもわかりきったことだけだ。足並みを揃えず敵に立ち向かうことはできない。そのとおり。フランコはすでにグラン・ビアでのパレードに向けてブーツを磨き始めているというのに、この期に及んで共和派はまだ仲間割れを続けている。哀れなスペイン、大変な未来が待っているというのに……」

ジャックは質問をしたことを悔いた。敗北にはいつも同じ理由があり、同じくわかりやすい責任者がいる。

トムはじっと黙ったまま、色褪せた日差しを浴びること以外に関心がないような素振りをしていた。

「モスクワでは、ベリヤと、作戦の指揮を執るパイプ役のスドプラートフに会ってきた。スターリンは作戦の開始を指示した」

「メキシコへ発つのですか?」思わず身を乗り出したことをジャック・モルナルはすぐに後悔した。

「お前は当面どこへ行くこともない。私は数日後に出発だ。カモは家を買って、引っ越しするらしい。敷地を確認したうえで、細部を修正し、いくつか準備せねばならないことがある……　チェスと同じだ」

「それで、私はどうすれば？」

「待つ、それだけだ、ジャック君。そして、この前のような愚かしい真似はやめるんだ……　ル・ペルテュまでわざわざ出向いて、人を殴って回るなど言語道断……」トムはゆっくりと頭を下げ、浴びた陽光を払い落とそうとでもするようにスカーフで顔を拭った後、遠く冷たい視線をジャック・モルナルに向けた。ジャックは内側から身の凍るような思いを味わった。「私にはすべてお見通しだ、クソったれ《ムーダク》……　甘く見るなよ、いいか、その気になればお前のタマぐらいいつだって……」

ジャックは黙っていた。何を言っても逆効果だろう。

「お前のような男にとって、じっとしているのが辛いのはよくわかる」トムはスカーフを首に巻きつけながら続けた。「だが、規律と服従に勝るものはない。わかっていると思っていたがな……」こう言いながら再び相手を見つめた。「個人的衝動と任務と、どちらが大事だ？」

答えの明らかな問いではあったが、トムが黙っているので、ジャックは口を開かないわけにいかなくなった。

「もちろん任務です。しかし、私の心は氷ではありません……」

「奪った土地を守ることと、前途有望な人物を失うことと、どっちが大事だ？　答える必要はない、いいから、ちゃんと考えろ……」本当に考えてほしいとでもいうようにトムは間を置き、その後付け加えた。「メキシコでいくつか新たなラインを展開する。ほとんどまた一からやり直しも同然で、いくつか並行して作戦を進めた後、数カ月以内にどの手を使うか決めることになる。だが、お前はこれからも私の秘密兵器として独自の道を進むことになる。お前を失うわけにはいかない……　すでにお前のことはスターリン同志にも伝えてあるし、切り札として最後までとっておくことも了解済みだ」

ラモンには信じられなかった。スターリン同志に自分のことが伝わっているのか？　自分が誰か知っているのか？　膨大な関心事のなかに自分も含まれているのか？　溢れ出る誇りをなんとか押しとどめて平静を装いながら、自らの最大の欠点を受け入れた。

「許してください、ラモン・メルカデールを捨てきれない日もあるのです」

「わかっている、当然のことだ。だが、ジャック・モルナルがラモン・メルカデールを抑える、そこが肝心だ。思いのままにラモン・メルカデールを出し入れする自信はあるか？」

「わかりません……」

トムは初めて胸と尻を動かし、相手を見定めようと姿勢を変えながら微笑んだ。

「お前にとって重要な瞬間が迫っている。ラモン・メルカデールとジャック・モルナルを同時にこなしてもらわねばならない。必要に応じて一方にも他方にもなれるようにしておいてほしい。ジャックからラモンへ瞬時に飛び移ってもらうこともあるだろう。パリの知人たちの前ではこれまでどおりジャック・モルナルでいてもらうが、その一方で、ラモンには、カリダッドやきょうだいとの接触を回復してもらう。身内といる時のお前は、共和国を破滅に追いやったファシストや第五列のトロツキスト、それに、ソ連を抹殺するためならどんな労苦も惜しまない裏切り者のブルジョアに対する憎しみで燃えたスペイン人共産主義者だ。いいか」

「ご心配なく。ここはいつも憎しみに燃えています」彼は自分の胸を指差し、誇りのすぐ近くで本当に憎しみが鼓動するのを感じていた。

「これからは、カリダッドにも作戦に加わってもらう。私とお前と、三人でチームを組む。他に我々の動きを知る者はいない。ジョルジュ・マンクもそこからは外れる……　いいか、よく聞け、我々は歴史的一大事の渦中にいるんだ。成り行き次第では、革命と共産主義に向けた闘争で、途轍もなく重要な役割を果たすことになるかもしれない。世界中に散らばる何百万という同志の羨望を掻き立てる共産主義者最高の栄誉に向けて、心構えはできているか？」

ラモン・メルカデールはしばらくトムの目をじっと見つめた。透明すぎて向こう側が見えそうだった。すると彼の記憶にレーニンの亡骸が甦り、偉大なる指導者の顔と自分の顔がガラス越しに重なり合った瞬間のことを思い出した。確かに自分は選ばれし者なのだ。

「心配は無用です」彼は言った。「心は決まっています」

ジャック・モルナルと共存できるようになったことで、変装用の衣装でも手に入れたようにラモンは気が楽になった。

数週間、数カ月待つ間、ベルギー人になりすましていた彼は、頻繁にシルヴィアに手紙を書き、近いうちに再会できるはずだと約束する一方で、パリを散歩する時には、彼女の友人たち、とりわけ書店員のガートルード・アリソンのところによく顔を出したほか、マリー・クラポーとは何度か一緒に映画館でマルクス兄弟の喜劇を鑑賞し、涙が出るほど二人で笑い転げた。また、パリで増殖を続ける多種多様な勢力のスパイが大挙して押し寄せる巣窟と化していた競馬場や、有名なカフェ「ドゥ・マゴ」を筆頭に、地平線上に垣間見える危機に恐ろしく鈍感なパリのボヘミアンが集う場所の多くにも、ジャックは足繁く通い続けていた。

ラモンとカリダッドは、スペインから戻ったばかりのルイスと、まだ生きていたレナ・インベルトを連れてアントワープへ赴き、ソ連へ旅立つ二人を見送った。ルイスは、亡命者として受け入れられた多くのスペイン共産党員とともに、プロレタリアの祖国で革命家を目指して勉強を続けることになった。パリで新婚生活を始めていた妹のモンセを訪ねることもあったが、カリダッドによれば新郎ジャック・デュドゥイは、料理が上手い以外何の取り柄もない男だった。

時代の変化を見落とすまいとするラモンとカリダッドは、モスクワから入る情報に目を光らせ続け、党の総会でいつもながらの豪胆ぶりを発揮したスターリンが、先立つ数年間の粛清や裁判で行き過ぎを犯した役人たちの批判に乗り出す様子を追った。予想どおり、エジョフは最も厳しい叱責を受け、前任のヤゴダと同じ運命を辿ると目されていた。だが、帝国主義戦争の脅威を目前に控え、自らの立場を明確化する必要に迫られていたソ連の最重要課題は、単一政党を中心に国民の団結を図ることであり、党の総会において総書記は、四年前に選ばれた党中央委員会メンバーの約四分の三を解任して、揺るぎない革命への信念に支えられた新委員と交代させた。時代の要請に応じて国のイデオロギー的基盤を固めるべく、スターリン同志は着々と手を打っていたのだ。

その頃ラモンは、カリダッドとの関係が新たな局面に差し掛かっていることを感じていた。グアダラーマの山中で会ったあの朝には予想もできなかったほどラモンが重用され、作戦行動の重要部分を任されたため、母親には手の届かぬ高みに達していたのだ。いつも人の運命を弄びたがる彼女も、自分を上回る権威に包まれた息子を前にしては、口を噤むほかなかった。また、バランスが重要な三角関係を維持するため、自らの本分を逸脱することのないようトムが彼女に言い聞かせていたのかもしれない。カリダッドの振る舞いから威圧的なところが薄れたおかげで、無為な生活を強いられていたラモンは、余計な重荷を一つ取り払われたような気分だった。

いつも迅速に行動するトムは、四月初頭、フランコ軍がマドリードを制圧した直後に、ニューヨークとメキシコへ向けて出発した。七月下旬に戻ってきた時の彼は、相変わらず遅々として進まぬ作戦行動の展開を前に、満足と不安の入り混じる思いを抱えていた。

トムの提案を受けてエクス＝アン＝プロヴァンスで一週間を過ごすことにした彼らは、セザンヌの名所を辿り、トムの好きなプロヴァンス料理の粋を楽しむとともに、動き始めた作戦行動の詳細について情報を交換した。トムによれば、並行してグリグリエーヴィチ同志（最初からラモンはこれがジョルジュ・マンクの別名ではないかと思った）がすでにメキシコに入っており、現地の共産党員と協力して、カモの襲撃に向けた可能性を模索しているという。コミンテルンの使者を介して現地共産党の支持を取りつけようとしたものの、蓋を開けてみれば、二人の指導者、エルナン・ラボルデとバレンティン・カンパは具体的な作戦行動には消極的で（特に意外ではなかった)、トロツキーがもはや政治的に死に体になっていること、そして、トロツキーに手を出せば党とカルデナス大統領の関係をこじらせかねないことをその理由に挙げていた。だが、指導部の躊躇にもかかわらず、二つの目標は着々と達成されつつあった。すなわち、背教者への襲撃に意欲的な同志の集団を見つけること、そして、トロツキーへの敵意と拒絶反応を植え付けるべく、彼に対する大々的な排斥運動の準備を進めることだった。

その間、アメリカ合衆国では、トムの仲間たちが若い共産党員数名をトロツキー・シンパのグループに潜伏させており、そのうちの誰かがカモの住処に警護として派遣されることになるかもしれなかった。一人でもトロツキー邸の内部に潜入できれば、背教者の動きはすべて筒抜けになるだろうし、予め練られた計画に従って、襲撃部隊、あるいは、単独の工作員を導き入れることも可能になるだろう。トム自身が確かめたとおり、トロツキーの新居は難攻不落であり、建物自体の防御が厳重なうえ(高い塀、防弾門、そして、脇を流れる川のせいで側面からの接近は事実上不可能だった)、七人の武装ガードマンが目を光らせ、メキシコ警察が常時警備にあたっているのみならず、異常を感知すると自動的に電気を点けて警報を鳴らす装置まで備えているという。

「男を内部に潜入させることができるまでは、カモの家で働く料理婦が情報を提供してくれる。そいつも党の工作員だ」

「それで、ジャックの果たす役割は?」細部まで描き出された死のボードに自分の位置が見当たらず、背教者が脱走の余地もなく完全に包囲されていることを見て取って、ラモンは口を挟んだ。

「それぞれに役割がある。ジャックにもこれまでどおり働いてもらう。心配はいらない」トムは言って、ワインに口をつけた。

夏らしい気候が続いていたので、レストランの店主は町の目抜き通りの歩道にまでテーブルを並べており、トムとカリダッドとラモンはその一つに陣取っていた。すでに三人とも料理の注文を終え——偶然だが、ラモンは鴨料理を選んだ——、食欲増進に軽めの爽やかなワインを飲み始めていた。一見したところ、彼らは観光にやってきた三人の温厚な金持ちであり、カリダッドとラモンのテーブルマナー、トムのパナマ帽、そして世慣れた注文の仕方を見れば、金で買える生活の楽しみを知り尽くした知的ブルジョア集団にちがいないと誰もが思い込んだことだろう。

「指令が下れば、三人揃ってメキシコへ行くことになる」トムは言って、ラモンを見た。「ジャック・モルナルの役割についてはまた不確かな部分が多い。だが、シルヴィアを使って屋敷内に潜入できるようになるかが重要なポイントだ。アメリカ人のスパイを忍び込ませることができるかどうかまだわからないから、ジャックをできるだけ近くに置いておきたい。計画が失敗したり、何らかの理由で不安が生じたりとなれば、必要に応じてジャックの出番が来るわけだ」

「料理婦は使えないの?」カリダッドが口を挟んだ。「毒を盛るとか……」

「それは好ましくない。スターリンは、もっと派手なこと、天罰のように見えることを望んでいる」

「それなら、アメリカ人は?」カリダッドが食い下がった。

トムは彼女を見つめ、ワインを注ぎ足した。

「確かに不可能ではない。失望して主人に楯突いたトロツキスト、そんな設定は可能だろう……だが、失敗して捕まったらどうなる? 口を割らないともかぎるまい」トムは間を置いてから、自分に向かって話しかけるような口ぶりで続けた。「そんなリスクは何としても避けたい……何があってもソ連とスターリン同志を巻き込むわけにはいかない。聞いているか、ラモン?」それまで一本調子だった声が語気を強めた。「メキシコ人と連携しようとしているのはそのためだ。地元政治家の内輪揉めに見えれば好都合だからな。メキシコ人たちには、グリグリエーヴィチと私との接点も、もちろん私とモスクワとの接点も明かされていない。今検討しているのは、内戦中にメキシコ人たちと知り合った共和派スペイン人の誰かをグリグリエーヴィチのサポート役に付けて、内側から指揮を執らせる形だ。それでうまくいけば、めでたし、めでたし、任務は終了、我々は熱帯のバカンスから戻ってくるだけだ」
「メキシコシティは熱帯というわけじゃないわ」カリダッドが口を挟むと、トムは大声で笑った。
「いいか、一年の半分を寒さに震えながら雪道を歩かなくてすむところなら、どこだって熱帯じゃないか」

パリは陽光と恐怖に包まれて溶けそうになっていた。猛烈に暑い八月、信じられないほど気温が上がり続けるとともに、政治家たちはようやく控え目な態度を捨て、軍と予備兵の動員を唱え始めたナチスの挑発的態度を前に、緊張と不安を覚え始めた。ドイツ軍が国内のあちこちで部隊を集結させているという不穏な知らせが流れ、すでにオーストリア全土とチェコスロバキアの一部を併合したばかりか、疲弊してはいても忠実な同盟者をピレネーの南に得ていた好戦国家が次に誰を標的にするのか、あれこれ取沙汰されていた。何度も先送りと見て見ぬふりを続けた末、開戦の不安がようやくパリ人の心にも浸透してきたのだ。

トムは、行き先も告げずまたもや姿をくらませていた。以前にも増してジャック・モルナルになりきったラモンは、トロツキスト集団の間にヒステリーと紙一重の警戒感が広まっている様子を感じ取って、かつてシルヴィアと訪れた場所に足繁く通うようになった。トロツキーは、差し迫る開戦の危機についてメキシコから何度も警鐘を鳴らし、直近二年間の粛清によって赤軍の弱体化を招いたせいでソ連の国防能力が落ちている事実をしきりに憂慮していた。政治的情熱と距離を置くふりをしながらも、ラモンはそうした話に耳を傾け、彼らの言葉の裏側に、ソ連の敵たちに向けて《この好機を逃すな》とこっそりけしかける背教者の話しぶりを聞きつけていた。

八月二三日朝、過去の苦い日々に逆戻りでもしたように緊張して顔を強張らせたカリダッドがジャックのアパートに現れ、その姿を前に、前日飲みすぎたシャンパンの二日酔いをコーヒーで覚ましていた息子は、何か深刻な事態が発生したことを瞬時に見て取った。母はすぐに話を始め、彼は動転して完全に目を覚ました。

「ソ連とナチスが手を組んだわ」スペイン語でカリダッドが呟くこの言葉を聞いて彼は、その意味する狂気をよく理解できぬまま、完全に頭の冴えたラモンに戻って母の話に聞き入っている自分に気がついた。「ラジオはこの話題で持ちきりよ。昼には号外が出るでしょう。モロトフとリッベントロップがすでに調印したらしいわ。友好不可侵条約。いったいどうなっているのかしら」

ラモンは情報を整理しようとしたが、どうにも摑みどころのない話だった。スターリン同志がヒトラーと手を組む？　カモの予言どおりになったということか？

「他に情報はないのか、カリダッド？　何かないのか？」母の前に立って彼は叫んだ。

「それだけよ、クソッ《クリヨンス》！　ファシストとの協定！」

なんとか説明をつけるべく、少年時代にダクスで見ていたトリュフ探しの豚のように必死に頭のなかを嗅ぎ回れば少しは衝撃が和らぐのではないかと、ラモンは数秒待ってみたが、手っ取り早い決まり文句にすがるより術はなかった。

「スターリンにはすべてお見通し、いつものことさ。慌てることはない。ヒトラーと協定を結んだというのなら、それなりの理由があってのことだろう。それなりの……」

「コンコルドやリヴォリではソ連の旗が焼かれているわ。裏切られたと思って離党を表明している党員も多いし……」カリダッドは傷口に塩を塗り込んだ。

「フランス人が今さら裏切りだと、ちくしょうめ！　フランコが共和派を蹂躙する間もパリでリッベントロップと口裏を合わせていたというのに」

反論も賛成もする気にならぬままカリダッドはソファーに崩れ落ち、その脇でラモンは、威勢のいい言葉を発したわりには、眩暈のような感覚を拭いきれずにいた。トムはどこへ行っているのだ？　説得力のある議論が必要なのに。今こそここにいてほしいのに、いったいどこに隠れているのだ？

「トムはいったいいつ戻ってくるんだ？」トムの理念や言葉がどんな意味を持つのかもよくわからぬまま、彼は思わず大声を上げた。

その後何年も、ラモンの記憶にはこの苦々しい一日が残った。トロツキーがかなり前から予告していたヒトラーとスターリンの接近が現実のものとなり、彼の信念を支えていた図式が崩れたことで、何を信じればいいのかわからなくなったのだ。数カ月後にわかったとおり、絶望に胸を引き裂かれたのは彼だけではなく、フランコに囚われていたスペイン共産党員の多くが、この協定に対する失望と羞恥心から獄中で自殺した。彼らの信念も、こんな屈辱には耐えられなかったのだ。

翌日、つけっぱなしのラジオと新聞に囲まれて疑念に苛まれ続けていたラモンは、またカリダッドが来たと思ってドアを開けてみると、そこに現れた笑顔を前に、一日半の間失われていた心の落ち着きが即座に戻ってくるように思われた。

「離れ業だよ」トムは言って、ラモンの肩を叩きながら横をすり抜けた。「信じられない離れ業だ……」

「モスクワにいたんですか？」ラモンは逸る気持ちを抑えきれなかった。

「コーヒーを淹れてくれるか？」トムはソファーに散らばった新聞を手で払いのけたが、特に力を込めたわけではなく、ただ自分の座る場所を確保しようとしただけだった。そして疲れたように溜め息を漏らした。「この二日、ほとんど一睡もしていない」これを聞いてラモンは注文を理解し、コーヒーの準備に台所へ向かいながらも、相手の話を聞き漏らすまいとした。「本当のところ、どう思ったんだ？　ここだけの話だ」

暑い日だったが、ラモンは手が冷え切っていることに気がついた。

「スターリンにはすべてお見通し、それだけです」

「本当か？　それならご名答だ、スターリン同志は実によく先を見通している。ヨーロッパの共産主義者が疑念に囚われることも重々承知している」

「私はスペイン人共産主義者です」彼は答え、トムの高笑いを聞いた。

「ああ、そうだな。一年前、ヨーロッパの民主主義国家は、ヒトラーがチェコスロバキアの一部を併合しても、黙ってこれを受け入れた。それなのに、今さらスターリンがソ連を守ってはいけないとでもいうのか？」

ラモンがコーヒーを入れたカップを二つ持ってくると、トムは慌ただしくこれに口をつけた。

「いいか、よく聞けよ、事態とその理由について、お前にはしっかり理解してもらう必要がある。赤軍の再編成のため、スターリン同志には時間が必要なんだ。スパイと裏切り者と背教者に囲まれて、三万六〇〇〇人の陸軍士官と四〇〇〇人の海軍士官の粛清を余儀なくされた。一万五〇〇〇人いた軍司令官のうち一万三〇〇〇人を処刑し、総司令部の六割を除隊させねばならなかった。なぜかわかるか？　スターリン同志は偉大だ。教訓を活かし、スペインで起こったような事態を避けるためにこんな措置を取ったんだ……　どうだ、この状態でドイツ軍に太刀打ちできると思うか？」

ラモンはコーヒーを飲んだ。論理の光が射し込み、重々しい疑念を振り払い始めた。トムは身を乗り出して続けた。

「スターリンは、ドイツがポーランドに攻め込んでそのままソ連国境まで迫る事態を許すわけにはいかなかった。そんなことをすれば、我々の一部を差し出すも同然で、国民の士気が下がってしまう。それに、ドイツがポーランドまで来れば、キエフもミンスクもレニングラードも目と鼻の先だ」

「それで、協定の内容は？」

「まず、ポーランドの東側をソ連領とする。そうしておけば、キエフやレニングラードからドイツ軍を遠ざけておける。そうして赤軍を再編する時間を稼いでおけば、そのうち奴らはソ連侵攻を諦めるかもしれない。それがスターリンの狙いだ。どうだ、わかってきたか？」ラモンは頷き、トムはゆったり腰掛けながら続けた。「計算済みの戦略だ。ドイツ軍には八〇の師団がある。西側へ攻め込むか、ソ連へ攻め込むか、どちらか一方なら可能だが、両側に戦線を展開するわけにはいかない。ヒトラーもそれがわかっているから協定に合意したんだ。だが、そんな紙切れには何の意味もない。特別な譲歩は何もしていない。時間と空間を稼ぐための戦略的解決策にすぎない」

「わかりました」内側で緊張が緩むのを感じながらラモンは言った。「いずれにせよ……」続けようとしたところでトムが遮った。

「わかってくれるとありがたい。余所者の目には不可思議と映る多くのことをお前には受け入れてもらわねばならない。開戦はすぐそこまで来ていて、いざ戦争となれば、重大な決断を下さねばならないし、我々が恐ろしい非難に晒されることもあるだろう。だが、たとえポーランドを失っても、ソ連には自国を守る義務と権利がある……　幸い我々には、ブルジョア政治家より遥か先を見越すスターリン同志がついている……　すでにお前への指令も下された」

ラモンは身震いした。思いもよらぬ会話の展開で、自分が大きな政治的策略に関わっていることを実感すると、疑念はすっかり拭い去られて、鼻高々になった。

「指令が下ったのですか？」

「一歩一歩近づいていくことになる……　数カ月以内には明らかになるだろう。ドイツがヨーロッパを席巻する事態になれば、我々も行動を開始する。カモを生かしておくのは危険だからな。ドイツが奴を反革命の首謀者に仕立てるかもしれない。奴は権力を握ろうと躍起になっているばかりか、ソ連への憎悪に燃えているから、何の躊躇もなくヒトラーの傀儡となって我々に攻撃を仕掛けてくることだろう」

「具体的には何をするのですか？」

トムはシャツのポケットを探ってパスポートを取り出した。

「ここで国境閉鎖なんて事態になってはかなわない……　お前にはニューヨークへ飛んでもらう……　開戦目前で、他人のために戦う意思のないジャック・モルナルはヨーロッパから逃れる。三〇〇〇ドルでこのカナダ人パスポートを買ったことにして、メキシコへ行く前にシルヴィアと会うんだ。メキシコでは、原材料輸入に携わるピーター・リューベックという輸入業者の代理人として働いてもらうことになる」

「またジャック・モルナルに戻るのですね？」

「ああ、名前は二つになるが、これからお前はずっとジャックだ。パスポート名はフランク・ジャクソン……心配はいらない、カリダッドと私がずっとそばについている予定だ」

ラモンはパスポートを見つめ、顔写真の下に自分の新しい名前を見つけると、社会主義革命の未来を左右する戦闘の最前線へ近づきつつあることが感じられて、幸せな気分になった。パスポートから目を上げると、トムは片方の肩に頭をもたせかけて眠っていた。口から不快な鼾《いびき》が漏れ始めた。休ませておくほうがいいだろう。もうすぐ戦いが始まるのだ。


疑念に苛まれ続ける日々、そして、それに続く困難な時期、ラモン・メルカデールは長い時間をかけてジャック・モルナルの生涯を振り返ることになり、彼に対する思いには、悲しみと賞賛が同じくらいの割合で混ざり合っていることを痛感した。例えば、あの時のジャックはただ機械的に行動したにすぎず、彼のような人間には一つしかないと思われた選択肢を選んだだけだった。すなわち彼は、ニューヨークへ降り立ってすぐにタクシーを拾い、シルヴィアに会いに行ったのだ。厄介な女の相手をする前に、二、三日この街を一人で楽しもうとか、そんなことは微塵も考えなかった。後々、距離を置いてあの日の彼の行動を批判的に見つめ直してみると、当時のジャックはちょっと鈍感になっていたとしか言いようがなく、ラモンの潔癖主義とトムの命令に従うことしか頭になくなっていたのだ。

ドアを開けてそこに彼の姿を見たシルヴィアは、卒倒しそうになった。それまでの手紙で彼は何度も愛の言葉を繰り返し、結婚と近い再会を約束していたが、突如荒っぽく夢から覚まされることになるまでずっと目の眩んだままだったこの女は、別居が続く間毎日不安に震え続け、いつまたこの天の恵みを失って未来のない醜い三十女の孤独に突き落とされることかと怯えていたのだった。離ればなれになっていた数カ月間、ずっと彼女は、ジャックが他の女に惚れるのではないか、ミーティングや政治活動に明け暮れた自分の生活にそぐわないのではないか、自分のような女に彼のような男前は釣り合わないのではないか、そんなことばかり考えて思い悩んでいた……　そして今、恋人を目の前にしてシルヴィアは感極まって涙ぐみ、唇の温もりでその存在を現実のものにしようとでもいわんばかり、キスの雨を降らせた。

「私の愛しい人、愛しい人、愛しい人」物に憑かれたようにこう繰り返しながら彼女は、ブルックリンの小さなアパートの寝室へ彼を引きずっていった。

その日の夜、欲望をすっかり満たした後で、ようやくシルヴィアは自分の愛人が逃亡者になったことを知った。彼の説明によれば、徴兵を拒否する決意は固く、闇ルートでパスポートを手に入れてアランスを出国したという。寛容にも母は、パスポートの代金を肩代わりしてくれた（彼の話では戦争のせいで高額になっていた）ばかりか、旅費、それに、ニューヨークで仕事を見つけるまでの当座の凌ぎにと、数千ドルの現金まで用立ててくれた。退路を断ってやって来た男の決意を前に、シルヴィアは幸福で頭がくらくらした。

ジャックは外で夕食にしようと言い張った。彼女は近所のレストランへ連れて行くことにして、明日から恋人をニューヨークのどこへ案内しようかと考えた。新聞売りのキオスクはすでに店仕舞いを始めていたが、ジャックは夕刊を買おうと駆け込んだ。キオスクに着いた途端、あらゆる夕刊紙に掲げられた見出しが網膜に焼き付いた。その日の未明、ドイツがポーランドに侵攻したのだ。

何紙か新聞を抱えて二人は、フォーマイカのテーブルを並べた安食堂へ入り、テーブルに着くや否や、これで間違いなく戦争が始まることを確認し合った。ドイツの侵略に対し、英仏は宣戦布告の構えを見せており、アメリカ合衆国の参戦も予想された。記事を読みながらジャックは、ソ連の戦略をめぐるトムの鋭い現状分析に改めて感服し、任務の遂行が間近に迫りつつあることを実感した。

シルヴィアはニューヨークの案内にはうってつけだった。政治活動とボランティアをこなしていたおかげで彼女は街を隅々まで知り尽くしており、ジャックは、限られた空間内に豪華絢爛とみすぼらしい貧困が共存する資本主義の実態を自分の目で確かめることができた。トムはまだヨーロッパにいたので、ジャックはずっとシルヴィアと行動を共にし、いつも性欲旺盛な女を満足させることのできる自分を誇らしく思った。

あらかじめ示し合わせていたとおり、九月二五日からジャックは一日おきにブロードウェイのとあるバーに顔を出し、トムが新たな指令を携えて現れるのを待った。シルヴィアには、数年前からニューヨークに住んでいるかつての学友がいて、彼のつてで何か職が得られるかもしれない、と告げていた。

一〇月一日午後、眩いほど立派な服装で優雅な物腰を見せつけながら入ってきたアンドリュー・ロバーツを見て、ラモンは羨望に囚われた。この男はいったいいくつの人格を使い分けることができるのだろう？　これまで聞いた話のどれが本当なのだろう？　大義に忠誠を尽くすという以外、いったい何が彼の本性なのだろう？　今目の前に現れた男はシカゴのギャングを演じる俳優そのもので、笑い方まで外見にぴったりだった。

「仕事は大変かい？」ジャックの脇に腰を下ろしながら彼は英語で訊ねた。

「大変すぎますよ、ミスター・ロバーツ。あの女は貪欲ですからね」

「スペインの情熱があれば大丈夫だろう。スウェーデン人ならとっくにくたばっているかもしれない」高らかに笑いながら彼はバーテンに声をかけた。「いつものやつを頼む、ジミー。我が友にも同じものを」

「カリダッドは？」バーテンへのなれなれしい態度に驚いたが、それを隠しながらジャックは問いを向けた。

「当面は忘れていろ。今はジャック・モルナルになりきるんだ」

「ずいぶん時間がかかりましたね」

「戦争のせいだ。ポーランド人のままでは出国できず、新しいパスポートを調達せねばならなくなった」

「メキシコの動きは?」

「すべて順調だ。二週間後に向こうへ発ってもらう」

「何のために?」

「まずは現地に慣れてもらわねばならない。赤軍がポーランドへ入って以来、事態はスターリン同志の予想どおりに進んでいる。まもなく指令が下ることだろう」

ミスター・ロバーツは冷えたウォッカを受け取り、バーテンがジャックの前に小さなグラスを置く時には、すでに中身を飲み干していた。

「今日は喉がカラカラのようですね、ミスター・ロバーツ」ジミーは言って、グラスを満たした後に引き下がった。

「あと数日でヨーロッパは地獄になる」ロバーツは溜め息をついた。

「シルヴィアと一緒にですか?」

「当面はここへ残していくほうがいい。メキシコの輸入代理店に勤務してもらう。旧友のベルギー人に紹介されたリューベック氏が、語学に堪能でメキシコ人より信頼できる男を探していた、ということにする。簡単で給料もいい仕事だ……シルヴィアには、お前が慣れてきた頃にメキシコへ行ってもらう」

「アメリカ人スパイは?」

バーテンが再びウォッカを注ぎ、ロバーツは成功したタフマンの微笑みを返した。

「今のところまだ何もない。そのほうが好都合だ。今着かれても早すぎる。グリグリエーヴィチはメキシコ人に手を焼いている。みんな好きずきに、明日にでも事を始めようとしているらしい」

ジャックはウォッカに口をつけ、ロバーツは一気に飲み干した。

「今後お前は、法的にはジャクソンだ。シルヴィアと彼女の関係者の前ではジャックで通せ。話し方に気をつけろよ。少しずつスペイン語を身に着けていくんだ」

バーテンはグラスを受け取って再び満たし、ロバーツはまた笑顔で応えた。ジャックはゆっくりとウォッカを飲み終えた。

「何か不安のようだな」ロバーツは言った。

「時々怖くなるんです」ジャック・モルナルは、バーに、そして街に向かって両手を開いた。「こんなことのすべてが気休めにすぎないんじゃないかと。二年もかけて準備してきたことが、何の役にも立たないかもしれない。スペインの仲間たちと離れ、友人は一人もおらず、別人に成り代わったのに、すべてが無駄になるかもしれないのでしょう」

ミスター・ロバーツは話を最後まで聞いて、数秒間じっと黙っていた。

「この仕事はそんなものだ。狙う魚は一匹でも、釣り糸は何本も垂らす。我々一人ひとりが釣り糸だ。運良く魚を釣り上げる者は一人だけで、他の者たちは手ぶらで帰ってくることになるが、それでも立派に役割を果たしたことに変わりはない。お前のカモへの接近は重要な一手だ。あの家の内部に関する情報は何でも我々の役に立つ。当面お前は釣り糸の一本にすぎないが、それでも、最も魚の近くから食欲をそそる餌をちらつかせた釣り糸であることは間違いない。決定的瞬間に栄光のすべてを摑むとはかぎらないが、規律正しく黙々と任務をこなすことだけを考えろ。お前が歴史的事件のすぐ近くにいたことなど誰も知る由はないにせよ、お前のような者がいてくれるおかげで、未来の人類は今より安全で快適な世界を手にするのだからな」

「お言葉には感謝します。このところ、話しぶりがカリダッドに似てきましたね」

「ただの言葉ではなく、真実だ。ともかく、メキシコで準備を進めてくれ……　覚えておけ、バルセロナで初めてお前を見た時から、私は強い予感に囚われた。私の予感が外れることは滅多にない。メキシコにいる奴らのうち、私の存在を知っている者が何人いると思う？　ゼロだ。今後も誰も知ることはない。奴らがカモを始末してしまえば、ロバーツ、いや、トム、いや、そうじゃない、グリゴリエフ、いや、コトフ、そんな男がいたことすら誰にも知られない。歴史に名を残すのは一人だけだ。それが誰か?……　私は闇の世界で戦う一兵卒にすぎないし、自分の任務を果たす以外に望むことはない」ミスター・ロバーツは数枚の紙幣を取り出してグラスの下に置いた。「出るとしよう、角を曲がったところでマルクス兄弟の最新作が上映中だ」

ジャックは笑顔で指南役を見つめた。

「残念ですが、ミスター・ロバーツ、恋人と夕食の約束がありますので。また近いうちにお会いしましょう。ご馳走様でした」

「とんでもない、ミスター・ジャクソン。仕事も恋もうまくいくよう祈る」

二人は握手し、ロバーツは出口へ向かって進むジャックを見つめた。そして座り直し、カウンターに肘をついた。

「ジミー、またグラスが空いたようだが」

彼は《ジャック・モルナル》とサインし、注意深く便箋を折った。モンテホ・ホテルとレターヘッドの入った封筒に便箋を入れようとしたところで、またもやラモンは、便箋製造者と封筒製造者の意思疎通不足を痛感した。もう数ミリ便箋を短くするか、もう数ミリ封筒を長くするか、どちらかにできないものか。きれいな状態で送りたい紙に不要な折り目をつけるほど不快なことはなく、彼は慎重に便箋を封筒に差し込んだ。そして糊の部分を舐めて封を閉じ、完全にくっつくまでランプで押さえていた。

着替えを終えて、帽子をかぶる前に、レターヘッドの下に自分の名前を書き、封筒の真ん中にシルヴィア・アゲロフの住所を記した。そして階段を下りてロビーに手紙を託すと、レフォルマ通りへ繰り出した。普段どおりの雑踏を掻き分けて歩道を進み、いつも真新しいビュイックを止めておくガレージへ向かいながら街角を見やると、石のコマルで温めたトルティージャを売るインディオ女性の姿が目に入った。黒光りする車に乗り込むまで、とうもろこし粉の甘い匂いが鼻をくすぐり続けた。街の地図を見る必要もなく、彼はコヨアカンへ車を向けた。

ジャック・モルナルがカナダ人フランク・ジャクソン（普通ならジャクソンの綴りにはKがあるのに、いったい誰のせいで欠落したのだろう？　おかげでいつも面倒な説明を強いられる）名義のパスポートでメキシコシティに到着してから、すでに一週間経っていたが、退屈する暇はほとんどないほどだった。シルヴィアに何通も手紙を書いたほか、任務の遂行と自分の人柄にふさわしい環境の準備を始めていた。新品同様の中古車を買った後、適当な物件が見つかるまでホテル以外の手紙の受取先が必要だと担当者に説明して、ブカレリ通りのオフィスビルを当面の住所とした。さらに、中心街のオフィス、レストラン、商店などを回ってフランス語訛りのスペイン語を試し、何時間も有力新聞を読み漁って地元の政治情勢を頭に叩き込んだ結果、様々なテーマについて、場面と相手に応じてどういう話し方をすればいいのか、だいたい見当がつくようになった。往々にして起こるように、右派の政党が非常に明確な政策を打ち出しているのに対し、左翼政党が激しい抗争に明け暮れていることも、実際に確かめることができた。そして最後に、買ったばかりのメキシコ地図（パリで何度も眺めた地図は、シルヴィアに見つからないようこっそり出発の前に処分していた）を調べ返し、実際に見た通りや広場、公園の様子を思い起こしながら、頭のなかで街のイメージを整理し直していった。

標識に頼ることはほとんどできなかったが、それでも、一度も間違えることなく、コヨアカンのロンドレス通りとアジェンデ通りの交差点に到着できた。車を停めてドアを閉め、ニューヨークで買った金縁のサングラスで太陽から目を守りながら、ディエゴ・リベラとフリーダ・カーロの自宅、亡命者トロツキーが二年以上も住んだ《青の家》を見つめた。派手な色で塗りたくった高い壁に周りを囲まれた屋敷であり、側面の一方に格子状の跡が残っているところを見れば、壁が造られたずいぶん後で、その位置にあったはずの窓を塗りつぶしたらしい。まさに恐怖の痕跡だ。煙草をくわえながらモレロス通りを探して歩き出し、通りとはいっても、水量の少ないチュルブスコ川に平行して走る砂利道にすぎないビエナ通りを目指した。要塞の二ブロック手前で小さな商店に入り、目脂《めやに》だらけの歯抜け店員に炭酸飲料を頼むと、飲む前に遠慮なく瓶の口を拭った。壁に囲まれた黄土色の家が一ブロック全体を見渡していた。塀の上に聳える監視塔の特権的高みに数名の男が陣取り、賑やかしく言葉を交わしながら、何かを待っているのか、時々家の内側に目をやっていた。角に建てられた木の小屋の前には警官がおり、車の出入り口となっているらしい鉄板の門の前で、もう二人制服姿の男がうろついていた。家の周囲にはありきたりな貧困の空気が立ち込め、ジャック・モルナルの頭には、下僕たちの小屋に囲まれた中世の城が思い浮かんだ。

炭酸飲料を半分だけ飲んだところで、彼は要塞化した家に近づいていった。木の一本一本、舗装のない道に埋まった石の一つひとつも含め、細部を残らず頭に焼き付けておこうと思った。帽子とサングラスを着けたまま彼はカモの住処の前を通り過ぎた。《青の家》には恐怖の痕跡が感じられたが、こちらの建物はまさに難破船そのものだった。壁の内側に閉じこもる男は、自分の人生に消すことのできない十字架が刻みつけられていることを確信しており、歴史に有罪判決を受けた以上、どれほど鉄と石で監視を厳しくしても、その時が来れば助かる見込みがないことはわかっているはずだった。

角を曲がると、壁のこちら側にも別の警官が二人おり、金属の軋みが聞こえたところで、歩みを緩めて肩越しに振り返った。門が開き、車が——瞬時にドッジだと認識した——砂利道へ出てくるところだった。体格のいい金髪男がハンドルを握り、助手席では、目つきの鋭い男が脚の間にライフル銃を挟んでいた。塔から英語が聞こえて万事異常がないことを伝え、ドッジが通りへ出るとすぐに門が閉まり始めた。ジャックは、最も近い建物に向かって二歩進むと、行動規則の初歩を犯して振り向き、去り行く車をじっと見つめた。後部座席に座る白髪の女性は、何度も見ていたナターリヤ・イヴァノーヴナ・セドーヴァのイメージとぴったり一致し、運転席の後ろ、自分のいるところからわずか数メートルのところに、《大反逆者》の白髪頭、ヤギ髭で縦長に見える鋭い顔がガラス越しに見えた。車はスピードを上げ、土埃を舞い上げながら街の外れへ向かって走り去った。ジャックは再び歩き出し、周りに無頓着な男の気楽な足取りを取り戻していった。

中心街へ向かってビュイックを走らせながらジャック・モルナルは思いを巡らせ、もしあの邪悪な男、一度は革命の栄光を摑みかけたのに、自己顕示欲と偽善的性格から幾多の裏切りを繰り返して当然の報いを受けた瀕死の男と直接顔を合わせたら、いったいどう感じるだろうかと考えてみた。かつてＰＯＵＭの第五列を唆《そそのか》し、今はソ連の軍事的弱体化を叫び続ける虫けらを前にしても、自制してその首に飛び掛からずにいることができるだろうか？　ジャック・モルナルの内側からラモン・メルカデールが飛び出してくるようだった。正義の神聖なる憎しみを冷酷無比な腕で振りかざす機会を与えてほしい、その瞬間彼は心の底から強くそう願った。そのためなら、何の見返りも求めず、黙って必要な代償をいくらでも払うつもりだった。そして彼は、歴史的使命を果たす覚悟を新たにした。

トムとカリダッドは、裕福とまで言わずとも暮らしに不自由のないマルセイユ人夫婦になっており、ファシストがいつフランスに攻め込んでもおかしくない状況を前に、ヨーロッパを離れることに決めていた。メキシコの物価は安く、ニューヨークにいるトムの弟とたまに仕事をするだけで十分に暮らしていけそうだった。適当な家が見つかるまでの仮住まいを探した結果、偶然にもモンテホ・ホテルに近いスリバン通りのシャーリー・コートにアパートが見つかった。二人は完璧なスペイン語を話したが、控えめな性格で社交の場にはほとんど顔を出さず、大好きな散策に多くの時間を費やした。

フランク・ジャクソンが旧知のトムから電話をもらい、シャーリー・コートに招かれたのは一一月初旬のことだった。約束の時間に着くと、アパートの小さな玄関口で彼を迎えたのはカリダッドだった。ジャックが中へ入っていくと、トムはダイニングのテーブルに着いて書類を調べているところだった。ジーンズ地の上着に粗野なブーツ、首にスカーフというラフな姿の彼は、ジャックを迎える時の笑顔まで含め、ひと月前にミスター・ロバーツと名乗っていた男とはまったく別人だった。

「ジャクソン君！」彼は立ち上がり、リビングの肘掛け椅子を指差した。「どうだい、メキシコ生活は？」

ジャックは腰を下ろし、キッチンがあると思われる仕切りの向こうへ姿を消すカリダッドの姿を見つめた。

「コーヒーがまずいですね」

「それにはもう手を打ってある。そうだよね、マ・シェリ？」カリダッドはキッチンから《もちろん》とだけ答え、トムが言い添えた。「キューバ産さ。飲んでみてくれ」

「何か新情報は？」煙草を取り出しながらジャックは訊ねた。

「進行中だ。包囲網は次第に狭まっている」

「私は何をすれば？」

「これまでどおりだ。この街を回って、できることならメキシコ人の物の見方を理解する。シルヴィアにはもう数週間ニューヨークにいてもらおう。お前のボスがメキシコを離れることにして、事務所の立ち上げが大変だとでも言っておけばいい」

カリダッドが盆に小さなカップを乗せて入ってきた。本物のコーヒーの匂いだった。男たちはカップを受け取り、カリダッドも座って自分のコーヒーを啜り始めた。煙草の煙が部屋に立ち込めてきた。カリダッドが黙っているのを見て、ジャックは何かあるなと思ったが、すぐにそれが何かわかった。

「ラモン」トムは言って、ひと呼吸おいた。「なぜ何度も指示に逆らうんだ？」

本名で呼ばれて問いかけられたことに驚いたラモンは、何がいけなかったかと考え、すぐに思い当たった。

「自分の目で様子を見ておきたかったのです」

「見ておきたいもクソもあるか！」トムは叫び、カリダッドまで座ったままたじろいだ。「このクソバカ《ヨーヴ・トヴォユー・マーチ》！　お前は俺の言うとおりに動いていればそれでいいんだ！　まったく！　もうこれで規律違反は二度目だ。これで最後にしてもらうぞ。次に勝手な真似をしたら、それでお前は終《スーカ》わりだ。恐ろしい目に遭わせてやるぞ。覚えておけ」

ラモンは反省しながらも気は動転していた。誰がコヨアカンへ行ったことを密告したのだろう？　炭酸飲料を買った店の歯抜け店員だろうか？　通りでうとうとしていた松葉杖の男だろうか？　いずれにせよ、トムにはすべてが筒抜けらしい。

「私の間違いでした」彼は認めた。

「いいか、間違いは誰にでもある。今指導中のメキシコ人どもなんて、いつも気狂い沙汰ばかりだ。革命を我が物顔にしてのさばるコミンテルンの愚か者たちなんて、ちょっと何かあればすぐにケツを向けてくる娼婦も同然だ……　だがな、お前に間違いは許されない……　いい加減に覚えておけ。お前に行動の自由はない。命令を実行するだけだ。お前に決める権利はない。ただ黙って言うことに従え。お前が俺の手となってあのごろつき男の首根っこを摑えるんだ。俺の声はスターリン同志の声、そしてスターリンはいつも正しい……　畜生《ブリヤーチ》！」

「二度とこんな真似はしません、約束します」

トムは鋭い目つきで長々と彼を見つめていたが、ようやく少しずつ表情が緩んできた。

「どうだ、このコーヒーは？」優しい声になって、笑みまで顔に浮かべながら彼は訊いた。

その午後以来、ジャック・モルナルには、何もすることのない日々の粘ついた倦怠感がいつになく重くのしかかった。手にした宝くじの当選番号がなかなか発表されず未来が定まらないような気分だった。新聞以外のものを読もうと思っても集中できず、性格上飲み屋や売春宿に行く気にもならず、できるだけ長時間眠ることにした。早くシルヴィアを呼ぶよう命令してほしいと思うことさえあった。そうすれば少しは気が紛れるし、完全にジャック・モルナルになりきることもできるばかりか、減退した性欲を卑俗だが確実な形で処理することもできる。

トムとカリダッドと連れ立ってテオティワカンのピラミッドやソチミルコの湖へ散策に出掛け、プエブラの町では、学校より教会の多い街並みを見てカスティージャの町を思い出した。二度ほど、トムとサン・アンヘルに出向いたこともあり、腕が鈍らぬよう銃とナイフを手に取った。そのほか、週に一回はカリダッドも交えて中心街のレストランで夕食を共にし、そのあまりの辛さにラモンとカリダッドが涙ぐむ一方、トムはメキシコ料理を満喫した。戦況――ソ連軍はフィンランドへの電撃作戦に乗り出していた――、グリグリエーヴィチのチームの進展、トロツキーのメキシコ滞在に対してコミンテルンのヴィットリオ・ヴィダーリが展開中の宣伝活動、近々行われる予定のメキシコ共産党内の粛清、様々な話題が取り上げられた。自らの役割に忠実なラモン・メルカデールは、ジャック・モルナルの言動に終始していたが、事態の遅々たる進展を前に、内側でくすぶるラモンが焦燥感に囚われずにはいなかった。一人に戻って、陽気で気前のいいプレイボーイの仮面を外すし、夜には足繁く映画館へ通って西部劇の封切りを鑑賞し、大好きなマルクス兄弟の映画を何度も繰り返し見た。機知に欠けるせいで、機知に富む人を見ると賞賛を禁じ得ない彼は、話術の粋を極めたようなグルーチョのジョークを鏡の前で何度も試してみるのだった。

一二月半ば、そろそろシルヴィアを呼び寄せるようトムに言われ、ラモン・メルカデールはとうとう何か始まったことを知った。もはやいつ何を命じられてもおかしくなく、それまでの不本意な怠惰生活で鈍っていた彼の頭は、危険を嗅ぎつけて一気に靄を振り払った。カモ狩りが始まったのだ。

21

モスクワの労働会館は一九世紀ロシア建築の傑作であり、建築家カザコフが一八世紀の建物をモスクワ貴族の社交クラブに改築したものだ。豪華な円柱の間では、プーシキン、レールモントフ、トルストイ、その他大勢の文豪がダンスを楽しみ、チャイコフスキー、リムスキー＝コルサコフ、リスト、ラフマニノフなどが曲を披露した。革命後、音響効果に優れたこの間は党の会議や声明布告の場に使われた。レーニンの声が何十回となく響き渡ったほか、赤の広場にある霊廟に移される前、ここに造られた礼拝堂に一時彼の遺体が安置された。だが、レフ・ダヴィドヴィチは、この場所が後世に名を残すとすれば、それは今世紀最もおぞましい茶番裁判の舞台としてであることを確信していた。あの不吉な一九三八年三月二日、円柱の間の扉が再び開かれた時には、さらなる餌食を求めてこの歴史的建造物に死神が舞い戻ってきたことが彼にはわかっていた。

息子リョーヴァの悲運に泣き暮れてからというもの、ナターリヤとレフ・ダヴィドヴィチは、セリョージャが生きているかもしれないという最後の希望にすがり続けることがどれほど辛いか痛感していた。もう何カ月も息子の消息は入っていなかったが、悲報が伝わってこないかぎり、まだ生きているかもしれないという一縷《いちる》の可能性に希望を繋ぐのは当然だった。もう一つの希望はセーヴァであり、ジャンヌに対して二人は、ソ連国外で暮らす唯一の血族となった彼を連れて数カ月メキシコへ来てほしい、そうすれば息子を失った悲しみも少しは和らぐかもしれない、そう何度も懇願していた。

だがジャンヌは、リョーヴァの死因について詳しい調査を要望し、モリニエのグループを巻き込むのは望ましくないというローゼンタール――フランスにおけるトロツキー一家の法的代理人――の反対を押し切って、モリニエ夫婦の友人を弁護士に立てようとしていた。レフ・ダヴィドヴィチはもう少しやんわりと調査のすべてを自分に任せてほしいと頼んだものの、彼女の決意は固く、すでに大事な心の支えとなっているというセーヴァとともに、もうしばらくパリにとどまることを伝えてきた。いつもどおりナターリヤ・セドーヴァは、これがやがて厄介な問題になるにちがいないと真っ先に予感した。

その間、有能なエティエンヌはパリにとどまって『ビュルタン』の仕事を引き受けることを約束した。最後の数カ月にリョーヴァは、この雑誌が刊行できるのはエティエンヌの尽力のおかげだと繰り返し父に伝えていた。この若者に対するリョーヴァの信頼は絶大で、緊急事態に備え、私信を受け取る郵便ポストの合鍵を彼に預けていたほどだった。当のエティエンヌは、計画中の第四インターナショナル結成に向けても、クレメントとともに、リョーヴァの着手した仕事を引き継ぐことになっていた。「エティエンヌがリョーヴァの半分でも働いてくれればいいが」とレフ・ダヴィドヴィチは口にしたが、むなしい希望であることは自分でもよくわかっていた。

そうした不安な日々に、最高裁判所軍事法廷が円柱の間で再開されるというニュースが伝わっても、特に驚きはなかった。キーロフ暗殺に始まり、この三年間かけて入念かつ効率的に進められてきた記憶の書き換え作業をスターリンが完成したがっている以上、再びテロルの装置が動き出すのは時間の問題だろうとレフ・ダヴィドヴィチは踏んでいた。卑しい身分になり下がったような気分を噛みしめながらも、彼は新たな茶番裁判の推移を注視し、息子の死以来執拗につきまとわれてきた罪悪感と悲しみを心から振り払おうとした。

すぐに二一人の被疑者リストが明らかになり、レフ・ダヴィドヴィチにとって、その大半は予想されたメンバーだった。ルイコフ、ブハーリン、ラコフスキー、ヤゴダ、そして不在のトロツキー、さらに、永遠なる彼の代理人、故レフ・セドフ。そのほかには、医師、大使、役人を含め、さほど知られていない名前が並んでいた。被疑者のうち一三名がユダヤ系であり、こうしたあからさまなやり口は、ヒトラーへの接近を示すとともに、スターリン自身に染みついたユダヤ嫌いを裏付けていた。罪状にも目新しいものはなく、前回までの裁判をほぼそのままなぞっていたが、当然ながらその数は増える一方だった。人民や党指導部に対するテロ行為、毒殺……最も目を引いたのは、スパイ行為の質が大幅に下がって、もはやドイツや日本の諜報部ではなくポーランドの諜報部との共謀が疑われ、他にも、スターリン同志の暗殺未遂や、ゴーリキーと息子マックスの毒殺まで取沙汰されていた。それでもまだ罪状不十分とでもいわんばかり、今や嫌疑は革命期、さらには、裁きを与えるソ連がまだ存在しない時代まで遡っていた。検察の離れ業は、ヤゴダに対してトロツキーとの共犯関係を告発したことであり、罪状によれば、レフ・ダヴィドヴィチの仲間を迫害、投獄、拷問するとともに、何千にのぼる人々を死の収容所送りにしていた一〇年間の犯罪的逸脱行為は、スターリンの意向に沿うものではなく、トロツキーの反革命的指示によるものだったという……

真実を捻じ曲げられて俄かに活力を取り戻したレフ・ダヴィドヴィチは、《革命の埋葬者》がこれまで以上に道を外れ、盲目な追従者にすら信じられない話を捏造している、と書き立てた。あまりに不条理な嫌疑を前に、反論の仕方すら思いつかないほどだったが、それでも最初は皮肉の利いた文章で応酬した。フランス、ノルウェー、メキシコから彼が下した命令によって、一度も口を利いたことのない役人や大使が列強のスパイとなり、テロ組織の維持に必要な金、膨大な額にのぼる金を拠出する、そんな権力がこの手にあるというのか。彼の命令で、企業のトップがサボタージュを指揮し、名のある医師が患者に毒を盛ったというのか。彼がソ連の人事を動かしていたのは遠い昔のことであり、被疑者はいずれも、スターリン自ら指名した指揮者にほかならない、そう彼は論じ上げた。

裁判の続いた一〇日間、信じられない告白が次々と飛び出し、ブハーリンやルイコフのような百戦錬磨の強者が屈辱的行為を強いられたが、それもレフ・ダヴィドヴィチには驚きではなかった。とはいえ、ラコフスキーのような屈強の闘士（座ったままで供述を許されるほど死期が迫っていた）の自供には大きな悲しみを禁じえなかった。供述書によれば彼は、すでに一九二六年にはトロツキー自身の口からイギリス課報部との密通について聞いていたにもかかわらず、その野心的な理念に心を動かされた、というのだ。一度も信念を曲げることなく何年にもわたる追放と幽閉に耐え抜き、死期が近いこともわかっている男が、いったいどんな圧力に晒されて人間としての誇りを捨てたのだろう？　革命に奉仕するための供述という表現を誰もが強いられているが、本気でそんなことを信じる者がいるのだろうか？

最初の躓《つまず》きで裁判の内情は明らかになった。その主役となったのはクレスチンスキーであり、ある日の午後、秘密警察に対して行ったそれまでの供述は偽りで、自分は完全に無罪である、との答弁に終始したのだ。だが、翌朝法廷に戻ってきたクレスチンスキーは、彼にかけられた嫌疑をすべて認めたばかりか、慌ててでっちあげられたらしい他の罪まで受け入れていた。いったいどんな手を使って、最初から銃殺刑になることがわかっている男の意志を挫いたのだろうか？　後に全貌が明らかになって世界を震撼させることになるが、GPUは恐るべき拷問術を編み出していたのであり、この裁判の見せ場の一つとなったヤゴダの自供もその産物にほかならなかった。当初身の潔白を主張したヤゴダは、クレスチンスキーと同じ拷問を受けると、一転して供述を翻し、とんとん拍子で出世する若き同僚を妬んだルイコフの指示を受けてキーロフ暗殺を準備したことを認めたのだ。

だが、裁判の花形はやはりニコライ・ブハーリンであり、ルビャンカの穴蔵で一年過ごした後にこの最終幕に現れた彼は、自らの政治的・人間的破滅を完成させようと意気込んでいるようにすら見えた。テロやスパイ行為の最もおぞましい部分については関与を否定したものの、レフ・ダヴィドヴィチの睨んだところ彼は、でたらめに見える部分を真顔で意図的に強調して受け入れることで、観察力の鋭い人々に裁判の虚偽性が伝わるように振る舞っていた。だが、ブハーリンが目算違いを犯していたことも事実であり、すでに警戒しすぎるほど警戒している人たちに向かって、今さらまた警戒せよと叫び声を上げたところで、沈黙を貫く彼らにとっては、これまでの裁判も今回の裁判も単なる茶番に変わりはない。それでいて、モスクワ、そして世界全体から裁判の行方を追い続ける一般大衆がブハーリンの言葉から導き出す結論はただ一つ、彼は有罪という事実だけであり、彼の戦略を意に介する者など誰もいない。ブハーリンの自白、重要なのはそれだけだった。三年前にフョードル・ダンが転送してくれた悲痛な手紙を思い出したレフ・ダヴィドヴィチは、ブハーリンは犯してもいない罪をかぶって涙ながらに跪く運命にあることを知りながらモスクワへ帰ることを望んだのだろうか、そう後々まで問い続けた。

裁判を通してスターリンが求めていたものが、真実ではなく容疑者の政治的・人間的抹殺であることは、レフ・ダヴィドヴィチの目には明らかだった。これまでの裁判で処刑された者たちは、自らを貶めたばかりか、無実の人々を多く巻き込んだ良心の呵責を抱えて死ぬことを余儀なくされた。その意味では、同じ境遇に晒されたボリシェヴィキから教訓を学んでいたはずのブハーリンが、延命を許されるかもしれないとむなしい希望にすがりついたとは、とても信じられなかった。ルビャンカの穴蔵から彼はスターリンに何通も手紙を宛てているが、後にスターリン自身が様々な形で公開した書簡の一つでは、総書記と党と大義だけに無限の大きな愛を感じるとまで述べたうえ、精神的抱擁を別れの言葉に代えている……　死へと追いやられていく犠牲者が死刑執行人に崇拝の念を捧げるなど前代未聞であり、こんな手紙を受け取ったスターリンはさぞかしご満悦だったことだろうとレフ・ダヴィドヴィチは想像した……　三月一一日、審議が終わって判決が言い渡された。『プラウダ』によれば、四日後に死刑が執行されたという……

茶番劇の全貌が明らかになってくるにつれ、レフ・ダヴィドヴィチは部屋にこもりがちになった。地球の陸地の六分の一と何百万人もの心を支配する指導者のすることに、憎悪と陰謀への執念と犯罪的狂気以外の論理を見出そうと躍起になるジャーナリストや同志、秘書やボディーガードの質問に応じるのは苦痛だった。彼にもわかっていたとおり、裁判によってスターリンが達成しようとした唯一の目的とは、本物であれ仮想であれ、あらゆる敵を貶めて抹殺し、自らの失敗の責任をすべて彼らに押し付けることだった。だが、多くの人が見逃していたのは、たとえ信じ難い話であれ、こうした脅しの向く矛先が、市民の大部分が暴き出された真実すべてを鵜呑みにせねばならないソ連社会の《内側》にあるという事実だった。こうして裁判を起こしておけば、恐怖を国中に蔓延させることができるし、とりわけ失うものを持つ者は震え上がることだろう。事実、こうした粛清に戦々恐々としていたのは、誰よりもまず官僚たちだった。この路線に沿ってスターリンはすでに、政治局のメンバーや各共和国の党書記を含む側近数十名を失脚させており、スターリンの支持者でさえ、ある日突然裏切り者、スパイ、無能のレッテルを貼られることがあったのだ。かつての反対派は公衆の面前で辱められたが、スターリンの支持者は往々にして裁判もなく内密に処分されていた。同様に、ソ連に亡命していた外国の共産主義者たちは、スターリンにさんざん利用された挙げ句、迫害に遭って抹殺されていった。

恐ろしいことに、こうした粛清はソ連社会全体に重くのしかかった。垂直的・水平的恐怖に支配された国では、当然予想されるとおり、粛清への大衆的参加が瞬く間に広がっていく。容赦ない魔女狩りが始まれば、人々のさもしい本能を焚きつけずにはいないし、理由のいかんを問わず、また、理由などなくとも拘束される恐怖を万人が抱え込むことになる。恐怖は結果的に妬みや復讐心を煽ることになり、集団的ヒステリー、もっとひどい場合には、他人への無関心という状態を社会に植えつける。粛清は自らを糧にしてどんどん膨らみ、ひとたびその地獄の力が解き放たれると、もはや後戻りはできない……

その数週間前、奇跡的にフィンランドへ逃れた旧知の女性からレフ・ダヴィドヴィチのもとに手紙が届いており、彼は同国人たちの経験する恐怖を生々しく感じ取った。「人間の尊厳を救うために生まれたはずの体制が、金と栄誉で密告を奨励し、人間のあらゆるさもしさを支えにするとは、本当に恐ろしいことです。Mが銃殺され、Pが銃殺された、銃殺、銃殺、また銃殺、そんな人々の噂話を聞くたびに喉から吐き気がこみ上げてきます。

繰り返し同じ言葉を聞いているうちに、その言葉の意味は失われていきます。人々はもはや、劇場へ行こうとでも言うように、平気でそんな言葉を口にします。ここ数年、恐怖に耐えながら、密告と背中合わせに（告白すると、何とも恐ろしいことに、罪の意識はありませんでした）生きてきた私の頭では、銃殺という言葉の持つ恐ろしい意味まで薄れてしまったような気がします……　これはもはや地上の正義の終わり、人間の卑劣の極みです。よりよい社会を約束していた大義のために、あまりに多くの人命が失われたというのに……」

アンドレ・ブルトンの来訪は、個人的・歴史的苦痛の淵からレフ・ダヴィドヴィチを救い出してくれた。シュルレアリスムの法王、神聖化されたドグマに対する挑発も辞さぬ永遠の反逆児――仲間とフランス共産党に入党する際も、市民としては党の規律を守るが、シュルレアリストとしてはその限りでない、と言ってのけた――を家に迎えるというので、ディエゴとフリーダの喜びはひとしおだった。

哀悼の思いに沈んでいたレフ・ダヴィドヴィチは、初対面を終えると、革命的芸術家の国際組織を立ち上げるというメキシコ訪問の目的に協力する前に、数日かけて頭を整理させてほしいとブルトンに申し出た。情熱を注いで取り組むつもりではいたが、やはり骨の折れる作業であり、いかに彼といえども、死への悲しみという大きな重荷に耐えるのは容易ではない。さらに、メキシコの激動がレフ・ダヴィドヴィチの心労に拍車をかけていた。カルデナス大統領が石油の国有化を宣言し、アメリカ合衆国財務長官がメキシコからの銀の輸入を停止すると脅しをかけると、緊張は極限まで高まった。何百万という人々がソカロに集まってカルデナス支持を表明したが、反政府クーデターの噂も流れていた。この状況が彼とナターリヤに悪影響を及ぼしかねないことは、レフ・ダヴィドヴィチにもよくわかっていた。直近の裁判でかつてのボリシェヴィキ指導部の粛清が終わった今、彼を生かしておいてもスターリンに利することは何もなく、この動乱につけこんでＮＫＶＤが刺客を回す可能性は十分にあった。

ブルトンと妻ジャクリーヌがメキシコに降り立つ前から、フランスとメキシコの共産党員は抗議の声を上げていた。一九三五年にフランス共産党と袂を分かって以来、ブルトンは、ユダ、そしてもちろんトロツキー・シンパ、様々な糾弾に晒され、他方メキシコでは、ロンバルド・トレダーノとエルナン・ラボルデの指揮する地元のスターリン主義者たちが、ブルトンとレフ・ダヴィドヴィチに激しい非難の雨を降らせた。やむなくヴァン・エジュノールは、メキシコで行われる予定の講演で彼の身の安全を確保するため、ボディーガードを組織せねばならなくなった。

文学や芸術、シュルレアリスムやアヴァンギャルド、政治活動や創作の自由をめぐる議論は、レフ・ダヴィドヴィチにとって安らぎの瞬間だった。ブルトンのもたらす文学的息吹に刺激された彼は、後に人生最大の目標となった革命にあらゆる情熱を捧げたせいで放棄したとはいえ、少年時代、そして学生時代も、自分が作家志望だったことを思い出した。

ディエゴの案内で、ブルトン夫妻とトロツキー夫妻は先スペイン期の遺跡や博物館、さらにはトロツキーに好意的な地元の芸術家を訪ねた。雑多な市場や霊園、民間信仰の表出を前に呆気にとられたシュルレアリスムの法王は、しばしばそこに手術台の上のこうもり傘とミシンの出会いより奥深い《生粋のシュルレアリスム》を見出し、メキシコを《シュルレアリスムに選ばれた土地》と見なすに至った。

革命的作家・芸術家に向けて国際組織の結成を呼び掛けるマニフェストの草案が始まると、頑強な精神に貫かれた二人は爆発寸前の緊張に晒されることもあったが、お互い何を必要としているか理解し合う道を模索した。最初からディエゴ・リベラは、三人の間に基本合意――モスクワで進む弾圧に失望して多くの芸術家が社会主義の理想を失いつつある今こそ、左翼知識人に向けて、マルクス主義思想再考の拠り所となる新たな政治的選択肢を早急に提案する必要がある――ができている以上、理論的考察は二人に任せて、自分はサインするだけだと言い切った。

一連の会話を通してブルトンは、一つ根本的な提起をすべきだと主張した。すなわち、自らの思想をソヴィエトの実験と結びつけた左翼知識人が大きな概念上の間違いを犯していた、という事実だった。革命的階級とともに歩むことと、勝利した革命のしんがりにつくことは違うのであり、その革命を代表する新指導部が芸術的創作を権威主義的手法で弾圧し始めた今、それはいっそう鮮明になっている……スターリン主義者から糾弾を受けたものの、共産党からの離党は革命との決別でもなければ、労働者とその闘争からの離脱でもない、ブルトンはそう繰り返した。そしてレフ・ダヴィドヴィチとの議論で最大の争点となったのは、二人が一致して明確にしておくべきと考えた一つの基本理念であり、この点――《芸術においてはすべてが許される》――に関して、トロツキーは頑として妥協を拒んだ。これを聞いてブルトンは微笑み、賛同の意を示したが、そこには重要な補足が必要だと論じた。すなわち、《プロレタリア革命の妨げとならないかぎり》である。レフ・ダヴィドヴィチ自身が著書で同じことを主張していると述べるブルトンに対して、彼は反論に乗り出し、『裏切られた革命』を執筆した時点でさえソ連の美的歪曲は危険なレベルに達していたが、ここ数年にわたる事態の進展はその比ではない、と言い切った。プロレタリア革命がテルミドール期どころか自らの本質を否定するテロル期に差し掛かっていることが明白な今、芸術活動の自由に制限を加える権利はない。芸術ではすべてが許されるべきだ、レフ・ダヴィドヴィチは繰り返したが、ブルトンは同じ主張に固執した。プロレタリア革命の妨げとならないかぎり。それだけは不可侵の原則だ。

ブルトンの鋭い論客ぶりはトロツキーを喜ばせた。納得できない議論を振りかざす相手を反駁するのはやりがいのある仕事であり、マルクス主義論争に凝り固まっていた頃の若きパルヴスを思い出した。自らの議論に説得力を持たせるため、レフ・ダヴィドヴィチはマヤコフスキーやゴーリキーが辿った運命や、アフマートヴァやオシップ・マンデリシュターム、バーベリらが強いられた沈黙、スターリン派に与した元シュルレアリスト連中やロマン・ロランの堕落を引き合いに出し、芸術にはいかなる制約も認めるべきではなく、歴史的・政治的必要という口実のもと、独裁体制が芸術家を縛り付ける事態に繋がりうるいかなる議論も容認すべきではない、と論じ上げた。芸術は自らの要請以外の何物にも縛られてはならない。かつては自分自身も擁護した（今では後悔している）政治的制約によって、現在では、吐き気や恐怖を覚えることなくソ連の詩や小説を読むこともできなければ、体制順応者の絵を鑑賞することもできない、そんな状況に陥った。ソ連の芸術はもはやパントマイムと化しており、ピストルを握った小役人の監視下で筆やペンを握った小役人が偉大なる天才的指導者の栄光を称えることしかできなくなっている。これが、イデオロギー的統一を声高に唱え、階級の敵に囲まれているという口実、表現の自由をめぐる問題とその実状を論じるには時期尚早という内向きの正当化を弄し続けた結果なのだ。彼の考えでは、スターリン時代の創作はプロレタリア革命の堕落を極めた表現として後世に残るはずであり、新社会の芸術を同じ挫折の危険に晒すことは許されない……「芸術にとって自由は神聖であり、唯一の救いなのだ。芸術にとって、すべてとは、まさしくすべてなのだ」彼はこのように締めくくった。

世界の再建を目論む議論を重ねるなかで、レフ・ダヴィドヴィチにとって意外な発見だったのは、ブルトンがいかなる理論よりも生活のドラマに魅了されており、偶然、そして運命的事件において偶然の果たす役割をしばしば論じ立てることだった。ある時、一見他愛もない雑談のうちに、どうしたことか、話題はセーヴァのメキシコ到着が遅れていることへと移り、ブルトンに向かってレフ・ダヴィドヴィチは、自らの犬への偏愛を打ち明けた。続けて彼は、プリンキポの霊園の壁の前でロシア産のグレーハウンドと別れて以来、放浪生活のせいで犬を飼えないことを嘆き、愛犬マヤの優しさ、そしてグレーハウンド全般が主人に見せる献身的態度について長々と論じた。すると、最もシュルレアリスト的なシュルレアリストであるはずの詩人は完全に論理的になり、それは愛情に流されすぎだと言って相手の話を反駁した。彼によれば、犬が愛情を抱くなどという話は、人間特有の感情を動物に押しつけた帰結にすぎない。

レフ・ダヴィドヴィチは論理よりも感情に頼った議論でブルトンに応じ、犬が主人に愛情を感じないとなぜ言い切れるのか、犬の愛や友情にまつわる話はいくらでもあるではないか、そう言い張った。生前のマヤの主人との関係を見ていれば、きっと納得してくれただろうに。それに対しブルトンは、それはわかるし、自身も犬が大好きだと明かしたうえで、それは自分の人間的感情にすぎないと言った。もしかすると、人間との関係からもたらされる結果を識別して初歩的な形で表現しているということはあるかもしれない。例えば、苦痛を与えてくる人間への恐怖。だが、犬が誰かに忠誠を尽くすなどという話を認めれば、人を刺す蚊が意識的に残酷になっているとか、蟹が意図的に後ずさりしているとか、そんな話まで正しいということになりかねない……　レフ・ダヴィドヴィチは納得したわけではなかったが、意図的に後ずさりする蟹といういかにもシュルレアリスムらしいイメージは気に入った。

数日後に交わした議論は多少険悪で、奇妙な帰結に行き着いた。発端は、レフ・ダヴィドヴィチの期待に反して、ブルトンが『宣言』の草稿を仕上げることができず、その弁明に、「考えがまとまらず収拾がつかない」と述べたことだった。緊張が重なっていたせいだろうが、レフ・ダヴィドヴィチはその瞬間、行き過ぎとしか言いようのない怒りの発作に囚われて彼の怠慢を叱責し（後にリョーヴァのことを思い出して後悔することになる）、戦争の危機が刻々と迫るヨーロッパに向けて一刻も早くこの宣言を発表すべき時なのに、その重要さがわからないとは何事か、となじった。ブルトンは反論し、誰もがずっと一つのことだけに集中できるわけではないと述べたうえで、レフ・ダヴィドヴィチのような情熱の高みは自分の手に届かない、と訴えた。《手に届かない》という言葉を聞いて彼はもっと憤慨し、決裂寸前のところまで行ったが、機転を利かせたナターリヤがブルトンに味方し、その場は収まった。

だが、翌日レフ・ダヴィドヴィチは、ブルトンの体に尋常でない生理的現象が起こったことを知らされた。体全体が麻痺しきったような状態にあるというのだ。医者は、精神的疲労と診断して絶対安静を勧めたが、ヴァン・エジュノールによれば、ブルトンの知的・肉体的機能停止は完全にレフ・ダヴィドヴィチのせいだった。彼の言う《トロツキーによるうなじへの一吹き》を食らうと、親交のある者は誰でも卒倒しかねないのであり、秘書たるヴァン・エジュノール自身ですら、彼のもとで過ごすのは辛いという。トロツキーの生き方、考え方は、耐え難いほどの道徳的緊張を周りに引き起こす。何年も前から自らに同じことを課してきたレフ・ダヴィドヴィチはもはや気づきもしないが、世界のあらゆる権力――ファシズム、資本主義、スターリン主義、改革主義、帝国主義、ありとあらゆる宗教、さらには合理主義やプラグマティズム――に昼夜立ち向かい続けることのできる人間は滅多にいない。ブルトンでさえ、自分には到底及びもつかない人物だと言って卒倒してしまうのだから、レフ・ダヴィドヴィチもそろそろ現実を直視すべき時だろう。悪いのはブルトンではなくトロツキー同志のほうであり、長年にわたりそんな精神的負荷に耐えられる人間はそもそも人間ではないのだ……「残酷な蚊や後ずさりする蟹でなければいいがな」秘書に向かってレフ・ダヴィドヴィチは言った。

数多の議論にもかかわらず（そのおかげでと言うべきだろうか）、度重なる心労に加え、ナターリヤの予想どおりセーヴァとの別居を嫌がるジャンヌに頭を悩まされていたレフ・ダヴィドヴィチには、ブルトンがそばにいてくれるほうがありがたかった。ジャンヌはどう見てもノイローゼに陥っており、リョーヴァの両親に楯突くよう誰かに唆されてでもいるのか、その態度はあまりに険悪で、マルグリット・ロスメルにさえセーヴァに近づくことを許さなかった。やむなくトロツキー夫妻は、セーヴァの保護権を求めて法的措置に訴えた。

七月一〇日、トロツキー夫妻とブルトン夫妻は、ディエゴ・リベラとともにパックアロへ出向いた。体調が回復していたブルトンはすでにほぼ『宣言』を書き上げており、あとは最終調整が残るのみだった。レフ・ダヴィドヴィチがパックアロの魚に目がないことをよく知っていたリベラは、知り合いの漁師に頼んで最高のネタを取り寄せた。ジャクリーヌとブルトンもこのご馳走にひれ伏し、ブルトンはこれを《アンドレ・マッソンの魚》と名付けた。仕事に打ち込む漁師たちの姿を見て、不意に郷愁に囚われたレフ・ダヴィドヴィチは、ソ連国内の反対派にまだ希望を抱きつつ、善良なカランボスとともに威勢よく魚釣りに繰り出していたプリンキポ時代を懐かしく思い起こした。カラランボスはどうしているのだろうか？　彼は思った。今も毎日、午後太陽が赤っぽい筋を刻むマルマラ海に繰り出しているのだろうか？

『宣言』がまだ完成していないこともあり、トロツキーとブルトンは、スターリニズムがソ連内外で芸術活動にもたらした帰結を長々と論じた。スターリンの追従者、とりわけロランやマルローのような作家がどれほど彼の軽蔑心を掻き立てるか、レフ・ダヴィドヴィチは打ち明けた。マルローの処女作は賞賛に値したが、今や彼も、パリ、ロンドン、ニューヨークに安住する作家の典型に成り果て、ソ連の実情などまったく知らぬまま（むしろ知りたがらぬまま）スターリン支持の声明に署名している。スターリン体制の寛容さを鵜呑みにする作家一人ひとりに耐久テストを行ってみたいものだ。家族とともに暖房の利かない六メートル四方のアパートに住まわせ、車も与えず、一日一〇時間、何の意味もないノルマを達成させるために働かせ、報酬は紙くず同然の数ルーブリ、配給手帳に則った食事と服だけを与え、外国旅行はおろか、声を上げることさえ許されない。そんな状態で一年暮らしても、まだ同じ計画を擁護し、偉大な哲学的原則を振りかざし続けていたら、次は、もう一年、ゴーリキーが新人工場と評した服役区に閉じ込めるとしよう……　これで嫌というほど真実をわかってもらえることだろうから、さて、その後、いったい何人のロランやアラゴンがパリのレストランでスターリン支持を声高に叫び続けることができるだろうか。

パックアロから戻ると、レフ・ダヴィドヴィチのもとに深刻な知らせが届いていた。七月一四日、彼の協力者ルドルフ・クレメントが跡形もなくパリから姿を消したというのだ。いろいろ悪いことが重なった後でもあり、付き合いの長いこの若者の身を案じずにはいられなかった。遠く離れた国には不完全な情報が遅れて届くばかりで、事件の全容はいっこうにわからなかったが、最初からこの失踪とリョーヴァの死には関連があることが窺われ、フランス警察に宛てた手紙でも、捜査の怠慢に抗議の意を示すとともに、この憶測を伝えた。

七月二五日、ようやく『独立した革命芸術のための宣言』が完成した。芸術にはいかなる制約も認めない。レフ・ダヴィドヴィチは、自分の名前が入ると文書が政治色を帯びるという理由で署名を避け、代わりにリベラがブルトンとともに署名することを提案して、快諾を得た。世界が歴史上最も邪悪な全体主義に囲まれた今、この声明が待望の独立革命芸術家連盟結成に向けた第一歩となることをレフ・ダヴィドヴィチは期待した。

ブルトンの送別会に、ディエゴとフリーダはシュルレアリスム的祝宴を催した。トロツキー夫妻はパーティーに参加する気分ではなかったが、仲間たちの歓喜に水を差さぬよう気をつけた。フリーダはシュルレアリスムの法王にふさわしいスータンを準備し、ダリの時計やマッソンの魚、ミロの配色でこれを飾ったうえで、彼の頭にマグリットの帽子を被せた。招待客の多くがシュルレアリスムの詩を読み、リベラは、最もシュルレアリスム的な酒だというメスカルで乾杯した。

最高の話し相手を失った後、レフ・ダヴィドヴィチは第四インターナショナルに向けた提案と計画書の執筆に専念してその空白を埋めていたが、そんなところに、南仏から不穏な手紙が届いた。送り主は他ならぬクレメントであり、暴言に満ちた荒っぽい言葉で彼との政治的決別を告げていた。脅迫でもされないかぎり彼の協力者がこんな文面を書くはずはなく、レフ・ダヴィドヴィチは恐ろしい予感に囚われた。そして一週間後、その予感が想定しうるかぎり最悪のおぞましい形で的中し、セーヌ河畔でクレメントの惨殺死体が発見された。

ペリニーのロスメル邸で第四インターナショナルの決起集会が開かれたのは、クレメント暗殺の余韻も冷めやらぬ最中だった。レフ・ダヴィドヴィチの希望とほど遠い集会ではあったが、重要なのは、ともかくインターナショナルが立ち上がったことだった。リョーヴァとクレメントの亡き後、決起集会の指揮を執ったのは協力者の古参マックス・シャハトマンだったが、集まったのはわずか四〇人ほどの代表者だけだった。以前から決まっていたとおり、ロシア代表を務めたのは、ほとんど正体不明のエティエンヌだった。

ナターリヤにすら打ち明ける気にはならなかったが、実のところこんな活動が闇夜の叫び声にすぎないことはレフ・ダヴィドヴィチにもわかっていた。スターリン主義と無縁な労働者組織やマルクス主義政党を結成するにふさわしい時期でないことは、世界を一瞥しただけで明らかだった。ソ連に彼の支持者はほとんど残っておらず、全員が収監されていた。ヨーロッパでは、モリニエ一派のような離党と分派が蔓延し、ドイツやイタリアでは社会主義者と共産主義者が大規模な弾圧を受けていた。アジアの労働者は失敗に次ぐ失敗だった。辛うじてアメリカ合衆国だけは、シャハトマンや二人のジェイムズ——キャノンとバーナム——といった指導者の尽力で、社会主義労働党とともに勢力を拡大していた。モスクワからの要請にいつも恭しくひれ伏す各国共産党は、人民戦線の政策に足枷をかけられ、アメリカ合衆国ではルーズヴェルトのニューディール政策にすり寄る始末……だが、戦争が始まれば革命的激震が起こるだろう、彼は記した。その時こそ第四インターナショナルは、屈服を拒む頑固者の単なる空想でなかったことを証し立てるはずだ、彼は夢見がちにこんなことまで書き残している。

開戦が迫りつつあるという確信は、ヒトラーが牙を剝き始めるにつれて固まっていった。チェンバレンと会見した後の九月二二日、総統はミュンヘン会議を強行し、ヨーロッパ列強に要求を飲ませた。チェコスロバキアの一部割譲か、さもなくば開戦か。予想どおり列強がチェコスロバキアを見殺しにしたことを知って、先の展開をはっきりと見通したレフ・ダヴィドヴィチは、ここ数年ヒトラーとスターリンが密かに（というほどでもない）模索していた協定の成立を直感した。目下のところ、二人はヨーロッパの分割に合意しつつあることだろう、彼は書いた。アーリア人種による支配を目論むヒトラーがヨーロッパの東側を奴隷化しようと乗り出すのに対し、スターリンはツァーリの時代を凌ぐ版図拡大を目指している。二つの野望が衝突したところで戦争は始まる。

その頃、ニューヨークから彼のもとに届いた手紙が、絶えざる不安の種となった。送り主はアメリカに住む老いぼれのポーランド系ユダヤ人を名乗り、政治的信条には共感しないものの、これまでずっと革命家・追放者トロツキーの足跡を追ってきたという。説明によれば、元GPUメンバーでウクライナ人の親戚が数週間前に脱走して日本に保護を求め、トロツキーに是が非でも伝えたい話があると言ってきたので、その内容を伝える、ということだった。そして、身の安全のため、これ以上手紙は書かないが、お役に立てば幸いだ、と締めくくられていた。

胡散臭い前口上ではあったが、そこに書かれていた内容は真に迫っており、パリに送り込まれたソ連のスパイで、「キューピッド」というコードネームを使う人物の存在を暴き出していた。無防備で能天気な支持者のおかげで、この人物はフランスのトロツキスト集団内で重要な役割を果たすようになり、秘密文書まで目にすることがあるという。キューピッドはその間ずっとソ連大使館の諜報部員と連絡を取り、NKVDの隠れ蓑で、レイス、そしておそらくはクレメントの死にも関わったロシア人帰国斡旋協会なる組織にも協力している。日本に亡命した元工作員にも正確なことはわからないが、キューピッドがトロツキスト集団の中枢にいたことを考えれば、レフ・セドフの死にこの人物が直接関係していないはずはない。確かなのは、この人物はスパイ行為の任務を追っているだけでなく、条件が揃ったところでトロツキーに接近し、暗殺せよという指示を受けていることであり、ブハーリン、ヤゴダ、ラコフスキーの裁判が三月に終わった後、クレムリンからすでに暗殺計画開始の命令が下っていることは間違いない。同時に、元工作員によれば、キューピッドは暗殺者候補の一人にすぎず、他にも多くの予備軍がいるという。

手紙の最後に老ユダヤ人は、ある親戚から聞いたという仰天の話を記していた。なんとこの人物は、プリンキポに立ち寄った後に拘束されたヤーコフ・ブリュムキンの尋問に立ち会ったというのだ。そこで明かされたブリュムキン逮捕の真相によれば、彼を密告したのは同じくGPUの工作員だった彼の妻であり、トロツキーと接触したことばかりか、トルコでブリュムキンが古文書を売って儲けた金の一部を渡したことまで告発したという。密告者がカール・ラデックだという話は、卑怯者のレッテルを貼ってラデックの権威を貶めるためにルビャンカが流したデマだった。元工作員の証言では、似たような目に遭った多くの男たちと較べても、滅多に見られないほど立派で威厳のある振る舞いをブリュムキンは裁判の最後まで貫き通したという。激しい拷問にもかかわらず、彼はいかなる証言にも頑として署名を拒否し、処刑の際も膝さえつかなかった。

何度も手紙を読み返し、秘書たちやナターリヤと相談した後、考えうる選択肢は二つしかないということで彼らの意見は一致した。意図ははっきりわからないが、GPUによる挑発か、あるいは、秘密警察の目論見を知り尽くした誰かが、パリにいるスパイの存在について触れることで、エティエンヌに嫌疑をかけているか。リョーヴァがすぐ近くに敵を置いていたとは俄かに信じ難い話であり（ソボレヴィチュス兄弟のことをレフ・ダヴィドヴィチは思い出した）、エティエンヌが実はスターリンの手下だったなどと考えてみただけで、吐き気が込み上げてきた。内心レフ・ダヴィドヴィチは、これがまだ創設されて日の浅いNKVDの仕業であってくれと願わずにはいられなかった。だが、手紙によって立ち昇った煙の向こうに真実が垣間見えていることは明らかで、それまでナターリヤにすら話していなかった金銭の授受についてまで触れているところを見れば、これが確かな情報筋であることは間違いなかった。手紙に書かれていることが事実だとすれば、最後の見世物裁判を終えたスターリンは、もはや彼を告発の柱として利用する必要がなくなっており、したがって、この地上で彼に残された時間は着実に減っているということになるが、そんな事実を正面から受け止める気にはなれなかった。

第四インターナショナル創立後、メキシコ共産党によるトロツキーへの誹謗中傷が激化しても、彼には驚きではなかった。だが、新たな決起がリベラの気分を害し、《青の家》にまで政治熱が入り込んで来る事態には辟易した。リベラが怒ったのは、第四インターナショナル・メキシコ支部書記長のポストを望んでいたのに、レフ・ダヴィドヴィチに反対されたからだった。だが、彼にとって反対の理由は明確だった。新党の立ち上げは、政治的な箔づけにはなるかもしれないが、会議や書類に忙殺される事務仕事であり、創作の時間を奪われるリベラにはマイナスにしかならない。それに、直接彼には言わなかったが、リベラに政治的素養があるとは思えなかった。だが、リベラは政治的名声を求めており、庇護の手を差し伸べた相手に裏切られたような気分になっていた。

誕生日の数日前、レフ・ダヴィドヴィチは、すでに完全に消息を絶ったと思われていた古くからの協力者ＶＶ

から情報を受け取った。それによれば、NKVDの長官だったチビのエジョフはすでに職を解かれ、直後に職権濫用と反逆罪で投獄されたという。ヤゴダと同じく、エジョフももはや虫の息であり、いつもどおり、スターリンの狙いは、この男に罪を押しつけて、身の潔白を強調することだった。

VVの報告には、ヤゴダ時代に冷酷無比な運営によって飢餓その他の要因で人を死なせていた収容所が、エジョフの指揮下でいかなる変容を遂げたか、その詳細が記されていた。エジョフがトップに座ると、ソ連における犯罪者の更生制度がいかに優れているかを誇示するプロパガンダは完全に放棄され、制度的大量虐殺の場となった通称グラーグの囚人たちは、強制労働や暗殺によって歴史に前例のないペースで命を落とした。だが、今やエジョフは、以前にもまして非合理的、病的なテロルを指揮していた。例えば、一九三七年二月、スターリンは、コミンテルンの総書記で彼の子飼いだったゲオルギー・ディミトロフの前で、モスクワに亡命中の外国人共産党員が《敵と通じている》ことを指摘し、すぐさまエジョフに対応を命じた。一年後、ソ連国内に三九四人いたインターナショナル実行委員会メンバーは一七〇人になり、残りは処刑されたか、死の収容所へ送られた。ドイツ人、オーストリア人、ユーゴスラビア人、イタリア人、ブルガリア人、フィンランド人、バルト人、イギリス人、フランス人、ポーランド人などが含まれ、ユダヤ系の受刑者は再び急増した。一九三三年以前からのドイツ共産党指導者で、この時スターリンに処罰された者の数は、ヒトラーに拘束された者の数を上回っている。党の路線に従ってナチスの台頭を許した後にソ連へ逃れた六八名の指導者のうち、四〇名以上が死刑か収容所送りにされた。また、大量の処罰者を出したポーランド共産党は壊滅状態に陥っている。

VVの手紙を読みながらレフ・ダヴィドヴィチは、新事実の重みに打ちのめされた。スターリンの手下によって処刑された者の数が何十万人になるのか、いつか明らかになる日が来るだろうか？　本物の共産主義者がどれほど処罰を受けたことだろう？　それだけでも目も眩む数に上るというのに、そこにウクライナその他の地域で無謀な集団化によって餓死した数百万もの農民や、スターリンの命じた強制移住で命を落とした数百万人が加われば…… レフ・ダヴィドヴィチは考え続けた。平時の虐殺としては間違いなく人類史上最悪だろうし、さらにひどいことに、処罰のほとんどが裁判も審議も判決もなしに行われた以上、どれほど恐ろしい規模の虐殺が行われたか、真実は決して知られることがない。大半は、獄中やすし詰めの汽車、シベリアの凍てつく強制収容所で死んだか、川べりの崖で銃殺されて濁流に飲まれ、土砂や雪崩に埋もれたか……

自らもそのテロルの手中にあることを痛感させられたのは、パリにいるヴィクトル・セルジュや他の友人たちが、やはりエティエンヌは工作員キューピッドであり、リョーヴァ、レイス、クレメントの死に関わっていたという事実を確認して伝えてきた時だった。しかもこの男は、裏でジャンヌを操り、裁判になるほどセーヴァの親権問題をこじれされたばかりか（幸いにもトロツキー夫妻の主張が認められた）、警察にまで口出しをさせて、リョーヴァの死因をめぐる捜査を助けるどころか攪乱したという。だが、それでもロスメル夫妻や他の同志たちは、エティエンヌの素行に不審な点は見つからなかったと主張し、レフ・ダヴィドヴィチも友人たちの告発に耳を貸そうとはしなかった。この間のエティエンヌの働きぶりはめざましく、『ビュルタン』がかつてないほどきちんと定期的に刊行されていたばかりか、インターナショナル創設に伴う仕事も模範的なほど整然と進められた。とはいえ、そうした勤勉な仮面の裏にスパイの顔が隠れていないとはかぎらない。レフ・ダヴィドヴィチは、仲間たちの告発を彼に直接突きつけて、無実を証明せよと求めるしかあるまいと思った。

他方、ジャンヌは裁判所の下した判決に従うことを拒み、セーヴァを連れてパリを逃げ出したばかりか、妻に所有権があると主張して、リョーヴァが保管していた文書の一部まで持ち去った。いつも寛容で協力的なマルグリット・ロスメルは、これを名誉にかかわる問題と受け止め、必ず少年を探し出してメキシコまで連れて行くとナターリヤに宛てて書き送った。かわいそうなセーヴァ！ 彼女は声を上げた。本当の父親は強制収容所へ送られて行方不明、母親はベルリン滞在中に彼のすぐそばで自殺、養父はスターリンの仕業と思しき変死、保護者役だったはずの女はどうやら発狂して怨念をぶちまけ、祖父母は亡命の身、もう一人の祖母も収監中、数多の叔父叔母は亡くなったか行方不明、兄弟や従兄妹たちの消息は不明…… スターリンの憎しみによる犠牲者のうち、幼いフセヴォロド・ヴォルコフほど罪のない、それでいて象徴的なケースが他にあるだろうか？

悲報の連続に、《青の家》は重い空気に包まれていた――とりわけニューヨークで開かれた個展のためにフリーダが家を空けて以来――が、それでもナターリヤ・セドーヴァは夫の五九歳の誕生日を祝うことにした。ごく少数の親しい友人たち（メキシコに住み着いていたオットー・リューレ、マックス・シャハトマン、オクタビオ・フェルナンデス、ペップ・ナダルなど）がお祝いに駆けつけ、秘書やボディーガードと集った。ナターリヤは料理に腕を振るい、大半はメキシコ料理だったが、ロシア料理やフランス料理、トルコ料理まで振る舞った。悪趣味の極みはやはりディエゴ・リベラであり、額に《スターリン》と書かれた死者の日の砂糖菓子を親友に贈った。他方シャハトマンは、半分冗談、半分本気でスピーチを始め、トロツキーの人となりを評した。「髪はぼさぼさ、顔は日焼けし、青い目はいつも眼光鋭い。L・Dはいつもいい男。ヴィクトル・セルジュの言うとおりのダンディ、彼によれば、レーニンは我らが親愛なるトロツキーについて、こんな気の利いた小話でその人柄を語っていたそうだ。《銃殺刑の執行人から、最後の望みは何かと訊かれれば、レフ・ダヴィドヴィチ君は何と答えるか、おわかりだろうか、諸君。我らが同志は執行人を見つめて礼儀正しく近寄り、こんなふうに言うだろう。すみませんが、少々髪が乱れているので、櫛をお持ちではありませんか？》」

だが、当時彼の置かれていた状況を最も的確に描き出していたのは、彼のことを一番よく知るナターリヤだった。「L・Dはひとりぼっち。二人でコヨアカンの小さな庭を散歩していても、いつも額に穴の開いた幽霊に囲まれている…… 時々仕事中に溜め息をついて大声で叫ぶ独り言が聞こえてくる。《ああ、疲れた…… もう無理だ！》有名人の亡霊や、頭に死刑執行人の銃弾を撃ち込まれた頭蓋骨、汚辱と嘘に塗れた改悛者となってレーニンの同志トロツキーを告発する旧友、そんな者たちと話している最中に、友人たちに不意を突かれることがよくある。彼には、革命に全財産を捧げた貴公子、最愛の友ラコフスキーの姿が見える。陽気で明るいスミルノフの姿が見える。赤軍の英雄、大きな髭の将軍ムラコフも……　息子たち、ニーナ、ジーナ、リョーヴァも、親友たち、ブリュムキン、ヨッフェ、トハチェフスキー、アンドレウ・ニン、クレメント、ウォルフも見える。みんな死んでいる。Ｌ・Ｄはひとりぼっち……」

22

空港のホールで痩せこけた体のシルヴィア・アゲロフに再会したジャック・モルナルは、本気で喜びを味わった。彼女が着ていた黒のドレスは、パリ滞在中に、白い肌が引き立つと言って友人の書店員ガートルード・アリソンが勧めた品だった。自分の醜さがよく分かっていたシルヴィアは、愛するジャックに少しでもましな姿を捧げたいと思って、友人の忠告に従ったのだった。彼女は感極まってジャックの胸に飛び込んだ。

前の週、一九四〇年が明けてすぐ、トムからジャックに連絡が入り、オルロフの脱走で凍結されていたスペイン人工作員の一人フェリペがメキシコに到着したことを知らせた。それまでモスクワにいたフェリペが、元スペイン内戦の義勇兵からなるメキシコ人部隊の指揮官として、トロツキー暗殺に向けて進行中の作戦行動を率いるという。フランスだかポーランドだかの怪しげなユダヤ人に成り代わったこのスペイン人の名はメキシコ人の部下たちにさえ知らされず、ただ《ユダヤ人同志》と呼ばれている。この間ずっと姿をくらませていたグリグリエーヴィチがフェリペに必要な指示を伝え、その間、トムは他の選択肢を検討、準備する。もう一ついい知らせは、万事順調に運べば、間もなく任期を終えるトロツキーのボディーガードと交代するため、アメリカ人工作員が遅くとも二、三カ月中に派遣されるということだった。トムは、作戦が最終調整の段階に入っていることを伝えたが、現段階でジャック・モルナルは第二、第三の襲撃要員候補であり、やや優先順位が下がっていたことは伏せておいた。

数日間、ジャックとシルヴィアはモンテホ・ホテルの部屋で蜜月に浸った。レフ・ダヴィドヴィチ宛ての手紙を預かっていたこともあり、また、メキシコ滞在中に用事があれば何でも言いつけてほしいと伝えるため、もっと早く敬愛する師を訪ねて行きたいところだったが、ジャックにせがまれてシルヴィアは予定を先延ばしにした。ビエナ通りの家を訪ねる日取りが決まると、ジャックは車で送って行こうと申し出たが、彼女の知人と関わり合いになるのは絶対に嫌だと言い張った。まったく興味のない話だし、シルヴィアの政治熱にはしかるべく敬意を払っているのだから、血なまぐさい争いを続ける共産主義者の悲惨な物語に興味を持てなくとも、とやかく言われる筋合いはない。

「わかってないわね」少なくともこういう話になると優位に立てるのが嬉しくて、シルヴィアはにこやかに言った。

「それほどでもない」ジャックは反論した。「メキシコ共産党内の内輪揉めの話を新聞で読んだだろう?」

「あれはスターリンの粛清よ。総書記のラボルデとバレンティン・カンパは、党員としての素養を問われたのではなく、モスクワの命令に従わなかったから追放された。いつものことよ……」

ジャックは笑いすぎで涙を流した。

「どいつもこいつも同じだよ。奴らは諸悪の根源をトロツキスト工作員の陰謀に押しつけるし、君たちはあらゆるものにスターリンと秘密警察の影を見出す」

「違いは、私たちは正しいというところね」

「どうだかね、シルヴィア……　世界がスターリン派とトロツキー派の陰謀だけに挟まれているわけじゃない」

「同じにしないでちょうだい。スターリンは何百万というソ連人を餓死か銃殺に追いやって、世界の共産主義者を何千人も始末した。ヒトラーと組んで、まずポーランド、さらにフィンランドにまで攻め込んで、おまけにレフ・ダヴィドヴィチを暗殺しようと躍起になっている……」

ジャックは踵を返してトイレに駆け込んだ。

「まだ話は終わってないわ！　最後まで聞いて！」

ジャックは部屋に戻って彼女の顔をじっと見つめた。そして近寄って、指先に力を込めて二、三度彼女のこめかみを小突いた。シルヴィアを痛めつけてやりたい気持ちが抑えられず、彼女のほうでもどう反応したものか見当がつかなかった。

「いいか、よく覚えておいてくれ、そんな話には興味がない。コヨアカンへ行くのか、行かないのか、どっちだ？」

運転しながらジャックは、トロツキーの住む郊外までの道程はだいたいわかっていると言ったが、それでも二度ほど人に道を聞いて、間違っていないか確かめた。この数日の雨で泥だらけになっていたビエナ通りに入ると、思わず叫び声が漏れた。

「おいおい、こんなところに住んでいるのか？」

「安全な場所はここしかないのよ。これでもスターリンの陰謀がでたらめだと言うわけ？」

ジャックが家の前に車を停めると、メキシコ人の警官が近づいてきた。シルヴィアが車から降りたところで、見張りの塔から通していいという叫び声が届いた。ジャックは車を通りの反対側に移動させ、防弾門から離れた。シルヴィアは来客用入口の前で待ち、中へ通されると同時に、後ろで頑丈なドアが閉まった。

かなり寒かったが、ジャックはビュイックを降りて煙草をくわえ、泥を避けるように石伝いに歩いた後、ボンネットに背中を預けた。

四五分後にシルヴィアは、ジャックと背丈は同じぐらいだが肉付きはもう少しよさそうな男と一緒に出てきた。

シルヴィアは男をオットー・シュスラーと紹介し、トロツキー同志の秘書を務めていることを伝えた。ジャックは男の手を握った後、フランク・ジャクソンと自己紹介し、型どおり丁重に振る舞った。勘ぐられていることは明らかであり、人見知りと不遜の中間ぐらい、少々間抜けで軽口な男を演じて、政治とは無縁で、この場所にも興味がないことを印象づけようとした。

「シルヴィアの話では、しばらくメキシコにいらっしゃるそうですね」オットーは何気ない口調で言った。

「まだ確かなことは何も言えませんが、商売次第ですね。これまでのところは順調です。あぶく銭があるかぎりはここにいますよ」

「ジャック……」シルヴィアはこう言ったところで過ちに気づいたが、恋人の言葉に恥じ入るように先を続けた。「いえ、フランクはメキシコに事務所も持っているんです」

オットー・シュスラーは眉間に皺を寄せた。これ以上勘ぐられぬようジャックは言葉を挟んだ。

「私の本名はジャック・モルナルですが、パスポート上はフランク・ジャクソンなんです。ベルギーの徴兵を逃れていて、いつ故国へ帰れるかわかりません。政治家が解決し損ねた問題のために戦うなんてまっぴらです」

「それも一つの見方ですね……」オットーは間を置いた。「どうお呼びすればいいですか、モルナル、あるいはジャクソン？」

「入国管理局と無関係であれば、どちらでも結構です」

「それではジャクソンさん」オットーは笑顔で手を差し出した。「かわいいシルヴィアをよろしく。姉妹ともども、彼女は我々のお気に入りです」

「もちろん」そう言って、シルヴィアにドアを開けた後、泥を避けながら車の反対側に回り、運転席に座った。

「いい車ですね」シルヴィアの側からオットーは言った。

「それに安全です。国中これで回りますからね……」

シュスラーは軽く屋根に触れ、ジャックは車を発進させた。

「恋人審査にパスできたかな?」

頬を赤らめながらシルヴィアは正面を向いた。

「そんなつもりはなかったんだけど。ボディーガードの妄想ではなくて、本当にいろいろ兆候があるのよ。みんなピリピリしていて。わかってちょうだい」

「わかってるよ。スターリンの陰謀」こう言って彼は微笑んだ。「ボスはお元気?」

「ボスじゃないけど……元気に仕事に励んでいるわ。スターリン伝を一刻も早く完成したいんだって」

「トロツキーがスターリン伝?」あまりの驚きにジャックはスピードを落とした。

「あの怪物について真実を書けるのは彼だけだわ。他はみんな死んでいるか、共犯になったか」

隠し事でも否定するようにジャックは首を振り、スピードを上げた。

「腹が減った。何を食べたい?」

「パックアロの白身魚」ずっと考えていたように彼女は言った。

「そんなものどこで食べたんだ?」

「さっき聞いたんだけど、レフ・ダヴィドヴィチの好物なんだって」

「一つ店を知ってる……君のボスが美食家か確かめるとしよう」

「あなたは太陽」シルヴィアは言って、左手をジャック・モルナルの股へ伸ばした。どうやら敬愛するレフ・ダヴィドヴィチの近くにいたせいであらゆる欲求が戻ってきたらしい。

トムとカリダッドは再び姿をくらませていた。数日前、シャーリー・コートのアパートでトムは、近いうちにメキシコを離れておそらく最終となる指令を受ける、とジャックに伝えていた。留守中、彼の果たすべき使命はただ一つ、できるだけさりげなくカモの家に近づき、警護の者たちと親しくなること。いかなることがあっても、要塞の中へ入ってみたいとシルヴィアに頼むような真似をしてはならないが、向こうから招かれれば拒むことはない。トロツキーと直接接触することがあれば、礼儀正しく敬意を払うべきだが、少し人見知りに見えるぐらい控えめにしておいたほうがいい。敷地内の様子をしっかりと頭に焼き付け、彼ないし他の誰かが作戦を実行する際に、どこから逃げればいいか考えておくこと。実行に劣らず逃亡も重要だ、トムは強調した。この男は人畜無害だと完全に安心させておいてから、偶然中へ通される形にせねばならない。

ジャックが自分とトロツキーの運命的結びつきを垣間見たのは、シルヴィアが二、三週間仕事の手伝いをしてほしいと師に要請された時だった。トロツキーが記事用にロシア語で録音するテープの原稿起こしを担当していたマドモワゼル・ヤノーヴィチが体調を崩し、折良くメキシコで暇にしていたシルヴィアに白羽の矢が立ったのだ。重要な取引のためリューベック氏がアメリカ合衆国へ出張中で、仕事日照りの日々を過ごしていたジャックは、毎朝ビエナ通りの家まで彼女を送っては、夕方また車で迎えに来た。シルヴィアが《ボス》の手伝いをする間、彼はエルミータ・ビルに借りていたオフィスで書類や書簡を整理する。唯一の問題は、ジャックのオフィスには、二カ月も前に設置を申請した電話がメキシコ人の怠慢でまだ引かれておらず、シルヴィアの仕事が早く終わると待ち時間が長くなることだった。

二月中ずっと週に三日か四日、二人はトロツキー邸の入口に現れた。車に乗ったままジャックが二、三回クラクションを鳴らしてシルヴィアの到着を知らせると、すぐにドアが開けられる。午後戻ってくる時にシルヴィアが外で待っていることは滅多にないから、ジャックは車を停めて煙草をふかし、彼女の仕事が終わるのを待つ。数日後、要塞と化した家に興味を示すこともなく煙草をふかすジャック・モルナルの姿にも慣れてくると、警備担当の面々は、いつもお洒落に着飾ったこの男に対する警戒心を緩め、《シルヴィアの旦那》、ジャクソンなどと呼びならした。打ち解けるきっかけを作ったのはカーマニアのオットー・シュスラーであり、このベルギー人がレーシングカーに詳しいと知って以来、事あるごとに通りへ出て彼と言葉を交わすようになった。シルヴィアが助手席に座った後でも、ジャックとオットー、時には塔の監視役まで加わって、エンジンやクラッチ、ブレーキをめぐる四方山話が長々と続くことさえ一度ならずあった。

車談義が盛り上がった最初の頃の午後、ジャックは犬のはしゃぎ声を聞きつけて後ろを振り向いた。見るとそこに少年がおり（トロツキーの孫セーヴァ・ヴォルコフだと一目でわかった）、尻尾を振ってじゃれつく犬種不明の犬を連れて外へ出てきたところだった。犬と少年の姿を見て一瞬当惑したジャックは、シュスラーとの会話もそっちのけで家のほうへ近寄り、耳を立てて様子を窺っていた犬に向かって指笛を吹いた。続けてジャックは指を鳴らしたが、犬はおずおずと少年を見るばかりだった。すぐにセーヴァが犬の首に触れて数歩近づいてきたので、彼はしゃがんで犬を撫で始めた。

ジャック・モルナルは、赤っぽい滑らかな毛並みを指の平で探りながら喜びを噛みしめた。そして、手を舐めてくる犬に向かって、周りまで聞こえるぐらいの声でフランス語を発し、優しい言葉をかけた。数秒間ではあったが、彼は周りの世界から切り離され、彼と犬と、そして葬り去ったはずのノスタルジーしかない時空間の片隅に浸った。しゃがんだまま、ようやく普通の時空間を取り戻すと、ジャックはセーヴァのほうへ目を上げ、犬の名前を訊ねた。

「アステカ」少年は言った。

「かわいいね」モルナルは応じた。「君のかい？」

「そう、子犬の頃から飼ってる」

「僕も子供の頃に二匹飼っていた。アダムとイブ。ラブラドールだった」

「アステカは混血だけど、僕のおじいさんはずっとロシアのグレーハウンドを飼っていた」

「ボルゾイを？」その問いには称賛がこもっていた。「ハウンド種のなかでは世界一美しい犬だ。僕も飼ってみたかったな」

「最後に飼っていたのはマヤという名前だった。僕も見たことがある」

「アステカと散歩かい？」興奮した犬の耳を撫でながら彼は訊ねた。

「川まで行くんだ……」

ジャックは立ち上がって微笑んだ。

「ごめん、自己紹介をしていなかったね。僕はジャクソン、シルヴィアの恋人」

「僕はセーヴァ」少年は言った。

「それじゃ、たっぷり遊んできな、セーヴァ……　またね、アステカ」こう言うと、犬は尻尾を振った。

「気に入られたようだね」セーヴァはにこやかに言って、近くの小道へ向かった。その瞬間ジャック・モルナルには、要塞の防弾門が目の前で溶け落ちていくのがはっきりと感じられた。塀の向こう側に着々と友人が増えていたのだ。

二月末のある午後、モレロス通りを曲がってビエナ通りに入ると、家の入口のところでシルヴィアが二人組と一緒に彼を待っており、何度も写真を見て頭に叩き込んでいたおかげで、彼にはすぐそれが誰かわかった。いつもどおり彼は車を通りの反対側に停め、車を降りてシルヴィアにキスした後、アルフレッドとマルグリットのロスメル夫妻に紹介された。一年半前、第四インターナショナル決起総会の際に車で行ったペリニーの家は二人の実家だという。

「ああ、もちろん覚えている……　きれいな家だった」いつもどおり何気なくジャックは答えた。「メキシコでバカンスですか？」

アルフレッド・ロスメルによれば、少し前までフランスに住んでいたセーヴァ・ヴォルコフ（「すでに彼にもアステカにも会いました」とジャックは笑顔で口を挟んだ）の付き添いでやってきたという。パリの情勢や若者の徴兵が話題にのぼり、一五分後に別れる頃には、ジャックの行きつけのレストランに四人で夕食に行こうと約束を交わしていた。ジャックはブルジョアらしい気前よさをひけらかし、自分がご馳走すると請け合った。

マドモワゼル・ヤノーヴィチが仕事に復帰すると、シルヴィアは任務を解かれたが、ジャックとビュイックはその後もしばしばビエナ通りの要塞に姿を見せ、その存在を不審に思う者は誰もいなくなった。週に一度、彼らはロスメル夫妻を迎えに現れ、中心街へ夕食に行ったり、時間があれば、近郊のクエルナバカ、日曜日にはもう少し遠いプエブラまで出向いたりすることもあった。そんな折には、高尚なこと、卑近なこと、様々な話が飛び交い、大戦前に遡るというロスメル夫妻とトロツキー夫妻の長い友情の足跡を辿ることにでもなれば、ジャックは称賛の目でじっくりと聞き入らねばならず——《おお、それはまだ僕が読み書きを学んでいた頃だ》ある日ジャックはこんなことを言ったが、実際にはすでに彼らの関係は隅々まで知り尽くしていた——、ロスメル夫妻とシルヴィアが、ソ連の忌まわしきフィンランド侵攻、目前に迫るナチスの東ヨーロッパ進軍、メキシコ共産党がレフ・ダヴィドヴィチに仕掛ける誹謗中傷の激化、不健全な第四インターナショナル内部の政治問題などを議論し始めると、彼は露骨に退屈そうな顔をして見せた。ジャックがもう少し関心を示したのは、トロツキーがかなりのサボテン収集家であり、また、一日二時間もかけてウサギの世話をする、という話だった。だが、モルナルが最も好んだ話題は、一緒にフランス暮らしをしていた数カ月にシルヴィアを案内して回ったパリのボヘミアン生活であり、これにはロスメル夫妻もたじたじだった。

ある日の夜、ジャックが煙草を買いに出てホテルの部屋へ戻ってくると、ミスター・ロバーツなる人物から電話があり、何か急ぎの商談があるらしい、とシルヴィアに告げられた。翌朝、シャーリー・コートのアパートへ赴くと、トム自らドアを開けた。カリダッドはハバナにおり、数日後に着くという。重要な会議に顔を出してきたことを説明した後、彼はじっとジャックを見つめながらコーヒーを注いだ。

「カモ撃ちの時が来た」彼は言った。

ラモンは腹に衝撃を感じた。相手がニュースを消化した頃合いを見計らってトムは話を続け、スターリン同志に会ったこと、しかも、モスクワから百キロほど離れた、極秘会議だけが行われる別荘《ダーチャ》で指示を仰いだことを語った。トムのほか、ベリヤとスドプラートフも同席し、いろいろ問題が検討されたが、ソ連の国家機密に関わることもあり、そのなかでラモン――フランス語で話し続けていたが、ラモンという名で呼ばれたのは意外だった――に直接関わることだけ伝えておく。ラモンは頷き、じれるような気持ちで煙草に火を点けた。

「あの背教者はこれまで以上の裏切り行為を画策している」トムは両手を見つめながら切り出した。「工作員の情報によると、あいつはドイツ人と密かに話し合いを進め、ナチスのソ連侵攻後、傀儡政権のトップに座るつもりでいるらしい。奴らに必要な操り人形にはトロツキーがもってこいだ。別ルートからの情報によると、戦局が変わってアメリカ合衆国がソ連へ侵攻する事態になれば、アメリカ人と協力する気もあるようだ。悪魔とでも平気で手を組む奴だからな」

「死にぞこないめ！」ラモンは思わず口にした。

「そのうえ……」トムは続けた。「スターリン暗殺の指示を受けたトロツキー派工作員が二人もソ連領内で逮捕された。二人とも罪を認めたが、戦時中だから、慎重を期して、公表は控えている」

「それで、スターリン同志の指示は？」ただ一つの答えを期待して彼は訊いた。

「夏が終わる前に奴を仕留めること。ヒトラーは西へ進軍し、当面ソ連に手出しはしないが、我々の想定どおり迅速に作戦を展開すれば、数カ月でソ連へ向かってくるかもしれない」

「条約があるのに？」

「アーリア人種の擁護などとぬかすあの気狂いの言うことが信じられるか？」

ラモンはそっと、だが長々と首を横に振った。実際のところ、ヒトラーの話はどうでもよかったし、この後に続く言葉がそれを裏付けた。

「数週間後に我々のアメリカ人スパイがメキシコに到着する。その瞬間からすべてが否応なしに進んでいく。まずカードを切るのはメキシコ人チームだ。昨夜フェリペと話したところでは、アメリカ人がしっかり任務をこなせば、奴らでも実行可能ということだった」

「それでは、私は？」ラモンは目に見えて落胆していた。

「何も考えずそのまま普通に振る舞っていればいい。すでにロスメル夫妻とは懇意にしているようだから、恋人のシルヴィアと彼らがじきにお前を家へ招き入れてくれることだろう」

「シルヴィアはあと数日でニューヨークへ戻らねばなりません……」

「行かせればいい。お前はこれまでどおり動いて、メキシコ人の襲撃後は、何があってもそのまま普段どおりに生活を続けろ。すべて想定どおり事が運べば、数日後には出国する。失敗したら、またシルヴィアを呼び寄せて、次の計画に移る」

ラモンはトムを見て、自信に満ちた顔で言った。

「私のほうがメキシコ人より上手くやれます」

トムの青い目は宝石のようだった。その瞳は幸福で輝き、半透明の鋭い光を放っていた。

「我々は兵隊だから、命令に従うだけだ。だが、くよくよすることはない、長い闘いだし、お前は有用な男だ……スターリン同志も、お前が最高の切り札だということはよくご存知だから、まだベンチで温存して、いざという時に送り出してゴールを狙ってもらうことにしたわけだ。これからもよく覚えておけ、どんな奴にも輝く瞬間はあり、最も重要なのは革命で、そのためにはいかなる犠牲も惜しむべきではない。お前は歩兵一三番、同情とも恐怖とも魂とも無縁な生粋の共産主義者なのだ、ラモン・メルカデール」

ジャック・モルナルはその後何日も自問自答を続けた。いったいどんなへまをやらかしたせいで、実働部隊のメンバーとして他の連中がスターリンに選ばれ、トムにも容認されたのか、そこが知りたかった。こんなに接近できたというのに！　シルヴィアがニューヨークへ帰ってほっと一息ついた彼は、人目を憚《はばか》ることなくひたすら陰気な物思いに耽った。アフリカと一緒にメキシコにいられないのはオルロフが逃げたせいだと思うと、今さらながら腹が立った。彼女がそばにいてくれれば、本物の癒しが得られるばかりか、選ばれし者になれたことをもっと実感できただろうに。アフリカと一緒なら、背教者の家の壁など簡単に打ち壊して、ファシストに身を売ったあの裏切り者をこの世から消し去れたことだろうに。

出発の前にシルヴィアは、戻って来るまで決してあの家には行かないよう彼に約束させた。メキシコのスターリン主義者による攻撃が激化し、家の警備隊もメキシコ警察も神経を尖らせているから、偽造パスポートで入国したジャックが用もないのにあの辺りをうろついたりすれば、厄介な問題に巻き込まれかねず、そんなことは避けるのが賢明だ。彼はコヨアカンへは近づかないことを約束し、彼女の留守中、リューベック氏の商売を手伝って南部へ行くつもりだと伝えた。

シルヴィアが出発すると、即座にトムはモンテホ・ホテルを引き払うようラモンに命じ、ブエナビスタ駅近郊の旅行者向け宿泊施設に移らせた。数週間以内にカモの家の襲撃に使われるかもしれない武器を運ばねばならず、木立の多い広い庭と様々な通路、独立した多くのバンガローを備えたこの場所なら、毎日ひっきりなしに様々な人の出入りがあることだし、旅行者用のトランクをこっそり隠しておいて後で持ち出すにはうってつけだろう。襲撃に参加するメンバーは誰一人としてラモンの存在を知らず、武器の搬入、搬出は自分自身で行うことをトムは付け加えた。

ラモンは何日もバンガローにこもり、ほとんど飲まず食わずでひたすら煙草と睡眠に耽った。不本意な活動休止と落胆のもたらした怠惰に気力を蝕まれていたのだ。騙されたような気分だった。二年もかけて訓練を積み、綿密に計画を練り上げてきたのに、任された仕事が他人の使う武器の管理だけというのは、まったく不当な措置に思われた。もう少し時間をくれれば、見事に作戦を遂行して、おまけに無傷で帰ってこられたにちがいない、そう考えると、自分に勝る候補などありえないはずだった。メキシコ人を送り込んで地元共産党員の内ゲバに見せかけるという話でさえ、下手な言い訳のように思えて仕方がなかった。この決定にはカリダッドも絡んでいるのだろうか？　息子を見くびっているのか、あるいは、いつも息子たちの人生を勝手に決めたがる鼻持ちならない性癖をまたもや発揮して、彼を危険から遠ざけておこうとしたのだろうか？　そんなふうに数日間悶々としていた後、ある朝新聞に目を通していると、ドイツがノルウェーとデンマークを蹂躙して西方へ進軍しているというニュースが目に入り、いてもたってもいられなくなった彼は、自らも敵の包囲に乗り出そうと決めた。

コヨアカンへ赴いた日、監視塔から挨拶の言葉を向けてきたのは、背教者の警備隊長ハロルド・ロビンズだった。ジャックはにっこり笑って、前日メキシコシティに戻ったばかりで、ロスメル夫妻に会いたい、と告げた。ロビンズはアルフレッドとマルグリットに伝言を告げ、中へ入ってゆっくり話したらどうだと呼び掛けた。ジャックは喜びで胸が弾けそうになったが、数分で終わる話だからその必要はないと返事した。

アルフレッドとマルグリットは門の外へ出てきた。ジャックは仕事で旅行していたことを話し、シルヴィアが手紙で二人によろしくと言っていることを伝えた後、土産代わりの品を差し出しながら、すアハカで見たのと同じ民芸品――猫の顔に女の体をしたインディオの神の像――を朝この街の市場で偶然見つけて、きっとこれはマルグリットの気に入るに違いないと思った、と説明を添えた。その間、塔では見張りの交代があり、ジャックに一声掛けた後に持ち場を離れたロビンズに代わって、それまで見たことのない、真っ白な肌に明るい色の髪の若者が塔に上った。

「新顔？」初めて見る男に手を振りながら彼はロスメル夫妻に訊ねた。

「数日前に着いたばかりだね。ボブ・シェルドン、ニューヨークの出身だ」アルフレッドの説明を聞いて、ジャックは彼こそメキシコ人部隊の襲撃に備えてトムが呼び寄せた男ではないかと思った。

また暇になったことでもあり、近日中に一緒に夕食に行こう、ジャックはロスメル夫妻に提案し、中心街に新たなフランス料理店がオープンしたという話を聞いたので、行ってみたいのだが、一人で行く気にもなれない、と言った。ロスメル夫妻も同意し、金曜日の午後七時に彼が車でここまで迎えに来ることになった。

四月一八日金曜日当日、一見互いに関係のない二つの事件が彼の身に起こり、ラモン・メルカデールは自分が世界プロレタリアートの大義に尽くすべき歴史的使命を負った人間であることを改めて実感した。午前中、施設の庭を歩いていると、マホガニーの幹に突き刺さった登山用ピッケルに目がとまった。その時彼は、それまで何度か言葉を交わしたことのあるどもりがちな少年——施設のオーナーの息子——が、ロッククライミングをやっていて、ある時ぜひその道具を見てほしいとしつこく言ってきたことを思い出した。このピッケルは彼のものにちがいなく、マホガニーの幹にいくつも傷がついているところを見れば、あの少年は高く聳えるこの頑丈な木を練習に使ったらしかった。木に深く突き刺さったピッケルを抜くのは一苦労だったが、両手で握って振り回した瞬間、ラモンは体に激流が走るのを感じた。まさに凶器だった。そして、木の幹が数ミリ浮き上がっている部分に狙いを定め、少し距離を置いてピッケルを振り下ろすと、狙いどおりの場所に数センチほども深く突き刺さった。幹から刃を引き抜くのはまたもや一苦労だったが、再びピッケルを手に取ってみると、これは完璧な凶器だと思った。小屋へ戻るとラモンはこれをタオルに包み、いつも鍵をかけていたトランクにしまった。

自分が運命の人物であることを確信させた二つ目の事件が起こったのは、ビエナ通りの要塞までロスメル夫人を迎えに行った時のことであり、そこで彼は、アルフレッドがひどい下痢で憔悴しきっていることをオットー・シュスラーに知らされた。下痢に見えるだけで実は虫垂炎の発作かもしれないから、レフ・ダヴィドヴィチが医者へ行くよう頻りに勧めているという。ラモンは即座に反応し、自分が医者へ連れて行けば誰も外出する必要はないとオットーに伝えた。

ラモンは鷹揚なところを見せつけ、ほぼ一晩ロスメル夫妻にかかりきりだった。フランス診療所の医師たちは、寄生虫が原因であると診断を下し、熱帯の病魔に抵抗のないヨーロッパ人の体は特にやられやすいと説明した。モクテスマの復讐だという。診療費と薬代を払ったジャックは、点滴を受けて回復したアルフレッドとマルグリットを連れてコヨアカンへ戻った。シルヴィアと来る時によくしていたように、ビュイックのクラクションを二度鳴らすと、見張り塔から中へ伝令が入り、ジャックがロスメル夫妻とともに戻ってきたことが告げられた。ロビンズとシュスラーが防弾門を開け、通りへ出て、万事首尾よく片付いたらしいことを確認した。二人のボディーガードに支えられてアルフレッドは中へ入り、夫と心優しいジャックの狭間でどうしたものか判断もつかぬままマルグリットがドア口に立ち尽くしていたおかげで、その向こうにナターリヤ・セドーヴァ、そして、トロツキー、紛れもない彼の頭が見えた。部屋着のガウンを羽織ったこの背教者は、中庭の真ん中まで進んだロスメルに近寄って声を掛けていた。その瞬間、ナターリヤ・セドーヴァがドア口へ歩み寄り、病人の回復を祝福するとともに、親切にしてくれたジャックに感謝の言葉を掛けようとした。中でコーヒーか軽食でもいかがかとナターリヤが誘ってきたのはその時だった。

「いいえ、マダム、結構です。もう遅いですし、アルフレッドも休んだほうがいいでしょうから」

「でも、ジャック」マルグリット・ロスメルが食い下がった。「こんなにお世話になったのに……」

「いやいや、当然のことです」そしてすぐに釣り針を仕掛けた。「シルヴィアが戻ってきた時に、また改めてということで」笑顔で立ち去って行く彼に向って、マルグリットは夫婦二人分の感謝を繰り返した。

翌朝、ジャックはシルヴィアに宛てて手紙を書き、トロツキー邸に近寄らないという約束をやむなく破ったことを伝えて事の詳細を記したうえで、早くメキシコに戻って来てほしいと伝えた。彼の脳は満足感で煮えたぎっていた。もはや彼にとって、ビエナ通りの要塞を守る防弾門など、手を裏に返すだけで簡単に開けることのできるカーテンも同然なのだ。

磁力を思いのままに操るようなトムとカリダッドは、四月下旬のある晩に舞い戻って地震を起こし、ラモン・メルカデールの人生を決定的に変えた。午後半ばに電話を受けたラモンは、夜九時半に二人が訪ねて来ることを知らされ、ダークグリーンのクライスラーに注意しているよう言われた。この来訪が人生に決定的な意味を持つことを予感した彼は、夕食もそこそこに、花壇の塀に腰掛けて煙草を吸った。また犬を一匹、いや二匹飼って一緒に走り回ったり、砂浜でじゃれあったり、毛並みを撫でたりできれば、どんなに楽しいだろうかと考えてみた。最後に親しくなった犬が、いったいどこから共和国軍に志願してきたのかもわからぬあのチュロだったことを思い出し、怨念がこみ上げてきたところで、小屋のほうへ曲がってきた車のヘッドライトが彼の目を眩ませ、そのまま進んで近くに停まった。

トムは手に持ったキーをガチャガチャいわせながら車を降り、ついてくるようラモンに合図した。反対側からカリダッドが降り、息子にキスしようとして無視された後、小屋へ向かった。トムが後ろを開け、中にトランクが見えた。「重いぞ」とトムが声を掛け、縦長のトランクを二人で持ち上げて小屋のほうへ進んでいくと、カリダッドが入り口のドアを押さえて二人を中へ通した。トムは、予めすべて考えていたとおり寝室へ向かい、クローゼットの脇にトランクを置いた。

カリダッドはリビングで肘掛け椅子に座って二人を待っていた。ラモンの目に映る彼女は、この数週間でかなり太ったようだった。力強く生き生きしており、ますます遠のいていく日々、徴発した車でバルセロナの通りを走り回り、容赦なく犬を撃ち殺していたあの頃に戻ったようだった。母に会うたびに掻き立てられる複雑な思いをラモンは呪った。他方、トムはラモンの正面に腰掛け、二週間以内にまたトランクを取りに来ることを告げた。

「やっと動き出した」こう彼は締めくくった。

「ボブ・シェルドンがスパイなのですか?」ラモンが訊いた。

「ああ、予想どおり、たいした奴じゃない。ユダヤ同志がいろいろ叩き込んで、少なくとも門を開ける役ぐらいには立つだろうと期待しているがな」

　ラモンは黙っていた。自分の置かれた状況に嫌気がさしていた。

「どうしたの、ラモン？」彼のほうへ身を寄せながらカリダッドが訊ねた。「そんな仏頂面して……」

「お二人にはおわかりでしょう。とはいえ、ご心配には及びません……」

「癇癪でも起こすつもりか？」トムの声には皮肉が感じられた。「今さら同じ言葉を繰り返したりはしないが、私もお前もただ黙って指示に従うだけだ。単純なことさ。いつ誰がどこで革命に奉仕するか、それは革命の決めることだ」

「その間、私は何をすれば？」

「待つことだ」トムは言った。「事が起こったらどうすべきか伝える。時々コヨアカンに顔を出して、友人たちに声を掛けておけ。何か役に立ちそうな情報があれば連絡してくれ。何もなければ特に連絡の必要はない」

「それでいいのよ、ラモン」カリダッドが言った。「あんたならできることはトムもよくわかっているんだけど、これはややこしい政治問題なの。あのごろつきを殺せばひと騒ぎあるから、ソ連の関与を疑われないよう、細心の注意が必要なのよ……　それだけ」

「わかってるよ、カリダッド、わかってる」そう言って彼は立ち上がった。「コーヒーは？」

　その晩以来、ラモンは身が空っぽになったような思いを噛みしめ続けた。ジャック・モルナルの隠れ蓑をあまりに長い間着続けたせいで、反乱を起こしたその隠れ蓑に内側から本物の自分を乗っ取られて自我を失ったような気分だった。ふらふら街を歩くのも、黒のビュイックを猛スピードで乗り回すのも、アルフレッド・ロスメルを見舞ってビエナ通りの要塞へ出向いて行くのも、ロビンズやオットー・シュスラーやジョゼフ・ハンセンやジャック・クーパー、さらには新顔のボブ・シェルドン・ハート——この男には、歯抜け店員が姿をくらませた後に若い女性が入ったみすぼらしい店で何度かビールを奢った——と他愛もない話をするのも、笑顔を振りまくのも、シルヴィア・アゲロフにラブレターを書くのも、豪華ではあっても貧困に囲まれた――彼のような生活をする者の目にはつかなかったが――街で靴屋や仕立屋のショーウィンドーをしげしげと見つめるのも、すべてジャックだった。その間、亡霊となったラモンは、待つという動詞をあらゆる時制と話法で活用しながら、脇を過ぎゆく人生に無視を決め込んでやり過ごした。

五月一日の朝、彼はレフォルマ通りへ繰り出して労働者と組合員の行進を眺めたが、トロツキーの国外退去を求めるどころか、ファシズムに身を売った背教者を殺せとまで掲げた横断幕や段ボールを見ていても、まったく自分に関係のない話のように思われた。目標を失って意気消沈した彼は、何時間もベッドで天井を見つめて煙草を吸いながら過ごし、いつも同じ辛辣な問いに苛まれ続けた。すべてが終われば何が残るのだ？　辛い自己犠牲はいったい何のためだったのだ？　栄光を摑みかけたはずだったのに、どこで道を踏み外したのだ？　自ら主人公となるためにこの使命に全身全霊を捧げ、目的さえ達成できれば、殺すことも、殺されることも辞さないつもりでいたというのに。他者のために何か大きなことができたという共産主義者の誇りさえあれば、名前も存在も欠いたまま一生暗闇で過ごすことになってもいいと思っていたのに。マルクス主義の摂理に選ばれたいと思っていたのに、もはや何も残されてはいない。そんなことを考えながら二週間過ごした後、トムがトランクを取りに現れ、ラモンは自分が決定的に蚊帳の外へ追いやられたことを感じた。

「いつなんですか？」

武器をクライスラーのトランクに積み込んだ後、二人は小屋の肘掛け椅子に座ってじっと見つめ合った。

「もうすぐだ」トムは不機嫌な様子だった。

「どうかしたんですか？」

トムは悲しそうに微笑み、俯いて、敷石の間から伸びた雑草を靴の先で軽く蹴った。

「怖いんだよ、ラモン」

その答えに彼は驚いた。またラモンと呼ばれたことも気になったが、そんな細部はともかく、まさか指南役の口からそんな言葉を聞こうとは思ってもみなかった。本気で言っているのだろうか？

「グリゴリエーヴィチとフェリペが最善を尽くして準備してきたが、二人とも実働部隊を信頼していない。シェルドンは自分の務めを果たすだろうが、他の奴らは……」

「先頭に立つのは誰なんです？」

「ユダヤ人同志だ」

「自分のことが信頼できないとでもいうのですか？」

「大勢で出向いて何発も撃ち込もうというんだ。メキシコらしい見世物さ……　戦場での経験は豊富な連中だが、私邸への襲撃は別物だ」

「中止できないのですか？」

「モスクワ・ホテルのことを覚えているか？　襲撃計画を中止しようなどとスターリンに進言できる者がいると思うか？」

ラモンは少し前屈みになった。トムの息遣いが感じられた。

「それで、失敗したらスターリンに何と言うのですか？　私にも参加させてください、ちくしょう……」

トムは相手の目を見つめた。ラモンは胸が熱くなるように感じた。

「それも一つの手だが、不可能な話だ。お前の正体がばれれば、メキシコ人の立てた計画と異なる別ルートが存在することに気づかれてしまう」

「フェリペの正体に気づく者だっているかもしれませんよ」

「内戦でメキシコ人とともに戦ったスペイン人ということにすればいい。そこにぬかりはない」

「私だってスペイン人です……　同時にベルギー人で……」

「ダメなんだ、ラモン！　いいか、よく聞け、襲撃計画は完璧だが、予期せぬことが起こらぬともかぎらない。カモが負傷しただけで生き残るとか。私だって、スターリン同志には失敗の可能性もあることは伝えた。失敗したらお前に任せることもな。だが、今さら中止はできないし、お前を使うわけにもいかない……」トムは立ち上がり、煙草に火を点けて庭を見つめた。「計画に呼ばれなかったことをむしろ喜ぶべきだな。参加するメンバー全員が今後辛い人生を送ることは間違いない。誰か一人でも捕まれば、ドミノ式に全員の素性が知れる。そして間違いなく全員捕まる……それに、最初から言っているとおり、お前が私の切り札なんだ、最初に切らないだけで。奴らがうまくやってくれれば、それで計画どおり、みんな納得だ。党員とトロツキストが五月一日に通りで起こした騒ぎを見たか？　メキシコ共産党の連中が、アメリカ人と組んでメキシコでクーデターを画策していた裏切り者を始末したところで、誰も我々のことを怪しみはしない。それに、奴らが警察の前で口を割ったところで、奴らと我々に接点があったという証拠は何もない……」

「おっしゃることはわかります。しかし、三年間積み上げてきた苦労が無駄になるのに、満足しろと言われても無理です」

トムはようやく笑顔を見せた。灰皿に煙草を押しつけ、ドアのほうへ歩き出した。

「その信念をずっと忘れないでくれよ、ラモン・メルカデール。いざお前が実行する段になれば、想像もつかないほどの信念が必要になる。トロツキーのようなクソ野郎を殺すのは一筋縄ではいかない、覚えておけ」

ジャック・モルナルはコーヒー用の水をコンロにかけ、部屋着に使っていたボクサーガウンの帯を締めた。門まで出て行ったものの、意外にも朝刊がまだ来ていなかった。前の週に新聞配達の少年と話をつけ、駄賃を二倍にするから朝七時前に必ず門のところに新聞を置いていくよう言いつけておいたというのに。キッチンへ戻ってコーヒーを淹れ、小さなカップで一杯飲んだ。そして煙草に火を点けて、管理人事務所に向かうことにした。五月の終わりに差し掛かっていたが、前の晩に雨が降ったせいで涼しい朝だった。砂利道を歩いていると、スリッパが濡れてくるのがわかって悪態をついた。管理人室代わりになっていた小屋の入り口では、当番の男が手押し車に園芸用具を乗せていた。

「おはようございます、ジャクソンさん、何かご用ですか？」男は笑顔で何度か素早く膝をついた。

「新聞配達の少年は、今日はどうかしたのかい？」

男はさらに笑顔を見せつけた。その歯は信じられないほど白く、奇跡的に一本も抜けていなかった。

「まだ新聞が出ていないんですよ。到着を待っているところです」

「まだ新聞が出ていないとは、いったいどういうことだい？」

「ああ、それは昨夜の事件のせいですよ」男はまたにっこり笑った。「髭じいのトロツキーか殺されそうになったんです。ラジオで言ってますよ」

ラモンは踵を返し、黙ったまま自分の小屋へ戻った。あの話しぶりでは、事件は殺人ではなく未遂に終わったということか。ラジオを点け、ニュースを流している局にダイヤルを合わせた。武装した　団が今朝未明レオン・トロツキー宅に侵入し、相当数にのぼる銃弾を撃ち込んだものの、亡命革命家の殺害には至らなかった。襲撃部隊（ピストルを手にしたディエゴ・リベラが混ざっていたという）は逃走中で、カルデノス大統領自ら、未遂事件の犯人を突き止めるため、徹底した捜査の開始を指示した。ようやくその言葉が消化できて、事の真相が明らかになってくるにつれて（襲撃部隊にディエゴ・リベラ？）、ラモンは焦りと喜びの入り混じる不思議な感覚に囚われ始めた。大急ぎで着替えをすませながら、ニュースの続報に聞き入った。負傷者　名、軍と警察の制服を着た襲撃者、トロツキーのボディーガード一名が誘拐、そんな話が聞こえてきた。

シャーリー・コートのトムのアパートに電話してみたが、誰も出なかった。これからどうすればいいのだろう？　ジャック・モルナルはしばらく考えた。トムの練った計画はややこしすぎて彼に理解できなかった。トロツキーとデブのリベラの政治的反目につけこんで、リベラを殺人部隊の先頭に立たせることができたのだろうか、それとも、あの妻、あのびっこの女画家の浮気を暴露してやると言って脅しをかけただけだろうか？　二〇人の武装集団が何百発も撃ったのに、死者は一人もいないという。フェリペのようなプロが屋内に侵入したのに、カモを仕留められなかったとは信じ難い。まったく辻褄の合わない話で、どこか怪しいところがある。いずれにせよ、襲撃が失敗に終わったということは、彼が最前線に躍り出たということであり、長年の努力を実らせるチャンスが来たということだ。トムは作戦の成功にずっと不安を抱き続けていたが、今こうしてそれが裏打ちされてみると、実は何か意図があっての失敗なのではないかとさえ思えてくる。しかし、いったいどんな意図が？　カモの家へ侵入して、一〇丁もの銃を向けて、それで仕留め損ねるとは、いったいなぜ、何のためだ？　最初から自分に任務が与えられていたということか？　頭がパンクしそうだった。こうして最有力候補になってみると、密かな革命家の喜びがこみ上げてくる反面、その重責を前に、予期せぬ不穏な恐怖の亡霊がちらつき始めた。コーヒーを飲んで、立て続けに二本煙草を吸った後、心の準備ができたところで、彼は帽子を被ってビュイックに乗り込んだ。

　シャーリー・コートに向かって車を走らせながら、ラモンは苦悩で胸が張り裂けそうな気分だった。これほど強く胸が絞めつけられたことはかつてなく、以前カリダッドが苦しんでいた扁桃腺の張れに見舞われたのではないかと思ったほどだった。アパートの管理人にロバーツ夫妻はいるか訊ねたところ、昨夜のうちに旅行へ出掛けたという返事だった。

　ラモン・メルカデールは、アパートの駐車場に車を停めてレフォルマ通りへ出ると、辺りは通行人や行商人、自動車や乞食、気ままに働く売春婦で埋め尽くされていた。奇跡的に無事だった《髭じい》トロツキーのニュースを触れ回る新聞売りの叫び声と排気ガスに包まれて、烏合の衆が活動を続けている。街は爆発寸前に見え、雑踏と喧騒のなかでラモンは眩暈を感じた。壁に寄りかかり、昨夜の雨で澄んだ空を見上げると、透明な澄みわたる空の下でもうすぐ自分の運命が決まるにちがいないと確信した。

23

一九三九年五月二日、トロツキー夫妻はベッドと仕事机を移動し、コンロに炭を入れた。ビエナ通り一九番地の家に住所を移したのだ。牢獄から別の牢獄に移ったようなものだったが、レフ・ダヴィドヴィチはこの転居によって大きな自由を手にした気になった。幸せ？　そんな人間的感情に浸る権利が自分にあるのか？《自分》の書斎に座って周りを見渡しながら彼は考えた。窓から見える中庭は荒れ果てており、ナターリヤの厳しい管理と秘書たちの《スタハノフ的》作業にも関わらず、すでに資金は底を突き、改築はまったく進んでいなかった。だが、これ以上一日たりともリベラと同じ屋根の下に住むのはご免だった。理由はどうあれ、メキシコへの到着を助け、ノルウェーで数カ月間も恐ろしい亡命生活を送った後で一息つけるよう配慮してくれたリベラとの友情がこんな形で終わってしまうのは残念だったが、もう二カ月も彼とは口も利いていなかった。

若い頃から彼は、人間の条件に対する最もひどい仕打ちは屈辱であり、これこそ個人を丸裸にしてその基本的尊厳を傷つけることだと考えてきた。人生を通じてありとあらゆる罵倒と誹謗中傷に耐えてきた彼ではあったが、誕生日を祝った後、リベラの露出狂やメキシコ的マチョ気取り、茶番でしかないいい加減な政治姿勢への嫌悪を面と向かって怒鳴り散らしたうえで、《青の家》から出て行こうとするところをナターリヤとジャン・ヴァン・

エジュノールに止められた瞬間ほど、屈辱の淵にいる自分を感じたことはなかった。かなり前からわかっていたとおり、トロツキーを自宅に迎え入れ、おまけにおそらく自分の妻と寝ることさえ許したのは、これをネタに自分の異端的性格をひけらかし、新聞紙上を賑わせるためだけだったのだ。だが、事態が行くべきところまで行ってしまえば、寛容の化けの皮は剝がれ、リベラの本性が剝き出しになる。

第四インターナショナル・メキシコ支部書記長の地位を熱望するリベラにレフ・ダヴィドヴィチが反対したところで、画家の野心と革命家の責任感は避けがたく衝突し、両者の緊張はいっそう高まった。だが、決裂が決定的になったのは、リベラがカルデナスへの支持を撤回し、大統領選挙に向けて右派のノアン・アルマサンを支援すると表明した時だった。トロツキーにはこれがリベラの傲慢さの裏返しにすぎないことがわかっており、彼の離反がカルデナスの進歩主義的政策に及ぼす悪影響を説き伏せたが、リベラはこれに不遜な態度で応え、その日のうちにトロツキーは《青の家》を出ることに決めた。トロツキーに政治を講釈される覚えはない、そうリベラは言い放った。自分がトップに座るためだけに大風呂敷を広げて第四インターナショナルを創設するなど、狂気の沙汰としか思えない。

かつてほかならぬクレムリンから自分の意志で飛び出したというのに、今さら《青の家》にとどまっている理由があるだろうか。ここを出て無防備な場所へ引っ越せば、命が危険に晒される。それ自体はさして気にならないが、ヴァン・エジュノールが指摘するとおり、ナターリヤの身にまで危害が及ぶかもしれない。やむなくレフ・ダヴィドヴィチは矛を収めたが、リベラの政治的転向を非難して彼との訣別を宣言し、恩義を感じていたカルデナス将軍に対する露骨な攻撃に自分が加担していないことを明らかにした。

年明けにレフ・ダヴィドヴィチは、ニューヨークにとどまっていたフリーダ・カーロに手紙を宛て、仲介への口添えに期待したが、返事はなかった。他方、リベラはアルマサン支持を公言し、ファシズムと組んでソ連攻撃を目論む無鉄砲なイデオロギーでしかないとして――反スターリン主義者を名乗る者がセスクツの公式見解をなぞるわけか？――、トロツキズムに反旗を翻した。

ジャンを始めとする秘書たちは懸命に安全な転居先を探し、ようやく、《青の家》に近いビエナ通り――小屋が数件並ぶだけの埃っぽい通り――に、広く薄暗い中庭を備えたレンガ造りの家を見つけた。塀が高いうえ、チュルブスコ川と隣接していて、奥からの侵入が不可能であることはこの家の大きな利点だった。だが、建物自体は一〇年も前から放置されており、かなりの修繕を施さなければ住める状態にはなかった。この家に移ろうと決めたところでレフ・ダヴィドヴィチは、家の修繕が終わるまで家賃を払うとリベラに申し出たが、相手に屈辱を与えねば気の済まないリベラは頑として受け取りを拒否した。緊張はますます高まり、ヴァン・エジュノールはレフ・ダヴィドヴィチに向かって、リベラが恐ろしい暴力沙汰でも起こしかねないと懸念を述べたほどだった。

こんな張りつめた状況に置かれていたせいで、《青の家》の外で起きている事態にしかるべく目を光らせていることさえできなかった。ボス支配に蝕まれたアメリカ支部の再生に専心することもままならず、マドリードとともに共和国軍最後の牙城となっていたバルセロナにフランコ軍が攻撃を開始したというのに、事の重大さについてジョゼップ・ナダルと満足に意見を交換することもできなかった。メキシコでは、彼の滞在に対する非難が危険な段階に差し掛かっており、共産党書記長エルナン・ラボルデが支持の撤回をちらつかせて大統領にトロツキーの国外退去を要求するかと思えば、右派は抗議運動に怪しげなファシズム的反ユダヤ主義を盛り込み始めていた。レフ・ダヴィドヴィチは、次第に包囲網が狭まっていることをひしひしと感じ、白髪頭のすぐそばまで迫るナイフと拳銃を意識せずにはいられなかった。

家の修繕は予想よりはるかに大変だった。ナターリヤは、塀を高くして監視塔を作ること、入り口の門を鋼鉄製にすること、さらに警報装置をつけることなどを命じていた。ある時など彼は、家の準備か石棺の準備かどっちなのだと妻に訊ねたほどだった。

《青の家》の寝室にほとんど一日中こもりきりになったレフ・ダヴィドヴィチは、有り余る時間を利用して終結間近のスペイン内戦について論考をまとめ、ヨーロッパの分裂を回避、少なくとも遅らせることはできたはずの革命運動が挫折した原因を分析した。ナダルによれば、前年末からスペイン政府は、何としても共和国を救うべく、必死で同盟国に武器供与を呼び掛けた。これに応じてソ連はフランス経由で武器を提供しようとしたが、パリの政府は武器の国内通過を認めず、これが致命的打撃となった。未来のない戦争に嫌気がさしたのか、あるいは、完全に責任を放棄したのか、ソ連は武器の提供を諦め、これでスペインの命運は決した。ファシズム諸国が思う存分スペインに兵力を注ぎ込む一方、スターリンはスペインを見放し、彼にとってずっと垂涎の的だった東ヨーロッパに目を移した。

セリョージャについては長い間何の情報も入っていなかったが、モスクワに滞在した後にニューヨークへやってきたアメリカ人ジャーナリストがトロツキー夫妻に手紙を宛て、NKVD新長官ラヴレンチー・ベリヤに解放されたばかりの元服役囚と会見できた仲間から聞いたという情報を寄せてきた。男は数カ月前に生身のセリョージャに会ったと言い、さらに、別の囚人から、一九三六年、ヴォルクタ収容所に収監されていたセリョージャがトロツキストのハンガーストライキで餓死しそうになった話を聞いたという。一九三七年に不吉なブティルキ刑務所に移され、拷問を受けて父を告発する内容の自供を強要されたものの、最後まで口を割らなかった数少ない囚人の一人だった。無名の元服役囚が彼と会ったのは、亜寒帯地域にある収容所の一つであり、そこでセルゲイ・セドフは仲間たちから《不屈の男》と評されていたという。

地獄の第六圏よりひどいヴォルクタやブティルキから生きて出て来られる者は皆無であり、単なる誤解かもしれないという思いが頭をよぎることはあったものの、ナターリヤとレフ・ダヴィドヴィチはこの知らせを信じることにした。いずれにせよ、また新たな証言が出てきたことで、尋問で父を告発する証言への署名を拒み続けたというセリョージャの断固たる振る舞いについては、これで完全に疑問を挟む余地はなくなり、夫婦は誇らしげに思わずにはいられなかった。無実の人間に牙を剝くスターリンに、セリョージャが沈黙で打ち勝ったのだと思うと、大きな慰めになったのだ。

年始に開かれたソ連共産党大会を見て、レフ・ダヴィドヴィチはいくつかの確信を新たにした。外交面では、スターリンがヒトラーとの同盟を模索していることはもはや火を見るより明らかであり、内政においては、失脚したGPU高官に行き過ぎた粛清の罪を押しつけて再び歴史の書き換えを画策する鉄面皮ぶりが露見していた。スターリン自身の表現によれば、粛清に「想定以上の過ち」が伴ったとして、偉大なる指導者はその実行者たちを非難し、少数者の憤慨と大多数の支持に迎えられた。それでは、想定内の過ちだけなら問題はなかったとでもいうのだろうか？　いったいどれほどの者が間違って処刑されたのだろう？　さらに深刻なのは、数カ月前までスターリンはエジョフやNKVDの高官を美辞麗句で称えていたのに、あの田舎者の誠実さを信じ続ける者の誰一人として、その事実を思い出そうともしないことだった。天賦の指導者が、「単純化された捜査手順」や証人、証拠の不足といった手続き上の「不備」を認めた、それだけが彼らにとっては重要なのだ。不備が起こっていた時スターリンはどこにいたのだ？　トロツキーは世界に向けて問いかけたが、今回もまた答えは返ってこなかった。

実際のところ、総会によって明らかになった歴史的事実のうち、最も強烈な印象を残したのは、総書記がとうとう望みどおり権力の頂点まで登り詰めたことだった。ここ数年のテロルにより、レーニンがトップを務めた最後の総会で選ばれた政治局メンバー二七名のうち、一八名が何らかの形で表舞台から追放され、スターリンにとって最後のピンチとなった一九三四年の総会で選ばれた中央委員会メンバーのうち、残るはわずか二割ほどになっていた。裏取引の才知にかけてスターリンの右に出る者はいないことはもはや明らかだった。党内の反対派を首尾よく排斥するたびに（その支えとなった指針は、レーニンの提案した分派活動を禁じる取り決めだった）、それを政治的武器にして民主主義を踏みにじり、テロルを敷いて粛清を繰り返すうちに、彼は絶対的権力を手中にしていた。ボリシェヴィズムの最初の過ちは、敵対する政治勢力を徹底的に排除したことにあった、そうレフ・ダヴィドヴィチは考えざるをえなかった。この方策が社会の外側から党内に持ち込まれたところで、ユートピアの崩壊が始まった。社会に対しても党内にも表現の自由を保障していれば、テロルが蔓延する事態は避けられたことだろう。スターリンは政治的・知的浄化に乗り出し、すべてが、党に飲み込まれた国家の、総書記に飲み込まれた党の支配下に置かれた。これこそまさに、一九〇五年の革命が失敗した直後、レフ・ダヴィドヴィチ自身がレーニンに向かって予告したとおりの事態だった。

こうした一連の不幸の仕上げとばかり、三月のある午後、ジョゼップ・ナダルが失望をありありと浮かべた顔で新聞の束を抱えて《青の家》に現れた。共和国軍が降伏し、フランコの部隊がマドリードの街を闊歩しているという。今後数カ月にわたり残虐な報復行為が続くことを悟ったレフ・ダヴィドヴィチは、鉄面皮で悪趣味なファシズムに乗っ取られたスペインから逃げそびれた共和派の人々に同情を寄せた。中国共産党やドイツの労働者もすでに同じ目に遭っていたが、革命に手の届くところまできていた勇敢な国が、革命と社会主義を手にした国の犠牲になるとは、何とも痛ましい話だった。なぜこれほど明らかな裏切りを直視する者がいないんだ？　ナダルの顔をじっと見ながら彼は問いかけた。

ビエナ通りの新居で新たな生活を始めると、トロツキー一家は自力で家計を支えていかねばならなくなった。レフ・ダヴィドヴィチの版権収入は日に日に減っていたが、英語版『スターリン伝』の前払い金とジャーナリズムへの寄稿によってなんとかやりくりがついた。家を塹壕にする作業に収入の一部が消える事態を彼は苦々しい思いで受け入れたが、いくら壁を高くしたところで、そしていくら扉を頑丈にしたところで、指令が下れば、どんなささいな亀裂からでもＧＰＵの魔の手は迫ってくると観念していた。そして、すでにその指令が下されていることは、予感どころか確信していた。開戦が迫れば迫るほど、死期が近づいてくるのだ。

ナターリヤとボディーガードは、来客の監視を極限まで厳しくしたが、レフ・ダヴィドヴィナは仰々しい用心深さを嫌い、パラノイアに陥らぬよう努めた。自分の家に住むことの大きな利点は、面白そうな人物と自由に付き合えるところにあり、ビエナ通りに落ち着いて以後、政治家、哲学者、大学教授、メキシコ人支持者、到着したばかりの共和派スペイン人――その多くはリベラが近くにいると居心地が悪く、そもそも《青の家》を訪ねたがらない者もいた――など、彼は様々な訪問客を受け入れた。こうした友人知人がいるおかげで外の世界との接触が保たれ、対談から得た情報をもとに、自分の理念を確かめたり修正したりすることもあった。

すぐに車を購入したトロツキー一家は、定期的にお忍びで外出するようにもなった。どこへ行くかは、風まかせ、気分次第であり、使用人たちはいつ外出があるのかまったく知らされず、ボディーガードにさえ、ヴァン・エジュノールが直前に知らせるだけということもしばしばだった。メキシコ情勢は爆発寸前の状態にあったため（選挙戦に入って以来、亡命者の存在が争点の一つにまでなっていた）、市街へ出向くことは少なく、あってもレフ・ダヴィドヴィチは後部座席に隠れていたが、郊外の散策は彼にとって何よりの楽しみだった。ぶらぶら歩いていると、何時間にも及ぶ座り仕事で疲れた体は癒され、珍しいサボテンを熱心に探すうちに、やがてこれが愉快な趣味となって、家の中庭にまで植え始めた。メキシコの大地には驚くほど多種多様なサボテンが自生しており、珍種を求めてまさにいばらの道を探検することもあった一行は、鶴嘴《つるはし》とシャベルで根気よく根から掘り出しては車に詰め込んだ。ナターリヤはこれを《強制労働》と呼んだが、家に帰って中庭に注意深く移植したサボテンを眺めていると、努力が報われる気がした。ある日の午後、コレクションの逸品の手入れをしていたレフ・ダヴィドヴィチは、ブユック・アダの家ではバラ一本植えぬよう命じていたことを思い出した。実はこのサボテンこそ、敗北の象徴なのだろうか？

仕事のできる最低限の環境が新居に整うと、すぐに彼はスターリン伝の仕上げにかかった。遠慮のないナターリヤは、あのグルジア人の肖像に精を出すなど才能の浪費だと何度も繰り返し、ずっと前から反目していた人物の証言を真に受ける者は少ないとも意見した。編集者もレーニン伝の執筆を勧め、かなりの額の前払いを約束したが、それでもレフ・ダヴィドヴィチは世界に向けて赤のツァーリの正体を暴くことを望んだ。情念に目が眩む瞬間はあったものの、真実を曲げるようなことはなかった。尋常でないレベルに達していたスターリン崇拝と彼の犯罪に対する嫌悪感が作品全体を満たしていたことは間違いない。そのページから浮かび上がる人間像が、権力を目指して這い進む蛇のように不気味だとすれば、それはスターリンがいつもそのように動いていたからにほかならない。地下活動時代に身に着けた能力を頼みに、彼は水面下で巧みにライバルを蹴落とし、やがて権力を手にした（無頓着なレーニンと、生まれつき臆病なジノヴィエフ、カーメネフ、ブハーリンに助けられたスターリンは、忌まわしい自惚れから、独裁とは、避けて通れぬ歴史的必然なのか、それとも社会主義に残された唯一の選択肢なのか、などとうそぶいた）。だが、レフ・ダヴィドヴィチがこのむなしい本を書く気になった本当の理由は、かつて同じように神格化されたネロ皇帝に起こったように、スターリンの死後、その銅像は破壊され、その名は地上から抹殺されるにちがいないという確信があったからだった。歴史の復讐は史上最強の皇帝が行いうる復讐よりはるかに強力なのが世の常だ。ルイ一四世の発した《朕は国家なり》という言葉は、スターリン体制の現実に較べればほとんどリベラル派の提言にも等しい。彼の築いた全体主義国家は、皇帝教皇主義をはるかに凌駕しており、総書記なら《朕は社会なり》とでも言えることだろう。だが、スターリンも、彼の意向に沿って築かれた社会も、どちらも完全な病的産物であることを世界は忘れはしない。彼の起こしたテロルは単なる政治的道具ではなく、個人的快楽であり、同時に、墓掘り人の異常な感性とロシア社会の屑を喜ばせる祝祭なのだ。スターリンの魔の手が彼の家族や近親者にまで及んだとしても、何の不思議もない（ナジェージダ・アリルーエヴァがなぜ自殺したのか？　スターリンの無実を示す答えがあるなら教えてほしいものだ、彼は思った）。さらにおぞましいことに、そのもう一人の犠牲者はほかならぬレーニンであり、レフ・ダヴィドヴィチにとって、彼がスターリンに毒殺されたのは紛れもない事実だった。スターリンには、ウラジーミル・イリイチが体調を回復して正気に戻れば、すぐにも彼を総書記の座から引きずり下ろそうと動き始めることがわかっていたのだ。

一九三九年夏、レフ・ダヴィドヴィチはヨーロッパの開戦が間近に迫っているという確信を新たにした。身の回りも含め、世界の緊張は次第に高まっており、行動に細心の注意を要請する秘書や友人たちの意見に彼も耳を貸した。メキシコのスターリン支持者はますます語気を荒げており、これがさらなる行動への布石であることは間違いなかった。この一年ほど、メキシコからの退去を求めるデモ行進は、トロツキーを殺せという動きに変わりつつあった。少し前にアレナ・メヒコで開かれた集会では、外国人の参加者が目立ち、不吉な怒りの火が燃え盛るようだった。戦争が始まれば、スターリンがどんな手を使ってでも彼を始末しようとすることは明らかだった。追放された最初から、スターリンに反旗を翻す勇気を備えていたのはレフ・ダヴィドヴィチだけであり、いざ開戦となれば、彼がソ連へ戻って体制反対派を組織するような事態はなんとしても避けねばならないのだ。

そのため、ナターリヤは夫の意志に逆らって家の要塞化を進め、面会を求めてやって来るジャーナリストや教授、シンパたちをできるだけ中に通さないようにしていた。警備の数も増やしていたが、問題は、メキシコへやってくる若者たちが、数カ月過ごしてそろそろ任務に慣れてきたところでいつも帰ってしまうことだった。集団的被害妄想の結果、彼はまたもや事実上の幽閉生活を余儀なくされ、散策や魚釣りにはもってこいの夏の穏やかな日々には、これが彼にとりわけ重くのしかかった。長時間に及ぶ仕事には気晴らしも必要だと考えて、彼はウサギと雌鶏の飼育に乗り出し、あれこれ関連本を注文した。どうせやるなら、科学的にせねばなるまい。

だが、ナターリヤ・セドーヴァにとって本当に心配だったのは夫の健康であり、常時高血圧に悩まされるなど、ここ数年彼の体調は目に見えて悪化していた。胃腸の具合も悪く、決められた時間に軽い食事をとるだけにしておかなければ、もっとひどいことになった。長年にわたる放浪生活のツケがとうとう回ってきたのであり、六〇歳を目前にしていたレフ・ダヴィドヴィチ自身も、自らの老いを受け入れざるをえず、すでに多くの人から《老トロツキー》、あるいは単に《爺さん》と呼ばれるまでになっていたのだった。

間近に迫る戦争について論じるレフ・ダヴィドヴィチの目には、現在のソ連ではドイツの空軍や戦車部隊にとても太刀打ちできないことは明らかだった。スターリンが国の軍事力を著しく弱体化させたことは周知の事実であり（トロツキーにこれを指摘されると、総書記は《日和見主義者》、《裏切り者》と彼を罵った）、よほどの奇跡でも起こらないかぎり、勝ち目はなかった。そして、誰にもましてレフ・ダヴィドヴィチがよくわかっていたとおり、その奇跡とは、自己犠牲の精神にかけては世界広しといえども右に出る者のないソ連兵にほかならない。だが、同時にそれは、救えたはずの多くの人命を犠牲にすることを意味していた。ドイツの侵略に対抗するために、スターリンが必要としているものは何か？　何よりも時間だ、彼はそう結論づけた。国境の守りを固め、混乱した軍部を立て直すために必要な時間。さらに、スターリンが必要とする期間だけでも、西欧列強がファシズムの嵐に耐え抜いてくれねばならない。こうしたいきさつがあったせいで、一九三九年八月二三日にニュースが世界中を駆け巡っても、レフ・ダヴィドヴィチは深い軽蔑を覚えただけで、ほとんど驚きもしなかった。左派系・右派系、共産党系・ファシズム系を問わず、大小様々な世界中のラジオと新聞がこの日は同じ見出しを掲げた。ソ連とナチス・ドイツ、不可侵条約を締結して手を結ぶ……

大部分が謎に包まれたままとはいえ、フォン・リッベントロップとモロトフ、二人の外相が合意に達したというニュースは、レフ・ダヴィドヴィチが想像していたよりはるかに多くの人々を世界中で驚かせることになった。それまで、テロルや粛清はあれ、労働者階級の偉大なる指導者としてスターリンを熱烈に、あるいは不承不承擁護してきた者たちにとって、ヒトラーが心おきなく西欧へ進軍できるようにする条約を結ぶなど、まったく理解不能だった。人間の信念と信頼に対する最も忌まわしい裏切りの一つが行われた日として、この日は末代まで記憶されることだろう、トロツキーはこんな大胆な予言を残している。

ソ連の国防が最優先事項、ミュンヘン条約で西欧列強がドイツの進軍を容認した以上、ソ連にはドイツとの衝突を回避する権利がある、などとスターリンが自己正当化に乗り出すことはレフ・ダヴィドヴィチにも予想できた。確かに、ある程度までこれは正しい見解だった。だが、屈辱の泥が今後顔から消えることはあるまい、彼は続けた。ソ連の徹底した反ファシズムが実は見かけ倒しだったとわかれば、大きな失望を引き起こさずにはおらず、これまであらゆる試練に耐えて信頼を寄せ続けてきた何百万もの支持者が途方に暮れることだろう。だが、意気消沈した労働者・共産主義者は、近いうちにこの屈辱を新たな革命の原動力に変えるチャンスを手にするかもしれない。苦悩の日々が近づいているが、苦い経験を糧に、ソ連内外ですでに動き始めた新たなボリシェヴィキ世代が栄光を手にする日は近いかもしれない、彼はこう締めくくった。

それから一〇日と経たぬうちにドイツ軍がポーランドに侵攻したが、まるでブレーキをかけたまま進む戦車のようにのろのろとしか進軍しないことにレフ・ダヴィドヴィチは気がついた。そして二週間後、ソ連軍がポーランドに侵入したところで、不可侵条約の実体を思い知った。やはり二人の独裁者が手を組み、またもやポーランドを生贄にしたのだ。おかしなことに、ナチス・ドイツに宣戦布告した西欧列強は、スターリンがヒトラーと同じことをしても、ほとんど抗議の声さえ上げなかった。政治の欺瞞は深い井戸にすら収まりきらない、レフ・ダヴィドヴィチはこの事実を痛感した。

この時の彼は苦悩に心を引き裂かれていた。いつの日か、人間社会の大変革を遅らせたのは、帝国主義列強の陰謀ではなく、革命派の過ちだったことが明らかになるだろうが、そうとわかってはいても、そして、これほどの汚辱とさもしい政治的駆け引き、ありとあらゆる犯罪に塗れた後でも、彼の信念は揺るがず、ファシズムと帝国主義に対抗してロシアを守ることこそ万国労働者の責務なのだ、そう自分に言い聞かせた。スターリンがソ連であるわけではないし、ソ連の真の夢を代表しているわけでもないのだ。

ポーランドを侵略したスターリンが、ファシズムによるイデオロギーの強制と同じくらい強権的な手法で占領地にソヴィエト体制を敷くことを考えると、崩れゆく社会主義の理想を思って恥じ入るような気分になった。ポーランドやウクライナ西部に力ずくでソヴィエト・モデルを広める事態を目の当たりにすれば、スターリン体制の政治的日和見主義を前に、ヨーロッパの多くの労働者が幻滅することだろう。他方、歴史を通じて常にロシア帝国とドイツ帝国に踏みにじられ続けてきたあの地域の住民たちは、二つの侵略者の間に何の違いも見出さなくなり、やがては、スターリンの圧政から自分たちを解放する救世主のようにナチスを崇める者が現れてもまったく不思議ではない、レフ・ダヴィドヴィチはそう考えた。

それでも、ソ連を擁護しながらスターリン主義に反対することがどこまで可能なのか、その矛盾が彼に重くのしかかった。官僚が革命とともに生まれた新たな階級なのか、あるいは、これまでいつも考えてきたとおり、単なる腫物にすぎないのか、それをはっきり見極められないことがレフ・ダヴィドヴィチにはもどかしかった。さもしいテルミドール官僚に失望した誠実な人々に向かって、ソ連がまだ辛うじて革命の本質を維持しており、その本質を未来へ繋がねばならない、と立証するためには、ファシズムとスターリニズムに根本的相違があることを自分でも納得できなければいけない。だが、目前の事実に打ちのめされた者たちの言うとおり、ロシア革命の経験が労働者階級の政権運営能力の欠落を立証しているのだとすれば、マルクス主義に基づく社会観、社会主義の理念そのものが間違っていたことを認めざるをえなくなってしまう。そんなことを考えていると、問題の核心を突きつけられることになった。それでは、マルクス主義も、他のイデオロギーと同じく、実際には指導者層を益するだけの闘争を、自分たちの利益を守る闘争だと貧困層――そして彼らを代表する政党――に思い込ませて偽りの階級意識を植えつけるだけなのか?……　そんなことを考えただけで彼の心は激しく苛まれた。スターリンの勝利とスターリン体制の成立は、哲学的夢想に対する現実の勝利、歴史の停滞に避けがたくつきまとう一幕にすぎないのか。それでは、多くの同志たちとともに彼もまた、スターリン体制の起源はロシアの後進性や帝国主義の妨害にあるというそれまでの議論を放棄して、そもそもプロレタリアが指導者層となる能力を備えていないという事実を認めざるをえない。さらには、ソ連もまた新たな搾取体制の先駆けにすぎず、その政治体制から生まれてくるのは、舌先で弄する修辞こそ違え、ありふれた独裁体制でしかありえないことまで認めねばならなくなる……

だが、本人もよくわかっていたとおり、今さら世界観や闘争の理念を変えることなどトロツキーには不可能だった。だからこそ彼は、善良な人々に向かって、たとえ歴史や科学の必然に逆らうことになってでも搾取される側に立ち続けるよう、飽くことなく叱咤激励を続けた。歴史も科学もクソくらえ！　必要ならすべて根本から建て直せばいい！　そんなことまで彼は書いている。いずれにせよ、私の心はいつもスパルタクスとともにあり、カエサルに寄り添うことはない。科学に逆らうことになってでも、私は労働者大衆が資本主義の軛《くびき》から自らを解放できると信じているし、行動に打って出た大衆の姿を目撃したことがある者は、それが可能だとわかっている。ユートピアを歪曲させたレーニンの過ち、彼自身の間違い、ボリシェヴィキの間違いは、労働者自身に起因するわけではない。彼は生涯この信念を曲げなかった。

レフ・ダヴィドヴィチはすっかり落胆しきっていたが、そんな時でも、辛い人生に喜びの埋め合わせはあるものだとしみじみ思った。ようやくセーヴァがメキシコへやって来たのだ。少年の近影を予め見ていなければ、祖父母とも彼が誰だかわからなかったことだろう。精神の安定が心配されるほど恐ろしく悲惨ないきさつを経て、混乱を抜けきれぬまま恥ずかしそうにコヨアカンに現れた一三歳の少年は、かつてフランスで別れた幼い孫とは別人だった。だが、愛情さえあればどんな深い傷も癒えると信じていたナターリヤとレフ・ダヴィドヴィチは、余りある愛情を注いで抱擁とキスで孫を迎え入れ、言葉もわからぬ異国の地、しかも要塞と化したこの家で、友人もいない生活が困難であることは予想できたものの、思春期真っ盛りの少年を温かく見守った。

ジャンヌによって少年は南仏の宗教施設に入れられており、彼をそこから救出したロスメル夫妻、アルフレッドとマルグリットは、様々な危険を避けながらフランスからメキシコまで彼に付き添った。革命前の不安定な時代に知り合った友人のうち、今もトロツキー夫妻と親交を保っているのは彼らだけであり、そのありがたみをひしひしと感じたレフ・ダヴィドヴィチは、たった一度のこととはいえ、自らの政治的絶望から二人の誠実さを疑った挙げ句、モリニエのような日和見主義者に心を許した愚かさを思い知った。

ナターリヤとロスメル夫妻はセーヴァを連れて散策に出掛け、定番のテオティワカンへ行く時には、祖父は何としても自分が案内すると言ってきかず、水入らずで話せるよう、ボディーガード以外の同行を許さなかったほどだった。さすがにこの時は、太陽のピラミッドの頂上までは登れなかったが、孫のおかげでじっくり過去を振り返ることができた。セーヴァが三歳の時に国外追放になったせいでよく覚えていなかった彼の父プラトン・ヴォルコフのこと、恐ろしい復讐の犠牲になった母ジーナのこと、セーヴァによれば何度も一緒に夢を語り合ったという叔父リョーヴァのこと、様々な思い出を語り合った。プリンキポとイスタンブールで過ごした日々はすでに霞んでいたが、少年はいくつかの出来事をはっきりと覚えており、火事や釣りにも増して鮮明に記憶に残っていたマヤについては、あの美しいボルゾイが、五歳の彼とまだ髭も髪も黒い祖父とともに、優しい目をカメラに向けて永遠に焼きつけようとでもするように映る写真をまだ持っているという。ベルリンとパリで過ごした数年間、ずっと犬を飼いたいと思っていたが、放浪生活が続いたせいで、そんなゆとりはなかった。するとレフ・ダヴィドヴィチは、今すぐ一匹飼い始めようと言った。犬がそばにいれば、何かが自分に帰属し　自分もこの地に帰属していることが実感できるようになるだろう。かわいそうな少年だ！　人生の一番いい時期を憎しみに踏みにじられるとは！　その夜彼はナターリヤ・セドーヴァにそう言った。

その間に赤軍はフィンランドを占領し、ようやく国際世論はスターリンとヒトラーを同列に扱い始めた。この問題をめぐる論考でレフ・ダヴィドヴィチは、慎重に両者を比較し、支持者の間に混乱と反目を引き起こしかねない、さらには、スターリン支持と受け止められかねないことを承知のうえで、自らの揺るぎない信念を述べた。ソ連の安全保障こそ、世界プロレタリアの最重要課題だ、そう彼は書いている。

到着から二週間後、セーヴァは新任の警備責任者ハロルド・ロビンズと話し、隣町まで散歩についてきてほしいと頼んだ。ナターリヤとマルグリットはあまり賛成しなかったが、アルフレッドとレフ・ダヴィドヴィチは、子供には少しくらい自由が必要だろうという意見だった。セーヴァは逞しい少年に育っており、それまでの辛い生活の影響など微塵も感じさせなかった。二時間後に戻ってきたセーヴァとロビンズが連れていたのは…… 犬だった。以前車で街を回っていた時、とある小屋の前で、子犬の一団を連れた母犬がいることに少年は目を止めており、今回飼い主に掛け合ってみると、当然ながら大喜びで一匹譲ってくれたので、家に着く頃には、すでに《アステカ》という名前まで決まっていた。ありふれた雑種だが、何世代にもわたる生存競争に耐え抜いた末の知性を備えていた。

セーヴァと生活をともにする喜びに水を差したのは、旧友マックス・シャハトマンとの対立であり、一九二九年に初めてプリンキポを訪れて以来、親愛の情と献身を捧げてきたこの協力者は、結局彼と袂《たもと》を分かつことになった。離党の原因となったのは分離主義の過熱であり、一〇年前にはフランス人も囚われ、ファシズムの台頭期に反対派の結集を妨げたこの病理に、アメリカ合衆国のトロツキストも蝕まれつつあったのだ。開戦によってもたらされた熱気と、ソ連をめぐる態度の過激化が引き金となって、またもや利己主義が横行し、《原理原則》とはいっても戦略上の相違にすぎない問題を拠り所に、大同小異の新政党が乱立した。マックス・シャハトマンとジェイムズ・バーナムは、社会主義労働党から分裂した政党のトップに座ったが、党員は一握りの忠実な支持者だけだった。

レフ・ダヴィドヴィチは、メキシコで政治的見解を直接議論しようとシャハトマンに呼び掛けたが、内心思っていたとおり、やはり彼は応じなかった。シャハトマンは《トロツキーによるうなじへの一吹き》に耐えられないのだ。シャハトマンの薄っぺらいところがいつも気に障っていたことは認めざるを得なかったが、それでも、彼に友情を感じていたことは事実であり、また彼が、かつてモリニエ、その前にはパズ夫妻がしたようなさもしいやり方で造反するのではなく、誠実に離党の意思を伝えてきたことに対しては、感謝すべきだろうとさえ思った。

一九三九年が過ぎ去ろうとしていたが、戦争は相変わらず膠着状態だった。レフ・ダヴィドヴィチは六〇歳になり、何はともあれ、亡命生活が始まって以来、最も穏やかな年末を迎えることになった。そばにはセーヴァとアステカがいて、ウサギと雌鶏の餌やりに付き添った。相変わらずアルフレッドとマルグリットが同居を続け、他の友人やボディーガード、秘書たちとともに、知的議論はもちろんのこと、心の安らぎに必要な他愛もない談笑を交わしながら、トロツキーができるだけ快適に夜を過ごせるよう気を配った。家はますます要塞と化し、外出することは稀になったが、自由に発言と執筆を続けられ、雑誌『ライフ』のように――『スターリン伝』の予告編として、ちょうどレーニン毒殺の嫌疑を暴露した部分を送ったところ、大問題になりかねないという理由で掲載を渋った――、時には原稿を突き返してくる編集者もいるとはいえ、絶えず何がしかの発信を続けていた。戦争中にもかかわらず、メキシコに満ち溢れる祝祭の雰囲気はコヨアカンの壁を越えて彼らにまで届き、トロツキー夫妻の悲しみを完全に癒すまでには至らないにせよ、どんな逆境にあっても人生には必ずその埋め合わせと安らぎはあるものだと思わせるには十分だった……

この時期に彼らを訪ねてきた人物の一人がシルヴィア・アゲロフであり、有能なルースとヒルダの妹だった彼女は、それまでにも、合衆国のトロツキストとの連絡係として、通訳や秘書の業務をこなしたことがあった。姉たちと同様、シルヴィアは根っからのトロツキー支持者であったばかりか、メキシコ到着の最初からその能力を見せつけ、ファニー・ヤノーヴィチが病床に伏した時には、見事にその代役を務めた。英語のほか、フランス語、スペイン語、ロシア語を流暢に話すばかりか、タイプのスピードも速かった……だが、かわいそうなシルヴィアは、レフ・ダヴィドヴィチが知るなかで最も幸薄い女の一人だった。身長は一メートル五〇センチほどだが、痩せぎすで（腕は棒切れのようであり、太ももは拳ほどの太さもあるまいと彼には思われた）、顔は赤っぽい雀斑《そばかす》だらけだった。おまけに分厚いレンズの眼鏡をかけ、声には多少魅力的な優しさがあったものの、洋服のセンスは彼の知る限り最低レベルだった。あまりに無残なシルヴィアの器量については、ナターリヤと彼のみならず、ボディーガードたちの間でも一度ならず話題に上ったが、それだけに、シルヴィアに恋人がいるというニュースには、レフ・ダヴィドヴィチを含め、誰もが仰天した…… しかも《そんじょそこらの男》ではなく、外交官の息子で羽振りもよく、ナターリヤの話でも、男前でシルヴィアより五歳も若い男だという。蓼食《たでく》う虫も好き好きというのは本当で、女はスカートの下にどんな秘密兵器を隠しているかわからないものだ。あまりの大騒ぎに、レフ・ダヴィドヴィチまで、いったいどんな男なのか一度見てみたいと思ったほどだった。

三月一二日、ソ連はフィンランドと不本意な平和条約を結び、当初の意図に較べればまったく取るに足らない領土を得た。小国の占領という目的すら達成できず、赤軍の弱体化が図らずも露呈した格好だった。レフ・ダヴィドヴィチにとってこれは見逃せない兆候であり、フィンランド侵攻に失敗したスターリンと、わずか二四時間でデンマークを占領したヒトラー、両者の違いは明らかだった。

その後、ノルウェーもナチスの侵略を受け、わずか数日で敗北が決定的になると、レフ・ダヴィドヴィチは、三年前にトリグブ・リーに向けて放った予言——昨日の抑圧者は明日の政治亡命者となり、厳しい条件のもとに庇護される屈辱を味わうこととなろう——が今まさに現実のものとなりつつあることを感じた。ノルウェー人の彼に対する接し方ほどナチスの統治は残酷ではあるまいが、ノルウェーの国王や大臣たちは、彼のこと、そして彼に対する扱いをこれから思い出すのかもしれない。

一九四〇年最初の数カ月、メキシコのスターリン派によるトロツキーへの攻撃は熾烈を極めた。すでにラボルデもカンパも除名されていたのに、「反トロツキー」の姿勢が生ぬるいという同じ理由で、さらに何名もの指導者が追放された。何か不穏な企みが進んでいるにちがいなかった。そんな粛清の最中にメーデーが祝われ、そのパレードは、ベルリンとローマでナチスとファシストが組織する行進にそっくりだった。共産党と労働者中央連合の招集を受けた二万人もの怒り狂った共産党員が、戦争反対を叫ぶどころか、「出ていけ、トロツキー！　トロツキーはファシスト！　トロツキーは裏切り者！」などと書いた旗を振り、「死ね、トロノキー」という叫び声だけ文字にしなかったのは、彼らにもわずかながら儀礼の心が残っていたということだろうか……　こうした声を上げ、プラカードを掲げるということは、実際に銃を握りかねないということであり、そのあまりの過激さを前に、要塞化した家の住人も警備も気を張りつめた。警備隊は装備をさらに厳重にし（銃眼に機関銃を据えた）、アメリカ合衆国からさらに有志のボディーガードを募ったほか、家の外でも一〇人の警官が目を光らせた。こんな措置をとったところで、何かの役に立つのだろうか？　ぱっと見ただけではわからない隙間から忍び込んで来る魔の手から身を守る策などあるのだろうか？　彼を囲む武装集団を呆然とした顔で眺めながらレフ・ダヴィドヴィチは自問したが、答えは最初から明らかだった。彼はすでに死刑を宣告されているのであり、奴らがその気になれば、彼を殺すことなどわけもないのだ。

ある日、アルフレッド・ロスメルが体調を崩し、シルヴィアの恋人だという若者が彼を病院へ連れて行って薬代まで払ったということで、その折にレフ・ダヴィドヴィチはようやく男の顔を拝むことができた。マルグリットの話では、男は身分証明書の問題でメキシコに違法滞在しており、だからシルヴィアは恋人を紹介したがらないのだという。いつも単刀直入に物を言うナターリヤによれば、シルヴィアの本当の心配は彼の怪しい商売であり、男は稼いだお金を湯水のごとく使っているということだった。かわいそうなシルヴィアがふられたりしなければいいが、後に彼は妻にこう漏らした。

五月二三日は、型どおりに家で過ごすありふれた一日だった。午後、働き詰めの後で、セーヴァとアステカとともにウサギの餌やりに庭へ出てみると、体の疲れがレフ・ダヴィドヴィチにのしかかってきた。疲労が溜まっているし、よく眠れない日が続いていたので、ハロルド・ロビンズと言葉を交わした折に、新しく警備についた若者たちとの定例の勉強会を今晩は中止してほしいと伝えた。夕食の後、妻とロスメル夫妻と団欒に耽り、翌朝から取り掛かる予定の仕事のために書類を整理しておこうと思って、書斎へ引き上げた。そしていつもより少し早めに入眠剤を飲み、久々にゆっくり休むためにベッドにもぐりこんだ。

すでに一二年もこの瞬間を待ち構えていたにもかかわらず、その日、その夜の最も静かな時間に死が襲ってくることもありえる、この事実を忘れてしまうことも時にはあるものだ。ソヴィエト人らしく、そんな不安とともに生きる術を学んでいた彼は、サイズのぴったり合ったシャツのようにその瞬間を常に身に纏っていたのだ。そして、その瞬間まで前進をやめるまいと心に誓っていた。死を恐れていたわけではないし、時には死を望むことさえあったが、ほとんど病的な義務感から、彼はありとあらゆる防御策を自分に課していた。おそらくそうした自己防衛体制が身にしみついていたせいで、銃撃音に目を覚まされた瞬間に彼は、それがコヨアカンで数日前から始まっていたお祭りの花火か爆竹だと思ったのだろう。ナターリヤにベッドから床に突き飛ばされて初めて、すぐ近くから銃撃を受けていることに彼は気づいた。そして思った。これが旅立ちの時なのか、壁際に追いやられて、こんな寝間着姿であの世へ行くのか？　さらに、《ずいぶん無様な死に方だな》と思う時間さえレフ・ダヴィドヴィチにはあった。寝巻のままひっくり返って、めくれた裾から性器を晒した姿で死ぬのか？　彼は脚を閉じ、死を待ち受けた。

24

一九九三年のありふれた疲労と汗の午後、私をラモン・メルカデールの物語に繋ぎ止めていたナットが再び回り出した。命綱の食料を求めてメレナ・デル・スールまで行って帰って来た後、自転車を止めて、バナナとイモとマンゴーを詰めたずだ袋を床に下ろしたところで、アナが不思議な知らせを伝えてきた。郵便で小包が届いているというのだ。ずっと前から手紙など一通も受け取ったことがなく、ましてや小包が送られてくるなど、まったく心当たりもなかった。出国の道を選んだ者たちは、一度かせいぜい二度手紙をくれた後、苦い過去の思い出を掘り起こされてはかなわないとばかり、ぷっつり連絡を断った。一リットル入りのボトルで砂糖水を飲みながら、書留と印を押されたマニラ封筒を調べると、角にヘルマン・サンチェスという差出人の名前があり、ハバナの反対側、マリアナオ郵便局の住所が記されていた。

コーヒーも淹れず、煙草を口にくわえたまま私は封筒を開け、すぐに偽名の差出人であることに気がついた。同封されていたのはスペインで刊行された本であり、作者がほかならぬヘルマン・サンチェス、そしてルイス・メルカデールだった。タイトルに示されていたとおり、ジャーナリスト、ヘルマン・サンチェスの助けを得て、ルイスが兄ラモンの生涯を語った本だった。当然ながらすぐ手に取ってページをめくると、写真も収録されており、その一枚に目をとめて私は腹のよじれるような思いを味わった。鼈甲縁《べっこう》の眼鏡の向こうに老いの表情を隠す角ばったごつい顔の男、ヘルマン・サンチェスとルイス・メルカデールの本から私を見つめてくる男こそ、紛れもない殺人犯、そしてもちろん犬を愛した男だった。

ハイメ・ロペスの正体がハイメ・ロペスでないと勘ぐったのは、トロツキーの叫び声がラモンの耳から離れなくなったという話を聞いた瞬間だったように思う。声の調子からも、潤んだ目からも、それがあまりに身につまされる痛ましい体験だったことが伝わってきた。数年後、看護婦によって手紙が届けられ、失われた世界にいつも郷愁を抱きながら闘士ラモンが生きてきたことを痛感すると、いかに突飛に思えようとも、犬を愛した男がラモン・メルカデールにほかならないという確信は強まったが、何年も前に歴史に飲まれたはずの人物が、今この時までキューバの浜辺で生きて動いているという事実は簡単には受け入れられなかった。トロツキーと彼の人生、その最期は、もはや本で読むことしかできない遠い過去ではないか。すでに歴史の一部となったはずの人物が、私のいる現実世界の浜辺に、煙草をくわえて二頭の犬とともに入り込んでくるとは、いったいどういうわけだ？　そんなことをあれこれ考えながら、おそらく防衛本能だろうが、私はずっと疑念の余地を残し続けてきたのだ。殺人者のすぐ近くで打ち明け話を聞き、その男の手を握ったばかりか、コーヒーや煙草、内緒にしていた悩みまで分かち合うというのは、誰にとっても心地よい体験ではあるまい。しかもそれが、歴史上最も残虐で計画的な、そのうえ無駄な殺人の一つだったとなればなおさらだろう……　疑問の余地を残し続けたおかげである程度まで心の平和が保たれ、ラモン・メルカデールを衝き動かした動機や、全知の友人ハイメ・ロペスも口を噤んだかもしれない究極的真実を求めて、その物語の全貌を掘り返してみる気にもなったのだ。だが、決定的写真を突きつけられて最後の砦は崩れ、私の話し相手がハイメ・ロペスでなく、かつてラモン・メルカデール・デル・リオと名乗っていた男であるという事実、そして、彼がわざわざ私を選んで（なぜ私なんだ、ちくしょうめ）生涯の真実――少なくとも彼にとっての生涯と真実――を話し聞かせたのだという事実を受け入れざるをえなくなった。

その日の夜、私は受け取った本を読み始め、気がつくと読み終わっていた。読み進めながら、その時まで知らなかったラモン・メルカデールの痛ましい最期も含め、ルイスによる正当化と偽善、沈黙と復讐を掻き分けるようにして、物語に欠けていた細部を確認していくうちに、こんな本を私に送りつけることのできる人物は一人しかいないという確信が深まっていった。その人物とは、犬を愛した男の看護婦というたけで名を伏せたあの痩せこけた黒人女であり、一〇年前に束の間だけ言葉を交わしたあの日は黙っていたが、彼女は《患者》について実はもっといろいろ知っていたにちがいない。そして今、あの女が(彼女にとってさえ殺人犯であることが明らかとなったあの男の家族、おそらくは子供たちとまだ連絡を取っているのかもしれない)こんな手間をとったとすれば、ラモン・メルカデール、ジャック・モルナル、フランク・ジャクソン、ロマン・パーヴロヴィチ、様々な人物に成り代わったあのハイメ・ロペスと何日も話し込んだ《青年》に、謎として残っていた部分を埋めてやりたかったからにちがいない……

伝記を読み終えてわかったのは、自ら目撃した逸話も含め、ルイス・メルカデールが実体験をもとに語る証言が、それまで私の調べてきたこととある程度まで一致するということだった。とはいえ、私が思っていたのと食い違う話もあり、また、当時はまだ理由がよくわからなかったが、私は知っていたのにルイスが知らなかった(あるいは省略した)兄の振る舞いや逸話も結構あった。だが、重要なのは、ハイメ・ロペスの正体がわかり、ラモン・メルカデールの悲運が知れ、彼の内側に毒の花を育んだ世界が崩れ落ちた今、沈黙を守るという約束から自分が完全に解き放たれたように思えてきたことだった。幽霊から送られてきたような本を手に、私は確信を得た。犬を愛した男が、存命中、そして死後までも私につきまとってくるのは、チェスの名手のように冷徹な計算があるからなのであり、容赦ない沈黙の圧力に込められた意図とは、約束とは反対のこと、すなわち彼から聞いた話を私に書かせることなのだ。

ルイス・メルカデールの口述した本によって、私は沈黙から解放されたばかりでなく、殺人犯の生涯とその所業をめぐるクロスワードパズルの空欄を埋めることができた。だが、解放とか知識の空白を埋めるとか、そんなことより、私が最初に感じたのは、すでに消え去ったソ連という国に垣間見えたユートピアの意義を——騙され、利用されて——鵜呑みにした我々全員に対する無念の思いだった。メルカデールに対してさえ、私は嫌悪より同情をはっきりと抱き、彼の信念と恐怖、そして最後の最後まで頑強に守り抜いた沈黙についても、初めてその重みを理解できたように思う。

続いて私が行ったのは、アナにすべてを打ち明けることであり、あの時すべてをぶちまけていなければ、恐怖の周りにこびりついていた膿がすぐにでも破裂していたことだろう。さらに私は話を続け、ルイス・メルカデールが部分的にせよ兄の生涯について語ったからには、何があっても自分はこの物語を書くべきだろうし、そのための知力、体力も備わっていると思う、とも言った。

「わからないわ、イバン、どうしてもわからない」力を込めて興奮気味に言うアナの口調には（私にはわかった）、自分自身も体験した欺瞞に対する恨みがこもっていた。「作家が自分を作家だと思わなくなることなんてあるの？　しかも、作家らしい物の見方を捨てたわけ？　なぜこれまでずっと何も書かずにいたの？　二八歳にして、神がくれたとした思えない絶好のネタを手にして、これなら大小説が書けるというのに、あなたは？……」

彼女の言葉、その問いかけ（記号を変えるだけで感嘆文になったことだろうし、実際には叱責に等しかったのだろう）の一つひとつに頷きながら、最後まで話を聞いたところで私は答えた。

「そんなことは思いもよらなかったし、実は心のなかで避けてきたのだと思う。そんな思いが頭をよぎるたびに、何か言い訳を見つけて忘れるようにしていた。当時この国がどんな状態にあったか、君もわかっているだろう？どれほどの作家が書くことをやめて何もしなくなったか、いや、それどころか、作家であったことを悔いて羽ばたきをやめたか、君は知らないのか？　事態が変わるなんて、当時は誰が思ったことか。三〇歳、三五歳そこそこで、作家としてこれからという時に、疎外され、爪弾きにされ、生き埋めにされ、それがいつ終わるともなく続き、そのまま死ぬのだと諦める、そんな状態を想像できるかい?」

「でも、それで何をされるわけ?」彼女は食い下がった。「殺されるとでもいうの?」

「いや、殺されるわけじゃない」

「それじゃ……どんなひどいことをされるの? 出版を禁じられて、それから?」

「何も」

「何も?」彼女は飛び上がり、侮辱されたような顔をした。

「何もされない。誰も何もしてくれない、それがどんなことかわかるかい? 僕にはよくわかる。経験があるからね…… それに、恐怖がどんなものかもよくわかる」

そして、七〇年代、八〇年代、疑いと不寛容と画一化が国全体に蔓延していくなかで、自分が作家であることを忘れた作家たちのこと、当たり障りのない空虚な文学ばかり書いていた作家たちのことを話した。さらに、私自身も含め、一歩足を踏み出した途端に《矯正》を課された無邪気なお人好しのこと、無の地獄から這い出した後、汚名返上のため空虚で当たり障りのないみじめな本を書き散らし、仮釈放中に自分の名前が活字になることで作家に戻れたような錯覚を手にする者たちのことを話した。

そして私は、ハラル時代のランボーと同じく、文学の存在そのものを忘れることに決め、さらには、イサーク・バーベリのように——彼らと自分を比肩しようなどと大それたことを考えたのではない——、《沈黙を書く》道を選んだのだ。口を閉じていれば、少なくとも自分に不安を覚えることはなかったし、恐怖を抑えつけておくことも可能だった。

九〇年代の危機が深刻化してくると、すべてが麻痺して崩壊へと突き進む暗黒の国に生きる多くの人々と同じく、アナとプードルのタトと私は餓死寸前の状態になった。にもかかわらず、出口の見えない絶対的危機が続いたあの厳しすぎる六、七年間、腹を空かせて困窮生活に耐えながらも、アナと私は幸福だった。人間的な感情に支えられていたおかげで私は絶望を免れ、生きていくための本物の教訓を得た。ラケリータとの結婚生活の最後の数年間、八〇年代の好景気は定着し、未来はバラ色に輝き始めていた――食事も服もあり（社会主義の醜い産物だったが、とにかく食事と服があった）、バス、そして時にはタクシーまであり、稼いだ金でビーチに別荘を借りることもできた――が、私は素直に喜ぶ気にはなれず、妻や息子とともに豊かな暮らしを享受することができなかった。ところが、ソ連崩壊とともにまやかしの均衡は崩れ、危機の時代が始まったところで、アナの注ぐ愛情によって私は生きる気力を取り戻し、遠い昔、サトウキビの収穫やコーヒーの植樹、わずかばかりの短編小説の執筆――自分だけでなく万人の未来に対する信念と揺るぎない確信に支えられていた――に情熱を注いだ時代のように、何か書いてみよう、自分の内と外にある何かのために闘ってみよう、そんな気になったのだ……

　九〇年代初頭から事実上都市の交通機関は完全に麻痺し、私は週五日、行き一〇キロ、帰り一〇キロ、自転車をこいで勤務先の獣医学校へ通った。数カ月で私は痩せこけ、鏡でちらっと自分の姿を見ることでもあると、末期癌に体を冒されているのではないかと思えてくるほどだった。他方、日々の自転車こぎと慢性的なカロリー不足に遺伝の悪戯が重なって、アナはあの困難な時代の最悪のツケを払わされ、他の多くの人々と同じように、ビタミン欠乏による多発性神経炎（ドイツの強制収容所に蔓延したのと同じ病）という診断を受けたばかりか、彼女の場合、これが癌の前段階（現に彼女はこの癌で死んだ）にあたる進行性の骨粗鬆症《こつそしょうしょう》に繋がりかねないとまで言われた。

　発病の初期段階からアナに付き添うため（数カ月間ほとんど目も見えなかった）、近所の空き部屋に応急処置用の動物救護室を開く見通しが立ったところで、私は獣医学校の職を辞することに決めた。地区当局の許可を得て（援助は何もなかった）、私は近所の非正規獣医となり、狂犬病ワクチン普及の任務も負った。たいした金にはならなかったが、稼ぎは以前の三倍になり、金が入るたびに妻の食料確保に励んだ。少ない金をできるだけ有効に使うため、私は週に一回、街から三〇キロ離れたメレナ・デル・スールまで自転車で買い出しに行き、農夫たちから直接食料を調達するとともに、豚の去勢や寄生虫の除去といった技術を活かして、アナのために肉や卵を入手した。数カ月前の私は癌患者に見えたが、新たな重労働によって私はペダルをこぐ骨と皮だけの亡霊となり、都会で飼育されている豚が鳴き声を上げないよう何百頭という豚の声帯を除去する手術に始まって、メレナ・デル・スールで私の顧客を奪おうとする獣医との殴り合いの喧嘩（ナイフが光ったほどだった）まで、あれほど熾烈な生存競争にどうやって心身ともに健康で耐え抜くことができたのか、今もって自分でもよくわからないほどだ。深淵の底で四面楚歌の状態に置かれれば、本能はどんな信条にも勝るということなのだろう。

ルイス・メルカデールの本を受け取った後、遅々とした歩みながらも執筆を再開し——予想される結果も含めすべての責任を引き受け、そのうえさらに、実際に付き合いのあった人間の内側に入り込んでその考え方、感じ方まで想像力を巡らせる真の執筆作業がどれほど難しいものか、それまで一度も考えたことがなかった——、同時に、辛く暗い時代に正面から立ち向かったことで、その報酬代わりに私が得た恵みは、ずっと前から自分の内側に眠っていたにちがいない天命を明確に意識できたことだった。地区に粗末な簡易診療所を開いて以来、私は犬に注射を打ち、食用に飼育される豚の去勢や声帯除去をこなすのみならず、私と同じく動物、とりわけ犬を愛する者たちの手助けに精を出すことができた。キューバからアスピリンが完全になくなり、獣医学校でさえ、皮膚病の治療にカモミールやホウキグサの湿布、消化器官の疾患にマッサージや聖ルイス・ベルトランの祈祷であたっていた時代だというのに、診療所の運営に必要な薬や道具がどうして手に入ったのか、自分でもわからないことがあった。動物を商売に使う者たちは別として——ラードと肉を確保するため、街のいたるところに巨大な臭い養豚場ができあがっており、その飼育者たちがよくやってきた——、動物の飼い主から受け取る報酬はごくわずかで、生活費が辛うじて賄える程度だったから、それだけではアナも私も餓死していたかもしれない。腕利きの獣医というわけではなかったが、私の真摯な仕事ぶりは口コミで近所に広まり、同じように痩せこけた動物（へびまでが痩せていた）を連れて現れる飼い主たちが、あんな暗黒の時代だったというのに、どん底で生きる者たち同士の熱い連帯――これが唯一本物の連帯なのだ――を発揮し、余り物だという薬や縫い糸や包帯を提供してくれた。最善を尽くすアナとともに――注射や消毒、殺虫をまとめて行う時には、彼女がよく助手代わりになってくれた――、連帯の輪に加わった私は、個人的な名誉欲や利害心を捨て、健全な形で恐怖や疑念の靄を振り払って、ずっとなりたいと思っていた人間像、今でも理想だと思う単純で素朴な男に近づいていった。

まだアナと一緒に教会へ行くようにはなっていなかったが、ダニーやフランク、そして付き合いのあるわずかな友人たちは、列聖でも目指しているか、死後の昇天でも求めているかのような働きぶりだ、などと言って私をからかった。実際のところ、かつて人間が摑みかけた最大のユートピアがいかにして失墜したか、その過程について読書と執筆を繰り返し、権力や支配欲や名声欲に溺れた人間たちの仕業というより天罰としか思えない歴史のカタコンベを掘り起こすうちに、人間の真の偉大さとは、無条件に慈悲心を発揮すること、何も持たぬ者に分け与えること、それも、余りものではなく少ない持ち物を分け与えることにある、そう私は学んでいたのだ。痛みを伴うまで分かち与えること、そして、それを政治や名声獲得の手段に使わないのはもちろん、そこから怪しげな哲学を引き出して、自分の善悪の価値基準を唯一絶対として他人に押しつけるような真似、頼まれもしないものを与えて感謝を要求するような真似はしないこと。自分の世界観が非現実的であることはわかっていたが（それが可能なら、経済、金、所有権、そんなものは成立しないし、始めから救済を約束された者や、生まれつきの悪人はどうすればいいのだ?）、私には初歩の初歩とも思えた人生の知恵をいつか人類が育み、生みの苦しみも強制のトラウマもない、純粋な自由選択、団結と民主主義の道徳に貫かれた世界を実現できるかもしれない、そう考えるだけで私は満足だった。単なる精神的自慰行為にすぎなかったのかもしれないが……

だからこそ私は、黙って苦しみに耐えたまま執筆を続けることができたのであり、書いたものを人に見せることがあるのか、それがどんな運命を辿ることになるのか、まったくわからなかったが、そんなことは気にならなかったのだ。ただ一つ確信していたのは、消し去られた記憶を救い出すこの作業が、人生に対する、いや、自分の人生に対する私の責任と深く関わっている、ということだった。何かの運命に導かれて残酷だが示唆に富む物語を手にした以上、人間としての私の義務は、それを書き残し、忘却の津波から救い出すことなのだ。

片時も私の頭から離れなかった物語の表層だけでも誰かと共有したいという思いが募っていたこともあり、コヒマルへの訪問で記憶と罪悪感を刺激されたのを機に、私は意を決して、《犬を愛した男》と名づけた捉えどころのない男との関係について、友人のダニエルにもその詳細を明かすことにした。

事の発端は一九九四年夏のある午後、すでにどん底まで達していた危機が今にも我々を飲み込もうとしていた時期のことだった。その日私は、深い倦怠に陥っていたダニーをなんとか説き伏せ、前代未聞の一大事を見物しようと、一緒に自転車でコヒマルまで行った。政府が国境の開放を宣言したというので、老若男女、何十万という人々が真っ昼間から大挙して港に押し寄せ、絶望と疲労と空腹だけを頼りに、浮かぶものならなんでもかまわないとばかり、思いもよらぬ船で新たな地平を求めて大海原へ繰り出したのだ。

その三、四年前から、一日八時間、時には一二時間にも及ぶ停電が当たり前となっており、おかげで私は再びダニエルと頻繁に顔を合わせるようになった。配電上、彼の住む地区（ルヤノー二区）と私の住む地区（ロートン二区）は隣同士であり、通常一方が停電する時他方は停電にならないことがわかったのだ。停電になると我々は、多くの場合妻を連れて自転車で闇を駆け抜け、明かりの点いているほうの家で退屈な野球中継（アナウンサーも選手も痩せこけ、スタジアムは空っぽだった）や映画を見たり、顔を突き合わせて単に四方山話に耽ったりした。

ダニーは、当時まだ出版社で宣伝販売部門の部長を務めていたが、創作は完全にやめていた。八〇年代に刊行した二冊の短編集と二冊の長編小説によって彼は、いつも若手のホープの多いキューバ文学で若手のホープと目されたのに……彼の作品を読むと、物語にはドラマ性もあり、読者を惹きつける語りの力もあることはわかるが、私程度にでも文学を齧った者なら、そこに虚空へ飛び出す大胆さと危険を恐れぬ筆の力が欠けていることに気づかずにはいられまい。彼の文学はどこか逃げ腰であり、崖っぷちが目前に見えた途端に探求をやめてしまうような、目前の火を乗り越えて現実の痛ましい部分に触れる決断を渋っているような、そんなところがあった。ダニーをよく知る私には、それが彼の人生に対する態度の反映であることがわかった。そして今、経済危機と出版業界の壊滅的不振に打ちのめされて、彼は文学への希望を失っており、夜の団欒になると、かえって私のほうが彼を励まそうとしたほどだった。私がいつも繰り返したのは、空虚な日々こそ自分の創作を見つめ直し、たとえ蠟燭の光のもとであれ、創作を続けるべきだ、ということだった。一九世紀の偉大なキューバ人作家だって同じことをしていたのだし、私と違って彼は作家として認められ、揺るぎない地位を手にしているのだから（この話題になるとアナは黙って私のほうを見た）、書き続けるしかない。だが、痛ましいことに、私の言葉が利いている様子はなかった（そして現に利いていなかった）。作家という辛い仕事を後押しする情熱は彼から消えたらしく、いつも生真面目に執筆に取り組んでいたはずの彼が怠惰な日々を過ごし、大半のキューバ人と同じく、どうやって生き延びるか、どうやって次の食事を確保するか、そればかり考えて生きていた。ある晩、今度はロートンのアパートでまたこの話題が出た時、私は彼に、明日はコヒマルへ行って何が起こるかこの目で見てみようではないか、と持ち掛けた。

だが、我々の見た光景は無残なものだった。海岸に集結した男女が、板、金属製のタンク、タイヤのチューブ、釘、縄などを持ち寄って、これから海へ乗り出すための浮遊物を組み立てる一方、すでに完成した船を積んだトラックで現れる者もいた。そうした船が到着するたびに、人々はトラックに駆け寄ってスポーツ界の英雄でも相手にするように拍手喝采し、即席の船を降ろす手伝いをする者もあれば、金を差し出して――ドル札を握っている者までいた——乗せてもらおうとする者もいた。

雑踏のなかで財布やオールを盗む者がおり、飲料水のタンクや磁石、食事や帽子や煙草、マッチやランプ、さらにはキューバの守護聖母カリダッド・デル・コブレや海の女神レグラなど、聖母の石膏像まで売る者がいるかと思えば、恋人たちの別れや大きな用足し——小さいほうは海辺の岩場で堂々としても問題なかった——のために有料で場所を貸す者まで現れた。秩序の維持を任された警官たちは、混乱と服従に曇った目でこの奇跡の行列を見つめ、暴力沙汰が起こったときだけ、しぶしぶと控え目に仲裁に入った。キャンプでもするようにギターを手にして到着した者たちと声を合わせて歌う一団もいた。何フィートの筏《いかだ》には何人乗れるかなどと議論を交わす者がおり、マイアミに着いたらまず何を食べるか、どんなおいしい商売を始めるか、思いのたけを語る者もいた。岩礁の辺りでは、多くの者が船を海に下ろす手伝いをしており、拍手と涙と近い再会——向こうで、ひょっとしたらもっと向こうで——の約束とともに別れを告げた。去り行く筏から岸に向かってバリトンの声で「最後に出る者はモロ要塞の明かりを消すんだぞ」と叫んでいた黒人の大男のことは、今後も忘れることはあるまい。すぐに彼は、ポール・ロブスンの声で「太鼓だ、母さん、俺を呼んでる……」と歌い始めたのだ。

「まさかこんな光景を目撃することになるとはな」悲痛な思いに沈んで私はダニエルに言った。「こんなことのために？」

「飢えのせいだ」彼は言った。

「それだけじゃないよ、ダニー。信念を失って逃げていくんだ。聖書、聖書の脱出のようだ……　運命的なものがある」

「キューバそのものじゃないか。脱出も何もあるか。これは逃亡そのものだ。もう耐えられないから、足を上げて、靴を焼いて、あとはずらかれ、それだけだ……」

怯えるような調子で私は彼に問いを向けた。

「なぜお前は出て行かない？」

私を見つめる彼の目には、いつも世界から身を守るために使っていたアイロニー、それでいて、自分自身、その真実から身を守る役にはほとんど立たないシニシズムが消えていた。

「恐いからだ。やり直せるかわからない。もう四〇だし。だが、本当のところはわからない。お前は？」

「俺は出て行きたくなんかない」

「ふざけるな、そんな答えがあるか」

「本当だ。出て行きたくはない、それだけだ」そう強調して他の答えは封じた。

「イバン、お前はずっとそんな変な奴だったのか？」

私はしばらく黙って海を見つめていた。こんな場所で忌まわしい会話を交わしたことで、またかつての罪悪感に襲われ、喉が絞めつけられるとともに、目が潤んできた。なぜいつも恐怖に囚われるのだろう？　いったいいつまでつきまとわれるのだろう？

「ウィリアムが失踪して、この身に起こった最悪の事態は」ようやく話せる状態になって私は口を開いた。「鬱屈してすべてを抱え込んでしまったことだった。両親に嘘をつき、希望はある、どこかで生きているかもしれない、そう言い続けねばならなかった。海の底に沈んだに違いないとしか考えられなくなった時、弟のことを思っても涙も出なかった……　だが、最も辛いのは、運命の残酷さを思い知らされたことだった。もうあと二カ月か三カ月決断を遅らせていれば、ウィリアムはマリエルから出国できたのに。反社会的同性愛者として大学を処分になったという証明さえあれば、船で堂々と出国できたのに」

「そんなことになるとは誰も夢にも思わなかったからな。今日のこれだって、誰に予想できただろう。人が出ていくのに、警察はまったく見て見ぬふりだ」

「ウィリアムはまるで悲劇を背負って生まれてきたようだ。同性愛者であり、俺の弟だというだけで……　どう言えばいいのか、不公平じゃないか」

日が暮れる前に我々は帰ることにした。弟の最後の決意に限りなく近い場面を脳裏に焼き付けてくる光景、ウィリアムの遺体のように、決して葬り去られることのないわだかまりと化した記憶の泥水を掻き乱す集団逃亡を目にしたことで、私はすっかり動揺していた。

夜、ダニーの家へ着くと、幸いその日は停電になっていなかった。水と、いろいろな豆を混ぜたコーヒーを飲み、茹でたバナナの皮を入れて嵩《かさ》を増した魚のミンチをパンに添えて食べた。ダニエルは、私が二、三年前から禁酒を解き、特別な機会に少量なら飲むようになっていることは知っていた。そして私をよく知る彼は、その時私が酒を求めていることも察していた。彼は重要物資を保管するクローゼットを開け、エリサが隙あるごとに職場からくすねていた熟成ラムのボトルを取り出した。二台の扇風機の風力を最大にし、リビングの椅子に座って二人目を合わせることもなく飲み始めると、その一口に見聞きしたことのおかげで、これからしようとすること――後に実際にやり遂げた――に向けて心の準備ができたような気がした。

「今本を書いているんだ」こんな切り出し方をしてみたものの、残酷すぎるやり方だったかもしれないとすぐに思った。作家として行き詰っていた彼に執筆の話を持ち出すのは、侮辱にも等しいからだ。だが、今さらやめるわけにもいかず、そのまま、一六年前に知った物語をなんとか形にしようと少し前から頑張っていることを話した。

「なんでもっと早く書かなかったんだ?」

「書きたいとも思わなかったし、書けもしなければ、どう書いていいかもわからなかった…… 今は書きたいし、書けるとも思うし、なんとなくどう書けばいいかわかる気もする」

そして、一九七七年の犬を愛した男との出会いを簡単に要約し、それ以来、彼のおかげで奇妙な道程を辿って断片的に明らかになってきた物語の詳細を聞かせた。ただ、話を始める前に、なんとなく一つ条件をつけ、それを絶対に守ってくれと頼んだ。以後、私のほうから話を持ち出さないかぎり、決してこの話題には触れないこと。今ではそれが、いつもどおりの自衛策だったのだとわかる。

ダニーも巻き込んだトロツキー伝探しも含め、すべてを話し終えると、初めて私は自分が本当に本を書いている気になった。歓喜と苦悩が入り混じったような気分であり、ずっと前に忘れていたが、慢性的疾患さながら、完全に消えていたわけではない感覚だった。だが恐ろしいことに、その時私は、ラモン・メルカデールによって掻き立てられていた感情が、他でもない、ラモン自身が嫌がった感情、私とて自分にそんなものがあると思っただけで忌まわしい感情、すなわち同情にほかならないことをはっきりと意識したのだった。

ダニエルと話して心が決まったことで、私はそれまで書いてきたものを掘り起こし、読み返してみた。そして私が直感したのは、この物語の核心部に、犬を愛した男から聞いた話を補って相殺するような別の声、別の視点が必要だということだった。そしてすぐにわかったとおり、ラモン・メルカデールの生涯を理解しようとするのなら、その犠牲となった人物の生涯も理解せねばならず、生身の死刑執行人としての殺人者は、その標的——殺人者自身の、そして彼を唆《そそのか》して武器を与えた者たちの、憎しみの矛先——と突き合わせてみなければ、その実体が明らかにはならないのだ。

何年もかけて私は、トロツキーの周りに張り巡らされた陰謀と、殺人が遂行された恐怖と混沌と挫折の時代について、この国で手に入る数少ない資料を漁った。新事実の公表と希望に満ちたグラスノスチの数年間、わずかながらキューバに入ってきた雑誌を探す時のスリルはいまだに忘れられないが、すぐにそうした雑誌は——長年埋もれていた事実によって余計なイデオロギー的感染が広がる事態を避けるためだ、よき検閲官たちはこんな説明をした——すぐに流通を差し止められた。それでも私は、もっと、もう少しだけでも知りたいと思って、人目を憚《はばか》りながらも執拗に情報を追い求め、本から本へと渡り歩くうちに（本の入手は以前よりはるかに難しかった）、我々が何十年にもわたって計画的に無知を強いられてきたこと、特定の事実だけを知り、信じ込むよう体系的に操作されていたこともわかってきた。ダニエルやアナと話していても思い知らされたことだが、そもそも、トロツキーがいかなる人物だったのか、なぜ政治的に失敗したのか、いかなる排斥を受けて最後に殺されたのか、まともに知っている人はこの国には本当に少ない。さらに、トロツキー暗殺がどのように計画されて、誰が最終的にそれを実行したのかという話になると、知る者はもっと少ない。また、権力の頂点を極めたトロツキー自身の手によってボリシェヴィキがどれほど残酷さを極めたのか、知る者は事実上皆無であり、よりよい世界を目指して戦うという名目のもと、スターリンが犯した野蛮な虐殺と裏切り行為の実体さえ、正確に知る者は誰もいなかった。そして、知る者は口を噤んでいた。

何十年にもわたりモスクワで封印されていた大量の文書が公開されて様々なテロルの実体が暴かれ、専門家による分析が進むにつれて、私にもわかってきたのは、現在の我々は、メルカデールの生きた世界と彼の犯罪の核心について、他ならぬラモン・メルカデールが知りえた以上のことを知りうる状態にある、という事実だった。歪曲され、葬られ、くすねられ、書き直され、また書き直された歴史の細部が、まずグラスノスチ、続いてソ連の必然的崩壊によって次々と明るみに出たおかげで、七四年という、ちょうど人の生涯と同じ長さだけ続いた国の闇の実態について、おぼろげながらも具体像が摑めるようになった。しかも、驚きの連続とともに読み進めた（ブルトンはトロツキーに向かって、「もはや世界に驚異の入り込む余地などなくなった」とうそぶいたというのに）文書が証し立てていたとおり、その歳月、そう、それほどの長い歳月は、ユートピアが裏切られ、さらには、人類史上最も美しい夢のまやかしと成り果てた時点から、完全に意味を失っていた。実のところ、平等な世界の実現という魅力的な、理論上可能な（マルクスの）夢は、真実をはかる唯一無二の指標と考えられた（現在でもそうだし、当時ならなおさらだろう）現実世界に適用された瞬間から、人類史上最も恐ろしい悪夢の専制体制に向かって歩き出していたのだ。

そして、その宇宙的災厄の規模と恐ろしい裏切りの最中にメルカデールが行った殺人の意味がようやくわかりかけていた頃のある暗い嵐の晩――この暗い嵐の物語にはうってつけだろう――、家のドアをノックする音が聞こえ、開けてみると、そこにいたのは、一九七七年のあの日、ラモン・メルカデールと二頭のロシア産グレーハウンドとともに私の人生に割り込んできたボディーガード、あの痩せた背の高い黒人男だった。

25

ジャック・モルナルは背筋に冷たいものが走るように感じた。ハロルド・ロビンズが笑顔で手を差し出し、脇へ寄って中へ通してくれたのだ。紙袋を手に持ち、遠足にでも行くような格好だったが、ボディーガードは袋の中身すら調べようともせず要塞に導き入れてくれた。重い金属の門が閉まるとともに、ラモン・メルカデールは歴史が足元にひれ伏す音を聞いた。

メキシコ人グループによる襲撃の後、二度ほどコヨアカンの家に足を向け、住人たちの様子を探った。二度目の時に、ロスメル夫妻が五月二八日午後ベラクルス港からフランスへ出発することを確認し、偶然にも月末に商用でベラクルスへ行くことになっていた彼は、ロビンズとシュスラーに話をつけて、二人を港まで送っていくと請け合った。二四日未明の事件で警護担当が二人も警察に拘束されており、これ以上数を減らすのは極めて危険だったが、おかげでロスメル夫妻に警護をつける必要はなくなった。

嫌疑をかけられていたディエゴ・リベラはすでに警察の捜査線上から外れており、相変わらず自作自演という仮説に縛られてはいたものの、トロツキーが襲撃はソ連の秘密警察によるものだと執拗に繰り返すせいで、メキシコ警察当局は頭を悩ませていた。じれるような思いでジャックはトムの帰還を待ち続け、彼の口から状況説明、さらには、作戦実行に向けた最終調整と指令の言葉を聞きたくてうずうずしていた。

壁の向こうに何があるのか、何人かの知り合いから話は聞いていたが、その午後、ジャック・モルナルは要塞中央の中庭を見て驚きを禁じ得なかった。最初はまるで修道院にでも入ったような気分だった。左側の塀沿いにウサギ小屋が並び、アスファルトの張られていない部分を覆いつくしていた植物――大半はサボテン――には、数日前の襲撃の痕跡がまだ生々しかった。右側の母屋は、想像よりはるかに小さく慎ましく、窓は塞がれていたが、壁には襲撃の銃痕が無数に残っていた。警備員用の宿舎と思われる小さな建物の横に木が聳えており、そこから機関銃手が中庭に向けて銃撃を行ったことは容易に想像がついた。いったいなぜ襲撃は失敗したのだろう？

ロビンズは木製のベンチを指差し、ロスメル夫妻に彼の到着を告げに行った。通りと敷地内を一望できる見張りの塔では、彼に気をとめる様子もなくオットー・シュスラーとジャック・クーパーが雑談を続けていた。あの塔に機関銃が備わっていれば襲撃部隊など一網打尽にできたはずなのに、ジャックにはそう思えてならなかった。煙草に火を点けた後、無関心を装って家の構造を調べ、出口の門から背教者の書斎までの距離や、塔からの銃撃に晒されることなく進むためのルートなどを頭に入れた。手持ち無沙汰な素振りで、屋敷全体をもっとよく見渡すことのできる場所を探していると、背後から声がして振り返った。

「何をお探しかな？」

彼の姿は、何百枚という写真で、そして車に乗って出て行く一瞬だけ、すでに見てはいたものの、五、六メートル先に生身のトロツキーをいざ目にすると、ジャック・モルナルは動揺を抑えきれなかった。草の束を抱えて目の前に立つこの男は、世界革命の未来にとって最も危険な男、三年も前からその命に狙いを定めてきた裏切り者なのだ。グアダラーマ山脈の斜面で交わした曖昧なやりとりに始まる一連の出来事を経て、今ようやく、何年も前に死刑を宣告されたこの男、ラモン・メルカデール自らこれから処刑するはずの男のもとまで辿り着いたのだ。

「おはようございます」なんとかこれだけ言って、唇で笑顔を作ろうとした。「フランク・ジャクソンと申します、シルヴィアと……」

「ああ、そうか」頷きながら老人は言った。「ロスメル夫妻は知らされているのかな?」

「ええ、ロビンズが……」

気分を害したようにトロツキーは彼を無視して背を向け、ウサギ小屋のドアの一つを開けて、餌やり用の籠に新鮮な草を入れた。

動揺が収まってきたところでジャックは、他の人たちのうなじと同様、完全に無防備な彼の細いうなじに目をとめたが、近くで見るトロツキーは写真で見るほど老けてはおらず、よく風刺画などに描かれるひ弱な老いぼれユダヤ人とは似ても似つかぬ姿をしていることを思い知った。様々な緊張と身体的疾患に悩まされながら六〇年も生きてきたはずなのに、その立ち居振る舞いは堂々としており、労働者階級への様々な裏切りとは裏腹に、威厳すら漂わせていた。先の尖った白い髭、巻き毛の髪、ユダヤ人らしい鋭い鼻、そしてとりわけ眼鏡の向こうから睨みつけてくる目が、電気でも放つようだった。よく言われているとおり、その姿は人間より鷲だ、ジャックはそう思いながら、紙袋を握ってじっと立ち尽くしていた。もしここに拳銃でも入れていれば?

「新鮮な草でないとね」その時背教者は振り向きもせず言った。「ウサギは強い動物なんだが、デリケートでね。草が乾いていると腹を壊し、湿っていると疥癬《かいせん》にやられる」

ジャックは頷き、その時初めて言葉が出てこないことに気がついた。トロツキーは作業用の手袋を外し、ウサギ小屋の屋根に置いた。

「しかし遅いな、二人は」家のほうへ足を向けながら彼は言った。わずか一メートルほど先を通り過ぎたところで、そろそろ切ったほうがよさそうな髪から石鹸の匂いがジャックの鼻に届いた。腕を伸ばせば首根っこでも捕まえられそうだったが、体は硬直して動かず、彼が遠ざかって声を発したところで、ようやく安堵の息が漏れた。

「ああ、来た来た」

シルヴィアから聞いた話ではキッチンに繋がっているというドアから、マルグリット・ロスメルとナターリヤ・セドーヴァが中庭に現れ、トロツキーはその方向へ去って行った。二人の女はジャックと挨拶を交わし、ナターリヤに紅茶を勧められた彼は、いただきますと答えた。踵を返すナターリヤにジャックは声を掛け、紙袋の中身を探った。

「マダム・トロツキー……　つまらないものですが」彼はこう言いながら、葵色の花のようなリボンのついた小箱を差し出した。

ナターリヤは彼のほうを見て微笑み、箱を受け取って開けてみた。

「ボンボンね……　でも……」

「たいしたものではありません、マダム・トロツキー」

「あら、いやだ、ジャクソン、ナターリヤでいいわよ」

ジャックは頷きながら微笑んだ。

「マダム・ナターリヤでいいですか？」

「そのほうがよければ……」彼女は言った。

「セーヴァ君はいないのですか……？　彼にもお土産があるのですが」袋を持ち上げながら彼は言った。

「すぐ呼んで来るわ」そう言って彼女はキッチンへ向かった。

数分後に顔を出した少年は、口を拭いながら歩み寄って来た。挨拶の暇すら与えずジャックは袋を差し出した。セーヴァは包みを破いて箱を開け、中から模型飛行機を取り出した……

「飛行機が好きだと言っていたよね……」

セーヴァの顔は喜びで輝き、幸せそうな少年を見て、横にいたマルグリットも微笑んだ。

「ありがとう、ジャクソンおじさん。そんなつもりじゃなかったのに」

「お安い御用だよ、セーヴァ……　ねえ、アステカはどうしたの？」

「キッチンだよ。おじいちゃんが牛乳に浸したパンを食べさせる時間なんだ」

マルグリットが、もう出発の時間なのにまだ荷造りが終わっていないと言って、部屋へ下がった。すぐにアステカも加わり、セーヴァと彼はしばらくウサギ小屋の周辺を散歩していたが、すぐに家から、まずアルフレッド・ロスメル、続いてトロツキーが出て来た。すでに緊張は収まり、これからは、いつでもこの聖域に足を踏み入れて、使命を果たした後、塔の警備員に堂々と挨拶をして立ち去ることができるのだ、そう思うと心が落ち着いた。ジャックはロスメルの手を握り、まだ焦らなくても予定どおりの時間にベラクルスに着けると請け合った。紅茶を持って現れたナターリヤにジャックは礼を言った。トロツキーはその場にいる全員を観察していたが、木のベンチに座ったところで初めて再び口を開いた。

「シルヴィアの話では、ベルギーの出身ということでしたね」彼はジャックに目を向けた。

「ええ、フランスに長く住んでいましたが」

「それなのに、コーヒーではなく紅茶を？」

ジャックは苦笑いし、頭を振った。

「本当はコーヒーのほうが好きですが、紅茶を勧められたので……」

トロツキーも笑った。

「それで、どういういきさつでジャクソンと名乗っておられるのでしたっけ？　シルヴィアから聞いたのですが、いろいろあって……」

アステカがウサギ小屋から戻って来たのを見て、ジャックは指を鳴らして気を引こうとしたが、犬はこれを無視して老人の脚の間に腰を下ろし、頭と耳の後ろ辺りに機械的な愛撫を受けた。

「カナダ人技師フランク・ジャクソンの名で偽造パスポートを持っているんです。総動員がかかったヨーロッパから逃げ出すには、それしか方法がありませんでした。他人事の戦争に巻き込まれて死にたくありませんので」

トロツキーが頷くのを見て彼は続けた。

「そのパスポートのせいで、シルヴィアは私をここへ近づけたがらないのです。事実、私は不法滞在でメキシコにいますので、ご迷惑になるといけませんから」

「これ以上は迷惑などかかりようがないでしょうね」トロツキーは言った。「数日前のことがあってから、私は毎朝起きるたびに一日得したような気になります。次はスターリンもしくじりはしないでしょう」

「そんな言い方はやめろよ、レフ・ダヴィドヴィチ」ロスメルが口を挟んだ。

「こんな塀も警備員も、何もかも単なるお芝居だよ、アルフレッド。この前の晩に殺されなかったのは、奇跡かスターリンの意向か、どちらかだよ。だが、これが追い込みの最終章一歩手前さ、間違いない」

ジャックは口を噤み、砂利道からはみ出した小石を靴の先で動かした。内心そのとおりだと思ってはいたが、トロツキーのあまりに落ち着いた話しぶりに、彼は不安を覚えた。

フランス情勢に話題を移した二人は、ドイツへの降伏は時間の問題だという意見で一致し、トロツキーはロスメルに出発をやめるよう説き伏せたが、ロスメルは今こそ帰るべき時だと言ってきかなかった。

「私も歳を取って身勝手になった」犬を撫でることにだけ集中しているような様子でトロツキーは言った。「そばにいてほしいんだ。友人も同志も家族もいなくなって、寂しくなる一方さ。スターリンにみんな連れて行かれてしまったからね」

ラモンは耳を閉ざし、憎しみと老人のうなじにだけ神経を集中しようとしたが、あべこべに理解の気持ちを示している自分に気づいて驚いた。これはジャック・モルナルの隠れ蓑を長い間着すぎたせいにほかならず、このまま他人の殻を被っていると危険ではないかと思われてきた。

トムの沈黙は、分厚いマントのように重苦しくラモンの心にのしかかった。もう二週間以上何の連絡もなく、何の指示も入ってこなかった。怠惰な日々が続くうちに、メキシコ人チームの失敗によって、作戦は延期ないし中止されたのではないかといつにもまして心配になってきた。観光客向け施設の小屋にこもったままあれこれ物思いに耽る彼は、トロツキーの聖域に入り込むという作戦の最も困難な部分を達成した今、あらゆる障害は取り除かれ、自分こそ任務を果たすにふさわしい人物であると確信するに至っていた。問題が感情のコントロールであることはわかっていたが、実際に背教者の前でも落ち着きを取り戻すことができた。確かに、コヨアカンの要塞を出て、緊張が緩んだところで、一つヘマをやらかしたのは事実だ。ベラクルスへ向かう途中、二度ほど道を間違え、ナターリヤ・セドーヴァに、本当によくベラクルスへ行くのか訊かれる事態になったのだ。

「なんだか頭がぼんやりしてしまって」彼はほぼ本音どおりに言った。「私は政治には興味がないのですが、トロツキー氏には、何というか……　シルヴィアにも言われたことがありますが……」

「うなじにトロツキーの息を感じたんだな」アルフレッド・ロスメルが笑顔で口を挟み、アンドレ・ブルトンのような百戦錬磨の強者でさえ逃れられないという麻酔効果について説明を始めた。

六月一〇日、受話器を取って指南役の声を聞いたラモンは、一両日中にニューヨークへ発つよう指示を受けながら、手の震えを抑えられなかった。どういうことだろう？

「完全にここを引き払うのですか？」彼は訊いた。

「いや、当面必要なものだけ持って、小屋はそのまま借りておけ。ロバーツ夫人が空港へ迎えに行く」そう言ってトムは、別れの言葉もなく電話を切った。

所持品を置いていけということは、作戦が続いているということだった。俄かに彼は活気づき、クリーニングに出す服を選ぶとともに、鍵のついたトランクに保管していた山岳用ピッケルを取り出した。両手で握って再び状態を調べ、三度、四度と振り下ろしてみたところで、これこそ理想の武器だと確信を新たにした。やや柄が長すぎるせいで、振り下ろす時に手首をうまく曲げられず、それが唯一の難点だったが、柄を少し切れば解決するだろう。ニューヨークにいる間、これをどうすればいいだろうか。このまま小屋に置いて、掃除婦たちの好奇心をくすぐるのは危険だから、どこか隠し場所を探さねばなるまい。スポーツ用品店にでも行けば似たようなものはいつでも買えるだろうが、ラモンにとってはこれこそ自分専用のピッケルだった。

一二日の朝、予めハロルド・ロビンズと連絡をとって、ビュイックでコヨアカンへ向かった。屋敷の車が一台、襲撃に来たメキシコ人たちに乗り捨てされて破損していたので、ジャックは、ニューヨークに行っている間、有事の際に使えるよう、ビュイックを預けておくことにしたのだ。彼はトランクに荷物を積めて施設の事務所に立ち寄り、鍵を渡して六月分の残りを先払いした。数キロ走ったところで、それまで何回か走ったことのある舗装のない脇道へ逸れ、道端に積まれた軽石の間にピッケルを隠した。

コヨアカンへ着くと、打ち合わせておいたとおり、トロツキー邸で待っていたジャック・クーパーが空港まで彼に付き添い、その後ビュイックを運転して帰ることになった。見張り塔の番に当たっていたハンセンを除き、警備の全員が見送りに通りまで出て来た。ジャクソンは、すぐに戻れるはずだという見通しを伝え、戦争のおかげでリューベック氏の商売が順調に進みつつあることも言い添えた。その日の夕暮れ時、カナダ人フランク・ジャクソンを乗せた飛行機はニューヨークに到着した。

ラモンは、カリダッドと会えて嬉しいと最後に思ったのがいつのことだったか思い出せなかった。ロバーツ夫人にふさわしくお洒落に着飾った母は、いつもどおり不穏なキスで出迎え、即座にラモンはその息にコニャックの臭いを嗅ぎつけた。ロバーツとは、セントラル・パークに近い、マンハッタンのレストランで九時に会うことになっている、そう告げた後にカリダッドは、間もなく作戦が再開されるはずだと切り出した。

「恐いわ、ラモン」アイルランド人風のタクシー運転手にわかるまいと思ったのか、彼女はカタルーニャ語を盾にして言った。

「何が恐いんだ、カリダッド？」

「あんたのことよ」

「トムは僕がどのくらいの確率で助かると思っているんだい？」

「彼は八〇パーセントとか言うでしょうが、本当は三〇パーセントぐらいだと思っているわ。あんたの士気を挫くようなことは言わないでしょうけど、私は騙されない。生きては帰れないかもしれない……」

「今さらそんなことに気がついたのか？」

ラモンは母の言葉について考えた。息子を引き止めるためなら、真実でも嘘でも言うだろうし、彼女らしい奇妙なやり方で、守ってやろう、言うことを聞かせようとさえしかねないこともわかっていた。だが、ずっと自ら息子の背中を押しておいて、もはや後戻りできないことは明らかなのに、今さら怖気づくとはどういうことだろうか？　矛盾に満ちた母の心は今後も決してわかるまい、ラモンは改めてそう痛感した。

「僕は生きて帰れると思っている」ラモンは言った。「すでに内部に潜入したし、サポートさえあれば逃げられるはずだ。そこさえしっかりしてくれれば、後は任せてくれていい」

「あんたが死ぬなんて耐えられないわ」カリダッドは言って、五番街の明かりに照らされた窓ガラスのほうへ目を逸らせた。うっとうしいほどあちこちに掲げられたアメリカ国旗と、ちらほらと見える制服姿の男たちが、ニューヨーク市民には縁のない戦争のわずかな証しだった。

「息子がそんなにかわいかったとは」もうすぐ死ぬことを直感したのか、ラモンは愛がない身に大きな力がついてきたような気がした。「夢にも思わなかったな。家族よりも何よりも大義が大事、そうじゃなかったのか？怖気づいたのか？……」

レキシントン通りのホテルに荷物を置くと、レストランまで七ブロックか八ブロックだから歩いて行こうとカリダッドは言った。六月の夜は涼しくて気持ちよく、彼は上着を脱いで小脇に抱えた。カリダッドがあまりに近くへ寄ってくるせいで肩が触れ合い、相手の目を見ながら話すこともできなかった。

「こんな話にあんたを巻き込むんじゃなかったと思うことがあるの」彼女は言った。

「さっきから、いったいどうしたというんだ？」

「言ったとおりよ、怖いのよ」

「驚きだ！」ラモンは言葉に皮肉を込め、その後しばらく黙り込んだ。

「バカなことを言わないで、ラモン。少し考えてみなさいよ。メキシコ人たちがあんなに銃弾を撃ち込んだのに、誰も殺せなかったなんて、おかしいと思わないの？」

襲撃の日以来疑問に思っていたことをまさにそのまま言い表した言葉だとは思ったが、ラモンは黙り、カリダッドと疑念を分かち合うことは避けた。

《ブラッスリー》の雰囲気は本場さながらで、ラモンは二年前にパリでジョルジュ・マンクと会った時のことを思い出した。ロバーツは、旧友と再会したように彼を抱擁した。いつもどおり、カリダッドとラモンに自分のお気に入り料理を味わってもらおうと、まず彼はシャトー・ラフィット・ロートシルト一九三六年を注文し、ラモンは、フルボディに繊細なブーケを湛えたワインが舌の上に残すかすかなスミレの味を感じた瞬間、過去に葬り去られた遠い日々のことを思い出した。夕食の間ぐらい仕事の話はやめようとロバーツは言ったが、共通の関心から逃れることはできなかった。最新の情報によると、ドイツ軍はパリのすぐそばまで迫っており、まもなくフランスの大地は戦車と歩兵隊に蹂躙されるということだった。ロバーツによれば、ソ連も黙って手をこまねいているわけではなく、バルト三国を占拠して国境の守りを固めているという。まさに戦争だった。

翌朝、ロバーツはフランク・ジャクソンのホテルを訪ね、そこから二人でコニー・アイランドへ向かった。彼の意向でカリダッドは同行せず、おかげでラモンも気が休まった。カモメの飛び交う海を前に、ロバーツはシャツの胸元を開き、ベンチの上に尻を滑らせた。その姿は、どうしても日光浴をしたいからここまでやってきた男にしか見えなかった。

「なぜ私に何も告げず立ち去ったのですか?」

「おいおい、こっちだってひどい目に遭ったんだ」

メキシコ人チームの襲撃が失敗したことで、グリグリエーヴィチやフェリペも含め、準備に関わった者を何人も国外へ脱出させねばならなくなった。その後、詳細な報告をモスクワに提出し、新たな指示を待った。

「スターリンがものすごく不機嫌になったことは想像がつくだろう? お前や私のも含め、血をよこせ、心臓をよこせ、頭をよこせ、タマをよこせ、大騒ぎだよ」そう言って彼は、まるでまだタマがついていることを確かめでもするように股座を探った。「我々のせいで失敗したわけではなく、いずれにしても政治情勢とは無関係だと何度も説明せねばならなかった」

「あの間抜けどもはなぜしくじったのですか?」

ロバーツは太陽から目を離してラモンをじっと見た。

「間抜けなうえに、臆病だからだよ。びびってやがったんだ。酒をひっかけてから襲撃に向かって、チャロ映画か何かのつもりで、ただ撃ちまくればそれで何とかなると思っていたらしい。フェリペが規律を正そうとしたが、あいつだけじゃ、びびりの酔っ払いたちをどうすることもできない。大失敗だよ。老いぼれの書類さえ焼くことができなかった。リーダー役と目されてた奴が、最後の最後に外で待つとか言い出すし、屋内に入り込んでカモにとどめをさすよう言われていた野郎なんて、車のエンジン音を聞きつけた瞬間に逃げ出す始末さ。フェリペが代わろうとしたら、仲間同士の撃ち合いになって、危うく死にかけたんだ。弾が飛び交うばかりで、誰も寝室には近づけなかった」

「それで、シェルドンは?」

「あいつはしっかり役目を果たした。責任はない……　できるだけ早くメキシコから脱出させる。あいつはいろいろ知っているから、メキシコ警察に捕まったらまずい」ロバーツは黙り込み、煙草に火を点けた。「いよいよお前の番だ、ラモン。お前が失敗したら、俺たち二人とももう行き場はない。やれるか？」

ラモンは前夜カリダッドと交わした会話を思い出し、ずっと抱き続けていた優越感を改めて噛みしめた。

「助かる可能性はどのくらいあると思いますか？」

ロバーツは考え込み、煙草をふかしながら海を見つめた。

「三〇パーセントぐらいだろう」彼は言った。「お前がうまくやれば、五〇パーセントになる。信頼するお前に嘘をつきたくはないから、これから何をするのか、どんな危険があるのか、よく知っておいてほしい。やるべきことをきちんとこなせば、五〇パーセントの確率で無事逃げおおせるだろう。失敗すれば、可能性は二つ、その場で殺されるか、警察に突き出されるかだ。警察に突き出されれば、監獄行きになるが、最後まで全面支援を約束する。最高の弁護士をつけて、なんとか出られるようにしてやる。それは私が責任を持つ。もう一度訊くが、やれるか？」

コニー・アイランドの海はエンポルダの海とは違う。一方は大西洋に向けて開いていて、大きな海流に晒されているが、もう一方は、優しく穏やかな地中海沿岸にある。そんなことを思いながらラモンは、やはりエンポルダのほうがいいと思った。海岸線と落ち着きのないカモメを見ながら彼は言った。

「ここの砂は汚そうですね」そして付け加えた。「ええ、もちろんやってみせますよ」

バラの花束を手にしたジャック・モルナルは、ラモンが生涯一度も女性に花など贈ったことがないことに気がついた。少し彼に憐れみを覚え、若い頃から政治活動と闘争に明け暮れていたせいで、気ままな青春時代も気まぐれな愛の戯れも入り込む余地のなかった人生を思いやった。今こうして豪華な花束を抱えてタクシーに乗り込むジャックの行き先が、マリオネットのごとく意のままに動く愛人宅であり、目をつぶったまま愛撫の裏に暗殺指令を隠してこの女と寝るとは、なんとも悲しい話と言わざるを得まい。ラモンが若い頃相手にした女性を思い返してみると、その大半は、彼と同じく、キザな愛の仕草や心遣いとは無縁な怒れる闘士だった。最大の恋人アフリカも、彼がうっかりそんな繊細な素振りを見せでもすれば、堕落者と言ってこきおろし、いっそう軟弱者扱いしたことだろう。おそらく、悲しい目をしたレナなら……ラモンの人生が重要な岐路に差し掛かっていることを感じていたジャック・モルナルは、たとえアフリカの悪態を耐え忍んででも、遠いランブラス大通りの花屋を飾っていたバラかダリアかカーネーションでも贈っておけば、滑稽ながらもいい思い出になっただろうに、と思った。ますます記憶から遠ざかるあの場所へまた舞い戻ることはあるのだろうか?

トムと彼は、二日にわたって様々な計画案をぶつけ合った。ジャックは、トムが彼の逃げ道を確保しようと躍起になるばかりに多くの案がややこしくなることに気づいていた。最初から二人は、拳銃で背教者の額を撃ち抜くという選択肢は手っ取り早いが賢明ではないという意見で一致した。カモが周りのことを忘れてウサギ小屋の前に立ったところで首を絞める、という方法も同じだった。二人で次々と案を却下し、新たな案を詳細に検討しながら、トムがなぜ暗殺後無事逃げのびることに固執して問題を複雑にするのか、ラモンはその真意を測りかねていた。いったん生かしておいて、作戦終了後に口封じをしようというのだろうか? 二人の間に友情の絆が芽生えたということだろうか? 逃げ道を確保してやらないと、その前に意志が挫けて実行命令の崇高な出所を漏らしかねないとでも思ったのだろうか? テーブルに載せられたカード、とりわけ最後までめくられずに残るカードがラモンの頭を掻き乱していたが、トムはかまうことなく計画の具体化に向けて議論を続けていた。さらに明らかになったのは、毒殺では逃げ道が確保できず、しかも、まだジャックがトロツキーとそれほど親しくなっていない以上、近いうちに実行するのも難しい、ということだった。残るは、音の出ない暴力的方法、すなわち、絞殺か刺殺だった。トムは迷わず後者を選んだ。だが、ナイフで刺すとなれば、大きな困難に直面するのは目に見えていた。すなわち、トロツキーと二人きりにならねばならない。二人はポーカーでもするように計算し、逃げられる確率が三〇パーセントから五〇パーセント、さらには六〇パーセントになるためには、迅速に刺し殺す必要があると考えた。ピッケルではだめですか？　ラモンは言った。トムは肯定とも否定ともとれる仕方で頭を動かした。確かに、象徴としてはいいかもしれない、彼は言った。鎌とハンマーの殺人的融合だから、残酷で荒々しく、復讐心が感じられる。だが、ピッケルを持ったまま家に入れるだろうか？　いずれにしても、事が終わって一歩外へ出れば、逃げおおせる確率は八〇パーセントになるだろう。車に乗り込んで発進させれば、それでもう大丈夫、空路、海路、陸路、様々な逃げ道があり、行き先はいくらでもある。グアテマラ、米国、キューバ、どこにでも隠れ家はある。トムが早速手配を始める一方、ジャックはシルヴィアと手を取り合って一週間後にメキシコへ戻り、またモンテホ・ホテルに宿をとることに決まった。

六月二七日、ジャックとシルヴィアがメキシコに降り立つと、その二日前に、ロス・レオネスの砂漠地帯にある空き家でボブ・シェルドンの遺体が発見されたという知らせが飛び込んできた。秘密警察長官サンチェス・サラサールの発表を伝える記事によれば、シェルドンは頭に二発銃弾を撃ち込まれており、遺体は、トロツキー邸襲撃事件の犯人たちが隠れていたと思われる小屋の床下に生石灰で埋められていたという。ジャックはこのニュースに動揺を隠せなかった。殺害を命じたのは、トムかその手先だろうか、あるいはメキシコ人たちだろうか？　殺してでもシェルドンを黙らせる理由があったのだろうか？　トムは、死体が発見されることはないと踏んで、シェルドンを国外に脱出させるなどと嘘をついたのだろうか？

その夜、シルヴィアが眠った後、ジャックは通りへ出てレフォルマ通りを歩き始めた。この時間の街はのんびりしていたが、彼の内側には疑念が渦巻いていた。シェルドンの死には様々な解釈が可能だが、はっきりしているのは、知りすぎることは命取りになりかねないということだった。そして彼は明らかに知りすぎていた。そのままコヨアカンへ行ってビュイックを受け取り、翌朝自分名義の口座から有り金すべて引き出して逃げれば、エルサルバドルの農村か、ホンジュラスの漁村に永久に姿をくらませ、安価に身分証明書を入手することができるかもしれない。そうすれば確かに命は助かるかもしれないが、せっかく歴史の扉に手が掛かっているというのに、今さらそんな人生に甘んじるというのか？　トムが嘘をついたわけではあるまい、きっと後で説明があるだろう、何年もかけて鍛え上げてくれたのだから、せっかく握った勝利のカードをみすみす手放して人生を台無しにすることはあるまい。こんな明々白々の結論をいくら繰り返しても、ラモン・メルカデールの心に巣食った邪悪な疑念の亡霊を振り払うことはできなかった。

ジャック・モルナルは普段どおりの生活、とりわけラモンという心の支えを取り戻すことに努めた。シルヴィアには、エルミータ・ビルのスイートにオフィスを開設したことを告げ、そこへ出向くという口実で毎朝彼女のもとを離れたが、実際には、トムと示し合わせていたとおり、彼からの指令を受け取れるよう私書箱を置いただけだった。一日に二度、三度と郵便箱を調べることもあったが、何の便りもなく落胆する日々が続いた。あとはあてもなく街をさまようだけで、一人になりたい時は、チャプルテペックの森へ足を向けた。

シルヴィアを送って背教者の要塞まで行くこともたびたびあったが、自分からまた防弾門の向こうへ行きたいと漏らすことは一度もなかった。通りでビュイックに背中を預けたまま警護の誰かと話し込むことも多く、とりわけよく会いに出て来たジャック・クーパーは、世慣れたジャック・モルナルが手掛ける株取引の秘密をあれこれ知りたがった。ジャックは会話にそっと、ヨーロッパの大戦、ソ連のバルト三国併合、アメリカ合衆国参戦による同盟国支援の必要性などの話題を挟み込んだ。幽閉生活を送るトロツキーの提言を闇雲に信じる若者たちを見ていると、彼は同情を禁じ得ず、世界革命へ向かう選択肢を労働者の意識に植えつけるため第四インターナショナルを活性化するなどという議論を耳にすると、笑みがこぼれることさえあった。そうした友人たちの政治理念に対する共感が芽生え始めていることを示すために彼は、トロツキー主義インターナショナルが資金を必要としているのであれば、これまでの経験と独自の情報を活かして株取引で一儲けできるようお手伝いしてもいい、そんな伝言をトロツキー宛に託したことまであった。

七月一八日、トロツキー邸襲撃事件に加担した容疑で三〇名の共産党員が拘束されたという発表があり、ジャックは一両日中に自分の運命が決まることを予感した。果たして翌朝、署名のないメモが郵便箱に入っていた。

《森がお好きのようだから、午後四時に一緒に散歩しないか？》

午後三時、チャプルテペックへ着いた彼は、束の間の皇后シャルロットが八〇年前に植えさせたというイトスギのこんもりした茂みの下に陣取った。そこからだと、マクシミリアン皇帝がかつて夏の別邸に使っていた荘厳な宮殿へと続く小道も、レフォルマ通りへ降りて行く道も、どちらも一望できる。心に巣食っていた疑念がすでに焦燥となって急き立て、かつてマラホフカで歩兵一三番が身に着けた心得を思い出さなければ、冷静に心を落ち着けて会談に臨むことはできそうになかった。

トムは四時ちょうどに現れた。首の閉まった白いシャツからおかしな水玉模様のスカーフが覗いていた。小道から合図してくるので、ジャックは立ち上がって歩き出した。

「殺すしかなかった」挨拶もなしに、視線をカーブする道のほうへ向けたまま彼は切り出した。ラモンは黙り、警戒心で身を張りつめた。「我を忘れて暴れ出し、メキシコから出してくれ、警察へ行って誘拐されたことを話すぞ、とか言い出したんだ……　途方に暮れたメキシコ人たちに、ぐずぐず考えている暇はなかった。誓って言うが、我々の判断ではない。始めから言っていたとおり、あのアメリカ人は有能だが信頼できない奴だった。とはいえ、使うだけ使ってさっさと始末するなんて……」

ラモンは少し考えた。

「誓っていただくまでもなく、そう信じています」そう言ってみると、どれほどこの言葉を発したかったか、発したことでどれほど安堵したか、しみじみと感じられた。

「ぐずぐずしている暇はない。メキシコ人たちが内輪揉めして、警察がユダヤ系フランス人を追っているうちに、さっさとケリをつけるとしよう」

「いつですか?」

「モスクワからの指令は、《できるだけ早く》だ。ヒトラーの遠征は遠足も同然で、奴は自分が無敵だと息巻いてやがる」

ラモンはイトスギのほうを見た。トムの言葉が腹に響いた。待機と作戦会議の時間は終わり、行動の時が始まっていた。すぐに、面倒な重荷に足を引っ張られているような気がした。この栄誉をずっと追い求めてきたのだから、これしきのことでめげている場合ではない。

「具体的には?」ようやくこれだけ訊いた。

「もう一度か二度、カモと会うんだ。やれるだろう。少しご機嫌をとってみろ。トロツキー派に引き込むことができるかもしれないと思わせるんだ。ほどほどに敬意を示してやれ。新たな支持者を得られるとなれば、自尊心をくすぐられることだろう。チャンスが来たら、話を聞いているうちに世界情勢について書いてみたくなったとか、そんなことでも言ってみろ。個人的に添削してもらえるような文章を準備することにしよう。書斎で二人きりになれるようにするんだ。あとは簡単だろう」

「私一人で行っても入れてもらえるでしょうか?」

「何とかするしかない。そうすれば逃げおおせる可能性も高くなる。二つ想定しておく必要がある。奴を始末すること、そしてその後、必要ならば武器を使って逃走すること」

「持って行ってもいいものは?」

「必要ならば拳銃、そして奴を殺すためのナイフ」

ラモンは少し考えた。

「ナイフとなれば相手の口を押さえるか、髪を摑むかしなければなりません……　ピッケルではいけませんか？　それなら一撃で逃げることができます……」

「あいつに触りたくないとでも言うのか？」トムは微笑んだ。

「ピッケルのほうがいいです」ラモンは直接の返答を避けた。

「わかった、いいだろう……」トムは認めた。「当日はカリダッドと私がサポートする。通りへ出て車を発車させたら、あとは任せてくれればいい。信用してくれるな？」

彼は黙り、トムは首からスカーフを外して頬を拭った。

「去り際に置いていく手紙をこちらで準備する。お前は、トロツキーが権力のためならヒトラーとでも手を組みかねない操り人形にすぎないことを悟って失望した支持者、ということになる……」

ラモンは困惑し、相手の様子がどこか変だと気づいたトムは、彼の顎を捕えて振り向かせ、自分の目を見つめさせた。ラモンはそこに興奮の光を感じ取った。

「いいか、すぐ近くまで来ているんだ……　私とお前が栄光を手にするんだ。奴がナチスと組む事態を阻止せねばならない。お前は歴史に仕え、最悪の裏切り者を始末するんだ。世界中がお前の力を必要としている。ラモン・メルカデールの勇気と憎しみと信念が必要なんだ。そして、もし逃げ損ねたら、大人しく口を噤むんだ。もはや問題は私やお前の命ではない、革命とソ連の未来が我々にかかっている」

彼の言葉というよりむしろその目に、ラモンは待望のメッセージを感じ取った。まるでその視線に吹き飛ばされたように、数日間の疑念と不安は消え始め、自分の人生が怒涛の大団円に近づきつつあることを悟った。

運命の扉を開く鍵となったのはナターリヤ・セドーヴァの思いつきだった。ロスメル夫妻に大変よくしてくれたことでもあり、セーヴァには毎度のようにプレゼントをくれるというので、お礼を兼ねてジャクソンとシルヴィアをお茶に招こうと言い出したのだ。シルヴィアの恋人が仕事で忙しくなければ、七月二九日午後四時でどうだろうか。モンテホ・ホテルの部屋でジャックは小さなスケジュール帳を調べ、ナターリヤに電話して《喜んでお伺いする》旨伝えるようシルヴィアに言った。彼女の顔は興奮で輝き、すぐに電話を入れて約束を確認した。

二九日当日、ジャックは午後四時ぴったりにビュイックをコヨアカンの要塞の前に停めた。ジャックは夏らしい明るい黄色のジャケットを羽織り、シルヴィアは、強い日差しと暑さにもかかわらず、黒い服を着ると言って聞かなかった。喜びで気持ちが落ち着かず、少しでも美しい姿に見せようと、鏡の前で一時間も悪戦苦闘したのだった。

ジャック・クーパーが監視塔から声を掛け、ジャクソンはそれに冗談で答えた。車を見張っていてくれたらチップをはずむよ。メキシコ人警官たちは二人に微笑みかけ、敷地外の警備担当では最古参のサカリアス・オソリオ巡査部長も軽く会釈してみせた。ハロルド・ロビンズが彼らに通用口を開け、言葉を掛けながら、中庭の木陰にナターリヤが準備しておいた錬鉄製のテーブルと椅子まで二人を導いた。

夫人が現れて二人に優しく挨拶すると、ジャクソンは持参したボンボンの箱を差し出した。セーヴァは学校から戻った後に川へ魚釣りに出掛け、いつもどおりアステカを連れて行ったということだった。

「レフ・ダヴィドヴィチは、どうかご勘弁を、ということです」ナターリヤ・セドーヴァが言った。「急な仕事が舞い込んで、今日中に原稿を口述して明日送らねばならないのだそうです。後でご挨拶に来るはずです」

ジャックは笑顔を見せ、ほっとする自分を感じた。トムは一刻も早くと言っていたが、遅々とした歩みでも彼には気にならなかった。

メキシコ人の家政婦が紅茶と菓子をテーブルに載せると（これが屋敷に潜入しているという党の同志だろうか？）、ナターリヤが話を始め、ロスメル夫妻から何の便りもないので心配していると言った。ナチスがパリを占拠した今、二人の置かれている状況は大変危険であり、最悪の事態まで考えてしまうことが度々ある。ジャックはいつもどおり控え目に頷き、永遠に続きそうな沈黙の後、天気の話を持ち出した。

「今年の夏は暑くなりそうですね。奥様も」ナターリヤに向かって言った。「トロツキー氏も寒いほうがいいのではありませんか」

「歳を取ると暑いほうがありがたいですわ。何度も寒さを経験してきましたから、この気候はまさに天の恵みです」

「ロシアに帰りたいとは思いませんか?」

「ずいぶん前から、帰りたいとか帰りたくないとか、そんなことを言っていられる身分ではなくなりました。ひとところにいつまでいられるのか、翌日生きて目が覚めるのか、それさえわからないまま一一年も世界をさまよってきたのですよ」彼女は弾痕の残る壁を指差した。「レフ・ダヴィドヴィチのような人が、これまでずっと何も持たない人のために命を懸けて闘ってきたのに、犯罪者のようにこそこそ逃げ回らなければならないなんて、本当に悲しいことです」

ジャックは軽く頷くふりを見せ、視線を上げたところで体に電気が走った。カモが外へ出て来たのだ。まず彼の影、続いて彼の姿が見えた。

「わざわざありがとう、ジャクソン。やあ、かわいいシルヴィア」

ジャックは帽子を抱えて立ち上がり、前へ歩み出て手を差し出すべきか迷った。上の空という感じのトロツキーはナターリヤのほうへ歩み寄り、ジャックはそのまま腰を下ろした。

「ずっとご一緒できなくて、本当に申し訳ない。どうしても今日中に原稿を仕上げねばならなくて……紅茶をもらえるかい、ナトゥーシュカ?」

ナターリヤが紅茶を注ぐ間、彼は笑みを浮かべて庭を見つめた。

「サボテンはほとんどみんな無事だった。ここには珍しい種類もある。あの蛮人たちに危うくやられるところだった」

「また改築するのですか?」老人が紅茶を啜《すす》るのを見てシルヴィアが口を挟んだ。

「ナターシャはそう言ってきかないが、私には決心がつかない。また来ようと思えば、奴らは壁でもふっとばしかねないし……」

「同じような襲撃を仕掛けてくることはないでしょう」ジャックが言うと、全員の視線が集まった。

「どういうことかな、ジャクソン?」老人が沈黙を破った。

「いえ…… 単独犯、そのように書いておられたでしょう、NKVDにはプロの殺し屋がいるそうじゃありませんか……」

背教者は顎のあたりでカップを止めたまま鋭い眼差しで彼を見つめ、その視線を前にラモンは、なぜこんなことを口走ったのか不思議に思った。不安? 制止が欲しいのか? 彼は考えたが、答えは一つだった。そうではない、定められた運命を弄ぶ力を見せつけたかっただけだ。

背教者は紅茶を一口啜り、ようやくカップをテーブルに置いて頷いた。

「そのとおりだ、ジャクソン。単独犯なら止めようがない」

「よして、そんな話は、リョーヴノチェク」陰気な話をやめさせようとしてナターリヤが口を挟んだ。

「現実から目を逸らすわけにはいかないよ」こう言って彼は笑い、来客を見つめた。「煙草はほどほどにしたまえ、ジャクソン。この若い乙女を大事にしてくれよ」そして手で別れの合図を送りながらキッチンまで小道を進み、そこから付け加えた。「煙草はやめさせたほうがいいぞ、シルヴィア。こんな色男は滅多にいない。それでは失礼、ごきげんよう!……」

シルヴィアの顔が赤らみ、ジャクソンも恥ずかしそうに微笑んだ。そして煙草の火を消し、楽しそうに見つめるナターリヤのほうを向いた。

少し緊張が緩んだところで、ジャックは父もかつてハバナ葉巻を吸っていたことを思い出し、ベルギーにいる家族の話を始めた。ナターリヤは、レフ・ダヴィドヴィチが初めて亡命者となったパリに思いを馳せ、彼女とそこで知り合った後、パリは素敵だがオデッサはもっと美しいと行って亡命生活を切り上げた逸話を披露すると、三人揃って笑顔になった。

「トロツキー氏にはもう少し休養が必要ですね」会話が途切れかかったところでジャックは言った。「働きすぎでしょう」

「あの人は普通じゃありません……」ナターリヤはちらりと家を見てから続けた。「しかも、新聞の原稿料がなければ生活していけません。落ちぶれたものですね」こう締めくくるその声には郷愁と寂しさが感じられた。

黄昏時にジャクソンとシルヴィアは辞去した。ナターリヤは再び夫について詫びの言葉を述べ、また別の機会に二人を招待すると約束した。残る友人は少なく、ほとんど訪ねて来る人もいないので、ぜひまた来てほしい、今度はレフ・ダヴィドヴィチを椅子に縛り付けておくから、そう言って彼女はジャクソンの手を握り、シルヴィアの両頬にキスした。

ホテルへ戻ると、ミスター・ロバーツから電話が入っており、至急連絡せよというメッセージを手渡された。部屋からニューヨークへ電話すると、出たのはロバーツ自身だった。

「ジャックです、ミスター・ロバーツ」

「一人か?」

「いえ。ご用は?」

「明日来てくれ。八時にペンシルヴァニア・ホテルのバーで待っている」

「わかりました、リューベック氏には明日発つとお伝え願います……　わざわざありがとうございます、ミスター・ロバーツ」
そして笑顔でシルヴィアに向かって言った。
「数日間ニューヨークへ行くぞ。リューベック氏が旅費を負担してくれる」

ニューヨークでの滞在期間は短く、その目的ははっきりしていた。すでに準備期間は終わった。ヒトラーはほとんど無血でヨーロッパを制圧しており、戦況に鑑みて一刻も早く作戦を実行せよとの指令がモスクワから下っていた。最も大きなサプライズは、ロバーツがくれた真新しいトレンチコートであり、その内側には興味深いデザインのポケットが三つもついていた。

八月七日、ジャックとシルヴィアは再びモンテホ・ホテルに落ち着き、翌朝ジャックは、事務所の改装を請け負った業者と会わねばならないと言って外出した。ビュイックのハンドルを握って観光客向け施設のほうへ車を走らせ、数週間前に辿った舗装のない道を探した。ピッケルを隠した軽石の山は道の右側だが、しばらく走るうちに彼は、道を間違えたかもしれないと思った。幹線道路を逸れて二、三分の地点にあるはずだったが、すでに五分も走っているのにまだ見つからない。引き返してこの道か確かめようかとも思ったが、間違えるはずはない。あまりの焦りに我を忘れかけ、心を落ち着けるため、似たようなピッケルなら街のどこでも手に入る、と自分に言い聞かせたが、あのピッケルが見つからないとなれば不吉な前兆だった。ちくちょう、あの石はどこだ？　そのまま車を進め、もう引き返そうと思ったところで石の山が見つかって、安堵の溜め息をついた。近づくと、石の間に金属の光が見えた。ピッケルを拾い上げて両手で持ってみると、鋼鉄の歯し内臓が結びついたような気がした。握っているだけで自信と確信がこみ上げてくる。

街へ戻ると、ローマ区にある工務店の前に車を停め、ピッケルの柄を六インチほど切ってほしいと頼んだ。男が訝しげに見つめてくるので、柄が短いほうが安心して登ることができると彼は説明した。男は巻尺を手に、言われたとおり六インチ計って鉛筆で印を付け、その長さでいいか確認してもらおうと、相手に差し出した。ラモンはピッケルを受け取り、頭上の石に打ち込むような仕草をして見せた。

「だめだ、まだ長すぎる。この辺で切ってくれ」そう言ってその場所を示した。

大工は肩をすくめ、鋸を手に取って柄を切った。そしてやすりで縁を磨き、ラモンに渡した。

「いくらだ？」

「お代には及びません」

ラモンはポケットに手を突っ込んで二ペソ取り出した。

「そんなにいりませんよ」

「ボスが払ってくれる。ごくろうさん」彼は歩き出した。

「そんなに短い柄で山登りは危険ですよ。足を滑らせたら……」

「大丈夫」そう言って彼は目の高さまでピッケルを持ち上げた。「十字架に見えないか？」そして答えも聞かず大工の視界から消え、車を停めておいた角まで歩いて行った。

そのまま彼はチャプルテペックへ向かい、森の中へ入っていった。ニューヨークでトムにもらったカーキ色のトレンチコートを入れた袋をトランクから取り出し、そこにピッケルをしまった。木の間を進んで、誰の目にもつくまいと思った場所でコートを着てみた。左側の腰の下あたりに、ナイフの形と思しき細長いポケットが縫い付けられており、同じ側の腹のあたりに付いたもっと小さなポケットは、明らかに中口径の拳銃用だった。右の腋下には、第三のポケットが逆三角形に付いている。そこにピッケルを収めてみると、柄が短くなっていたせいでかなり下まで潜り、素早く取り出すには思いのほか不便だった。だが、腹の上で手を組むと右腕でうまい具合に膨らみが隠れ、好都合だった。コートを前腕に掛けてみたが、ポケットが深いおかげで中身が滑り落ちる心配はない。何度か試した後、標的が背中を向けていれば、そこから目を離さずとも一〇秒でピッケルを取り出せることが確かめられた。
ラモンはコートを腕の上で折り畳んで車へ近寄った。午前中はずっとジャック・モルナルのことを忘れており、これはいけないと思った。コヨアカンの要塞の扉からピッケルを取り出す瞬間までの道のりを阻む障害を乗り越えるためには、ベルギー人になりきって、愚かしい話と人見知り、味気ない微笑みを続けなければならない。人生最大の瞬間へとラモンを導くことができるのは、ジャックだけなのだ。

約三〇年後に二人がモスクワで再会し、この頃の出来事を語り合うようになった時、ラモンが指南役に訊ねたのは、すべてが計画どおり進んだのか、あるいは、偶然が味方してくれたのか、そこだった。男は真顔で、すべてが計画どおり進んだのだと話したが、悪魔が味方してくれたことも認めた。二、三年前にスケッチした細部が次々と形になり、地獄の計画でなければこうはいくまいというほど完璧にすべてが繋がった。ピッケル、ラモンの腕、トロツキーの命が磁力のような力で吸い寄せられ、一気に最後まで進んだ……

八月一三日火曜日、シルヴィアはついに腹を括ってコヨアカンを訪ね、ニューヨーク滞在中に受け取っていた重要な伝言をレフ・ダヴィドヴィチに届けた。二時間後、彼女は唇に笑顔を浮かべて屋敷から出て来た。通りで待っていたジャックは、警備員のほとんど全員と言葉を交わし、そのいつにない饒舌ぶりが、フランク・ジャクソンのことなど気にもとめなかった者たちの注意まで引いたが、その意味が明らかになるのは数日後のことだった。さらに、ジャック・クーパーとは、彼の妻ジェニーがアメリカから到着するというので、次の火曜日に夕食へ行こうと持ちかけ、彼女の気に入りそうなレストランを選んで当然ながらご馳走すると約束した。
シルヴィアが喜んだのにはわけがあった。実は彼女は、レフ・ダヴィドヴィチのかつての同志バーナムとシャハトマンがアメリカ合衆国で結成した新政治集団に傾倒し始めており、トロツキーとの関係がぎくしゃくし始めていた。だが、いつになくシンパを必要としていた老師はこれ以上の分裂を嫌がっているらしく、シルヴィアに不快感を示さなかったばかりか、シャハトマンとの会談について聞いた後、二、三日したらまた恋人と一緒にお茶に来てほしいと伝えた。前回の失礼を詫びたいという。

「気に入られたみたいよ」ビエナ通りの砂利道を抜け出し、モレロス通りへ曲がろうとしていたところで彼女は言った。

「一つ言ってもいいか?」ジャックは笑顔になった。「僕はあの爺さんは気位が高くて高慢な人だと思っていた。ところが、実際に会ってみて偉大な人だとわかった。実を言うと、君がなぜバーナムやシャハトマンなんかに肩入れする気になったのか、理解できない」

「あなたにはわからない話よ。政治にはいろいろあって……」

「だけど、忠誠心はもっと単純だろう、シルヴィア」彼は言ってアクセルを踏み込んだ。「それに、僕に何がわかって何がわからないか、勝手に決めないでほしいな」

翌朝ジャックは、トムとカリダッドが再び滞在を始めたシャーリー・コートへ向かった。彼をキスで出迎えた母は、淹れたてのコーヒーを勧めたが、彼は断った。気分が落ち着かず、翌日どうすればいいか、さっさとトムに相談したかった。ガウンにくるまってトムがシャワーから出てくると、三人は小さなリビングの肘掛け椅子に座った。コーヒーを飲むトムとカリダッドの姿を見て、ラモンは二人と自分の間に目に見えない線が引かれていることをはっきりと感じた。これが作戦の最前線と第二列の差なのだ。

「バーナムとシャハトマンの件を持ち出して、議論をふっかけてやれ」話を聞いてトムは言った。「お前はカモの側について、シルヴィアに反対しろ。奴が聞きたがっているのは、連中が裏切り者だという話だから、そこにつけ込むんだ。そしてタイミングを見計らって、この分裂やナチスに占領されたフランスについて何か書いてみたい、そう言ってみろ」

「彼にとって、ジャクソンは政治に無関心な男ですよ」

「だが、奴の興味をひければ、また家の扉が開く。しかも、来客などないから、お前が何か書くとなれば、迎え入れてくれるにちがいない。そこがチャンスだ。慎重に、だが同時に大胆に事を進めろ」

「シルヴィアが不審に思うかもしれませんよ……」

「あの間抜け女は何も気づきやしないさ」トムは言い切った。「すべてうまくいけば、二、三日後に論文を持ってコヨアカンへ戻ることになる……」

カリダッドは黙って二人の話を聞いていたが、彼女の気持ちはラモンに集中していた。トムの自信と興奮が息子の煮え切らない態度と不釣り合いなことが彼女の目には明らかだった。

「着替えてくる」トムは言った。「祭りの日にお前が持っていくスター拳銃の射撃練習をしておいてもらわねばならないな」

カリダッドはコーヒーを注ぎ足し、ラモンも一杯もらうことにした。すると母は身を乗り出し、コーヒーを注ぎながら囁いた。

「話があるの。今晩、ギロウ・ホテル、八時」

彼は思わず母を見たが、彼女の目は、カップを満たすコーヒー、そして息子に差し出されたカップを追っているだけだった。

トムは、歩兵一三番の射撃の腕前がまったく鈍っていないことを確かめた。サン・アンヘル区の森で始めた練習の最初から、彼は難しい的を選び、緊張が高ぶっていたにもかかわらず、四発中三発も命中させた。その間トムは、襲撃後のことをずっと話し続けていた。最も現実的な逃亡ルートはキューバ経由であり、ハバナかサンティアゴなら、何千といるスペイン人の間に紛れ込んでしまえば足はつかない。キューバでは二人組の工作員が待っているから、必要な金とコンタクトを手配して、不自由や危険のないようにしてくれる。おそらく、彼自身も、そして母国キューバが大好きなカリダッドも合流して、三人一緒に大西洋を渡ることになるだろう。予言や計画がいつも驚くほど見事にはまるトムの自信に満ちた態度を前に、ラモンの疑念と不安は吹き飛び、きっとうまく逃げられると思うまでになった。

ソカロのすぐ近くにあるギロウ・ホテルはコロニアル風の建物であり、当初は隣接するプロフェサ教会へやってくる修道女の宿泊施設だった。昼食時には、官庁で働く人々が大挙して昼食にやってくるが、午後遅くなると、成功に飢えた野心家や高級娼婦が夜の仕事に出る前の腹ごしらえをしていく。ホールは広く、控え目な光の下、多くのテーブルにチェックのクロスが掛かっていた。足を踏み入れるや否やラモンは、アフリカに導かれて入ったマドリードの古いカフェでカリダッドと再会した午後の歓喜と栄光を思い出した。そして今、母は隅のテーブルに俯《うつむ》いて煙草を吸っていた。ラモンが椅子を引くと、カリダッドは眠気から覚めたようだった。

「来てくれてよかったわ。コトフには映画に行くとだけ言ってあるから、あまり時間はないの。いろいろ話があるのよ……ウェイターを呼んで」

近寄って来たウェイターにカリダッドは注文を伝えた。コニャックのボトルとコップ二つ、テウアカン炭酸水の瓶を二本、あとは決して話しかけないでちょうだい。

「お食事は?」ウェイターは不審な顔をした。

「話しかけないでちょうだい……」こう言ってカリダッドは鋭い目で睨みつけた。

ウェイターが注文の品を持って来て立ち去るまで、ラモンは黙ってじっと待った。

「ずいぶん秘密めかしているな」

「あんたはとても大事な、そして危険な仕事をしようとしているのよ。あんたには私の考えなんてどうでもいいでしょうけど、私はあんたの任務と未来に責任を感じているから、いくつか伝えておきたいの」

カリダッドは二つのコップに炭酸水を注ぎ、別の二つのコップにコニャックを注いだ。そしてコニャックのコップを持ち上げて少し匂いを嗅いだ後、長々と中身をあおった。

「一杯だけでいいから飲んで」彼女はコニャックをラモンに差し出した。「景気づけよ」

ラモンはコップを見たが、手はつけなかった。

「結論から言うわ」煙草に火を点けながら彼女は言った。「もしあんたが捕まったら、何としてもすぐ出られるようあれこれ手を尽くす。たとえクソ刑務所を爆破してでもね。信じてちょうだい。そのかわり、あの老兵は必ず仕留めるのよ。そして、捕まっても、なぜ殺したのか、誰に命じられたのか、絶対に言わないこと。もし口を割れば、私にもコトフにも何もできない。彼も私も、そしてもちろんあんたも、そもそも生きてはいられないからね」

「それが言いたかったのか。身の安全が心配なわけか」ラモンは母に辛辣な言葉を放つ喜びを噛みしめた。

「それも気にならないわけじゃないけど、信じてちょうだい、大事なのはそこじゃないわ。あなたの行い次第で世界を変えられる、大事なのはそこよ」カリダッドはまたコニャックに口をつけた。「このろくでもない世界にたくさん変化が必要なことはわかっているでしょう」ラモンの手つかずのコップを数秒間見つめた。「あんたが口を割ったら命はないわよ。あのシェルドンとやらをご覧なさい……」

「あいつはメキシコ人に殺されたんだ」ラモンは言った。

「コトフはそう言っている……　信じるしかないわね」

「僕は信じている」

「頼もしいわね」彼女は言って、コップにコニャックを注ぎ足したが、口はつけなかった。「私の言うことを聞いて。今から人殺しをしようという最後の最後になって、なぜこんなレストランで話をしたのか、後になればわかるかもしれない」

会話のある時点で、ラモンは勢いよくコニャックのグラスを下ろし、いつのまに注がれたのかもわからぬまま、気がつくとまたコニャックをちびちび飲みながら、はらわたに捩れを感じていた。まさかこんなところで、上品なブルジョア男子パウ・メルカデールとの結婚生活で味わった屈辱と堕落の物語を聞かされようとは、思ってもみないことだった。断片的に知っている話ではあったが、この日の母は微に入り細を穿ち、夫に連れて行かれた売春宿で剝き出しの性交を無理やり見せられたこと、薬を飲まされてベッドに投げ出された挙げ句、夫に後ろから貫かれた状態の雇われ情人に貫かれたこと、アナルセックスを拒んで殴られたこと、息子たちや文明生活を取り上げると脅されて本当に取り上げられたこと、精神病院に閉じ込められて気が狂いそうになり、喉の渇きを癒すために何度も自分の小便を飲んだこと、そのすべてを事細かに語った。これが神聖なブルジョア結婚の契りを結んだ結果得られた経験であり、おかげで心のど真ん中に熱いナイフのような憎念を植えつけられた。その痛みをわずかでも癒すことができるのは、パウ・メルカデールのような唾棄すべき病人を良識者と見なすさもしい道徳の持ち主たちに憎念の矛先を向ける時だけだった。以来、カリダッドはありとあらゆる手段に訴えて復讐に乗り出し、共和派左翼が選挙に勝利した後にバルセロナへ帰ると、夫が当時住んでいたアンプレ通りの暗いアパートの前で一度ならず眠れぬ夜を過ごした。階段を上って、いつも腰に着けていたブローニングで彼の脳みそに六発ぶっ放してやりたいという思いが頭から離れなくなっていた。なんとか思いとどまったのは、恐怖のせいでも憐れみのせいでもなく、今や一介の貧しい従業員に成り果てて他の男たちにこき使われていることこそパウ・メルカデールにふさわしい罰であり、その状態をできるだけ長引かせてやるほうがいいと思ったからだ。

話を聞きながらラモンは、しばらく前から母に対して抱いていた政治的・人道的優越感が消えていくのを感じていた。トゥールーズのレストランで起こった怪しい食中毒騒動や、彼と弟ホルへのおかげで未遂に終わった自殺のことが頭に甦った。憎しみに凝り固まってぼろぼろになった人間にすぎなかったはずの母が、今や有り余るほどのピースで組まれていくジグソーパズルのように見えてきた。

「私が不完全な共産主義者にしかなれないのはそのせいよ、ラモン」息子に三杯目、自分に四杯目か五杯目（いや、六杯目か？）を注ぎながらカリダッドは続けた。「憎しみのせいで、私は新しい社会を生み出すには向いていないけれど、それが今の廃れた社会を壊すためには絶好の武器になる。だからこそ、あんたたち全員をこんなふうに憎しみの子供に育て上げたのよ。明日か明後日か、三日後か、あんたが標的の前に立つ時には、あの男が私の、そしてあんたの敵だということを思い出しなさい。あいつが平等だのプロレタリアだのについて論じることは、みんな嘘っぱちで、ただ権力が欲しいだけよ。かつて権力の味を知ったあの男は、人を貶め、服従させ、恐怖で這いつくばらせるための権力、人にケツを突き出させて痛めつけるための権力を取り戻したいだけ。よく覚えておきなさい、あのごろつきの頭を吹っ飛ばすあんたの腕には、私の腕も乗り移っているのよ。私の心はあんたと一緒にいて、あんたを支えているわ。憎しみに支えられた私たちは無敵よ。もう一杯飲みなさい！　世界の鼻っ面を捕まえて、ぎゃふんと言わせてやりなさい。いい、脳みそに叩き込んでおくのよ、情け容赦は禁物、誰もあんたに情けなんかかけてはくれない。わかってる？　あんたは人に同情なんかする立場にはない。人の情けなんかあてにはできないのよ！　あんたのほうがはるかに強い、あんたこそ最強の男よ、私の息子なんだから、クソッ《クリヨンス》！」

26

五月二四日未明、頭上を飛び交う銃弾の下でレフ・ダヴィドヴィチははっきりと直感した。ナターリヤに守られている以上、ここで死ぬことはない。

そう悟った瞬間にセーヴァの声が聞こえ、我が身の安全とまったく無関係な、言い知れぬ不安を覚えて叫んだ。《ベッドの下だ、セーヴァ！》ナターリヤは相変わらず彼の体を寝室の隅に押さえつけていた。夜の闇を点滅する光で満たしながら彼に狙いをつける銃は、セーヴァの部屋から、書斎のドアから、バスルームの窓から連射を続けていた。孫がいる辺りに焼夷弾が投げ込まれたことがわかったが、相変わらず続く一斉射撃がマットレスを吹き飛ばし、身動きが取れなかった。彼めがけて飛んでくる銃弾の衝撃が背中を接する壁からひっきりなしに伝わってきた。やがて声が聞こえ、車のエンジン音が鳴り、銃声は間遠になった。その時には一瞬前の確信などすっかり忘れ、《連中が入り込んで来て、直接二人に手を下すにちがいない》と思っていた。観念して彼は目をつぶり、両脚を絞めつけてその瞬間を待ち構えた。どのくらいの時間だっただろう？　二、三分というところだろうか？　後に考えてみたが、間違いなくあれこそ人生で最も長い数分間だった。最も気掛かりだったのはセーヴァのこと、そして巻き添えを食って死ぬことになるナターリヤのことだった。

セーヴァの声が沈黙を破ったところで、レフ・ダヴィドヴィチは初めて我に返った。ナターリヤが無傷であることを確かめると、孫の部屋へ駆けつけ、彼の姿は見えないのに床に血痕があるのを見て、心臓が止まりそうになった。焼夷弾を振り払って書斎への延焼を食い止めようと家に入っていたロビンズがトロツキーに声を掛け、怪我がないか訊ねた後、セーヴァはロスメル夫妻とともに外にいることを知らせて安心させた。どうやら銃弾で負傷したのはセーヴァだけだったが、幸いまったくのかすり傷だった。

襲撃部隊を追って外に出ていた警備隊が戻って来る一方、中庭に集まった住人たちは事態の把握に努めた。襲撃者は一〇名から一五名、全員軍隊か警察の制服を着ていた。まず敷地の外から見張る警官隊を封じ込めた後、屋敷の内側からも外側からも高圧電流に繋がれた警報装置のケーブルを切断、さらに電話線を引き抜き、コヨアカン警察署に繋がる電気回路も断った。襲撃部隊が庭へ踏み込むと、その一人が機関銃を持って木に登り、そこから秘書たちが眠る部屋を銃撃した。残りの者たちは家へ向かい、閉ざされた窓と扉に向けて発砲した。銃弾の一部は防弾雨戸に跳ね返され、その痕だけが生々しく残った。襲撃者たちを近くから見た警備員や警官によれば、多くはかなり酔っぱらっていたが、何をどうすべきかは間違いなくわかっていたという。ベッドにばかり弾が集中したのが偶然ではありえない。

その時もその後もレフ・ダヴィドヴィチに意味深いと思われたのは、襲撃部隊が警備隊に銃を突きつけるだけでまったく発砲しなかったことだった。部屋に銃撃を浴びせて焼夷弾を投げる（爆弾も一発投げ込まれたが、幸い不発だった）にとどめたということは、標的は彼と書類だけだったということだ。だが、武器の扱いを心得た一〇人、一二人の襲撃者が彼一人に狙いを定め、家の内外を完全に制圧していたというのに、撤退の指示を出す前に屋内に踏み込んで任務の完了を確認しなかったのはいったいなぜだろう？　爆発もしない爆弾を使ったというのか？……　二〇〇発以上も撃って、六三発が彼のベッドに命中しているというのに、跳ね返った弾でセーヴァが軽傷を負っただけというのは、どう考えても不自然だった。失敗の原因は、拙速だろうか、飲酒だろうか、それとも恐怖心だろうか？　この不思議な襲撃には嗅ぎ覚えのある邪悪な臭気が漂っており、後々まで彼はあれこれ考え続けることになった。

逃走に際して襲撃者たちは、緊急事態に備えていつもキーを差しっぱなしにしてある家の車二台に乗り込み、門を開けて出て行った。混乱が続くなか、通りから戻ってきたオットー・シュスラーは、新米警備員の一人ボブ・シェルドンが連中に連れ去られたことを語った。誰もが顔を見合わせ、目に同じ問いを浮かべた。さらわれたのか、それとも、自分からついて行ったのか？　後にメキシコ人警官の一人が語ったところによれば、若きシェルドンは車の一台（フォードは数ブロック先で川べりの泥にはまり込んで乗り捨てられ、ドッジは後にローマ区で見つかった）を運転していたというが、レフ・ダヴィドヴィチは、暗闇で震え上がった状態の警官が全速力で走り去る車の内部まではっきり見ることはできまいと思った。

最大の謎は、襲撃者たちがどうやって敷地内に侵入したかだった。消え去ったボブ・シェルドン・ハートは正門の警備担当であり、警備隊長への相談なしに連中を通したとすれば、考えられる理由は二つある。シェルドンは襲撃団の一員であり、予めスパイとして送り込まれていた、あるいは、顔見知りの姿を見て、隊長に相談する必要はないと考えて門を開けた。

警察が駆けつけた時も、レフ・ダヴィドヴィチはまだ寝巻のガウンのままだった。顔馴染みのメキシコシティ秘密警察長レアンドロ・サンチェス・サラサールと会見する前に、彼は着替えをさせてほしいと申し入れ、事件の真犯人はすでにわかっていると言い添えて、まだ火薬の臭いの立ち込める屋内へ入った……

国家警察長官ホセ・マヌエル・ヌニェス将軍が、カルデナス大統領の命を受けて直々に捜査にあたることになり、必ずや犯人を突き止めて逮捕すると大統領に約束してきた旨レフ・ダヴィドヴィチに伝えた。老革命家は、すでにサラサールに伝えていた言葉を繰り返した。犯人捜しは簡単で、襲撃を計画したのはヨシフ・スターリン、実行犯はソヴィエト秘密警察工作員とメキシコ共産党員だから、党幹部の取り調べをすれば一網打尽にできる。

ヌニェス将軍もサンチェス・サラサール大佐も、この答え（トロツキーは後に報道陣に向けても同じ言葉を繰り返した）に納得しなかった。大佐とはメキシコ到着以来何度も顔を合わせており、レフ・ダヴィドヴィチには、この男が自分こそ誰より切れ者だと思い込んで何にでも口を挟むでしゃばりの典型であることがわかっていた。この時サンチェス・サラサールは威圧的な態度をとり、何かを隠蔽する意図でもあったのか、この襲撃は人目を引く事件でスターリンに暗殺容疑をかけるためにトロツキーが仕組んだ自作自演にちがいないと推理した……何事にも裏があることを経験上知りつくしていなければ、トロツキーでさえ、大佐がそう考えるのも無理はないと思ったかもしれない。事件には謎が多すぎ、シェルドンの失踪はその最たる例だった。そのうえ、これほど恐ろしい襲撃を受けた後でなぜトロツキーが平然とした顔で理路整然と持論を述べられるのか、大佐にはまったく理解できなかった。トロツキーのことがまだよくわかっていなかったのだ。

自分の推理を裏付けるため、事情聴取という名目でサラサールは秘書のオットー・シュスラーとチャールズ・コーネルを拘束した。さらに、捜査の手は家の使用人にも及び、部屋係のベレン・ベニテス、小間使いのメルキアデスが取り調べの対象となり、料理婦のカルメン・パルマは泣きじゃくりながら連行された。

新聞を読んだレフ・ダヴィドヴィチは、ディエゴ・リベラが襲撃の首謀者と目されていることを知って仰天した。この憶測の根拠となったのは、家の警備にあたっていた警官たちを締め上げる際に、襲撃部隊の隊長と目される人物が、カルデナス反対、アルマサン万歳の叫び声を上げたという目撃情報だった。だが、自作自演の可能性を臭わせたサンチェス・サラサールの発表によってリベラはすぐに容疑者から外れ、この狂言説に飛びついた共産党系新聞は、政府を攪乱してソ連との関係悪化を引き起こそうとするトロツキーを糾弾するとともに、メキシコからの追放運動を再燃させる絶好の口実を得た。サラサールがこんな説を持ち出したのは、入念な準備の上に実行された襲撃をまったく察知できなかった秘密警察の失態を取沙汰される前に自己保身に走ったからであり、それがレフ・ダヴィドヴィチの苛立ちをいっそう募らせた。

だが、六三発の銃弾がベッドに撃ち込まれたにもかかわらず、襲撃の意図についてはレフ・ダヴィドヴィチの腑に落ちない部分が残り続けることになった。トルコで経験した火事と同じで、単なる偽装にすぎず、最終作戦の実行に向けた地ならしにすぎないとも思われた。ナターリヤにそう伝えると、彼女はさっそく新たな安全対策に乗り出したが、その気になれば容易に入り込めるのは明らかなのに、そんなことにお金を使う必要はないと言って反対した。しかも、こんな襲撃が二度繰り返されることはないと彼は確信していた。ユダヤ系アメリカ人が手紙で伝えてきたとおり、次は単独犯にちがいなく、もぐらのように地中からひょっこり現れる殺しのプロを防ぐ術などまったくないのだ。

襲撃の数日後、レフ・ダヴィドヴィチはロスメル夫妻に別れを告げた。状況が違えば、近くに寄り添ってくれていた良き旧友の出発を残念に思うところだろうが、この時ばかりは、自分の責任で彼らの身に危険が及ぶ事態を避けられて安心したほどだった。単純だが人間にとって欠かすことのできない満足感とはえてしてそんなものだが、圧力や攻撃や彼の頑固な政治姿勢に耐えられる人々より、かつて友人だった者たちの記憶の間をさまようようになっていた彼にとって、もはや友情は重荷でしかなかった。彼らが後に残していく親愛の余韻が辛いのだ。多くが無残な死を遂げ、多くがさもしい形で彼を拒絶し、本心からであれ偽りであれ、多くが彼の理念、彼の過去、彼の現在から離れていった。政治的大義に身を捧げる者の宿命は孤独死なのだと思う瞬間もあった。それが高邁な思想の代償であり、さらには、権力と、そしてとりわけ転落の代償でもあるのだ。だからといって、自分の責任で、すなわち、政治の閃光に目が眩んで一時的なものと本質的なものの区別を見失い、原理主義に陥ったせいで失った友情を、深く嘆かずにもいられない。彼のように、政治を焦眉の情熱に変えた末、政治をすべてに優先させる不吉な罠にはまってしまえば、人間の価値や条件そのものを見失うことになる。老境に差し掛かり、闘争の目的だったユートピアが崩壊寸前の状態にある今、自分でもよくわかっていたとおり、彼こそ、未来には状況が好転するかもしれないと夢見て我が身の現状を慰める敗北者にほかならなかった。

ロスメル夫妻が旅立つ前日にレフ・ダヴィドヴィチは、アルフレッドが病院に担ぎ込まれて以来、二人がシルヴィアの恋人と仲良くしており、ニューヨーク経由でフランスへ帰る二人をベラクルス港まで車で送って行くのもこの若者だということを知った。ジャクソンと名乗るこのベルギー人は、確かに男前だったが、少々頭は鈍いようだった。出発の朝、彼がウサギにその日最初の餌やりをしていると、若者が近寄って動物の種類に興味を示した。見知らぬ男が敷地内に入り込んでいると思ってレフ・ダヴィドヴィチは一瞬憤慨したが、すぐにロスメル夫妻から聞いていた話を思い出し、その容姿から相手が誰なのか察しがついた。まだ不機嫌なまま露骨に迷惑そうな顔で適当にあしらうと、ジャクソンは控え目にその場を去った。その後、若者がセーヴァと言葉を交わし、彼にお土産まで持参していたことを知ると、自分のとった態度が恥ずかしくなった。そこで若者に朝食を振る舞うようナターリヤに言ったが、彼はお茶だけでいいと答えた。

ナチスがパリに迫る折にフランスへ帰るというのは、いかにもアルフレッド・ロスメルらしい立派な決断だと彼は思った。普段どおり、その朝もアルフレッドに手を差し出し、マルグリットにキスして、「お気をつけて」とだけ声を掛けた後、旅立つ二人の背中を見る気になれず、書斎へ引っ込んだ。この歳でGPUの魔の手が迫りつつあるとなれば、どんな別れも今生の別れになることは間違いない…… 家の見張りが増え、緊張が高まったことで、すぐに二人の不在が身にしみて感じられた。

レフ・ダヴィドヴィチは、サボテンが襲撃で大被害を受けたことを確かめて、心の底から憤りを感じた。踏みつけられたものあり、腕をもぎ取られたものあり、彼は何日も手当てに励んだが、そんなことをしても、日常などないこの家、終幕までずっと戦時下に置かれる運命にあったこの家の生活に束の間の日常を取り戻そうとするような、むなしい試みであることはわかっていた。

そんな亡命生活の救いとなったのがセーヴァだった。一四歳にして、少年はすでに立派な振る舞いを見せていた。不安など微塵も見せず、自分のことより祖父母のことが心配だとよく言っていた。少年の身に何かあったらと考えるだけでレフ・ダヴィドヴィチは苦悩に囚われた。むざむざとこの地で殺されるためだけにフランスから呼び寄せた、などとは考えたくもなかった。中庭でアステカと遊んでいる姿を見ると、図らずもこの子に与えてしまった運命に胸が痛んだ。よりよい世界を築くために闘ってきたというのに、周囲にもたらしたものが痛みと死と屈辱だけだったとは、なんとも皮肉な話だった。そして彼の失敗をまざまざと映し出していたのが、本来ならモスクワかオデッサの空き地でサッカーでもしているべきところ、防弾壁に四方を閉ざされたこの家から出ることもできない少年の哀れな生活だった。

度重なる嘆願の結果、カルデナス大統領は拘束されていた秘書たちの釈放を命じ、その後レフ・ダヴィドヴィチは、事態を明確にすべく声明を発表した。屋敷への襲撃、パリでのリョーヴァとクレメントの暗殺、バルセロナでのエルウィン・ウォルフ暗殺、ローザンヌでのイニャス・レイス暗殺、すべてをスターリンとGPU――クレムリンの秘密警察を彼はずっとこう呼び続けていた――による犯罪と断定したうえで彼は、メキシコ共産党幹部、特にロンバルド・トレダーノと、襲撃の日以来行方をくらませているダビド・アルファロ・シケイロス（《鬼大佐》を気取るこの画家は、スペイン戦争では戦士というよりスターリン派活動家として名を馳せ、帰国後は飽くことなくトロツキー追放を要求していた）の取り調べを求めた。フランス人やノルウェー人にもできなかったことをする勇気がメキシコ検事にあるだろうか？　捜査員に真実を暴くことができるだろうか？

予想どおり、彼の声明にスターリン主義者たちは怒りを爆発させた。メキシコ労働組合連盟の機関紙『エル・ポプラル』は、エンリケ・ラミレスなる人物の記事を掲載して、トロツキーが共産党に罪をなすりつけるために襲撃を偽装したと改めて強調し、行方をくらませていたシケイロスまで、愚弄に満ちた声明で同じ主張を繰り返した。共産主義者を名乗る者たちが、嘘に塗れるばかりか、嘘で犯罪を擁護する姿を前に、レフ・ダヴィドヴィチは反吐《へど》の出る思いだった。

だが、彼の声明は功を奏し、サンチェス・サラサールは《新たな証拠》により自作自演説が覆されたことを認めざるを得なくなった。とはいえ、その新たな証拠も、トロツキーに対する邪な疑念を払拭するものではなかった。大佐によれば、敷地内に協力者がいなければ、襲撃部隊が屋内に侵入し、警報装置を遮断することは不可能だというのだ。そしてその最有力候補は相変わらずボブ・シェルドン・ハートだった。

この若者がトロツキー邸に到着したのは、襲撃の七週間前だった。メキシコでレフ・ダヴィドヴィチのボディーガードにつけられた他の者たちと同じく、彼もニューヨークの同志たちの《折紙付》だったが、サラサールは、シェルドンがNKVDで訓練を受けた後にスパイとして警護隊に送られてきた可能性をトロツキー氏でさえ完全には否定できない、と繰り返し述べた。もっともな主張ではあったが、レフ・ダヴィドヴィチは、シェルドンがスパイとは愚かしい見解だと返答し、その時もその後もきっぱりと口を噤んだ。そんな主張を受け入れてしまえば、最も近しい協力者でさえ信用できないということになり、それどころかソヴィエト秘密警察の思うつぼになってしまう。すなわち、トロツキー殺害を、何らかの政治的対立で恨みを抱いたトロツキストの仕業に見せかけることができるのだ。

告発と糾弾と罵倒が激しく飛び交うなか、合衆国の支持者はレフ・ダヴィドヴィチをこっそり呼び寄せて匿《かくま》おうとしたが、彼はほとんど即答でこの提案を断った。彼にとって地下逃走の時代は遥か昔に終わっており、人間文明の未来が決しようとしている今この時に、命を惜しんで逃げ隠れするいわれはなかった。「私の剝き出しの頭は最後まで地獄の闇夜に耐えねばならない。それが私の運命であり、受け入れるほかはない」と返答し、愚かしい試みであることは百も承知ながら、なんとか普段どおりの生活を取り戻そうと努めた。四〇年前に初めて体験した監獄を髣髴《ほうふつ》とさせるこの家では、防弾扉まで同じ軋みを立てて開閉する。それでも彼は意気軒昂で、幽閉生活に窒息しそうになると、周囲の反対を押し切って野外へ散策に繰り出した。

エピローグに等しいこの気力を頼みに、彼は最後の意思をしたためておくことにした。「物心ついて以来、私は四三年間革命家であり続け」彼は書いた。「そして四二年間マルクス主義を掲げて闘ってきた。もしやり直すことができるのなら、いくつかの過ちだけは避けようとするだろうが、我が人生の概要はまったく変わるまい。私は最期までプロレタリア革命家、マルクス主義者、弁証法的唯物論者、妥協のない無神論者をやめるつもりはない。共産主義に基づく人類の未来に対する私の信念は、若い頃と較べても、衰えるどころか、はるかに揺るぎないものとなって、燃え盛っている。」

そこで彼は紙から視線を上げたにちがいない。かつては時代の寵児と持て囃《はや》された男の全生涯が、これほど短い文章で要約できてしまうことが意外に思われ、おそらく久しぶりに笑いがこみ上げてきたことだろう。ありとあらゆる闘争、苦しみ、成功、虚栄心がこんなに簡単に表現できてしまうものなのか？　どんな人類の意志よりも強固でごまかしのきかない現実の前では、銅像、肩書、権利の頂点と栄光、そんなものがどれほどの価値を持つだろうか？　そんなことを考えていたまさにその瞬間、中庭を横切って妻が近づき、軽く合図して、空気の入れ換えに窓を大きく開けるその姿が目に入った。椅子に座ったままでも、塀の麓から広がる芝生と花盛りのブーゲンビリア、メキシコの大地や青く澄み切った空と同じくらい太古からそそり立つようなサボテンを眺めることができた。あちこちに陽光が溢れている。「人生は美しく、五感がそれを祝福する……　未来の世代が人生からあらゆる悪と抑圧と暴力を取り除き、充実した人生を送れるよう祈る。」その瞬間に垣間見た人生の開花に促されるようにして、彼は書き加えた。

最後の意思をしたためて死に備えることで、これほど心が落ち着くとはレフ・ダヴィドヴィチもまったく想像していなかった。生活上の具体的問題を整理しておくには数語で十分だった。将来彼の著作が利益を生むことは考えにくいが、遺せるものといえばそのくらいしかないし、身内で残っている者はもはや妻ナターリヤ・イヴァーノヴナ・セドーヴァしかいないのだから、版権はすべて彼女に託してしまえばいい。なんとか支払いを終えていた家は、すでにナターリヤ名義になっており、重要文書はすべてＧＰＵから守るためにしかるべく売り払った。

他はなにもない。手元に残るものや失くしたものについてあれこれ考えていると、失われたものの多さに、実は自分はすでに何年も前に死んでいたように思われて、人生という物語の延長戦に入ったような、もはや意志の及ばなくなったコーダにいるような気分にさえなった。変なタイミングで目を覚ましたおかげで、主人公が死んでもサイクルが閉じない物語を高みから見物する特権を与えられたようなものだった。

「六〇歳を迎え、さんざん無理をしてきた体はもはや思うようには動かない。願わくば、レーニンのように長い苦痛を味わうことなく、素早く息を引き取りたいものだ。だが、なかなか死ぬこともできず、平凡な生活も送れないとなれば、自ら命を絶つ道を望むかもしれない。醜い死よりも美しい自殺のほうがいいと私はずっと思ってきた。」だが、レフ・ダヴィドヴィチは、迫り来る死の感覚が、時間的、空間的に遥か彼方まで遡ることだけは頑として認めなかった。何年も前にクレムリンで計画された彼の暗殺は、今やスターリンにとって最優先事項となっていたが、それは、一部に言われているように、レフ・ダヴィドヴィチが現在執筆中の伝記に書き記す人物像に怯えているからではなかった。スターリンはそもそも言葉など意にも介さない。それならばなぜ？　あの田舎者は、生粋のギャングらしく、かつての仲間を皆殺しにすることで、復讐に不意打ちされる事態を避けおおせてきた。そして、孤立したレフ・ダヴィドヴィチが新たな共産主義運動の先頭に立つことなどもはや事実上不可能になっていることぐらい、みすぼらしい虚構に終わった第四インターナショナルの顚末を見れば熟知しているはずだった。むしろ、追放の身に本当の危険が迫り始めるのは、これ以上彼を生かしておいてもソ連内外で弾圧を続けるための口実には使えない、そうスターリンが判断した瞬間からだった。旧式の機械と同じで、もはや役に立たないとなれば、また下手に動き出すことがないよう解体して処分するだけだ。

「わずかばかりの遺産を総括したところで」彼は続ける。「この遺書に書き残しておきたいのは、社会主義という大義のために闘うことができたのみならず、ナターリヤ・セドーヴァのような伴侶と、リョーヴァとセリョージャという二人の子宝に恵まれて、私は幸せだったということだ。四〇年近くも生活を共にする間、彼女はいつも無限の優しさと寛大さを私に注いでくれた。苦しみも大きかったことだろうが、幸福な日々を過ごすこともあったと思うと、少しは慰められる。そんな時間が長くはなかったとはいえ、重要な問題で決して彼女を欺くことがなかったのはせめてもの救いだ。知り合った当初からナターリヤは、私が革命の理念にのみ導かれた男であることを理解し、決して口ごたえすることなく、よりよい世界を求めて闘う男の、人生を賭けた旅の道連れとなってくれた。」こう書いたところで彼の口から溜め息が漏れた。そして書面の一枚一枚にすべて署名し、封書に入れて封蠟した後、この話は忘れようと努めた。

実際、レフ・ダヴィドヴィチが前進を続ける気になったのは、妻の励ましのおかげだった。辛い思いをしていることはわかっていたが、弱音など決して吐かない女だから、黙って耐えていた。防御を厳重にするためさらなる改築に乗り出し（壁はもっと高く、すべてのドアと窓に鋼鉄製の防弾カーテンをつけた）、家の秩序を保ち、セーヴァがロシア語を忘れぬよう気を配り、同時に、どれほど不利な情報が揃っていても、セリョージャ生存の知らせを頑なに待ち続けた。ナターシャを見ていると彼も強く勇気づけられ、そんな折にかつての浮気を思い出すと、羞恥心で全身が震える思いを禁じられず、愚かな振る舞いで妻を苦しめるなど、一時の気の迷い以外の何物でもなかったことを痛感した。

私生活を離れて外を見回すと、世界は崩壊の真っただ中にあった。その年の七月一四日、バスチーユ広場に《ラ・マルセイエーズ》は聞こえず、パリはナチスの占領下にあった。電撃作戦が成功して、ドイツ軍はわずか三九日で誇り高きフランスを屈服させた。レフ・ダヴィドヴィチはずっとアルフレッドとマルグリットの身を案じ、彼ら、そして他のフランス人支持者たちがどんな目に遭っているのか、想像もつかなかった（背信を疑われたエティエンヌからはこの数週間何の連絡もなく、おそらく多くの市民同様フランスを脱出したものと思われた）。だが、もっと痛ましいのは、あの忌まわしきソ連外相モロトフが第三帝国への支持を表明したことであり、ソ連によるバルト三国占領ともあいまって、これでヒトラーとスターリンの間に前年からヨーロッパ分割をめぐる協定が成立していたことが裏付けられた形になった。

かつてのヨーロッパは二つの帝国に挟まれ、ヒトラーの鉤十字とソ連の鎌とハンマーの間で押し潰されつつあった。その時が来れば、どちらが先に仕掛けるだろうか？　レフ・ダヴィドヴィチは考え、悲観的見解を公にすることこそ控えたものの、ロシアの大衆に大きな苦悩の時代が迫っていることを予感した。わずかばかりの楽観主義を絞り出して導き出したのは、新たな苦しみという代償を払うことで民衆が目を醒まし、革命への夢を取り戻すかもしれない、そんなはかない希望だけだった。

レフ・ダヴィドヴィチにとって驚きだったのは、ヌニェス将軍とサンチェス・サラサール大佐の来訪であり、二人は彼に、五月二四日の襲撃事件の容疑者として、計三〇名――ほぼ全員がメキシコ共産党員――を拘束したと伝えた。サラサールが、捜査の重要な手掛かりとなった証拠についてそれまで一言も触れなかったことを詫びると、レフ・ダヴィドヴィチは、それがいい結果に繋がったのであれば謝罪の必要などなく、むしろ彼の働きぶりを称えたい、と返答した……

サラサールによれば、レフ・ダヴィドヴィチの声明発表後、警察は、酔っ払いの証言を頼りに、襲撃用の軍服を調達した男に関する情報を運よく摑むことができた。この手掛かりから共犯者を辿り、実行犯の一人ダビド・セラーノへ行き着くと、彼の供述から、家の見張りと当直警官の攪乱を任された二人の女、さらに、ネストル・サンチェス指揮官なる男の存在が浮かび上がってきた。この男の自供が決定打となり、襲撃の指揮を執ったのが、画家シケイロスと、他の容疑者さえその正体を知らないユダヤ系フランス人だったことが明らかになった。すでに、シケイロスの義理の兄弟二人と、彼の助手アントニオ・プホル、そしてスペイン共産党員ロセンド・ゴメス――いずれもスペイン内戦からの帰還兵――が襲撃に参加していたこともわかっている。彼らの供述は錯綜しているが、サラサールの見解では、襲撃を直接指揮したのはユダヤ系フランス人とプホルの二名であり、シケイロスは屋外にとどまって警察の見張り小屋の脇に控えていたという。すでにシケイロスの逮捕状が出ているが、行方がまったくわからず、すでに国外へ脱出した可能性もある。襲撃の真の首謀者と目されるユダヤ系フランス人については、彼と連絡を取っていたのはどうやらシケイロスとプホルだけらしい。容疑者の証言はしばしば食い違い、この男がポーランド人だと主張する者までいる。

サラサールの話を聞きながらレフ・ダヴィドヴィチは、人の心を歪めるスターリンの邪気について考え、マルクス主義の理想に共鳴した者が、スペインにおけるソ連の裏切りを目の当たりにしておきながら、いまだにモスクワの指示を忠実に守るばかりか、人間の命まで奪おうとする倒錯ぶりに、やるせない思いだった。だが、自称《鬼大佐》のシケイロスが、計画の立案者でありながら襲撃から距離を置いて敷地内にすら踏み込まなかった顚末には、笑いを禁じ得なかった。彼のような芸術家が、三流の殺し屋、嘘つきのテロリストに成り下がるとは、なんとも哀れな末路だった。

数日後、最悪の予想が現実のものとなった。ロス・レオネスの砂漠地帯に位置するサンタ・ロサ高地の小屋で、台所の下に埋められていたボブ・シェルドンの死体を警察が発見したのだ。午前四時、サラサールの部下たちが身元の確認をしてもらうためにレフ・ダヴィドヴィチを訪ねて来たが、ロビンズは彼を起こすのを嫌がってオットー・シュスラーにその役を任せた。翌朝、ナターリヤに話を聞いた彼は、自分もサンタ・ロサまで行くと言い出し、サラサールとヌニェス将軍に面会した。

ボブ・シェルドンの遺体は、警察署の中庭で粗野なテーブルの上に安置されていた。洗った後ではあったが、体にはまだ土と石灰がこびりついていた。まだ腐食は始まっておらず、頭の右側に二発銃弾を撃ち込まれた痕が残っていた。これを見てレフ・ダヴィドヴィチは深く動揺し、GPUとの関係がどうであれ、ボブ・シェルドンもまた、自分を狙う邪悪なスターリンの犠牲になったことを痛感した。別れの言葉も伝えられなかったリョーヴァ、若いヤーコフ・ブリュムキン、優秀なクレメント、内戦時代からよく仕えてくれた秘書セルムクスとポズナンスキー、屈強のアンドレウ・ニン、気立ての優しいエルウィン・ウォルフ、テロルに蝕まれスターリンの犯罪的狂気に暗殺された者は、皆こんなふうに死んでいったのだろう。黙り込んだレフ・ダヴィドヴィチに気を遣って警官たちは静かに数分待った。そしてサラサールが、捜査を終結させるために一つだけ聞かせてほしいと声を掛けた。シェルドンが殺されたということは、彼も襲撃の共犯者だったとしか思われない。レフ・ダヴィドヴィチは再びこの説を撥ねつけ、家へ帰りたいとだけ言った。今は一人で自分の罪と向き合いたかった。

もはや彼の命運、というよりスターリンの底知れぬ悪意から逃れる術はなく、残された猶予期間がわずかしかないことは明らかだった。懸念事項を片付けておこうと焦る気持ちと、迫り来る最期とともにこの生涯も夢も後世という計り知れぬ運命の手に渡ることを悟った落胆との間で、レフ・ダヴィドヴィチの気持ちは揺れ動いた。もうずっと前から彼は根無し草であり、受け入れてくれる人の機嫌を損ねないよう庇護にすがるよりほかない生活を送っていた。厄介者に仕立てられた彼に嘘の集中砲火が浴びせられ、孤立無援のまま遠い国の塀に閉ざされた中庭を歩き続けるしかない彼を支える者といえば、もはや妻と孫と犬以外にはおらず、多くの家族、友人、同志が死体となって朽ち果てていた。権力もなく、何百万という支持者がいるわけでもなく、政党の党首でもない。彼の著作すらもはや顧みられることはほとんどない。それなのにスターリンの魔の手は迫り、間もなくスターリニズムの殉教者に自分も名を連ねることになるのだろう。しかも後には大きな挫折感が残る。自分という人間の存在など、歴史にとってはほんの些細な要素にすぎないが、人々の自由と平等の夢、情熱のすべてを捧げてきた夢までが敗れ去った……　それでもレフ・ダヴィドヴィチは未来の世代に期待を寄せ、全体主義の足枷を逃れた彼らが、この夢、そしてこの夢を支えてきた頑強な精神を受け継いでくれるよう願わずにはいられなかった。もっと大きな闘争、歴史の闘争は彼の死やスターリンの勝利で終わるわけではない、そう彼は書き残している。数年後、偉大なる指導者の銅像が台座から引きずり下ろされたところから、本当の闘いは始まるのだ。

怪しげな襲撃事件のことはもう忘れようと思っていたが、その後もレフ・ダヴィドヴィチのもとには次から次へと新情報が舞い込んできた。ユダヤ系ポーランド人ないしフランス人なる人物の足取りを辿ったメキシコと合衆国の警察は、フランスやスペイン、日本でも様々な秘密活動に従事したというＮＫＶＤ工作員の存在に行き当たった。サラサールの調査によれば、このユダヤ人の指示で、襲撃の実行に向けてコヨアカンに二軒も家が借りられていたという。だが、レフ・ダヴィドヴィチには、たとえ捜査が進んでも、謎のユダヤ人の正体は永遠に知れることがなく、なぜ彼ほどのプロの殺し屋が屋敷内に踏み込んでとどめを刺さなかったのかも決して明らかにはならない、そんな確信があった。

　コヨアカンの要塞は緊張の度を増し、泥に飲まれて息が詰まるような日々が続いた。以前から異常であったとはいえ、どうにかこうにか慣れてきた日常生活になかなか戻ることができなかった。それでもレフ・ダヴィドヴィチは、開放感を求めてできるかぎり幽閉生活を逃れた。警戒感の高まりとともに、米国の支持者たちが防弾チョッキを送ってきたほどだったが、彼は頑として着用を拒否し、来訪者一人ひとりの身体検査も、ナダル、リューレなど時折訪れる友人やジャーナリストとの懇談に際する書記の立ち合いも認めようとはしなかった。

　その頃シルヴィア・アゲロフがニューヨークから戻り、レフ・ダヴィドヴィチの要請で、ある日の午後ジャクソンともどもお茶に招かれることがあった。レフ・ダヴィドヴィチはロスメル夫妻に対するジャクソンの厚意に感謝し、急ぎの仕事でしかるべくお茶を共にできなかった午後のことを詫びた。この日は皆打ち解けており、和やかな雰囲気で会話が進んだ。いつも恭しい態度でレフ・ダヴィドヴィチに接していたシルヴィアは、師が彼女と恋人に敬意を示してくれたことですっかり舞い上がり、ジャクソンは、躾《しつけ》のいいブルジョアらしく、ナターリヤには上物のボンボンを、そしてセーヴァにまで手土産を携えていた。

　この懇談の後レフ・ダヴィドヴィチは、ジャクソンについて、なんとも変わった男という印象をナターリヤに伝えた。何よりもまず、恥も外聞もなく政治に興味がないと公言するなど尋常ではない。シルヴィアがシャハトマンの党派に接近したことが話題に出ると、ジャクソンはレフ・ダヴィドヴィチの肩を持ち、熱のこもった調子で、アメリカ人の言うことはすべて正しいと考える彼女のヤンキー気質をなじった。辞去する直前には、犬の話題からインターナショナルの協力者に対する資金繰りに話が移ったところで、ジャクソンは株取引の経験を語り始め、一山当てた頼りになる上司を紹介してもいいとまで言い出した。その時レフ・ダヴィドヴィチは、秘書が同じ話を持ちかけられたことを思い出し、たとえ理想主義に貫かれた政治的構想の維持が目的であれ、金融投機で手を汚すべきではない、という結論をここでも繰り返した。その反応を見てジャクソンは、でしゃばりすぎたことを詫び、理解を示した。その瞬間にレフ・ダヴィドヴィチは、この男にはどこか腑に落ちないところがあると直感した。兵役逃れのためにフランスで偽造パスポートを入手し、上司の資本で一緒に金儲けをしようと持ちかけ、ジャーナリストの経験もあり、外交官の息子だというのに、政治に無関心を貫き、頻りに羽振りのいいところをひけらかす……　どこか、何かがおかしい。単に男がブルジョアらしい軽口ばかり叩くせいで違和感があるのかもしれないともレフ・ダヴィドヴィチは思ったが、ナターリヤには、もう少しジャクソンと話してみる価値があるかもしれない、とだけ伝えた。当面は、ロスメル夫妻に対する気遣いの感謝もしたことだし、また招待するには及ぶまい、とも付け加えた。

僻地の町でシケイロスが逮捕されたという知らせを持ってきたのはサンチェス・サラサールであり、彼の話では、尋問の始めから終始一貫ふてぶてしい態度を貫くこの画家は（誰かの口添えで法の裁きを免れられることがわかっているからね、とレフ・ダヴィドヴィチは口を挟んだ）、襲撃とNKVDが無関係であることを主張し、実行部隊にフランス人やポーランド人などいなかったと繰り返した。シケイロスの主張では、襲撃の計画は彼と友人数名がスペイン滞在中に練ったのであり、内戦の最中に共和国反対の蜂起を支持者に唆す背教者トロツキーを庇護して世界の労働者を裏切ったメキシコ政府に対する義憤が出発点だった。さらに、ヨーロッパでの大戦勃発を機に計画を実行に移したのは、同盟者のナチスがソ連を占拠する事態になった時に、あの裏切り者がそれに合わせて帰国する事態を避けるためだという。ここでレフ・ダヴィドヴィチは思わず笑みを漏らし、自分がユダヤ人で共産主義者であることをシケイロスは知らないのか、と問いかけた。サンチェス・サラサールも、彼の供述が矛盾だらけであることを認め、襲撃の目的が暗殺ではなく（「その気になれば殺せた」と何度も言ったという）、トロツキー追放に向けてカルデナスに圧力をかけることにあったとまで言い出したことを伝えた。また、シケイロスによれば、メキシコ共産党と襲撃は無関係だというが、実行部隊が全員共産党員である以上、これはまったく信じられない話だった。この逮捕をきっかけに裁判が開かれることになれば、公の場でスターリン体制の犯罪と嘘の実態を告発するという、ノルウェーでは許されなかった機会が与えられるかもしれない、それがレフ・ダヴィドヴィチの垣間見た唯一の希望だった。

八月一七日午後、レフ・ダヴィドヴィチがウサギとアステカの相手でもしようと思っていたところに、シルヴィアの恋人が現れた。来訪の目的は、シルヴィアとトロツキー氏の会話を聞いた後で、合衆国のトロツキー派指導者シャハトマンとバーナムの離党について記事を書いたので見てほしい、ということだった。彼によれば、前回会った時に、このテーマで何か文章を書いてみたい、書いたものについて熟練革命家の意見を仰ぎたい、と伝えたという。レフ・ダヴィドヴィチ自身はまったく覚えていなかったが、別れ際に、文章が書けたら目を通すぐらいのことはすると約束した、という話だった。

その後の四日間、レフ・ダヴィドヴィチは、当面会う必要はないと思っていたジャクソンをなぜ迎え入れる気になったのか、自問自答を続けた。ナターリヤには、あの男があまりに政治に無知なうえ、財政的支援の申し出を強い調子で撥ねつけたことで、気の毒に思ったせいだろう、と言った。いずれにせよ、彼はジャクソンを書斎に通し、彼の書いた文書を読んでみると、この男が本物の間抜けであることを確信した。シルヴィアとの会話で出たいくつかの話題を何度か繰り返した後、唐突に占領下のフランス情勢を持ち出すだけで、因果関係などはまったく無視していた。いったいどんなジャーナリストだったのだろう？

トロツキー氏の見解を聞きたいと意気込むあまり、ジャクソンは仕事机の縁に手をついたまま終始彼の背中に張り付き、肩越しにその指を追いながら読み進めていった。うなじに熱い息遣いを感じてレフ・ダヴィドヴィチは突如恐怖に囚われた。紙束を畳み、ナターリヤを呼んで門まで見送りを頼んだうえで彼は、出版するつもりなら文章を書き直す必要があるとジャクソンに言い渡した。殴られた犬のような顔で紙束を受け取る若者の姿を見ると、レフ・ダヴィドヴィチはまたもや気の毒に思った。書き直したらまた見てもらえるだろうか、そう食い下がるジャクソンに対し、適切な、そして当然の返答は《お断り》だったはずなのに、思わずよろしいと言ってしまったのも、おそらくそのせいだろう。だが、夕食の場ではナターリヤに、あの男の来訪は今後お断りだと伝えた。あの男は気に入らない、そもそもベルギー人であるはずがない、少しでも躾をわきまえたベルギー人なら（しかも外交官の息子なのだろう）、親しいわけでもない人のうなじに息を吹きかけたりはしない。

レフ・ダヴィドヴィチの人生最期の日の前日にして意識の残る最後の日、彼は子供のようにぐっすりよく眠った気分で目を覚ました。数カ月前まで服用していた入眠剤は飲むと体がだるくなったが、今回処方してもらった薬は、緊張を解いてゆっくり休ませてくれるうえ、目覚めも快適だった。同じ医者に、高血圧の傾向があるので安静にするよう言われていたこともあり、少し前からウサギたちをほったらかしにしていたので、その日の朝はいつもより時間をかけて餌やりをすることにした。医者にも説明したとおり、彼にとってウサギとアステカの相手は疲労どころか活力の源なのだが、それでもやはり、体への負担や執筆は控えるよう言われた。こいつはGPUの回し者にちがいない、彼は思った。

朝の仕事はいつもより長く続いた。合衆国の同志たちに約束した革命の敗北主義をめぐる論考であり、この日レフ・ダヴィドヴィチは、以前から繰り返してきた主張に沿って、現在進行中の帝国主義戦争が前の大戦の延長、資本主義の矛盾が深刻化した帰結にほかならないと述べたうえで、一九一七年から情勢が変わった今、敗北主義とどう向き合うべきか明らかにしようと、懸命に執筆を続けた。

その日朗報を伝えたのは、電報を携えて訪ねて来たメキシコ人弁護士リグアルトであり、彼のアーカイブがようやく無事ハーヴァード大学ホートン図書館に保管されたというのだ。さらにリグアルトは、手土産にイクラの缶詰二缶を持って来た。昼食の時ナターリヤに開けてもらい、彼自ら皿に盛りつけた。粒が味蕾《みらい》に触れた瞬間、レフ・ダヴィドヴィチは体の震えとともに時間を遡り、クレムリンに設立されたばかりのボリシェヴィキ政権初期へと舞い戻った。当時彼は家族とともに、革命前にはツァーリの役人が寝泊まりしていた騎士の館に居を構えていた。四分割された館の一角にトロツキー一家が暮らし、通路の反対側のいくつかの部屋をレーニンとその妻、妹が使っていた。二家族が食堂を共有したが、そこで出される食事たるや、ひどいものだった。塩漬けの肉以外はほとんど何も食べられず、小麦粉と真珠のような粒の大麦で作ったスープは砂だらけだった。唯一ふんだんにあって美味しかったのは、輸出のできないイクラだけだった。その記憶がまだ鮮明に残っているせいで、今でもイクラを食べると、未曾有の政治的難題に直面してずっと目が回りそうだった革命最初の数年間を思い出し、忙しい最中に、たとえ数分でも時間があればいつもレフ・ダヴィドヴィチの息子たちと遊んでくれたウラジーミル・イリイチの姿が脳裏に甦った。最後の昼食後、イクラを貪りながら彼は、もはや偉大な夢のすべてが倒錯と挫折を運命づけられてしまったのだろうかとまたもや自問することになった。

仮眠をとった後に彼は書斎へ戻り、スターリン伝の推敲に専念できるよう、いくつか仕事を片付けておくことにした。伝記に収録したいと思っていたのは、嘆願に対する返答を待っていたブハーリンがスターリンに宛てて書いた最後の手紙とされる文章だった。わずか数行の劇的な、いや、むしろ悲痛な手紙であり、友人たちから転送されてきて以来、レフ・ダヴィドヴィチの頭から離れなくなっていた。手紙では、死刑判決を受けたブハーリンが、もはや命乞いをすることもなく、ただただ説明を求めていた。《コバ、なぜ私を死なせる必要があるんだ?》ブハーリンは本当にわからなかったのだろうか? レフ・ダヴィドヴィチには、スターリンがなぜ皆殺しを求めたのか、その理由がわかっていた。

すぐに仕事を再開した彼は、メキシコのスターリン主義者の中傷に答える文章の準備に向けて口述筆記を始めたが、やがて集中力が途切れ、シルヴィアの恋人ジャクソンが、書き直した論文を持って午後また訪ねて来ると言っていたことを思い出した。またあの男と会って、自明のことばかり並べ立てる文章を読まねばならないのか、そう考えただけで苦々しい思いがした。数分で応対を済ませて、今後は何があってもあの男を通すなと通達しようと思った。

ジャクソンを待ちながら書斎の外へ目をやると、実に美しく晴れ渡った午後だった。メキシコの夏は暑いが、耐えられないというほどではない。夏でも、少なくともコヨアカンではそよ風が心地よかった。通りに面した窓が塞がれているために空気の流れが途切れ、街行く人や、色も香りも鮮やかな花や果物を売る人々が見えないのがレフ・ダヴィドヴィチにはなんとも残念だった。貧困、戦争、死などの困難はあれ、彼を閉じ込める壁の外では、日々様々な問題を解決しながらささやかな普通の生活が続いているが、遥か昔に奪われた特権のようにそんな生活を夢見ることしか彼にはできないのだ。

セーヴァはまだ学校から戻っておらず、アステカが書斎のドア口でうとうとしていた。この混血犬は立派に育っており、マヤのような高貴な美しさこそなかったものの、それなりの魅力を備えていた。アステカは孫と祖父のどちらをより深く愛しているだろうか？　レフ・ダヴィドヴィチは考えた。犬に直接訊いて、こちらからも愛していることを伝えられたらいいのに、と思って微笑んだ。犬を見ているうちに、ウサギの餌やりを思い出した。中庭へ出て分厚い生地の手袋をはめると、数分間心は単純作業に集中した。ウサギも美しいものだ、そう思いつくと、世界の痛みを束の間だけ忘れていることができた。刑務所の門のような軋みが聞こえたのはその時だった。すぐにジャクソンだとわかり、彼に再訪を許した瞬間を呪った。さっさと追い返すしよう、そうおそらく思ったことだろう。レフ・ダヴィドヴィチ・トロツキーが、ウサギの柔らかい肌を撫で、付き添っていた犬に愛の言葉をかけるのは生涯でそれが最後となった。

27

　コヨアカン要塞の防弾敷居を通って、メキシコらしい原色のクロスに覆われたテーブルが中庭の中央に見えた瞬間、自制心が戻ってくるように感じられた。一日中つきまとわれていた苛立ちは、風に吹かれた塵のように消え去った。

　前の晩ホテルへ戻って以来、ラモンの腹にはざらついたコニャックの味と苦々しい痼癪が居座り、吐き気が収まらなかった。意志、そして自分の行動を決める能力が失われていることを意識するにつれ、後戻りを許さぬ強い力で無理やり何かの装置に組み込まれてその一部となったような感覚に苦しめられ始めた。三日、四日、五日後には、殺し屋として歴史の濁流に踏み込むのだという思いが、任務を遂行する闘士の誇りと、さもしいやり方で実行せねばならない自分への憎悪の入り混じる不快な状態を引き起こしていた。自分の任務とは、赤の他人が積み重ねてきた憎しみ、邪な手でこの心に植えつけられた憎しみを吐き出すことにすぎないのではないか、そんな思いが頭をよぎるたびに、自分にとっても、大義にとっても、実は、弟パブロもろともマドリード郊外でイタリア戦車のキャタピラに踏み潰されて命を落としていたほうがよかったのではないか、そう何度も自問せずにはいられなかった。

その日の朝、目を覚ますと、シルヴィアはすでに朝食を準備していたが、彼はコーヒーを少し啜っただけでシャワーに入った。ニューヨークへの旅行以来、シルヴィアは恋人の優しい性格が歪み始めていることを感じており、夢のような関係が壊れるのではないかと案じて恐怖に震えていた。彼の説明では、商売がうまくいっていないうえ、オフィスの改築もコストがかさむだけで遅々として進まない、ということだったが、愛するジャックの心を苦しめているのが他の問題であることを女の勘は見逃さなかった。

黙ったまま彼は着替えを済ませ、そそくさと出て行こうとした。黒のペチコート姿でシルヴィアはじっと恋人の様子を見つめ、ようやく思い切って口を開いた。

「どうしたのか、いつになったら言ってくれるの、あなた？」

その時初めて彼女がいることに気づいたように、驚きの表情で彼は相手を見つめた。

「言っただろう、仕事の問題だよ」

「本当に仕事だけ？」

彼はネクタイを締め直した。

「ほっといてくれ。少し黙っていてくれないか」

付き合い始めてはや二年、ジャックがこれほど憎しみを込めた刺々《とげとげ》しい口調になるのはこれが初めてだとシルヴィアは思ったが、黙っていることにした。彼がドアを開けたところで彼女は再び声を掛けた。

「今日はコヨアカンで約束があるのよ」

「わかっているよ」彼は言って、荒々しくこめかみを殴りつけながら出て行った。

ラモンは中心街を徘徊した。二度コーヒーを飲み、正午前、強い刺激を求める体に急き立てられてキット・カット・クラブに入った。カウンターの後ろに張られた鏡からヘネシーに呼び掛けられて、普段なら飲まないこの時間にコニャックを一杯あおった。午後二時、その日二箱目の煙草を開けた。空腹はなく、誰かと口を利く気にもならず、早く時間が過ぎてほしい、この悪夢が早く終わってほしい、願うはそればかりだった。

三時過ぎにホテルでシルヴィアを乗せた後、四時ちょうど、お茶用にカラフルなクロスを掛けた鉄製のテーブルが目に入ると、その瞬間彼は、ジャック・モルナルの隠れ蓑にラモンを押し込める意志が甦るのを感じた。

ジャック・クーパーが二人をテーブルまで導き、冗談を飛ばしながら、非番に当たる二〇日火曜日に夕食へ行く約束を確認した。クーパーが、その日はジェニーとソカロ周辺や市場を見て回りたいというので、七時にカフェ・セントラルで会うことにした。それまで塞ぎ込んでいたジャックが嘘のように陽気に話し始め、その日の夜シルヴィアは、ココアカン要塞への訪問が心配を吹き飛ばす香油になったようね、と恋人に言ったほどだった。

五分後、トロツキーは妻と家から出て来た。ジャック・モルナルは老人が憔悴していることに目をとめ、立ち上がって手を差し出した。その瞬間、殺人計画の標的となった男の信じられないほど柔らかい肌に触れたのはこれが初めてだったことに気がついた。

「いやいや……　ジャクソン、モルナル、どちらがいいかな？」厚い唇に皮肉な笑みを浮かべてトロツキーは問いかけ、鷲のような目に不安な光がよぎった。

「失礼よ、リョーヴノチェク」ナターリヤが咎めた。

「どちらでも呼びやすいほうで結構です。ジャクソンという名は事故のようなもので、しばらくつきまとわれることになりそうです」

「しばらくどころかずいぶん長い期間になることでしょう」トロツキーは言った。「この戦争はあと数年は終わらないね。そして、一つ言わせてもらうと、長く続けば続くほど、戦禍がひどければひどいほど、労働者は革命以外に自分たちの階級を救う道はないとようやく理解することだろう」足元に演壇が据えられたような調子で彼は締めくくった。

「そこでソ連はどんな役割を果たすことになるのですか？」ジャックは思い切って訊いてみた。

「ソ連は新たな革命を起こして社会と政治を激震させねばならないが、経済は別だ」トロツキーは語り始めた。「官僚が権力を握ってはいても、国の経済基盤に社会主義が残っている。この利点を失うべきではない」

シルヴィアが咳をして会話に割り込もうとした。

「レフ・ダヴィドヴィチ、私を含めた多くの人にとって、スターリンがヒトラーと友好条約を結んで以降、ソ連は社会主義国家ではなくて帝国主義の同盟者です。現に東ヨーロッパへ侵攻しているでしょう」

盆にカップとポットと菓子のボウルを載せた家政婦が現れ、一時的にトロツキーの話を遮った。だが、家政婦がテーブルに盆を残して立ち去った途端、彼はバネのように口火を切った。

「いいかい、シルヴィア、それは常々反共の輩《やから》が言ってきたことで、現在ではバーナムとシャハトマンが第四インターナショナルとの訣別を正当化するために同じことを繰り返している。私は今でも、もしソ連がファシズムのドイツや他の帝国主義列強に侵略されるようなことがあれば、何としてもそれを守るのが世界中の共産主義者の義務だと思う。ソ連の社会基盤自体、人類の歴史における大きな進歩なのだから。犯罪、収容所、不可侵条約……そう、いろいろあるが、ソ連には自国を守る権利があり、共産主義者には、革命の本質を守るためにソ連の労働者と共闘する道徳的責任がある……しかし、私の望む社会的爆発が起こって革命が様々な国で勝利した暁には、今度は各国の労働者が、スターリン体制下にはびこるギャング集団を一掃するためにソ連の労働者と共闘せねばならない。だから我々のインターナショナルを強化することが大事なのに、君の友人たちの振る舞いはまことに嘆かわしい……」

ジャック・モルナルは、紅茶を注ぐナターリヤの姿をじっと見つめた。焼きたての菓子の匂いが空腹をそそったが、トロツキーの言葉がそれを遮った。この男は一つの情熱に凝り固まっていて、聞く者などほとんどいなくとも、まるで群衆に向かって話しでもするように、異常なまでの熱を込めて、それでいて説得力に満ちた雄弁な論法で語る癖があるらしい。長くこの男の話を聞くのは危険だと判断したラモンは、任務遂行に向けた最後の扉が目の前に見えてきた事実に心を集中することにして、この扉をどう打ち破るか考え始めた。シルヴィアも見たことのないほど強い感情を込めて彼はトロツキーの説を熱く支持し、団結が必要な時に分裂を画策するバーナムとシャハトマンの気まぐれを非難した。さらには、トロツキーと声を揃えて、スターリンは批判してもソ連の維持する社会主義体制は擁護するという論法を展開し、世界革命の必要性を声高に唱えたばかりか、何かの拍子に会話がフランス軍の抵抗にまで及ぶと、事実上すでに全土を支配したドイツ軍の前に、もはや勝ち目はあるまいという点でも老革命家と意見の一致を見た。

ナターリヤ・セドーヴァが家政婦を呼んで紅茶の追加を頼むと、その時ドアが開いてセーヴァが中庭に現れ、喜び勇んでその先を歩くアステカが、来客には目もくれずトロツキーのもとへ向かった。彼は笑みを浮かべ、犬を撫でながらその耳にロシア語で何か話しかけた。

「いつもロシア語で話されるのですか?」ジャックも笑顔になり、セーヴァの肩に腕を回して言葉をかけた後に言った。

「セーヴァはフランス語で話しかけ、キッチンではスペイン語、私はロシア語で話す」トロツキーは言った。「それでもみんなの言うことがわかる。犬の知性は人間には測り知れないね。何語で話しても人間を理解するのに、我々のほうが彼らの言葉を理解できないのだから、実は我々よりずっと頭がいいのではないかと思うこともある」

「おっしゃるとおりだと思います……　セーヴァ君によれば、いつも犬をお飼いになっていたそうですね」

「スターリンには色々なものを奪われたが、犬を飼う可能性を奪われたのは辛かった。モスクワを追い出された時には二頭も手放さねばならなかったし、国外追放になった時には、アルマ・マタまで連れて来ることのできた唯一の愛犬まで危うく奪われるところだった。結局、マヤは我々と一緒にトルコへ移って、そこで天寿を全うしたがね。セーヴァが犬好きなのはマヤのおかげだと思う。確かに、私も生来の犬好きだ。多くの人間に勝るほど寛容で忠実だからね」

「実は私も大の犬好きなんです」恥じ入るような調子でジャックは言った。「でも、もう何年も飼っていません。情勢が変われば、二、三匹飼ってみたいものです」

「ボルゾイがいい、ロシア産のグレーハウンドだ。マヤはボルゾイだった。世界で最も忠実で美しく賢い犬だ…………もちろん、アステカは別にしてね」ウィンクしながらこう言うと、彼は犬の耳を撫で、胸のほうへ引き寄せた。

「ボルゾイの話を聞くのはこれで二度目です。かつて知り合ったイギリス人ジャーナリストが一頭飼っていると言っていました」

「結構なことだ、ジャクソン君、これでいつかボルゾイを飼うことがあれば、決して私のことは忘れないだろうね」そう言ってトロツキーは時計を見た。そしてすぐにアステカの脇腹を軽く叩き、立ち上がった。「さて、ウサギの世話をせねばならないし、仕事もたまっている。頑固なシルヴィアともども、お話できて光栄だった」

「ウサギの餌やりなら、お手伝いいたしましょうか？」ジャックは言った。

答えがわかっていたのか、シルヴィアとナターリヤは同時に微笑んだ。

「お気持ちはありがたいが、その必要はない。ウサギは賢くて、見知らぬ人がいると神経過敏になるんだ」

ジャックは立ち上がった。しばらく何か落としでもしたように下を向いていたが、突如彼は切り出した。

「トロツキー先生……前から考えていたのですが……実は党派分裂とフランスの抵抗について何か書いてみたいんです。私はフランスのことはよく知っているのですが、今日お話をお聞きして目から鱗が落ちる思いでした……書いたものを見てはいただけないでしょうか？」

トロツキーはウサギ小屋のほうを向いた。日が暮れかかっていた。機械的な動作で彼は袖のボタンを外し、ロシア風ブルゾンの袖をまくった。

「お時間はとらせません」ジャックは続けた。「二、三枚だけです。見ていただければ誤った分析をせずにすむと思います」

「いつ持ってくるんだい？」

「明後日、土曜日でいかがでしょうか？」

「本当に時間をとらせないでほしいのだが」

「わかっています、トロツキー先生」

トロツキーはブルゾンの裾で眼鏡を拭き、ジャックのほうへ一歩踏み出した後、眼鏡をかけて相手の目をじっと見つめた。

「ジャクソン君……　君がベルギー人だとはとても思えないな。それでは土曜の午後五時。面白い文章を期待しているよ。それでは」

彼はウサギ小屋のほうへ歩き出した。ジャック・モルナルは、唇に笑みを凍りつかせたまま返事もできずに突っ立っていた。その日の夜、タイプライターに紙を差し込んだ時に初めてジャックは、標的の男が最後に放った言葉こそ、うなじへの一吹きにほかならないことを理解した。


頭痛がして、気分の悪い目覚めだった。支離滅裂な二段落から先へ進めぬまま三時間も奮闘して疲れ切っていたはずなのに、ほとんど眠れなかった。どうしたらあの爺さんが面白いと思う文章が書けるだろう？　またもや犬とともに砂浜を駆ける夢を見たのは確かだったが、目を覚ますと、一晩中苦悩にうなされていた気がした。翌日あの背教者の脳天にピッケルをぶち込んだ瞬間にすべて終わるのだ、そう考えても、心は落ち着くどころか、不安で掻き乱された。コーヒーといっしょに鎮痛剤を二錠飲み下し、どこへ行くのか問いかけるシルヴィアに対しては、曖昧に事務所と左官屋のことを口ごもるだけにして、殴り書きした紙を抱えて部屋の外へ出た。

シャーリー・コートのアパートで彼を待っていたトムに向かって、前日午後の来訪について詳細に語ったところで、彼の焦燥は爆発した。

「僕には、殺し方はわかっていても、文章なんか書けるわけがないでしょう！　面白い文章を期待していると言われたんですよ！　面白い文章なんてどう書けばいいんですか？」

ラモンが泣きつくようにして差し出してきた紙をトムは受け取り、そんな心配はいらないと言い聞かせた。

「明日までに書き終えねばならないのですよ、トム。それより、私が無事逃げられるよう、準備してください。もう待てません。明日実行します」ラモンは繰り返した。

カリダッドは肘掛け椅子に座ったまま二人のやり取りを聞いていたが、頭がのぼせていたせいなのか、ラモンにはその手が軽く震えているように思われた。紙を手にトムは、修正加筆だらけになったタイプ打ちの文章を見つめていた。そして紙を丸めて部屋の隅へ放り投げ、こんなことはどうでもいいとでもいうように言った。

「明日の実行はない」

ラモンは聞き違えたのかと思った。カリダッドは身を乗り出した。

「三年もかけて準備して」彼は続けた。「やっとここまで来たからには、ここでしくじるわけにはいかない。体を張っているのはお前だけじゃない。メキシコ人なんか始めから信頼していないから、前回の大失敗はスターリンも大目に見てくれたが、今度こそ失敗は許されない。すべてお前にかかっている、だからこそ明日は実行しない、いいな、ラモン」

「しかし、それはなぜです？」

「私にはわかっている、いつものことだ……　カモと二人きりになれば、あとはお前が糸を操るだけだが、まずはその糸をしっかり掴まねばならない」

ラモンはうなだれた。いつもどおり、トムの落ち着きぶりが彼には頼もしく、苦悩まで消えていくような気がした。

トムは煙草に火を点け、小部隊の先頭に立って指揮を執り始めた。カリダッドにはコーヒーの準備を命じ、ラモンには、質流れ品の市場へ行って携帯型のタイプライターを買ってくるよう指示した。

タイプライターを買って戻って来ると、カリダッドはコーヒーを差し出し、トムが寝室にいることを伝えた。トムは机代わりにしたファイル戸棚に向かって背を丸めており、床には、キリル文字で書かれた皺くちゃの文書が散乱していた。《畜生《ブリャーチ》！　畜生《ブリャーチ》！》とひっきりなしに叫びながら、黙っていろと身振りで促すその姿を見て、ラモンは立ったまま、ボスが振り返るまで待った。

「よし、お前が持っていく文章と手紙をカリダッドに口述筆記させよう」

「手紙ですか？」

「失望したトロツキストの告白だよ」

「明日、私は何をすればいいのですか？」

「リハーサルとでも言えばいいかな。武器をすべて身に着けてあの裏切り者のところへ行って、何も勘繰られることなく出入りできることを確かめるんだ。文章を渡して、二人きりで見てもらう。ひどい文章で、いろいろ直すところがあるから、書き直してまた来る口実ができる。その時こそ決行だから、そのために殴り方、逃げ方を考えておけ……　落ち着き払って堂々とすべて実行できるよう、心の準備をしておくんだ。敷地の外まで辿り着けば、あとは私が保証するが、敷地内にいるうちは、お前の命と運命はお前次第だ」

「失敗などありえません。明日やらせてください。もう直接会えない可能性だってありますよ」

「失敗などあるはずはないが、明日の決行はない。それに、何らかの形でまた会えることは間違いない」トムは相手の顔に手をやって、目と目が合うようにしながら言った。「多くの人の命運がお前にかかっているんだ。それに、お前たちスペイン共産党員を信用しなかった者たちを黙らせることができるかどうかも、お前にかかっている、わかるか？　ちゃんと二つタマのついたスペイン人にイデオロギーが備われば、どれほどデカいことができるか、目にもの見せてやるんだ」そして右手でラモンの左のこめかみを叩いた。「マドリードで死んだ弟や、お前の母さんが耐え忍んだ屈辱の復讐をして、ヒーローになるんだ。アフリカにも、お前が軟弱者でないことを見せてやれ」

「ありがとうございます」何に感謝しているかもわからぬままこう言うと、トムの手から伝わってくる圧力が顔の上で熱い汗に変わっていくような気がした。その瞬間ラモンは、カリダッドの屈辱にまつわる話が実は、二人で結託して彼に憎しみを吹き込むための策略だったにちがいないと確信した。そうでなければ　ギロウでの会話についてトムが知っているはずがない。だが、アフリカが彼を軟弱者となじったことまでなぜトムは知っているのだろう？

「さあ、仕事だ」トムはラモンの肩を叩き、彼の迷いを振り払った。「これから書く手紙を丸暗記するんだ。事が終わったら、これを床に落として逃げるんだ。もし捕まったらこれを盾に使え。お前の名はジャック・モルナル、そしてひたすらここに書いてあることを繰り返すんだぞ。まあ、捕まる心配はないがな。お前は私が見込んだ男だ、無事逃げおおせるだろう、いつも言っているとおりだ……」

二人はリビングへ戻った。カリダッドは立ったまま煙草を吸っていた。緊張のせいで、ここ数カ月纏っていた世慣れた女の隠れ蓑は消え失せ、まるでこれから出陣とでもいうように、鋭く強張った雌雄同体の顔つきになっていた。

「座ってくれ、言うとおり書き取るんだ」トムに命令されて彼女は吸殻を隅へ投げ捨て、テーブルに乗ったタイプライターに向かった。そして紙を差し込むと、トムをじっと見つめた。

「何を書くの？」

「手紙だ」トムは痛そうに顔を引きつらせて肘掛け椅子に身を投げた。そして椅子の上に体を滑らせた後、キリル文字が一面に書かれた紙を黙読して目を閉じた。「日付は後で決めよう。いくぞ！　各位、本書をしたためるのは、この身に万一のことがあった場合に、私の意思を、いや、待て……」そして手探りで何かを探す盲人のように手を伸ばした。「こうしよう……　私がこれから正義の裁きを行おうと決意するに至った動機を世に知らしめるためである」

　トムは口ごもり、紙を手に持って目をつぶったまま次の言葉を考えた。立ったまま煙草をふかしていたラモンは、トムと母の姿をじっと見つめるうちに、粛々と仕事をこなすことだけに集中した二人が自分と縁遠い人間になったように感じ始めた。男が読み上げ、女が紙に印字する文章は、一人の人間が下す判決、暗殺者の告白だったが、死と向き合うトムとカリダッドの態度があまりに自然で、二人とも演技でもしているように思われた。

　トムの口を借りてジャック・モルナルが、自分の生い立ち、職業、そしてトロツキー派組織で活動し始めた理由を語り始めた。

「当初私はトロツキーに心酔しており、理想のためなら最後の血の一滴まで捧げる覚悟だった。様々な革命運動についてありとあらゆる本を読んで知識を積み、理想の実現を目指した。ピリオド」

「改行なし?」カリダッドに問われてトムは首を振った。「ちょっと待って」彼女は言って新しい紙を差し込んだ。

「ここまでを読み上げてくれ」トムは言って、カリダッドは従った。ようやくトムは目を開け、ラモンのほうを見た。「どうだ?」

「シルヴィアが否定しますよ」

「シルヴィアが何を喋ろうと、もうその時お前はそこにいない。カリダッド、もう一度読んでくれ」

　再び目を閉じていたトムは、カリダッドが読み終えた途端に口述を再開し、ジャックとパリで何度か言葉を交わした第四インターナショナル委員会メンバーが、メキシコへ行ってトロツキーに会うよう勧めた話を捏造した。

モルナルは熱烈にこの提案を受け入れ、このインターナショナルのメンバー（《いまだその名はわからない》とトムが言うので、《それは不自然です》とラモンは返答するが、《不自然もクソもあるか》とトムは吐き捨てるように言った）から金、そして出国用のパスポートまで受け取った。

突如トムは立ち上がり、まだ手に持っていた紙を引き裂くと、ロシア語で悪態をついた。数カ月前から普通に歩いていたのに、今また足を引きずり始めたことにラモンは気づいた。トムはキッチンへ入った後、冷蔵庫から取り出したウォッカのボトルを手にして戻ってきたが、一瞬だけその姿が亡きコトフに見えた。カリダッドが待つテーブルにコップを置いたトムは、なみなみとウォッカを注ぎ、一気に飲み干した。

「トロツキーが何らかの理由でジャックを待っていたように装う必要がある。そしてジャックは情に脆くて少し間抜け……」

「ラモンの言うとおりよ。こんな話誰も信じないわ」カリダッドは言った。

「人のオツムの心配なんかする必要はない。我々に都合のいいように書けばいいんだ。それを信じさせるのは別の連中の役目だからな。はっきりさせておくべきは、トロツキーが裏切り者で、帝国主義に雇われた最悪のテロリストだという事実だけだ……」

トムは肘掛け椅子に戻り、口述を続けた。まるで見てきた真実でも語るように淀みなく作り話を繰り出すトムを前に、ラモンは嘘の迷宮で迷子になったような感覚に囚われた。ようやく再び話の筋を捉えたのは、若きトロツキストの幻滅について語られ始めた時だった。著名な革命家は、実はさもしい野心家にすぎず、知り合ったばかりの若者にソ連行きを提案し、サボタージュ活動とスターリン暗殺まで指示した。そこにトムは素晴らしい情報を追加した。対ソ連の妨害工作は、トロツキーに資金を提供する大国の協力を得て行われることになっている。どこかで読んだか聞いたかしたらしく、ラモンはその言葉に聞き覚えがあった。

「ここが肝心だ。敵を排除すると同時に、クソを浴びせて、息もできないほどクソまみれにしてやるんだ」トムは息巻き、受け入れ国メキシコとその指導部の攪乱を目論むトロツキーの陰謀を長々と並べた。だが、それでもまだトロツキーには十分ではなかった。ジャックに向かって、自分に絶対服従しない同志への軽蔑心を露わにするばかりか、離反者の暗殺まで示唆した。証拠こそ握ることはできなかったが、トロツキーの住む要塞の購入費用は、盲目な追従者によって賄われたわけではなく、実はその出所を知っているのは、しばしば彼のもとを訪れる某帝国主義大国の領事だけだ。

「誰かその領事の姿を見たの？」カリダッドが口を挟んだ。

「この国にはめくらしかいない……」トムは答えた。「国民の大好物も添えてやるとしよう」

そしてトムはメロドラマへ踏み込んでいった。ジャックは、結婚を前提に付き合う若い恋人と一緒にメキシコへやって来た。トロツキーの企む犯罪の遂行にロシアへ行かねばならないとなれば、彼女との約束を反故にせねばならないが、この女性を本流トロツキズムからの裏切り者と見なす老革命家は、そうしろと迫ってくる。そして手紙は予想外の結末へ向かった。

「事件後、この女性はもはや私のことなど何も知りたくないと言うかもしれない。だが、もはや有害でしかない労働運動のボスを始末することで、自分の身を犠牲にする決断を私が下したのは、彼女のためでもある。世界プロレタリアートの最も恐ろしい敵が葬られれば、党だけでなく歴史も私が正しかったことを証明してくれるだろう……　私の身に不幸があった場合には、本書の公表を求める。以上」

最後のタイプとともに、アパート全体に沈黙が広がった。相変わらず立ったままのラモンは、心の底から震えがこみ上げてくるように感じた。トムの積み上げた嘘は、何年にもわたって裁判や新聞記事や演説でトロツキーや他の容疑者、受刑者に対して繰り返されてきた糾弾の調子をそのままなぞっており、聞き覚えのある言葉という印象すらもはや消えていた。挫折を味わったことで、裏切り者の魔の手からプロレタリアートを解放すべく、自分を犠牲にして罪を犯す重大な決断を下す若き革命家には、支えとなる真実、事実は何一つないということか？　手紙の文句から不気味な空気が立ち昇り、ラモン・メルカデールは、それまで立ち会ってきた捏造に引き起こされた恐怖だけが体の震えの原因ではないことを痛感した。実は、自分を暗殺へと差し向ける者たちも恐ろしければ、暗殺が自分の身にもたらすことになる帰結も恐ろしかったのだ。すでに感づいてはいたが、この手紙は、もはや暗殺者になる以外にこの世界で生きていく道はない、その事実の最後通知だった。

コヨアカンの近くで車を停めると、トランクを開けてコートを取り出し、肩から羽織った。その瞬間ジャック・モルナルは、まるでコートの重みに押し潰されたような腹のよじれを感じ、服を汚さぬよう前屈みになる暇もないまま嘔吐した。コーヒーと胆汁の混ざった液から古煙草の腐臭が立ち昇り、またもや何度も立て続けに吐き気に襲われて、全身汗だくになった。ようやく腹が落ち着くと、ハンカチで口を拭い、イギリス製のナイフとピッケルを入れたバッグを開けて、コートの内ポケットにしまった。九発装填したスター拳銃は背中に入れて、ズボンのベルトで締め付けた。原稿がコートの左の外ポケットに入っていることを確かめたうえで、彼は車に戻った。

途中に薬局があったことを思い出し、見えてきたところで車のスピードを緩めた。口腔洗浄液とコロンの小瓶を一つずつ、そして鎮痛剤を一箱買った。通りで何度も口をゆすいで嘔吐の臭いを消し、鎮痛剤を二錠飲んだ。片頭痛の経験などなく、二日前からずっと頭が押さえつけられたような感覚に囚われているのは、おそらく血圧のせいだと思われた。首、額、頬にコロンを塗り込み、運転席に戻った。

埃っぽいビエナ通りに差し掛かっても、ラモンはまだ自分がジャック・モルナルになりきれていないように感じていた。今日はまだリハーサルだけで、家に入ってすぐ出てくるだけだと自分に言い聞かせても、思うように心が落ち着かなかった。やはり今日の決行をトムに承諾させたほうがよかったのではないか、そんな思いが頭から離れなかった。どのみち決行するのなら、早いほうがいいではないか。最高の武器となるべき背教者への憎しみは、不安と疑念の間で薄れ始め、取り消し不可能な命令（トムによれば、画家シケイロスの逮捕と公開裁判の可能性にモスクワは戦々恐々としているという）に従って動いているだけなのか、心の内側で揺らぎ始めた深い信念に沿って行動しているのか、自分でもわからなくなっていた。要塞の黄土色の塊が目に入ると、ラモンの心は決まった。ココアカンへ来るのはこれで最後だ。

車を反転させ、メキシコシティへ向かう道路にそのまま出られるように車を停めた。ハンカチをコロンに浸し、もう一度顔を拭った。そして何度か深呼吸して車を降りた。正面の塔からジャック・クーパーが声を掛け、シルヴィアのことを訊いた。時間がないので口数の多いシルヴィアはホテルに置いてきた、とジャクソンが答えると、クーパーは笑顔で、妻が月曜日の夜に到着することを告げた。

「それじゃ、火曜日だね」ジャックは大きな声で返し、防弾門が目の前で開いた。

トロツキーの秘書ジョー・ハンセンが彼の手を握り、中へ通した。

「母もよくそのドイツの香水を使っていたよ」彼は言った。「おやじさんとの約束はもっと早い時間だったはずだろう？」

「十分遅れた。シルヴィアのせいだ」

「仕事中だから、相手してくれるか確かめてくるよ」

彼は中庭に一人残った。コートを脱ぎ、注意深く腕の上に畳んだ。川に面した塀の近くの一角に、使用人のメルキアデスがいた。秘書と警護のいる部屋はすべて窓を開け放っていたが、別段何の動きもなかった。その瞬間、強い予感に囚われた。そう、間違いない、今日こそ決行だ。無心でいるために、家の壁に残った銃痕をじっと見つめていると、何か近づいてくる気配がした。振り向くとそこにいたのはアステカで、靴を舐め始めたので視線を下ろすと、嘔吐で汚れたままだった。コートの位置に注意して身を屈め、空いたほうの手で犬の頭と耳を撫でた。数分間だけジャックは時間の感覚を失い、自分がどこにいるのかも、何をしようとしているのかも忘れた。

指から伝わる犬の毛並みが、幸福感と自信と落ち着きを呼び覚ましていた。完全に無心になっていたところで男の声が聞こえ、びっくりして我に返った。

「私は忙しいんだ」背教者は言って眼鏡を拭くと、赤いハンカチの隅に刺繍した鎌とハンマーが見えた。

「申し訳ありません、うっかりしていて」立ち上がってこう言いながら、武器の重みに引きずられて腕からコートが落ちることのないよう気をつけながら、外ポケットから原稿を取り出した。「お時間はとらせません」

出来の悪い文章に恐縮しきりのままジャックは紙の束を差し出した。受け取りもせずトロツキーは踵を返した。

「来なさい、一緒に見るとしよう」

ジャック・モルナルは初めて家の敷居をくぐった。キッチンから物音が聞こえ、揚げ物の匂いがしたが、誰の姿も見えなかった。トロツキーの後に続いてダイニングに入り、真ん中に果物を盛った長テーブルの横を抜けて仕事部屋へ入った。机の上に書類や本、万年筆やランプがあり、トロツキーは巨大なディクタフォンを動かしてスペースを作った。

「奥様は?」思い切って訊いてみた。

「キッチンにいるはずだ」素っ気なく答えた彼は、すでに机に向かっていた。「原稿を見せてくれ」

ジャックが紙束を渡すと、彼は芯の太い色鉛筆を手に、最初の数行にざっと目を走らせた。ラモンは標的の後ろに立ち、部屋を眺め渡した。背後の壁に横長の低い書類棚が寄せかけられ、その上に、地球儀とともに、タイプ打ちした紙の山が見えた。壁にはメキシコと中央アメリカの地図が掛かっていた。机の上にはファイルがあり、ラベルに書かれたキリル文字を見て、《私用》の意味だとわかった。彼の立つ位置から、半開きになった引き出しのなかで黒光りする拳銃が見えたが、持ち主を守ってくれはしない武器の口径まで気にすることはないと思った。部屋の検分はやめて、任務に集中することにした。標的の三歩後ろにいて、その頭が肩の下数センチのところにある。もっと距離があるだろうとずっと思っていたが、それでも、高く腕を振り上げれば、髪の薄くなり始めた頭のてっぺん、頭蓋骨のど真ん中に必殺の一撃をお見舞いすることができるだろう。コートに手を入れて、ピッケルの金属部に触れてみた。数秒もあれば取り出せるし、薄い髪から透けて挑発でもするように輝く白い頭皮に狙いを定めて、力いっぱい打ち込むことなど造作もない。短くした柄を握りしめ、ピッケルを抜こうとした瞬間、自分が帽子もとっておらず、額に溜まった汗が目まで滴りそうになっていることに気がついた。ハンカチを探そうとしたが、唐突な動作になりそうで、やめておくことにした。午後の風を入れるため、庭に向いた窓は開いており、サボテンの植え込みと花盛りのブーゲンビリアだけがその位置から見えた。計算してみた。素早く殴れば、出口の門まで速足で一分ほどで辿り着けるはずだから、開けてくれるよう頼んで、門番と少し言葉を交わした後にさっさと敷地を後にすればいい。車に乗り込むまで二分、おそらく三分として、その間冷静に行動し、カモの死体に気づかれなければ助かるだろう。だが、一撃で仕留められなかったり、緊張しすぎたり、焦りすぎたりすれば、要塞化したこの家は出口のない墓場となるだろう。力を込めてピッケルを握りしめ、目の前の頭に集中した。頻繁に色鉛筆を動かしながらトロツキーは作業を続けていた。線を引き、書き込みをしながら、不満の声を漏らしている。まだ彼の頭はラモンの手の届くところにあった。

「哀れなフランス人たち」トロツキーは呟いた。

その瞬間、窓越しにぼんやりとハロルド・ロビンズの姿が目に入った。警備隊長は書斎へ目をやり、その後視線を監視塔のほうへ移した。ラモンはゆっくりとコートから手を抜き、ズボンの後ろポケットに入ったハンカチを探すことにした。レンズは汗で曇っており、コートを手に持ったまま顔を拭った後、窮屈に眼鏡を外してレンズをふいた。

背教者の頭が再びはっきりと目に映った。じっと動かぬまま、挑発を続けていた。この頭に、この男の持つすべて、この男の意味するすべてがあり、今ならそれを思いのままにすることができる。去り際に置いていく手紙をコトフはなぜ渡してくれなかったのだろう？　鋼鉄の刃を打ち込むべき位置にじっと目を据えたラモンは、一つの確信にとりつかれた。手紙のことなど忘れて、これ以上何も考えないほうがいい、何年も待ち侘びた絶好の機会、二度と繰り返されることがないかもしれないチャンスではないか。だが同時に、混乱して理由はわからなかったが、今この瞬間に実行するのは無理だともわかっていた。怯え？　トムへの服従？　手元にない手紙？　病的な我慢較べを続ける必要性？　通りまで辿り着けないかもしれないという不安？　彼はこの最後の思いつきを振り払った。今は背教者と二人きりになっているとはいえ、何度もトムと話し合った《逃げおおせる確率》が三割を超えると思ったことは一度もない。一撃を食らわせた後で逃げおおせるとすれば、それは奇跡的に様々な偶然が重なった時だけで、いざ実行となれば、何かが起こってそんな最後の希望すら閉ざされてしまうことは間違いなかった。次にこの要塞を訪れる時なら、もっと心を落ち着けて、この世界一のお尋ね者、二歩先からその息遣いまで聞こえる老人、頭で挑発してくるこの男を仕留めることができるかもしれない。だが、今や逃げのびる可能性などないことは明らかだった。実は、逃げることなど最初から想定されていないのではないだろうか？　上の者たちが逃げのびてほしいと思っているのは当然だが、逃げられても逃げられなくても、彼らにはどうでもいいのではないか。ラモンは、自分に与えられた任務が殺人と同時に自殺でもあることを痛感した。それどころか、コトフによって念入りに仕組まれた陰謀は、殺される者が自らの死期を決めるばかりでなく、殺人者の死期まで決めてしまうほど、完璧な顛末を準備していたのだ。そしてわかったとおり、今身動きが取れなくなっているのは、肉体も意志も縛られたこの不吉な状態を察知したからなのだ。

「これは相当の手直しが必要だ」目を落としたままトロツキーは言った。

「そんなにひどい出来ですか？」数秒後、まともな声が出るよう気をつけながらジャック・モルナルは訊いた。

「完全に書き直したほうがいい……」

「わかりました」相手の言葉を遮って彼は机に近寄った。「週末に書き直します。今日は、これからシルヴィアと夕食に行くことになっているので、これで失礼します……」

ジャックはこの息苦しい場所から一刻も早く逃げ出したかった。だが、トロツキーは手に持った原稿を返そうとせず、来訪者のほうへ向き直って鋭い視線を投げかけた。

「なぜ帽子を被ったままなんだ？」

ジャックは額に手をやって、笑顔を見せようとした。

「急いでいますので……」

トロツキーは突き刺そうとでもするようにもっと鋭い視線で相手を睨みつけた。

「ジャクソン君、君のように奇妙なベルギー人は見たことがない」彼は言って紙束を差し出し、大きな声で呼んだ。「ナターシャ！」

ジャックは原稿を受け取り、無造作に折り曲げようとすると、冷や汗に濡れた手が紙に貼りつくのが感じられた。夫人の到着に備えて笑顔を準備し、なんとか原稿をコートのポケットに押し込んだが、隠された凶器の重みで危うく腕から落ちそうになった。機械的に手が動き、ナイフの柄を探った。近づいて来る足音が聞こえ、夫の言いつけに従順な妻の態度をうかがわせた。胸から膝までエプロンで覆ったナターリヤ・セドーヴァが仕事部屋に現れ、ジャックを見て微笑んだ。

「あら、いらしていたの……」

「こんにちは、マダム・ナターリヤ」そう言いながら彼はナイフを握りしめた。

「ジャクソン君がお帰りだ。見送ってあげてくれ」

ラモンには、トロツキーの言葉が別れではなく追放命令のように聞こえた。右手にナイフを持ってはいたが、結局のところ、事態はなるようにしかならないのだと痛感した。何年も前から死につきまとわれてきたこの男が、絡みつく陰謀の網の底から死に向かって呼び掛けるような状態のまま、ずっと落ち着いていられるはずはないのだ。才知に長け、追手の手管を知り尽くした彼が、兵役を逃れたベルギー人、得体の知れない怪しい商売、ありもしない事務所、亡霊のようなボスとの打ち合わせ、そんな話を信じるとは思えないし、おかしな物言い、明白すぎる間違い、ジャーナリストでありながら自明の理ばかり並べる文章、そんな様子を見て不審に思わぬはずはなかった。しかも、ベルギー人なのに、他人の家を訪ねて帽子も脱がない。ナイフから手を放したラモンは、宣告に従って、たった一つの問いに自分の人生と命運を賭ける覚悟を決め、キッチンに繋がる戸口から目を伏せたまま背教者に向けてその問いを放った。

「次はいつお会いできますか？」

重苦しい沈黙がしばらく続いた。トロツキーが《次はない》と答えれば、彼の人生はもうしばらく続くことになり、ラモン・メルカデールの人生は、栄光も歴史もなく、そしておそらくさしたる猶予もないまま不確かな未来に飲み込まれる。具体的な日時を口にすれば、それは彼の死亡時刻であると同時にラモンの死亡時刻でもある。だが、もし《次はない》と言われれば、拳銃という最後の手っ取り早い選択肢がある、そう彼は咄嗟に思いついた。夫に二発、妻に一発、そして自分に向けて一発、答えは簡単、任務を終えてもまだ五発も弾が残る、というわけだ。

「忙しくてね。時間がないんだ」トロツキーは言って運命の天秤を自分のほうへ傾けた。

「数分だけで結構です。もう原稿はお読みになっているのですから」暗殺者候補は呟き、この必死の懇願で二人の人生は束の間だけ釣り合った。

自分の言葉が重大な意味を持つことを察知していたのか、トロツキーは数秒間自分の運命を決めあぐねた。未来の暗殺者は右手を腰に回し、拳銃を抜こうとした。

「火曜日五時、今日のようなことはご勘弁願うよ……」彼は言った。

「大丈夫です」ラモンは囁き、呼吸を止めたまま庭のほうへジャック・モルナルを引きずっていった。極度の緊張で凍りついていた肺が新鮮な空気を求め、一刻も早く通りへ出たかった。死は焦ることなく三日の猶予を宣告し、ココアカンの要塞化した家へもう一度ラモン・メルカデールが戻って来るまで待つことにしたのだ。

その時から心の奥底に沈殿した不穏な質問に対する答えを得るには、二八年の歳月が必要だった。欺瞞と感情操作によって生み出された生物のように、何度も化けの皮を剝がされる思いでその期間を生き抜いた彼は、トロツキーに与えられたあの七〇時間の猶予を何度も振り返り、グアダラーマの山中まで彼を訪ねてきたカリダッドに向かって承諾の返事をして以来、他人の手に委ねられて後戻りのきかなくなった運命の力ですべてが完遂される直前の、あの不穏な空白を何度も思い起こした。

その日の夜は、憔悴しきっていたせいで、悪夢にうなされることもなく数時間眠ることができた。目を覚ますと、黒いペチコート姿で近眼の眼鏡をかけたシルヴィアが化粧台に向かって座っており、彼は頼むから話しかけないでくれと思った。不安と怒りの矛先が、さんざん利用された挙げ句人生を台無しにされるだけのこの哀れな女に向いてしまいそうだった。前日の午後から気づいていたとおり、彼の憎しみは消えるどころか増幅され、思いもよらぬ方向へ拡散していく可能性があった。世界が、街行く人の一人ひとりが、自分の意志で（少なくとも表面上）決定できる人生が、そしてとりわけ自分自身が憎かった。ココアカンからの帰り道、彼の車を追い抜いてレフォルマ通りへ入ろうとした運転手に食ってかかり、次の信号で二台とも停止したところで車から降りると、我を忘れてスター拳銃を握ったままその車に駆け寄って、震え上がる運転手の頭に拳銃を突きつけながら、内側に溜まった破壊的暴力を吐き出してやれとばかり、大声で悪態をまくしたてた。あの場面を思い出すと、逆上した自分が恥ずかしく、三年もかけて準備してきた仕事をふいにしかねない振る舞いを悔いた。

「コーヒーを頼んでくれ。ちょっと仕事をするから」彼は言ってバスルームに入った。戻ってみると、化粧台の上に朝食があり、コーヒーを飲みながら、その日吸うことになる大量の煙草の最初の一本に火を点けた。シルヴィアは当惑して潤んだ目で見つめ、彼は先回りして言った。「黙っていてくれ、心配事があるんだ」

「でも、ジャック……」

あまりにすごい形相で睨みつけていたらしく、シルヴィアは涙ぐんだますますごとバスルームに引きこもった。

少なくとも今日だけはトムとカリダッドに会わないようにしよう、ラモンは思った。背教者が朱《あか》を入れた原稿を持って、トムに使うよう指示された携帯タイプライターの前に座ると、まるで相手の顔に自分の圧倒的知性を塗り込もうとでもするように、疑問符や感嘆符を添えて《バカバカしい！》、《自明！》、《論拠なし！》などと書き立てた傲慢な男が心の底から憎くなった。

ほとんど言葉を変えることもなく、ゆっくりと彼はトムの書いた文章を清書していった。もはや内容も表現の仕方もどうでもよく、書き直されたという体裁だけ整っていて、数分間あの背教者の注意を引くことさえできればそれで十分なことはわかっていた。それでも、首絞め、発砲、殺傷の訓練を受けた彼の指はキーボード上で絡まり、何度も紙を破って書き直さねばならなかった。

シルヴィアは完全に着替えをすませてバスルームから現れ、黙ったまま部屋を出て行った。ようやく一枚目の清書を終えたラモンは、まるで斧で森の木すべてを切り倒したように疲れ切っていた。クラッカーを食べて冷めたコーヒーを飲み、また煙草をくわえてベッドに横になった。

いつの間にか眠ってしまったらしく、部屋のドアが開く音にぎくりとして目を覚ました。いつにもまして痩せこけて貧相になったシルヴィア・アゲロフがベッドの足元から彼を見つめていた。

「ねえ、どうしたの？　私のせい？　何か悪いことをしたかしら？」

「バカなことを言うんじゃない。心配事だよ。誰にだってあるだろう。黙っていてくれよ。黙っている、そんな簡単な言葉の意味もわからないのか？」

シルヴィアは泣き崩れ、ジャックは殴りつけたくなった。服を着替えながら彼はアフリカのことを思い出した。

ここに彼女がいてくれたらどうなっていただろうか？　揺らぐ思いを立て直してくれるだろうか？　この疑念と不安とやり場のない憎しみの底から力強く引っ張り出してくれるだろうか？　唯一慰めとなるのは、アフリカがどこにいようと、彼女も含めた地上の多くの共産主義者が喜んで命を差し出すはずの任務を彼が果たしたと知れば、必ずや彼のことを誇らしく思うだろう、そんな予感だけだった。淡い期待を胸に彼は通りへ繰り出し、へとへとになるまであちこち歩き回った。三日ぶりに空腹を感じ、適当なレストランに入ってパックアロの魚とフランスの白ワインを注文した。その後カテドラルまで歩くと、地上からも天国からも追い出されたような乞食たちが門のあたりに群がる様子をじっと見つめた。夜の冷たい空気を感じながら、澄みわたる空に目をやると、次第に心は落ち着き、何日か前に夢で見た海辺が頭に甦って、あの砂浜から入江の透き通った海をずっと見ていたいと思った。

ホテルへ戻ると、シルヴィアは眠っていた。明かりを点けて再びタイプライターの前に座り、二時間ほどで、コヨアカンの要塞へ持って行く原稿の清書を終えた。

おそらく昼間に寝すぎたせいだろうが、明け方四時過ぎまで彼はまんじりともせずベッドで横になっていた。不眠にとりつかれた彼の脳は、勝手に殺害の場面をとめどなく繰り出し続けた。だが、これに続く場面を思い浮かべようとしても、そこに現れるイメージは一つだけだった。彼自身の死でしかありえない暗黒の闇。

夜明けとともに完全に目を覚ますと、体がバラバラになったように力が入らなかった。気でも狂わせようとしているかのように遅々として進まぬ時間、拷問の袋小路で止まったような時間が呪わしかった。服を着替えてホテルのレストランへ下り、煙草とコーヒーで時間を潰しながら八時まで待った後、ビュイックに乗り込んでシャーリー・コートへ向かった。

トムは起きたばかりでまだ眠そうに目を腫らしていた。コーヒーを出そうとしたが、ラモンはこれを拒んだ。これ以上飲んだら心臓が破裂してしまう。カリダッドは、ガウン姿で髪を濡らしたまま部屋から出てきた。トムがシャワーを浴びる間、カリダッドとラモンはリビングに座ってじっと見つめ合った。

「きっと僕は殺される」彼は言った。「逃げのびる道はない」

「そんなことを考えるのはやめなさい。私たちが外で待っているんだから。通りへ一歩踏み出せば、あとは私たちがなんとかするわ。必要なら銃に頼ってでも……」

「そんな話はやめてくれ。二度と聞きたくない！　わかっているだろう、嘘、みんな嘘っぱちだ」

「私たちがついているわ、ラモン！　私があんたを見捨てるとでも思っているの？」

「現に何度も見捨てたじゃないか」

「今回は違うわ」

「同じだよ。生きては出られない」

部屋のドアが開き、トムが顔をのぞかせたが、ラモンの目には彼の全裸姿、サフラン色の縮毛に覆われた恥部まで見えた。

「戯言はやめろ、ちくしょうめ！……」

トムが着替えを終えて戻ってきて、ラモンの腕を摑むまで、二人はじっと黙っていた。

「出掛けるぞ」彼は言って、強引にラモンを肘掛け椅子から引き離した。

二人はダークグリーンのクライスラーに乗り込み、トムはレフォルマ通りからチャプルテペックへ車を走らせた。暑い朝だったが、森に入ると車の窓から涼しく香る空気が流れ込んできた。車を停めて二人は歩き出し、倒れた木を見つけてそこに座った。

「なぜ昨日来なかった？」

「誰にも会いたくなかったのです」

「ヒステリーの発作でも起こしやしないだろうな」

ラモンは黙っていた。

「どうなっているのか話してくれ」

「明日火曜日の五時にまた戻ることになりました」

「それはわかっている。ちゃんと詳しく話せ」トムは命令口調になり、彼の視線が雑草に据えられたところで、ラモンは私情を排して事実だけ語った。

トムは立ち上がり、足を引きずって二歩前へ進んだ。

「まったく《スーカ》！　この脚め……　しょっちゅう麻痺しやがる」ジャケットの内ポケットから三日前に書いた手紙を取り出した。「《Jac》とサインしろ。そうすればジャックかジャクソンか区別がつかない……　明日の日付でいい。手紙について問われたら、家に来る直前に書いて、タイプライターは途中で捨てた、と言うんだ……　始末しておけよ」

ラモンは手紙をしまって黙り込んだ。

「もう私が信用できないのか？」トムは訊いた。

「わかりません」ラモンは正直に答えた。

「いいか、確かに、お前が思っているとおり、私は真実をすべて話したわけではないが、それはお前が知る必要もなければ知るべきでもない話だからだ。お前自身のため、そして様々な人のためだ。だが、お前に伝えたことはすべて真実だ。これまで計画はすべてお前に伝えてきたとおりに進んでいる。今日もそうだし、明日も狙いどおり進むだろう。家から逃げおおせるとか、カモを殺した後無傷でいられるとか、そんなことを保証した覚えはない。確かに、歴史的使命とか、首尾よく脱出したお前を国外へ脱出させる責任とか、そんな話はした。これは間違いないし、信じられないというのなら、無視して自分のことに集中してくれればいい。重要なのは、あいつを殺し、そのうえで、できればお前が警察に捕まらないようにすることだ。私はお前を絶対的に信頼しているが、お前も見てきたとおり、どんな試練にも耐えられると思われていた屈強の男でさえ、やってもいないことを自供することがある。お前だって黙っていられるかはわからないから、脱出してくれたほうが好都合だ。一つ確かなのは、喋ればお前の命などクズ同然になり下がるということだ」こう言ってトムは雑草に唾を吐いた。「私など真っ先に首を飛ばされるだろうし、お前の母さんの命もない。シラを切り通せば、お前がどこにいようとも、ずっと我々がお前を支えてやる……　自明の理だろう」

ラモンは森を見つめ、聞いたばかりの言葉について考えた。

「こんな嘘が始まる前の、三年前のラモンに戻ることができれば」自分でも気づかぬまま彼はスペイン語で話していた。「これが大義のためだという確信を持って明日あの家に侵入し、裏切り者の背教者を葬り去ることができれば、どれほど素晴らしいことでしょう。今ではもう、どこまでが大義でどこからが嘘なのか、まったくわかりません」

トムは煙草に火を点け、枯枝で雑草をつつきながら、揺れる穂先をじっと見つめた。そしてフランス語のまま話を続けた。

「真実と嘘は相対的なもので、我々のような仕事では、その境界ははっきりしない。どす黒い戦争の真っただ中にある以上、唯一の真実とは与えられた使命を果たすことだ。ここまで来てしまったのだから、嘘に塗れようが真実に塗れようが同じことだ」

「そんなのは鉄面皮です」

「かもしれん……　真実を一つ知りたいか？　教えてやろう。カモの野郎が今この時点でソ連にとって大きな脅威だということだ。今や、スターリンに与しない者は全員ヒトラーの味方で、その中間はない。我々の偉大な真実を救うためなら、少々の嘘は仕方あるまい」

ラモンは立ち上がった。トムは教え子の心が不安と疑念に蝕まれていることを感じ取ったが、同時に、自分の置かれている状況をしっかり理解したことも確信した。もはや後戻りはできないのだ。

「アフリカが言ったとかいう、私が軟弱者だという話は……　彼女から直接聞いたのですか？」

トムは地面を掘っていた枯枝を放り出した。

「アフリカは狂信的すぎて、もはや女でなく機械だ。わかるだろう、ああいう女は誰も愛することができない。あいつにとってはすべて、誰が最も声高にスローガンを叫ぶか、その競争だけだ。仮にあの気狂い女がお前のことを軟弱者だと言ったとしても、これからお前はその間違いを思い知らせてやることができる……」

ラモンはこの言葉に勇気づけられる自分を感じた。筋肉が心地よくほぐれてきた。

「さあ、ホテルへ戻って、何か食って寝るんだ。無事逃げおおせて、モスクワで英雄として迎えられることだけ考えるんだ……　後は私に任せろ。キューバのサンティアゴまで連れ出してやる。私はグアテマラ経由のほうがいいのだが、カリダッドは、家族に連れられてスペインへ移って以来戻っていないサンティアゴをお前と一緒に訪れたいらしい。あいつの父親が黒人奴隷解放の先駆者だったとか、そんな話をよくしている」

「それもデタラメです」ラモンは言って、笑みを漏らしそうになった。トムは笑顔で首を振った。「祖父母は強欲な搾取者で、だから大金持ちになれたのです……　次に会うのはいつですか？」

「まだいろいろすることがある。明日、カモの家で任務を終えた後にまた会えることを祈っている。そうそう、あの家から出た後のお前の名前を覚えておけ。フアン・ペレス・ゴンサレスだ。奇抜だろ？」

ラモンは答えなかった。トムは立ち上がり、二人は黙ったままクライスラーを停めた地点まで下りていった。通りをじっと見つめたままトムは車を中心街へ向け、シャーリー・コートの駐車場に入ったところで、ラモンのビュイックを探してその脇に車を停めた。

「お前のためにできることはすべてした。地上で最も厳重な警備のついた男の執務室までようやく辿り着いて、実行可能なところまで来た。あとはお前次第、運次第だ。最高の幸運を祈っている。明日、家を出たところでまた会おう……　そういえば、カリダッドの話では、キューバのサンティアゴでは世界最高のラム酒が飲めるそうだ。奴隷を解放したというお前の祖父は、初代バカルディと取引していたそうじゃないか。確かめてみたいものだな。ああ、もちろんラムのことだが」

ラモンは、数日前に母と交わした会話を思い出した。またもや疑念が頭をもたげた。事実だとすれば、人生を変えた憎しみの発端になったという、あのおぞましい話を聞かされたのは、トムの指示があったからだろうか。

「また明日」彼は言って車から降りると、腕をしっかりと握られた。顔を寄せてきたトムに、両頬にキスされ、そして続けざま、自分の唇に彼の唇が重なるのを感じた。トムは彼を放し、肩を一つ叩いた。

彼を歴史の岸まで導いてきたこの男からラモン・メルカデールが再びキスを受けるのは、それから二八年後のことだった。


シルヴィアは何度も訴えた。病院へ行ったほうがいい。ジャックは鎮痛剤を二錠飲んだ後、濡らしたハンカチを目の上に乗せて頭を枕にもたせかけ、頼むから放っておいてくれと返答した。疲労、痛み、そして最後に錠剤が効いて眠くなり、翌朝目を覚ますと、どこにいるのかも、自分が誰なのかもわからなかった。ホテルの部屋、シルヴィア、原稿を乗せたタイプライターを見て彼は現実に戻り、再びジャック・モルナルになりきった。

長時間かけてシャワーを浴びた後、食欲はなかったが、カフェオレを飲み、バターとイチゴジャムを塗った焼き立てのパンとカリカリに焼いたベーコンを齧った。彼がコーヒーを飲み終えて着替える間、シルヴィアは黙ったまま怯えた動物のようにじっとその様子を見つめていた。恋人が帽子を被ったところで彼女は意を決した。

「ねえ、私……」

「左官屋の奴らがどうしたか、事務所へ行って見てくる」

「ジャック・クーパーと奥さんとは何時に待ち合わせしたの？」

「七時」

「どこへ連れて行くの？　ソチミルコ？」

「悪くないな」彼は言った。「そうだ、忘れてた……　明日ニューヨークへ出発するぞ」

「でも……」

「荷物を準備しておいてくれ。ニューヨークへ帰れば元の生活に戻れる。この地獄みたいな国の標高と食事にやられたらしい……」そしてシルヴィアに近寄った。唇に軽く触れるだけのキスをしたが、女のほうがこらえきれず彼に抱きついた。

「ねえ、あなた……　そんな姿を見るのは嫌だわ」

「僕だって嫌だ。だから明日出発するんじゃないか。離してくれ」

彼女は両腕を緩め、ジャック・モルナルは一歩後ずさった。タイプで打った原稿と携帯タイプライターを手にして出て行こうとすると、怯えた鳥のような顔をしたシルヴィアの姿が目に入り、パリで過ごした気楽な日々を思い出した。すべてが獲物を狙う狩人の真似事のようで、冷静な計算に基づいて目論見どおりに事を運ぶうちに、次々と明かりが点り、そこから出来上がっていく物語に導かれるようにして、一歩一歩英雄的クライマックスへと近づいていたのだ。なぜかわからないが、その時思わず言葉が漏れた。

「一二時に迎えに来るから、一緒に何か食べよう」

カモとの約束までまだ八時間もある。レフ・ダヴィドヴィチ・トロツキーという名の男を殺す午後五時まで、何をして過ごせばいいだろう？　ビュイックを街の郊外へ向け、またアフリカのことを考えた。この数カ月で初めて娘レニナのことが思い浮かび、まったく消息を知らない彼女の生活と将来について考えてみた。もう六歳のはずで、父のことなどまったく知らぬまま、まだスペインで暮らしていることだろう。娘と一緒に暮らしていたら、どうなっていただろう？　ファシストの奴らと忌まわしい戦争のおかげで、その可能性は閉ざされた。

以前数カ月過ごした観光客用施設に向かうことにした。ピッケルを隠した小道を探し、軽石の山の脇で車を停めた。トランクを開けてタイプライターを取り出し、トムの書いた手紙を入れた封筒を手に取った。木陰に座って読み始めたが、集中できず、言葉ごとに思考が脇道に逸れた。鳥の囀《さえず》り、近くを流れる小川のせせらぎまでが気に障り、この新たな嘘を頭と血に叩き込んで思いどおり操ることができるようになるまで、何度も繰り返し読まなければならなかった。脇に煙草の吸殻がたまり、胃は煮え立つボイラーのようになっていた。幸い、ずいぶん悩まされた片頭痛は消えていた。

手紙を暗唱した後、午後すべきことの手順を注意深く頭のなかで何度も反芻してみた。薄毛に覆われた頭蓋骨まではいつも到達できたが、そこから先は混沌としていた。もはや逃げようという気にさえならないかもしれなかった。足がいうことをきかなくなるかもしれないし、仮に中庭まで辿り着くことができても、慌てて取り乱してしまうかもしれない。並大抵の恐怖なら、足がすくんだり動転して駆け出したりはしないはずだが、自分が今どういう心理状態に置かれているかさえ十分に理解できず、それがなんとも苛立たしかった。それまで味わったことのない鋭い恐怖が彼の内側に広がっていた。名前や、自分の行動を決める自由ばかりでなく、唯一心の拠り所だった揺るぎない信念も含め、すべてを失ってしまったのだという確信から来る恐怖だった。そして忌々しい時間はいっこうに進まない……

一九四〇年八月二〇日正午を挟む数時間、不確かな苦悩に満ちた数時間は、生涯ラモンの記憶にこびりつくことになった。マラホフカで身に着けた心理的対処法はどれ一つとして機能せず、唯一残っていた憎悪も、もはやかつて叩き込まれた核のある根源的憎悪ではなく、散漫で操りにくい憎悪、根深い自家中毒的憎悪、自分より大きな全体的憎悪に姿を変えていた。一時近くになってようやくシルヴィアを迎えに行かねばならないことを思い出し、実は不思議な虫の知らせで約束をしたのだと合点がいった。何かしていないと気が狂いそうで、シルヴィアの相手なら時間潰しにもってこいだった。立ち上がってタイプライターを石に叩きつけ、バラバラの部品を小川に捨てて車に戻った。

シルヴィアはホテルの入り口で待っており、ジャック・クーパー、それにどうやら彼の妻らしい黄色がかった金髪の若い女性も一緒だった。後から振り返っても、ジャック、ジェニー、シルヴィアと言葉を交わしたこの数分間、彼の態度は非の打ちどころがなかった。まず妻を紹介したクーパーは、偶然近くを通りかかってシルヴィアの姿を見たことを説明した。ラモンは笑顔で何か冗談を飛ばし、七時にまた会おうと確認し合ったことを後々まで覚えていた。二人と別れると、彼はシルヴィアを連れてレヒス・ホテルのレストラン《ドン・キホーテ》に向かい、スペイン料理を食べることにした。注文を終えるとすぐ彼は煙草に火を点け、頭が痛いとだけ伝えて黙り込んだ。

シルヴィアは、何かクーパー夫妻のことや、ニューヨークで訪ねなければならない人たちのことを話し、出発の前にレフ・ダヴィドヴィチに挨拶したいと言った。料理にほとんど手をつけなかったジャックは（後で振り返っても、何を注文したのかまったく記憶になく、ただ食事が喉を通らなかったことだけは覚えていた）、五時に迎えに来るから、少しだけコヨアカンの家に寄ることにしよう、と答えた。すると今度は、どうしても一人になりたくなった。殺人の実行まで三時間足らずだった。紙幣を数枚取り出してシルヴィアに渡した。

「払っておいてくれ。飛行機のチケットを確認してくる」そう言ってコップの水を一気に飲み干した。立ち上がってシルヴィア・アゲロフの顔を見た。その瞬間ラモンは、温かい安堵の気持ちが全身に広がるように感じた。身を屈めて女の唇にキスした。彼女は相手の手を取ろうとしたが、彼は素早い動作でかわした。これでシルヴィアの役目は終わり、もう何の役にも立たない。シルヴィア・アゲロフはもはや過去の人なのだ。

午後四時、執拗に打ちつけてくるこめかみと、引いては吹き出る汗に悩まされたまま、彼はいよいよこれで苦悩も終わりだと心を決めた。映画館で煙草をふかしてあれこれ考えながら二時間潰した後、彼は外へ出て、駐車場に停めた車に戻った。トランクからコートを取り出し、スター拳銃を腰に着けたうえで、他の武器が揃っているか確かめた。そして原稿を外ポケットに入れ、その日の朝選んだ夏物ジャケットの内側に手紙をしまった。コートは助手席に置き、コヨアカンの約束までまだ時間のゆとりもあり、細心の注意を払って車を運転した。石造りの小さな礼拝堂の前を通る時に、車を停めて中へ入ってみたくなったが、それも一瞬のことで、無意識の奥底から出てきたらしいそんな気紛れをすぐに振り払った。この物語に神は必要ない。それに、幸いにも、神を信じる心は持ち合わせていない。もっと言えば、もはや信じられるものなど多くはない。

モレロス通りからビエナ通りに入って車を反転させ、今回もメキシコシティへと続く幹線道路のほうに頭を向けて要塞前に車を停めたのが、五時八分前のことだった。ジャケットの内ポケットを探って手紙を取り出し、万年筆で一枚目に日付――一九四〇年八月二〇日――、最後のページにサイン――《Jac》――を入れた。紙束を折り畳んで、張り裂けそうなこめかみを両手で押さえながら、自分はジャック・モルナルだと二度繰り返した後、深呼吸して手紙をしまい、額の汗を拭って車から降りた。塔の見張りを担当するチャールズ・コーネルに声を掛けられ、手を振りながらなんとか笑顔を見せようとした。防弾門の横に控えるメキシコ人警官が軽く会釈してきたが、こちらは完全に無視した。門が動き始め、銃を肩からたすき掛けにしたハロルド・ロビンズが手を差し出してきた。ロビンズに中へ通されたところでラモンはふと思い出した。一歩後ろに下がって通りの右側を見つめると、五〇メートルほど先にダークグリーンのクライスラーが見えたが、中に人がいるかどうかまでは確認できなかった。

「トロツキー氏と約束があるんだ」言い訳のように彼はロビンズに言った。

ジャックは左腕にコートを持ち直し、長い生地と重い武器のバランスをとった。

「わかってる……　ウサギ小屋にいるよ」ロビンズは言って、麦わら帽子姿でウサギに餌をやる老人を指差した。

「明日、シルヴィアと一緒にニューヨークへ行くんだ」

「商用かい？」ロビンズは訊いた。

「そうだ」ジャックの言葉を聞いてロビンズは門のところへ戻った。

ラモンは中庭を見渡した。カモと愛犬アステカの姿しか見えなかった。ゆっくりと彼らに近寄っていった。

「こんにちは」

老人は振り向きもしなかった。小屋の一部分に取りつけられた金属製の籠に新鮮な草を入れているところだった。

「原稿を持ってきました」そして通行許可証のようにタイプ打ちの原稿を取り出した。

「ああ、そうだったな……終わるまでちょっと待ってくれ」背教者は言った。

ジャックは中庭の真ん中のほうへ数歩退いた。眩暈《めまい》がし始めていたので鉄製の椅子に座ろうと思った。その時ナターリヤ・セドーヴァがキッチンから姿を見せ、彼のほうへ歩み寄ってきた。ドア口にはジョー・ハンセンの姿も見えたが、軽く手を振っただけですぐ屋内へ引っ込んだ。

「こんにちは、マダム・ナターリヤ」

「またこちらへ？」

「原稿です、ご記憶でしょう？」彼は言ってすぐに付け加えた。「明日にはシルヴィアとニューヨークへ発ちます」

アステカが近寄ってきたが、彼は見るともなく犬を見ただけだった。腹が焼けるようで、また汗が吹き出し、集中力が途切れてしまいそうだった。

「もっと早くおっしゃってくだされば友人たちに手紙を託せましたのに」ナターリヤは残念がった。

「明日早朝にお寄りすることもできますよ」

ナターリヤは一瞬考えた。

「いえ、いえ、ご心配なく……　それでは、原稿を見せにいらしたのね？」

「ええ」と言って彼は原稿を差し出した。

「タイプ打ちでよかったわ。レフ・ダヴィドヴィチは手書きの文章を嫌がりますから」彼女は言って、コートを指差した。「なぜそんなものを？」

「雨が降るかと思いましたので。ここの気候はまったく読めません……」

「コヨアカンでは一日中晴れて暑い日が続いています。あなたも汗をかいていらっしゃるわね」

「それは体調が悪いからです。昼食が重すぎて」

「お茶をお持ちしましょうか？」

「いえ、まだ胃に食べ物が収まりきらないような感じです。息が詰まりそうです。水を少々いただければ幸いです」

近寄ってきた背教者が会話の最後だけ聞いていた。

「水を持ってくるわ」ナターリヤは言って、キッチンへ戻った。

ジャックはトロツキーのほうへ向き直った。

「標高と味の濃い料理のせいです。まいりました」

「健康には気をつけねばだめだよ、ジャクソン君」背教者は言って手袋を外した。「顔色がよくないな……」

「だから明日ニューヨークへ発つんです。向こうにはいい医者がいますから……」

「胃が悪いと後々までたたられる。私もかつて不養生をしたせいでひどい目に遭った」

トロツキーは両脚を叩いてアステカを呼んだ。犬は頭を起こして両脚を主人の腿に預け、耳の後ろに愛撫を受けた。

「シルヴィアがもうすぐご挨拶にやって来ます」

「かわいいシルヴィアはまだ頭の整理がついていない」こう言いながらトロツキーは、その日の午後着ていた薄い青色のブルゾンの裾で眼鏡を拭いた。

ナターリヤが水の入ったコップを小さな皿に乗せて戻って来ると、ジャックは礼を言って二口で飲み干した。

「待望の原稿を見るとしよう」背教者は言って、そそくさとキッチンの入り口へ向かって歩き出したが、いきなり立ち止まったので、ジャックはあやうく彼にぶつかるところだった。トロツキーはロシア語で妻に声を掛けた。

「ナターシャ、二人を夕食に招待してはどうかね？　明日出発だそうじゃないか」

「食事はご無理でしょう」彼女もロシア語で答えた。「青ざめた顔をしていらっしゃるでしょう」

「お茶のほうがよかったんじゃないか」今度はフランス語でこう言った後、彼はまた歩き出した。

ジャックは後に続いて仕事場に向かった。ダイニングを通る時、テーブルに夕食用の食器が並んでいることに気づき、なんともちぐはぐな思いに囚われた。仕事部屋に入ると、ディクタフォンは机の隅に寄せられており、トロツキーがいつも座る椅子の前には、分厚くて重そうな本が一〇冊ばかり置かれていた。前回同様、庭に向いた窓は開いており、植木が午後のこの時間でもまだ強い日差しに晒されていた。背教者は再び眼鏡のレンズを拭き、不満そうな顔で光に透かして見た。ようやく彼が座ったところで、ジャックは原稿を渡した。下敷き代わりにするためか、トロツキーはキリル文字のラベルの付いたファイルを手元に引き寄せた。

「その字は《私用》の意味ですよね？」理由もなくジャックは訊いた。

「ロシア語がわかるのか？」背教者は訊き返した。

「そういうわけではありませんが……」

「メモだよ。時間のある時につける日記のようなものだ……」

「私のことも？」

トロツキーは座り直して言った。

「あるかもしれない」

彼のような男がジャック・モルナルについて何を書けるのだろうかとラモンは訝ったが、すぐに、どうでもいい話だと思い直した。数秒間任務のことが頭から消えかけていたが、言葉を交わしたおかげで、ジャックは完全に外に追いやられ、頭は完全にラモンに切り換わった。メモを読んでみたいという思いに強く囚われ、逃げる際に持ち出せないかとまで考えた。犠牲者の体のみならず心まで奪ってやれば、完璧な総仕上げではないか。

立っている位置から薄い髪をかぶった白い頭皮が再び見えたところで、ラモン・メルカデールは完全に落ち着きを取り戻し、うなじのあたりの髪を切ったほうがいいのに、とまで一瞬思った。知らぬ間に彼の頭は自動的に動き出しており、単純な思考回路がたった一つの目的へと向かっていった。後にこの時の行動を思い返すことがあると、どれほど記憶を振り絞っても、おあつらえ向きに目の前に座った男の真後ろに立とうとしたこと以外、何も思い出せなかった。その瞬間、こめかみが打ちつけていなかったか、息苦しくなかったか、そんなことさえ記憶には残っていなかった。細部が甦り始め、なんとか逃げおおせて助かるのではないかと希望を抱いた瞬間もあったように思われたのは、それからずいぶん時が経ってからだった。アフリカのこと、愛に向かない彼女の性格のことも考えたかもしれなかったし、わずか数秒であたふたと歴史に名を刻むのだと思った瞬間もあったかもしれない。記憶違いでなければ、砂浜で少年が二匹の犬と駆ける場面も脳裏をよぎったはずだ。だが、その直後、背教者がタイプ打ちの原稿を読み始めるのを見て、全身に解放感が走ったことは、後々まで恐ろしいほどはっきり覚えていた。その時ラモンは、無重力状態に体と脳が包まれたように感じたのだった。そう、もうこめかみを打ちつけられることもなく、汗もかいていなかった。そして目の前の頭に抱くべき憎念を取り戻そうとして、今ここにいる理由、その頭からわずか数センチのところにいる理由をあげつらった。これが革命最大の敵の頭、労働者階級を脅かす危険な鉄面皮の頭、裏切り者、背教者、テロリスト、反動、ファシストの頭なのだ。あらゆる革命の倫理的原則を破った男の脳がこの頭に収まっているのであり、屠殺場へ送られる牛のように、額に杭を打ち込まれて死ぬのが当然なのだ。背教者は原稿を読み進め、いかにも迷惑そうな荒っぽい仕草で朱、朱、また朱を入れていた。何様のつもりだ？　ラモン・メルカデールはピッケルを抜いた。熱く、しっくり手に馴染んだ。裏切り者の頭を見つめたまま、背後の低い棚にコートを置いたが、脇にあった地球儀がぐらつき、あやうく落ちるところだった。両手は汗まみれで、額がほてっているのがわかったが、刃を振り上げるよりほか、この拷問を終わらせる方法がないことはわかっていた。どこへ打ち下ろすべきか、しっかりと見定めた。一振りですべてが終わる。また自由になれるのだ。心から自由に。たとえ警備隊に殺されたとしても、完全な自由に変わりはない、そう思った。何を躊躇している？　怖いのか？　彼は自分に問いかけた。何か実行を中止する事態が起こってほしいのか？　警備員が入って来るとか、ナターリヤ・セドーヴァが駆けつけるとか、標的が振り向くとか。だが、誰も姿を見せず、地球儀も落ちず、汗に濡れた手からピッケルが滑り落ちることもなく、標的が振り向くこともなかったが、その瞬間彼はフランス語で結論を下した。

「これはクズだ、ジャクソン」そして彼は原稿の上で赤鉛筆を右から左へ、左から右へと走らせた。

その時ラモン・メルカデールは標的から命令を下されたように思った。右腕を頭の後ろまで振り上げ、しっかりと柄を握ったまま目を閉じた。最後の瞬間、朱だらけの原稿を手にした背教者が振り返り、頭の中心めがけて全力でピッケルを振り下ろすジャック・モルナルの姿が目に入ったが、ラモンはそこまで見届けることはできなかった。

恐怖と苦痛の叫び声がビエナ通りのむなしい要塞を土台から揺るがせた。

28

どの瞬間にあのことを考え始めたのか、正確にはわからないし、犬を愛した男と知り合った時、すでに頭にあったのかもわからない。その後だったような気もする。一つだけ確かなのは、何年もの間私は、二〇世紀が終わり、それに伴って第二の千年紀が終わるまさにその瞬間を見届けられるという妄想にずっととりつかれていた（大げさに聞こえるかもしれないが、これ以外に言葉が見つからないし、これが真実なのだ）。そして当然ながら、その瞬間に二一世紀が始まり、三千年紀が始まる。いつも私は、何日をもって前世紀の終わりとするのか、それが一九九九年なのか二〇〇〇年なのかと考えながら、自分が何歳で——五〇歳？　五一歳？——新世紀を迎えることになるのか計算したものだった。多くの人にとって世紀の変わり目など単なる日付の変更にすぎず、カレンダーより重大な心配事がいくらでもあるようだが、私にとって事情はまったく異なり、その前の数年間があまりにひどかったこともあり、人間社会のあらゆる因襲と同じくまったく恣意的な取り決めにすぎないこの時間的跳躍が、自分の人生を大きく変えてくれるのではないかと期待を抱くようになっていた。そして、ゼロのつく年にサイクルを閉じるグレゴリオ暦の論理に逆らって、世界の多くの人に支持された思い込みに流され、一九九九年一二月三一日——五〇歳の誕生日の少し後——が世紀と千年紀の最終日だと決めつけた。この日が近づいてくると、地球全体のコンピューター関係者が、数字の変化によって引き起こされうる情報の混乱を避けるためにあれこれ手を尽くしていること、さらにフランスでは、《大跳躍》に向けて残る時間を日、時間、分の単位で刻む大きな時刻ボードがエッフェル塔に設置されたことがキューバにも伝わり、私の興奮は高まった。

そんなことがあったせいで、ある時キューバで、論理的計算に基づく半公式的、撤回不能の決定として、世紀の終わりは、我々の大半が希望的観測で信じ込んでいた一九九九年一二月三一日ではなく、二〇〇〇年一二月三一日である、との通達が出回ると、私にはこれが侮辱としか思えなかった。政令にも等しいこの宣告のせいで、世界のあちこちで賑やかに華々しく似非新千年紀と似非二一世紀の到来が祝われるなか、このキューバでは、例年通り国歌斉唱と政治家の演説があったものの、ごく普通に行く年を惜しみ、来る年を迎え入れただけだった。この日を長年待ち侘びていた私としては、感動と情熱をくすね取られたような気分であり、おかげで、歴史の時計にゼロが三つ並ぶ記念碑的瞬間に、東京で、マドリードで、エッフェル塔の麓で歓喜する人々の様子をテレビのニュース短報で見ることさえ拒んだほどだった。不快感はその後も数カ月続き、二〇〇〇年一二月三一日になって、今度こそ本当にグレゴリオ暦に則って世界は新千年紀に突入するという話題をキューバの新聞がさりげなく持ち出した時も、一年前に人類のほぼ全員が間違った勇み足で、頑なな歓喜と希望とともに祝っていた記念日をこの国では誰も祝おうとしない、そんな事態を前にしても別段の驚きはなかった。何でもない、結局のところ、ちょっとばかり数字が変わるだけで、何も変わりはしない、その時の私にはそれが痛いほどよくわかっていた。変わるとすれば、悪いほうへ変わるだけだ。

多くの人にはどうでもいい、しかも一見この物語とは何の関係もないこんな逸話を今さら私が持ち出すのは、そこに完璧な隠喩があると思うからだ。この期に及んで、私たち、私の世代、そしてとりわけ私たちの夢と個人的意志が撤回不能の決定に縛られ、歴史と人生に意地悪く翻弄され続けた事実を否定しようとする者など多くはいまい。青春時代の糧として、私たちの心に信念と参加型ロマン主義と自己犠牲の精神を植えつけた数多の約束は木端微塵に吹っ飛び、残ったのは、貧困と疲労、混乱と落胆、挫折と逃亡と絶望だけだった。私たちはありとあらゆる貧困の段階をくぐり抜けた、と言っても過言ではないだろう。そのうえ、最も意志の固い友人たち、最も絶望した友人たちが離散し、今ほど不確かではないはずの運命、とはいえ、必ずしも安心ではない運命を求めて亡命の道を選ぶ姿も見てきた。絶えずノスタルジーに苛まれ続ける根無し草生活の危険も、毎日ぶつかるであろう苦労と緊張も、大多数はわかっていたはずだが、それでも彼らは挑戦に乗り出し、概してすでに人生をやり直すには遅すぎる年齢だったにもかかわらず、マイアミへ、メキシコへ、パリへ、マドリードへ逃れて必死で人生を一からやり直した。他方、信念か、抵抗の精神か、帰属意識か、頑固か、無頓着か、あるいは未知なるものへの恐怖か、理由はともかくここに残ることを選んだ我々は、人生をやり直すとかそんなことではなく、倒壊寸前の柱をなんとか支えながら（私の場合、これは比喩でもなんでもなく、ロートンの部屋はいつ崩れ落ちてもおかしくない状態にあった）、もっとましな時代の到来をただ待っているだけだった。自己犠牲や服従、偽善や一途な信念、今や忘れられたスローガン、無信仰、多少なりとも意図的に植えつけられて意識化されたシニシズム、そしてとりわけ、未来への痛ましい希望を捧げ続けてきた結果、我々が辿り着いたのは、人生の方位磁石が狂って完全に見通しを失った現在だった。

多くの人が同じ運命を辿ったのだが、私には、自分だけが忌々しい天罰にたたられたのではないかと思われる瞬間が何度もあった。結局のところ、自分だけが体中を蹴飛ばされる運命を刻みつけられた山羊だったのではないか。時代的、世代的に共通する苦しみを味わっただけでなく、私はもっとさもしく邪悪な手に打ちのめされ、おまけに、今後も決して平穏無事な生活など望むべくもないことを思い知らされた。アナと知り合ったことで、物心ついて以来最高の日々が私の人生に訪れたが、生まれて初めて心から女に惚れ込み、彼女のおかげでようやく書く意欲と勇気を取り戻したというのに、坂を登り始めたところで、彼女の病にまたもや希望を挫かれた。そして一九九九年一二月三一日、私が長年夢見てきたこの大変革の日が実は何の変化ももたらさず、それどころか我々が生まれ育ったこの唾棄すべき世紀さえ終わらないことがわかると、ロートンのアパートの窓から最後の希望の青い鳥が飛び去って行った。何の変哲もない鳥ではあっても、私が手塩にかけて育ててきた鳥が、上層部の決定という強風によってこの手から奪い取られた。こんなたわいもない夢さえお上は許してくれなかったのだ。

最も辛い危機の時代を経て破綻しかかっていた国民生活は、九〇年代末、ようやく多少の安定を取り戻した。だが、多少の安定とはいっても、ここまでの道中に重要なものが崩れ落ちたことは明らかで、新たに我々が突入した奇妙なスパイラルでは、これまでの掟がまったく通用しなくなっていた。すなわち、公式な給料から得られるわずかばかりのペソでは暮らしがまったく成り立たなくなった。みんな平等に貧困を分かち合うという社会的成果を享受する時代は終わり、私よりはるかに優れた現実感覚を備えた息子パオロの言葉を借りれば《逃げた者勝ち》の時代が始まったのだ（そして彼は、私の世代の子供たちの多くと同じように、この標語を自分の人生にも当てはめ、国を出て行く以外に選択肢がないことを悟った）。ダニーのような者たちは、シニシズムと適者生存の精神を頼りに、なんとか新たな時代に適応した。彼は出版社の職を辞し、文学という夢はすべて棚上げにして、ポンティアック五四年型のハンドルを操る日雇い運転手となって稼ぎを増やした。おまけに、彼の妻がスペイン系企業に願ってもない職を得たため（こっそりドルで給料が支払われることがあり、月に二回は手当てとして食料が貰えた）、最低限のゆとりは確保できた。だが、頼みの綱もなければ何をくすねることもできない者たち（私とアナもそうだ）にとっては、相次ぐ停電とオレンジピールのコンポートだけの朝食という時代よりもっと辛い時代の始まりだった。アナは仕事ができず、私は生活力に欠け、二人の首に掛けられた縄はいっそう強く絞めつけてくるばかりで、いつも窒息寸前の我々を救ってくれるものといえば、犬や猫の世話の謝礼として飼い主たちがくれる施し物と、去勢や寄生虫の駆除などの代金として——私はほとんどいつも《あるだけでいい》と言っていた——豚の飼い主から受け取るわずかばかりのペソだけだった。知性、品性、知識、仕事力に代わって、抜け目なさ、ドル稼ぎ、政治的地位、誰かの親類であること、策略、ひらめき、出世欲、逃走、欺瞞、盗めるものはすべて盗む才が幅を利かせるようになった社会にあって、我々がそのどん底まで沈みつつあることは明らかだった。そしてシニシズム、忌まわしきシニシズム。

そして私にわかったのは、私の世代の大半が、安全ネットのないこの危険な空中ブランコを無傷で乗り切ることはできない、という事実だった。我々の世代は誰もがお人好しのロマン主義者であり、未来の名のもとにすべてを正当化して受け入れ、義務感だけに支えられてサトウキビを刈った（当然この忌まわしい仕事から報酬など受け取ってはいない）。世界プロレタリアのためとあらば、世界の果てまで戦争に出向き、人類と歴史の祝福以外に見返りなど何も求めなかった。性的・宗教的・イデオロギー的・文化的不寛容――アルコール的不寛容まであった――の応酬に苦しみながらも黙って耐え抜き、今の若者なら尻を蹴飛ばされる前からさっさと見切りをつけて逃げ出すような状況にあっても、ほとんど恨むこともなければ、絶望に囚われることもなかった。盲目も同然だった我々は、ソ連人、ブルガリア人、チェコスロバキア人とみれば誰でもマルティの言う誠実な友人、プロレタリアの同朋と見なし、《人類の未来は社会主義にのみあり》（我々の見る社会主義とは、美的にはちょっと不細工で不格好、例えば、「ロケット・マン」の半分、『私の愛する人に捧げて』の三分の一も美しい歌は作れない、それだけのものだった。我が親愛なる友マリオ・コンデなら、このリストにクリーデンスの歌う「プラウド・メアリー」を加えることだろう）という標語を何度も朝礼で繰り返しながら生きてきた。まったくの謎だが、長い間我々は、同じ社会主義の名のもと、共和国スペインや占領下のポーランドで裏切り行為が繰り返されてきたことをまったく知らぬままに生きてきた。町や民族や政党をまるごと皆殺しにするような弾圧や、不服従者や聖職者の徹底的迫害、殺人に等しい強制収容所、モスクワ裁判の最中とその前後数年間にわたる法と信頼の蹂躙、そんなことは何も知らなかった。もちろん、トロツキーが何者なのか、なぜ殺されたのか、どれほどさもしい手を使ってソ連がこっそり、時にあからさまにナチスや帝国主義と手を組んだか、モスクワの新たなツァーリがどんな暴力的手段で近隣諸国の占領に乗り出したか、占領地でどれほどひどい地理的、人的、文化的破壊が行われたか、いかにして真実と理想が捻じ曲げられたか、いかにして世界プロレタリアートの偉大な指導者たる天才スターリン同志に乗っ取られた御用社会主義がすべてを唾棄すべきスローガンに変えたか、その後、いかにして彼の後継者たちが頑なに正統にしがみつき、権力乱用と誇大妄想を支える規範からの逸脱を徹底的に取り締まったか、そんなことは我々に知る由もなかったのだ。そして、今ようやくおぼろげに理解できつつあったのは、そんな完璧な体制が、要塞の基盤に据えられたレンガの二つ——わずかながら情報が入ってきたこと、そして体制内に凝縮された恐怖（あの有名な恐怖がいつもいつもいつもつきまとう）がかすかだが決定的に薄れたこと——が動くだけで、なぜあっさり崩れ落ちたのか、その要因と経緯だった。二つレンガを外しただけですべてが崩れ落ちる。粘土の両足でしっかり立っているように見えていた巨人は、実は恐怖と嘘に辛うじて支えられていただけだったのだ……　トロツキーの予言は的中し、オーウェルが『一九八四年』に描き出した未来の寓話は、生々しいまでのリアリズム小説となった。なのに、我々は何も知らなかった……　それとも、知りたくなかったのだろうか？

二〇年近く経った後、一九九六年のあの不吉な夜を選んだのは、偶然だったのだろうか、それとも完全に意図してのことだったのだろうか？　午後にはハルマゲドンを予感させる猛烈な雷雨が降り始め、夜停電になった後も、まだ冷たい小雨がしつこく降り続いていた。ドアをノックする音が聞こえた時、誰かのペットに緊急事態が起こったのだろうと思ったのもそのせいで、私は自分の運を呪いながら、石油ランプを手に出て行った。

そしてそこにあの男がいた。長い歳月が流れるうちに、彼の頭は完全に禿げあがり、まさか自宅の入り口で彼に会おうとは夢にも思っていなかったにもかかわらず、暗闇のなかでも、背の高い痩せた黒人が誰なのか、すぐにわかった。そして即座に直感した。この間ずっと彼は、暗闇から私の様子を探っていたのだ。

私が黙っているのを見て、黒人男は挨拶の言葉を述べ、少し話したいと言ってきた。もちろん私は中へ通した。

アナはタトと一緒に寝室におり、携帯ラジオのFMでテレビドラマを聞こうとしていたので、来訪者の応対は引き受けたから気にしなくていい、と声を掛けた。驚きのせいでいつにもまして愚鈍になっていた私は、雨漏り用に床のあちこちに置いていた容器に注意するよう男に言った後、鉄製の椅子をすすめた。私は別の椅子に座ったが、すぐまた立ち上がってコーヒーを飲むか訊いた。

「いや、結構。水を一杯もらえるとありがたい……」

コップに水を注ぐと、男はありがとうと言って受け取ったが、二口ほど飲んだだけでテーブルの上に置いた。ランプの弱々しい火に照らされているだけで、アパート全体が闇に包まれていたが、男は数分間周囲を見渡し、何かあった時の逃げ道を確保しようとしているか、あるいは、私の人間像について最終確認でもしようとしているのか、そんな様子だった。男がすっかり老けて痩せこけ、頭が完全に禿げあがっていたせいで、ランプのかすかな光に照らされた顔が暗い髑髏のように見えた。《冥土の声だ》と私は思った。

「いつか君に会いに行くようロペス同志に言われていた」切り出すのが難しいとでもいうように彼は話し出した。「それでこうしてやって来たんだ」

《少々時間がかかりましたね》と私は考えたが、黙っていることにした。過去の靄から出てきたようなこの人物が、準備してきたこと以外何も言うはずがないことは明らかなのだから、会話を特定の方向へ導こうとしても無駄な努力にしかならない。

「ルイス・メルカデールの本は受け取ったか？　君が受け取らなければ私のもとへ送り返すし郵便局では言っていた」

「どうして私の住所がわかったのですか？」

「この国ではその気になれば何でもわかるさ」彼は明言を避けた。そしていきなり、たっぷり時間をかけて調べてきたパンフレットの言葉でも復唱するような調子で話し出し、一九七六年に軍司令部の運転手を務めていたことを説明した。ある日上層部に呼ばれて行ってみると、上役がアンゴラ戦争に派遣されることになり、党員として、そして元ゲリラ兵として信頼の厚い彼に特別な任務が通達された。その任務とは、キューバ在住のスペイン共和国軍士官ハイメ・ロペスの運転手を務めることであり、医者に運転を止められていたこの男の様子にも目を光らせること。そして、仕事の内容については他言無用、男の周囲で何か異変があれば即時報告すること、この人物に関するどんな些細な変化も見逃さないこと、以上を厳命された。

黒人男がこの仕事を始めた時には、すでに世話役が他にも何人かついており、病院への送り迎えだけでなく、何かの会合や訪問の際にも運転を任されていた。ロペスの正体は伝えられず、もちろん自分から訊こうともしなかったが、これだけの人が世話役（《監視役ではないか？》と思ったという）に付き、事実が伏せられているとなれば、これがただのロペスではありえないことは最初から明らかだった…… 約二年後、彼の容態が悪化し、まず甥たちが、次いで弟がキューバを訪れたところで、ハイメ・ロペスが実はハイメ・ラモン・メルカデール・デル・リオであることがわかった。ラモン・メルカデールのことなど聞いたこともなく、トロツキーのこともほとんど何も知らないうえ、男に関することは誰にも何も訊けなかったから、当初彼にまつわる謎は不明のままだった。だが、やがてこのスペイン人士官の正体がわかり、何をした人物なのか、なぜ偽名でキューバに住んでいるのかわかると、いかに忠実な党員、元ゲリラ兵とはいえ、一介の運転手には深刻すぎる問題に首を突っ込んだことを思い知った。そして、他言無用を言い渡されたのであれば、これを守るにしくはないことが黒人男にはよくわかっていた。

長身で痩せた黒人男の口を通じて私は、ハイメ・ラモン・ロペスが一九七四年にキューバへやってきたことを確認した。その当時はまだわからなかったが、後に男が確信したのは、ハイメ・ロペスがソ連からの出国を許されて、親族にゆかりのあるキューバへ来ることができたのは、すでに死が間近に迫っていたからだ、という事実だった。奇妙な病が突如初めて危機的状態にまで至ったのは、出発に向けて最終調整を進めている最中だった。

クレムリンの高官も通院するというモスクワ最高の医療施設の医者は、肺の感染症による出血という診断を下した。それまで、二〇年の監獄生活とそれに伴うおぞましい経験に耐えうるほど健康だったラモンが、三カ月の入院を余儀なくされ、その後、状態は良くなっていると診断を受けたものの、体内の異変に彼は気づいていた。以来、何度か回復期はあったものの、彼の体は以前のように動かず、亡くなるまで、眩暈と断続的な熱、喉と頭の痛み、そして慢性的な呼吸困難に苦しめられることになった。だが、その時はまだ彼自身も、実はこれが癌であり、後に骨や脳まで冒されることになるとは知らなかった。

「何度も検査を受けたらしい」と言う黒人男の声には悲しみがこもっているような気がした。「何度レントゲンや脳写図を撮って調べたことかわからない。だが、キューバの腫瘍科医たちが見たら、ひと目で癌だとわかった……　妙だと思わないか?……」

「ルイス・メルカデールの本には、モスクワで彼が血液中に放射性物質を入れられたという、エイチンゴンの見解が記されていますね。KGBの同僚たちが贈った金時計から……　タリウムが……」

「ああ、だから妙だと言っているんだ」

「しかし、それも信じ難い話です」私は言った。「殺そうと思えばいつだって殺せたはずでしょう。時間もチャンスもたっぷりあったはずです」

「それはそのとおりだろうな」男は頷き、その可能性を受け入れてほっとしている様子だった。「ともかく、医者たちが癌を見つけたのは一九七八年初頭、眩暈のせいでほとんど歩くこともできなくなって、二カ月ほど安静にしていた直後のことだ。病状が深刻になった時、すべて愛犬ダクスの処分に伴う心労のせいだと彼は言っていた。あの雄犬のことは覚えているか?……　眩暈がひどくて、君と約束していたのに、会いに行くことができなかった。またいつ外出できるようになるかもわからないまま、だいぶ前に君が受け取った文章を書き始めたのがその数週間後のことで、もう体も動かないという状態になるまで彼は書き続けた……　最後は、あまりの頭痛に、狂人のように叫び始め、ちょっとしたことで骨が折れてしまうほどになった。そしてモルヒネの投与でなんとか一〇月まで生き永らえた」

「聞くだけで体が痛くなるような話ですね」私は言った。

「君に痛みのことはわからないだろう…… さらに悪いことに、最後まで正気だった。八月には容態が悪化して、最期を見届けようと弟のルイスがやってきた。だが、長年の交渉の結果ようやくソ連政府から得たというスペインへの帰国許可の期限が切れるというので、九月末には戻らねばならなくなった。それから二週間後、ラモンは弟から手紙を受け取って、バルセロナへ戻れたことを知った…… たとえ一人だけでも家族がバルセロナへ帰ることができて、これで満足して死ねる、そんなことを言っていたよ……」

「それでは、自分からキューバへ来たいと願い出たわけですね？」

「どうやらそのようだ。他に選択肢もなかったのかもしれないがな…… ソ連としては、放したくなかっただろうが、といって、誰かに押しつけるのも難しい。誰も引き受けたがるわけがない…… ここへ来るよりほか、道はなかったのだと思う。交渉の経緯は知らないが、ここに住む条件として、名を明かさないこと、沈黙を貫くことを求められたようだ。それでも彼が誰かわかる人はいたが、近くにいた我々や、治療や看護にあたった人たち、訪ねて来る人々、息子たちの友人や医者でも、ロペス同志の正体を知る者は皆無だった。私が知ることになったのは、最期まで彼のもとにいて、信頼を得ていたからだ……」

その瞬間私は、記憶のどこかで眠っていたかつての恐怖が目を覚ますのを感じ、思い切って訊いてみた。

「それで、上司にはロペスと私が会っていることを報告したのですか？ 私も《異変》の一つだったのですか？」

黒人男がその夜笑みを漏らしたのはその時だけだった。

「いや、報告する時間はなかった。最初の時は、偶然出会っただけで、なんとも思わなかった。二度目の時は、君が恐れをなして来なくなると困るから何も報告しないでくれと頼まれた。ずいぶん気に入られたようだな」

「そうでもないでしょうが、それはともかく……　では、看護婦は？」

「あれは私の妹だ。一肌脱いでもらったわけだ……　かわいそうに、深刻な状態で、いつ死ぬかわからない……ロペスには、お前に文書を渡すよう言われたが、自分で行く気にはならなかった……　私は報告しなかったが、上司たちは君とロペスが会っていることを知っていて、君をちょっと監視することもあったと思う……」

時代が違えばそんな話を聞いて震えあがっていたことだろう。だが、一九九六年の時点ではすでに滑稽な昔話になっていた。ずいぶん前から私は完全に無名になっていたし、ほとんど人目につくこともなかった。《ちょっと》監視するとはどういう意味なのか考えるより、目の前の人物の考えたこと、感じたことをもっと知りたいと思ったのもそのせいだ。

「それで、あれから何年も経った今、私を訪ねて来ようと思ったのはなぜですか？」

長身で痩せた男にじっと見つめられて私は、地雷を踏んだことに気がついた。彼の表情から判断するかぎり、立ち上がってそのまま出て行こうか決めかねている様子だった。後から振り返ってみると、何年も経った後に、もはや誰も覚えてはいない命令に背いて私に会うという約束を果たそうと決心した理由がいろいろ頭に浮かんだ。妹と同じく、彼も重い病気を患っていて、それで踏ん切りがついたのではないか。あるいは、事態が大きく変わって、あまり恐怖を感じなくなっていたか。ルイスの本を読んで、私に多少のことを話したところで、私が別ルートで本を入手したことにしておけば、たいした問題にもならない、と思ったのか……　あるいは、もっと単純に、瀕死の男と約束を交わした以上、会いに来るのが当然の務めだと考えたか。どうやら、この物語でも、少なくとも一度はまっとうなことをする人物がいたということか……

「私が臆病者だとでも思うのか？」

私は答える前に笑顔を見せようとした。

「いえ、とんでもない。恐怖で震え上がっていたのは私のほうです。ちょっと監視されていることすら知らなかったというのに……」

だが男はこの答えに満足せず、質問を続けた。

「ルイスが一五年も経ってやっと本を書いたのはなぜだと思う？　彼はすでにスペインにいたんだぞ。誰を恐れる必要がある？」私に問いかける彼の声は、一本調子で役を演じる俳優のように、ずっと同じ調子、同じ抑揚を保っていた。「なぜルイスがソ連とKGB、その他もろもろの消滅を待ったと思う？」

「恐怖でしょう」私は答え、今度はこちらから問いかける番になって、必死に相手の目を見つめた。「あなたはなぜあの本を私に送ったのですか？　誰も頼んでもいないのに……」

「あの本を読んだ時、君こそ絶対これを読まねばならないと私は思った。君はメルカデールの最期を知らなかったのだから。それに、恐怖とはどんなものか、いかに大きく長いものか、君に知ってほしいと思った」

「そうおっしゃるということは、あなたもロペスの書いたものをお読みになったのですね？　それでは、なぜあんな終わり方になったのか、教えてください」

黒人男は再び考えた。そして言ってもいいと判断した。

「ロペス、つまりメルカデールには、それ以上書けなかったんだ。四月、扁桃腺に癌が見つかって、放射線治療を受けたが、すでに全身に癌が回っていた。六月か七月には、水の入ったコップを手に取っただけで腕の骨が折れるほどひどい状態になっていた。あちこちの骨が軋み、とても書けるような状態ではなかった……　だからあんな唐突な終わり方になったんだ」

「カリダッドと再会することはあったのですか？」

「最初からロペスについていた男の話では、カリダッドは一九七四年末にやって来て、ラモンはもちろん、妻や息子たちにまで相当手を焼かせたらしい。鼻持ちならない気狂い女だという話を私も聞いたことがある。一九四〇年代のキューバや後のフランスで知り合った共産主義者の古参とか、そんな友人がいたらしく、自分はキューバ人だと言い張っていたらしい……　二人が会ったのはそれが最後だろう。母のほうは翌年フランスで亡くなったが、メルカデール一族の例にたがわず、バルセロナへ戻りたがっていたが、一カ月の差でフランコとの生き残り競争に負けて、帰国を果たせなかったらしい。ロペスの奥さんの話では、孤独死で、隣人が異臭に気づくまで誰も知らなかったらしい……」

会いに来る決心をしてもまだ恐怖につきまとわれた男の口から孤独と死の話を聞いて、またもや私は、なんとも言えない不快感、同情にも似たうしろめたさの襲来を感じていた。

「悪運にたたられた一族ですね。天罰でしょうか」私は言った。

黒人男はそっと頷いただけで何も言わず、雨漏りを受けるバケツや空き缶を見つめていた。

「今にも崩れ落ちそうな家だな」やっと彼は言った。

「本当にコーヒーはいりませんか？」もう一度訊いてみた。まだいろいろ空白が残っていたし、この男と会うのはこれで最後だと十分わかっていたにもかかわらず、私はすっかり会話に流されてしまっていた。

「いや、心遣いはありがたいが、本当にいらない。もう行かねばならない……　バスがうまく捕まるかな」

「なぜそんなにメルカデールのことをご存知なのですか？　なぜあなたを信頼して書類を託したのだと思いますか？」

「犬の散歩に出掛けると、いろいろ話してくれた。誰かに話してほしくて話していたんじゃないかと思えることもある。自分の正体や履歴はまったく話してくれなかったがね……　それは私が自分で調べたことだ。君のほうがもっといろいろ聞いているはずだ……」

「それで、雌犬のイクスはどうしたのですか？」

「ああ、それも私への信頼の証だと思うよ。奥さんが引き取りを嫌がって、私が貰うことになったんだ。形見分けってとこだ……　イクスは私のもとで四年生きた……」

「ダクスのほうは、どうやって処分したんです？」

黒人男は視線を上げ、今にも家が崩れ落ちるとでもいうように、闇に包まれた瀕死のアパートの天井を見つめた。

「確かに、スターリンも含め、みんなクソまみれになったな」その夜、このボロアパートの薄闇で初めてその事実を知ったとでもいうように彼は言って、目を天井から私に向けた。「ロペスは相当体調が悪かったのに、ある日私に、ダクスと一緒にバイア・オンダのビーチへ連れて行ってくれと頼んできた。ただでさえあの辺りには人が少ないが、あの日は雨が降って寒かったせいで、人っ子一人いなかった。ロペスは犬を放し、しばらく走らせておいたが、すぐにダクスは疲れて咳込んだ。彼は長い間犬を撫で、咳が収まって伏せるまで話しかけていた。そして私からタオルを受け取って体を拭き始めた。ダクスは腹を拭かれるのが大好きだったからね。しばらくして、彼は犬の頭にタオルを置いてピストルを抜いた……　ロペスは、その後もずっとこれが一番いい死に方だったと信じていた。何も知らぬまま、ほとんど痛みを感じる暇もない……　それが一月末のことだ。海へ行ったのはあれが最後だ……」黒人男は立ち上がり、その瞬間男の背がいつもより低く見えた。「何時間前から停電なんだ？」

「五時間ぐらいですかね……　時間は考えないことにしています。いやはや……」

言葉を交わしながら男はポケットを探り始めていた。

「いけない、うっかり忘れるところだった」

彼はハンカチより小さな生地を取り出して開き、何かを取り出してテーブルの上に置いた。薄闇でも、それがハイメ・ロペス愛用の高価なベンジンのライターだとわかった。

「とっておいてくれ」彼は言って咳払いした。「君にも形見分けだ」

世紀末と千年紀末が近づきつつある頃、プードルのタトが老衰で息絶え、アナの骨粗鬆症は急速に進行して、断続的な発作により、三カ月間ほとんど身動きもできぬまま激痛に耐え続けねばならなくなった。まだ我々には病気の深刻さが十分にわかっておらず、キューバ内外の友人たちが、痛みを和らげる薬を求めて奔走してくれた。ビタミン剤――とりわけビタミンDとビタミンB群の入ったカルシウム――、奇跡的効果があると言われるサメ軟骨も含めたカルシウム増強剤のほか、フォサマックという錠剤があったが、これは副作用があまりに強く、服用すると一時間は寝たきりになった。そしてアナは一時的に回復し、同時にトルーコ――タトが死んだ直後、疥癬だらけの状態で私が拾ってきた雑種犬――も体重と毛を増やして、我が家の最も元気で幸福な一員となった。

待望の新世紀、新千年紀はいつの間にか過ぎ去り、戦争と爆弾とありとあらゆる原理主義の台頭でもっと住みづらくなった世界(二〇世紀をくぐり抜けた後なら当然だろう)への無関心と拒絶が募るにつれて、次第に世界との繋がりを失った私は、懐疑主義と悲観主義に身を任せるようになり、一寸先は闇、そんな孤独と絶望を深めていった。

最も胸が痛んだのはアナの様子であり、この崩れかけたロートンのアパートで、湿って塗装の禿げた壁に四方を囲まれたまま、束の間だけ回復することこそあれ、彼女の命の火は次第に消えていった。おそらくそんなことがあったせいだろうが、最初は妻に付き添って行くだけだったメソジスト教会にやがて私は入信し、この世では求むべくもない何かをあの世で見つける希望にすがりついた。だが、私の信心はすでに永久に失われており、聖書を読んで儀式に参加しても、あの宗派の厳格な正統派の戒律はまったく守れなかった。一回きりの人生にはあまりに多すぎる撤回不可能な義務があり、自由に選んだ宗教にしては、信者や思想への統制が強すぎる。統制、忌まわしき統制。だが、私の信心を決定的に揺るがせ、彼らの誠実さを疑うようになったのは、芝居がかった牧師たちが、祭壇からキリスト教徒にふさわしい慎ましさを求めておきながら、過去のことは忘れて、沈黙の共犯関係と引き換えに、自動車や海外渡航などの特権をせしめていると知った時だった。アノのためでなければ、あの牧師たちに向かってクソくらえと罵ってやりたい瞬間が幾度となくあった。だが、彼女はいつも、生まれながらに原罪を背負った人間と神を同列に置くことはできないと繰り返し、いつもながら私は口を噤んだ。私はそんな逃避の本質だけにしがみつき、信じたいことだけを信じることにした。そしてそれが功を奏した。もはやあの世も永遠の魂の救済もどうでもよかった。この世にも、すさんだ現在と引き換えに得られる未来という怪しげな約束にも、もはや興味はなかった。そんな埋め合わせなら必要はない。

妻のために薬と少しばかりの食料を調達し、自殺行為と言えるほど大量の煙草を吸い、何度も事故や喧嘩に巻き込まれるトルーコの世話をし、信心もなく威圧的宗教に帰依し、崩れかけたアパートの壁と天井に走る亀裂を冷静沈着な目で眺め、飼い主同様貧相で痩せこけた犬の治療にあたる、それが私のクソ人生のすべてになった。毎晩、アナを寝かしつけた後――もはや一人でベッドに入ることすらできなかった――、何かを読む気も、ましてや書く気など起こらず、私の楽しみといえば、隣家の塀に登って、暑かろうが寒かろうが、マンゴーの枝に跨って座ることぐらいしかなかった。通路から私の一挙手一投足を見つめるトルーコの視線に晒された私は、煙草を二本ふかす間に、完膚なきまでの敗北と早すぎる老いと底なしの落胆を噛みしめ、かつては運命を思いのままにしようと意気込む希望に燃えた若者だったのに、今やこんな姿に成り果てた自分を残念に思うことすらほぼなくなったこの心の内側を覗き込んでみた。何たることだろう。

ここまで達観してみると、無限の宇宙を見つめながら、自分に問いかけてみずにはいられなかった。私が本など書いて、誰が興味を持つだろうか？　アナ、そしてとりわけ自分自身に説得されて、あの本を書こうと決心したのはいったいなぜだろう？　私、イバン・カルデナス・マトゥレルが本を書いて、願わくば出版したい、そんな思いがいったいどこから来たのだろう？　遠い昔とはいえ、自分が作家を気取り、作家を自認することがなぜできたのだろう？　そして摑んだ唯一の答え、それは、私があの物語につきまとわれ続けたのは、いつか誰かが書かねばならなかったからだ、ということだった。そして、あの呪いの物語に選ばれたのがこの私だったのだ。

第二部　アポカリプス

29

モスクワ、一九六八年

そして再びパリサイ派の人々は盲人を呼んだ。

「神の前で真実を述べよ、彼は罪びとなのか」

「罪びとかどうか、私は知りません」男は言った。「わかるのはただ一つ、
かつて私は目が見えなかったのに、今は見えるということです」

(『ヨハネによる福音書』九、二四－二六)


モスクワにも地獄のように暑い日はあり、一九六八年八月二三日の午後はその年一番の暑さだったにちがいない。だが、メダルのおかげで、落ちぶれたモスクワ・ホテルの入り口は身分証を見せるまでもなく開き、軋むエアコンの爽やかな空気に二人は包まれた。

ここ数年ラモン・パーヴロヴィチは、ソ連邦英雄とレーニン勲章の輝かしいメダルを襟元に光らせるという手を幾度となく使い、世界一の国土を持つ、世界一閉ざされた国のあらゆる扉を穏便に開けてきた。実のところ、一九六一年冬のある朝、グム百貨店に並ぶショーウィンドーの前でこの素晴らしい事実を発見したのは、一〇月二五日通りに沿って果てしなく続く行列に並んで寒さに震えていたロケリアだった。自らの不運と寒さと行列を

呪いながら黙って押し合いに耐えていた彼女は、雑然と買い物を求めて並ぶ人々の前に、一本足で杖をついて歩く男が声もかけず割って入り、羨望を掻き立てるハンガリー産サラミ六本とカムチャッカ産蟹ほぐし肉の缶詰一ダースを背負って店から出て来る様子を目撃した。身体障害者が堂々と割り込んでも、列の先頭に並ぶ喧嘩っ早いご婦人方は、悩ましそうにガラスに顔をつけて、男が何本サラミを買ったか小声で話し合うだけで（「もうないよ、同志たち！」の恐ろしい声がいつ響くことかと気が気でなかった）、その光景にロケリアはプロレタリア的感動を覚えた。メキシコはもちろん、どんな資本主義国家でも、身体障害者にこれほどの敬意が示されることはありえない。男が商品をバッグに入れ終えると（ウォッカも二本入手していた）、身振りと拙いロシア語でロケリアは後ろの女性に話しかけ、ソ連人の人道的配慮を称えた。だが、驚いたことに、彼女にわかった、というか、わかったと思ったのは、身体的障害と特権には何の関係もないということだった。むしろその源泉は、ぼろぼろのコートのポケットからぶら下がっていたメダルにあったのだ。身体障害者はソ連邦英雄であり、おかげで、たとえ商品を確実に手にしようと徹夜で並んだ人がいようとも、あらゆる列の先頭に割り込むことが許されていたのだった。ロケリアにもはっきりわかったのは、男のぶら下げていた勲章（失礼なほど男に近寄り、あまりにひどい体臭に吐き気を覚えたほどだった）が、家の引き出しに夫がしまっていた勲章の一つによく似ているということだった。翌日の夜、ラモンとともにスペイン文化会館主催のパーティーに出席したロケリアは、共和派の亡命老婆たちに詳しい事情を訊ね、自分たちのモスクワ生活がこれで変わったことを確信した。その日以来、何か足りないもの（いくらでもあった）を探しに出掛ける時は、必ず夫に付き添いを頼み、権威あるメダルをジャケットに光らせることで、ブルガリア産のシチューやハンガリー産のサラミからトイレットペーパー、オレンジ、ボリショイの入場券まで、何でも手に入れることができるようになった。

前日午後のこと、フルンゼ岸壁の向かい側、ゴーリキー公園北出口にある売店で毎朝買う『リュマニテ』紙を読んでいると、電話が鳴った。ロシア語で電話に出て応対することを嫌がるロケリアは、キッチンから大声を上げ、電話に出るよう夫に言った。ラモンはただでさえ読書の儀式やバッハ、ベートーヴェン、ファリャの音楽鑑賞を邪魔されると機嫌を損ねたが、その日は、狡猾なチェコの修正主義者が国の労働者や農民の意に反して面倒な資本主義的改革を進める実態を論じた記事を夢中で読んでおり、いつにもまして腹が立った。チェコスロバキア共産党指導部の要請を受け、タイミングよくプラハに乗り込んだ赤軍は、一般大衆に支持された社会主義路線の継続を見守るとともに、ワルシャワ条約機構の規定に則って行動を進める予定である、記事はこのように伝えていた。

　ラモン・パーヴロヴィチは分厚いレンズの鼈甲眼鏡を外し、《この記事を見れば何も変わらないことは明らかだ》と考えるゆとりさえあった。修辞も昔と変わっていない。彼は難儀して立ち上がった。ロケリアには野菜を食べるよう繰り返し言われていたが、歳とともに彼は動きののろい、すぐ息の上がる男になっていた。まだ幼いのに夏の暑さでぐったりしていたロシア産グレーハウンドの子犬イクスとダクスを跨ぎ越しながらラモンは、またどうせ思春期の少年らしく電話ばかりしているアルトゥーロ宛てだろうと思った。一〇回目のベルでようやく彼は受話器を上げた。

「ダー？」彼は不機嫌にロシア語で言った。

「クソったれ《メルド》！　もうロシア語ができるのか？」皮肉な調子のフランス語を聞いて、ラモン・パーヴロヴィチは記憶の心臓を矢で射抜かれたような気分になった。

「まさか？」彼もフランス語で答え、胸とこめかみに動悸を感じた。

「二八年ぶりだな、ええ？　ずいぶん歳をとったことだろう」

「モスクワにいるんですか？」

「ああ、お前に会いたいんだ。三年前から電話すべきかどうか迷っていたが、やっと腹が決まった。時間はあるか？」

「もちろん」一瞬考えたが、躊躇を表に出さないよう気をつけながらラモン・パーヴロヴィチは答えた。会っていいものかどうか、疑う理由はいくらでもあったが、もちろん会いたかった。電話が傍受されていることは間違いないし、会う時には治安当局の監視を受けるのだろうが、それでも危険を冒す価値はあった。

「明日四時、レニングラード駅のビアホールの前でいいか。覚えているだろう？　金がいるぞ、自腹だからな。私も左団扇ではない」

「お元気でしたか？」思い切ってラモン・パーヴロヴィチは訊いてみた。

「最高さ」スペイン語の返答が二度繰り返された。「最高さ。それじゃ、また明日」

電話を切った瞬間、ラモン・パーヴロヴィチの耳にまた叫び声が響いた。あれ以来、彼は痛みと驚きと怒りの叫びにずっとつきまとわれ続け、いつ溢れ出すかわからない地下水脈のように脳の片隅に潜むその声は、何かの回想をきっかけに鳴り出すこともあったが、多くの場合、制御不能なバネのように、何の理由もなく脳内に響き渡った。

八年前モスクワへ着いて以来、あの男との再会を望み続け（今はどんな名前になっているのだろう？　永遠の覆面男になる前の彼は、何という名だったのだろう？）、人生の行方を決定的に変えた事件の知られざる真相を彼の口から直接聞く前に寿命が尽きる事態を何よりも恐れた。そして、もはや彼との再会を諦めかけていた今になって、相変わらず神出鬼没のかつての指南役から突如連絡が入り、話を聞けることになった。

「誰だったの？」キッチンから出てきたロケリアがエプロンで手を拭いながら訊いてきた。「どうしたの、ラモン？　顔色が悪いわよ……」

彼は眼鏡を手に取り、読書用の肘掛け椅子の前に置かれていた煙草の箱から一本取り出して火を点けた。

「彼だ」ついにラモンは言った。

煙草を手にしたままバルコニーへ出ると、川と対岸に広がる公園の森が織りなす見事な景色が一望できる。この高さからだと、南へ目を移せば大学の建物と聖ニコライ聖堂が見え、北を向けばゴーリキー公園へ行く時によく渡るクリムスキー橋、そしてもっと向こうにクレムリンの高い塔と宮殿が見えた。イクスとダクスが彼の後に続き、座って呼吸を整えながら、岸壁通りを行き交う小さな人影を見つめ始めた。ラモンはしばらく忘れていた恐怖にまたもやとりつかれ、胸が詰まるように感じていた。機械的に右手を見つめると、内戦初期に負った傷から数センチのところに、三日月型の傷が消えることなく残っている。四本の線から成るこの傷を見ると、過去が甦ってくるので、普段は見ないようにしているが、遥か昔のあの夜明け前、承諾の返事をしてからというもの、彼の人生全体と同じく、記憶までが本人の緩い意志を簡単に逃れて勝手に動き出すのだった。

まず叫び声が聞こえ、目を開けると、致命傷を負った男が、歪んだ眼鏡を鼻に乗せたまま、武器を握る彼の手に襲いかかり、必死にしがみついて歯を立ててくるため、やむなく彼は、血と脳みそに塗れたピッケルを離す。これに続く数分間の出来事はすでに漠然としたイメージの集合体になっており、生々しい記憶と、その後長年にわたって人づてに聞き、文書で読んできた話が混在していた。証言によれば、叫び声と重傷者の予期せぬ反応に不意を突かれて固まった彼は、書斎から逃げ出そうとさえせず、警備員に手と銃の台尻で滅多打ちにされながら、英語で《母が人質になっている、母が殺される》と叫んだという。いったいどんな心の隙間からそんな予想外の言葉が漏れ出たのだろう？　だが、頭を抱え込んで殴打に耐え、襲撃に失敗したと思って泣き出したことは、彼自身はっきりと覚えていた。あの老いた身でピッケルの一撃に耐え、必死に反撃してくるとは、信じられない話だった。このまま殺してくれ、それが当然の報いだ、と叫び散らしたのもそのせいだった。失敗だ、それしか頭にはなかった。

尋問担当の警察官から、標的が死んだことを告げられ、そのうえ、《尋問の必要があるから殴打はやめろ》と警備員に命じて彼の命を救ったのがほかならぬその標的だったことまで知らされると、彼は息が詰まるほど胸が絞めつけられるように感じた。その感覚は今でも忘れられない。そんな話を聞いたせいで、あの午後の出来事にはっきりした意味が生まれ、不思議なことに、すでに鼓膜にこびりついていた苦痛と恐怖の叫び声がいっそう鮮明になった。以来、頭への殴打が止んだ時に感じた意外な安堵感まではっきり思い出せるようになり、ある瞬間にナターリヤ・セドーヴァが向けてきた嫌悪の視線や、クッションを頭の下に敷いて横たわる犠牲者、彼に近づこうと部屋に入ってきた愛犬アステカのことまで、まざまざと脳裏に甦るようになった。老人が犬を撫でたこと、そして、セーヴァを近づけないよう命じたことも、彼ははっきりと覚えていた。

実際のところ、ラモンが完全に正気を取り戻したのは、すでに日も暮れ、手錠をかけられて家から連行された時のことだった。救急車に乗せられて緑十字病院へ連れて行かれる直前、左へ視線を向け、右目こそ血と腫れでよく見えなくなっていたものの、ビエナ通りに集結したパトカーのさらに向こうを窺うと、ダークグリーンのクライスラーはすでにいなくなっていることが確認できた。そして救急車に乗り込むと、スーツの胸ポケットにしまった手紙を取り出すよう警官隊の隊長に言われた。噛まれた手も、殴打を浴びた頭や顔も痛んだが、手紙を開封する警官の横で彼は心地よい酩酊に包まれ、たった一つ明白な事実、揺るぎない信念にすがりついていた。私の名はジャック・モルナル、私はジャック・モルナル。

トムに言われていたとおり、この手紙が彼にとっては唯一の頼みであり、何があろうとも、これを盾にして嵐を耐え抜くしかなかった。そして実際、それだけを命綱に、メキシコの刑務所三カ所に凝縮された地上の地獄で、二〇年に及ぶ刑期を務め上げた。間違いなく最も辛かったのは激動に揺れた最初の数カ月であり、その間、第六支所の防弾独房に幽閉された彼は、果てしない尋問と定期的な殴打、張り手の連続と連日の足蹴に晒され続けた。シルヴィアとの面会では顔に唾を吐かれ、トロツキーのボディーガードにも引き合わされた。シケイロスの率いた(実際に《率いた》わけではないが)集団襲撃の参加者数名とも面会させられたが、当然ながら誰とも面識はなく、消えたユダヤ系フランス人との関係もまったくわからずじまいだった。続いて接見に訪れたベルギー人外交官の一行は、ジャック・モルナルの出自も国籍も偽りであると断言し、これに追い打ちをかけるように行われた拷問まがいの容赦ない心理テストでは、マラホフカで身に着けた体力、知力、忍耐力の粋を結集して、なんとか盾を支え続けた。とりわけ辛かったのは犯行の再現であり、丸めた新聞を手に、どう被害者を殴ったのか、何度も実演させられた。マホガニーの机の後ろで新聞の棒を何度も振り上げるうちにようやく確信したのは、原稿を手にした被害者が直前に後ろを振り返ろうとしたため、ピッケルが狙いを数センチ外れたという事実だった。つまり、殺人の刃が振り下ろされ、頭に突き刺さる様を見る時間が被害者にはあったわけだ。これは、被害者は正面から打撃を受けたという警察医の見解を裏づけ、老人が立ち上がって犯人に反撃したうえ、その後二四時間も生き続けたという信じ難い話に信憑性を与えたが、そのあまりのおぞましさに彼の記憶からはしばらく消えていたのだ。

もう一つ困難な瞬間として記憶に残っているのは、主任判事が、彼の本名はラモン・メルカデール・デル・リオ、カタルーニャ出身という事実を述べた後、その証拠として、新聞で彼の写真を見た亡命スペイン人たちの証言や、彼が軍服姿で写るバルセロナ時代のスナップ写真を突きつけてきた時のことだった。この証拠に勢いを得て尋問と拷問はいっそう激しさを増し、誰もが知りたがっている告白を引き出そうと警察は躍起になった。秘密警察長官サンチェス・サラサールは、自らのプライドでも懸けるようにしてこの任務にあたり、何とか口を割らせようと、何百、何千回と同じ質問を繰り返した(知的首謀者は誰だ？　共犯者は？　誰に送り込まれた？　誰の支援を受けた？　襲撃の準備にかかる費用は誰が捻出した？　お前の本名は？)。収監中、どんな状況に置かれようとも、あらゆる尋問に対する彼の答えは常に同じで、完全に手紙のとおりだった。自分で武器を調達した、共犯者はいない、第四インターナショナルのメンバーから旅費を受け取ったが、名前は忘れた。メキシコで付き合いがあった人物はバルトロなる男一人だけ、苗字はペレスかパリスか覚えていない、本名はジャック・モルナル・ヴァンダンドレシュ、外交官だった両親の赴任地テヘランで生まれ、両親にブリュッセルで育てられた、メルカデール・デル・リオなる人物については何も知らない、写真の男と確かに似ているかもしれないが、自分とは別人。

沈黙を決め込むばかりか、誰の目にも明らかな嘘を尊大な態度で貫き通すうちに、彼は次第に気力を取り戻し、決行の数日前に揺らいでいた信念をすっかり修復した。内側から優越感がこみ上げ、もう口を割る心配はないと確信した。一度ならずアンドレウ・ニンの姿が頭をよぎり、押しつけられた罪を決して認めようとしない彼がずいぶん仲間の手を焼かせたことを思い出した。今後、約束の庇護を受けられるのであれば、そして、周りに潜む金で動く警官や囚人の誰一人として暗殺の指示を受けなければ、いかなる条件下で、いかなる圧力を受けようとも、そしてどれほど長い時間でも、必要なだけ耐え抜くことができるだろう。それができれば命は助かる。幽閉と尋問に七カ月耐えてやっと初めて実感できたとはいえ、どうやらコトフも彼のことを気にかけてはいるらしく、ある時ようやく、犯行の翌日八月二一日午前中からエウスタシア・ペレスなる夫人に雇われていたという弁護士、オクタビオ・メデジン・オストス氏との接見が許された。これで自分に後ろ盾があることを確認できたラモンは、真実を知ったうえで職務にあたりたいと述べるメデジン・オストス弁護士に対し、警察に渡された手紙の文句をまたもや一字一句そのまま繰り返した。

「そんな話を信じろというのですか、モルナルさん?」弁護士は相手の目を見つめながら言った。

「私は弁護を求めているだけです、先生。最大限の弁護を」

「あなたの主張がまったくのでたらめであることはすでに立証されています。ベルギー人でもなく、ジャック・モルナルという名でもなく、トロツキストでもなく、一週間前に暗殺を計画したわけでもない。そんな状態で……」

「誰が何と言おうとそれが真実なのですから、私にどうしろというのです?」

「厄介なことになりましたね」弁護士は嘆いた。「いいですか、あなたの起こした犯罪は世界中でスキャンダルになっていて、メキシコ政府はあなたの自白を求めています。この国では、しばらく戦争の話題が棚上げになったほどです。トロツキーの葬儀が、これまでメキシコで行われたどんな外国人の葬式より多くの参列者を集めたことをまだご存知ないのですか？　あなたの名が偽名で、母語のようにスペイン語を理解することはみんな知っています。メキシコで初めて脳写図にかかるという栄誉をあなたに与えてまで、警察はそれを立証したのです。トロツキー家への出入りの記録をみると、あなたがトロツキー氏と一緒にいた時間はわずか二時間足らず、しかも二人きりでいたことはほとんどないというのですから、氏と密会を繰り返してソ連襲撃を計画したなどという話があるはずはありません。友人だというバルトロ・パリス氏は実在せず、私の前でも繰り返した手紙の内容が茶番にすぎないことも、周知の事実です。一読して嘘だとわかることばかり並べたあんな文章を書くのは、知性をバカにした鉄面皮だけです。これほど不利な材料ばかりで、メキシコ政府が真実の解明に躍起になっているというのに、嘘に凝り固まった被告をどう弁護しろというのです？」

「弁護士は私でなくあなたです。私が殺人を犯した理由は手紙のとおりです。他に申し上げることはありません。それから、お願いがあります。度の入った眼鏡を買ってきてください。どうも最近よく目が見えなくて」どうにでもなれと腹を括って彼は言った。

ロケリアがウズベキスタン製の色鮮やかなトレイに水とコーヒーを乗せてバルコニーに現れ、ラモンは不意を突かれて仰天した。

「今さらあの男が何を言ってきたの？」ラモン・パーヴロヴィチが水を飲む様子を見つめながら彼女は訊いた。

「会って話がしたい、それだけだよ、ロケ」そう言ってコップを返し、コーヒーを飲もうとした。

「過去を蒸し返す必要があるの？　今を生きたほうがいいんじゃないの？」

「わかってないな、ロケ。二八年も黙っていたんだ……　知りたいことだって……」

「いい、ラモン、情勢はよくないのよ。チェコスロバキアだって……　いつかこの国を出られるとでも思っているの？」

「お願いだからその話はやめてくれ。出国の可能性がないことぐらい、お前にもわかっているだろう。それに、ここを出て、いったいどこへ行くというんだ……」

彼はコーヒーに口をつけて妻を見つめた。すでに一五年も連れ添ってきたロケリアでさえ、かつての指南役との再会にどんな意味があるのか、想像もつかなかったことだろう。ロケリアがどこかの司令部から送り込まれてきたことぐらい、彼には始めからわかっていたが、何も信じられない者同士、《知らぬが仏》が身を守る最高の手段である以上、自分と闇世界の関係をめぐる最も暗い細部は、彼女には伏せておくことにした。弟のルイスに対してもそれは同じで、モスクワで再会して、いつかスペインに戻る希望をそっと打ち明けられて以来、彼は自分の振る舞いに気をつけていた。

「心配はいらない。もうこれ以上何をされることもあるまい。さんざん酷い目にあったんだからな」彼は言ってコーヒーを飲み終えた。

「上には上があるわ。もう私たちには子供もいるのよ……」

「何も起こりはしないさ。私が黙っていれば……　犬の散歩に行ってくる」

一方の手に煙草、もう一方の手に革ベルトを持って、二匹のグレーハウンドとともに彼はエレベーターに乗り込み、一階のボタンを押した。フルンゼ岸壁にあるこの建物に移ってきたのは二年ほど前のことで、主な住人は、地域の党指導者や企業主、名のある外国人亡命者などだった。エレベーター、一階のインターフォン（守衛として入り口の警備を任された民兵がぬかりなく操作していた）、大理石の床、一軒ごとのバスルームと洗濯機といった特権に恵まれていたほか、とりわけ素晴らしいのは立地であり、モスクワ川を挟んでゴーリキー公園の反対側、中心街から歩いてわずか一五分のところにあった。公園の恩恵を最も受けていたのは息子アルトゥーロと娘ラウラであり、冬は氷上でスケート、夏は様々なスポーツを楽しんだ。イクスとダクスも午前中はよく公園で遊んだが、午後の散歩は、岸壁と平行に伸びる並木道に限られ、主人に教わったとおり、脇道へ逸れることなく飛び跳ねて走り回った。

ラモンは犬を放ち、シレンと呼ばれる木々の陰に据えられたベンチが空いているのを見て、たわわに咲き誇る釣鐘状の青い房の下に腰掛けた。なんとも優雅な姿で走り過ぎるグレーハウンドを観察していると、長い脚をほとんど草につけることもなく軽々と移動する体の上で茶色の毛並みが揺れる様子は目に心地よかった。グアダラーマ山脈の塹壕に逃げ込んできた毛深い子犬チュロが不条理で残酷な殺され方をして以来、長い間犬を飼う機会には恵まれなかった。モスクワへ着いて最初の数年間は子犬が一匹欲しいと思っていたが、不妊症に悩まされていたロケリアの強い希望でアルトゥーロとラウラを養子に迎えると、当時住んでいたソコル区のフルシチョフ時代の集合住宅では狭すぎるというので、彼の希望は先延ばしを余儀なくされた。だが、どうやら撤回不能の怪しげな任務を負ったらしい弟のルイスが、フルンゼのマンションにボルゾイの子犬を二匹連れてやって来た瞬間、ラモンはこれが単なるご褒美ではなく拒みようのない罰でもあることを理解し、消しようのない過去の重荷が、邪な忍耐力で彼の運命を練り上げた男の手に導かれてまた戻って来ることを予感した。

メキシコ刑法に規定された最長の刑期、懲役二〇年の判決を言い渡されて、陰気なレクンベリ刑務所（《黒屋敷》と呼ばれるのももっともだった）に移された時、それまで支えとなっていた確信が大きく揺らいだことをラモンは思い出した。あらゆる種類の殺人鬼がうようよとたむろするあの円形刑務所の廊下で、いつ命を狙われてもおかしくない状態に置かれてみると、彼の生活は息の詰まるトンネルそのものになった。命の助かる見込みがあるのは、コトフの約束がまだ失効しておらず、しかも、約二年にわたって貫いた沈黙が一定の評価を受けた場合だけだった。そうでなければ、人の首など数ペソの価値もないこの場所で、彼は完全に孤立無援だった。それまで彼はさして死に怯えたことなどなかったが、今や死を恐れる理由は十分にあり、その影がしつこくつきまとってきた。サンチェス・サラサールの言う殺人の知的首謀者にとって、彼が死んでくれたほうが好都合なのは明らかだった。しかも、さらにひどいことに、すでに他のもっと重要な任務についているはずのコトフにとってはもちろん、犯行の知的首謀者たちにとっても、敵の手に落ちて戦死者同然の扱いしかされていない一兵卒を守ること、その逃亡を助けることなど、もはや優先事項ではなくなっているだろう。そんな痛ましい確信を胸に彼は、一日一日をやり過ごし、目を開けて独房の息苦しい天井を見つめた瞬間、トロツキーの口から聞いた話をひしひしと噛みしめることが一度ならずあった。また一日得したわけだ、これで最後だろうか？　以来、彼自身の運命と、命令により彼が殺した男の運命が、邪な導きで合流したような感覚に何度も囚われるようになり、耳元で鳴り続ける執拗な叫びや、二八年と二日前から右手に残る三日月型の傷跡と同じく、これが絶えず彼を悩ませることになった。

三〇年経っても、レニングラード駅のビアホールはたいして変わっていなかった。八月の暑さで増幅された汗の臭いが真っ先に鼻を突くかと思えば、そこに魚の腐臭や酵母臭、すえた小便臭が追い打ちをかけ、酔っ払いたちは相変わらずビールのジョッキを奪い合ってはそこにウォッカを垂らしていた。床は脂っぽく、茶色い静脈の走る鼻と黄疸の後ろに淀む目が特徴的な客たちの顔は、事実上止まっているに等しい時の経過とまったく無縁のようだった。それどころか、ここにいる男たちは（かつては《新人類》になろうと意気込んだこともあったのだろう）、素面に戻って辛い現実を突きつけられるのが嫌で逃げ続けるうちに、何度も約束された未来に恐れをなして退行しているようだった。だが、かつてレオニード・アレクサンドロヴィチ、コトフ、トム、アンドリュー・ロバーツ、グリゴリエフなどと呼ばれた跛《びっこ》と、今や体重百キロを超えてラモン・メルカデールという名を捨てた男だけは、その雰囲気に馴染んでいなかった。

「おいおい、ずいぶん太ったな！」脚の悪い男がラモンに抱きつき、また気色悪いキスをされまいとして彼は身をかわした。

「あなたは髪が薄くなりましたね！」こうやり返して隙を見せたところで、相手はすかさず二度目の抱擁で彼を押さえつけ、有無を言わさずロシア風のキスを浴びせた。

「歳と苦悩のせいだ」彼はスペイン語で話し始めた。

「ここから出ましょう。臭くてたまらない」

「上品になったな。どうだい、我らがプロレタリアートは？　相変わらず石鹸が必要だな。いい服着てるな！　舶来物だろう？　西洋と退廃の匂いがする……」

「妻がメキシコから持って来るんです」

「それをここで売るわけか？」彼は言って、喉を高らかに鳴らしながら笑った。

「奴らもロケが服の密輸をしていることを知っているわけですか？」

「奴らはいつも何でも知っているさ。いつも何でも」

通りへ出ると、ラモンは躊躇なくジャケットの襟元にメダルを着け、駅でタクシーを待つ雑踏を尻目に、最初に来たタクシーに乗った。そして運転手に、オホートヌイ・リアド駅のモスクワ・ホテル前まで行くよう言いつけた。

「なぜこんなところへ入るんだ？　このホテルは盗聴器だらけだぞ」歳月とともにいっそう不格好にくすぶる建物のファサードが見えてきたところで、ロシア人はフランス語で言った。

「あなたなら避け方もご存知でしょう」ラモンは微笑んだ。「ちょっと待ってください。今の名前は何ですか？」

元コトフはまた昔のように喉を鳴らして笑った。

「名は忌まわしきものなり、覚えているか？　通称リョーニャ、レオニード・エイチンゴンでどうだ？」

「裁判中はそんな名前ではありませんでしたね……　ナウム・イサコヴィチだったでしょう？　そろそろ本名を教えてくださいよ」

「どれもみなラモン・パーヴロヴィチ・ロペスと同じくらい本名だ。その名前も私がつけたんだぞ、ラモン……」

モスクワ・ホテルはまだ生々しい過去の象徴であり、その点では、勲章のおかげで灼熱のモスクワを逃れて冷房の効いたバーに入っていく二人の男も同じだった。レオニードはラモンを制し、辺りの空気を調べた。そして一つのテーブルを指差し、いつも以上に足を引きずりながら先頭に立った。

「もはやこの国には宇宙船まであるというのに、KGBの盗聴器と街で売られているカミソリは石器時代そのまま……なあ、誰も知らないはずの話を教えてやろうか」リョーニャはにやりと笑った。「このホテルの壁の多くは二重になっているんだ。人ひとり入れるように。特定の部屋の特定の客の話を盗み聞きするためにそんな細工をしたんだ。どうだい？」

ラモンはオレンジジュースのピッチャーと冷えたウォッカのボトル、イチゴ一皿に、外交官や外国人技師用の店でしか入手できないポーランド産ソーセージを注文した。

「それから、キャビアと白パンも」驚いた顔のウェイターに向かってエイチンゴンが付け加えた。

「なぜ連絡してきたのですか？　もう話す気などないのかと思っていました」

「私が三年前に出所したことは知っているな？」エイチンゴンに訊かれてラモンは頷いた。「出る時に、お前を探すような真似はやめろと言われた。服従という言葉の意味を今さらお前に説明するまでもあるまい。だが、ある時、まだ組織で働く友人と話すことがあって、お前と会って昔話をしたらまずいだろうかと訊いてみたんだ……　そしたら一週間前、スドプラートフが釈放された後に、その友人から電話があって、お前と会っても問題はないというんだ……　後で何点か報告しさえすればな」

「何を報告するんです？」

「こんな目に遭ったというのに、奴らの手助けなんか私がすると思うか？　スドプラートフは一五年間も拘束されたんだぞ」そしてスペイン語で付け加えた。「クソまみれでいやがれってんだ……　何かでっちあげてやるさ。

クソくらえじゃ足らない時は、《クソまみれでいやがれ》で正しいのか?」

一九六〇年五月にラモンがモスクワへ着いた時には、最初の数カ月だけ彼の世話役を担当したKGB士官が、ご丁寧にも、《元指南役は政権転覆の陰謀に加担した嫌疑で懲役一二年の刑を受けて服役中だが、獄中からよろしくと言っている》と彼に伝えてきた。だが、すでにレクンベリ刑務所にいた時代から彼は、カリダッドが顧問弁護士のエドゥアルド・セニセーロス(メデジン・オストスの死後、ラモンの弁護を引き受けていた)を介して届けた数通の手紙によって、元指南役が数奇な運命を辿っていることを知っていた。通信には意図的な錯綜があり、事情を知らぬ者には理解不能になっていたが、人生最大の任務を終えてソ連に帰国した指南役は、将軍への昇進を果たしたうえ、スターリン同志直々に第一回ソ連邦英雄の栄誉まで受けていた。ミスターKともピッコ(カリダッドは手紙でこちらを使った)とも呼ばれた彼は、秘密警察の外国人部局と呼ばれる部署でスドプラトフに協力を続け、ドイツの後衛部隊に潜入して妨害工作を仕組む工作員の訓練にあたった。その功績により(「いったい何をしたのだろう」と一瞬ラモンは思ったが、答えは容易に想像できた)、再び彼はソ連邦英雄の勲章を受け、師団将軍の地位まで昇り詰めた。だが、一九四六年にベリヤが諜報局から異動になり、核戦争へと意気込むスターリンにとって最大の懸念となっていた核開発の調査部局に配属されると、宙に浮いたミスターKは、冷戦下に諜報局の指揮を任された新任長官によって職を解かれた。当時すでにパリに居を移していたカリダッドの手紙によれば、彼はそのまましばらく一見平穏な生活を続けていたが、一九五一年、医師だった妹ソフィアとともに、ユダヤ系の医師や科学者、政府高官(捜査の指揮を執っていたのは国家保安相アバクーモフだった)に対して仕掛けられた《ガサ入れ》にかかり、スターリンの命で拘束された。この時の嫌疑はなんと、権力奪取を目論んでスターリン、フルシチョフ、マレンコフを毒殺しようとした、というものだった。モスクワの諜報部が摘発して、スターリン及びソ連大衆の暗殺を未然に防いだとされるこの《ユダヤ人医師たちの陰謀》事件は新聞でも報道され、レクンベリにいたジャック・モルナルは、フランスとイギリスとメキシコの新聞でその詳細を知った。三〇年代の裁判とまったく同じ修辞を散りばめた告発の文面を見てラモンは、一〇年以上も獄中で比較的平穏に過ごした後にようやく克服できた恐怖がまたもや頭をもたげたように感じた。彼にとって、この暗い陰謀には一つの意味しかありえなかった。陰謀が事実であれ捏造であれ、その裏ではユダヤ人排斥が着々と進行し、不都合な過去の秘密を握る者たちが粛清されつつあるのだ。そして元指南役は、ユダヤ系であるばかりか、最も危険な秘密に通じていた。コトフが殺されれば、彼は余命いくばくもないかもしれない。看守を買収する金をモスクワは出し続けてくれるだろうか？　政府系の新聞ではナウム・イサコヴィチ・エイチンゴン将軍と呼ばれていた人物の処刑がいつニュースになるかと気が気でないまま、ラモンは悲嘆の二年を過ごした。そしてついに一九五三年三月、獄中にスターリン死去の一報が届いた。

カリダッドがパリから宛てる手紙をロケリアが届けるようになったのは、その頃からだった。そのうちの一通により、一九五一年から収監中のミスターKほか陰謀の首謀者全員がベリヤの指示で釈放されたことをラモンは知った。彼は再び安堵の溜め息を漏らしたが、それも長くは続かなかった。フルシチョフ率いるソ連新指導部がベリヤを追放して処刑すると、エイチンゴンも一斉摘発の対象となり、今度は、かつてのボスとともにクーデターを画策した嫌疑で懲役一二年を言い渡された。ある手紙でカリダッドはこの事件に触れ、これこそソ連が恩義に報いるやり方であり、それが大西洋を越える可能性もあるから気を緩めてはいけない、と彼に忠告した。

「釈放されてからは、どんな生活をしていたんですか？」ラモンはオレンジジュースを注ぎ、レオニードはウォッカの最初の一杯を飲み干した。

「私も含めたベリヤの元部下に対するフルシチョフの処分は行き過ぎだったと考える人もいて、勲章こそ返してはもらえなかったが、恩給は戻ってきた。翻訳の仕事にありついて、ゴリヤノヴォにアパートをもらった。わかるだろうが、専用のバスルームもないボロ家だよ。セメントどころか憎しみで固まった建物だ……　タクシー運転手の歌を聞いたことがないか？」訊きながら彼は笑い、すぐにロシア語で歌い始めた。「《ツンドラへお連れしよう、／シベリアへお連れしよう。／どこなりと好きなところへお連れしよう、／でもお願いだから／ゴリヤノヴォだけはご勘弁……》」

レオニードは笑顔を見せようとしたが、笑うに笑えなかった。

「辛かったのですか？」自分も辛い獄中生活を体験していたラモンは、こんな質問を向けてもいいだろうと思った。

「お前の入っていた監獄より辛いと思う。メキシコの監獄が限りなく地獄に近いことは私にもわかっている。だが、お前は庇護を受けていたが、私にはすがりつく藁の一本もなく、お前は始めから刑期が二〇年だとわかっていたが、私にはいつまで続くかわからなかった。それに、メキシコ人たちならお前が殺されても万々歳かもしれないが、ソ連の同志が、真実だろうが嘘だろうが、木気で囚人の口を割らせようとしたらどんな手を使ってくるか、メキシコ人には想像もつくまい。身に覚えのない罪まで着せられるのだからな。しかも、問い詰めてくるのは同僚たちだ……　おまけに極寒ときてる……　あの寒さは耐え難い……」

レオニードはポーランド産のキルバサをがつがつ頬張り、記憶に残る寒さを振り払おうとでもするように二杯目のウォッカをあおった。そして、隠れた真実でも否定するように首を振りながら話を続けた。実は、一九四八年の時点ですでに風向きが変わる予感はあった。その年スターリンは、社会主義の拡張と冷戦の進行という状況を受けて固まりつつあったスターリン主義官僚体制の規範に合わないかつての外国人反ファシズム闘士を粛清し始めていた。プラハでの粛清は、かつてのマスチフ犬どもが始末されるべき時が来た事実を示していたが、エイチンゴンは目算を誤り、敵の追跡となれば敏腕を発揮する自分のような本物のプロが粛清の対象になることはないと踏んでいたのだった。

建国間もないイスラエルに影響力を行使しようとして失敗するという事態（ソ連から軍事的・財政的支援を受けておきながら、後にワシントンにすり寄っていった）が重なり、生来のユダヤ人嫌いだったスターリンの恨みは爆発した。医師団による毒殺計画をでっちあげたうえで、この時とばかり総書記はユダヤ人狩りに乗り出し、ユダヤ人以外でも、思想的に危険と見なされる人物や、単に不都合な事実を知っているだけの者まで処分した。

「スターリンは自分の衰えを意識していて、革命の生き残りと自分の生き残りを同一視するようになった。本当に自分こそがソ連だと思い始めたんだ。事実、ほとんどそのとおりだった。七〇近い歳になって、権力の掌握に奔走した末に世界最高の権力者になってはみたが、さすがに気力は衰え、だんだん未来が見えてきたらしい。彼が死ねば、番犬たちが真っ先に罵詈雑言を浴びせるだろう。それで病的妄想にとりつかれるようになった。戦争が終わり、勝利の歓喜と膨大な再建作業を前に、国民が少し落ち着いて御しやすくなると、また党内に矛先を向け始めたんだ。最後まで支配体制を維持するためには、誰も決して安心のできない状況を作り上げるしかない、奴にはそれがわかっていた。一九三七年、三八年頃より、戦後のほうがひどかったと今でも本気で思うよ。信じられないのか？　いいか、確かに、ベリヤとかジダノフとかカガノーヴィチとか、あのクソまみれのメンシェヴィキ、ヴィシンスキーとか、何の役にも立たないモロトフやヴォロシーロフとか、一定の信頼を得ている者は何人かいたが、スターリンは病的な猜疑心と恐怖、尋常でない恐怖に囚われていて、誰も信じることができなかった。我々が尋問にかけられると必ず訊かれたのは、政府高官で腹心であるはずの連中が誰か陰謀に関わっていなかったか、そこだよ。連中の一人ひとりに恐ろしい試練を与えたことを知らないのか？　モロトフの妻ポリーナは、ユダヤ系であるというだけでグラーグに送られた。国家元首のカリーニンだって、妻が投獄され、藁布団で死にかかっていた彼女を見るに見かねて、もっといいベッドを与えてやってくれとスターリンに個人的に泣きついたんだ……　共和国連邦の元首だぞ！　その時になって初めて、スターリンの残虐性は単なる政治的必要や権力欲の産物ではないことがわかった。あれは、人間への憎しみ、いや、もっとひどいことに、嘘と冒瀆で歴史の改竄を助けた人々の記憶に向けられた憎念なんだ。だが、実のところ、スターリンと、その台頭を許した社会と、どっちが狂っていたのか、それは私にもわからない……　まったく《スーカ》！」

「かつてあなたが崇め、私にも崇めるよう教えたのは、その同じスターリンなのですか?」この底なし沼に踏み込むたびにラモンは行き先を見失い、自分と無縁な話でも聞いているような、自分の頭にある現実と違う現実にいるような、そんな気分になった。

「いつもあの男は同じさ、ソ連政治の申し子であって、人間的悪の堕胎ではない……」こう答えてレオニードは少し間を置いた。「レフォルトヴォ収容所に入れられて、私はすべてが終わったことを思い知らされた。公開裁判にかけると言われ、いろいろな罪を認めて供述書に署名するよう言われたが、そのなかには、医師たちによる暗殺計画について知っていて、政治的・戦略的支援を与えた、そんな内容まで含まれていた。私は署名を拒否した」

「どうやって署名を逃れたのですか?」

「おいおい、ラモン」レオニードは声を上げて笑った。「署名なんかするもんか。どう言えばわかってもらえるかな。トロツキーには何人子供がいた?」

「四人です」

「私には子供が三人と継子が数人いる…… トロツキーの子供たちはどうなった?」

「殺されるか、自殺するか……」

「トロツキーの妹のことは覚えているか?」

「オリガ・ブロンシュテイン、カーメネフの妻でした」

「それで?」

「強制収容所に入れられて、行方知れずになったという話です」

「私の妹は嫌疑をかけられた医者の一人だ…… 懲役一〇年を言い渡された…… ヤゴダの供述を聞きに法廷へ行った時のことを覚えているか?」

「もちろん」

「妻や息子や妹を救いたいからといって、私がクソまみれになる価値があると思うか？　屈辱をこの身に引き受けて、ソ連邦や自分自身を救うことになるとでも思うか？　ジノヴィエフやカーメネフはどうなった？　トロツキーと共謀した罪を認めて家族は助かったか？　スターリンは刑法を改正して、未成年まで死刑にできるようにした……　私が何か自供すれば、自分だけでなく、他人まで巻き添えを食らう。だから、《何としても耐え抜いてやる》と自分に言い聞かせて、実際に黙り通した。どうやって耐えたかわかるか？　少しずつ死んで、手で壊れるぐらいの抜け殻になるんだ。それが拷問をやり過ごす唯一の方法さ」

ラモンは黙っていた。ロケリアに渡された新聞でフルシチョフの演説を読み、総書記がスターリンの行き過ぎを認めていることを知って、深く動揺したことを思い出した。だが、名前と顔ぶれが変われば、《行き過ぎ》は犯罪と呼ばれることになる。モスクワに落ち着いた後、弟ルイスにこの話を蒸し返された時のことは一生忘れまい。極秘で彼から渡されたのはブハーリンの書簡「次世代の党首脳部へ」であり、ほぼ全期間を強制収容所で過ごした二〇年、古参ボリシェヴィキの妻がずっと記憶にとどめていた文章だった。まさにこれは政治的遺言であり、スターリンのテロルを地獄の機械と評したうえで、自分に刑を下す者たちに向けて——ラモンやコトフのような者も含まれていたのだろう——、俗悪な事件の目撃者を歴史は許さない、君たちが処分を受ける日は近い、と警告を発していた。

「奴らと同じで、私だって完全に無実だったわけではない。新しい論理に従えば、この国に完全に無実な者などいない……」リョーニャの声から深い響きが少し失われていた。「ベリヤには今後に向けた腹案があって、私にも話してくれたことがある。とはいえ、供述書に署名せず、スターリンが死んでくれたおかげで、私は銃殺刑を免れた。あのままなら間違いなく銃殺されていたことだろう。事の顛末をすべて知っているのは私だけだし、アンカラでドイツ大使フォン・パーペンに仕掛けた襲撃とか、大戦中に捕虜相手に行った医学的実験とか、同じくらい恐ろしい話もいろいろ知っているからな」

「いったい何の話です？」ラモンは元指南役を見つめ、誰もが監獄や拷問に正気で耐えられるわけではないことを思った。

エイチンゴンは灰色がかった紙ナプキンを手に取り、何か粘つくものでも拭いたいように何度も指をこすった。

「跡形なく消える毒物。放射能、タリウムやウランに対する耐久実験。裏切り者か戦争犯罪者で、どうせ死ぬ運命なら……　スターリンは原爆開発に躍起になっていて、何度も実験が繰り返された……　吐き気がするほどおぞましい話だ」

ラモンは相手の目を見つめた。かつてのコトフの瞳には相変わらず研ぎ澄まされた透明さがあり、いつ嘘を言っていていつ本音を語っているのか、まったくわからなかった。だが、この時だけは、なぜかレオニードがいつになく本気で話していることが感じられた。

エイチンゴンは煙草を手に取って撫で始めた。

「スターリンが死んで、私はベリヤのおかげで出獄できた。党員証と地位も回復した。ずいぶんひどい目に遭って、体重も四〇キロ減り、いろいろ恐ろしいことを見てきたが、やはり正義は存在し、党が我々を救ってくれることだろうと思った。だから、家に戻って、息子たちの口から、その二年間に二人の勇気ある仲間が会いにきて支援を申し出てくれたことを聞くと、私は《その二人もお前たちも間違っている》と答えたんだ。私が背信行為の嫌疑をかけられて収監中であれば、お前たちも含め、誰も私に心配や同情など寄せるべきではない……　どうだ？……　それが私の立てた最後から二番目の誓いさ。スターリンと彼の憎しみがなくなれば、党は正義を貫き、闘争にも意味が戻ってくる、私はそう信じた……　とんでもない、大間違いさ。すでにすべてが腐りきっていたんだ。いったいいつからだろう？」

「知るもんですか！……　なぜ今さらそんな話をするんです？」

リョーニャはついに煙草に火を点け、テーブルの上で自分から遠ざけるようにコップを動かした。

「自分の話をしておくべきだと思うんだ。お前をこうしたのは私なのだから、お前には借りがあると思う。私は本気で信じていたが、嘘だとわかっていたことまでお前に信じ込ませてしまった」

「スターリンがトロツキーを殺そうとしたのは、裏切り者だったからではなく、単に憎かったからだということですか?」

「それもある、ラモン・パーヴロヴィチ」

スターリン死去の数カ月後、ベリヤの失脚とともに、エイチンゴンはまたもや逮捕された。ベリヤは権力の座を狙っていたが、レオニードによれば、彼もまたトロツキーと同じ過ちを犯した。すなわち、相手を見くびり、自分のほうが格上で、しっかり情報も握っているから、誰に咎められることもなく出世できると過信していたのだ。フルシチョフがグルジア人のボスを嫌っていることは周知の事実だったが、彼がピエロのように踊ってスターリンを楽しませる様子をベリヤは目撃していた。フルシチョフの息子がドイツ軍の捕虜となった時、捕虜を交換して彼を救い出すという提案をスターリンは容赦なく撥ねつけていたのだ。ベリヤは、総書記に叱責されてフルシチョフが泣く場面を見たこともあったし、粛清時代にウクライナの党書記としてフルシチョフがサインした刑の執行命令を何百となくその手に握っていた。ベリヤにとって彼は野心を欠いたさえない男にすぎなかったが、これがとんだ目算違いだった。フルシチョフは政治的陰謀の舞台に彼を引きずり出して相手を上回る狡猾さを見せつけ、ベリヤが気づいた時にはすでに手遅れだった。

エイチンゴンによれば、フルシチョフの決定打となったのは、権力のおこぼれにありついた軍部だった。軍人たちは、一九三七年の陸軍元帥に対する粛清に関わったベリヤに恨みを抱き続け、この男がスターリンの後釜にすわれば、せっかく立てた勲功、すなわち、しばしばスターリンを無視して——それどころか、スターリンに逆らうことで——なんとかファシズムに勝利した栄誉をまたもや横取りされてしまうと危惧していた。東欧の占領地区で多くの将軍が犯した略奪行為の実態については、すでに調査が始まっていたが、フルシチョフは巧みにこれを利用した。英雄ジューコフが終戦時に持ち帰ったという、何百着にのぼる毛皮のコート、ポツダム宮殿所蔵の絵画数十点、さらに家具、タペストリー、絨毯といった貴重品（相当の生地マニアらしく、何千メートルに及ぶ様々な種類の生地まで含まれていたという！）を列挙したリストが、閣議ですでにベリヤの手に渡っていた。この文書によってジューコフは司令官の地位を失ってモスクワを追われ、民事裁判にまでかけられる可能性があった。他方、クリュコフ将軍とイヴァン・セーロフ将軍も、同じ嫌疑をかけられれば、ジューコフ司令官と同じ運命を免れないことがよくわかっていた。フルシチョフと組んで仲間たちを唆し、ベリヤを追放に追いやった首謀者はセーロフであり、後に彼は国家保安委員会議長に抜擢された。スターリン体制下で形成された将軍たちの新集団は、レーニンやトロツキーの時代の控え目で身なりの悪い士官たちとは似ても似つかなかった。

「我々はベリヤと一蓮托生さ。スドプラートフ、私……裁判は一日で終わり、翌日には、一二年も続く刑務所暮らしが始まった。あちこち転々としたが、よく殺されなかったと今でも思うよ。私がいろいろ知っていることがわかっていて、いつかそれが役に立つ日もあるかもしれないと思われたのかな……」

「しかし、あなたのように何も信じられなくなった男は、これからどうするのですか？」

リョーニャはウォッカを注ぎ足し、臭いのきつい煙草にまた火を点けた。

「私に何ができる？　オルロフのように逃げるのか？　国境から百キロのところまで近づけば撃たれるか強制収容所送りにされる身で、逃げられるはずがないし、仮に逃げられたとしても、子供はどうするんだ？　何も喋らないから家族に危害を加えないでくれと言って、聞いてくれるとでも思うか？　それに、誰がこの身を引き受けてくれるというんだ？　いいか、お前が出所した時、単なる通過ビザさえ出してくれなかった国がいくつある？」

「キューバ以外すべての国です。そのキューバでも、滞在が許されたのは七二時間だけです」

「我々がどれほど煙たがられているかわかるだろう？　我々はスターリンの残した最悪の遺産なんだから、西洋でだってここでだって、総スカンを食うのは当然さ。名誉ある使命を与えられたと思っていたのに、蓋を開けてみればそれは、権力にしがみつくスターリンの病的頭脳が命じた復讐でしかなく、それを果たしたことで我々は永遠の罪人になったんだ、わかるか？」

「スターリンは病人ではありません。世界の半分を三〇年も支配することなど、病人にはできません。おっしゃっていたでしょう、スターリンにはすべてがお見通しだ、と……」

「それはそのとおりだ。だが、あいつの一部は病んでいた。約二〇〇〇万人を殺したとも言われているが、たとえ百万はやむを得なかったとしても、残りの一九〇〇万はその病の犠牲者だ……　とはいえ、さっきも言ったとおり、スターリンだけが病んでいたわけではない」

刑務所で過ごした長い期間、ラモンには、自分の人生を振り返る時間もあれば、落胆と苦悩に打ち克とうとむなしい努力を続ける心に促されて、未来の自分を思い描く時間もたっぷりあった。最初の頃は、約束の庇護が今後も受けられ、出獄の可能性が模索されていることさえわかれば、不安を抑えつけることができた。そして、コヨアカンへ向かったあの一九四〇年八月二〇日にとりつかれた疑念を必死に振り払った。このまま黙り通せば、ボスたちが、そして歴史が、大義のために命も惜しまなかった者の功績を認めてくれる、そう思うこともできた。時は流れ、同じ庇護のもと、できるだけ快適な刑務所暮らしが送れるようセニセーロス弁護士は出費を惜しまなかったが、脱獄計画はカリダッドの妄想の域を出なかった。やがて彼は諦めの境地に入り、時を相手に格闘しながらなんとか正気を保ち続けることに専念した。

「誰も知らないことをお話ししてもいいですか」ラモンは言って、この時はウォッカを自分のコップに注いだ。ロシア風に一気に飲み干すと、息が切れそうになった。呼吸が整うまで、ソーセージを白パンに乗せて餓鬼のようにかぶりつくレオニードの姿を観察した。「一九四八年のことですが、弁護士が本に挟んで手紙を一通渡してくれたんです。差出人はニューヨーク在住のユダヤ人でしたが、読み始めた途端にそれが誰だかわかりました……」

「オルロフだろう」エイチンゴンは勢い込み、ラモンは頷いた。「あのカマ野郎は筆マメだからな」

「ホスエとかなんとかいう名前で署名していましたが、元ソ連諜報対策工作員の親友から聞いた話を私にも伝えておきたい、そんなことが書いてありました。実のところ、想定内の話ではありましたが、奴の口から発せられると別の次元が加わり、いろいろ考えさせられました…… 嘘、いくつもの嘘が暴かれていました。スターリンがスペイン共和国の勝利を望んでいなかったこと、彼自身がスペインへ派遣されたのは、まず革命を潰し、共和国の勝利を妨げるためだったこと。内戦は、スペインがヒトラーとの重要な取引材料になる間だけ続いてくれれば十分だったのであり、現に、その時が来た途端、スターリンはスペインを見捨て、共和国軍を支援した栄誉ばかりか、スペインの金というおまけまでせしめていったこと。アンドレウ・ニンの暗殺についても触れていました。あの作戦にも参加したという友人の話では、ニンに対する嫌疑の証拠も、トゥハチェフスキーや元帥らに対する裁判の時と同じく、ファシストの協力を得てモスクワとベルリンで捏造されたものだそうです」

「そのとおりだ」レオニードは言って、再びウォッカを飲み干した。「スターリンと、親不孝者のオルロフも含めた腹心たちがすべてをでっちあげたんだ。しかも、今でもそんなデタラメを信じている奴がいるほどさ……昔から絶対服従の《ソ連の友たち》、覚えているだろう? まんまと騙しおおせたわけさ!…… しかも喜んで騙されてくれた!……」

「トロツキーのことも書いてありました……」ラモンは黙り、煙草に火を点けた後、鼻をこすった。「あなたもよくご存知のことです。彼がドイツと取引した事実はなかった。決定的証拠となったのはニュルンベルク裁判で、トロツキーがファシズムと通じていた痕跡は何一つ出てきませんでした…… 私は単に憎しみの道具に使われただけ、今は信じられないかもしれないが、長生きできればやがては事件の全貌が明らかになる…… 一九五六年にフルシチョフの演説を読んで、あの手紙を思い出しました。その後、私にとって最も辛かったのは、真実を知って、いくつもの嘘が暴かれたにもかかわらず、やはり絶対に何も喋ってはいけないとわかっていたことでした」

「なぜかわかるか？　オルロフと同じく、我々も本当は鉄面皮なんだ。そしてそれ以上に、臆病なんだ。いつも何かを怖がっていたし、口では信念に従って動くとうそぶきながら、実は恐怖で動いているんだ。多くの人がやむにやまれず恐くて黙っていたが、我々はどうだ、ラモン、一線を越えて人を打ちのめし、殺人にまで手を染めた……　信念はあったかもしれんが、恐怖もあった」と言ったところで彼は笑みをもらし、ラモンはびっくりした。「我々に赦しはない、それは明らかだろう……　だが、幸運にも二人とももはや何も信じてはいないし、自らの行動と理念で選んだこの弁証法的唯物論の地獄でも、こうしてウォッカを飲んでキャビアを食っていられるわけだ……」

ゴーリキー公園で五時に会う約束をしていた二人は、七時に川を渡り、ラモンのマンションでロケリアの準備するメキシコ料理をリョーニャに《ふるまう》（といっても、夫が誰か客を呼ぶといつも彼女は不機嫌だった）ことになっていた。

その日の午後、元指南役は、完全に信頼できる情報筋から得たニュースとして、二日前、彼らがモスクワ・ホテルで話し込んでいる間に、六人のソ連人が小さなプラカードを掲げて赤の広場へ繰り出し、ソ連のチェコスロバキア侵攻に抗議したという話を伝えた。すぐに取り押さえられたその抗議活動について、当然ながら新聞もテレビも何も報じてはおらず、モスクワ滞在を許されている外国人特派員の耳にも入っていないという。一部の事情通を除いて、この事件は過去にも未来にも存在しない。

「なんて奴らだ！　狂気の沙汰だ」ラモンは言った。

「あるいは、ものすごく肝っ玉が据わっていて、すべてにうんざりしているか」エイチンゴンは答えた。「そんなことをしてもなんにもならないことも、どんな運命が待っているのかもわかっていたはずだし、もはやこの国で人間に戻れないことぐらい想像はついたはずだが、それでも、思っていることを口にした。私やお前、それに何千万というソ連人にはとてもできないことだな……　ホテルに入る時、ひょっとしたら彼らとすれちがっていたかもしれない……」

「それで、プラハでは何があったんですか？」

「終わりの始まりだよ……　ブレジネフは総力をあげて潰しにかかった。二九の歩兵師団、七五〇〇輌の戦車、一〇〇〇機の飛行機……　力と決意を見せつけたわけだ。世界社会主義の統一という神話はプラハに消え、共産主義刷新の可能性も断たれた。すでにティトーとの衝突でスターリンがしくじり、フルシチョフがポーランドとハンガリーに攻め入るばかりか、中国やアルバニアにまで口を出して過剰なスターリン主義を非難した……　これはまさにレクイエムだな。次に似たようなことが起これば（遅かれ早かれ起こるだろうな）、もはや修正も何もない、一巻の終わりだ。そんな目で見るなよ、この国のすべてが病に蝕まれているんだ。スターリンが誰からも権力を奪われないようにするためだけにこしらえた国なんだから。最後は岸辺で溺死するとわかっていても、泳ぎ続けるしかない……　それなのに、フルシチョフの奴なんて、一九八〇年には社会主義から共産主義への移行を達成するつもりだったんだぞ！　とんでもない《ナフィ》！　戯言だよ……」

　夕食までの時間を潰しながら二人は公園の小径を散歩し、グレーハウンドの走る姿を見つめた。元指南役の予言に刺激されてラモンはモスクワ到着当時を思い出し、人生の最良の時期と魂のすべてを捧げた国にどうしても馴染めなかった自分を振り返った。

　一九六〇年八月二〇日のメキシコを取材しようと意気込むジャーナリストたちの騒動を避けるため、出獄を数カ月早めてほしいという要望がメキシコ内務省に認められた時も、ラモンにはこれが別の監獄へ移ることにしか思えなかった。長い服役期間の最後の二年を過ごしたサンタ・マルタ・アカティトラからの釈放は、奇妙な交渉の末、五月六日金曜日と決められた。法律上ジャック・モルナルという服役囚は存在せず、ベルギー国籍でもないがスペイン国籍も受け入れようとしない（スペイン内戦以前に作成された警察調書に彼の指紋が残っており、一〇年前に正体が確認されていた）彼に、チェコスロバキア領事館が服役囚の名前のままパスポート発行を承認した。プラハへ行くとなれば経由地が必要だったが、イギリスもアメリカ合衆国もフランスも通過に必要な一時滞在ビザすら発給を拒み、ラモンは事態の深刻さを突きつけられた……　三〇年前トロツキーの身に起こったことが彼の身に起こっていたのであり、もはや彼は地球から査証を剝奪されていたのだ。加害者と被害者の運命がまたもや不吉な形で結びつき、ピッケルを振り上げた瞬間に始まった呪いが再びラモンにつきまとい始めていた。しかも彼は、栄光の名残も並外れた憎しみも、そして何年もトロツキーに掻き立てられた不安さえも、すべて剝ぎ取られ、軽蔑と不快感の真っただ中で、無駄な流血と誰も思い出したくない事件の犯人として後ろ指を指され続けねばならなかったのだ。唯一の避難場所はソ連だったが、今やスターリン主義という過去の悪夢を振り払おうと躍起になっている国で、その不快な残滓にすぎない彼の到着が歓迎されないことは始めから明らかだった。獄中で過ごした最後の数週間、彼はフルシチョフの演説を貪るように読み、次々と暴かれていくスターリン時代の《行き過ぎ》に直面するうちに、ソ連まで辿り着くことすらできないのではないかと不安に駆られ始めた。ジャック・モルナルことラモン・メルカデールが従順なスペイン共産党員であり、唾棄すべきおぞましい犯罪のため、ソ連の理想を体現する兵士として招集された、そんな衝撃の事実が堂々と公表されるのではないだろうか？兵士が暗殺や刑務所の危険を生きのびて何年か後に向こうから帰ってくる、本気でそんなことを考えた者など実はいないのではないか？……

　だが、尊大なモスクワは、世界を挑発する意気込みとともに彼を迎えた。革命とともに社会主義の前段階に入っていたキューバでの滞在期間はあまりに短く、入国管理の警官にメキシコ発のキューバ航空機から連れ出されて、リガ行きのソ連船に乗せられるまでのわずかな時間に、かろうじてハバナの街を見ることができただけだった。幽閉された船室の丸窓から、城や教会など石造りの建物が見え、どぎつい緑の木々や不気味なほど透明な海を眺めているうちに、この伝説の国キューバに長年住んだ母方の一族――しかもカリダッドはキューバの生まれだった――の記憶とともに育まれたノスタルジーが湧き起こってくるようにさえ感じられた。

モスクワへ到着すると、真っ先に受けたのはゴキブリ臭い街という印象であり、二三年前に訪れたこの国の首都が一九六〇年にはすっかり変わり果てていたせいで、もはや昔の自分に出会うことはないだろうと思った。ラモン・パーヴロヴィチ・ロペスと名を変えた彼は、首都郊外にあるKGBの建物に幽閉されたが、ある朝、真新しい礼服が届けられ、六時に迎えが来るからそれまでに着替えておけと指示された。その日の夜、ラモン・パーヴロヴィチは久々にクレムリンを訪れ、KGB名誉部隊メンバーの証明書や大きな花束、お決まりのキスとともに、国家元首レオニード・ブレジネフの手からソ連邦英雄とレーニン勲章を受け取った。その間ずっと小さな蓄音機から繰り返し「インターナショナル」が流れ、ようやく心を落ち着けることのできたラモンは、自らを誇らしく思うとともに、ようやく苦労が報われた気になった。世話役となったKGB幹部とは、式典の後、クレムリン大宮殿の小さな部屋で夕食を共にし、伴侶のロケリア・メンドーサと一緒に住めるよう、間もなくマンションの鍵を渡すという確約をもらったが、同時に、ソ連国内の移動にはKGBの事務部に特別許可を申請せねばならないとも言われた。ソ連国内に住む親類やスペイン人亡命者とは連絡をとってかまわないが、まだ守秘義務は残っている、間違いなくベリヤ－スターリン時代の生き残りと思われる老士官は、穏やかだがきっぱりした口調でそう言った。

自由が制限されていたうえ、年齢職業を問わずソ連人の彼に対する態度は最初から冷淡で、誰とも話すことのない生活を送る彼は、自分が二重に外国人であることを感じた。

「だって、お前は外国人じゃないか！」エイチンゴンは煙草に火を点けた。「やるべきことをやって、監獄で何年かロシア語を勉強したくらいでロシア人になれるとでも思うのか？……　ソ連人の大半は一度も国を出ることがないだろうし、外国といえば、禁忌や呪いも同然だ。好奇心や羨望を感じることはあるだろうが（お前の格好を見るだけで十分だろう、ラモン、そのシャツも奥さんが外国から持ち帰ったものか？　モスクワではそんな服は手に入らない）、みんなお前を怖がるのは当然だ。この国は鎖国状態にあって、指導者たちは、手に入らないものすべて、つまり舶来物すべてを悪魔の手下に仕立て上げるんだ。いいか、お前だって、許可なく外国人と接触したりすれば、スターリンに処刑されるか五年、一〇年グラーグに送られるか、どちらかだったことだろう。ロシア国民の才覚はその生存能力にある。だから戦争にも勝てたんだ」

「最近は少なくなりましたが」ラモンは振り返った。「着いたばかりの頃は、街で人を見ると、自分の正体がばれたらこの人たちはどう思うのだろうとよく考えました……」

「どう思う？……」レオニードは言って、思考の指令が空から降ってくるとでもいうように天を指差した。「この国の人間は何も思いはしないんだ、ラモン！　何かを思うなんて贅沢は、生き残りをかけた人々には許されない……　いつも同じ、恐怖を逃れる最良の方法は何も思わないことだ。ラモン、お前は存在しない、私も同じ……　チェコスロバキア侵攻に抗議した六人なんて、もっと存在しない……」

それでも公園は存在し、生命に溢れている。モスクワの人々は、寒さが始まる前の最後の一カ月を逃すまいとして屋外で何時間も過ごし、芝生に寝そべる者もいれば、森でピクニック気分を楽しむ家族もいた。菩提樹の木陰に空いているベンチを見つけると、秘密工作に従事してきた二人は疑念を抱かずにはいられなかった。ラモンが犬と戯れる間にエイチンゴンは辺りを調べ、盗聴器がないことを確かめた。スターリンの意に反して、時には偶然もありうることが立証されたな、彼は笑顔で言った。

二人並んでベンチに腰掛けると、エイチンゴンの長広舌に打ちのめされたラモンは、話題を変えようとしてロケリア・メンドーサと知り合ったいきさつについて触れ、すぐにそれが約束の一つに違いないと察したことを思い起こした。中産階級出身で、民族舞踊の踊り手だったロケリアは、妻殺しの罪でレクンベリに収監されていたイシドロ・コルテスという男の従妹だった。女がしつこくラモンに会いたがっているというので、彼にはその真意がすぐわかった。

「あれがお前にしてやれた最後の援助だ」エイチンゴンは微笑んだ。「ベリヤから、お前を助けてくれるシンパを探してもいいと伝えられていた。そこで、カリダッドの友人カルメン・ブルファウをメキシコに送って、ロケリアと接触させたところ、お前のこともスターリンのことも崇拝していた彼女は、二つ返事で了承した。弁護士にはずっと金を渡していたが、別途彼女にも、お前の世話に必要な金を送ることにした」

「五三年には、一年近くも送金が途絶えたことがありましたが、それでも彼女は助けてくれました。不細工で癇癪持ちの女ですが、恩義を感じています」

「ああ、そうだろうな」

「ロケリアがいてくれたから耐えられたということはあります……あれこれ口実を設けて、いろんな奴らが刑務所を訪ねてきましたが、実はみんな物見遊山に来ていただけでした……一度、あるスペイン共産党員が、見たこともないほど美しい女を連れてやってきたことがあります。サラ・モンティエルという名で、今は映画女優として名を馳せています」

「彼女の話は聞いたことがある」ぼんやりとリョーニャは言った。「美人と評判だな」

「一メートル先にあんな女がいれば……彼女のためなら土を食ってもいい、何でもする、そんなふうに思わせる女です……」

エイチンゴンは素っ気ない調子を装って話を変えた。

「それで、最後にカリダッドと会ったのはいつだ？」

「私が着いた直後に会いに来て、その後も二、三度来ました。最後に会ったのは去年です」

「元気そうか？」

「相変わらず勝気ですが、二〇〇歳ぐらいに見えます。まあ、私も五五にして一一〇歳に見えますがね。あなたは、頭は禿げていても、我々よりずっと若く見えます」

「鉄面皮で防腐処理されているせいかな」エイチンゴンは言って高らかに笑った。「パリで何をしているんだ?」

「別に……最近は絵に凝っているようです」ラモンは笑顔を見せた。「あとは、妹モンセの息子たちのおばあちゃん業です。モンセには嫌がられていますが……まあ、誰も近寄りたがる者はいません……五、六年キューバ大使館に勤めていましたが、おそらくKGBと通じていたんでしょうね。キューバ人は山師ばかりで社会主義のことなんかなにもわかっちゃいない、単なる腹を空かせた恩知らずだ、そんなことを言ってました。自腹で新聞を買って、大使が世界情勢についていけるようにしてやったのに、今やレセプションにも呼んでくれないそうです。ただ、ブレジネフに責任を押しつけて、彼の指示で外されたと思っているようです。この国から支給される年金はきちんと受け取っていますが……」

「時の流れだな。カリダッドもお前も私も火中の栗なんだ。これまで殺されなかったのは、やがて自然に寿命がくると思われているからだろう……」エイチンゴンは言って、シャツの裾を持ち上げて赤っぽい傷痕を見せた。「刑務所で腫瘍の手術を受けたんだ。よく今でも生きていると思うよ、いつまでかわからんがな……」

「パリでおばあちゃんを演じながら、どぎつい色で不気味な景色を描いているカリダッドを見たら、その正体がとんでもない悪魔だなんて誰も思わないでしょうね」

ボルゾイが公園を駆け回り、その見事な美しさを誇らしく思いながらラモンが見つめていると、レオニードがまた口を開いた。

「まだいろいろ話があるんだ、ラモン。聞きたくない話かもしれないが、知っておくべきだと思う」

その瞬間ラモンは、隣にいる男がコトフに戻っていることを感じた。元指南役には、何十年も前にカタルーニャ広場で見た身のこなしが戻っていた。ハンカチを手に汗を拭うその姿は、じっと佇むワニそのものだった。

「以前お前に、トロツキーの息子セドフの死に我々が関係しているか訊かれて、無関係だし答えたことがあっただろう。あれは嘘だ。我々が送り込んだキューピッドという工作員に始末してもらったんだ。もう一人の息子セルゲイも、しばらくヴォルクタの収容所とここのルビャンカで拘束して、父からモスクワの水道に毒を流すよう指示されたという供述書にサインさせようと試みた後に銃殺した……　執行に関わった連中も、我々と同じく、スターリン直々に指令を受けていた」

「なぜ嘘など？　やむを得ない措置だと理解できたはずですよ」

「お前にはできるだけ純粋な状態で生贄の祭壇に上ってほしかったんだ。あの日お前に渡した手紙は嘘だらけだったが、それが信じられようが信じられまいが関係はなかった。お前がトロツキーを殺し、そしてしかるべくその場でボディーガードに殺される、これが当初の計画だった。それですべて一件落着、それがスターリンの指示だった。足がつくような事態は避けたかったし、彼はお前の命なんか屁とも思っていなかった。だが、お前はトロツキーに救われた……」

ラモンは衝撃を覚えた。スターリンとともに計画を練った男の口から、自分が単なる個人的復讐の道具に使われたばかりでなく、取り換え可能なパーツでしかなかったことを聞かされてみると、失望と痛ましい新事実ばかり続く日々を耐え抜くためにしがみついてきた最後の支えが崩れ落ちた。

「しかし、あなたは外で私を待っていた……」

「逃げおおせる可能性がゼロではなかったからな。それに、お前を屠殺場送りにするなんて、カリダッドにはとても言えなかった。ましてや、お前が逃げのびたら他の同志に引き渡すよう指示されていたなんて、言えるはずもない」

「シェルドンと同じ運命ですね。つまり彼もあなたたちに殺されたということですか？」

「我々が直接手を下したわけではない。だが、我々の指示がなければ殺されなかったのは間違いない」

「私を殺す予定だったのなら、なぜ刑務所にいる私を保護したのです？　弁護士の費用を負担して、ロケリアまでつけてくれたのはなぜです？」

「お前を刑務所で殺してしまえば、どこから指示が出ているのかみんなにわかってしまう。お前が命拾いしたのは、沈黙を貫き通したからだ。それに、トロツキーが死んで、他のことなどスターリンにはもはやどうでもよくなった。ドイツ軍が目と鼻の先まで迫っていたし……」

「ところで、メキシコ人たちの襲撃はなぜ失敗したのですか？」

「あれはお粗末な計画だったが、それもスターリンの望みだった。記憶に残る派手な騒ぎを起こすこと。私も二、三度奴らを見たが、トロツキーの足元にも及ばない臆病な操り人形でしかないことはすぐにわかった。だからお前とは絶対に接触させないようにして、私のこともお前のことも完全に伏せておいた……　一つ今でも理解できないのは、あの集団に我々が送り込んだフェリペという男、覚えているか、なぜあいつが屋内に踏み込んでカモの安否を確かめなかったのか……　それが今も残る謎だ……」

　ラモンは目を上げ、川と公園の境界あたりを見つめた。失望が内側から彼の体を蝕み、中身が空っぽになっていくような気分だった。疑念と疎外感を抑え込むようにして必死ですがり続けてきたプライドのかけらが、赤裸々すぎる真実の熱気に触れて揮発していくようだった。身の危険を感じながら刑務所で服役していた歳月が人生最悪の時期ではなかったのだ。さもしくいかがわしい陰謀のマリオネットにされただけだったのか？　やがて確信に変わっていくこの疑念こそ、別の囚人にひと刺しされる不安にも増して彼の安眠を奪う影だった。周知の事実を明るみに出しただけとはいえ、第二〇回党大会でフルシチョフがあの演説を読み上げて以来、彼の心は後ろめたい思いに閉ざされ、あの時の失望を思い出すと今も心が痛んだ。出所後、どんな人生を歩むことになるのだろう？

「それならなぜモスクワに着いた時に私を始末しなかったのですか？……　メダルをもらう直前まで、いつ外へ連れ出されることかと待ち構えていたというのに……」

「お前が自分の口で言ったとおりだ。世界は完全に変わっていたんだ。スターリンやベリヤが生きていれば、お前が大西洋を越えることはなかっただろう。スターリンの亡霊がまだあたりをうろついていたせいで、積極的に促すような真似はしなかったが、フルシチョフならお前がすべてぶちまけても喜んでいたかもしれない。余計な揉め事を抱えるような時期ではなかったし、争いを望まぬフルシチョフは、とりあえずこのまま黙ってお前を生かしておくことにした。そしてフルシチョフがスターリンの亡霊に届した今、お前は人畜無害になった…… 沈黙を貫いて、ソ連から出て行きたいなどと言い出さないかぎり……」

「カリダッドはどこまで知っていたのですか？」

「お前と同じ程度だろう。覚えているだろう、我々はお前たちスペイン人のことを完全には信用していなかった。ソ連へ帰還した彼女は、お前の脱獄を手助けするようベリヤに掛け合った。さんざん返事を引き延ばした末にベリヤは、カリダッド自身がメキシコですべて手配するのなら助けてやってもいいと伝え、パスポートとかなりの額の金を渡した。同時にコミンテルンの刺客を呼び、メキシコでカリダッドを震え上がらせるような目に遭わせるよう指示を出した。彼女は危うく難を逃れたが、これに懲りてパリへ引っ込み、二度と声を上げることもなく静かに暮らし始めた。それじゃ、今は絵に凝っているのか？」

「そんなおぞましい話を信じろというのですか？　誰も彼も、みんな鉄面皮じゃありませんか？　私が殺されると思っていたのですか？　それで何とも思わなかったのですか？」

「私の言うことを信じてもらうほかない。我々はお前が思うよりずっとタチの悪い鉄面皮だったんだ。幻の理想に身を捧げて死ぬのはお前だけではなかった。スターリンがすべてを捻じ曲げて人々を闘いに駆り出し、自分のため、自分勝手な都合のため、自分の憎しみのため、自分の誇大妄想のために死ぬことを強要したんだ。社会主義のための闘いなんて、まったくのデタラメさ。社会主義？　平等？　ブレジネフなんて、クラシックカーをコレクションしているらしいじゃないか……」

「あなたはいったい何のために闘ったのですか？」

「私だって最初は本気で世界を変えたいと思ったし、チェーカーの工作員に支給されるブーツも必要だった……恐怖の話は前もしたよな？　いったん体制に組み込まれてしまえば、もはや脱け出す術はない。自分自身が鉄皮になって、闘いを続けるしかなかった。だが、腕利きの鉄面皮だったおかげで一五年も投獄されて、この身にのしかかる死者たちの重みを感じていると、物の見方も変わってくる」

「そんな苦悩を背負って、よく生きていられますね？」

「お前も同じじゃないか、ラモン・メルカデール！　トロツキーを殺したあの日、お前には、自分がなぜ殺すのかわかっていたし、自分が嘘の一部であることも、恐怖と死に支えられた体制のために闘っているだけだということも、よくわかっていただろう。とぼけたってだめだぞ！……　だから家に入る時も足の震えが止まらなかったのだし、そんな状態でも実行できたのは、もはや後戻りできないことがわかっていたからじゃないか。今度カリダッドに会ったら、ココアカンへ着いたお前を見て、私が何と言ったか訊いてみるがいい。《ラモンはちびりそうなぐらいビビっている、あいつも我々と同じ、鉄面皮になったんだ》、私はそう言ったんだ」

「少し黙ってください」ラモンは言ったが、それが要求なのか懇願なのか、自分にもわからなかった。

曇っていた眼鏡のレンズをシャツの裾で拭った。かつてピッケルを握ったその手に乗ると、ロケリアがメキシコで買ってきた鼈甲の眼鏡が自分と縁のない奇妙な物体に見えてきた。結局エイチンゴンの言うとおりなのだ。よりよい世界のために闘っているという確信と信念で武装した彼は、考えたくない真実をそのマントで覆い隠していたのだ。ニンやロブレスらの暗殺、内戦前・内戦中の党の裏操作、レフ・セドフやシェルドン・ハート、ルドルフ・クレメントらの死をめぐる怪しい噂、彼自身がその目で見たヤゴダの自供、一九三七年五月にバルセロナで起こった事件をめぐる情報操作、マラホフカで豚同然に殺した男、トロツキーとファシストとの密通にまつわる嘘、シルヴィア・アゲロフへの邪な罠……　数多ある真実のどれ一つをとってみても、自分が冷酷無比な鉄面皮に成り下がっていたことは明らかではないか。

「刑務所でトロツキーの著作を読みました」眼鏡を掛け終えたところで彼は口を開き、やっと落ち着きを取り戻して、右手の甲に残る三日月型の傷痕に目をやった。「獄中では、トロツキーが誰か、なぜ私が彼を殺したのか、大半の者はよくわかっていませんでしたが、私がその殺人犯であることはみんな知っていました。彼らは、騙された女とか、金を盗られた友人とか、他のポン引きに乗り換えた娼婦とか、もっと現実的な理由で殺人を犯した者たちです……　ある日、独房へ戻ってみると、ベッドの上に『裏切られた革命』というトロツキーの本が置いてあったんです。いったい誰が置いていったんでしょうね？　ともかく読み始めて、私は混乱しました。その約一カ月後、今度は別の本、『スターリンの犯罪』が置かれていて、これも読むと、もっと頭が混乱してきました。その内容について考えながら、その後何カ月かは、また別の本が現れるのではないかと思って待ち続けました。誰があの二冊を独房に置いていったのか、最後までわかりませんでしたが、確かなのは、メキシコへ行く前に読んでいれば彼を殺すことはなかったということです……　とはいえ、おっしゃるとおり、彼を殺したあの日、私は単なる鉄面皮でした。あなたたちにそうされたのです。私は不幸なマリオネットで、一途な信念であなたやカリダッドの言うことを信じ込んだのです」

「いいか、みんな騙されたんだ」

「程度は様々です、リョーニャ、ひどい騙され方をした者も少なくありません」

「しかし、お前には、真実が突きとめられるようあらゆる手掛かりを与えていたじゃないか。それなのにお前は、真実から目を背けた。なぜかわかるか？　自分がかわいかったからだ。嘘をつくんじゃないぞ、ラモン・メルカデール……　それに、最初からすべては明らかだった。任務の内容を知った時から、後戻りできないことはお前にもわかっていたはずだ。その後何を読もうと、事態は変わりようがないじゃないか……」

ラモンにとって、九月のモスクワ散歩は、交響曲の最終楽章に差し掛かったコンサートのようなものだった。音量が上がり、すべての楽器が参加してクライマックスを迎えるが、容赦なく迫り来る別れを予告するような悲しい疲労感が旋律に感じられる。木々の葉が色を変えて、空気が黄土色を帯び、眠ったような午後が短くなってくるにつれて、迫り来る一〇月と寒波、闇と隠棲生活の足音がラモンの耳にはっきりと聞こえる。冬が始まれば、ソ連の首都は二つの世界に挟まれた大きな村落にすぎないという、三〇年前に抱いた印象がますます鮮烈に押し寄せてくる。街中に森が広がり、広すぎる道や広場にまでステップが入り込んでくるようで、雪と氷に塗られたモスクワはいっそう人間味を失って聖域と化し、顰《ひそ》めた眉と不作法で溢れかえる。すると、スペインへ帰りたいという思いにまたもやしつこくつきまとわれる。読書中や音楽鑑賞中に心が文字や旋律を離れてカタルーニャの海へ飛ぶことがいつにも増して多くなり、海と山に挟まれた大粒の砂浜で、寒さとも孤独とも根無し草生活とも恐怖とも無縁にくつろぐ自分の姿を思い浮かべることになる。ラモン・メルカデールという名前まで取り戻し、ようやく悪魔祓いを終えた悪い記憶とともに過去は跡形もなく消える。だが、彼にとってスペインへの扉は両側から閂で閉ざされている。この世界一大きく寛容な、とはいえ自分とは縁もゆかりもないこの国で、四方を壁に閉ざされた囚人のような気分をずっと抱えたまま人生の残りを送らねばならないのかと思うと、救いのない邪悪な罰の重みをひしひしと感じずにはいられなかった。残り少ない夏の午後、ラモンは気休めにすぎないとわかっている安堵を求めて――ラケルがついてくることもあれば、一人のこともあった――マンションを逃れ、挫折と失望を引きずりながら、モスクワに亡命したスペイン人の敗北とノスタルジーに捧げられた建物まで出向いて行った。

「それで、最初の頃、同国人との関係はどうだったんだ?」次の日曜日、アルバート通りの古い《コフェイニャ》で落ち合うと、エイチンゴンは切り出した。スターリン時代、この通りは総書記がクンツェヴォの別荘《ダーチャ》へ通うルートになっており、法令によって周囲に人の集まる場所の設置が禁止され、木一本植えられなかったせいで、このコーヒースタンドも閉鎖されていた。この恐怖の国で、スターリンも恐怖を抱えて生きていたわけだ。フルシチョフ時代、ここにレコード店が入ると、ラモンは足繁く通って交響曲を漁り、お宝版を二束三文で手に入れたものだった。

カリダッドがパリから送ってきたキューバ葉巻（ラモンは、ヨーロッパの乾燥した気候を経てきたこのカリブの貴重品を湿った布に包んでいた）をふかしながら、二人はあてもなく街を歩いた。元指南役に向かってラモンは、モスクワ到着の数カ月後、弟ルイスに連れられてスペイン会館を訪ねて行った話を始めた。記憶と忘却の割合を巧みに計算して作られたこの非現実的な建物には、奇妙な未来国家の内部に少しだけでも過去の祖国を再建しようとむなしい幻想を抱く敗戦の難民たちが集まってきたが、初めてそこに足を踏み入れた時の落胆を彼はまだまざまざと覚えていた。ソ連に滞在する亡命者の大半は選りすぐりのスペイン共産党員であり、ソ連の同朋の庇護と支援を受けていたが、なかには内戦の子供と呼ばれた（後にスペイン系ソ連人と名を変えた）者たちが少なからず混じっており、一〇歳未満でスペインを出国した彼らは、モスクワ一美味しいエスプレッソを飲み、失われかけたアイデンティティにすがりつくためにスペイン会館へ来ているのだった。

予めルイスに伝えられていたとおり、かなり前からこの亡命者集団のボスとして君臨していたのは、情熱の花《パシオナリア》の異名で世界に知られたドローレス・イバルリだった。一九六〇年にサンティアゴ・カリージョに総書記の地位を名目上譲って以来、彼女は名誉書記長の地位にあったが、非常に権力欲が強く、スターリン流の独裁を振るう彼女に対して、少なくとも館内や共産党内で異論を唱えることは許されなかった。弟の話を聞くとラモンは、カリダッドとともにカサ・ミラを訪れて、アンドレ・マルティの罵声を前にしおらしくうなだれたイバルリを目撃した夜を思い出さずにはいられなかった。だが、ラモンが特に不安だったのは、かつての仲間にどう迎えられるかだった。ソ連で垂涎の的になっている二つの勲章をジャケットに付けていられるというだけでは、彼の履歴が仲間の多くに引き起こす感情のくすぶりを抑えるには十分でないかもしれない。

「ほとんど皆偽善者ばかりです」ラモンはスペイン語で話し出した。「凱旋や受勲を喜び、共産党の党員証もくれましたが、目の奥には奴らが隠しきれない感情がくすぶっていました。恐怖と軽蔑です。私も同じですが、奴らは風見鶏のようにモスクワの指示とスターリン体制にすり寄って、自ら進んで殺人者となったわけですから、私を見ると、自分の犯した過ちを突きつけられるような気分になるのでしょう。私が無意味な服従の最も悲痛な例だったのです……　まったく口を利いてこない奴もいれば、友人になったと思える奴もいます……　最も腹立たしいのは、髪までクソまみれなのに、自分は《潔白》で、私を《穢れた者》かドブさらいのように思う奴らです」

「頭のてっぺんまでクソまみれという奴も珍しくはないな」元指南役は頷いた。

言葉を交わさずとも意思が通じ合うかのように二人はゴーゴリ像の前で左に曲がった。

「イバルリはお前のことを覚えていたのか？」エイチンゴンは訊いた。

「覚えていたとすれば、完全に空とぼけていました。今日までずっと私のことなど眼中にもないように振る舞っています。カリダッドの話では、いつ化けの皮が剝がれてもおかしくないということですが……」

「一度お前と一緒に行ってみるべきかもしれないな……　許されればの話だが。あそこで絵空事を話している奴らには、私の姿を見ただけで震え上がる者も少なくないだろう。コトフがいろいろ知っていることはよくわかっているからな。お前は我々の命令でトロツキーを殺したわけだが、他にも我々の命令で人殺しをした奴はいるし、無慈悲になることで我々に接近しようとして、我々が命令を下すまでもなく人殺しをした奴までいる……」

馴染みの地にいたいという、ほとんど生理的な欲求からラモンはスペイン会館に通い続けた。彼にとってモスクワは、どうしても馴染めない規範と言葉を備えた街であり続けていたが、スターリン主義の共産党員やフルシチョフ支持者、そして郷愁と挫折を背負った単なる元共和国支持者たちは、少なくとも敗北という歪んだ共通言語で結びついていた。弟ルイスのおかげもあり、彼自身が巧みに感情を隠せたこともあって、ラモンはかつてバルセロナの戦闘でロマンに満ちた日々を分かち合った昔の仲間とも、功績はさておき二〇年も黙って監獄に耐えた事実に対して何がしかの敬意、少なくとも理解を示すわずかばかりの人々とも、かなり親しく付き合えるようになった。何事にも屈することのないカタルーニャ人、キャベツ臭いソリャンカより香しいコシードを好むスペイン人であることを証明できた結果だった。

「ソリャンカはキャベツ臭くなんかない」リョーニャは反論した。「今度食わせてやろう。もちろん私の手料理だ」

「一九六六年に、内戦勃発三〇周年を記念して刊行が始まった、例のスペイン内戦史の執筆チームに入るよう言われた時は、本当にひどい目に遭いました」

「私も読んだが、驚くようなことは何も書いてなかった。フランコとその一味の犯罪がスペイン史上最悪の惨事で、それが内戦の行方を決めた、そんなことは誰でも知っている。だが、醜い歴史はそれだけじゃない」

「それはあなたが一番よくおわかりでしょう……」ラモンの詰問にエイチンゴンは肩をすくめた。「当然ながら、執筆方針を決めていたのはイバルリで、彼女は私がチームに加わることを快く思っていなかったようです。それでも、私への同情があったのか、強く私を推す人たちがいて、結局彼らを丸め込むために、かつての戦闘員へのインタビューや、証言集め、直接見聞きした話の書き取りなどを私に任せることになったんです。予想どおり、インタビューを受けた者たちは皆、我田引水というやつで、政治理念や内戦に対する《公式》見解に合わせて、時に露骨なほど記憶を歪めていました。マドリードやバレンシアで行われた捕虜の《始末》やパラクエジョスの銃殺について話す者が何人いたと思います？」

「ゼロだろう」

ラモンは元指南役を見つめながら思わず笑みを漏らした。

「まるでそんな出来事は存在しなかったとでもいわんばかりです……　まだ恐怖にとりつかれていて、本当の下剤になるかもしれない錠剤すら飲み込めずにいるのです。私が身をもって体験した、そしてあなたもコトフ時代にその目で見た事件すら捻じ曲げてしまうのですよ。彼らによれば、パラクエジョスの銃殺はアナーキストの仕業です。そして電話局への突撃は、反旗を翻したトロツキストと第五列を蹴散らすために必要な措置だったと言います。ニンの失踪については、当然の結果と見なすか黙っているかのどちらか、マドリード防衛線における国際旅団の役割を矮小化し、他の党派を抑え込むためにあなたたちがどんな手を使ったか、誰も覚えてはいません……」

調査委員会のメンバーとしてラモンは、弟ルイスにしか明かすことのなかった決断を下した。プロジェクトと出版の費用を負担する（と同時に監視する）ことになっていたソ連歴史アカデミーへ出向いて、歴史家向けに公開されていた文書を調べることにしたのだ。その頃にはすでにモスクワの冬にうんざりしていたロケリアは、初めてアルトゥーロとラウラを連れてメキシコへ発っており、ラモンにはいくらでも調べ物をする時間があった。だが、閲覧可能な文書は偏っていて、共和国に対するソ連とコミンテルンの協力を叙事詩的調子で持て囃しているばかりか、自分の体験した出来事まで違った話に書き換えられていた。この事実に直面して、ラモンは不信感と恐怖を禁じ得なかった。

「おいおい、今さらそんなことを。ヌエバ・エスパーニャ征服史でも調べるつもりだったのか？」レオニードは葉巻を吸ったが、火はすでに消えていた。「フランコ派だって、もっとあからさまに卑劣な手を使って同じことをしているじゃないか……　フルシチョフの雪解けだって、余分な雪を少し掻いただけだ。スペイン共産党だってソ連政府だって、真相を明かせる状態にはないし、たとえ氷のなかとはいえ、そこに隠れているのはクソなんだから、わざわざそんなものを掘り起こそうとするわけがないだろう。この前シベリアで見つかったマンモスの化石化したクソみたいなもんだ。千年経っても、所詮クソはクソだ」

エイチンゴンに考古学的比喩を持ち出されるまでもなく、ずっと前からラモンには、どれほど熟成されたクソでも今さら掘り起こすことは不可能だとよくわかっていた。それを思い知らされたのは、歴史アカデミーへ赴いて、いつも優しく応対してくれていた文書管理担当の女性がいないことに気づいた朝のことだった。代わりに入った女の話では、前任者は病気で休職に入ったという。新顔の女は、文書請求カードを受け取ると、五分と経たないうちに戻って来て、パーヴロヴィチ・ロペス同志の求める文書は非公開部門に移されており、歴史学・社会学の研究機関を管轄するクレムリンの部署から許可を得なければ閲覧できないことを伝えた。『スペインの内戦と革命――一九三六年から一九三九年』の最初の数巻がプログレソ出版社から刊行された時には、ドローレス・イバルリを筆頭に、彼女の忠実な番犬たちによって固められた調査委員会からラモン・パーヴロヴィチの名前は消されていたが、彼にとっては驚きでもなんでもなかった。

「どう感じたんだ？」エイチンゴンは口を挟んだ。

「挫折。とはいえ、それしきのことにはもう慣れっこでした」

「ああ……　さらに言えば、確かにスターリンのやり方は露骨で、徹底した侮蔑に貫かれていたが、歴史を書き換えて権力の都合に合わせる手法は、奴の専売特許ではない。それに、真っ先に潰されたスペインの《革命》を持ち出して、共和派の残虐行為に触れもしないというのは……　何というか、歴史への冒瀆だろう。だから、面倒な話は始めから伏せておくほうがいいんだ……」

エイチンゴンは必死に息を吸い込みながらなんとかまた葉巻に火を点けた。ラモンは自分の葉巻を見つめ、まだ火の勢いが衰えていないことを確かめた。

「最近、スペイン会館でもいろいろなことが起こっています」

一九五六年以降、多くの亡命者がスペインに帰国したが、ソ連に残る者たちは、相変わらずわずかな権力を奪い合っていた。イバルリは、忠実な部下フアン・モデストを傀儡に使いながらも、ここ数年彼女の絶対的優位が崩れ始めていることを意識していた。スペイン内戦や偉大なる祖国の防衛戦、ユーゴスラビアのゲリラ戦で数々の武勇伝を打ち立てたエンリケ・リステル、そしてサンティアゴ・カリージョが、筋金入りのスターリン主義者だった情熱《パシオナリア》の花に次第に公然と楯突くようになっていた。分裂が明白になると、ルイスは言った。いつも同じ曲の繰り返しだ、我々がスペイン人であるかぎり、内ゲバが終わることはあるまい。

「スペイン人だからという問題じゃない。政治の問題だよ」今度はスペイン語でリョーニャは言った。「フランコ体制の終焉が見え始めて、収穫の時期が近づいている。新たな分配に向けて準備を進めねばならない！　イメージを良くして、新たな時代に合わせねばならない！」

二人はちょうどその時スペイン会館の脇を歩いていたが、両者とも、ここ数カ月にわたる館内の不穏な動きについてはよく知っていた。プラハでのソ連の軍事介入を機に、スペイン共産党指導部の一派がこの侵攻の正当性に異議を唱え始め、そこから党の丸屋根に亀裂が走ったのだ。エイチンゴンによれば、これはソヴィエト体制の闇と一線を画して民主主義的路線を取り繕うための予防線であり、ラモンの見解では、スペイン人コロニーの内部、さらには未来のスペインで党が一定の権力を確保するための危険ではあるが絶好の機会だった。サンティアゴ・カリージョとイグナシオ・ガジェゴスに扇動された強硬派亡命者は、さらに大胆な手に打って出た。スペイン会館の文書を公開して調査し、ソ連在住スペイン人一人ひとりの履歴を調べ上げようというのだ。まさに火に油を注ぐような提案だった。ジダーノフ通りの建物の二階に厳重に保管されていた文書が明るみに出れば、同国人の密告役か見張り役にされた多くの亡命者がどれほどさもしい裏取引を重ねてきたか、すべて白日のもとに晒されることになるだろう。そして、長年の同志たちは、今度は自分が丸裸にされることを恐れてまたもや派閥争いを始め、最初は言葉の応酬だけだったが、やがては拳と椅子で殴り合いになった。通りを挟んで会館と反対側の角に、かつて銀行だった建物があり、その前からリョーニャに向かって三階の窓を指差したラモンは、同国人の一人がそこから突き落とされた話をした。

「通りの真ん中に落ちたそうです。じっと動かないので、みんな死んだと思ったのですが、突如立ち上がって唾を吐いたかと思えば、頭を掻きながらまた階段を上って、拳を振り上げ続けたのだそうです」

「それなのに我々が野蛮人扱いされるわけだからな」エイチンゴンは笑顔を見せ、また歩き出した二人は、ビアホール《サルディンカ》の前で立ち止まった。賢明にも会館の敷地内で引火性の飲料を出すことは禁じられていたので、亡命スペイン人たちはアルコールを求めてよくこの場所へやってくるのだった。

ラモンは話を続け、拳のスペイン内戦が地元民兵による建物の占拠という形で終わったいきさつを語った。同時に、その夜のうちにKGBの一部隊が到着して内部告発だらけの文書を持ち去り、門外不出としたため、内ゲバを続けようにもその理由がなくなった。

一時間後、ジェルジンスキー広場に差し掛かったところでラモンは、チェーカー創始者の像とその背後に聳える、ソ連で最も恐れられた建物を横目で一瞥した。

「あそこの地下にもいた話はしたかな？」またフランス語に戻ってレオニードは話し始め、ルビャンカの地下を顎で示した。「どのくらいいたか覚えていないが、あれは人生最悪の経験だった……　このクソバカ！《ヨーブ・トヴォユー・マーチ》」心の奥底から吐き出されたような怒りを前に、この悪態が建物に向けられているのか、銅像の英雄に向けられているのか、ラモンにはわからなかった。

「モスクワへ到着して以来、なぜこの銅像が雪解け後も残っているのか、私には不思議でなりません」

「スターリンの銅像や胸像を撤去するだけでも大変な作業だからな。国中に何百万もある。素性が知られていたグルジアでは、スターリンによる弾圧がとりわけ激しかったが、あそこで大きな像を撤去しようとした時には、かなりの騒ぎになったんだ。スターリンの圧政に慣れすぎて、あいつのやり方が住民の体に染みついていたもんだから、いざ撤去となると怖気づいたらしい。まさかスターリン像の撤去が認められるなんて！　恐怖が生活の一部になるとどんな事態になるか、よくわかる話だろう。スターリン像が撤去された後に残った何百万という穴を埋めるために、今度はレーニン像を大量生産せねばならなくなった」

広場を横切り、キーロフ通りへ出たところでエイチンゴンは酒屋へ入り、ウォッカの小瓶を二つ手にして出てきた。ペトロフスキー通りで空いているベンチを見つけると、腰を下ろす前にレオニードは悪いほうの脚を二、三度叩き、「まったく《スーカ》」と悪態をつきながらウォッカの最初の一口をあおった。喉元に指を二本当ててラモンにも一緒に飲むよう勧めたが、彼は飲む気にならなかった。太陽は傾き、気温が下がり始めていた。ゆったりお気に入りの姿勢になったエイチンゴンを見ながら彼は、もう少し様子を見ようと自分に言い聞かせながらも、本当は今すぐ飲んだほうがいいのではないかと感じていた。

「スペイン会館に保管されていた文書とスペイン人同士の権力闘争という話を聞いていて、お前は知らないはずの話を一つ思い出した」エイチンゴンは言ってまたウォッカをあおった。「スターリンの死後、いろんなことがわずか数日のうちに起こった。即座に対応に乗り出したベリヤとフルシチョフとブルガーニンとマレンコフが真っ先に行ったのは、内務省の特殊部隊をクンツェヴォの別荘《ダーチャ》とクレムリンの執務室に派遣して、そこに残されているスターリンの所持品と文書を別の場所に移させることだった。スターリンの娘スヴェトラーナは、父の執務室に自由に出入りする権限を取り上げられ、去年やっとソ連を脱出するまで、フルシチョフとベリヤにスターリンのお宝を盗まれたとずっと言い続けていた」

「どんなお宝なんです？」

「お宝なんか何もなかった。大国を私物化して、国内のすべてを握っていた男に、金や宝石なんか必要ないだろう。すべてというのは、山や湖や雪や飛行機や石油、それに人民とその命も含め、本当にすべてなんだ……確かに、彼に贈られた胸像や盾など、銀製品はたくさんあったが、それはすべて鋳造に回され、家具や食器、絨毯その他は諸方面へ送られた。軍服や、労働者から贈られた品々のうち数点は、歴史博物館家族部門に保管されることになった。だが、服の大半はすでにぼろぼろで何の役にも立たず、廃棄処分を逃れたものだけが、身体障害の退役兵向け施設に寄付された」

「それでは現金はなかったんですか？」

「あった。派遣された隊員たちは、現金の入った封筒があちこちから出てくるのでびっくりしたんだ。スターリンは一〇ある役職のすべてで給料を取っていたが、何も買う必要はなかったし、プレゼントやパーティーの出費すらなかった……　だが、現金なんか貰ったって何の得にもならない。我らの指導者たちが欲しがったのは書類だよ。みんな口にこそ出さなかったが、権力を求める者たちが最も恐れたのは、レーニンが亡くなった時のように、遺書が出てきて特定の者だけが優遇される事態だよ。だから、紳士らしく話し合って、スターリンの遺志による損得関係が生じることのないよう、見つかった書類は一つ残らず焼くことに決めたんだ」

「よくそんな話をご存知ですね」

レオニードは再びウォッカをあおり、ラモンも小瓶に手を伸ばした。今度こそ酒が必要だった。

「出獄して少し体調が回復したところで、またベリヤのもとで仕事を始めたんだ。そしたらクレムリンの捜査部隊に入れられて、書類を焼いた後、クレムリンの書斎で机の引き出しから新聞紙の下に隠されていた手紙が出てきた時、その場にたまたま私も居合わせた。全部で五通、たった五通だが、スターリンは繰り返し読んでいたらしい。一通は、忘れもしない、一九二三年三月五日にレーニンが口述筆記させたもので、妻クルプスカヤを罵ったスターリンに謝罪を求めていた。別の一通はブハーリンのもので、処刑される直前、彼がどれほどスターリンを愛しているか綴っていた……　あと、確か一九五〇年だったと思うが、ティトー元帥が書いた短い手紙もあって、その文面は今も一字一句覚えている。《スターリン、私を狙って刺客を寄こすのはおやめなさい。逮捕者はもうこれで五人目です。もしやめないのなら、私から個人的に男を一人モスクワへやってカタをつけるしかなくなります……》」

「スターリンの残した文書がすべて消されたことを知っている人はいるのですか？」

「公式にはもちろん何の発表もなかった。だが、個人的文書のほかに、《特殊ファイル》なるものがあって、封蠟されていたうえ、スターリンの許可なしには絶対に開かれることのない極秘文書がそこに保管されていたらしい。それは手つかずのままで、まだ誰もどこにあるか知らないし、残っているかどうかもわからないようだが、そこにはまずい情報がたんまりと入っていることだろうな。いつか読んでみたいもんだ。天地がひっくり返るような騒ぎになるかもしれん……」

「たとえばどんな内容が？」

「まずヒトラーと、後にルーズヴェルトやチャーチルと結んだ密約。ヨーロッパの分割が《早い者勝ち》の理論で行われたとでも思うか？　イタリアやギリシアでは、戦後共産党が第一党だったのに、なぜ共産主義に移行しなかったと思う？　それに、ポーランド。ポーランド人が共産主義者で、我々を兄弟のように慕っているとでも思うか？」

エイチンゴンは小瓶を持ち上げたが、なぜかそのまま思いとどまった。真面目な表情で黙り込み、少し後でようやく口を開いた。

「レーニンの銅像が倒されることもあるのかな？」

ラモンは陽の沈みゆく川を見つめながら訊いた。

「我々のこともそのファイルには記録されているのですか？」

エイチンゴンはようやくウォッカを飲み、ベンチの上で少し体を動かした。突如緊張が解れた様子だった。

「いや、それはありえない。ほとんど文書のやり取りはなかったし、あってもすべてスターリンの個人ファイルに保管された。ベリヤの話では、あの無敵の元首はクンツェヴォに専用ストーブを持っていて、定期的にその前に座っては、門外不出の文書を焼いていたそうだ。歴史感覚が優れていたとでも言えばいいのかな。他の多くの歴史と同様に、我々も親愛なるスターリン同志によって灰にされたということさ、ラモン」

招待を受けたラモンは、これは許容範囲を超えているかもしれないという疑念を拭えずにいた。これまでの手探りは、あの一九六八年最初の数カ月にソ連の顔色を窺っていたチェコスロバキアとそっくりで、電動式かもしれない警戒線にひとたび触れれば、彼の条件付き平和が歩兵、戦車、戦闘機から成る治安維持部隊に蹂躙されるかもしれなかった。それでも彼は、今一度鬼の居ぬ間を狙うことにした。

この二カ月、レオニード・エイチンゴンと会話を重ね、自分の運命、そして何百万という同志の運命をめぐる冷酷な裏操作について次々と新事実を突きつけられてきたラモンには、逆にこの密談が生活の一部となっており、それぞれ知恵を寄せ合いながら二人は、彼らの生涯を変えたあの作戦について、さらには、こんな意味も未来もない挫折の生活に陥るまで、人殺しや投獄や拷問の経験に耐えてでも貫こうとした理想について、理解の空白を埋めようとしていた。二人とも自分が不都合な過去の残滓にすぎないことがわかっており、腑抜けた魂がさまようばかりとなった暗い洞穴に、痛みをこらえて踏み込むことで互いに励まし合っていたのだ。かつての教え子に対していまだに持ち続ける影響力を鉄面皮の高みから行使するエイチンゴンは、ラモンに別の角度から自己を見つめ直すことを強いるとともに、（レオニード曰く）一途な情熱で全身全霊を捧げたユートピアの不吉な幕間を覗かせるよう仕向け、騙された者が他にも多いとはいえ、商店前の行列を免れるのと似た特権が彼には他にもあるという事実を印象づけようとした。高らかに鞭の音が響き渡るなか、ピエロが微笑みを凍らせて躍るサーカスの果てしなき舞台上でも、彼の演じた役は傑出していたのだ。

モスクワのことなら隅から隅まで知りつくしていると自称するルイスは、ゴリヤノヴォ地区カール・マルクス通り第七ブロック二六－C棟F階段一八号a室を見つけ出すぐらいわけはないと請け合った。エイチンゴンが目印にするよう言ったのは、未来に向けて腕を伸ばしたレーニン像であり、そこから民兵友好少年団まで辿り着けば、あとは左に曲がるだけで（《いつも左だ》彼は繰り返した）通りが見つかるはずだから、「エルンスト・テールマン幼稚園」の脇にあるブロック、建物を探せばいい。

祖国ソ連への貢献によって国産車——ぴかぴかの新車でも、力いっぱい押し込まねばドアが閉まらなかった——を与えられたその日から、ラモンはこれを弟に譲り渡した。大学教員を務めるエンジニアであるばかりか、党員で、しかも祖国大防衛戦の退役兵だったにもかかわらず、まだルイス・メルカデールの地位は低く、専用車を貰うには至っていなかった。その日、ルイスは夕方七時前に兄を迎えに現れ、外出を嫌がるロケリアが彼の息子たちを預かってくれたので、代わりにルイスの妻ガリーナが冒険に参加することになった。

ゴリヤノヴォはスターリン臭に満ちていた。亀裂をセメントで補修した四角い灰色の塊に、小さな窓がいくつも開いていて洗濯物が干され、建物を隔てる舗装のない散歩道では、たくさんの木が場所を奪い合っていた。急ごしらえで作られたことが一目でわかる団地であり、社会主義的生活には屋根の下数平方メートルで十分とでもいわんばかりの単調な建築物ばかり見ていると、非人間的なその統一性に眩暈を禁じ得なかった。ブロック、建物、階段を示すはずの番号は、雪と雨で何年も前に消されていた。通りにも標識はなく、修復された跡の残る台座(四つもあった)の一つひとつから、無償労働で大量生産されたレーニン像が眉を顰めて住民に目を光らせていたが、そのどれ一つとして特定の方向を指差すものはなかった。寒さに負けず外を歩いていたわずかばかりの人たちに道を訊ねると(地元民ガリーナの役目だった)、誰もが通りの名前は知っているものの、マルクス通り？　マルクスーエンゲルス通り？　カール・マルクス大通り？　民兵友好少年団についても、誰もが聞いたことはあるというが、結局のところ応対は皆同じ、恐ろしいほど無様な同じ形の建物ばかり並ぶこの迷宮のどこか一点を曖昧に指差しながら、左へ曲がって(いつも左なのだ)その辺で別の人に訊いてくれ、と言葉を濁すだけだった。

レオニード・エイチンゴンは、地区の自治会に電話の設置を認められるような特権階級には属していないため、一時間も探し回った挙げ句、衛星都市の片隅で途方に暮れたルイスを見て、ラモンはもう諦めようと提案した。元指南役がせっかく金と時間をかけて手料理を準備し、ルイスが穴ぼこに差し掛かるたびに音を立てるウォッカの瓶が手土産としてガリーナの横に控えていたが、目前の事実を受け入れないわけにはいかなかった。このプロレタリア都市で目的地を探すことは不可能なのだ。ゴリヤノヴォ地区のど真ん中でタクシーを見つけるという奇跡に出くわしたのはその時であり、ルイスが近寄って運転手にウォッカを一瓶差し出すと、二分と経たぬうちに彼が第七ブロック二六－C棟まで案内してくれた。ガリーナは車を降りて一番近いアパートのドアをノックし、表まで出てきてくれた田舎風の女に説明を受けた。女は長い建物の最後から二番目の階段を指差し、手で高さを示しながら、何階分上らねばならないか伝えた。

エイチンゴンは大満足の表情で彼らを迎え入れ、三人とも老いた熊の抱擁と酒臭いキスに耐えねばならなかった。土産のウォッカに礼を述べた後、彼が妻だと紹介した女性、エヴゲーニヤ・プリゾヴァは、夫より皺だらけだったものの、一五歳か、もしかすると二〇歳も彼より若いようだった。ラモンが知ったところでは、出獄後エイチンゴンは最初の妻オリガ・ナウモヴァと復縁したものの、すぐに先立たれ、二年前から五番目の妻、このジェーニャと暮らしているのだった。

エイチンゴンと三人の来客は、リビングに変えられた部屋の真ん中に置かれたテーブルを囲んで座ったが、後でわかるとおり、実は普段この部屋は、同居するジェーニャの娘二人が寝室として使っていたのだった。ビニールのクロスに覆われたテーブルには、ウォッカと合わせるためなのか、いかにも味の濃そうな前菜がふんだんに並んでいた。ハムのスライス、キュウリのピクルス、トマト、リンゴ、ニシンとサーモンの切り身、イクラが少々、小タマネギ、ポテトサラダ、生野菜のサラダ、ソーセージの輪切り、ベーコンのブロック、黒パン。

「こんないい生活なのにいつも愚痴っているのですね」不思議とやみつきになっていたキュウリのピクルスを齧りながらラモンは言った。

飾り気のないコップにレオニードはウォッカを注ぎ、ほとんど酒を飲まないラモンのために特別に用意したオレンジジュースのピッチャーを持ってくるよう妻に言った。小さな台所から茹でたキャベツの匂いが溢れ出しており、思わずラモンは、メインディッシュに出てくるペリメニの味付けに涙が出るほど辛い香辛料が大量に使われていないよう祈った。

「こんなに早く来るとは思わなかったよ」コップをガリーナとルイスに渡しながらリョーニャは言った。

「一時間もぐるぐるこの辺を回っていたんですよ！」露骨に不機嫌な顔を見せながらラモンは言った。

「それが普通だよ。どうだい、この地区の印象は？」

「最悪です」ラモンは言って、黒パンに乗せてイクラを食べた。

「そのとおり、最悪だ。美と社会主義はどうやら敵同士らしい。だが、人は何にでも慣れる。フルンゼ岸壁の目の前の、寝室三部屋とバルコニーまで付いたマンションに住めるなんて、どれほど幸せかよくわかるだろう……一気飲みでいくか？」言葉を向けられたガリーナとルイスは、エイチンゴンとともにコップを持ち上げ、挑発を受け入れて一息に中身を飲み干した。

「ずっとあそこに住んでいるわけではありません。ロケリアが着いた時に与えられたソコル地区のアパートは、ここより少し大きいぐらいです……」

「こことは較べものにならないだろう。ソコルといえば、楽園の一歩手前だ。少し歩けばユートピアに出られるじゃないか」

ラモンは、エイチンゴンの言うユートピアでかつてよく散歩したことを思い出した。弾圧と物不足がひどくなっていた三〇年代、画家を中心とする芸術家の一団が、総書記の許可を得てソコルの地に理想のコミューンを創設し、庭、中庭付きで何家族も同居可能な家を建てる資材まで調達した。多くが丸太小屋や北欧風の小屋を建てたが、モーロ風の宮殿や地中海風の屋敷もちらほら混ざっていた。意図的に曲がりくねった道を通し、多くの交差点に設置された公園には、色もデザインも様々な美しい厩舎が作られた。私的エリアにも共同エリアにも、街では再現不可能なほど多種多様な草木が植えられた。あちこちに散らばったツツジやアーモンド、マルメロが、秋になると色とりどりの葉で人の目を和ませた。フルシチョフ時代に急ごしらえで作られた単調な住宅地に幽閉されていたラモンは、通りを二本越えるだけで、住民の裁量次第でどんな家を建ててどんな木を植えるか決められるこのモスクワの特殊な空間へ踏み込み、疎外された者の苦悩を癒すことができた。モスクワの街が自分の好みにはあまりに古めかしく雑然としているというので、旧市街への《帝王切開》という名目でスターリンが厳格な大ソヴィエト都市計画を打ち出して以来、型どおりの鉄筋でデザインされてきたこの未来都市にあって、ソコルはまさに社会主義には手の届かぬ美の夢を体現する博物館であり、矛盾に満ちた個人的・人間的突起物だった。「スターリンがゴリヤノヴォの建設に乗り出したのは戦後のことだ。いつもどおり、建設終了までの期日は指定するが、仕上がりには関心がなかった」エイチンゴンは言って、豚足を鍋で煮込んだゼラチン質の《ハラジェッツ》を持って入ってきた妻にテーブルのスペースを開け、薬味としてマスタードと野性味溢れる辛みのラディッシュを添えた。「だが、アパートが窮屈で醜いのは、もちろん帝国主義のせいだ。同じく、ソ連製の靴が固すぎるのも、消臭剤がないのも、歯茎に炎症を起こさない歯磨き粉がないのも、すべて帝国主義のせいだ」

ルイスは笑顔を見せ、何かを打ち消すように首を振りながら、ラモンの嫌いな辛いラディッシュを添えてハラジェッツをよそった。

「どうしたんですか、コトフさん…… バルセロナで知り合った頃のことはよく覚えていますよ。私はまだ子供でしたが、ほら、もうこのとおり、禿げ頭になりました」

リョーニャは、妻が戻っていった台所のほうを見やりながら、声を潜めてカタルーニャ語で言った。

「カリダッドの話はするなよ」

「ジェーニャはカタルーニャ語がわかるのですか？」

「いや、だが念のためだ。我が国民は世界一優秀ではなかったか？」

今度はラモンが笑顔を見せた。

「あんたたち、いい加減にロシア語で話しなさい」ガリーナがスペイン語で言った。「それに、カリダッドなんて、皺だらけで醜い老婆じゃないの」

「悪魔の内面は老けない」エイチンゴンが言うと、一同は頷いた。

「コトフさんがソ連の話をしていた時のことを覚えています」ルイスは思い起こしながら妻の手を取った。「私はずっと夢に見ていて、ここへ到着した日が、人生で一番幸せな日でした。なにせ、未来を訪れたのですからね」

「未来を訪れた……」エイチンゴンはベーコンを口に放り込み、ウォッカで口をさっぱりさせた。「我らが指導者によれば、これこそ未来というわけだ。西洋は堕落した過去。そして痛いことにそのとおり。資本主義はすでにその役目を終えた。だが、未来がゴリヤノヴォだというのなら、当面は多くの人が本物の消臭剤と自動車のある堕落を選ぶのもまた事実だろう。世界は罠にかかり、恐ろしいことに、我々は世界を救うチャンスを失った。

唯一の解決策が何かわかるか?」

「解決策なんてバカバカしい!」ルイスは驚き、エイチンゴンは満足そうに微笑んだ。

「店を閉めて、二ブロック先に別の店を開く。新たに商売を始めるにあたっては、誰も騙すことなく、考え方の違う者をいじめることもなく、人を黙らせる口実を探すこともなく、人のケツを捕まえておいて、これがお前のためだ、人類のためだ、などと言うこともなく、敵につけ入る隙を与えないためだとかなんとかかこつけて、文句は言うな、辛くても黙っていろ、そんなことは言わないようにする。脅しはなし…… 問題は、我々に代わって決定を下す者たちが、少しばかりの民主主義は許すが、ある程度以上はダメと決めてしまったことだ…… やがてはその少しばかりの民主主義さえ忘れ去られ、美しい理想が権力にしがみつくだけの警察署に成り果てた」

「つまり共産主義者をやめたわけですか?」声を落としてルイスが訊ねた。

「いや、それとこれとは違う。私は今も共産主義者だし、死ぬまでやめるつもりはない。だが、すべてを手にしてそのすべてを私物化した者たちは、果たして共産主義者だろうか？　私やラモンを騙した者たちが共産主義者だというのか？　勘弁してくれよ、ルイス……」

ガリーナがウォッカを飲み、コップの底を見つめながら話し出した。

「それじゃ、トロツキーこそ共産主義者だったということかしら？　フルシチョフはナターリヤ・セドーヴァをモスクワに招待したそうですね。断られたようだけど、彼女が招待されること自体、意味の深いことでしょう」

「フルシチョフはいつも道化師だった」エイチンゴンは言って、またコップを満たした。

黙ったままラモンは、三日月型の傷痕がまだ生々しい自分の手に触れた。かつてのボスが被害者を気取る姿は痛々しかった。他方、エイチンゴンも不機嫌そうだった。居ても立ってもいられないとでもいうように、少しずついろいろつまみ食いするその様子を見ているうちにラモンは、かつてパリやニューヨークやメキシコシティで、ソ連という箱舟がすべて費用を負担してくれるのをいいことに、工作員として最高級のワインと贅沢な夕食を楽しんでいた時代を思い出した。あの金も一部はスペインの金から出ていたのだろうか？

「未来の国のため、スターリンは何百万という人を殺した……」エイチンゴンは話を戻した。「だが、我々への命令は行き過ぎだった。あの老革命家は、あのまま生かしておいても、孤独死するか、絶望のあまりヘマをやらかして墓穴を掘るか、そのどちらかだったことだろう。それなのに、我々はあの爺さんを忘却から救い出し、殉教者にしてしまった」

「もうその話はいいですよ」ラモンは遮り、続きを聞こうとはしなかった。「今さらそんな話をして何になるんです？」そしてオレンジジュースにウォッカを注いだ。

「難破船の乗組員に海のこと以外の何を話せというんだ、ラモン・パーヴロヴィチ？　乾杯、世界の漂流者に乾杯！　一気に飲むぞ！」そしてウォッカを飲み干した。

この叫びの後、小さなアパートに沈黙が流れたが、台所からペリメニが出来たことを知らせるエヴゲーニャ・

プリゾヴァの声が届き、その場を救った。レオニードとルイスとガリーナは前菜の残りを平らげようと意気込み、あまりに真剣すぎるその姿にラモンは嫌悪感を覚えた。手の甲で口を拭いながらエイチンゴンは立ち上がり、客たちがテーブルから瓶や空いた皿を片付ける間に、再び黒パンを盛った籠と、ベーコンを和えた酢キャベツの皿を置いたうえで、様々な形の皿を一人ひとりに渡した。ジェーニャは少しへこんだ鍋を持って現れ、テーブルの真ん中に置いた。ラモンは、ペリメニを見て再び食欲を刺激された。

「娘たちはもう食事を済ませました。近所の家でテレビを見ています。遠慮なくお召し上がりください」

酢を垂らしてペリメニを味わってみると、エイチンゴン夫人お手製の羊肉入りペリメニは、ガリーナがよく作ってくれるペリメニよりはるかに美味しかった。

「リョーニャの話では、奥さんは毎年メキシコへいらっしゃるそうですね」ナイフ、フォークやコップの立てる音と咀嚼音が交錯するなか、ジェーニャは自然な調子を装ってラモンに話し掛けた。

「もうすぐ出発です。冬が来ると逃げるように去って行きます」

冗談でも聞いたようにジェーニャは微笑んだ。

「旅行できるなんて羨ましいわ……」そう言って、フォークで突き刺したペリメニを持ち上げたまま本音を切り出した。「娘たちに何かきれいな服でも買ってきていただけないかしら?」そして慌てて言い添えた。「もちろん代金はお支払いします」

ラモンは食べ物を飲み込んだ後に頷いた。

「サイズを教えてください。何とかしてみましょう」

「リョーニャから聞きましたが、きれいなマンションにお住まいだそうですね」目論見どおりうまく事が運んでご満悦のエヴゲーニヤ・プリゾヴァは続けた。ヘアピンだらけで黄色っぽい白髪の目立つ彼女の頭には、この時すでに、普段とまったく違うズボンやブラウス、靴や髪留めで着飾った娘たちの晴れ姿が浮かんでいたのかもしれない。これこそ、悪魔呼ばわりされてはいても、ソ連人なら誰しも喉から手が出るほど欲しい舶来品の一服というやつだろうか。

「家具や装飾品の大部分は、ロケリアが持って来たものを売って得たお金で買いました……」ラモンは微笑み、ジャガイモと焼き肉に手をつける前に、ペリメニにもう少し酢を振りかけた。

ジェーニャが紅茶とコーヒーを準備する間、ラモンはガリーナの持って来たケーキを一つ食べ、こうしたロシアの晩餐の最も辛い局面に備えて身構えた。果たして、エイチンゴンは歌と乾杯で夜を盛り上げようと意気込んだ。何か小声でぶつぶつ言いながら彼はラジオのダイヤルを回して音楽を探したが、ほとんどどの局でもアナウンサーが延々と話を続けるばかりで、ようやく誰も知らない交響曲に行き当たったところで少しボリュームを落とした。

「数日前から気になっていたんだがな……今付き合いのある奴らから、アフリカの話は何か聞いているか？」

ラモンは相手の目をじっと見つめた。元指南役の瞳に浮かぶ刺々《とげとげ》しい青色は酒のせいで少しぼやけていたが、その視線は相変わらず鋭かった。

「なぜそんなことを？」

「舞台からつまみ出されて以来、彼女の消息について何も知らないんだ……大戦では、無敵の後衛に忍び込んだゲリラとともに無線手として働いて、いくつもメダルをもらったことは知っている……まさかスターリンの恩返しにやられたりはしまい」

「スターリンの恩返し？」この奇妙な言葉にガリーナが反応した。

「スターリンは手下たちにものすごく寛容だったからな……」エイチンゴンは痛ましいほどの作り笑いを見せた。ウォッカを飲んでもかつての恨みは収まらないらしい。「実のところ、忘れられるのが一番の幸運だった。だが、私のことは決して忘れなかった……戦後、ソ連内外でまた迫害が始まった。だが、ナチスの恐怖や二つの原爆の後で、裏切りの嫌疑をかけられたかつての協力者が何百、何千と殺されたところで、誰も咎め立てする奴はいない。スターリンの恩返しを嫌というほど味わった者の一人が、比類のない腕利き工作員オットー・カッツだ。シルヴィア・アゲロフに目をつけて、ニューヨークで下準備を始めたのはあいつだ」

シルヴィアの名前が出ると、アフリカやトロツキーの名にも増してラモンの記憶は掻き乱された。幾度となく彼女との面会を強要されるたびに、悪魔となって顔に唾してきたあの女の姿を今もまざまざと覚えていたし、思い出すたびに、顔を伝って流れる唾の温もりが感じられるのだった。

「ヴィリ・ミュンツェンベルクとオットー・カッツほど、ヨーロッパでスターリンのイメージを上げるために汚らわしい任務を大量にこなした工作員は少ない。ヴィリは、ドイツが攻め込んできた時にフランスで殺された。ナチスの仕業かソ連の仕業かはわからない……　だが、オットーはそのまま任務をこなし続け、戦後、これでやっと報われる時が来たと思った。同じく、彼や同類たちを危険な部下と見なしていたスターリンも、恩に報いる時が来たと感じたらしい……」レオニードは酒をあおって続けた。「オットー・カッツはプラハで幽閉され、これまで犯した罪とこれから犯そうとしていた罪のすべてを自白するよう強制された。公開陳述の日、尋問の過程ですでに歯を全部なくしていたオットーは、別の処刑者の入れ歯を嵌められてやっと話すことができるような状態だった。他の多くの者たちとともに銃殺刑にされ、プラハ郊外の共同墓地に埋葬されたそうだ……」そしてラモンのほうへ向き直って付け加えた。「だからアフリカの消息を訊いているんだよ」

ラモンは、エヴゲーニヤ・プリゾヴァが注いでくれたコーヒーを飲んだ後、煙草に火を点けた。

「しばらく南米で働いていましたが、名誉除隊になりました……　ここへ来てから、一度だけ彼女に会ったことがあります。今やKGBの貴族階級に属していて、講演などもこなしています……　一九五六年に、獄中の私に手紙をくれたことがありました」

必死に葬り去ったはずの話をまた蒸し返されるのは、ラモンにとって本意ではなかった。だからこの時も、アフリカ・デ・ラス・エラスの手紙については、まだ任務中にありながらこんな手紙を書くのは規律違反だが、身の危険を冒してでも、不屈の精神、共産主義者たるにふさわしい不屈の精神で投獄生活に耐えるラモンに賞賛を送りたかった、という言葉だけ明かした。ラモンが言わなかったのは、愉快とさえ思われたアフリカの手紙――バルセロナの集会でぶっていた演説を茶化しているようにさえ思われた――の締めくくりに、悲報が添えられていて涙を流したことだった。二年前、わずか二〇歳でレニナが死んだというのだ。マリア・ルイサ・イエロの名でサインされてはいても、右手に残る傷痕のようによく知るこの筆跡を見れば差出人は明らかだったが、手紙を受け取った喜びは、一瞬にして、立ち直れないほど重い苦しみに変わった。レニナは、すでに瀕死の状態にあった反フランコ・ゲリラ組織に身を投じ、小競り合いの際に命を落とした。「この娘は両親の誇りだ」と記すアフリカの言葉は戦況報告のように不気味なほど素っ気なく、まったく不自然だった。実際の人生と平行して進む架空の人生をあれこれ想像する術を磨き上げてきたラモンは、一度も顔を見たこともなければキスしたこともない娘が仮想の世界に生きていればどうなっただろうかと考え、教育と庇護と愛を注いでやることのできる両親のもとで過ごす彼女の姿を思い描いた。父親でありながら彼女の人生に口出しする術がまったくなかったことを思っても、ずっと名前でしかなかった一人の娘の死によって引き起こされた奇妙な痛みはまったく癒されなかった。大義をとるか、家族をとるか？　自分が身を捧げてきた原理主義の重みを痛感したラモンは、理想を捨てずとも、娘を探すというもう一つの義務を果たすことはできたかもしれないのに、その可能性を考えてみることさえ一度もなかったことに気がついた。そして、病的なまでの正統主義に囚われて、父親たる自分にも深く関わっていたはずの決定を勝手に下したアフリカを今後許すことはあるまいと思った。だが、同時に、自分の罪と弱さも突きつけられる思いだった。アフリカの意思を論理的、歴史的、イデオロギー的に正しいと判断して受け入れたのは誰だ？　今や彼に残るむなしい慰めは、彼もレニナも同じようにフランコと戦ったのであれば、マリオネットでしかなかったという苦い確信と耳にこびりついた叫び声を背負って生きていくより、いっそ死んだほうがよかった、そう自分に言い聞かせることだった。

「どうしたの、ラモン?」ガリーナが沈黙を破って彼の手を取った。

エイチンゴンの鼾《いびき》が彼を現実に引き戻した。

「何でもない、苦い思い出だ……リョーニャの歌はないようだし、そろそろ帰るとするか?」


ロケリアが旅立って一人になり、厳しいモスクワの冬が訪れて家にこもりがちになると、ラモンは昔から大好きな料理に再び打ち込み始めた。

逮捕された直後の尋問や暴行、独房への幽閉をなんとかやりすごし、殺人罪で刑期が確定して獄中生活が始まると、彼は必死に知的エネルギーの捌け口を求め、電気学と語学の本を買って届けてくれるよう弁護士に頼み込んだ。電流の神秘と語学の内側に巣食う命はいつも彼にとって魅力であり、これから一七年も監獄で狂気と錯乱の危険と背中合わせのまま暮らしていくとなれば(ボスたちが脱獄を助けてくれる希望は薄れつつあった)、絶えず知的好奇心を刺激し続けるしかないように思われたのだ。事実、刑務所暮らしが多少なりとも楽になったのは勉強のおかげだった。知識を積み上げるうちに、本物の地獄としか思えないレクンベリの軋みは頭から消え、周りをうろつく粗野な文盲の罪人には想像もできない自由と特権を享受することができた。一九四四年になると、ジャックの名で仲間に知られていたジャック・モルナル服役囚は、レクンベリ電気部の責任者を立派に務め、すぐに大工部の親方にまでなったばかりか、後には、獄中にある劇場や映画館の音響担当まで任された。彼がこれほど早く出世できたのは、モスクワの使者と通じる刑務所の上層部に支援されていたからであり、当然ながら少なからぬ妬みを引き起こしたが、やむにやまれない事態になると彼は、かつて軍を率いたこともあった男の頭にピッケルを突き刺した以上、メキシコのごろつきの腕一本ぐらい簡単に切り落としてやる、などと息巻いて見せたことも一度ならずあった。だが、ロシア語やイタリア語の勉強を積むうちに政府の通達が流れ、仲間五〇人に読み書きを教えた囚人は刑期を一年免除されることが伝えられると、獄中での彼の威信は目に見えて高まった。ジャックはさっそく作業にかかり、ロケリアの助けで練習帳を手に入れると、同じく獄中で暮らしていた彼女の従兄イシドロ・コルテスと協力して、約五〇〇人という、メキシコ刑法史上類のない数にのぼる囚人の識字化に成功した。刑務所当局は彼の功績を認めて証明書を発行したものの、自らの正体を明かして犯罪の動機を自供しないかぎり、刑期の軽減措置は受けられないことを告げた。いつもどおりラモンは、自分の名はジャック・モルナルだと繰り返し、彼の尽力で――読み書きを教えるのみならず、多くの囚人に電気学まで伝授していた――刑を減じられた者たちの厚意により、尊敬と静かな生活という刑務所で最もありがたい見返りを受けるだけで満足した。

だが、ラモンはいつでも特別な囚人だった。後ろ盾があったからというだけではなく、慣例が適用できなかったのだ。彼には刑期の短縮が認められなかったばかりか、メキシコにそのまま居座られては困るという理由で、ロケリアとの結婚も認められなかった。その一方でシケイロスは出国を認められ、当時チリ領事だったパブロ・ネルーダに助けられてチリへ逃れていた。他方、復党を願うディエゴ・リベラは、暗殺を助けるためにわざわざトロツキーをメキシコへ呼び寄せたのだと大っぴらに主張し始め、失笑を買った。ラモンには胸糞の悪くなるような話だったが、実際のところ、爪弾きにされていたのは彼のほうであり、世界の偽善者たちは、浮気者リベラや臆病者シケイロスの冗談（こちらは人の気も知らず彼にプレゼントとして自作の絵を送りつけてきた）を笑い飛ばしながら、彼に対しては露骨に嫌悪感を表明していた。

モスクワに落ち着くと、すでに幾つも言語を身に着けていた彼は、翻訳を絶好の暇潰しにして、時には副収入まで得ることができた。他方、獄中で料理の趣味に目覚めたことで、これがまたいい暇潰しになったばかりか、カタルーニャで過ごした青春時代の思い出や実現不可能な夢に何時間も耽っていることができるようにまでなった。

四、五年前からラモンには、毎年冬の兆しが見えるや否やメキシコへの旅支度を始めるロケリアへの餞《はなむけ》として催す大晩餐会が年中行事となっていた。そしてこの年ばかりは、付き合いを許されていたいつもの会食者（ルイスとガリーナ、コンチータ・ブルファウと彼女のロシア人の夫、スペイン会館の友人二人、ラモンと一緒に翻訳の仕事をしていたユダヤ系ソ連人エレナ・フェルクステイン）に加えて、レオニード・エイチンゴンと妻ジェーニャも招待した。

当日、ラモンは朝から台所で準備にかかるが、生活リズムを乱されたくないロケリアは、荷物の準備があるからと言って部屋に引きこもった。アルトゥーロとホルへは学校へ行っていたから、調理の様子を観察し、調味料や分量や煮込み時間に関するシェフのコメントを耳にする特権に恵まれたのは、スツールに腰掛けたラウラと二匹のグレーハウンド、イクスとダクスだけだった。実際のところ、ラモンがカタルーニャ風の晩餐を準備し始めるのは、この一週間以上も前からだった。モスクワでは手に入らない食材が多いため、ラモンの愛国的郷土料理は大きく制限されたが、勲章を引っさげて幾つも市場を回りながら使えそうなものを片っ端から買い揃えた彼は、まず大砲代わりに炊き込みご飯を撃ち込み、豚足煮込み（正統派レシピに欠かせないタイムが手に入らないのは何とも残念だった）で総攻撃を仕掛けることにした。もちろん定番のパン・コン・トマテは欠かせないし、しんがりに控えるオレンジ・マーマレード添えクレープが晩餐の総仕上げになる。コンチータ・ブルファウがペネデスのワインを数本持ち寄り、ソ連人の大好きな乾杯用に、ルイスがカバを二本調達する手筈になっていた。

料理を通した故郷への旅にはしばしばルイスも付き合い、本職のシェフだった弟ホルへも時には顔を出したが、ラモン・メルカデールはいつもとりわけ熱い期待——スペインへの帰国——を内に秘めて臨んでいた。ロケリアのメキシコ滞在中、ラモンとルイスは普段にも増して頻繁にマンションの台所で料理に精を出し、雪に閉ざされた屋内で、食事をネタに思い出話や未来への夢を語り合った。すでに四〇を越えていたメルカデール家の末っ子ルイスは、フランコの死とともに（あの悪漢もいつかは死ぬ）再びスペインの扉が開く日を夢見ており、世界をさまよう何千という亡命者がこれで帰国できると信じていた。ソ連からの出国許可を得るのは彼にとっても容易ではなく、ソ連国籍の妻ガリーナと息子二人には不可能に近いことがわかってはいたが、それでもルイスは希望を捨てていなかった。一方ラモンは、ソ連を離れることなど決して許されないことも、スペインはもとより、世界中のどこにも自分の居場所はないことがよくわかっていた。それでも、ラモンは独り言のようにルイスの前で自分の将来計画を話すことがあり、そんな時必ず出てくる夢が、エンポルダ海岸、もっと正確にはサン・フェリウ・デ・ギホルスの浜辺に開店するレストランだった。穏やかな春と秋、そして暑い夏の数ヵ月、試行錯誤を重ねるたびに味も食感も見かけもよくなっていく料理を出していれば、十分に暮らしは立つことだろう。恐怖も閉塞感もなく、自分の名を隠す必要もなく、毎日海を眺めて過ごすことができれば、この惨めで風変わりな人生のハッピーエンドにはもってこいだ。

数カ月前ラモンは、共産党総書記サンティアゴ・カリージョにうっかりこの夢を話してしまった。ラモンの予想どおり、カリージョの答えは、彼のようなケースは特別であり、簡単には出国許可を得られまい、という内容だった。それでは、パラクエジョスに拘束されていた者たちを無残に銃殺した血にカリージョも染まっているという事実は、記憶の奥底に封印されて、もはや誰も覚えていないとでもいうのか？……この新総書記によれば、当面ラモンにできることは、他の亡命者たちと同じく、共産主義者としてフランコの死を願うことだけであり、あとはその時また考えるしかない。それでも、夢と砂浜と暑さが、到達不可能なのに諦めきれない希望のように彼の内側で脈打ち続けていた。

その年の一〇月末の晩餐は大成功に終わった。ロケリアまでが上機嫌で（出発が近づいていたせいだろう）、誰もがラモンの料理の腕を褒め称えた。レオニード・エイチンゴンは、ものすごい量の豚足を平らげたうえに、ワインもカバもウォッカも、さらにはエレナ・フェルクステイン（モスクワ軍事アカデミーに留学していたハバナ出身のムラートとアヴァンチュール真っ盛りだった）が持ってきたキューバ製のラム酒まで飲んで、この世の幸せすべてを味わい尽くしたような表情をしていた。真っ先に乾杯の音頭を取りたがり、自ら率先して懐かしい共和国の国歌を高らかに歌い始めた。男たちは、葉巻をくわえたままアルトゥーロの構えるカメラに向かってポーズをとり、コンチータ・ブルファウは、レーニンかスターリンが生き返ったらどうなるかというお題に沿って、幾つかジョークを繰り出した。だが、最も受けたジョークは、一番いいライオンの狩り方というものだった。

「簡単よ。ウサギを一羽捕まえてビンタを食らわせ、一族郎党皆殺しにしてやるぞと脅せばいい……　そうすれば、自分の正体がウサギの衣をかぶったライオンだと白状するわ」

「いいな、そういう姿は」エイチンゴンが言った。「屈託なく幸せそうで……　知ってたかい、この建物はマイクロ鉄筋コンクリート製なんだぜ」

「マイクロ鉄筋コンクリート？」エレナ・フェルクステインが訊いた。

「そう、盗聴マイク二割、鉄筋コンクリート八割……」

普段あまり飲まない酒を飲んだせいか、その夜ラモンには、幽閉生活や沈黙、落胆や恐怖、そしてあるかないかわからない盗聴器への不安にもかかわらず、生きていることに価値があるように思えてきた。エイチンゴンこそ、その何よりの証明だった。殴打や監獄生活に耐え抜くその鉄面皮ぶりは、救いでもあり、手本でもあった。自分だって、元指南役に負けず劣らず鉄面皮ではなかったか？　いまだかつて誕生したことのない最高のユートピアを信じて闘うとなれば、それなりの犠牲を伴うのは当然ではないか。ここにいる男、ラモン・メルカデールは、その途方もない闘争の地下水脈に引きずり込まれた者の一人にほかならず、今さらその責任を逃れようとしたり、嘘や情報操作に罪を押しつけたりしたところで意味はない。この男こそ、肥沃な畑で育ちながら腐り果てた果実の最たる例であり、確かに自分で開けた扉でないとはいえ、光の世界が存在するためには闇の住処も必要なのだという確信を胸に、喜んで自分からその扉をくぐって地獄へ踏み込んだのではなかったか。

夜更け過ぎ、別れの時間が近づいてきたところでルイスはラモンに声を掛け、一緒に台所へ行こうと言った。

ほぼ吸い終わった葉巻をまだ口の端にくわえたままルイスは、これから寝る前にラモンが洗うことになっている皿（ロケリアとの約束だった）を山積みにした小テーブルに寄りかかった。

「どうした？　何か要るのか？」ラモンはコーヒーを少し注ぎ、煙草に火を点けた。さっきまでアルコールに支えられていた歓喜が少しずつ、曖昧な、包み込むような悲しみに変わっていくような気がした。

「水を差すような真似はしたくないんだが、実は……」

ラモンは弟の顔を見てじっと黙った。悪いニュースの後押しなど必要ないことは経験上わかっていた。その重みで勝手に落ちてくるのだから。

「二日後にカリダッドが到着する。今日の午後電話があった」

ラモンは外を見やった。空が赤っぽくなっており、今にも雪が降り出しそうだった。ルイスは火の消えた葉巻を屑籠に捨てた。

「ここに泊めてくれないかと言っている。ロケリアはもうすぐ出発だろう……」

「いや、お断りだと伝えてくれ」ラモンはほとんど考えもせず言い捨ててリビングへ戻り、コートを着て帰り支度を始める客たちに近寄った。「また近いうちに」と約束して別れを告げていたラモンは、レオニード・エイチンゴンがキスしに近づいて来たところで、素早く顔を動かして相手の耳に口を寄せた。「カリダッドが来ます」

それだけ言うと、キスを受け入れた。

アルコールのせいで鈍っていたエイチンゴンの青い目に輝きが戻ったことをラモンは見逃さなかった。名前を聞いただけで、すでに涸れた性的共感を越えてうごめいているらしい複雑な化学反応を呼び覚まされたのだろう。やはり二人は、憎しみと破壊の力で結びついた双子なのだ。

「明日電話する」そう言って彼は手袋をした手でラモンの顔に触れた。

「いえ、今後もう電話はやめてください……　クソにまみれるのにもううんざりです」

ラモンは最近凝っていたギリシア音楽のレコードを蓄音機にかけ、控え目な音量でこれを聞きながら皿と鍋を洗った。もうすぐ母がやって来るのかと思うと気分が落ち着かず、皿を拭く間も、思わず右手の三日月型の傷痕に目をやらずにいられなかった。今も残る傷痕、耳にこびりついた叫び声、そしてカリダッドの影が、鎖のように彼を過去に縛り付け、三つ揃うと、これを動かそうにも、恐ろしいほど重くてびくともしなかった。傷痕と叫び声を消すことは不可能だったが、母だけは、少なくとも遠ざけておくことはできた。獄中では、この叫び声と傷痕に支えられるようにしてカリダッドへの憎しみを育み続け、逃亡失敗の罪をすべて彼女に着せた。だが、メキシコで何度となく受けさせられた心理テストでは、そんな憎しみの奥に母への執着を嗅ぎつけた専門家たちが、エディプス・コンプレックスと診断を下したことを思い出した。そんな診断を聞いて彼は心理学者たちの面前で笑いこけたが、意識下に紛れ込んでいた何かが思いもよらぬ形で表出する事態を前に、彼らが警戒心を強めたこともわかった。アニス臭い熱い唾液を伴うカリダッドのキスを思い出すと体に起こる妙な反応、他の男たちと一緒にいる彼女を見るとこみ上げてくる不快感、そして母が彼に対して持つ抗い難い影響力には、何か病的なものがあり、彼は距離と敵意によってなんとかこれを逃れようといつも足掻いてきた。心理学者たちの診断を聞いた後、息子に対する母の接し方、そして母に対する息子の無力さについてあれこれ考えたラモンは、痛々しいほど邪なものとしか思えない抱擁や言葉、仕草や近づき方や鼓動の数々を記憶の淵から救い始めたのだった。

一日中働き詰めで疲れており、いつにない量の酒を飲んでいたにもかかわらず、母とまた顔を合わせることを考えると彼はなかなか寝つけず、空が明るんで日の出が近いことが感じられるまでベッドで何度も繰り返し寝返りを打つうちに、その秋最初の雪が舞い始めていることに気がついた。降る雪を見ながらラモンは、一九六〇年の末、ＫＧＢから派遣された二人の若い案内役兼監視役とロケリアに付き添われて、ソ連領アジアの果てまで汽車で旅した時のことを思い出した。二〇年も幽閉生活を送った後だったから、ころころ変わる車窓からの風景を眺めながら、標準時の変更線と時間の論理を次々と跨いで（数メートル走るだけで、今日から昨日へ戻り、今日から明日へ飛び跳ねることができた）、来る日も来る日も移動の喜びを噛みしめ続ける旅は、解放感に満ちた快適な体験になるはずだった。国の経済力、広大な国土のあちこちに散らばる学校、ウズベキスタンやキルギスやシベリアの子供たちの貧しいながらも威厳ある暮らしぶり、そんな新世界を自らの目で確かめるうちに、彼はようやく報われたような気持ちになり、この現実のために自分は犠牲を払ったのだと思い込もうとした。だが、帰り道、ずっとシベリア横断鉄道の一等席で移動を続けるうちに、彼は矛盾する思いに囚われた。凍結のせいで二日汽車が止まり、軍の一部隊が乗り込んでくると、ずっとウォッカを飲んでは隅で小便と嘔吐を繰り返した彼らが食堂車をバーの便所に変えてしまったが、そんなことはどうでもよかった。凍りついたステップの謎めいた永遠の白に囲まれてじっとしているうちに、それまで様々な独房で味わってきたどんな脱力感よりもひどい圧倒的な無気力に押し潰されそうになっていたのだ。一月のシベリアの景色には、どこか気力を削ぐ息苦しさがあった。そして気づいたように思ったのは、その息苦しさが幽閉生活と正反対の感覚と結びついていたことだった。原因は、無限に白い海が広がるような景色、一日数時間いるだけではなかなか見えてこないその桁外れの広さにあったのだ。息苦しいのは、物理的にとらえどころのない景色だからであり、こんな無限の白にずっと囲まれていれば、苦痛のあまり気が狂ってしまうことだろうと思った。

ラモンはいつの間にか眠っていた。目を覚ますとすでに八時近く、朝の排便時間をとっくに過ぎていたせいで、イクスとダクスが必死の形相でベッド脇から見つめていた。短い眠りだけでは、夜中つきまとわれた高ぶる不安を拭い去ることはできなかった。

服を着ながらコーヒーをコンロで温めた。バルコニーの温度計を見ると気温はマイナス八度であり、川向こうのゴーリキー公園は真っ白い雪に完全に覆われていた。コーヒー・メーカーを持ち上げると、マラホフカで使っていたのと似た幅広ナイフの刃をガスの火にかけた。そしてコーヒーを飲んで煙草に火を点け、鋼鉄の刃が赤くなるまでゆっくり煙草をふかした。流しで煙草の火を消すと、前日の夜皿を拭いた布巾を四つに折り、力を込めて噛みしめた。すでに刃の色が赤から白に変わっていたナイフの柄を左手で摑み、目を閉じて右手の傷痕に刃をあてた。あまりの痛みに膝が折れ、涙と押し殺したうめき声がこぼれた。流しにナイフを放り投げると、水がパチパチと撥ねた。目を開けてもまだ灰色の煙が残っており、布巾を吐き出した。肉の焦げた甘い臭いが吐き気を催した。蛇口をひねり、冷たい水に手を浸すとともに、左手で顔を濡らした。冷水で手の感覚がなくなったところで、やっと一息つくことができた。ポケットからハンカチを取り出し、顔を拭いた後、火傷で傷痕が消えたはずの部分を覆った。痛みはあったが、心の重みがとれたような気がした。そして別のきれいなハンカチで手を縛り直し、ようやく外へ出た。

　気の逸るイクスとダクスが、下るエレベーターのなかで二度吠えた。建物の警備員が天気や革命記念祭の準備状況について何か話しかけてきたが、あまりの痛みにラモンはほとんど理解できなかった。マフラーを左手で不器用に二度首に巻き、遊歩道のほうへ歩き出したが、すでにボルゾイたちは雪に口をつけた格好で駆け出しており、括約筋を緩める刺激を求めて嗅ぎ回っていた。まだぽつぽつと雪は降り続いており、ラモンは上着のフードを上げた。左手に犬用の革ベルトを握り、口に煙草をくわえたまま、犬を後ろに従えてフルンゼ岸壁の通りを渡った後、歩道から始まる階段を伝って、川面とほぼ同じ高さに据えられた台まで下りた。犬が二匹とも腰を下ろす横で、鉄製の欄干に寄りかかったラモンは、雪でまだら模様になった上着や黒い水玉模様のハンカチを巻いた手を気にする様子もなく煙草を吸い始め、両岸に霜の降りた川の流れをじっと見つめた。凍りかけた汚い水の川ではなく、サン・フェリウ・デ・ギホルスの眩い浜辺を再びこの目で見ることはあるのだろうか？　痛みと悲しみが口元に影を落とし、その口から大きな声が漏れた。

「私は亡霊《ジョ・ソク・ウン・ファンタスマ》」

　冷たい空気を吸い込み、焼けつくような痛みが腕を伝って上ってくるのを感じながら、かつてラモン・メルカデール・デル・リオという名前だった亡霊は、あの遠い日の夜明け前、グアダラーマの山腹で「ノー」と言っていたら、自分の人生はどうなっていただろうかと考えた。おそらく、多くの友人や仲間たちと同じく戦死していただろう、またそう思って彼は悦に入った。だが、一途な信念に支えられ、死をも恐れぬ若者だった本物のラモン・メルカデールは、そんな運命も甘んじて受け入れたことだろう、そう思えてくるからこそこんな妄想を止められないのだった。連帯に向けて、正義と平等の世界を目指す闘争に向けて、心の扉をすべて開け放っていたラモンにとって、より良い世界のために戦って死ぬのなら、それは純粋な英雄たちの集う楽園に永遠の住処を得るに等しかったことだろう。その瞬間ラモンは、今ここにその本物のラモン、純粋な英雄であり続けたラモンが現れて、同じラモンだったのに別人に成り果てた男、汚れた果てしない悪夢をずっと生き続けてきたこの男の物語を聞いてもらえれば、どんなに嬉しいことだろうと思った。

30 レクイエム

三一年前、イバンは私に向かって長年抱き続けた夢を語ってくれたことがある。イタリアへ行きたい。憧れのイタリアでしたいことがたくさんある。サンタンジェロ城訪問、フィレンツェ巡礼、かつてダヴィンチの見たトスカーナの風景を眺め、街のドゥオーモと緑大理石に驚嘆し、永遠の生命と情熱と死を描いた永遠の書でも読むようにポンペイを巡り、できればナポリで本物のピザとスパゲッティを食べ、また戻って来られるようにトレヴィの泉にコインを投げる。来たるべき日に備えてイバンは、ダヴィンチの作品について調べ（実際に彼が心酔していたのはカラヴァッジョだったが）、ヴィスコンティやデ・シーカの映画を鑑賞し、カルヴィーノの著作やシャーシャのシチリア小説を読み、六〇年代にキューバに定着して以来長年我々の並々ならぬ飢えを満たしてきたスポンジのようなピザと茹ですぎのパスタを食べながら、夢を育み続けていた。頑固に、そして具体的にこの夢を温め続ける彼を見ていると、実はイバンがジャーナリズムを専攻したのは、公務以外で海外へ出る者はほとんどいなかったあの時代、これでいつの日かイタリアへ行けると期待していたからではないか、と思えてくることさえあった。

島から出たいという島国キューバに生きる者らしい夢と冷めゆく情熱について我が友が初めて話してくれたのは、我々が知り合って二、三カ月後、彼の家のテラスでくつろいでいた時のことだった。当時の私は文学部で最も文学に無知な学生であり、あの日、失われゆく希望を語ってくれた後、イバンはパヴェーゼとカルヴィーノの小説を一冊ずつ貸してくれたが、内心では、なぜ彼のような男がこれほど打ちのめされているのか、まだ二〇歳そこそこで、今以上に明るい未来が待っているというのに、なぜ夢破れた話ばかりするのだろうと不思議だった。

生前のイバンと最後に会ったのは、アナが亡くなった三日後のことだった。二〇〇四年九月末のあの夜、彼と奇妙な会話を交わしたことで、叶わぬ夢という底なしのカバンが開いたらしく、私はイバンがイタリア行きを夢見ていたことをふと思い出したが、三一年前の記憶があの時甦ったのは、何かの予感が無意識に表出したせいなのか、破局の起源を追い求めていた私の脳が先走って答えを出そうとした結果なのか、今後もずっとわからないかもしれない。

あの晩以来、私は何週間も矛盾の沼にはまり込み、エゴイズムの泥に沈んでいく自分を感じていた。いずれにせよ、あれ以後イバンが私の家に顔を出すことはなく、しかも私にとっては、別れ際にもう会いに来ないでくれと言われたことが絶好の口実となり、改めてまた彼を訪ねて行くことこそ自分の務めだと内心わかってはいたのに、妙なプライドに邪魔されて、結局は幼稚でさもしい態度に終始した。とはいえ、アンセルモや黒人のフランクといった友人たちに会うたびに、イバンは最近どうしているかと訊ね、いつも同じ返事を聞いて、納得するばかりか、安堵感さえ覚えていたのだった。最近はまったく会っていない、誰にも会いたくないらしい、何かを書き終えようとしているという噂だ。そして、枯渇した良き凡庸作家らしく、私はその口実にしがみつき、二度と会いに行こうとしなかった。

私が彼を避けたのは、羨望もあったかもしれないが、それよりむしろ、イバンの頼みにどう応じればいいかわからず、その責任の重さに耐えられなかったからだった。イバンが書き終えようとしていたものを私にどうすることができただろう？　引き出しにしまっておくだけなら、彼にだってできただろう。出版できるかもしれないのに彼自身それを望まない以上、出版するわけにもいくまい。長年執拗に取り組んできた仕事の成果をこのような形で友人に引き渡し、命の宿ったその物語とひと思いに縁を切ろうというのは、私には病的な決断としか思えなかったし、それにもまして、卑怯な行為と感じられた。結局のところ、彼自身の問題、彼の本、彼の物語であって、私には関係ない、そうとしか思えなかった。

この期に及んで言うまでもないことだが、アナの死によってイバンは、彼自身も含め誰にも予想できなかったほどひどく落ち込んだ。直前の数カ月には、何もしてやれない無力さと苦しむ妻を見る苦痛に耐えられず、もう死んでくれたほうがいいと一度ならず口にしていたが、いざ妻を完全に失ってみると、もはや抜け出す希望も気力も起こらないほどの鬱に沈み込んだ。

ロートンのアパートに彼を訪ねる最後となったこの時、真っ先に私の目についたのは、何年とも知れぬ長期にわたって耐えてきた苦悩の痕跡を一刻も早く消し去ろうとイバンが躍起になっていることだった。葬儀に続く数日間、彼は熱に浮かされたように作業を進めたらしく、中へ通されるや否や私は、数日前まで病室のようだった部屋から医療関係の器具がすべて取り払われていることに気がついた。リクライニング式のベッドや車椅子とともに、点滴用具や排便用具、注射器、薬の瓶、そしてリモコン付きカラーテレビ（数年前、簡易診療所の客の一人から、キューバを出て行くというので映りの悪い白黒テレビをもらったのだが、もっと見やすい映像で気を紛らわせてほしいという隣人がわざわざ貸してくれたのだった）までが、跡形もなく消えていた。床からは安物のクレオリンの臭いが立ち昇り、壁はいつものごとく黴臭かったが、アルコールとリニメント剤の臭いは消えていた。しかも、イバン自身まで変身に乗り出していた。髪を完全に剃ってでこぼこだらけの頭を見せつけ、かつてカリクスト・ガルシア病院の多重トラウマ患者棟に幽閉されるきっかけとなった酒の喧嘩で負った長い傷が剥き出しになっても、気にする様子もなかった。

アパートの雰囲気が変わり、収容所から出てきたばかりのような顔になっていたせいで、数カ月に及ぶ心労で痩せこけた彼の姿はいっそう惨めに見えたが（このまま影が薄くなって昇天するのではないか、そんな考えが一瞬頭をよぎった）、おかげでかえって、夜の終わり頃に彼の口から漏れた悲痛な言葉を受け止める心構えができたらしかった。それは、一〇年間も彼が私の前で隠し通してきた恐ろしい感情であり、人を見下した恥ずべき反応に繋がりかねないものとして戒めてきた感情、すなわち同情だった。結局のところ、イバン自身が身を隠していた遅滞と謎と隠蔽、その建物を支えるレンガとなっていたのは、恐怖以上に、ずっと避けようと努めてきたこの邪な影だったのだ。

「なんでそんな頭にしたんだ？　人にどう見えるかわかっているか？」イバンの姿を見るなり私は言ったが、彼から返答はなく、悲しい微笑みを見せながら、私の妻が弁当箱いっぱいに詰めてくれていた食べ物を受け入れた。黙ったまま彼は深い皿に食事をよそったが、テーブルに着く前に寝室へ入り、封筒を手にして戻ってきた。

「ずっと前からこれを読みたがっていただろう……」

その言葉を聞いた瞬間、私には何のことかわかった。二五年前、ハイメ・ロペスに操られたマリオネットが書いた文書にちがいなく、果たしてそのとおりだった。その存在については一〇年前から知らされており、その話が出るたびに私は、見せてくれと彼にせがんでいた。それを読めば、犬を愛した男の捉えどころのない魂をこの手に感じられると思ったのだ。

彼が食事をとる間、私は物語と思索と手紙の入り混じったこの文書に分け入り、腹話術師のようにハイメ・ロペスなる人物の恥ずべき隠れ蓑にすがるばかりか、距離を置いて見ることのできる別人のように自分について書く病的な男、ラモン・メルカデールのモスクワ時代の記録を読み耽った。いや、もしかすると、完全に自我を失っていて、本物のラモン・メルカデールとは縁もゆかりもない人物の隠れ蓑を最後まで被り通そうとしていたのだろうか？　グアダラーマの山腹にいた正真正銘、本物の男は、使命とドグマと無慈悲な歴史に飲まれた挙げ句、人間というより、距離を置いてしか見ることのできない人物に成り変わっていたのだろうか？　文面は、許しを請う気持ちを隠しきれない告白と、長い歳月とその間に起こった出来事を通してようやく自分自身と向き合った男、彼を完全に飲み下すはずだったさもしい陰謀で自分の果たした役割をようやく理解した男、その挫折からにじみ出る嫌な後味に満ちていた。

　だが、少なくとも私にとってもっと不安だったのは、イバンが色も太さも様々なペンを用いて——この長期間、何度も執拗にこの文書を読み返したことを示していた——小さな文字で余白に書き込んでいたコメントや疑問だった。告白の主に対して質問を向けるというより、自分の内側で行方がわからなくなっていた答えを探しているのではないか、そう私には思われた。この紙束に触れた人物は、イバンとこれを届けた背の高い細身の黒人（アナはどうだろう？）以外いないはずだったが、まるでいろいろな人が回し読みでもしたように皺くちゃになっていた。我が友がこの告白、そしてその背後に潜む怪しい人物と思いもよらぬ関係を築いていることがわかって、私は不安を覚えずにはいられなかった。

「カリダッドがモスクワに着いた後どうなったのか、ラモンがなぜ出国を認められたのか、続きが気になるな……」読み終えた私はこれだけ述べ、本当は彼のことが心配になっているとは言わずにおいた。するとイバンは淹れたてのコーヒーを出し、私の好奇心など意に介することもなく踵を返した。

　イバンは台所でトルーコの餌を準備していた。私は特に犬好きというわけではないので、その夜もペットのことは忘れていたが、その時になって、普段なら迎えに出て来るトルーコが顔さえ出していないことに気がついた。探してみると、肘掛け椅子の下で目を開けたまま布切れの上に寝そべっていた。イバンがプラスチックの皿を近づけると、トルーコは匂いだけ嗅いだものの、口をつけようとはしなかった。

「さあ、いい子だから、お食べ」犬の横にしゃがみこんでイバンは言い、嬉しい驚きでも表現するように優しく言った。「ほら、見てごらん、肉だよ!」

「病気なのか?」

「悲しんでいるんだ」犬の頭を撫でながらイバンは言った。私は犬の目を見つめ、動物の感情など信じるほうではなかったものの、そのぼんやりと潤んだ視線には確かに悲しみが感じられた。イバンは餌の一部を見せたが、犬はそっぽを向いた。「何が起こったかわかっているんだ。三日前から何も食べない。かわいそうなトルーコ」

イバンの声は嘆き節だった。トルーコから離れた彼は、手を洗ってコーヒーを飲み始めた。テーブルに着き、犬のほうを見ながら煙草に火を点ける姿を見て、ふと思ったのを覚えている。きっと泣き出すにちがいない。

「トルーコの病はいわゆる鬱病だから、ひとりでに治るか、あとは死ぬしかない……」言葉を引きずるようにして彼は言った。二度ほど煙草を吸ったところで、ようやく私のほうへ視線を向けてきた。「その原稿は持って行ってくれ。近くに置いておきたくない」

「どうしたんだ、イバン?」意外というよりは不安にさせる態度だった。彼の目には、犬の目に浮かんでいるのとまったく同じ悲しい潤みがあった。

「あの男に出会ったのが運の尽きだ。いくつも悪いことが重なった……あいつと知り合ったいきさつと、なぜ最初からあいつの話をする気にならなかったか、その理由を書き残しておくつもりだ。気が進まないが、やるしかない。書き終わったら全部まとめてお前に渡すから、あとは好きなようにしてくれ……俺は今も昔も作家じゃないし、出版する気もなければ読んでほしいとも思わない……」

イバンは、テーブルにあった灰皿に煙草を置いた。すべてに関心を失ったような疲れた表情をして、喘息患者のように苦しそうに息をしているようにさえ見えた。最後の部分に対して反論しようとすると、彼は先回りして言った。

「俺も亡霊だ……」

その時、イバンの言いたいことが少しわかった気がした。そして悪い予感に囚われた。死ぬ気ではないのか。

「なぜ書いたものを俺に渡すんだ？　いったい何のために？」最悪の返答を恐れながら私は敢えて問いかけ、劇的場面を避けようとした。「カフカじゃあるまいし……」

「俺は死んだりしない」苦悩の数秒が過ぎた後で彼は言った。「気が狂っているわけでもない。もうこの原稿は見たくないんだ。お前はまだ作家なんだから、お前が持っていてくれるほうがいい……　だが、別に焼き捨ててくれても、俺はまったくかまわない……」

「わからないな、イバン。真実から目を背けたいのか？　あの男はろくでなしで、弁解の余地など……」

「真実だと？　何が真実だというんだ？　それに、弁解の余地のないことをしたろくでなしはあの男だけじゃない」

「それはそうだ。共産主義の名のもとに何百万もの人を消したスターリンの片棒を担いだ一人にすぎない……それに、殺した相手はただの男じゃない……　権力を手にした途端に夥しい数の首を刎ねたもう一人のろくでなしだ……　凄すぎる話じゃないか、イバン。いいか、ロシア人だって、鍋の蓋を開けた後、また密閉して放り出すしかなかったんだ……　いろいろ恐ろしいことをしなければあれほど膨大な数の命を奪うことはできない……」

「大多数と同じく、メルカデールは加害者でも被害者でもあった」熱の失せた調子で反論しながら彼は、犬を愛した男から形見代わりにもらったライターをじっと見つめていた。

「被害者よりは加害者だったから、落ち着いて生きていくことができなくなったんだ。あいつがなぜ自分の話をして、こんな手紙を送りつけてきたかわかるか？……　それは、お前に書いてもらって、出版してもらうためだ……」

頭から何か消し去りたいとでもいうように、イバンは剃り上げた頭を強くこすった。気は狂っていないはずじゃないか。

「そう思うこともある。だが、死を目前にした者の強い願いだったと思うこともある。生涯ずっと別人となって、自分が別人だと言い張り、しかも、恥を耐え忍ぶためには別人の隠れ蓑を被っていたはうがいいなんて、辛い人生じゃないか……」

「いったい何の恥だ？　奴らの誰一人としてそんなことを感じていた者はいない……」

「十分罪を償ったとは思わないか？　レクンベリの囚人の話では、獄中で強姦にまで遭ったそうじゃないか」

「どんな危険に身を晒しているのか承知のうえですべてを受け入れたんだろう……　獄中でカマを掘られたところでいい気味じゃないか」

「彼はあちこちで人殺しをしたわけじゃない……　一兵卒として指示に従ったまでだ。信念と忠誠心から、言われたとおりにしただけだ……」

イバンは立ち上がり、カップにコーヒーを注ぎ足したが、二人とも手をつけなかった。また犬のほうを見ながら彼は言った。

「この原稿を読む前、写真を見る前から、ロペスがメルカデールだとわかったのはなぜだと思う？」

「さあな……　トロツキーの叫び声の話がきっかけだったんじゃないのか？」いったん矛を収めることにして私は言ってみた。イバン自身は、人殺しでもなければ、他人を痛めつける手助けもしたことがない。完全に被害者だ。

「いや、違う。ヒントは、犬との接し方と海の見つめ方にあった。メルカデールは、サン・フェリウ・デ・ギホルスで感じた幸せを求めていたんだ。失われた楽園……　キューバはプラセボだったわけだ」

「あいつがメルカデールだと確信した後でもよく会話を続けられたものだな」

イバンは私の目を見つめ、私はその視線にじっと耐えた。彼は機械的にコーヒーを啜って煙草の箱に手を伸ばし、一本取り出した。いったい何本吸うのだろう？

「最後まで彼がメルカデールだという絶対的確信はなかったのだと思う。ロペスからメルカデールの話を聞いていると、遥か昔の人、そう、一九世紀の人物のように思えてきた……　悪趣味かもしれんが、話の結末も気になった。だが、最も大きかったのは、彼が何としても私に話を聞かせたいと願っていることがひしひし伝わってきたことだ……」ここで彼は間を置いて煙草に火を点けた。「この話で最も俺の癇に障る部分がどこかわかるか？」

「嘘か？」

「嘘もそうだがな」

「スターリンがすべてを台無しにしたことか？　おそらく仲間たちが放射能を盛ってメルカデールを殺したことか？」

「それよりもっとひどいことがある」

私は黙った。結局のところ、私にはこの話のすべてが癇に障るから言い出したらきりがない。イバンは私を見つめたまま煙草をふかしていた。

「ここに叩き込まれたんだ」そう言って彼はつるつるの頭を指差した。「その原稿を読んで、ラモン・メルカデールのしたことがつぶさに理解できると、吐き気を覚えた。だが、彼がいいように利用され、自分自身を恥じながら生きてきたことを思うと、同情も禁じ得なかった。ああ、殺人犯で、同情の余地がないことぐらいわかっているが、それでも同情してしまうんだ、ちくしょうめ！　エイチンゴンの言うとおり、仲間の手で血中に放射能を入れられて死んだという話は事実かもしれないが、いずれにせよ、すでに何度も死んでいたあの男をまた殺す必要などなかった。名前も過去も、意志も威厳も、すべて奪われていたんだ。結局それでどうなった？　カリダッドに向かって《わかった》と言ったあの日から、ラモンは死の瞬間までずっと監獄のなかで生き続けたんだ。

全身を灰にしたところで、自分が他人だと思い込んだところで、履歴を振り払うことはできなかった……　いろいろ事情はあれ、多くの者と変わらぬ一兵卒にすぎなかった彼の死に様は、やはり悲しいものだ……　もし仲間に殺されたのだとしたら、彼に対する俺の感情は同情以外の何物でもありえない。そして、憐れみにも悲しみにも値しないはずの男にひとたび同情を抱いてしまえば、そんな運命に襲われた自分まで汚らわしく思えてくる。だから、かつての仲間に殺されたなんて話を信じたくないんだ。それでは彼が殉教者になってしまう……　俺が何も出版したくないのは、この物語が誰かに多少なりとも同情を呼び覚ますかもしれないと考えただけで、吐き気が込み上げてくるからだ……」

友の姿を見ているうちに、ようやく少しずつわかりかけてきたような気がしてきた。イバンの生涯は（物語もここまでくればもうおわかりだろう）、いわれのない、それでいて避けることのできない不幸と挫折の連続であり、ありふれた不幸とはいえ、それがこれほどたくさん重なれば、時代と情勢の重みを一人で背負うような信じ難い状況に追い込まれる。無理やり信じ込まされた世代が味わった苦痛、その一つひとつを残らずすべてその身に引き受けたようなものだ。しかも、三〇年近くもあの不愉快な物語を抱えて生きてきた挙げ句、彼の人生の最も美しい一ページだったアナが、死に際してラモン・メルカデールとまったく同じ最期の苦しみを味わい、その悲惨な断末魔に毎日立ち会わねばならなかったイバンは、唾棄すべき卑劣な殺人鬼のこしを片時も忘れられなかったことだろう。それでも彼は、あの男とその運命に対し、憤慨とともに同情を禁じ得ず、おかげで激しい恨みを自分自身にぶつけずにはいられなかったのだ。

「イバン、あいつだってその一味だったんだ。奴らとしたら、他人には容赦するなという最初からの教えを実践したまでだ。それが同情に値するとはとても思えない」

イバンはじっと考え込み、なかなか口を開かなかった。言いたいことを言ってしまえばどうなるか考えているようで、彼の顔を見ているだけで、それが不快な内容であることがわかった。どういう連想か今もってわからないが、イバンがかつてイタリア旅行を夢見ていたことを思い出したのは、その瞬間だった。

「もうこれ以上無理だ……」とうとう彼は言った。「このろくでもない人生で、俺は迫り来る何かから逃げているような感覚にずっとつきまとわれ続けてきた。もう逃げるのには疲れた……　その原稿を持って、さっさと出て行ってくれ。さあ、俺はもう寝たいんだ」

安堵に近いものを感じながら私は立ち上がったが、原稿に手を伸ばすことはなかった。去り際に振り返り、煙草をふかす彼の姿をもう一度だけ見た。イバンの視線は、隅でうとうとするトルーコにじっと注がれていた。友人とその飼い犬に同情を覚え、それが本物の、当然の同情だったにもかかわらず、もうどうにでもなれ、世界全体がクソにまみれてしまえ、消えてしまえ、と思わずにはいられなかった。もちろん、《一生ずっと何から逃げていたんだ?》などとイバンに訊ねるまでもなかった。彼は恐怖から逃げていたのであり、自分でも言っていたとおり、どれほど逃げ隠れしようとも、恐怖は必ず追いついてくる。私にだってよくわかっている。

「俺たちは皆やぶれかぶれだ。誰も彼も」私が声に出してそう言ったかどうかわからない。


あれほど時間を空けてしまったのはなぜだろう?　私も怖かった——今でも怖い——ことは確かだが、イバンをもっと気にかけておくべきだったのに。

ようやく翻意してイバンに会いに行こうと決意したのは、クリスマスイヴの二日前、一二月二二日のことだった。後押ししてくれたのは妻だが、その動機はいい加減で、二四日の夜彼を夕食に招待したい、それだけだった。困ったことに、私もイバンも、クリスマスの雰囲気や、その前後に人々が無理して盛り上げようとするお祭り気分が大嫌いだった。

彼のアパートへ行ってみると、ドアも窓も閉まっていた。何度かドアをノックしたが、返答はなかった。静まり返っているという以外、何が不自然なのかその時はわからなかったが、家の雰囲気がどこかおかしいことには気がついた。

まだ午後三時だったので、イバンが働いていた獣医診療所へ行ってみたが、普段からドアとドア枠に掛けて使っていた南京錠と鎖で入り口は閉ざされていた。通りを挟んで反対側に住む女性に訊いてみると、二、三日前からイバンは顔を見せておらず、これほど長く来ないことは滅多にないので心配している、という話だった。

またイバンのアパートの近所へ戻って、アナの病気療養中にカラーテレビを貸してくれた隣人を訪ねてみた。すぐ私が誰かわかった彼は、中へどうぞと言ってくれたが、急いでいて、最近イバンがどうしているかだけ知りたい、と伝えた。

「三日前……　そう、三日前から姿を見てないですね」

礼を言って、型どおり丁重に「よいクリスマスを」と告げると、短いが意味深いことばが返ってきた。

「そちらも」

いったいイバンはどこをほっつき歩いているのだろうと考えながらポンティアックに向かって歩いているうちに、隣人の口から出たクリスマス特有の言い回しについて、ちょうど二七年前、犬を愛した男と最後に会った日の別れ際に、まったく同じ言葉を放ったとイバンが言っていたことを思い出した。その瞬間頭に閃いた。アパートをノックした時に、なぜトルーコが吠えなかったのだ？　イバンとアナの飼い犬はじっと黙っていられないたちで、吠えないとすれば、理由はいくつかしか考えられない。病気か、家にいないか、あるいは——この可能性が最も高い——アナを失った悲しみで死んだか。

悪い予感に襲われて私は立ち止まり、この地区で唯一使用可能な公衆電話を求めて、新聞も雑誌も売っていない新聞雑誌販売のキオスクへ向かった。フランクとアンセルモに電話してみると、やはり、二人ともかなり前からイバンには会っていないということだった。やむなくラケリータに電話してみたが、彼女も大昔からイバンに会っておらず、あんな《惨めな甲斐性なし》には二度と会いたくない、とまで言われた。ポンティアックに座って考えてみたが、実のところ選択肢はわずかだった。どこを探せばいいか、皆目見当がつかなかったが、探すべきだと思った。この国で人が行方をくらますことは滅多にない。人がいなくなるとすれば、それは、海に飲まれたか、マイアミに着いたがまだ電話する金がないか、そのどちらかだ。だが、イバンがそんなことをするはずはない。これまでずっと島の壁に四方を囲まれて生きてきたのに、この期に及んでそんなわけはない。

その時突如思いついて私は車のエンジンをかけ、霊園へ向かった。午後の埋葬もすでに終わったらしく、人気はまったくなかった。家族霊廟へ行ってアナの墓を探してみると、死者の住処らしく、恐ろしいまでの寂寥に包まれていた。花冠はすでに枯れ果てて汚らしい塵となり、もう何週間も前から人っ子一人訪れてはいないようだった。

霊園の外でもまた公衆電話を探し、アナの妹ジセラに電話してみた。やはりイバンのことは何も知らず、葬式の日以来、電話一本もらっていないという。いっそう不安に駆られた私は、かつてイバンが、カリクスト・ガルシア病院の中毒患者病棟を退院した直後、オリエンテ州アンティージャにいる親戚のもとに身を寄せていたことを思い出した。エル・ベダードにいた私は、ラケリータの家まで車を飛ばし（彼女の二番目の夫は、ハバナ中で《魔術師》アルシデスとして知られていたデブの宝石商であり、ラケリータにとって本物の《人生の男》となったこの社会主義の勝ち組は、彼女に豪邸を一軒《調達》していた）、彼女に頼み込んで、古い手帳からアンティージャに住むイバンの母の従兄妹、セラフィンとマリアの電話番号を探してもらった。ラケリータにも私の不安が伝染したらしく、渋々ながらも二人に電話をかけてくれたが、やはり返事はまったく同じだった。それどころか、アンティージャの親類たちは、アナが亡くなったことさえ知らなかった。ラケリータの家を出る私の胸には、別の悲しみがもう一つ加わっていた。フランセスカにとっては父の安否などどうでもいいようで、この世代の女性らしく、出国の手続きを始めている――すでに彼女の兄パオロと私の息子たちも同じ決断をしていた――と聞いても、意外でも何でもなかった。

夜、妻の出してくれた食事を食べるというよりただかき混ぜていると、何か深刻なことが起こったとしか思えない状況を前に、不安が罪の意識に変わっていくのがわかった。午後の捜索の顚末について妻に話すと、私には思いつかなかった策を示してくれた。警察へ行けというのだ。滑稽で、そこまですることはないようにも思われたが、一考の価値はあった。何か事件に巻き込まれたか、心臓発作でも起こして病院に担ぎ込まれたか、そんなことをいろいろ考えた。まさか、本当に筏に乗り込んで、まだ漂流中か、弟ウィリアムと同じく溺死したのだろうか？……　真夜中近く、私はベッドに入る代わりに再び服を着替え、アコスタ通りの警察署に捜索願を出そうと決意して家を出たが、署まであと二ブロックというところで、確信めいたものが頭に閃いた。方向を転じてロートンへ向かうことにした。なぜあれほど強い確信があったのか、その時も今も、まだわからない。

建物に入り、暗く滑りやすい廊下を伝って彼のアパートへ向かった。ポンティアックのトランクには、常にハンマーが一本入っていた。ドアの前まで来ると、午後には気づかなかった腐臭があたりに漂っており、悪い予感は完全に裏打ちされた。それでも私はドアを何度かノックし、イバンとトルーコの名前を叫んだが、沈黙以外の返答はなかった。もはや躊躇はなかった。ハンマーで錠前を一撃すると、すでに腐っていてそのまま枠から剝がれ落ちた。即座に腐臭が鼻を突き、屋根を支えていた突っかい棒に触れぬよう注意しながら、電気のスイッチを探った。明かりが点くと、リビング代わりの部屋から、見てはいけない光景を見てしまった。もう一つの部屋では、重さに耐えられず脚の折れたベッドが沈んでいた。同じく重さでへこんでいたマットレスの上では、木やコンクリートや漆喰の瓦礫から、両脚と腕と頭の一部らしきもの、さらには、犬の黄色い毛と思しきものまでが覗いていた。目を上げると、錆びてボロボロになったわずかばかりの鉄筋が天井からぶら下がり、その向こうに、素知らぬ顔で塞ぎ込む星のない空が見えていた。

私は鉄の椅子を引き寄せてその上に崩れ落ちた。目の前に広がっていたのは、予想された終着点であり、黙示録的響きの災厄であり、家と町全体の、さらには夢と人生の廃墟だった。人を殺したこの瓦礫の山こそ、我が友イバン・カルデナス・マトゥレル、運命と人生と歴史の陰謀に打ちのめされたこの善良な男の死を迎え入れる霊廟だったのだ。すでにヒビの入っていた彼の世界はこれで完全に崩壊し、こんな恐ろしく不条理な仕方で彼を飲み込んだ。ある意味、いや、様々な意味で、イバンの消滅が私の世界の消滅であり、我々と時空間を共にした人々の世界の消滅でもあった。その事実を直感して私は打ちのめされた。ようやくこの世界から逃れたイバンが、形見代わりに私に遺していったのは、宇宙的な挫折感と不本意な同情の邪な重み、そしてラベルで私の名を示した箱であり、その中身は、彼自身とラモン・メルカデール――実際にはハイメ・ロペス――が書き残した手記、イバンの魂と彼の生きた時代をありありと映し出す原稿の束だった……突っかい棒が軋み、無気力と重力――いまだに我々を動かすことができるのはこの二つの力だけだ――に引きずられて天から死が降ってきた瞬間、イバンはいったい何を考えたのだろう？　もはや何も考えることはなかったのかもしれない。生理的必要にのみ衝き動かされて、書かずにはいられないものを書き終えた今、彼の人生は行く先のない空白と化していたことだろう。目隠しをされたままずっと歩き続けてきた挙げ句、我々が辿り着いた場所はここだったのだ。その時私は、犬の鬱病や無限の自由、集団心理に向けて開いた窓について彼が話していたことを思い出した……そしてまたもや、イバンも私もコインを投げ入れることのできなかったトレヴィの泉が脳裏に甦った。

とうとうイバンの遺した原稿を読むことができた。タイプ打ちした五〇〇枚以上のフォリオ紙のあちこちに訂正や加筆がなされていたが、三つのマニラ封筒にきちんと整理して収められ、誤解の余地を残さぬためか、そのすべてに私の名前、ダニエル・フォンセカ・レデスマのラベルが貼られていた。

読み進めるうちに、イバンが生身を抜け出し、単なる執筆者であることをやめて、書かれた物語の内側に生きる登場人物と化していく様子がはっきりと感じられた。この物語から立ち現れてくる彼は、我々の時代を凝縮する存在であり、時に大げさすぎるほど悲劇的ではあったが、紛れもない現実の息吹に溢れていた。イバンは名もなき大衆、歴史に名を残すこともないその他大勢の代表であり、彼の人物像は、一つの世代の隠喩、歴史的敗北の陳腐な結末を具現していたのだ。

私は必死に足掻き、なんとか拒否しようと努めたものの、読み進めるうちに湧き起こってくる同情を止めることができなかった。だがそれは、イバン、我が友イバンに対してだけであり、彼にはいくら同情してもしきれない。己の意志を越えた力に操られ、翻弄されて、クソにまみれたあらゆる犠牲者、あらゆる悲劇の主人公と同じく、彼は同情に値するのだ。イバンは我々の集団的運命であり、狂信に目が眩んで歴史を背負おうとしたトロツキーが、個人的悲劇など存在せず、あるのは人間を越えた社会的段階の変化だけだと主張しようとも、そんなことは知ったことではない。それでは人間はどうなるのだ？　奴らの一人でも、人間について考えたことがあるか？　夢や人生その他をすべて後回しにして、歴史的疲弊と倒錯したユートピアのなかに（夢、人生、祝福の一杯が）雲散霧消してもかまわないのかどうか、私やイバンに問うてくれる者がいただろうか？

後悔はしたくないし、くよくよ考えるのはよそう。犯罪と嘘の物語を永久に引きずる運命を避けるために、さらに、イバンが生涯とりつかれた恐怖を最後の一グラムまで受け継ぐ羽目にならないために、そして、我が友の遺志に従おうが逆らおうがついてくるにちがいない罪悪感を逃れるために、できることはたった一つしかない。彼のものは彼に返すことだ。

私は、原稿をすべて段ボール箱に詰める。ガムテープで密封し、表面がすべて鉄色のテープで覆われるまでぐるぐる巻きにする。今朝すでに、トルーコは自宅の中庭の壁際に埋葬し、イバンのために準備した死衣には、遥か昔彼が出版した短編集一部とメルカデールのライターとアナの聖書を入れた。午後、我が友の棺が閉ざされる時には、漂流（我々の漂流すべて）の十字架と、クソと憎しみと膨大な挫折と大量の恐怖で満たされたこの段ボールも、一緒に旅立つことになるだろう。行き先は、天国だろうか、物質的腐敗という死だろうか。いや、まだ真実が価値を持つどこかの星かもしれない。あるいは、恐怖に苦しむ理由もなく、喜んで同情を寄せることさえできるどこかの星かもしれない。行き着いた遠い星でイバンは、海で朽ち果てた十字架と、本当は自分の物語なのに自分の物語ではないこの物語、私の物語でもあり、頼んで入れてもらったわけではないのに逃れることのできなくなった我々全員の物語でもあるこの物語をどうすればいいか、わかるかもしれない。真実と信頼と同情にどうケリをつければいいのか、何の迷いもなくわかるユートピアへ行き着くこともあるかもしれない。

マンティージャ、二〇〇六年五月－二〇〇九年六月

訳者あとがき

二〇一七年のトランプ政権誕生で先行き不透明になってはいるものの、世紀が変わって以降、着実に政治経済改革を進めてきたキューバは、今まさに変貌の真っただ中にある。二〇〇八年にフィデル・カストロが国家元首の座を退き（二〇一六年に死去）、政権を託された弟ラウル・カストロも二〇一八年に引退したことで、一九五九年の革命勃発以来続いていたカストロ体制に終止符が打たれ、現在トップの座にあるディアス＝カネルが着実に経済開放政策を進めている。これと連動するようにして、近年スペイン語圏におけるキューバ人作家の世界進出が目立っており、本書の作者レオナルド・パドゥーラはその牽引車と目される存在である。

振り返れば、すでに前世紀の末から、政治経済改革に先行して、様々な文化・芸術分野に変化の兆しは見えていた。一九九七年、アメリカ合衆国の名ギタリスト、ライ・クーダーの指揮のもと、一九五〇年代のハバナで活躍したベテランミュージシャンを集めて結成されたブエナ・ビスタ・ソシアル・クラブはその顕著な例であり、同名アルバムの予想外とも言える世界的成功は、まさにキューバ文化新時代の幕開けを告げる出来事だったと言えるだろう。先立つ九〇年代前半、ソ連崩壊に伴う「ペリオド・エスペシアル（特別な時期）」と呼ばれた困窮の時代に差し掛かり、背に腹は代えられなくなったキューバ革命政府は、外貨獲得のため海外渡航の規制を緩め、特殊技能を備えた一部の国民を「輸出」するようになっていた。ブエナ・ビスタ・ソシアル・クラブを筆頭に、その恩恵を受けて最初に海外へ進出したのは、ミュージシャン、そして野球選手だったが、文学の分野にも地味ながら着実に同じ流れが浸透し、九〇年代後半から国外で作品を発表する作家が現れ始めた。国内で活動するキューバ人作家にとって、国外に読者を想定して執筆に臨める状況が整ったのは、約三〇年ぶりのことだった。

革命政府と作家の対立が鮮明化した一九六〇年代後半以降、「革命に反対するものは何も認めない」という有名なスローガンのもと、文学活動に対する制約と出版物の検閲は以前に増して厳しくなり、とりわけ海外での出版活動に対して当局は鋭い監視の目を光らせた。自由な創作と出版を追い求める作家は、ギジェルモ・カブレラ・インファンテに倣って亡命を余儀なくされ、無許可で原稿を持ち出して海外の出版社から著作を刊行することでもあれば、レイナルド・アレナスのように（一九六九年に長編小説『めくるめく世界』をフランスの出版社から刊行）容赦ない弾圧に晒された。七一年の「パディージャ事件」に続く「灰色の五年間」には、多くの作家が冷酷無比な魔女狩りの犠牲となって孤立無援の状態に陥り、ビルヒリオ・ピニェーラやホセ・レサマ・リマといった国内外で評価の高い作家でさえ、困窮と恐怖のなかで沈黙を余儀なくされた。七〇年代以降、キューバ国外の出版社との版権契約は、国に指定された代理人によって一括管理されることになり、カストロ体制に庇護されたアレホ・カルペンティエールなど一部の特権的作家を除いて、キューバ人作家が海外で作品を発表する道はほぼ断たれてしまった。自由な創作を失ったキューバ文学は、共産主義の「公式」イデオロギーに縛られたまま八〇年代から完全に袋小路に入り、時代遅れの社会主義リアリズムや凡庸な娯楽小説、当たり障りのない詩集以外、めぼしい文学作品はまったく刊行されなくなった。

だが、規制緩和の流れを受けて九〇年代半ばに公的代理人制度が事実上撤廃されると、キューバ国内にとどまりながら海外で出版する道が開け、これで一気に創作熱が沸騰した。九六年にパドゥーラが先陣を切ってスペインのトゥスケッツ社と専属契約を結んだ後、九八年には、スペイン最大手アルファグアラ社の主催する文学賞にエリセオ・アルベルトの『カラコル・ビーチ』が選ばれた。九九年には、ペドロ・フアン・グティエレスが『ハバナの王』でダーティ・リアリズムの路線を打ち出し、スペインの独立系出版社アナグラマから衝撃的デビューを果たした。新世紀に入って以後も、アビリオ・エステベスやウェンディ・ゲラなど、多様な作家がスペイン語圏各地の書店を賑わせ、キューバ文学の活況は現在も続いている。なかでもとりわけ大きな成功を収めたのが本書『犬を愛した男』であり、二〇〇九年にトゥスケッツ社から発表されて以来、二〇一一年に刊行されたキューバ版も含め、スペイン語圏全体ですでに六〇回以上も重版・増刷される大ベストセラーとなったばかりか、作家や批評家から歴史小説の傑作として高い評価を受けた。この成功によってトゥスケッツ社の看板作家となったパドゥーラは、その後も定期的に作品を発表し続けており、本書も含めた複数の作品がヨーロッパの主要言語ほぼすべてに翻訳されるなど、今や世界的に注目を浴びている。出国規制が緩和されたことで、国外から頻繁に届く講演やシンポジウムへの登壇依頼も受けられるようになり、亡命キューバ人も含め、ラテンアメリカ作家たちとの交流も深まった。革命以後、大量の亡命作家を出したことで、「内」と「外」に分断された感さえあったキューバ文学は着実に統合へ向かっており、パドゥーラはまさにその象徴的存在となっている。

作家レオナルド・パドゥーラのキャリアには、本書に登場する挫折作家ダニーの履歴と重なる部分がある。ハバナのラ・ビボラ地区で予科を終えた後、ジャーナリズムや美術史の専攻を希望したものの、様々な事情でそれが叶わず、パドゥーラは一九七五年にハバナ大学文学部文学科に入学した。予科時代は数学が得意科目、キューバ人らしく大の野球マニアであり、後に本人も振り返っているとおり、大学入学時点におけるパドゥーラは、「善良な野蛮人」も同然の「おそろしく無教養」な青年だった。同級生の大半が、ガルシア・マルケスやカルペンティエール、コルタサルはもちろん、発禁作家だったバルガス・ジョサやカブレラ・インファンテまで読んでいたというのに、ろくに小説すら読んだことのなかったレオナルド青年は、まさに「どんじり」の学生だったという。だがここから彼は、野球で鍛えた「根性」をバネに、様々な学友にアドバイスをもらいながら、次から次へと精力旺盛に世界文学の傑作を読み込み（イバンやダニーの文学的嗜好は作者のそれとほぼ一致する）、七七年には文芸雑誌への寄稿を始めるまでになった。課程を修了する頃には仲間から一目置かれる学生になっており、八〇年に文学雑誌『エル・カイマン・バルブード（髭面の鰐）』の編集に加わった後、八一年には処女短編集を発表している。かつても今も、パドゥーラは才能より努力の作家であり、不屈の精神に支えられたその豊富な仕事量（取材と調査と執筆）が創作の支えとなっている。

その後、八〇年代は新聞・雑誌の仕事に忙殺される日々が続いたが、九〇年に有力新聞『フベントゥッド・レベルデ（反抗的若者）』から月刊の文化雑誌『ラ・ガセタ・デ・クーバ（キューバ広報）』に所属が移ったところで、彼のキャリアは大きな転機を迎える。それまで細々と創作を続けるばかりだったパドゥーラは、この異動で時間的ゆとりを得て、以前から構想を温めていた探偵小説の執筆に取り組むことができた。折しもキューバは「ペリオド・エスペシアル」に差し掛かっており、彼は当時流通していた探偵小説とまったく違うスタイルの作品を通して、困窮時代を生きるキューバ人の実態を描き出そうとした。崩壊の縁にあったキューバ社会の深奥に踏み込んでその内情を暴き出す役目を負って生まれたのが、作者自ら彼の分身と認める登場人物マリオ・コンデであり、「ノスタルジーとメランコリーと失望」を背負ったこの警部が初めて謎解き役を務める長編『完璧な過去』（一九九一）が、二〇一八年時点で九作を数える「マリオ・コンデ・シリーズ」の記念すべき第一作だった。様々な研鑽を積みながら、第二作『四旬節の風』（一九九四）を経て、九五年に書き上げた第三作『仮面』がスペインのカフェ・ヒホン文学賞を受賞したところで、パドゥーラはダニーやイバンの手に届かぬ高みへ到達する。受賞を機にトゥスケッツ社と専属契約を結んだパドゥーラは、九七年以降、スペイン語圏全体に販路を持つこの有力出版社から、マリオ・コンデ・シリーズを中心に長編や短編集を刊行し、二一世紀のキューバ文学を代表する作家と評されるまでになった。（ちなみに、『犬を愛した男』にもマリオ・コンデが一度だけちらりと顔を覗かせることにお気づきになっただろうか？）

二〇〇二年には、キューバの国民的詩人ホセ・マリア・エレディアの生涯と、亡命から祖国キューバへ一時帰国する元文学青年のハバナ滞在記を組み合わせた本格的長編『我が人生の小説』を発表しているものの、「マリオ・コンデ・シリーズ」の印象が強いせいで、二〇〇〇年代末までのパドゥーラは「ミステリー作家」と見なされることが多かった。本人はそうしたレッテルを嫌ってはいないが、やはり純文学より低いランクに位置づけられがちだったことは否めない。そんな彼の面目躍如となったのが、一九四〇年にメキシコで暗殺されたロシアの革命家レフ・トロツキーの最期を、二一世紀のキューバに生きる挫折作家の視点から再構築する超大作『犬を愛した男』だった。

パドゥーラ自身が二〇〇九年夏にしたためた付記によれば、彼が最初にこの小説の着想を得たのは、ベルリンの壁が崩壊するひと月ほど前に初めて訪れたメキシコであり、コヨアカンの旧トロツキー邸を見学した時のことだった。その時まで彼はトロツキーの生涯や思想についてほとんど何も知らなかったが、この「難破と恐怖と憎悪の勝利に捧げられた本物のモニュメント」から受けた「純粋に人間的な感動」が、「長い揺籃期」を経て創作の出発点になったという。ソ連崩壊に伴って、二〇世紀最大のユートピアの堕落した実態が次第に明らかとなるなか、トロツキーの暗殺者ラモン・メルカデールが生涯最後の数年をキューバで過ごしたことを知ったパドゥーラは、この謎の人物にも大いに興味を惹かれ、暗殺者と犠牲者、双方の生涯を中心に、スペイン内戦やスターリン体制について調査を始めた。頭のなかで構想がまとまって、本格的な時代考証の作業と執筆が始まったのは二〇〇五年であり、その後、「美的・歴史的・イデオロギー的・個人的疑問に満ちた」作業が足掛け四年続いた。いつもながらパドゥーラの仕事ぶりは入念であり、本書でも言及されるアイザック・ドイッチャーの三部作や、ルイス・メルカデールとヘルマン・サンチェスによるラモン・メルカデール伝（『我が兄ラモン・メルカデール』、一九九三年）を筆頭に、膨大な数にのぼる文献を参照しているほか、メルカデール家の親族や、スペインとメキシコの古株共産党員などから直接証言を聞くことまで行ったという。こうして二人の足取りについて歴史的に検証可能な部分を徹底的に調べ上げ、史実に沿うストーリーの枠組みを作り上げたうえで、「状況的に起こりうる」架空の挿話へと想像力をはためかせた。作者が明かしているとおり、本書は「小説的物語」であり、「フィクションの自由と要請に従って構成されている」以上、史実に対応しない部分は多い。とはいえ、読み始める前から結末が知れている物語であることに変わりはなく、これを読者に最後まで読ませるのは作者にとって「大きなチャレンジ」だったようで、小説の構成と語りのテンポには細心の注意を払ったという。

「歴史書」ではなく「小説」を書きたかったパドゥーラにとって、最も困難な作業となったのは、トロツキーとメルカデールの内側に入り込んで、その素顔と人間的側面を描き出すことだった。イデオロギーこそ違え、二人はともに根っからの原理主義者であり、リベラルな思考と批判的精神を重んじる作者が親近感を覚えるような人物ではなかったが、小説のタイトルにも掲げられた共通の特徴、「犬への偏愛」が二人を理解する大きな助けになったという。パドゥーラが大の愛犬家であることは言うまでもない。

また、小説を有機的な統一体にまとめ上げる要素として、「恐怖」という人間的感情に全体が貫かれていることも注目に値するだろう。パドゥーラの敬愛するビルヒリオ・ピニェーラが、六〇年代初頭、革命政府の権力者オスバルド・ドルティコスに向かって「私はものすごく怖いんです」と漏らした逸話はあまりに有名だが、カストロ体制と文学関係者の確執が表面化して以降、キューバ国内で創作を続ける作家は、いつ弾圧を受けて投獄されることかと日々怯える生活を余儀なくされた。レサマ・リマやエベルト・パディージャ、ノルベルト・フエンテスなど、恐怖のあまり事実上の断筆に追い込まれた作家は枚挙に暇がない。『犬を愛した男』では、絶好のネタを手にしながら怖くて小説を書けなかったというイバンを筆頭に、トロツキーやメルカデールはもちろん、トリグブ・リーやブハーリン、エイチンゴンやカリダッド、さらにはスターリンまで、様々な登場人物が様々な局面で襲われる恐怖が鮮明に描き出されており、これが圧力の下で生きる人々の内面生活を解き明かす鍵として浮かび上がってくる。

もちろんこれは作者パドゥーラが本作の執筆にあたって直面した恐怖の反映であり、作品全体に恐怖が浸透しているからこそ、この物語には独特の緊張が生まれる。冒頭の三章から明確に打ち出されているとおり、本書は、一、キューバ人作家イバンがこの物語を書くに至った過程、二、ソ連政府を追われたトロツキーの流浪生活、三、トロツキー暗殺に至るまでのラモン・メルカデールの足取り、を並行して進行するが、単に二と三を組み合わせるだけであれば、何の変哲もないありふれた歴史小説に成り下がっていたかもしれない。革命政府による作家への締め付けが強まった一九七〇年代に始まり、八〇年代の束の間の安定期を経て、ペリオド・エスペシアルの困窮時代、さらには、鉄面皮の勝ち組集団が現れ始めた新世紀（新千年紀）に至るまで、社会主義体制の断末魔と自らの断末魔を重ね合わせるようにして恐怖に耐え抜いた平凡な一市民の目から暗殺の全貌が再現されているからこそ、共産主義ユートピアの崩壊、それに伴う失望と虚無感がいっそう生々しく浮き彫りにされる。借り物のマルクス主義を頭から叩き込まれ、キューバ現代史の激動に翻弄され続けた挙げ句、信じてきた世界観がまがいものにすぎないという事実を突きつけられたイバンは、パドゥーラと同じく、キューバの「失われた世代」に属している。「時代を凝縮する存在」、「一つの世代の隠喩」として「歴史的敗北の陳腐な結末を具現していた」イバン・カルデナス・マトゥレルが、自分の意志ではどうにもできない全体主義体制の抑圧に打ちのめされながらも――彼の悲壮な最期は、圧力に潰された世代を象徴する――、自らの使命として受け入れた歴史の検証作業を黙々とこなしているからこそ、その結果出来上がる『犬を愛した男』が、歴史小説の枠を越えて、人生の意味や人間の尊厳を探求するヒューマニズムの小説となる。そして、パドゥーラがこの作品に崇高な次元を添えることができたのは、辛い時期にもキューバを離れることなく、ジャーナリストとして庶民生活に寄り添い、ペリオド・エスペシアルの間も必死に自転車を漕いで通勤や食料調達に励むなど、ごく普通の一市民として、連帯を旨に、家族や友人と苦楽を分かち合ってきたからだった。二〇〇九年の時点では文化活動の自由化がかなり進んでいたとはいえ、社会主義の存在意義を真っ向から否定する作品とも取られかねないこんな小説を出版すれば、政治権力の弾圧を受けかねないことぐらい彼は重々承知していたはずだが、作中ではイバンもダニーも公表を見送ったこの物語を、パドゥーラは敢えて出版に踏み切ったのだから、その勇気と覚悟がうかがえよう。パドゥーラが身の危険を冒してでも読者に伝えたかったものは何か、平和な現代日本に生きる読者にじっくり味わってほしいと思う。

幸い、二〇一一年にキューバ版が堂々と国内で流通した後も（その前からかなりの部数が入っていたようだが）、パドゥーラが当局に目をつけられる事態にはなっておらず、彼は現在もハバナ郊外のマンティージャで自由に作家活動を続けている。ただし、二万部もの売り上げを出したというこのキューバ版は、その後増刷も再版もされず、私が二〇一七年三月にハバナを訪れた折も、書店では一度も『犬を愛した男』を見かけることがなかった。パドゥーラ自身も言っていたが、まだ出版活動が完全に自由にはなっていないということだろう。

刊行直後から『犬を愛した男』はスペイン語圏全体で好評を博し、スペインの『エル・パイース』を筆頭に、多くの有力新聞・雑誌が書評や作者のインタビューを掲載したが、パドゥーラ自身にとって最も嬉しかったのは、キューバ人から寄せられた感謝と激励の言葉だったという。友人知人から賛辞が寄せられたばかりか、街で見知らぬ人に呼び止められて感想を伝えられることも度々あったようだ。二〇〇六年頃からパドゥーラは、スペイン語圏各地の有力新聞にコラムを寄せ、変貌するキューバの政治的・経済的・社会的改革の行方を注視しているが、時に鋭い批判を突きつけることはあるものの、概して変化を好意的に受け止め、祖国の未来に希望を寄せている。どん底を知る作家が批判的楽観主義を維持できるのは、『犬を愛した男』のような小説を正面から受け止めることのできる読者層が存在するからにほかならない。

『犬を愛した男』以後のパドゥーラは、ハバナの中華街を舞台とするサスペンス『蛇の尻尾』（一九八八）に加筆修正を施してマリオ・コンデ・シリーズ第七作として出版し直した（二〇一一）ほか、二〇一三年に、ポーランド系ユダヤ人一家とレンブラントの絵画をめぐる歴史にマリオ・コンデを送り込んだ壮大な長編『異端者』、二〇一八年には、再びマリオ・コンデ・シリーズに戻って『透明な時間』を刊行するなど、精力的に執筆活動を続けている。二〇一五年にはスペインで最も権威ある文学賞の一つ「アストゥリアス王女賞」を受賞し、スペイン政府からパスポートを交付されて海外渡航の自由が保障されたことで、活動範囲も大きく広がった。とはいえ、執筆拠点を海外に移す気はないようで、二〇一七年に私がマンティージャの自宅にお邪魔した時にも、「執筆を邪魔されることがないかぎりこの家を出るつもりはない」と断言していた。

初版の刊行からすでに一〇年近い歳月が経ったとはいえ、二〇一七年にパドゥーラに約束したとおり、二〇一八年中に『犬を愛した男』の翻訳を終えることができてほっとしている。翻訳が長く辛い煩雑な作業だったことはご想像いただけることと思うが、膨大な数の固有名詞が出てくるため、その日本語表記にはとりわけ頭を悩ませることになった。異論も多くあることだろうが、その一つひとつが、多くの文献を参照し、時代背景を踏まえ、様々な方の意見を聞いたうえでの苦渋の選択であったことをご理解いただければ幸いである。

翻訳にあたって底本としたのは、トゥスケッツ社の普及版（コレクシオン・マクシ、二〇一一年）だが、同社初版（コレクシオン・アンダンサス、二〇〇九年）も適宜参照した。なお、本書のタイトルについては作中に説明があるので割愛するが、参考まで、由来となったチャンドラーの短編は"The Man Who Liked Dogs"であり、「犬が好きだった男」という邦題で、創元推理文庫『待っている』（稲葉明雄訳、一九六八年）など、いくつ

＊

かのチャンドラー短編集に収録されていることをここに付記しておく。今回も浜田和範君に訳文の朗読をお願いし、いくつも有益な示唆をもらった。その他、この翻訳に直接・間接に関わったすべての方々にこの場を借りて深くお礼を申し上げる。

二〇一八年九月一一日

寺尾隆吉

著者／訳者について

レオナルド・パドゥーラ
Leonardo Padura

一九五五年、キューバのマンティージャ生まれ。
ハバナ大学で文学を専攻、文学雑誌や新聞の編集に携わり、
一九九〇年から探偵小説の執筆に取り組む。
〈マリオ・コンデ警部〉のシリーズによってキューバ国内で名を知られ、
シリーズ第三作『仮面』（一九九五年）でカフェ・ヒホン賞を受賞。
以後、スペインの出版社から長編小説の刊行を続けている。
『我が人生の小説』（二〇〇二年）で純文学を手掛け、
本作『犬を愛した男』はスペイン語圏全体で大ヒット作となった。
二〇一五年にアストゥリアス王女賞受賞。
現在もマンティージャで執筆活動を続けており、
歴史小説『異端者』（二〇一三年）、
コンデシリーズ『透明な時間』（二〇一八年）
などで好評を博し続けている。

寺尾隆吉
てらお・りゅうきち

一九七一年、愛知県生まれ。
東京大学大学院総合文化研究科博士課程修了
（学術博士）。
現在、早稲田大学社会科学部教授。
専攻、現代ラテンアメリカ文学。
主な著書には、
『魔術的リアリズム――二〇世紀のラテンアメリカ小説』
（水声社、二〇一二年）、
『ラテンアメリカ文学入門――
ボルヘス、ガルシア・マルケスから新世代の旗手まで』
（中公新書、二〇一六年）。
主な訳書には、
マリオ・バルガス・ジョサ『マイタの物語』
（水声社、二〇一八年）
フリオ・コルタサル『奪われた家／天国の扉　動物寓話集』
（光文社古典新訳文庫、二〇一八年）
などがある。

Leonardo PADURA, El hombre que amaba a los perros, 2009.
Este libro se publica en el marco de la "Colección Eldorado", coordinada por Ryukichi Terao.

フィクションのエル・ドラード

犬を愛した男

二〇一九年四月二〇日　第一版第一刷印刷
二〇一九年七月二〇日　第一版第二刷発行

著者　レオナルド・パドゥーラ
訳者　寺尾隆吉

発行者　鈴木宏
発行所　株式会社 水声社
東京都文京区小石川二―七―五　郵便番号一一二―〇〇〇二
電話〇三―三八一八―六〇四〇　FAX〇三―三八一八―二四三七
［編集部］横浜市港北区新吉田東一―七七―一七　郵便番号二二三―〇〇五八
電話〇四五―七一七―五三五六　FAX〇四五―七一七―五三五七
郵便振替〇〇一八〇―四―六五四一〇〇
http://www.suiseisha.net
印刷・製本　モリモト印刷
装幀　宗利淳一デザイン
ISBN978-4-8010-0269-2

フィクションのエル・ドラード